MARIE PIERRE

# Töchter des Aufbruchs

Das Pensionat
an der Mosel

Band 1

Roman

WILHELM HEYNE VERLAG
MÜNCHEN

Der Verlag behält sich die Verwertung der urheberrechtlich geschützten Inhalte dieses Werkes für Zwecke des Text- und Data-Minings nach § 44b UrhG ausdrücklich vor.
Jegliche unbefugte Nutzung ist hiermit ausgeschlossen.

Die Zitate aus *Les Misérables – Die Elenden*
stammen aus den Übersetzungen von Paul Wiegler und Wolfgang Günther sowie Dr. G. A. Volchert.

Penguin Random House Verlagsgruppe FSC® N001967

2. Auflage
Originalausgabe 02/2024
Copyright © 2024 by Marie Pierre
Copyright © 2024 der deutschsprachigen Ausgabe
by Wilhelm Heyne Verlag, München,
in der Penguin Random House Verlagsgruppe GmbH,
Neumarkter Str. 28, 81673 München
Dieses Werk wurde vermittelt durch die
Michael Meller Literary Agency GmbH, München.
Gefördert durch ein Künstlerstipendium
im Rahmen der NRW-Corona-Hilfen

Ministerium für
Kultur und Wissenschaft
des Landes Nordrhein-Westfalen

Umschlaggestaltung: t.mutzenbach design unter Verwendung von Motiven von: Arcangel Images (Abigail Miles, Shelley Richmond, Crow's Eye Productions), Bridgeman Images (United Archives/Carl Simon), Shutterstock.com (luck luckyfarm, Artnizu, AVA Bitter)
Redaktion: Dr. Mechthilde Vahsen
Karte auf U2 und im eBook: © bei Pharus-Plan GmbH
Satz: Uhl + Massopust, Aalen
Druck und Bindung: GGP Media GmbH, Pößneck
Printed in Germany
ISBN: 978-3-453-42855-3

www.heyne.de

# Figuren der Handlung

## Im Pensionat

### Lehrpersonen:

**Pauline Martin**, Directrice, Institutsleiterin aus Metz
**Eleonore Schmitt**, junge Lehrerin aus dem Hannoveranischen, hinter deren steifer Fassade sich ein unkonventioneller Geist verbirgt
**Fräulein Hildebrandt**, eine regelbewusste, ältere Dame, der das laute Treiben im Pensionat irgendwann zu viel wird
Eine **Bewerberin** auf eine Stelle als Lehrerin, die gerade mal eine halbe Stunde bleibt

### Hausangestellte:

»**Lisbeth**« **Weber**, aus Woerth im Elsass, Köchin, Haushälterin und gute Seele des Pensionats
**Camille Rémy**, Stubenmädchen aus der Nähe von Château-Salins in Lothringen
**Vincent Lehmann**, der neue Gärtner aus der preußischen Rheinprovinz, der auch Hausmeistertätigkeiten verrichtet
**Thomas Engel**, der die saubere Wäsche vorbeibringt und gelegentlich bei groben Arbeiten aushilft

**Die Schülerinnen:**

**Suzette Manseaux,** Tochter von Paulines Cousine aus Avignon

**Louise Wendling,** musisch begabte Schülerin aus Straßburg mit einem großen Kummer

**Charlotte von Schwegat,** Tochter eines Grubendirektors von der Saar

**Marthe Gross,** die mit ihren sozialen und sozialistischen Idealen nie hinter dem Berg hält

**Sophie Loos** aus Luxemburg, deren Interesse an der Frauenbewegung gerade neue Nahrung erhält

**Brunhilde Klawe,** Büchernärrin, deren Familie ursprünglich aus Neuruppin in Preußen stammt

**Albertine Schwartz** aus dem lothringischen Busendorf/Bouzonville

**Esther David** aus dem lothringischen Saargemünd/Sarreguemines

**Gelsa von Kucharski,** Tochter eines im elsässischen Zabern/Saverne stationierten preußischen Offiziers

**Josefa Gruber,** Tochter eines verwitweten bayerischen Offiziers


## In der preußischen Garnison zu Diedenhofen

**Erich von Pliesnitz,** preußischer Hauptmann der Infanterie, aus Posen

**»Frangl« Klein,** sein aus der Nähe von Colmar stammender Offiziersbursche

**Hermann Krüger,** preußischer Leutnant mit besonderer Wirkung auf Frauen

**Hauptmann Reinhold Welter,** der seit seiner Rückkehr aus Saarlouis ein wenig verändert wirkt

**Oberst von Tirzheim,** der seine Vorurteile gegenüber Lothringern nicht ganz ablegen kann

**Leutnant von Gerther,** dem der Friedensdienst in der Garnison allmählich langweilig wird

## In Saarbrücken

**Hauptmann von Berndorff** vom 8. Rheinischen Infanterieregiment Nummer 70 zu Saarbrücken, mit dem Erich eine alte Freundschaft verbindet

**Major von Kliepke**, ein schlechter Verlierer, dafür aber Mann mit gutem Gedächtnis

dazu ein übernächtigter **Regimentsarzt** und ein missgelaunter **Zeitungssekretär**, welche die Feierlichkeiten lieber anders verbracht hätten

## Sonstige

**Wachtmeister Schrotherr**, ein Polizist, der sich für alles verantwortlich fühlt

**Witwe Schleedorn**, Erichs Zimmerwirtin mit verbesserungswürdigem Kochtalent

**Stadträtin Gerber**, aus dem preußischen Rheinland, die sich mit der Wohnsituation in Diedenhofen nicht so recht anzufreunden vermag

**Frau Müller**, ihre Leidensgenossin mit wesentlich positiverer Lebenseinstellung

**Alphonse Mathieu**, Gemüsehändler, der das Pensionat beliefert und für die Köchin Lisbeth gerne mal was zur Seite legt

*Für meine geschätzte Literaturprofessorin
Patricia Oster-Stierle,
die mir im entscheidenden Moment
die richtigen Weichen gestellt hat*

»Die Freiheit beginnt,
wo die Unwissenheit endet.«

Victor Hugo

# Kapitel 1

*Diedenhofen/Thionville*
*Reichsland Elsaß-Lothringen, Juni 1910*

»Du weißt nicht, was du da tust! Du zerstörst mein Leben!« Die zornig hervorgebrachten Worte wurden durch ein heftiges Aufstampfen des Fußes bekräftigt, was für einen kurzen Moment sowohl das Tintenfass als auch die in Gold gerahmte Fotografie der Metzer Kathedrale auf dem Schreibtisch zum Wanken brachte. »Ich bin erwachsen und lasse mich nicht länger bevormunden! Von niemandem mehr! Nicht von *Maman* und schon gar nicht von dir! Hast du gehört?«

Der letzte Satz glich einem empörten Aufschrei, der Pauline beinahe ein verständnisvolles Lächeln entlockte. Dieser Drang nach Freiheit, nach Selbstbestimmung. Wie gut sie das verstehen konnte. Liebevoll glitt ihr Blick über ihren Schützling, die sechzehnjährige Suzette, die mit zu Fäusten geballten Händen, geröteten Wangen und blitzenden Augen vor ihrem Schreibtisch stand. Die fleischgewordene Entrüstung.

Dennoch durfte sie ein solch undiszipliniertes Verhalten nicht durchgehen lassen. So setzte sie eine ernste Miene auf, reckte ihre Gestalt und erwiderte, ohne die Stimme zu erheben: »Zuerst einmal möchte ich dich daran erinnern, mich hier in der Schule korrekt anzusprechen. Ich mag so etwas wie deine Tante sein«, fuhr sie fort, ohne auf den Protest zu achten, »doch bin ich auch deine Lehrerin. Und deine Mutter, meine Cousine, hat dich meiner Obhut anvertraut.« Sie machte eine kurze Pause, um zu sehen, ob das Mädchen, das noch immer mit zusammengepressten Lippen vor ihr stand, ihren Worten tatsächlich folgte. »Und aus diesem Grund wirst du dich auch an die Regeln halten, die in diesem Haus gelten. Für *alle* Schülerinnen. Also keine abendlichen Alleingänge und schon gar keine Männerbekanntschaften, weder innerhalb noch außerhalb dieser Mauern. Ich hoffe, wir haben uns diesbezüglich verstanden.«

Noch immer kostete es Pauline Mühe, den strengen Ausdruck aufrechtzuerhalten, doch konnte sie in diesem Punkt unmöglich nachgeben. Wollte sich das junge Ding am Samstagabend allein mit einem Mann treffen, einem preußischen Soldaten noch dazu!

*Impossible!* Völlig unmöglich.

Pauline mochte gar nicht daran denken, was ihre Cousine dazu sagen würde, wenn sie ein derart leichtsinniges Verhalten ihrer Tochter nicht umgehend unterbände. Ganz davon zu schweigen, was es für den Ruf ihres Pensionats bedeuten würde, sollte es sich herumsprechen, sie wäre nicht in der Lage, ihre Schülerinnen zu Anstand, Tugend und Moral zu erziehen.

Suzette war anzusehen, welche Beherrschung es sie kostete, nicht ein weiteres Mal aufzustampfen. »Leutnant Krüger hat eine glänzende Karriere vor sich. Ruhm und Ehre.«

»Vielleicht in Preußen«, erinnerte Pauline nachsichtig, »nicht in ...«

»Aber Hauptmann von Pliesnitz hat ihm versprochen, er würde bald befördert und auf einen noch besseren Posten versetzt, und dann ...«

*Hauptmann von Pliesnitz?* Pauline runzelte die Stirn.

Thionville – oder Diedenhofen, wie es offiziell unter deutscher Verwaltung hieß – war ein recht überschaubares Kreis- und Garnisonsstädtchen. Obgleich der Großteil der einheimischen lothringischen Bevölkerung nach wie vor nur wenige Kontakte mit den hinzugezogenen Altdeutschen pflegte und die Bewohnerinnen ihres Mädchenpensionats schon gar keine mit den hier stationierten preußischen und bayerischen Einheiten, so kamen ihr doch hin und wieder Gerüchte zu Ohren. *Capitaine impitoyable* wurde er hinter vorgehaltener Hand genannt, *Hauptmann Gnadenlos*. Und wenn auch nur die Hälfte dessen stimmte, was man sich über diesen von Pliesnitz erzählte, musste es einem Wunder gleichkommen, dass seine Männer überhaupt Ausgang erhielten oder nach Dienstschluss noch die Kraft hatten, sich abendlichen Vergnügungen hinzugeben.

Ob diese Tatsache einen Grund zur Beruhigung oder eher zur Besorgnis darstellte, war die Frage. Denn Pauline vertrat die Überzeugung, dass eine allzu strenge Zucht bei passender Gelegenheit statt des gewünschten Verhaltens oft das schiere Gegenteil bewirkte. Weshalb sie sich auch bei ihren Schülerinnen bemühte, die Zügel nicht zu fest zu halten, sondern hin und wieder etwas schleifen zu lassen.

In jüngster Zeit womöglich ein wenig zu sehr. Erneut schüttelte Pauline entschieden den Kopf. »Eine derartige Verabredung ist völlig unmöglich, das musst du verstehen. *D'accord?*«

»Absolut nicht einverstanden!«, schrie Suzette. »Ich lass mich nicht einsperren!« Hastig flog der Blick des Mädchens durch den Raum, als suche es nach einer Möglichkeit zu fliehen. »Das hier ... Das ist keine Schule, das ist ein verfluchtes Gefängnis! Und wenn es mir nicht erlaubt ist, mich mit Hermann zu treffen, dann ... dann ...« Heftig schnappte sie nach Luft, doch schien ihr keine passende Drohung einzufallen.

Pauline setzte ein verständnisvolles Lächeln auf. »Was, *ma chère*, was dann?«, fragte sie ruhig.

»Dann ist mein Leben vorbei! Und Sie haben mich auf dem Gewissen!«, brach es aus Suzette heraus.

Belustigung und Mitleid zugleich stiegen in Pauline beim Anblick ihres Schützlings auf, dessen Gesicht so sehr um einen verzweifelten Ausdruck bemüht war und doch vor kaum beherrschter Wut glühte.

»So schnell stirbt man nicht, *ma fille*, das kann ich dir versichern«, erklärte sie geduldig. »Und was deinen Angebeteten, diesen Soldaten des deutschen Kaisers, angeht, so wirst du mir eines Tages vielleicht noch für meine Entscheidung dankbar sein.«

»Dankbar?« Suzettes Stimme überschlug sich fast. »Niemals werde ich dankbar sein, dass Sie mein Leben zerstört haben. Niemals, solange ich lebe. Ich hasse Sie! Ich hasse Sie! Hören Sie, solange ich …« Ohne den Satz zu Ende zu führen, wirbelte sie auf dem Absatz herum, rannte zur Tür, riss diese auf und schlug sie mit einem so lauten Krachen hinter sich zu, dass die zierlichen Porzellanfiguren in der Vitrine leise klirrten.

Pauline benötigte einen Moment, um den Ausbruch ihrer jungen Verwandten und Schülerin abzuschütteln. War sie in der Vergangenheit tatsächlich nicht streng genug gewesen? Hatte sie es versäumt, nachhaltig Grenzen und Regeln aufzuzeigen?

Nun, beim Großteil der Mädchen war dies bisher nicht nötig gewesen. Sie brachten meist eine gute Kinderstube und das notwendige Gefühl für Sitte und Anstand mit. Suzette, ihr jüngster Neuzugang, jedoch …

Pauline seufzte und erinnerte sich daran, wie erstaunt sie vor einigen Wochen gewesen war, einen Brief aus dem entfernten Avignon zu erhalten, mit dem Absender ihrer Cousine Dominique. Diese hatte sie inständig darum gebeten, Suzette, die zweitälteste ihrer vier Töchter, in ihrem Pensionat aufzunehmen. Suzette sei, so hatte ihre Cousine berichtet, ein echter Hitzkopf, den man kaum zu bändigen wisse. Und gerade jetzt, wo sie selbst unerwartet ein weiteres Mal niederkommen würde, sei sie nicht in der Lage, ihrer schwierigen Tochter die ihr angemessene Aufmerksamkeit zu widmen. Und so hoffe sie, dass ihre Cousine Pauline mit Verständnis, aber auch der nötigen Strenge einen mäßigenden Einfluss auf das ungezügelte Temperament ihrer Tochter ausüben würde.

Nur kurz hatte Pauline nachgedacht, bevor sie einen Bogen Papier herausgezogen, die Feder in das Tintenfass eingetaucht und damit begonnen hatte, eine Antwort an ihre Cousine aufzusetzen und ihr zu sagen, dass ihre Tochter Suzette in ihrem Institut nahe der Place du Luxembourg herzlich willkommen sei.

Immerhin arbeitete Pauline schon seit einigen Jahren mit heranwachsenden Backfischen zusammen und glaubte zu wissen, wie man mit ihnen umzugehen hatte. Wie schwer konnte es also sein, sich um eine Neue aus der fernen Provence zu kümmern? Eine Verwandte noch dazu? Wahrscheinlich, so hatte Pauline damals gedacht, würde alleine der Ortswechsel dazu beitragen, dass sich ihre Nichte zukünftig ein wenig mehr zusammennahm.

Wie sehr sie sich geirrt hatte, wurde ihr bereits in den ersten Tagen nach der Ankunft des Mädchens deutlich. Eine mediterrane Schönheit mit pechschwarzen Haaren, dunklen Augen und einem solch unbändigen Temperament, dass es Pauline einerseits faszinierte, sie andererseits jedoch an den Rand der Verzweiflung brachte.

Zu behaupten, dass sich das Mädchen schwer daran täte, sich den Regeln und Strukturen des Pensionatslebens zu fügen, wäre eine Verharmlosung gewesen. Von Beginn an zeigte sie offenen Widerstand gegen alles, was sie als Einschränkung empfand. Und nun hatte sie wohl beim sonntäglichen Spaziergang die unselige Bekanntschaft eines jungen preußischen Leutnants gemacht, der in Thionville seinen Dienst ableistete.

Suzette war fest entschlossen, ihn wiederzusehen, und zwar am Samstagabend in einer Schankwirtschaft.

Die Vorstellung alleine war schon ein Gräuel für Pauline.

Als Lehrerin und überdies Institutsleiterin war sie dazu verpflichtet, ihre Schülerinnen zu untadeligem moralischem Verhalten anzuleiten und auch selbst über jeden noch so geringen Vorwurf erhaben zu sein. Besuche von Gastwirtschaften, Tanzlokalen, abendlichen Vergnügungen oder gar Herrenbekanntschaften, so etwas konnte Pauline leicht ihre Schullizenz kosten.

Zudem war hier, im sogenannten Reichsland Elsaß-Lothringen, das nach dem letzten Krieg im Jahr 1871 von Frankreich abgetrennt und dem Deutschen Kaiserreich zugeschlagen worden war, das Verhältnis zwischen der einheimischen Bevölkerung und den aus anderen deutschen Staaten zugezogenen Altdeutschen noch immer von Spannungen begleitet. Jemand wie Pauline, die es wagte, in ihrem Institut und ihrem Unterricht der Verbreitung der französischen Tradition, Kultur und Sprache weitaus mehr Platz einzuräumen, als von offizieller Seite vorgesehen war, stand ohnehin schnell unter Generalverdacht, auch in anderer Hinsicht den Anforderungen nicht zu genügen.

Da galt es, sich nicht zu sehr aus dem Fenster zu lehnen.

Nachdenklich ließ Pauline ihren Blick über die sorgfältig ausgewählte, ins sanfte Licht des Sommermorgens getauchte Einrichtung ihres *Bureaus* gleiten, ihres Arbeitszimmers, das auch als privater Salon diente: ein leichter, aus hellem Holz gezimmerter Schreibtisch, mehrere Regale mit Büchern, eine Vitrine mit ihrem persönlichen Teeservice und kostbaren Porzellanfiguren aus Sèvres, welche verschiedene Persönlichkeiten der französischen Literatur darstellten. Ein rundes Tischchen mit drei Stühlen in einem Erkervorbau, dessen Sprossenfenster mit Spitzengardinen behangen waren, vervollständigte die Einrichtung.

Dieser kleine, zur Straße gelegene Raum im ersten Stock, der sogenannten Beletage, war das Herzstück ihres kleinen Reiches, das sie mit so viel Mühe und persönlicher Hingabe aufgebaut hatte. Zunächst hatte sie hier einige Jahre Seite an Seite mit ihrer Patentante Adèle, der damaligen Leiterin, gearbeitet. Seit deren Tod stand sie dem Mädchenpensionat mit eigener Schule in alleiniger Verantwortung vor, als *Directrice*.

Die meiste Zeit über beherbergte es zwölf Schülerinnen, die teilweise klassenstufenüberschreitend unterrichtet wurden. Im Augenblick gab es derer jedoch nur zehn, da manche der preußischen Schülerinnen, wie in deren Heimat üblich, die Schule bereits an Ostern verließen, und nicht zum hiesigen Schuljahreswechsel im Sommer.

Trotz der Eigenmächtigkeiten, die Pauline sich bisweilen beim Lehrplan erlaubte, erfreute sich das Pensionat eines wachsenden guten Rufes und wurde von Töchtern wohlhabender Familien aus Lothringen und dem Elsass ebenso besucht wie von Sprösslingen deutscher Beamter oder hochrangiger Militärs. Vereinzelt lebten hier auch Schülerinnen aus dem Ausland, aus Luxemburg, der angrenzenden preußischen Rheinprovinz und sogar aus Frankreich, dem ehemaligen Mutterland.

Allerdings war Pauline die Entscheidung nicht leicht gemacht worden, das Elternhaus im heimatlichen Metz, der etwa dreißig Kilometer entfernten lothringischen Bezirksstadt, zu verlassen, um hier ihr eigenes Leben zu gestalten. Nur zu gut erinnerte sie sich an den entsetzten Gesichtsausdruck ihrer Mutter, als sie dieser ihren Entschluss mitgeteilt hatte, den Heiratsantrag eines reichen Bankierssohns abzulehnen und stattdessen das Erbe ihrer Patentante Adèle anzutreten. Als unverheiratete Lehrerin, noch dazu im weitestgehend deutschsprachigen Teil Lothringens. Und an die Standpauke ihres Vaters, nachdem dieser begriffen hatte, dass es ihr ernst damit war und ihr Ansinnen nicht einer momentanen Laune entsprang.

Trotz des dadurch hervorgerufenen Bruchs mit ihrer Familie liebte Pauline ihre Unabhängigkeit, die Verantwortung, welche ihr Beruf mit sich brachte. Vor allem aber liebte Pauline die Menschen, mit denen sie es tagein, tagaus zu tun hatte. Allen voran die ihr anvertrauten Mädchen, welche ihr kleines, aber feines Institut besuchten. Diese zu selbstbewussten jungen Frauen zu erziehen, die eines Tages ihr Leben selbst in die Hand nahmen, darin bestand ihre Lebensaufgabe, ihre ganz persönliche Erfüllung. Nur in seltenen, schwachen Momenten, da ...

Ein lautes Klopfen unterbrach Paulines Gedanken.

*Suzette?* Beinahe musste sie lächeln. So einfach gab sich das Mädchen also nicht geschlagen.

Normalerweise war Willensstärke bei ihren Schützlingen

etwas, das Pauline durchaus mit Wohlwollen betrachtete, bestand ihr erklärtes Ziel als Lehrerin doch darin, ihre Schülerinnen zu selbstständigem Denken zu erziehen, zur Fähigkeit, eigene Entscheidungen zu treffen. *Sinnvolle* Entscheidungen. Wozu man Suzettes derzeitiges Anliegen allerdings nicht zählen konnte.

Sie bemühte sich um eine strenge Miene und rief: »Herein!«

Sogleich öffnete sich die Tür. Doch das weibliche Wesen, das mit vor Zorn geschwellter Brust und dem grimmigen Ausdruck einer bis auf den Tod gekränkten Walküre in den Raum stolzierte, war keineswegs die erwartete Schülerin.

Das eng geschnürte Kleid aus dunkelgrauem Wollstoff, das noch aus dem vergangenen Jahrzehnt stammte, und die mit grauen Strähnen durchzogenen, zu einem strengen Dutt aufgesteckten Haare gehörten Fräulein Hildebrandt, einer der Lehrerinnen ihrer Schule, welche zudem die Aufgabe als Erzieherin innehatte.

Seit ihrer ersten Begegnung tat sich Pauline mit der steifen, völlig humorlosen Art der Frau schwer. Doch Fräulein Hildebrandt gehörte nun einmal zum Erbe ihrer Patentante, weshalb Pauline aufgrund ihrer Ansicht, jeder Mensch habe eine Chance verdient, die Lehrerin weiterbeschäftigt hatte.

In diesem Augenblick erinnerte Pauline ihre Ankunft eher an ein Schlachtschiff der kaiserlichen Marine, welches in frontalem Angriff einen feindlichen Hafen ansteuerte.

»Fräulein Martin!« Wie eine Bugwelle überschwemmten diese beiden Worte Pauline mit Vorwurf und Entrüstung. »Fräulein Martin!«, wiederholte die Ältere atemlos, wobei sie wie üblich Paulines französischem Familiennamen einen seltsam kantigen Klang verlieh. »Ich muss mich im höchsten Maße beschweren!«

Das war nichts Neues. Fräulein Hildebrandt war eigentlich ständig dabei, sich über irgendetwas oder irgendjemanden zu beschweren. Über die Faulheit der Schülerinnen. Über das heiße Wetter – oder auch das kalte, je nachdem, welches gerade herrschte. Über die Dekadenz der französischen Küche, welche die elsässische Haushälterin Lisbeth zu besonderen Gelegenheiten servierte. Oder über die bewusste Spärlichkeit der Mahlzeiten, wenn während der Fastenzeit statt Fleisch und Braten vermehrt Fisch auf den Tisch kam. Beides kulinarische Zumutungen für ihren preußisch-protestantischen Gaumen, wie sie nicht müde wurde zu beteuern. Hin und wieder war es auch der Lärm auf der Straße, der ihr Migräne verursachte, oder der Lehrplan, dem sie sich beugen musste.

Mit gewissem Interesse neigte Pauline ihren Kopf der aufgebrachten Lehrperson zu, gespannt, was diesmal ihren leicht erregbaren Unwillen angefacht hatte.

»Dieses Mädchen! Dieses *welsche* Gör!« Fräulein Hildebrandt keuchte, während sich rote Flecken auf ihrem Gesicht bildeten, die einzigen Farbtupfer zwischen ihrem mausgrauen Kleid, den grauen Augen und dem ebenfalls grauen Haar. »Ich werde mir nicht mehr länger die Dreistigkeit dieses un-mög-lichen Geschöpfes …« – sie zog die einzelnen Silben des Wortes derart abgehackt in die Länge, dass es Pauline unwillkürlich an das Knattern eines preußischen Repetiergewehrs erinnerte – »… bieten lassen.«

Pauline kräuselte ihre Stirn und ahnte schon, um welches der zehn Geschöpfe es sich handelte, die zu unterrichten sie die Ehre – gelegentlich auch die Bürde – hatte.

Sie sollte recht behalten.

»Diese Susanne!« Nach wie vor weigerte sich Fräulein Hildebrandt, den Namen des Mädchens auf Französisch auszusprechen. »Dieses völlig sittenlose Mensch!«

Wortlos hob Pauline die Brauen. Eine solche Einschätzung war nun doch ein wenig übertrieben. »Was hat sie Ihnen getan?«

Diese direkt gestellte Frage schien die ältere Lehrerin aus dem Konzept zu bringen. Offensichtlich hätte sie lieber noch ein wenig weiter lamentiert.

»Sie untergräbt die Disziplin der anderen Schülerinnen mit

ihren impertinenten Ideen, ihrer Launenhaftigkeit, ihrer ... ihrer Triebhaftigkeit ...«

Tadelnd schnalzte Pauline mit der Zunge. Zwar gestand sie sich ein, dass Suzettes Eigenwilligkeit, gepaart mit ihrem Leichtsinn, durchaus eine explosive, nicht ungefährliche Mischung ergeben konnte. Doch der Wunsch eines Mädchens, sich in den Schmeicheleien und der Gesellschaft eines Mitglieds des anderen Geschlechtes zu sonnen, war wohl eher natürlich denn sittenlos zu nennen. Zumindest, wenn man nicht – wie Fräulein Hildebrandt – schon als alte Jungfer das Licht der Welt erblickt hatte.

»Und eben gerade, da ist sie mir auf dem Flur entgegengekommen. Es sind recht enge Flure hier im Haus ...« Sie bedachte Pauline mit einer derart strafenden Miene, als sei das ihre ganz persönliche Schuld. »Statt mir auszuweichen und mich vorbeizulassen, hat mich dieses unmögliche Gör angerempelt und beinahe von den Füßen gerissen!« Die Flecken in ihrem Gesicht nahmen ein noch tieferes Rot an. »Und ohne sich wenigstens zu entschuldigen, wie es sich in einem solchen Fall gehört, ist sie einfach weitergelaufen. Können Sie sich das vorstellen?«

Pauline konnte. Besonders nach dem heftigen Wortwechsel von vorhin, der das Mädchen offensichtlich zu dieser rüden Reaktion verleitet hatte. Und dennoch ...

»Das alles haben Sie alleine zu verantworten! Sie ganz alleine!«, unterbrach Fräulein Hildebrandt ihre Überlegungen. »Eine Lehrerin sollte den Kindern ein Vorbild sein, in Sitte, Anstand und Moral. Das beginnt schon mit der Kleidung und dem Auftreten. Sie jedoch ...« Verächtlich glitt ihr Blick über Paulines safranfarbenes, nach der neuesten französischen Mode geschneidertes Kleid, das mit einigen schlichten, aber durchaus raffinierten Details aufwartete. »Sie stolzieren herum wie ein Pfau, setzen den Mädchen Flausen in den Kopf, liederliche *welsche* Ideen, die deren Moral untergraben, sie zu oberflächlichen, eitlen Geschöpfen ...«

»Fräulein Hildebrandt«, versuchte Pauline, nun doch gekränkt, ihr Gegenüber zu mäßigen, allerdings ohne Erfolg.

»Aber wen wundert's? Vierzig Jahre gute deutsche Verwaltung hier im Reichsland Elsaß-Lothringen, und doch ist es nicht gelungen, den Ungeist der französischen Sittenlosigkeit und des Tugendverfalls auszutreiben und ...«

»Fräulein Hildebrandt!« Pauline musste die Stimme heben, um dem Redeschwall Einhalt zu gebieten und sich Gehör zu verschaffen. Was jedoch nur für zwei Sekunden anhielt, in denen die andere ihre schmalen Lippen zusammenkniff. Dann öffnete sie diese wieder und holte zum Todesstoß aus. »Ich werde mir ein solches Verhalten nicht länger bieten lassen. Nicht in meinem Alter, nicht in meiner hart erarbeiteten gesellschaftlichen Position. Ich kündige hiermit. Sofort!«

Dann herrschte Stille.

Offensichtlich hatte Fräulein Hildebrandt mit diesem letzten, gut gezielten Schuss ihre gesamte Munition abgefeuert. Und dieser Schuss hatte gesessen.

Pauline öffnete den Mund, um etwas zu sagen, schloss ihn aber gleich wieder, unfähig, das Gehörte zu fassen.

»Das können Sie nicht tun«, sagte sie schließlich. In ihrem Kopf purzelten zahlreiche Argumente herum, mit denen sie an das preußische Pflichtbewusstsein der älteren Frau appellieren wollte, an ihren Sinn für Ordnung und ihr Verantwortungsgefühl.

Doch ein Blick in das verkniffene Gesicht der grauen Gestalt sagte Pauline, dass keines davon verfangen würde.

»Oh doch, ich kann«, gab Fräulein Hildebrandt dann auch gleich zurück. »Ich habe es nicht nötig, mich weiter auf derart impertinente Art behandeln zu lassen. Gleich morgen packe ich meine Sachen und verlasse dieses ...« Ein weiteres Mal schnaubte sie, während ihr Blick abschätzig durch den Raum glitt. »... dieses unseriöse Haus.«

Mit diesen Worten fuhr sie herum und stapfte zur Tür, die sie mit einem höchst undamenhaften Knall hinter sich zuwarf.

Wieder schepperten die von Pauline so geliebten Porzellanfiguren.

»Abgang *numéro deux*«, murmelte Pauline. Dieser traf sie jedoch wesentlich härter als der von Suzette. Ihr kleines Institut umfasste nur drei Lehrerinnen, sie selbst mitgezählt, die sich gemeinsam um Unterricht und Erziehung, Schule und Pensionat kümmerten und dabei darauf angewiesen waren, effektiv wie ein Uhrwerk ineinanderzugreifen. Der plötzliche Wegfall einer von ihnen war daher mehr als herb zu nennen. Und zudem schwer zu ersetzen, so kurz vor Schuljahresende.

Resigniert stützte Pauline das Kinn in die Hände.

*Bonté divine!* Sie musste schnellstens Ersatz finden, bevor die Prüfungen anstanden. Am besten durch eine Zeitungsannonce oder vielleicht …

Es klopfte erneut.

Pauline hob den Kopf. Noch mehr Ärger für einen Tag? Da sie nichts davon hielt, unangenehmen Aufgaben auszuweichen, straffte sie sich erneut, setzte eine unverbindliche Miene auf und rief: »*Entrez!*«

Statt eines weiteren vor Zorn geröteten Gesichtes schob sich die rundliche, weiß beschürzte Gestalt von Lisbeth, der Haushälterin und Köchin, durch die Türöffnung.

»Und du, *ma chère*«, fragte Pauline schicksalsergeben, »mit welchen Hiobsbotschaften hast du aufzuwarten? Ist die Suppe verbrannt, ein Feuer in der Küche ausgebrochen? Oder haben Diebe die Speisekammer ausgeraubt?« An einem Tag wie diesem wahrscheinlich alles zusammen.

»Was, *Mamsell?*« Irritiert blieb die Köchin stehen. »Eigentlich wollte ich nur sagen, dass das Abendessen serviert werden kann. Soll ich nach den Schülerinnen läuten?«

Pauline zwang sich zu einem schiefen Lächeln. Zumindest eine gute Nachricht. Auch wenn es ihre derzeitigen Probleme keineswegs lösen würde, so wusste sie doch, dass es kaum einen Kummer gab, den eine raffiniert angerichtete Mahlzeit nicht zumindest erträglicher machen konnte.

Sie nickte der Frau zu. »Läute schon einmal, Lisbeth. Ich komme gleich in den Speisesaal.«

Doch ein unbestimmtes Gefühl sagte Pauline, dass an diesem Abend noch nicht einmal Lisbeths elsässische Kochkunst ihre düstere Stimmung aufhellen konnte.

*

Der Anblick der Mosel, die glitzernd und ruhig im Schein der Abendsonne dahinfloss, ließ Vincent in seinen Schritten innehalten, so überwältigt war er von dem Bild, das sich ihm bot, als er die Brücke betrat, um zur gegenüberliegenden Flussseite zu gelangen.

Die befestigte Uferpromenade war flankiert von stilvollen alten Gebäuden, darunter eine zweitürmige Kirche, deren Glocken gerade das Tagesende einläuteten. Der würzige Geruch des Sommers vermischte sich mit dem des Flusses und dem Duft nach Kaffee, frisch gebackenem Brot und gebratenem Speck, was darauf hindeutete, dass es Zeit für das Abendessen war.

*Angekommen.*

Für einen kurzen Augenblick ließ er seine Reisetasche sinken, schloss die Augen und atmete tief ein. So tief, als hätte er seit ewigen Zeiten nicht mehr die Möglichkeit dazu gehabt, klare, saubere Luft zu inhalieren. Seine Mundwinkel hoben sich zu einem kurzen Lächeln. Es fühlte sich seltsam an, ungewohnt. Hatte er doch so lange weder Anlass noch Gelegenheit dazu gehabt. Aber nun ...

Frei.

*Endlich frei.*

Er ließ den Gedanken auf sich wirken, ebenso wie den Anblick der Stadt und der Mosel, über der die rötliche Sonne unterging.

War er wirklich frei? Nun, nachdem er das verfluchte Preußen hinter sich gelassen hatte? Wäre er hier in der Lage, alles abzuschütteln, was ihn an die Vergangenheit kettete?

Grimmig verzog er das Gesicht. Das würde die Zukunft zeigen. Und die begann jetzt. Am besten damit, dass er sich nach einem halbwegs bezahlbaren Essen in einer Schankwirtschaft umsah.

Der Gedanke an ein üppig mit Käse und Schinken belegtes Brot und ein kühles Bier ließ seinen Magen knurren. Es musste eine Ewigkeit her sein, seit er zum letzten Mal etwas gegessen hatte. Irgendwann am frühen Morgen, bevor er aufgebrochen war.

In den vergangenen Jahren, den schlimmsten seines Lebens, hatte er gelernt, von einem Tag auf den anderen zu leben und sich auf die nächstliegenden Dinge zu konzentrieren. An große, weitreichendere Pläne war gar nicht zu denken gewesen.

Morgen wäre immer noch Zeit, das zu tun, weshalb er eigentlich die Reise angetreten hatte. Zuerst aber wollte er sich ausruhen und sich orientieren, wusste er doch, dass der erste Eindruck von großer Bedeutung sein konnte.

Entschlossen schulterte er wieder seine Tasche und schaute sich um. Dann stapfte Vincent Lehmann in Richtung Stadt.

## Kapitel 2

»So, und das hier bringst du zur Post. Es soll an verschiedene Zeitungen gehen.« Pauline hielt dem Jungen einen Stapel Briefumschläge hin, die alle in ihrer ebenmäßigen Handschrift adressiert waren. »Und nicht trödeln, *mon garçon*. Es ist eilig, ja?« Mit gespielter Strenge ahmte sie Fräulein Hildebrandts typische Handbewegung nach, indem sie mahnend mit dem erhobenen Zeigefinger wackelte.

»*Dir kënnt eech op mech verloossen, Joffer*«, gab Thomas im tiefsten Diedenhofener Platt zurück und gab grinsend die Zahnlücke frei, wo ihm seit einer Prügelei auf der örtlichen Kirmes ein seitlicher Schneidezahn fehlte. »Ich bring dat so schnell zur Post, datt Se gar nicht merken, datt ich weg war, wenn ich wieder hier bin.«

»Das ist mal ein Wort.« Pauline lächelte, als sie sich erhob und dem Jungen wohlwollend die Hand auf die Schulter legte. »Ich danke dir.«

Sie hatte den Satz noch nicht zu Ende gesprochen, da war er bereits durch die Tür ihres *Bureaus* verschwunden.

Amüsiert schüttelte sie den Kopf, bevor sie wieder an ihrem Schreibtisch Platz nahm. Seit sie die Schule übernommen hatte, besserte Thomas Engel das Einkommen seiner Familie auf, indem er für sie Besorgungen und Gelegenheitsarbeiten verrichtete. Sein Vater war Hüttenarbeiter bei der Firma Röchling gewesen, auf der Carlshütte, und vor einigen Jahren bei einem der zahlreichen Arbeitsunfälle ums Leben gekommen. Seitdem arbeitete seine Mutter als Wäscherin und verdiente kaum das Nötigste. Sein kleines Zubrot war eine willkommene Ergänzung zum Lebensunterhalt. Dabei stellte sich der nun Siebzehnjährige sehr willig, wenn auch nicht immer geschickt an. Doch hatte Pauline keinerlei Bedenken, ihn mit dieser wichtigen Aufgabe zu betrauen. Nach dem unerwarteten Ausscheiden von Fräulein Hildebrandt drohte der geregelte Tagesablauf im Pensionat mit Unterrichtsstunden am Vormittag und Nachmittag zusammenzubrechen, sodass schnellstmöglich Ersatz gebraucht wurde. Sie hoffte, durch Anzeigen in mehreren regionalen und überregionalen Tageszeitungen rasch Abhilfe zu schaffen. Am besten, bevor die Schülerinnen, allen voran ihre Nichte Suzette, damit begannen, ihr auf der Nase herumzutanzen.

Erschöpft lehnte sie sich zurück. Derzeit kam sie wenig zum Schlafen, da sie gezwungen war, sich alle Unterrichtsverpflichtungen mit der einzig noch verbliebenen Kollegin Eleonore Schmitt zu teilen. Dabei hatte sie so schon genug zu tun mit der Verwaltung der Schule und ihren eigenen Fächern. Gut nur, dass der Religionsunterricht durch die örtlichen Geistlichen der beiden Konfessionen erteilt wurde.

Sie rieb sich die Stirn und begann, die Arbeiten ihrer Schülerinnen zu korrigieren, eine Aufgabe, der sie üblicherweise mit großem Interesse nachkam, zeigten die Ergebnisse ihr doch, was die Mädchen gelernt hatten.

Heute aber ... Lag es an der Müdigkeit oder an den Sorgen, die ihr im Kopf herumgingen? Irgendwie gelang es ihr nicht, sich darauf zu konzentrieren, was die Schülerinnen über das Verständnis von Vergangenheit und Gegenwart in den Romanen Victor Hugos zu sagen wussten. Und das, obwohl Hugo zu ihren persönlichen Lieblingsschriftstellern zählte und seine Werke einen Ehrenplatz in ihrem Regal einnahmen.

Ein Klopfen ließ sie aufblicken. Der mit roter Tinte getränkte Federhalter verharrte schwebend über dem Blatt, als sie »Herein!« rief.

Lisbeth stand vor der Tür, ein wenig schuldbewusst, da sie

wusste, dass Pauline während ihrer Arbeit nicht gerne gestört wurde.

Pauline nickte. »*Oui?*«

»Ein Bewerber, *Mamsell*«, sagte die Elsässerin. »Jemand, der an Ihrem Institut eine Arbeit sucht. Was soll ich ihm sagen?«

»Das ging aber schnell.« Pauline war irritiert. Thomas war doch erst vor wenigen Minuten losgerannt. Umso neugieriger war sie, wer da unten im Eingang stehen mochte.

Ihr schlechtes Gewissen meldete sich, als sie den Blick auf den Stapel mit den Arbeitsheften richtete. Nun, die mussten sich gedulden.

Seufzend steckte sie den Federhalter wieder zurück in seinen Ständer und stand auf.

»Lass ihn draußen warten, Lisbeth. Und sag ihm, dass ich gleich unten bin.«

\*

Vincent hatte sich das anders vorgestellt. So viel musste er sich eingestehen.

An die Stelle des Optimismus, den er bei seiner Ankunft in Diedenhofen verspürt hatte, war rasch Ernüchterung getreten.

Obgleich ihn nun Hunderte von Kilometern und mehrere Tagesreisen von jener Vergangenheit trennten, vor der er geflohen war, hatte er den Eindruck, dass sie ihn eingeholt hatte. Denn Diedenhofen – oder Thionville, wie auch immer man es nennen mochte – war eine Festungsstadt, in der, wie im Reichsland Elsaß-Lothringen durchaus üblich, preußische und auch bayerische Truppen stationiert waren.

Vincent konnte nicht verhindern, dass er beim Anblick blau uniformierter Offiziere noch immer zusammenzuckte und den verhassten Drang verspürte, strammzustehen. Trotz der verträumten Silhouette des lothringischen Moselstädtchens, über dem meist der Ruß aus den Hochöfen der ortsansässigen Eisenhütte hing, stieg in ihm das ungute Gefühl auf, erneut in die Falle getappt zu sein.

Aber noch hatte er einen Trumpf im Ärmel, eine letzte Karte, die er ausspielen konnte. Vorausgesetzt, er stellte sich geschickt an und es gelänge ihm, gewisse Begebenheiten seiner Vergangenheit unerwähnt zu lassen.

Der Anblick des Pensionats hatte etwas Respekt einflößendes an sich. Ein dreistöckiges, hell verputztes Gebäude, dessen sichtbares Mauerwerk aus dem für diese Region typischen goldgelben Kalkstein bestand. Ebenso die Umrandungen der Sprossenfenster, die gleichmäßig über alle Stockwerke verteilt waren und mit ihren geöffneten Läden ihn wie durchdringende Augen zu mustern schienen. Über dem Hauptportal wölbte sich ein halbrunder, schön geschwungener Halberker der dem fast klassisch streng gehaltenen Gebäude einen verspielten Zug verlieh.

Trotz des milden Wetters schwitzte er in seiner einfachen, aus grobem Leinen und Wollstoff bestehenden Kleidung, die sich noch immer fremd anfühlte. Mit einem Mal fragte er sich, was ihn zu diesem wahnwitzigen Plan verleitet hatte, der ihm sicher nur neuen Ärger einbringen würde.

Dessen ungeachtet zwang er sich, ruhig stehen zu bleiben und die von der etwas fülligen Haushälterin in breitem Elsässer Akzent angekündigte Ankunft der Besitzerin abzuwarten. Zu lange war er weggelaufen, zu lange vor sich selbst und dem Erlebten geflohen. Und wenn er seine Schuhe höchstpersönlich an diesem Pflaster festnageln müsste, er würde hier nicht fortgehen. Zumindest nicht, ehe er das getan hatte, weshalb er sich auf den langen Weg über die Grenze des Reichslandes gewagt hatte.

Der Anflug eines schlechten Gewissens überkam ihn. Er hasste es, Menschen zu täuschen. Aufrichtigkeit und Ehrlichkeit waren ihm mit in die Wiege gelegt worden.

Schritte näherten sich der Tür, dann öffnete sich diese und gab den Blick frei auf eine junge Frau in einem tadellos sitzenden, pfirsichfarbenen Kleid, mit aufgestecktem kastanienbraunem Haar und bernsteinfarbenen Augen, die ihn interessiert musterten.

Vincent spürte, wie seine Muskeln sich verkrampften. Nun lag es an ihm, seine Chance zu nutzen.

\*

Der Mann, der an der Treppe vor der Tür stand, mochte Anfang oder Mitte zwanzig sein, so genau konnte Pauline es nicht sagen, denn der Schirm einer Schiebermütze warf einen Schatten über seine Züge. Seine Kleidung wirkte zwar sauber, aber einfach und bereits ein wenig abgetragen.

»*Bonjour, Monsieur.* Kann ich Ihnen helfen?«

Ein Hauch von Herausforderung und Trotz lag in seiner Körperhaltung, als er zu ihr aufsah und sie sein Gesicht sehen konnte, dessen untere Hälfte von einem Bartschatten bedeckt und das von der Sonne leicht gebräunt war. Das helle Haar trug er ein wenig länger als gemeinhin üblich, im Nacken berührte es fast den Kragen seiner beigefarbenen Wolljacke. Doch das Auffälligste an ihm waren seine Augen. In ihrem klaren, tiefen Blau wirkten sie wie ein unbestimmter Widerspruch zu seiner übrigen Erscheinung.

Einen kurzen Moment lang stockte Pauline. Etwas an diesem Mann kam ihr vage bekannt vor, ohne dass sie zu sagen vermochte, woher dieser Eindruck rührte. Waren sie sich schon einmal begegnet?

»Guten Morgen, Mademoiselle.« Trotz seines jungen Alters klang seine Stimme sonor, fast ein wenig rau. »Ich bin auf der Suche nach Arbeit, und wollte nachfragen, ob ...«

»Bitte entschuldigen Sie.« Fragend zog Pauline die Brauen zusammen. »Kennen wir uns von irgendwoher?«

Für einen Augenblick meinte sie den Ausdruck des Erschreckens in den Augen des Mannes zu lesen. Dann aber wirkten diese wieder so ruhig und klar wie die Oberfläche eines Sees.

Er senkte den Kopf. »Nein, Mademoiselle. Nicht, dass ich wüsste. Es ist nur ...« Kurz schien er unsicher, was er sagen sollte, dann schaute er sie direkt an. »Ich brauche dringend eine Anstellung, und bei einem Institut wie dem Ihren fällt sicher jede Menge Arbeit an. Da hinten beispielsweise ...« Er wies mit dem Finger auf die entsprechende Stelle. »Da scheint ein Fensterladen ein wenig aus den Angeln geraten zu sein, und hier oben ...« Er machte einige Schritte rückwärts und legte den Kopf in den Nacken. »Wenn mich nicht alles täuscht, ist dort ein Dachziegel locker. Nicht, dass er noch jemandem auf den Kopf fällt.«

Ein wenig überrumpelt folgte Pauline seinem Blick, konnte aber nichts erkennen.

»Sicher verfügt diese Schule auch über einen Garten.« Noch immer sah er sie nicht wieder an, während er die Hände in den Hosentaschen vergrub. »Womöglich könnten Sie dort ebenfalls Hilfe gebrauchen. Das Gras kurz halten, Blumen, Hecken und Bäume pflegen ... Was auch immer, ich bin für alle anfallenden Arbeiten zu gebrauchen.«

*Sind Sie auch in der Lage, aufmüpfige Schülerinnen zur Raison zu bringen oder zumindest Mathematik zu unterrichten?*, hätte sie am liebsten gefragt, hielt sich aber zurück.

Da war etwas im Blick des Fremden, in seinen Gesten, der Art, wie er sie anblickte ... Irgendetwas, das ihr vertraut erschien und zugleich ihr Mitleid erregte.

»Wie heißen Sie?«, fragte sie daher und hoffte, dass der Name ihrer Erinnerung auf die Sprünge helfen würde.

Sein Blick ging zu Boden. »Vincent Lehmann.«

Vincent, kein allzu häufiger Name. Und Lehmann ... Pauline überlegte kurz, musste jedoch feststellen, dass dieser Name ihr nichts sagte. Warum hatte sie dennoch das Gefühl, sich erinnern zu müssen?

»Was meinen Sie?«, hakte er schließlich nach und schob sich die Mütze aus dem Gesicht. »Haben Sie Arbeit für mich?«

Pauline zögerte. Jetzt im Sommer gab es im Garten mehr als genug zu tun, und wenn es wirklich stimmte, dass auch am Haus Reparaturen notwendig waren ... »Eigentlich suche ich eine Lehrkraft«, gab sie unumwunden zu. »Jemanden, der die Schülerinnen in Mathematik unterrichten kann, in den Naturwissenschaften und ...«

Ein schiefes, fast ein wenig entschuldigendes Lächeln trat auf Vincents Gesicht. »Als Lehrer würde ich sicher nicht durchgehen, aber sonst könnte ich ziemlich alles bewerkstelligen, was hier so anfällt. Wäre Ihnen damit auch gedient?«

Pauline zog die Nase kraus. »Ich bin mir nicht sicher, ob ich mir im Augenblick einen zusätzlichen Angestellten leisten kann.«

Erneut legte er den Kopf in den Nacken und blickte in den blauen Himmel, an dem vereinzelt weiße Wölkchen hingen. »Ich bin neu hier im Reichsland und brauche nicht viel. Mit Unterkunft, Verpflegung und einem kleinen Obolus wäre ich zufrieden.« Er sah sie an. »Zumindest vorerst, bis ich mich bei Ihnen unentbehrlich gemacht habe.«

Gegen ihren Willen musste Pauline lachen und stellte fest, dass der junge Mann sie schon fast überzeugt hatte. Allerdings noch nicht ganz. »Ich weiß nicht so recht«, versuchte sie einen letzten Widerstand.

»Darf ich Ihnen einen Vorschlag machen, Mademoiselle?« Vincent krempelte die Ärmel hoch. »Was halten Sie davon, mir zwei Stunden zu geben, um im Garten etwas Ordnung zu schaffen, und Sie sich danach entscheiden? Wenn Ihnen das Ergebnis nicht zusagt, sind Sie zu nichts verpflichtet. Dann packe ich meine Sachen, und Sie hören nie wieder von mir.«

Etwas wie trauriger Schalk blitzte in seinen Augen auf, und wahrscheinlich war es dieser Blick, der es Pauline unmöglich machte, dem Mann eine Abfuhr zu erteilen.

Kurz entschlossen streckte sie ihm die Hand hin. »Einverstanden. Aber nur zur Probe.«

\*

»Einen Gärtner, *Mamsell?*« Lisbeths raue, für eine Frau erstaunlich tiefe Stimme klang erstaunt.

»Einen Gärtner, in der Tat. Du musst doch zugeben, dass diese Entscheidung mehr als vernünftig zu nennen ist.« Verstohlen warf Pauline einen Blick auf die drei Kuchen, welche die Köchin für die kleine Kaffeetafel am morgigen Sonntag gebacken hatte: ihre beiden Klassiker, Gugelhupf und Heidelbeertarte, sowie einen Biskuitboden, der am nächsten Tag üppig mit Erdbeeren und Sahne belegt werden würde.

»Waren Sie nicht auf der Suche nach einer neuen Lehrperson?« Lisbeth sah nicht auf, während sie mit einem Lappen die letzten Spuren ihrer Backaktion beseitigte und die geräumige, blauweiß gekachelte Küche, deren Fenster zum Garten hinausgingen, wieder in einen tadellosen Zustand versetzte. Aber die Skepsis war deutlich aus ihrer Stimme herauszuhören.

»Das bin ich noch immer.« Paulines Blick war weiterhin auf die drei Kuchen gerichtet, während sie überlegte, ob die Tatsache, dass sie als *Directrice*, als Leiterin dieser Schule, für das leibliche Wohlergehen all ihrer Bewohner zu sorgen hatte, Vorwand genug war, vorab ein Stück davon zu kosten. Nur so zur Sicherheit …

»Doch musst du eingestehen, dass viele der Arbeiten nicht mehr zu schaffen sind, seit Fräulein Hildebrandt uns verlassen hat, die zusätzlichen Unterrichtsverpflichtungen und so …« Der köstliche Duft ließ das Wasser in ihrem Mund zusammenlaufen, und sie hatte Schwierigkeiten, sich auf das eigentliche Gesprächsthema zu konzentrieren.

»Da haben Sie recht«, brummte Lisbeth, die nun offensichtlich mit dem Zustand ihrer Küche zufrieden war. »Wir könnten hier wirklich Hilfe brauchen. Gerade jetzt im Sommer.«

»Eben.« Nur mit Mühe gelang es Pauline, ihre Augen vom Anblick der köstlichen Backwaren abzuwenden. »Thomas wird uns auch nicht mehr lange erhalten bleiben, entweder wird er eine Lehre beginnen oder eingezogen, und dann ...«

Lisbeth runzelte die Stirn. Sie wirkte nicht vollends überzeugt. »Ich hoffe, Sie haben den Burschen auf Herz und Nieren geprüft.«

»Nun, er hat binnen drei Stunden das komplette Gras geschnitten und die Beete vom Unkraut befreit. Als Nächstes will er den losen Dachziegel befestigen. Er scheint wirklich zu wissen, was er tut. Außerdem«, fügte Pauline rasch hinzu, »konnte er Zeugnisse vorweisen. Er stammt aus dem Preußischen, der Rheinprovinz, und hält sich erst seit Kurzem hier im Reichsland auf.«

»Hat er gesagt, weshalb?« Lisbeths Argwohn schien noch nicht ganz verflogen.

»Aus persönlichen Gründen, sagte er. Deshalb kam es mir unpassend vor, weiter in ihn zu dringen«, gab Pauline zurück und spürte, dass ihr Appetit plötzlich verflogen und einem Gefühl von Unbehagen gewichen war. »Er versuchte zwar, es zu überspielen, aber er scheint einen Kummer mit sich zu tragen. Ich habe ihm gesagt, er könne im Gartenhäuschen wohnen, wenn er bereit sei, es wieder auf Vordermann zu bringen. Ach, vielleicht tat er mir einfach nur leid. Vielleicht ... *Bonté divine!* Normalerweise kann ich mich auf meine Menschenkenntnis verlassen.«

Lisbeths Gesicht war noch immer ernst. »Das können Sie auch, *Maidel*. Das können Sie. Normalerweise.« Wie zur Beschwichtigung reichte sie Pauline ein kleines Tablett, auf dem leuchtend rote, gezuckerte Erdbeeren lagen.

Gedankenverloren griff Pauline danach und steckte sich eine davon in den Mund, ohne jedoch ihre Süße zu schmecken.

Zweifel überkamen sie. Sollte ihre Entscheidung voreilig gewesen sein?

## Kapitel 3

Der Zorn hatte Suzette die ganze Nacht über wachgehalten. Und nun, da die Zeit gekommen war, stieß sie entschlossen die Decke beiseite, schob ihre nackten Füße auf den Boden und glitt aus dem Bett.

*Quel culot!* Was für eine Frechheit, sie wie ein Kind zu behandeln! Was dachte sich Tante Pauline, diese blaustrümpfige alte Jungfer, dabei? Nur weil sie selbst keinen Mann hatte, sollten wohl alle anderen ebenfalls in Keuschheit dahinvegetieren.

Bei diesem Gedanken schüttelte Suzette so heftig den Kopf, dass sich ihre schwarzen Haare, die sie am Abend zuvor geflochten hatte, aus dem Zopf lösten und sich wellig über ihren Rücken ergossen.

Sie lächelte grimmig. Umso besser.

Ihr Herz hämmerte so laut, dass sie glaubte, das ganze Haus müsse davon aufwachen. Doch hätten selbst die Posaunen zum Jüngsten Gericht sie nicht von ihrem Vorhaben abbringen können. Diesmal nicht!

Rasch entledigte sie sich ihres Nachthemdes und griff im blassen Licht des hereinfallenden Mondscheins nach ihrem Mieder und den Kleidungsstücken, die sie sich bereits am Vorabend zurechtgelegt hatte. Zwar bereitete es ihr ein wenig Mühe, ihr Korsett ohne fremde Hilfe so zu schnüren, dass es ihr akzeptabel erschien, doch schließlich war es geschafft und sie schlüpfte erleichtert in Rock und Bluse.

Sie verfluchte die Dunkelheit, die es ihr unmöglich machte, sich etwas Puder und Rouge aufzulegen, wohl wissend, dass ihre Mutter schier in Ohnmacht gefallen wäre, wenn sie ihre Tochter damit erwischt hätte. Aber *Maman* war weit weg, und Tante Pauline schlummerte selig in ihren Kissen.

*Jetzt oder nie!*

Für einen kurzen Moment überkamen Suzette Zweifel, eine heftige Furcht erfasste ihre Glieder und wollte sie daran hindern, ihr Vorhaben in die Tat umzusetzen.

»*Lâche!*«, zischte sie sich selbst zu. Erbärmlicher Feigling!

Kaum einen Monat in diesem Pensionat, und schon war sie dabei, ihren Schneid einzubüßen.

Aber was, wenn Tante Pauline recht hatte? Wenn das, was sie zu tun gedachte, sie wirklich in Gefahr brachte oder zumindest ihren Ruf ruinieren könnte?

*Papperlapapp!* Was wussten die alle schon vom Leben? Ihre Mutter war über vierzig und ging gerade schwanger mit einem weiteren Nachkömmling, womöglich dem langersehnten Stammhalter, den ihr Vater sich nach vier Töchtern stets gewünscht hatte. Und Tante Pauline? Mit ihren 32 Jahren, einer Nase, die ständig in Büchern steckte, und ihren gelegentlich mit roter Tinte verschmierten Fingerspitzen war sie ohnehin für die Männerwelt verloren.

Zwar musste Suzette sich eingestehen, dass ihre Tante durchaus Wert auf ihr Äußeres legte und ihre Garderobe von ausgewählter, wenn auch dezenter Eleganz war. Doch sprachen ihr Verhalten und ihre verstaubten Anordnungen eine völlig andere Sprache.

Schnell schnürte sich Suzette die Schuhe und huschte auf Zehenspitzen in Richtung Tür. Zumindest versuchte sie es, konnte jedoch nicht verhindern, dass die Dielen bei jedem ihrer Schritte knarrten.

»Suzette?« Eine schlaftrunkene Stimme vom gegenüberliegenden Bett ließ sie innehalten.

Verflixt! Nicht bereit, sich aufhalten zu lassen, öffnete sie die Tür einen Spalt weit.

»Suzette? Bist du das?« Ein Blick zurück zeigte ihr, dass sich ihre Zimmernachbarin, ein verhuschtes graues Mäuschen namens Louise Wendling, in ihrem Bett aufgerichtet hatte und sie ansah. Ihre Augen weiteten sich vor Schrecken, als sie offensichtlich begriff. »Du bist ja vollständig angekleidet! Großer Gott, was hast du vor?«

Einen Fluch unterdrückend, schloss Suzette die Tür wieder, um zu vermeiden, dass auch noch der Rest des Hauses aus dem Schlaf gerissen wurde.

»Ist das nicht offensichtlich?« Sie wusste, dass Angriff bisweilen die beste Verteidigung war. »Ich habe eine Verabredung, ein *Rendezvous*.«

Hätte Suzette behauptet, sie habe vor, die örtliche Bank auszurauben, hätte die Reaktion ihrer Zimmergenossin kaum entsetzter ausfallen können. »Du hast was? Aber ...« Louise hielt inne, da ihr entweder die Worte fehlten oder die Fähigkeit, diese sinnvoll zusammenzusetzen. »Aber es ist mitten in der Nacht. Wie kannst du ...?«

Verärgerung stieg in Suzette auf. Sie hatte etwas Besseres vor, als dieses unbedarfte, herumdrucksende Ding ausgerechnet jetzt darüber aufzuklären, zu welchem Zweck Männer und Frauen sich trafen.

»Ich kann sehr wohl«, zischte sie daher und baute sich vor der anderen auf. »Und du wirst mich nicht daran hindern. Hörst du?«

»Aber ...« Louises Stimme klang schwach.

»Und wenn du auch nur ein Wort darüber sagst, wirst du Ärger bekommen, das verspreche ich dir.« Fieberhaft überlegte Suzette, womit sie diesem Unschuldslamm drohen konnte. »Dann wird die ehrenwerte Mademoiselle Martin so manches über dich zu hören bekommen, was du lieber für dich behalten würdest.«

Als hätte sie einen Schlag erhalten, fuhr Louise bei diesen Worten zusammen und starrte Suzette erschrocken, geradezu ungläubig an. »Das wirst du nicht tun«, flüsterte sie, doch ihre Stimme klang nicht überzeugt. »Du würdest doch niemals ... Woher überhaupt ...« Sie verstummte.

*Aha!* Also gab es wirklich ein Geheimnis, das dieses unscheinbare Wesen vor der Öffentlichkeit verbergen wollte. *Très intéressant.*

Aber im Augenblick hatte sie andere Sorgen. Musste sie doch unbedingt draußen sein, bevor *er* es womöglich satthatte, noch länger auf sie zu warten, und es sich anders überlegte.

»Wir haben uns also verstanden, *n'est-ce pas?*«, gab Suzette als letzte Warnung hinterher.

Dann öffnete sie hastig die Tür und verschwand.

\*

Ein gebrüllter Befehl zerriss die Luft und hallte von den hohen, hell verputzten Außenwänden wider. Regungslos stand die Hitze zwischen den Gebäuden. Die Luft flirrte über dem sandigen Boden, drang ihm in Mund, Nase und Ohren, während ihn zugleich ein unendlich schweres Gewicht zu Boden ziehen wollte.

Sein Atem ging keuchend, seine Lungen brannten. Noch weitaus tiefer brannten aber der Zorn in ihm, der Hass und das Gefühl hilfloser Wut, das ihn von innen heraus zu verschlingen drohte.

Ein Stoß in den Rücken ließ ihn taumeln, wollte ihn zwingen, sich wieder in Bewegung zu setzen. Doch vermochte er es nicht, war nicht in der Lage, auch nur ein Glied zu rühren, sich einen Zoll weiterzubewegen.

Das Brüllen, das in sein Ohr drang, war nicht mehr das eines Menschen, es war das eines wilden Tieres. Eines Tieres, das Blut gewittert hatte. Jeder Muskel seines Körpers war zum Zerreißen gespannt, seine Hände zu Fäusten geballt.

Der erste Hieb, der ihn traf, zersplitterte seinen Stolz, der zweite einen Knochen und der dritte traf ihn mit einer solchen Wucht, dass es ihn von den Füßen riss und er stürzte.

In bodenlose Tiefe, in Schwärze ...

Mit einem Aufschrei fuhr Vincent aus dem Schlaf. Die Bilder seines Traumes zerflossen wie die spiegelnde Oberfläche eines Sees, in die ein Stein geworfen wurde. Sein Herz hämmerte so heftig, als sei er bergauf gerannt. Davongelaufen vor etwas, dem er seit Jahren zu entkommen versuchte.

Es dauerte einige Atemzüge, bis er begriff, dass er nur geträumt hatte und sich meilenweit entfernt von dem Ort befand, der ihn nicht loslassen wollte. In Sicherheit.

*Sicherheit?*

Schweißgetränkt klebte sein Hemd am Körper, sein Mund war trocken wie Stroh. Von den Bildern des Traumes benommen stand er auf, ging zu dem kleinen Tisch, goss sich aus dem Krug Wasser in ein Glas und leerte es in einem Zug.

Das Zirpen der Grillen und der klagende Laut eines Käuzchens drangen durch das geöffnete Fenster des Gartenhäuschens, das ihm als Quartier diente. Sein rasender Herzschlag verlangsamte sich, allmählich ließ das Zittern nach.

Tief atmete er aus, stellte das Glas zurück auf den Tisch.

Er wusste, dass er in dieser Nacht keinen Schlaf mehr finden würde. Wie stets, wenn ihn die Erinnerung übermannte, die Panik, das elende Empfinden vollkommener Hilflosigkeit. Schon gar nicht, solange er von festen Wänden umgeben war. Er brauchte Luft, brauchte den Anblick von Weite, des Himmels über sich. Das klaustrophobische Gefühl, das so sehr ein Teil von ihm geworden war, lauerte in allen Winkeln des Raumes und drängte ihn nach draußen.

Schnell schlüpfte er in seine Hose, öffnete die Tür des Gartenhäuschens und trat in die milde, sternenklare Sommernacht. Das blasse Mondlicht tauchte den Garten in geheimnisvolles Zwielicht. Das leise Rauschen der Blätter in den beiden Mirabellenbäumen, der betörende Duft der in voller Blüte stehenden Natur hüllten ihn ein. Ruhe breitete sich in ihm aus.

Nach so unglaublich langer Zeit endlich Ruhe.

Mit einem beinahe wohligen Aufseufzen kramte er Zündhölzer und eine leicht eingedrückte Zigarette aus der Hosentasche, die er sich ansteckte. Tief zog er den würzigen Tabakrauch in seine Lungen. Der Geruch vermengte sich mit dem des Sommers, eine angenehme Schläfrigkeit überkam ihn. Mit geschlossenen Lidern lehnte er sich an den Türrahmen und ließ die Geräusche der Nacht auf sich wirken. Leise und sanft.

Ein Knacken riss ihn aus dem Dämmerzustand, hastige Schritte, die durch das frisch geschnittene Gras huschten.

Sogleich war Vincent hellwach, alle Sinne geschärft. Wie von selbst flog sein Blick durch den dunklen Garten. Auf dessen Rückseite, wo eine mannshohe, nur durch ein schmiedeeisernes Tor durchbrochene Mauer das Grundstück von der Straße abschirmte, konnte er die Silhouette einer zierlichen weiblichen Gestalt ausmachen. Sie schien es eilig zu haben, denn sie warf keinen Blick zurück, sondern lief immer weiter.

Vincent stutzte. Wer mochte das sein? Eine der Lehrerinnen? Eine Schülerin? Doch wenn es sich tatsächlich um eines der Mädchen handelte, so wandelte es sicherlich auf verbotenen Pfaden. Eine Ausreißerin? Oder eine Diebin?

Was sollte er tun? Alarm schlagen? Versuchen, die Person zu überwältigen? Und dann? Das Letzte, was er im Augenblick gebrauchen konnte, war der Zusammenstoß mit der hiesigen Polizei.

Andererseits wäre es unverantwortlich, eine derartige Beobachtung einfach auf sich beruhen zu lassen.

Im schwachen Mondlicht sah Vincent, dass sich die Gestalt anschickte, über die Mauer zu klettern. Erst beim zweiten Hinsehen erkannte er, dass sie sich an einem kräftigen, mit Knoten versehenen Seil hochzog, das ihr wohl jemand von der anderen Seite herübergeworfen hatte.

Das Mädchen lief also wirklich davon, ebenso wie die Zeit, die Vincent blieb, um eine Entscheidung zu treffen. Fest presste er seine Kiefer zusammen und duckte sich etwas mehr in den Schatten, um nicht gesehen zu werden.

Gerade als das Mädchen das obere Ende der Mauer erreicht hatte, sich ihr zwei Hände entgegenstreckten und ihr auf der anderen Seite wieder hinabhalfen, wusste Vincent, was er zu tun hatte. Was seine Pflicht und Schuldigkeit war.

Fast lautlos schlich er ebenfalls zur Mauer und zog sich daran nach oben. Vorsichtig warf er einen Blick auf die im Mondlicht liegende Straße, darauf bedacht, von dort aus nicht gesehen zu werden.

»Gut, dass du gekommen bist!«

»*Mais oui.* Ich hab's doch gesagt.«

»Du bist ja mutig!«

Untermalt wurde dieses atemlose Gespräch durch das Geräusch heftiger Liebkosungen und Küsse.

»Ich verspreche dir, ich bringe dich auch zurück, bevor jemand dich vermisst.«

Diese Stimme!

Kaum merklich fuhr Vincent zusammen. Dieser Klang. Der schnorrende, fast ein wenig nasale Tonfall.

Dann wieder das Mädchen. »Das solltest du auch. Wenn man erfährt, was ich draußen tue, dann …«

Ein weiterer Kuss verschloss ihren Mund. Erst als der Mann von ihr abrückte, fiel das Mondlicht direkt auf sein Gesicht.

Vincent erstarrte.

Hastig duckte er sich ein wenig tiefer, während sein Puls raste. Bilder explodierten wie tausend Blitze vor seinem inneren Auge. Vorsichtig spähte er erneut in die Richtung der beiden Gestalten. Er hatte sich nicht getäuscht.

Aber wie war das möglich? Wie konnte das sein? Welch böse, ironische Macht des Schicksals spielte ihm diesen verfluchten Streich?

Einige Herzschläge lang lag Vincent wie betäubt auf der Mauer. Das Blut rauschte in seinen Ohren, und er hatte Mühe, einen klaren Gedanken zu fassen.

Alles in ihm schrie danach, unbemerkt den Rückzug anzutreten und so zu tun, als hätte er nichts gesehen und nichts gehört.

Klüger wäre es. Und wesentlich besser. Besser für ihn und für all das, was er sich erhofft, was er seit Langem geplant hatte.

Aber dann ... Wäre es nicht eine Sünde, hier zu schweigen? So zu tun, als ob er nichts gehört und gesehen hätte?

Widersprüchliche Gefühle kämpften in ihm. Pflicht gegen Vernunft, die ihn drängte, vorsichtig zu sein. Dazu ein heftiger Zorn. Schließlich gewann die Pflicht.

Ruckartig richtete er sich auf. Die Straße unter ihm war leer. Er hatte zu lange gezögert!

Mit einem beherzten Satz landete er auf der anderen Seite. Ein scharfes Ziehen im Knöchel quittierte den harten Aufprall auf der gepflasterten Straße.

Hastig fuhr sein Kopf nach rechts und links. Keine Menschenseele war zu sehen. Atemlos lief er in die eine Richtung, doch verlangsamte er seine Schritte, als dort niemand zu sehen war. Keuchend machte er kehrt, um in die entgegengesetzte Richtung zu eilen. Schnell, bevor es zu spät war.

Doch auch dort: nichts. Nur die Silhouette einer streunenden Katze, deren Augen im Licht des Mondes grünlich aufblitzten.

Schwer atmend sank Vincent in die Hocke, schlug die Hände vors Gesicht und unterdrückte einen lautlosen Schrei.

## Kapitel 4

Der zarte Cremeton des neuen Sonntagskleides, welches maßgeschneidert ihre schlanke Figur umschmeichelte und in gerader Linie bis zu den Knöcheln ging, hob Paulines Stimmung ebenso wie die morgendlichen Sonnenstrahlen, die durch das geöffnete Fenster ihres Schlafzimmers fielen und bereits jetzt einen schönen Tag verhießen.

Warm und weich hallte der Klang der Kirchenglocken von Saint Maximin über die altehrwürdigen Gebäude, Straßen und Gässchen der Stadt. Melodisch riefen sie die Gläubigen zur Frühmesse, die Pauline wie jeden Sonntag zusammen mit ihren katholischen Schülerinnen besuchen würde, während Eleonore Schmitt, die noch verbliebene Lehrerin, mit den Mädchen protestantischer Konfession am Gottesdienst in der benachbarten evangelischen Kirche teilnahm. Und anschließend – Paulines Mundwinkel hoben sich bei diesem Gedanken – würde ein üppiges Sonntagsfrühstück auf alle warten, zu dem Lisbeth nicht nur knusprige Brötchen und Croissants gebacken hatte, sondern auch allerlei Gelees und die von allen geliebte Mirabellenmarmelade aufdecken würde sowie frische Eierwaffeln mit Puderzucker.

In Anbetracht der erwarteten Genüsse huschte Paulines Zungenspitze verstohlen über ihre Lippen.

Und vielleicht würde am Nachmittag, vor der allgemeinen Kaffeetafel, Fräulein Schmitt ihnen einige ihrer Schallplatten zur Verfügung stellen, um diese im *Salon*, der ebenfalls als Musikzimmer sowie als Raum für Feiern und Festlichkeiten genutzt wurde, auf dem Grammophon zu spielen. Mochte Eleonore Schmitt nach außen hin – mit ihrer schwarz umrandeten Brille auf der schmalen Nase, der dunklen, schmucklosen Kleidung – auch das perfekte Bild einer prüden und pedantischen Lehrerin abgeben, für Pauline war sie eine unschätzbare Stütze im Schulbetrieb mit seinen täglich neuen Herausforderungen. Zudem vermutete sie hinter Eleonores altjüngferlicher Fassade ungeahnte Talente und womöglich mehr Weltoffenheit, als man ihr auf den ersten Blick zutrauen würde. So war auch die Auswahl ihrer Musikstücke durchaus unkonventionell zu nennen. Neben den üblichen Klassikern schätzte sie die modernen Komponisten wie Ravel und Debussy. Kürzlich äußerte sie ihre Begeisterung für den in höheren Kreisen oft mit einem Naserümpfen bedachten Igor Stravinsky, dessen Musik konservative Kreise regelrecht brüskierte und dessen jüngstes Ballettstück vor Kurzem uraufgeführt worden war.

Man durfte also gespannt sein.

Obgleich Pauline es vorgezogen hätte, Lehrkräfte mit französischer Muttersprache einzustellen, und die jüngere, aus der Nähe von Hannover stammende Kollegin das Französische nur sehr holprig und mit deutlich hörbarem Akzent beherrschte, schätzte Pauline ihre Arbeit sehr.

Warum auch nicht? War es doch eine unumstößliche – wenn auch in Paulines Augen bedauerliche – Tatsache, dass man im Reichsland Elsaß-Lothringen, das seit nunmehr vier Jahrzehnten zum Deutschen Kaiserreich gehörte, zwar der deutschen, jedoch nicht unbedingt der französischen Sprache mächtig sein musste. Auch die Lehrerinnenseminare im Reichsland waren allesamt deutschsprachig.

Dabei war der Gebrauch des Französischen in Elsaß-Lothringen keineswegs verboten, sondern wurde sogar in den meisten hiesigen Schulen gelehrt. In Ortschaften mit einer mehrheitlich französischsprachigen Bevölkerung war sie sogar als Unterrichtssprache erlaubt. Dennoch wurde das Französische Jahr für Jahr immer weiter aus öffentlichen Einrichtungen und Institutionen des Reichslandes zurückgedrängt.

Womöglich war es Paulines ganz persönlicher Kreuzzug gegen den unaufhaltsamen Verlust der eigenen Identität, Kultur und Vergangenheit, den sie mit der Übernahme dieses Pensionats führte. Bei dem sie sich von Beginn an zur Aufgabe gemacht hatte, die regionalen lothringischen Traditionen ebenso zu pflegen wie den Gebrauch der französischen Sprache. Auch nahm die Vermittlung fundierter Kenntnisse der französischen Literatur, Kultur und Geschichte in ihrem Unterricht einen großen Raum ein. Und obwohl sie mit dieser Ausrichtung den Lehrplan des Straßburger Bildungsministeriums sehr frei interpretierte und deswegen schon zweimal von offizieller Seite ermahnt worden war, ließ sie sich nicht davon abbringen.

Die Eltern ihrer Schülerinnen jedenfalls hatten sich bisher noch nie über das Curriculum beschwert. Im Gegenteil, ihr Pensionat war gefragter denn je. Womöglich, so vermutete sie, lag dies an dem guten Ruf, den ihre Lehranstalt genoss, das Wissen darum, dass die Mädchen hier gehobene Umgangsformen, sicheres Auftreten und gepflegte Konversation in gleich zwei Sprachen erlernten. Noch dazu von einer Leiterin, die all das selbst beherrschte und auch ausstrahlte. Was darüber hinaus im schulischen Unterricht gelehrt wurde, interessierte ohnehin die wenigsten jener Väter, die ihre Töchter bei ihr anmeldeten. Galt den meisten von ihnen höhere Schulbildung für Mädchen doch gemeinhin als nachrangig. Eine Meinung, die Pauline keineswegs teilte und daher auch auf die fachliche Bildung ihrer Schülerinnen in allen schulischen Bereichen großen Wert legte.

Vorsichtig befestigte Pauline mit langen Nadeln einen weitkrempigen, dezent mit Seidenröschen und Schleifen verzierten Hut an ihrer sorgfältig aufgesteckten Frisur. Ein letzter Blick in den Spiegel zeigte ihr, dass sie Grund hatte, mit ihrem Äußeren zufrieden zu sein. Gerade als sie sich anschickte, nach unten in die *Bibliothèque* zu gehen, um sich vor dem Aufbruch zum Gottesdienst noch etwas mit Lektüre zu vergnügen, klopfte es an ihrer Zimmertür.

Hämmern wäre der treffendere Begriff gewesen, gefolgt von einer nur mühsam beherrschten Stimme.

»Mademoiselle Martin! Mademoiselle Martin!«

Sogleich erkannte Pauline ihre Kollegin Eleonore Schmitt. Beunruhigt riss sie die Tür auf. Das blasse, von Schrecken gezeichnete Gesicht der Lehrerin ließ sie das Schlimmste befürchten.

»Suzette ist verschwunden!«, brach es aus dieser hervor, ehe Pauline die Gelegenheit hatte, zu fragen, was geschehen sei. »Als ich die Mädchen heute Morgen weckte, war ihr Bett leer. Sie ist nirgendwo zu finden.« Die sonst so selbstbeherrschte Frau wirkte ernsthaft besorgt.

Paulines gute Stimmung zerplatzte wie eine Seifenblase. »Sind Sie sicher? Haben Sie überall nach ihr gesucht? Was sagen ihre Kameradinnen dazu? Wissen die vielleicht etwas?«

Wie eine Antwort auf diese Frage zeigte ihr ein Blick in den Flur, dass einige der Schülerinnen, bereits fertig für den Sonntagsgottesdienst gekleidet, im Flur standen und das Gespräch belauschten.

Geistesgegenwärtig zog Pauline die Kollegin ins Zimmer und schloss die Tür. »So, und nun erzählen Sie.«

Die etwas knochig wirkende, schwarz gewandete Frau in den Zwanzigern, deren farblose Haare am Hinterkopf zu einem festen, schmucklosen Knoten aufgesteckt waren, rang ebenso um Atem wie um Worte. »Wie jeden Sonntag habe ich die Mädchen um sieben Uhr geweckt, und da sah ich, dass Suzettes Bett verlassen war. Natürlich habe ich sogleich ihre Zimmernachbarin Louise darauf angesprochen. Die sagt jedoch, sie wisse von nichts. Am Abend seien sie noch gemeinsam schlafen gegangen, und dann am Morgen …« Fräulein Schmitts Stimme brach, und Paulines Gedanken überschlugen sich.

Hätte sie damit nicht rechnen müssen?

Wie ein Blitzschlag durchzuckte sie die niederschmetternde Erkenntnis in ihrem vollen Ausmaß: Suzette war verschwunden, und so, wie es aussah, die ganze Nacht über weggeblieben. Die Folgen davon waren nicht auszudenken. Doch zunächst musste sie jetzt ...

Ehe sie den Gedanken zu Ende geführt hatte, riss sie die Tür auf und eilte die Treppe hinauf in das zweite Stockwerk, wo sich die Schlafräume der Mädchen befanden. »Louise?«, rief sie laut. »Wo in aller Welt steckt Louise?«

Wie das Rote Meer teilte sich das Grüppchen der teils verlegen, teils neugierig dreinschauenden Mädchen, als ihre Lehrerin auf dem schmalen Flur an ihnen vorbei zu Louises Zimmer lief, das diese mit Suzette teilte. Ohne anzuklopfen trat sie ein.

Helles Morgenlicht flutete durch die Sprossenfenster, beleuchtete die florale Tapete und das stilvolle, in schlichtem Weiß gehaltene Mobiliar, das aus zwei Betten, zwei Schränken, einem Waschtisch sowie einem kleinen Tisch für jede Schülerin bestand, an dem diese ihre Schularbeiten erledigen konnten.

Zusammengesunken, das Gesicht zu Boden gerichtet, saß Louise auf ihrem Bett.

»Wo ist Suzette?«, fragte Pauline ohne Umschweife.

Der Kopf des Mädchens hob sich. Ihre braunen Augen, die einen deutlichen Kontrast zum aschblonden Haar bildeten, schwammen in Tränen. Sie sah aus, als hätte sie die ganze Nacht nicht geschlafen.

Statt einer Antwort hob Louise lediglich die Schultern. Pauline spürte, dass sie etwas verbarg.

»Wann hast du sie zuletzt gesehen?«

Das Mädchen sackte noch tiefer in sich zusammen und kämpfte mit den Tränen. Also wusste sie etwas!

»Rede schon! Vielleicht ist es noch nicht zu spät!«

Noch immer keine Reaktion.

Ein Blick über die Schulter zeigte Pauline, dass einige der Mädchen sich vor dem Zimmer versammelt hatten, begierig darauf zu erfahren, was es mit dem Verschwinden der Mitschülerin auf sich hatte.

Ungehalten knallte Pauline die Tür zu und wandte sich wieder an Louise. Vorsichtig setzte sie sich neben das Mädchen aufs Bett und nahm beinahe dankbar zur Kenntnis, dass es nicht weiter zurückwich. »Louise«, begann sie erneut, diesmal zwang sie sich jedoch zur Ruhe. »Suzette ist verschwunden, und du als ihre Zimmernachbarin hast sicher als Letzte mit ihr gesprochen. Wahrscheinlich weißt du sogar, wohin sie wollte, und vor allem, mit wem. Habe ich recht?« Sanft legte sie ihr die Hand auf die Schulter.

Bei dieser unvorhergesehenen Berührung fuhr Louise zusammen und starrte sie an. »Ich darf es nicht sagen, Mademoiselle. Wenn Suzette erfährt, dass ich sie verraten habe, dann ...«

Mühsam unterdrückte Pauline ein Seufzen. Geduld gehörte wahrlich nicht zu ihren starken Seiten, besonders dann nicht, wenn so viel auf dem Spiel stand wie in der jetzigen Situation. Dennoch wusste sie, dass sie behutsam vorgehen musste, wollte sie bei dem offensichtlich eingeschüchterten Mädchen etwas erreichen.

»Du möchtest deine Freundin nicht hintergehen, ich verstehe. Nur fürchte ich, du tust ihr damit keinen Gefallen. Die ganze Nacht über ist sie nicht zurückgekommen. Womöglich ist sie in Gefahr.« Im Stillen betete Pauline, dass dem nicht so sein mochte.

Das helle Gesicht des Mädchens wurde noch blasser, ihre Augen weiteten sich vor Entsetzen. »Glauben Sie das wirklich, Mademoiselle? Meinen Sie, dass ihr etwas geschehen sein könnte?«

Beruhigend drückte Pauline Louises Hand. Sie war eiskalt. »Das wollen wir nicht hoffen. Umso wichtiger ist es, dass wir sie schnell finden. Am besten sofort. Also?«

»Dieser Soldat ... Sie hat gesagt, sie wolle sich mit diesem Soldaten treffen. Einem Offizier.« Verzweifelt schüttelte Louise den Kopf. »Sie können mich jetzt umbringen, Mademoiselle, und wenn nicht Sie, wird Suzette es auf jeden Fall tun. Aber mehr weiß ich nicht. Nur, dass es sich um einen Offizier handelt, der hier stationiert ist.«

Also doch! Pauline schluckte hart.

»An mehr erinnerst du dich nicht? Kein Name, kein Rang oder in welcher Einheit er dient? Hat Suzette vielleicht irgendwann etwas davon erwähnt?«

Verzweifelt schaute die Schülerin sie an. »Nein! Ich weiß nur, dass es ein Leutnant war, ein preußischer Leutnant. Und sein Name lautete … Er hieß …« Frustriert und verängstigt sprang sie auf. »Ich kann mich einfach nicht mehr erinnern.«

Dafür kam Pauline plötzlich ein Name in den Sinn. »Hermann?«, fragte sie sanft. »Ist es möglich, dass der Bursche Hermann hieß?« Vage entsann sie sich, dass Suzette ihr diesen Namen bei ihrem letzten Gespräch an den Kopf geworfen hatte.

»Ja! Der war es. Hermann!« Ein Ausdruck von Erleichterung trat auf Louises Gesicht. »Hermann Krüger. So heißt er! Und er ist bei der Infanterie.«

»Infanterie also.« Pauline erhob sich. Leutnant Krüger. Damit hatte sie einen Anhaltspunkt.

Beruhigend strich sie dem Mädchen über den Rücken. »Du hast gut daran getan, es mir zu sagen. Und wenn Suzette weiß, was eine wahre Freundin ist, wird sie es zu schätzen wissen.« Irgendwann einmal.

Doch darauf konnte sie im Augenblick nicht warten. Es galt, schnellstmöglich zu handeln. Zum Glück wusste sie, an wen sie sich in dieser Situation wenden konnte.

Obwohl sie lieber barfuß über glühende Kohlen gelaufen wäre, als Hauptmann Gnadenlos gegenübertreten zu müssen.

## Kapitel 5

Es kam äußerst selten vor, dass sich Hauptmann Erich von Pliesnitz einen freien Vormittag gestattete. Noch seltener gar als einen freien Abend. Tatsächlich betrachtete er Müßiggang als eine Untugend, die er bei seinen Untergebenen ebenso wenig tolerierte wie bei sich selbst. Hing der reibungslose Ablauf einer Compagnie doch nicht zuletzt davon ab, dass jeder gewissenhaft die ihm zugedachten Pflichten erfüllte und alles so perfekt ineinandergriff wie die Zahnräder eines Uhrwerks. Dies bedeutete einerseits, dass jeder, vom grünen Rekruten bis hin zu den oberen Chargen, zu wissen hatte, worin seine Aufgaben bestanden, und auch in der Lage sein musste, ebendiese zu erledigen. Andererseits hieß es aber auch, dass die Führung des genau aufeinander abgestimmten Getriebes auf jede nur erdenkliche Art dafür Sorge zu tragen hatte, dass kein noch so kleines Sandkorn, ob Faulheit, Nachlässigkeit oder Ignoranz, das Ganze zum Stocken oder gar zum Erliegen brachte.

Erich wusste, dass man Dinge, die funktionieren sollten, am besten selbst erledigte. Deshalb hatte er sich angewöhnt, persönlich dafür zu sorgen, dass in seiner Compagnie alles seinen geordneten Gang nahm. Selbst an den heiligen Sonntagen, an denen der übliche Garnisonsbetrieb zu ruhen pflegte, weder Exerzieren noch andere Ertüchtigungen auf dem Dienstplan standen, ließ er es sich selten nehmen, in seinem Büro, den Schreib- und Mannschaftsstuben oder beim Wachhäuschen nach dem Rechten zu sehen.

Allerdings, auch das wusste Erich, benötigte ein Mann in seiner Position durchaus göttlichen Beistand sowie hin und wieder etwas Muße, um sich über die politischen Ereignisse in der Welt zu informieren. Aus diesem Grund würde er an diesem Sonntag erst später seiner Compagnie einen Besuch abstatten und stattdessen am Vormittag dem Gottesdienst in der vor etwas über zwanzig Jahren im Zuge der preußischen Einwanderung neu errichteten protestantischen Kirche beiwohnen, die sich unweit der Stadtkaserne befand.

Bis dahin studierte er am Frühstückstisch akribisch die Berichte der aktuellen Tageszeitung, auch wenn die darin enthaltenen Informationen keineswegs dazu angetan waren, die sonntägliche Stimmung zu heben.

»Da unten in Südafrika scheint man endlich eine Einigung gefunden zu haben, nach jahrelangem Krieg«, bemerkte er. »Andernorts kommt man jedoch noch immer kaum zur Ruhe. In Mexiko rumort es weiterhin.« Vorsichtig nippte er an der Tasse mit tiefschwarzem Kaffee, die ihm seine Hauswirtin, die irgendwo aus dem Süddeutschen stammende Witwe Schleedorn, zusammen mit etwas, das sie als Frühstück bezeichnete, hochgebracht hatte. »Ich würde sagen, Franzl, wir leben in unruhigen Zeiten. Meinst du nicht?«

Als keine Antwort erfolgte, ließ Erich die Zeitung sinken und runzelte die Stirn.

Sein aus dem Elsass stammender Offiziersbursche, genannt Franzl, der mit ihm zusammen das Frühstück einnahm, hatte seine Worte offensichtlich nicht vernommen. Seine ganze Konzentration schien dem auf seinem Teller vor ihm liegenden, bereits halb aufgegessenen Stück Gugelhupf zu gelten, der üppig mit in Rum getränkten Rosinen gespickt war. Franzls dunkle Rehaugen schauten traurig vor sich hin, während er mit vollen Backen kaute, andächtig und hingebungsvoll.

»Ich sehe, Junge, es mundet«, kommentierte Erich trocken, als sein Blick erst zu dem halb verbrannten Brot glitt, das ihm seine Hauswirtin serviert hatte, und dann wieder zurück zu seinem

Burschen. »Wenigstens einer von uns, dessen Frühstück schmackhaft zu nennen ist.«

Erst jetzt schien Franzl zu bemerken, dass er ihn angesprochen hatte. Schnell würgte er den Rest seines Kuchens herunter. »*Wàs hàn Sie gsajt?*« Fragend blickte er Erich an und fuhr dann in verständlichem Ton fort: »Was haben Sie gesagt, Herr Hauptmann?«

Die vollen Wangen unter dem dunkelblonden Haar und die gedrungene, nicht allzu große Gestalt, um die sich der blaue Wollstoff der preußischen Uniform spannte, zeigten deutlich, dass der junge Mann nicht nur an diesem Sonntagmorgen dem Genuss eines guten Stücks Kuchen keineswegs abgeneigt war.

Besonders, wenn sein Heimweh wieder übermächtig wurde. Im Alter von zwanzig Jahren als Wehrpflichtiger bei der preußischen Armee eingezogen, vermisste Franzl nicht nur sein Heimatdörfchen in der Nähe von Colmar, sondern auch seine Familie und allen voran die Gastwirtschaft, die seine verwitwete Mutter wohl mit großem Geschick führte. Eine begnadete Bäckerin, soweit Erich das beurteilen konnte. Denn mindestens einmal in der Woche erhielt ihr Sohn von ihr ein großes Paket, das üppig gefüllt war mit allem, was die Elsässer Backstube hergab, und dessen Inhalt er jedes Mal mit großer Andacht verzehrte. Nicht zuletzt wohl, um sein bohrendes Heimweh damit zu versüßen.

Und seine Dienstzeit bei den Preußen.

Was auch insofern von Vorteil war, da die Witwe Schleedorn, als deren Kostgänger sich Erich einquartiert hatte, eine erbärmlich zu nennende Küche führte. Die im Mietvertrag vereinbarten Mahlzeiten, welche er in ihrem Haus einnahm, befanden sich oft an der Grenze zum Ungenießbaren. Eine Tatsache, die Erich nur deshalb hinzunehmen in der Lage war, weil er von Kindertagen her oft karge Kost gewohnt war.

»Ich habe gefragt, ob es schmeckt«, wiederholte Erich. »Doch kann ich mir diese Frage auch selbst …«

Ein Klopfen an der Wohnungstür unterbrach ihn mitten im Satz. Überrascht blickten sich Erich und Franzl an.

»Besuch am Sonntagmorgen?« Erich kniff die Lippen zusammen. Das konnte nichts Gutes bedeuten. Rasch zog er seinen Uniformrock über und schloss die Knöpfe. Franzl stand ebenfalls auf, wischte sich hastig die Reste des Kuchens vom Hemd und öffnete.

In der Tür stand besagte Hauswirtin Schleedorn, die grauen Haare aufgesteckt, eine blütenweiße Schürze über dem schwarzen Kleid gebunden. Ihr von Falten durchzogenes Gesicht schien vor Empörung zu glühen.

»Ein junges Fräulein!«, stieß sie in einem Tonfall hervor, als handele es sich um ein Schimpfwort. »Ein junges *französisches* Fräulein steht draußen vor der Tür und möchte mit dem Herrn Hauptmann sprechen.« Ihre Stimme klang so entrüstet, als sei sie gezwungen, davon Meldung zu machen, dass ein Trupp mit Steinen und Keulen bewaffneter Barbaren vor den Toren der Stadt aufmarschiert sei. »Natürlich habe ich sie davon in Kenntnis gesetzt, dass der Herr Hauptmann keinen Damenbesuch empfängt, schon gar nicht am heiligen Sonntagmorgen. Das Frauenzimmer ließ sich jedoch nicht abweisen. Sie bestand weiterhin darauf, den Herrn Hauptmann zu sprechen. *Unverzüglich!*«

Erich war irritiert. Mit allem Möglichen hätte er gerechnet, der Nachricht über eine Schlägerei der Mannschaftsdienstgrade in der Nacht zuvor oder der Fahnenflucht eines Wehrpflichtigen, was gelegentlich vorkam. Selbst die Meldung über einen Brand im Munitionslager hätte ihn weitaus weniger überrascht.

Fragend ging sein Blick zu seinem Burschen, der sich sichtlich unwohl in seiner Haut fühlte.

»Nun, Franzl, gibt es irgendetwas, das ich wissen müsste?«

Röte schoss dem jungen Mann ins Gesicht, der unter dem strengen Blick seines Vorgesetzten reflexartig Haltung annahm. »Äh ... Nein, Herr Hauptmann! Wo denken Sie hin, Herr Hauptmann!« Die Röte vertiefte sich, und Erich war überzeugt, dass er die Wahrheit sprach.

»Hat die junge Dame vielleicht mitgeteilt, worin ihr Anliegen besteht?«, wandte er sich wieder an die Hauswirtin, die langsam ungeduldig zu werden schien.

»Ich weiß nicht. Sie sagte lediglich, sie müsse den Herrn Hauptmann sprechen.«

»Und ob ich das muss!«

Die Wirtin zuckte zusammen, als hinter ihrem Rücken eine Stimme ertönte und eine junge Frau energischen Schrittes die Treppe heraufkam.

Sie mochte Anfang dreißig sein, das kastanienbraune Haar hatte sie unter einem ausladenden Hut aufgesteckt, das helle, knöchellange Kleid schien von erlesener Qualität zu sein, dezent und elegant zugleich. Nur der Zorn, der in ihren Augen aufblitzte, wollte nicht so recht zu dem Bild der makellosen Dame passen, das ihre Aufmachung suggerierte.

Erich erkannte sie sogleich: Mademoiselle Martin, die Leiterin des bekannten, unweit des Luxemburger Platzes gelegenen Mädchenpensionats, welches, wie er mitbekommen hatte, einen ausgezeichneten Ruf in der Stadt und auch darüber hinaus genoss. Hin und wieder war er der jungen Lehrerin begegnet, stets mit einer Schar plappernder und kichernder Schülerinnen im Schlepptau.

Höchst unangenehme Begegnungen, wie Erich, der Ruhe, Selbstbeherrschung und Disziplin über alles schätzte, jedes Mal befunden hatte.

Überhaupt, ein knapper Blick auf Mademoiselles perfekte Ausstaffierung ließ ihn innerlich den Kopf schütteln. Höhere Mädchenschule? Ein Hühnerstall war das! Diese offensichtlich von Äußerlichkeiten beherrschte Institutsleiterin und eine Schar schnatternder Gänse, die darauf abgerichtet werden sollten, in jener Kunst der Oberflächlichkeiten und Koketterie erzogen zu werden, die ihre Meisterin offensichtlich perfekt beherrschte.

Erichs Stimmung verdüsterte sich zusehends.

Was in aller Welt wollte just dieses Frauenzimmer bei ihm?

Nun, ihrer Miene nach zu urteilen, würde er es schon sehr bald wissen.

»Mademoiselle Martin?« Erich hatte die vor Entrüstung rot angelaufene Wirtin ein wenig zur Seite geschoben und entbot der neu Hinzugekommenen seinen Gruß. »Was verschafft mir die …« Er zögerte einen Moment und verkniff sich ein Räuspern. »… die *Ehre?*«

»Ob meine Anwesenheit hier eine Ehre ist, wird sich noch zeigen.« Mademoiselle Martin hatte nun ebenfalls die Tür erreicht und sich direkt vor ihm aufgebaut. »Zumindest keine Ehre für Sie, wenn ich mir diese Bemerkung erlauben darf.«

»Wie muss ich das verstehen?« Erich bemühte sich um einen strengen Tonfall, der an der jungen Frau jedoch vollständig abzuprallen schien. Sie trat einen Schritt vor und maß ihn mit einem strafenden Blick, als sei er ein ungeratener Schuljunge, den es zu disziplinieren galt.

»Das werden Sie erfahren, wenn Sie mich eintreten lassen. Was ich Ihnen zu sagen habe, ist nicht für fremde Ohren bestimmt.«

*

Den ganzen Weg über hatte sich Pauline keinerlei Gedanken darüber gemacht, dass sie im Begriff stand, etwas Unschickliches zu tun, nämlich die Räumlichkeiten eines fremden Mannes zu betreten – noch dazu ohne angemessene Begleitung. Hatte sie es doch in ihrer Aufregung versäumt, Lisbeth oder Eleonore Schmitt darum zu bitten, mit ihr zu kommen. Wobei … Irgendjemand musste sich ja um das Mittagessen und den sonntäglichen Kirchgang ihrer Schützlinge kümmern.

Nun aber, da sie sich von ihrem ersten Schrecken erholt hatte und ihre Fähigkeit, klar und nüchtern zu denken, zurückgekehrt war, verspürte sie Scheu davor, die Grenzen von Sitte und Anstand, oder besser gesagt die Schwelle eines preußischen Hauptmanns, zu überschreiten.

Flüchtig glitt ihr Blick über das schlicht eingerichtete Zimmer, das kaum mehr aufwies als einen Tisch, zwei Stühle, eine kleine Kommode und eine Truhe sowie zwei weitere Türen, die wohl in Nebenräume führten.

Der Tisch war gedeckt, und ein junger, etwas gedrungener Kerl stand etwas verunsichert daneben. Pauline schätzte ihn auf kaum zwanzig Jahre. Seine leicht pausbäckigen Wangen waren gerötet, das helle Haar fiel ihm wirr ins Gesicht. Fest spannte die Uniform über dem rundlichen Bauch. Wahrscheinlich der Bursche des berüchtigten Hauptmanns. Eine Vermutung, die sich durch den unglücklich wirkenden Gesichtsausdruck des Jungen erhärtete.

Wer mochte es ihm verübeln? Galt der Dienst im preußischen Kommiss doch keineswegs als Zuckerschlecken. Noch dazu unter den strengen Augen eines Hauptmanns von Pliesnitz.

Dieser gab dem Burschen einen Wink mit dem Kopf, und der verschwand augenblicklich in einem Nebenraum. Ebenso rasch hatte er der Hauswirtin die Tür vor der Nase zugeschlagen. Sie waren miteinander allein.

»Zufrieden?«, brummte der Hauptmann ungeduldig. »Würden Sie mir nun Ihr Anliegen mitteilen, damit sich jeder von uns schnellstmöglich wieder seinen eigentlichen Aufgaben zuwenden kann?«

Er mochte Ende dreißig sein, vielleicht auch ein wenig älter, und überragte sie knapp um Haupteslänge. Wie auf den Leib geschneidert saß die Uniform, welche nicht ein Staubkorn, nicht eine unpassende Falte aufwies. Dunkles, an den Schläfen leicht ergrautes Haar umrahmte ein kantiges Gesicht mit gerader Nase und dominantem Kinn. Ein strenger Zug lag um seinen Mund. Das Einschüchterndste an seinem Auftreten waren jedoch seine Augen. In einer irritierenden Mischung aus Braun und Grau schien ihnen nichts verborgen zu bleiben. Ein eindringlicher Blick, der dazu angetan war, aufmüpfige Rekruten ebenso zur Raison zu bringen wie junge Damen, die eindeutig ihre gesellschaftlichen Kompetenzen überschritten.

Pauline jedoch hatte keineswegs vor, sich davon abschrecken zu lassen. »Ich bezweifele, dass dies allzu rasch möglich sein wird«, erklärte sie bestimmt. »Eine meiner Schülerinnen ist gestern Nacht verschwunden. Zusammen mit einem *Ihrer* Offiziere.« Sie schluckte. »Bisher ist sie nicht wieder aufgetaucht.«

Verblüfftes Schweigen entstand, dann verdüsterte sich die Miene des Hauptmanns. »Sie wollen also behaupten, einer *meiner* Offiziere habe eine *Ihrer* Schülerinnen zur Unsittlichkeit verführt?« Obgleich seine Worte ruhig und beherrscht klangen, sprachen die vor Verärgerung zusammengezogenen Augenbrauen eine völlig andere Sprache.

Entschlossen hielt Pauline seinem Blick stand. »Davon bin ich überzeugt.«

»Tatsächlich?« Offensichtlich teilte von Pliesnitz ihre Einschätzung nicht. Dennoch schien er gewillt, sich ihr Anliegen zur Gänze anzuhören, denn er bot ihr einen Stuhl an, den sie jedoch ablehnte. »Dazu bleibt keine Zeit.«

Der Hauptmann nickte. »Also, wer genau wird nun vermisst?«

»Suzette Manseaux, eine neue Schülerin. Sie ist sechzehn Jahre alt und ...« Pauline biss sich auf die Lippen. »Nun ja, ein wenig ungestüm. Kürzlich sprach sie davon, sich mit einem Leutnant namens Hermann Krüger getroffen zu haben, und äußerte den Wunsch, ihn alsbald wiederzusehen.«

Der Hauptmann hob die Brauen an. »Einen Wunsch, dem Sie sicher widersprachen.«

»Aufs Heftigste«, bestätigte Pauline. »Nur dass meine mahnenden Worte dem Anschein nach völlig ungehört verhallt sind. Letzte Nacht muss sich Suzette unbemerkt aus dem Haus geschlichen haben. Ihre Zimmergenossin fand ihr Bett leer vor, und ...«

Wieder unterbrach sie sich, war doch das, was hinter den verschlossenen Mauern ihres Instituts vor sich ging, keineswegs für fremde Ohren gedacht. Am allerwenigsten für die eines preußischen Offiziers.

Die Stirn des Hauptmanns zog sich missbilligend in Falten. »Ich muss sagen, Mademoiselle, Sie scheinen Ihre Schützlinge nicht wirklich gut im Griff zu haben.«

Pauline spürte, wie Zorn in ihr aufstieg, verfügte jedoch über genügend Contenance, diesem lediglich durch ein leichtes Heraufziehen der Augenbrauen Ausdruck zu verleihen.

»Das Gleiche könnte ich von Ihnen behaupten, Herr Hauptmann. Ist es nicht einer *Ihrer* Männer, der gerade den Ruf eines jungen, unreifen Mädchens nachhaltig schädigt – und damit zugleich den meines Instituts?«

Der Angesprochene maß sie mit einem strengen Blick. »Was erst einmal zu beweisen wäre.«

»Genau aus diesem Grund bin ich hier.« Wie um einen Handel zu besiegeln, streckte Pauline ihre behandschuhte Hand aus. »Werden Sie mir dabei helfen, Herr Hauptmann?«

Das Stirnrunzeln ihres Gegenübers vertiefte sich. »Habe ich denn eine Wahl?«

Betont langsam schüttelte Pauline den Kopf. »Ich fürchte, nein.«

»Nun denn.« Mit sicherem Schritt ging der Hauptmann zur Hutablage und setzte sich seine Schirmmütze auf. »Ich habe eine Vermutung, wo Ihr Schützling zu finden sein könnte. Zumindest jedoch Leutnant Krüger.«

»Dann wollen wir gleich aufbrechen!« Ehe von Pliesnitz die Gelegenheit hatte, zu widersprechen, hatte Pauline bereits die Tür aufgerissen und war hinausgestürmt.

## Kapitel 6

Die Turmstraße, in der sich Leutnant Krügers Wohnung befand, lag unweit der Kirche Saint Maximin, des Belfrieds und des Marktplatzes, welcher den historischen Kern Thionvilles bildete. Viele Gebäude der Altstadt stammten noch aus der Zeit der Renaissance und des Dreißigjährigen Krieges, vereinzelte sogar aus dem späten Mittelalter. Der warme Goldton des Metzer Jaumont-Steins und der damit harmonierende cremefarbene Verputz bildeten die vorherrschenden Farben der oft schmalbrüstigen, teils mit hölzernen Fensterläden versehenen Häuser. Darunter auch solche mit vorgewölbten Tourellen, in denen sich gewendelte Treppenhäuser befanden, wie es mancherorts in Spanien üblich war, und die an die Jahre erinnerten, da Thionville zu den spanischen Niederlanden gehörte. All das spiegelte die wechselhafte Geschichte der Stadt wider und verlieh den Straßenzügen ein typisch lothringisches und zugleich südländisches Aussehen.

Ganz anders als die neuen Viertel, die erst in jüngster Zeit an den Rändern der ursprünglichen Stadt entstanden waren und noch weiterwuchsen. Deren Häuser waren größer, oft in den unterschiedlichsten historischen Baustilen gehalten und aus mannigfachen, teils importierten Baumaterialien gefertigt.

So wie Pauline es verstanden hatte, gehörte das Haus, in dem der Leutnant zwei möblierte Zimmer bewohnte, Wirtsleuten, die irgendwo aus dem Altdeutschen hierhergezogen waren und ihren Lebensunterhalt damit bestritten, Zimmer an Offiziere niedrigen Ranges zu vermieten.

Der Gedanke, was sie womöglich hinter den verschlossenen

Türen vorfinden würde, ließ Pauline die Hitze ins Gesicht schießen. Dessen ungeachtet schritt sie entschlossen und hocherhobenen Hauptes hinter dem Hauptmann die abgetretenen Treppenstufen empor, wo sie vor einer Zimmertür stehen blieben.

Ohne Umschweife klopfte von Pliesnitz an. Paulines Unbehagen wuchs, als sich dahinter nichts rührte.

»Da können Sie lange klopfen!«, tönte es von der Treppe her, wo die lediglich in ein Nachthemd gekleidete Zimmerwirtin stand, die sie eingelassen hatte. »Wahrscheinlich hat ihm das Weibsbild in der Nacht derart ...«

»Krüger!«, unterbrach der Hauptmann lautstark die ordinäre Andeutung der älteren Frau und schlug erneut fest mit der Faust gegen die Tür. »Krüger, sind Sie da drin? Sofort aufmachen!«

Einen Moment lang herrschte Stille, dann konnte man ein Geräusch hinter der Tür vernehmen. Nur kurze Zeit später öffnete sich diese einen Spalt weit, und das schlaftrunkene, etwas zerknitterte Gesicht eines jungen Mannes wurde sichtbar. Er war halbwegs bekleidet, und der Anflug von Erleichterung stieg in Pauline auf. Bedeutete dies, dass womöglich doch nicht das Schlimmste eingetreten war?

»Leutnant Krüger!« Obgleich der Hauptmann seine Stimme nicht erhoben hatte, lag etwas Donnerndes darin, und erst da schien der Angesprochene zu bemerken, wen er vor sich hatte, denn er bemühte sich, Haltung anzunehmen.

Bevor von Pliesnitz die Gelegenheit hatte, das Anliegen, welches sie hierhergebracht hatte, zu erläutern, ergriff Pauline das Wort.

»Wir haben Grund zur Annahme, eine meiner Schülerinnen befände sich hier, auf Ihrem Zimmer! Ist dem so?«

Für einen Moment trat etwas wie Erschrecken in die Augen des jungen Mannes, jedoch nur so kurz, dass Pauline beinah glaubte, sich geirrt zu haben. Bereits im nächsten Moment zeigte sein Gesicht wieder eine ausdruckslose Miene.

»Das könnte sein«, antwortete er mit einem knappen Nicken, »falls Sie eine junge Französin meinen. Diese ist …«

Ein empörtes Schnauben drang von der Treppe her an Paulines Ohr. »Da haben wir es wieder! Franzosenweiber, keine Sitte und Moral!«

Verärgert kniff Pauline die Lippen zusammen, verbot sich aber, auf diese höchst beleidigende Bemerkung der Zimmerwirtin einzugehen. Stattdessen trat sie einen Schritt näher auf den jungen Mann zu, der keinerlei Anstalten machte, zurückzuweichen.

»Sie geben es also zu?«

Der Angesprochene blickte sie direkt an. »Was zugeben, Mademoiselle?« Der Hauch eines Lächelns umspielte seine Lippen. »Dass ich mich als wahrer Samariter erwiesen habe? Aber selbstverständlich doch.«

*Samariter?* Konsterniert zog Pauline die Augenbrauen zusammen. Was wurde hier gespielt?

Ehe sie sich einen Reim darauf machen konnte, ergriff der Hauptmann das Wort. »Sicher haben Sie keine Einwände, wenn wir uns ein eigenes Bild von der Situation machen, Herr Leutnant?«

Der junge Mann, der sich erstaunlich rasch sowohl von seiner Schlaftrunkenheit als auch von der Überraschung ob des unerwarteten Besuches erholt hatte, erwiderte den Blick.

»Nicht die geringsten, Herr Hauptmann. Treten Sie ein.«

»Vielen Dank«, gab Pauline knapp zurück, während sie am Hauptmann vorbeirauschte, an der Türschwelle jedoch einen Moment stehen blieb und sich umwandte.

»Und Sie, Madame, bleiben draußen!«, schoss sie in Richtung der Zimmerwirtin, welche sich, mit vor Sensationslust geröteten Wangen, gerade dazu anschicken wollte, dem womöglich interessanten Spektakel ebenfalls beizuwohnen. »Es handelt sich um eine Privatangelegenheit.«

Zwar zog die Frau eine beleidigte Miene, machte aber keinerlei Anstalten, sich zu entfernen. Pauline ignorierte sie und betrat die Kammer.

Abgestandene Luft schlug ihr entgegen, der Geruch von kaltem Tabakrauch, menschlichen Ausdünstungen und Alkohol. Paulines Magen hob sich.

Dann fiel ihr Blick auf das schmale Bett, das sich in der gegenüberliegenden Ecke des Raumes befand. Ein hell bestrumpfter Fuß lugte auf einer Seite der Bettdecke hervor, ein schwarzer Haarschopf auf der anderen.

Alarmiert trat Pauline einen Schritt näher. Ihr Herz setzte einen Schlag lang aus, als sie ihre Befürchtungen bestätigt sah.

»Suzette!«, entfuhr es ihr, während der Hauptmann mit ernstem Gesicht ebenfalls näher kam.

»Also doch!« Etwas an der Art, wie er die beiden Worte hervorbrachte, und die offensichtliche Geringschätzung, die darin mitschwang, riefen Paulines Widerspruch hervor. Aber jetzt war nicht der geeignete Zeitpunkt, darauf einzugehen. Zuerst musste sie ...

»Ist das die junge Dame, die Sie suchen?« In der Stimme des Leutnants, der sich ohne jede Hast den Uniformrock über Hemd und Hose zog, lag keine Spur von Verlegenheit oder gar Schuldbewusstsein.

Eine Tatsache, die Pauline irritierte, was sie sich jedoch nicht anmerken lassen wollte. Entschlossen richtete sie den Blick auf den jungen Mann. »Das ist sie, in der Tat. Und ich frage Sie, Monsieur, können Sie mir bitte erklären, wie diese in Ihr Bett gekommen ist?«

Wieder dieses süffisante Lächeln, als er den obersten Knopf seines Uniformrocks verschloss und ihr gelassen zunickte. »Selbstverständlich, Mademoiselle. Auch wenn ich fürchte, dass es Ihnen nicht gefallen wird.«

Pauline presste die Zähne zusammen. »Lassen Sie es darauf ankommen, Monsieur.«

»Nun denn, ich habe diese junge Dame, Suzette, aus einer äußerst prekären Situation gerettet.« Er lächelte noch immer.

»Prekär?«, fragte Pauline misstrauisch. »Inwiefern?«

»Na ja.« Kurz glitt sein Blick über die noch immer Schlafende. »Tatsächlich war ich gezwungen, sie – betrunken und kaum mehr in der Lage, gerade zu stehen – aus einer Schankwirtschaft zu ziehen.«

Das deutlich hörbare Luftholen des Hauptmanns klang in Paulines Ohren wie ein *Hab ich mir's doch gedacht*.

Ihr Mund wurde trocken. »Und weiter?«

»Nun, natürlich war mir völlig klar, dass ich die junge Dame in diesem Zustand nicht einfach in einer solchen Gaststätte zurücklassen konnte. Eine Gefahr für ihren guten Ruf.«

Mit einem herausfordernden Blick sah ihr der Leutnant geradewegs in die Augen. Pauline konnte nicht verhindern, dass ihr vor Verlegenheit die Wangen brannten.

*Was für ein unangenehmer Kerl.*

»Wenn Sie wirklich befürchteten, dass sich der gute Ruf in ernsthafter Gefahr befände, warum haben Sie Suzette nicht direkt nach Hause gebracht, sondern in Ihre Kammer mitgenommen? Eine äußerst kompromittierende Situation, finden Sie nicht auch?«

In provozierender Langsamkeit schüttelte der Mann den Kopf. »Aber, aber, Mademoiselle. Was denken Sie von mir? Selbstverständlich hatte ich nur die ehrenvollsten Absichten. Sehr gerne hätte ich die junge Dame nach Hause geleitet. Allerdings war sie in ihrem Zustand weder dazu in der Lage, mir zu sagen, wo sich dieses Zuhause befindet, noch eine weitere Strecke zu laufen. Glücklicherweise liegt meine Wohnung in unmittelbarer Nähe der Gaststätte.« Sein Blick glitt auf fast provozierende Weise über Paulines Figur. »Zudem hatte es die junge Dame leider versäumt, mich davon in Kenntnis zu setzen, dass sie eine Pensionatsschülerin ist, was ich ja nicht wissen konnte, da wir uns zuvor nur bei sonntäglichen Spaziergängen im Park begegnet sind. Und von daher ...« In einer beinahe entschuldigenden Geste hob er die Schultern. »Wie gesagt, alleine in der Gaststube zurücklassen konnte ich sie nicht. Auch wollte ich ihr den Skandal ersparen, die Polizei zu rufen, damit diese sich ihrer annimmt.«

Bei der Vorstellung fröstelte es Pauline.

»Aus diesem Grund sah ich nur noch eine letzte Möglichkeit, die zugegebenermaßen keineswegs so makellos war, wie ich es mir gewünscht hätte: Ich brachte die junge Dame hierher, in meine Kammer, und stellte ihr mein Bett zur Verfügung.«

Pauline schluckte schwer und konnte sich des Eindrucks nicht erwehren, dass der Leutnant ihre Verlegenheit und Anspannung genoss.

»Sie brauchen keine Sorge zu haben, gnädige Frau. Ich selbst begnügte mich damit, die Nacht auf zwei Stühlen zu verbringen.« Um seine Worte zu belegen, wies er mit der Hand auf zwei zusammengeschobene Holzstühle, auf denen ein Kissen und eine Wolldecke lagen. »Nicht gerade die bequemste Art, eine Nacht zu verbringen, doch als Soldat des Königs ist man ja einiges gewöhnt.«

Zustimmung heischend suchte sein Blick den des Hauptmanns, der die ganze Szene schweigend beobachtet hatte. Von Pliesnitz schien abzuwägen, ob er den Worten des Leutnants Glauben schenken konnte.

Unbehagen machte sich in Pauline breit und Wut. Eigentlich klang die Aussage dieses Hermann Krügers durchaus plausibel. Sie hatte keinerlei Handhabe, seine Worte anzuzweifeln, und dennoch ... Er hatte etwas an sich, das Pauline abstieß, etwas Aalglattes.

Beherzt trat sie ans Bett und schüttelte ihre Schülerin, die von dem gesamten Tumult noch immer nicht aufgewacht war, gründlich durch.

»Suzette!«, zischte sie, nur mühsam ihren Ärger unterdrückend. »Suzette! So wach doch endlich auf!«

Ein schläfriges Stöhnen war die einzige Antwort, gefolgt von einem schwerfälligen Flattern der noch immer geschlossenen Augenlider. Der Geruch von Alkohol drang Pauline in die Nase.

Angewidert verzog sie das Gesicht. Zugleich stieg in ihr das Gefühl von Scham darüber auf, dass sie, als Lehrerin und *Directrice*, nicht in der Lage gewesen war, ein derartiges Desaster zu verhindern, und sich auch jetzt als unfähig erwies, sich die notwendige Autorität zu verschaffen.

Also ignorierte sie die Tatsache, dass sie sich in Anwesenheit zweier preußischer Offiziere befand, griff nach dem Glas mit Wasser, das auf dem Nachttisch stand, und kippte den Inhalt Suzette ins Gesicht.

Erschrocken fuhr diese zusammen und prustete. Dann flatterten ihre schwarzbewimperten Lider noch einmal kurz, bevor sie diese endgültig aufschlug.

Einen Moment lang schien Suzette nicht zu begreifen, wo sie sich befand oder wie ihr geschah. Fahrig glitt ihr Blick durch das Zimmer, blieb dabei erst an Pauline hängen, dann an der nächtlich gekleideten Wirtin in der Tür. Erst als sie den preußischen Hauptmann und dann den vor diesem stehenden Leutnant Krüger erblickte, schien ihr die Situation langsam zu dämmern. Und die Konsequenzen, die diese unweigerlich nach sich ziehen würde.

Der verträumte Ausdruck wich aus ihrem Gesicht, ebenso wie jede Farbe, und machte einer Miene des Entsetzens und des eindeutigen Schuldbewusstseins Platz. »*Sainte Vierge Marie!*«

Pauline bemühte sich um eine strenge Miene, die weder ihre Sorge verriet noch den Anflug von Erleichterung, dass ihr Schützling am Leben und zumindest halbwegs wohlauf war. Alles andere – man würde sehen.

»Die heilige Jungfrau wird dir tatsächlich beistehen müssen, wenn wir beide miteinander fertig sind, *ma chère*«, gab Pauline kühl zurück. »Und du solltest darum beten, dass sie dabei gnädiger mit dir verfährt, als ich es tun werde.«

Der Ausdruck von Panik in Suzettes Gesicht wuchs im gleichen Maße, in dem sie zur Besinnung kam.

»Immer das Selbe«, nuschelte die Wirtin. »Immer diese losen französischen Frauenspersonen, die vor keiner, aber wirklich keiner Unschicklichkeit zurückschrecken.«

Langsam drehte sich Pauline um und maß die Frau mit kühlem Blick. »Lose französische Frauenspersonen und liederliche Wirtsleute, die sich nicht zu schade dafür sind, sich mit Kuppelei die Finger schmutzig zu machen«, entfuhr es ihr heftiger als beabsichtigt. Mit einer gewissen Genugtuung beobachtete sie, wie die ältere Frau entsetzt zurückwich.

Mit glasklarer Nüchternheit hatte Pauline den Finger auf die Wunde gelegt. Sollte besagter Vorwurf der Kuppelei öffentlich werden, würde sich die Wirtin großen Ärger einhandeln, im schlimmsten Fall sogar vor Gericht gebracht werden.

»Zieh dir deinen Mantel über, Suzette«, sagte Pauline knapp und half ihr beim Aufstehen. »Wir gehen nach Hause.«

Es war ohnehin bereits zu viel Staub aufgewirbelt worden.

»Einen Moment bitte!«

Zu Paulines großem Verdruss war der Hauptmann an Suzette herangetreten und musterte das junge Mädchen, das benommen in ihrem Arm hing, argwöhnisch. »Der Leutnant hier sagt, er habe dich gestern in betrunkenem Zustand aus einer Gastwirtschaft gezogen und dich zu deiner eigenen Sicherheit«, die letzten Worte sprach er bedächtig und betont aus, »in seiner Kammer untergebracht.«

Suzette blinzelte, schien aber noch immer nicht ganz zu begreifen.

»Daher frage ich dich. Hat sich die Angelegenheit tatsächlich so zugetragen?«

Der befehlsgewohnte Tonfall ließ Suzette aufhorchen, aber sie antwortete nicht. Unsicher sah sie zu Pauline, die sich genötigt fühlte, die Frage rasch ins Französische zu übersetzen.

»Nun, wie war es also?«, hakte von Pliesnitz ungeduldig nach. »Hast du dich tatsächlich in einem Wirtshaus herumgetrieben? Dem Alkohol zugesprochen?«

Suzettes Blick flog zu Krüger. Sie öffnete den Mund, wie um etwas zu erklären. Dann jedoch schloss sie ihn wieder, senkte den Kopf und nickte.

Ein Eingeständnis ihrer Schuld.

»Dann ist das also geklärt.« Der Tonfall des Hauptmanns erstickte die Worte, die Pauline auf der Zunge lagen, im Keim.

Nun, womöglich war es im Augenblick tatsächlich besser, einen taktischen Rückzug anzutreten und in Ruhe zu überlegen, wie weiter zu verfahren wäre. Und welche Konsequenzen aus der Angelegenheit zu ziehen wären.

Der Anflug von Übelkeit, der bei diesem Gedanken in Pauline aufstieg, hatte weniger mit der abgestandenen Luft im Raum zu tun oder mit der Tatsache, dass sie wegen der heiligen Messe, die sie besuchen wollte, noch nicht gefrühstückt hatte.

Entschlossen packte sie die mittlerweile zwar aufgestandene, aber noch schwankende Suzette fester. »Ich danke Ihnen für Ihre Unterstützung, Herr Hauptmann«, sagte sie knapp, als sie mit ihrer Schülerin durch die Tür schritt. »Und bemühen Sie sich nicht, wir finden den Weg alleine. Noch einen gesegneten Sonntag.«

Mit diesen Worten verabschiedete sie sich endgültig, ohne Leutnant Krüger auch nur eines Blickes zu würdigen.

Irgendetwas an dieser Geschichte war faul. Und sie hatte vor, herauszufinden, was es war.

\*

Mit gerunzelter Stirn blickte Erich den beiden Frauen nach, die gemeinsam die Kammer verließen. Die eine noch immer ein wenig unsicher auf den Beinen, mit einer Körperhaltung, die deutlich machte, dass sie am liebsten im Boden versunken wäre, die andere hocherhobenen Hauptes und mit dem Gestus einer zornigen Rachegöttin.

Fast bedauerte Erich die Schülerin dafür, in deren Hände gefallen zu sein. Aber auch nur fast. Junge Mädchen mussten hart angefasst werden, sollten sie nicht völlig missraten. Und immerhin hatte das Gör sich die ganze Misere ja selbst zuzuschreiben.

Dennoch. Erich war ein Ehrenmann und als Offizier auch für die Moral seiner Männer verantwortlich. Obgleich ihm der Sachverhalt recht eindeutig erschien, fühlte er sich verpflichtet, ganz sicherzugehen.

»Also, Krüger«, sagte er daher, und der grimmige Unterton in seiner Stimme war dabei nicht aufgesetzt. »Jetzt noch einmal unter uns Männern. Schildern Sie mir einfach, wie es wirklich war.«

»*Wirklich*, Herr Hauptmann?« Der Angesprochene wirkte verblüfft. »Aber das erzählte ich doch bereits. Das junge Ding hing betrunken und nicht mehr Herr ihrer Sinne in der Schankwirtschaft. Dort hatte ich sie zuvor zu zwei Gläschen eingeladen.« Er hob die entsprechende Anzahl an Fingern. »Zwei Gläschen, Herr Hauptmann, mehr nicht. Keine Ahnung, von wem sie sich den Rest hat spendieren lassen. Da sie nicht mehr in der Lage war, zu sagen, wo sie hingehört, nahm ich sie mit in meine Kammer.« Vage wies der Leutnant im Raum umher.

Erich grummelte erneut. So wie Krüger die Ereignisse schilderte, wirkten diese durchaus überzeugend. Zudem, wirklich neu waren derartige Geschichten nicht. Eine eng geschnürte Taille, ein hübsches Gesicht, und schon war es um die Moral eines Soldaten geschehen. Verführerische Frauenzimmer, die stets für Unruhe sorgten. Er selbst hatte das bereits am eigenen Leib erfahren müssen.

Aber dass der Leutnant die Situation wirklich nicht ausgenutzt haben sollte?

Verstohlen glitt Erichs Blick erst auf das aus zwei Stühlen bestehende provisorische Nachtlager, dann auf das Bett. Die Federdecke war zurückgeschlagen, das weiße Laken lag frei. Wie zur Bestätigung von Krügers Worten waren darauf keinerlei Spuren zu erkennen, die auf irgendwelche, *hm*, unzüchtigen Beschäftigungen hinwiesen.

Erich nickte. Alles schien seine Ordnung zu haben.

»Danke, Herr Leutnant. Ihr Verhalten war vorbildlich. Bitte entschuldigen Sie die sonntägliche Störung.«

Der Angesprochene salutierte knapp. »Immer gerne zu Diensten.«

Den Gruß erwidernd, wandte Erich sich ab. Es war Zeit, sich für den Kirchenbesuch fertig zu machen.

Wo er Gott dem Herrn dafür danken würde, ihn davor beschützt zu haben, einem Weib auf den Leim gegangen zu sein. Aber vor allem würde er seinen Schöpfer darum bitten, ihn zukünftig vor weiteren Begegnungen mit den schnatternden Gänsen aus diesem französischen Mädchenpensionat – und dessen spitzzüngiger Leiterin – zu bewahren.

\*

Das Geklapper von Besteck auf der blauweißen *Faïence* lag wie eine Melodie über der üppig gedeckten Frühstückstafel. Wie an jedem Sonntag wurde das Beste aufgetischt, was die Küche des Hauses zu bieten hatte. Buttrige Croissants, frisch gebackene, noch warme knusprige Brötchen und duftende Waffeln, goldene Butter, Fruchtgelees und Marmeladen sowie Platten mit Wurst und Käse standen bereit.

Während das Hauspersonal in der Küche aß, pflegten die Schülerinnen ihre Mahlzeiten gemeinsam mit den Lehrerinnen einzunehmen, in dem kleinen, aber äußerst eleganten *Réfectoire*, dem Speisesaal, der sich im ersten Stock, der Beletage, befand.

Zwei Fenster öffneten sich zur Straßenseite hin, darunter stand ein lang gestrecktes, aus hellem Nadelholz gezimmertes Büffet, auf dem eine blütenweiße Decke ausgebreitet war.

Zwei hohe Vitrinen aus dem gleichen Holz, in denen das blauweiße *Faïence*-Geschirr für den Alltag und das rosengeblümte für besondere Feiertage aufbewahrt wurden, zierten die gegenüberliegende Wand.

In der Mitte des Raumes befand sich ein langer Tisch. Die ebenfalls hellen Stühle waren mit einem Polster aus blauweißem *Toile de Jouy* bezogen, das ein verträumtes Hirtenidyll zeigte.

Der Duft von frisch aufgebrühtem Kaffee, süßem Kakao, Lindenblütentee und Darjeeling mischte sich verführerisch mit der Sommerluft, welche durch die geöffneten Fenster hereinströmte.

Louise verspürte nicht den geringsten Hunger. Ihr Magen fühlte sich an wie zugeschnürt. Immer wieder blickte sie zur Tür, in der Hoffnung, dass sich diese doch noch öffnen und Mademoiselle Martin mit der vermissten Suzette hereinkommen würde.

In Abwesenheit der *Directrice*, der Institutsleiterin, hatte Fräulein Schmitt die Leitung und die Aufsicht der Mahlzeit übernommen. In ihrer üblichen altjüngferlichen Aufmachung, von Kopf bis Fuß in Schwarz gekleidet, mit fest aufgestecktem Haar und einer schwarzumrandeten Brille, saß das Fräulein am Kopfende des Tisches und las in ihrer ruhigen, sicheren Stimme irgendeine Reisebeschreibung aus weit entfernten Ländern vor. Was die Schülerinnen nur sehr eingeschränkt daran hinderte, mit großer Inbrunst ihren eigenen Gedanken nachzuhängen.

»Und ich sage dir, sie ist entführt worden.« Wohliger Schauder schien in den Worten zu liegen, die von Brunhilde stammten, einer dunkelhaarigen, etwas gedrungenen Fünfzehnjährigen, die Louise schräg gegenübersaß. Ihre Familie stammte ursprünglich aus Neuruppin und war einige Jahre zuvor nach Straßburg umgesiedelt, da der Vater dort einen Beamtenposten ergattert hatte. Trotz ihres martialischen Namens, den sie ihrem stramm patriotischen Vater und ihrer romantisch veranlagten Mutter verdankte, war das Mädchen alles andere als walkürenhaft zu nennen. Vielmehr war sie friedlich veranlagt, steckte den Kopf aber gerne in irgendwelche Abenteuerromane und Groschenhefte, aus deren reißerischen Geschichten wahrscheinlich auch ihre blühende, bisweilen ein wenig melodramatische Fantasie rührte. »Davon liest man doch allerorten … Finstere Gestalten, die einem jungen, unschuldigen Mädchen auflauern und ihm dann Gewalt …«

Das mahnende Räuspern Fräulein Schmitts ließ Brunhilde verstummen. Rasch senkte sie den Kopf und stopfte sich den Mund mit einem weiteren, üppig mit Marmelade bestrichenen Croissant.

Louise wurde übel. Suzette entführt? Gewalt angetan von einem Mann? Womöglich noch von diesem preußischen Leutnant, mit dem sie sich hatte treffen wollen. Oder von einem seiner Kumpanen?

*Grundgütiger!* Louise spürte, wie sie blass wurde. Und sie selbst hatte nichts getan, um Suzette daran zu hindern. Wie erbärmlich von ihr.

»Ach was!«, vernahm sie gedämpft Charlotte von Schwegat, eine kaltschnäuzige Blondine, deren Vater irgendein hohes Tier bei der preußischen Bergwerksverwaltung war und die deshalb die Nase immer ein wenig hoch trug. »Unschuldig, wenn ich das schon höre«, fuhr Charlotte in verschwörerischem Flüsterton fort. »Leichte Kavallerie, diese Französinnen, alle miteinander. Haben es doch immer nur auf Männer abgesehen.«

Lag da etwa ein Hauch von Eifersucht in der Stimme? Kein Wunder, war Charlotte es doch gewohnt, aufgrund ihrer sozialen Stellung und des Wohlstandes ihrer Familie überall an erster Stelle zu stehen. Verwöhntes Biest!

Dabei war sie nicht einmal als gut aussehend zu bezeichnen. Ihr Mund war etwas zu groß, ihre Nase zu breit. Das einzig Schöne an ihr waren die stahlblauen Augen, doch selbst diese wirkten kalt und herablassend.

Obgleich die Worte der Schulkameradin von Gift und Vorurteilen nur so trieften, musste sich Louise eingestehen, dass sie in Bezug auf Suzette womöglich doch ein Körnchen Wahrheit enthielten. Immerhin war diese tatsächlich mit einem jungen Mann auf und davon. Heimlich, mitten in der Nacht.

Das Brötchen in Louises Mund schmeckte nach Pappe und klebte an ihrem Gaumen. Was, wenn Suzette wirklich etwas Schreckliches zugestoßen war? Was, wenn Mademoiselle Martin sie, Louise, für dieses Unglück mitverantwortlich machte? Wo sie doch ohnehin schon … Ein Gefühl von Panik stieg in ihr auf. Denn es gab Dinge in ihrem Leben, von denen noch nicht einmal die von ihr so bewunderte *Directrice* etwas wusste. Nicht wissen durfte. Es …

»Da! Da kommen sie!« Sophie, eine brünette Luxemburgerin, war aufgesprungen und ans geöffnete Fenster geeilt. »Da draußen. Das ist Mademoiselle Martin. Mit Suzette!«

Sogleich hatten auch die anderen Mädchen ihre Plätze verlassen und beugten sich hinaus.

»Mann, die sieht aber übel aus!«

»Was die wohl getrieben hat.«

»*Et Mademoiselle, elle a l'air en colère!*«

»Ja, wirklich wütend guckt die!«

Auch Fräulein Schmitt hatte ihre Lektüre abgelegt und war aufgestanden. »Aber meine Damen! Was ist das für ein Benehmen? Ich muss doch sehr bitten. Das Frühstück ist noch nicht vorbei.«

»Aber da kommt Suzette!«

»Mit Mademoiselle Martin!«

»Wir müssen doch wissen, was …«

»Schluss jetzt!«, beendete Fräulein Schmitt die Diskussion. »Mademoiselle Martin wird sich schon um alles kümmern. Das ist nicht eure Sache.«

»Oh ...«

Lange Gesichter blickten in die Runde.

»Aber ...«

»Nichts aber!«, entschied die Lehrerin kategorisch. »Bitte nehmt wieder Platz und beendet die Mahlzeit wie gesittete junge Damen, die wissen, was sich gehört. Sofort!«, fügte sie hinzu. Zögernd kamen die Mädchen der Aufforderung nach, nicht ohne verstohlen weiterzutuscheln.

»Louise?« Kaum merklich hatte sich Josefas Ellbogen in ihren Oberarm gebohrt. »Weißt du wirklich nicht, was letzte Nacht geschehen ist?«

Louise merkte, dass ihr Gesicht flammend rot wurde, als sie dem neugierigen Blick der Kameradin auswich.

»Du musst doch irgendetwas gesehen oder gehört haben. Ihr teilt euch das Zimmer.«

Hastig schüttelte Louise den Kopf. »Nein, nein, das habe ich nicht. Ich habe geschlafen. Tief und fest.«

»Wirklich?«

»Wenn ich es dir doch sage!«

»Schlafmütze!«

»Wie du meinst.« Rasch wandte sich Louise ab und zwang sich, mit einem Schluck Tee den bitteren Geschmack aus dem Mund zu spülen. Ohne Erfolg.

Sie schloss die Augen, ihr Herz schlug fest gegen ihre Brust. Wenn es doch nur wahr wäre! Wenn sie tatsächlich geschlafen und nichts von Suzettes leichtsinnigen Plänen mitbekommen hätte.

Doch nach dem, was geschehen war, bezweifelte Louise, in nächster Zeit überhaupt Schlaf finden zu können.

## Kapitel 7

»Was in aller Welt hast du dir nur dabei gedacht!« Pauline versuchte erst gar nicht, ihre Wut unter Kontrolle zu bekommen. Eine Wut, die eine gehörige Portion Angst enthielt, der Nachhall des überstandenen Schreckens.

*Falls* dieser Schrecken tatsächlich überstanden war.

Um das herauszufinden und um zu verhindern, dass sich ein ähnliches Desaster wiederholte, hatte sie Suzette gleich nach ihrer Rückkehr in ihr Büro bestellt. Bereit, ihr ordentlich die Leviten zu lesen.

»Hatte ich dir nicht klipp und klar verboten, dich mit diesem Soldaten zu treffen? Nicht zu einer Tanzveranstaltung und auch nicht zu einem kleinen Gläschen. Geschweige denn zu einem Stelldichein in einer übel beleumundeten Schankwirtschaft.« Ein Schauder überlief Pauline. »Und was tust du? Du hintergehst mich auf die niederträchtigste Art, die man sich vorstellen kann. Mich und auch deine eigene Familie. Schleichst dich des Nachts aus dem Haus, um ...« Bei der Erinnerung daran versagte Paulines übliche Redegewandtheit, und nach einem eindringlichen Blick auf das verstockte, Trotz und Zorn ausdrückende Gesicht des Mädchens, das mit hinter dem Rücken verschränkten Händen und fest zusammengepressten Lippen vor ihr stand, wandte sie sich ab.

Pauline war stets stolz auf ihre Gelassenheit und Ruhe, mit denen sie üblicherweise den Niederungen des Lebens und den Herausforderungen des Schulalltags gegenübertrat. Auf ihre Würde und Professionalität, die nur höchst selten zu erschüttern waren, außer vielleicht durch den Anblick der neuesten Modezeitschrift oder einer von Lisbeths süßen elsässischen Köstlichkeiten. Doch diese Sache ... Kaskadenartig wirbelten die Gedanken in ihrem Kopf durcheinander. Wenn diese nächtliche Aktion nun bekannt wurde, welche Konsequenzen hätte das für den Ruf ihres Pensionats? Für ihren eigenen, als Lehrerin und Leiterin dieser Schule? Und natürlich für Suzette selbst und deren Zukunft?

Zwar war Pauline in der Lage gewesen, die anderen Schülerinnen nach ihrer Rückkehr zu beruhigen und ihnen eine rasch erfundene Geschichte von Suzettes nächtlichem Schlafwandeln zu erzählen, bei der diese aufgegriffen und ins nahe gelegene Bürgerspital gebracht worden war.

»Mit diesem unerhörten Verhalten hast du alles verraten, woran wir hier in dieser Schule glauben, Eigenverantwortung und Vertrauen. Mehr noch, du hast mich persönlich hintergangen und aufs Schändlichste ...«

»Aber ich liebe Hermann!« Eine mädchenhafte Stimme fuhr ihr schrill in die Tirade. »Ich liebe ihn und will ihn wiedersehen. Und nur weil Sie ...«

»Wiedersehen wirst du nur dein Elternhaus in Avignon«, erwiderte Pauline mit erzwungener Gelassenheit. »Weil du heute noch meine Schule verlässt. Fang also schon einmal mit dem Packen an.«

Das Gesicht des Mädchens wurde kalkweiß. »Was? Sie werfen mich raus? Sie schicken mich zurück zu *Maman et Papa?*« Ihre Stimme überschlug sich.

Offensichtlich gab es also doch irgendetwas auf dieser Welt, wovor Suzette ernsthaften Respekt empfand. Und wenn es nur die Vorstellung war, zum dritten Mal innerhalb eines Jahres von einer Schule verwiesen zu werden – oder die Frage, wie ihre Eltern darauf reagieren würden.

»Du lässt mir keine andere Wahl, Suzette.«

»Aber Tante!« Suzettes Tonfall wirkte kläglich. »*Tatie,* Sie können doch nicht ...«

Pauline sah sie ernst an. »Ah, nun bin ich also wieder die liebe Tante. Aber das funktioniert so nicht, Mademoiselle. In erster Linie bin ich deine Lehrerin, und deine Eltern haben ...«

»Aber du darfst mich nicht heimschicken!«, heulte das Mädchen auf. Ihr hübsches Gesicht war gerötet und von Tränen verschmiert. »Sie würden mich umbringen, wenn ich schon wieder ...«

»Das hättest du dir früher überlegen sollen. Am besten, bevor du dich entschlossen hast, des Nachts durch die Schankwirtschaften zu ziehen. Dich sogar ...«, Pauline stockte einen Moment, »... einem Preußen an den Hals zu werfen.«

»Aber ich wollte doch gar nicht, dass es so endet!« Suzette schluchzte immer noch, ob aus aufrichtiger Reue oder Angst vor den Konsequenzen, konnte Pauline nicht ausmachen. »Alles, was ich wollte, war, mit Hermann einen schönen Abend zu verbringen, ein Gläschen Wein, ein wenig Tanz, vielleicht einen Ku...« Sie unterbrach sich, und ihre Wangen wurden glühend rot.

»Zumindest der Wunsch nach gehaltvollen Getränken wurde an diesem Abend offensichtlich mehr als befriedigt«, bemerkte Pauline trocken und stellte erleichtert fest, dass das Mädchen sein Schluchzen einstellte. Lediglich die Unterlippe zitterte ein wenig, als sie leise antwortete: »Ich weiß auch nicht, wie das geschehen konnte. Wir waren in diesem Schankraum, haben etwas getrunken, miteinander gescherzt und ... ge... ge...«

Pauline nickte knapp. »Ich kann es mir schon vorstellen. Und dann?«

Einen Moment presste Suzette die Lippen zusammen. »Ich weiß auch nicht«, wiederholte sie. »Es war alles so schön, der Wein, die Musik, Hermanns Nähe und ... Dann wurde mir plötzlich schwindelig, ich wurde so müde und ...«

»Und dann hast du dich dazu überreden lassen, diesem Tatbestand im Bett abzuhelfen. In *seinem* Bett wohlgemerkt?«

Hastig schüttelte Suzette den Kopf. »Ich ... Ich ... Wahrscheinlich glauben Sie mir nicht, aber ich kann mich an gar nichts mehr erinnern.«

*Keine Erinnerung?* Pauline stutzte bei dieser neuen, höchst beunruhigenden Information. War es denkbar, dass dieser Leutnant Suzettes Unwissenheit ausgenutzt und sie betrunken gemacht hatte, um sie dann – Pauline spürte, wie sie blass wurde – zu sich ins Bett zu zerren?

»Was ist, Tante Pauline? Habe ich etwas Falsches gesagt?« Eine ganz neue Art von Furcht lag in Suzettes Stimme, und Pauline seufzte unhörbar.

Nun begann der heikelste Teil der Geschichte. Sie musste wissen, ob es zum Äußersten gekommen war.

»Hast du irgendwo Schmerzen«, begann sie vorsichtig. »Fühlst du dich irgendwie seltsam? Anders?«

Verständnislos blickte Suzette sie an. »Schmerzen? Ich ... Also mein Kopf tut etwas weh. Mir ist schwindelig, aber sonst ...« Unglücklich verzog sie das Gesicht.

»*Non, je voulais dire*, ich meine, hast du irgendwelche Bauchschmerzen? Oder vielleicht Blut entdeckt?«

»Blut?« Die Augen des Mädchens weiteten sich vor Entsetzen. »Wie meinen Sie das? Hermann hat mich doch nicht verletzt. Er ist ...«

»Schon gut.« Pauline winkte ab. Es war nicht nötig, das Mädchen zu beunruhigen. So selbstbewusst und frühreif sich Suzette auch gab, war sie ganz offensichtlich über die Vorgänge des weiblichen Körpers nicht wirklich im Bilde. Zorn stieg in Pauline auf, darüber, dass junge Frauen vorsätzlich in Unwissenheit gelassen wurden, während sie andererseits die gesamte Last von Sitte, Anstand und Ehre auf ihren Schultern trugen. Vielleicht sollte sie demnächst ... Aber dazu war im Augenblick nicht der passende Zeitpunkt.

Am folgenden Tag würde sie diskret Suzettes Wäsche begutachten müssen, um sich persönlich ein Bild über das zu verschaffen, was tatsächlich geschehen war. Und dann überlegen, ob sie selbst, als Tante des Mädchens, es wagen durfte, sie über jene Details der menschlichen Biologie in Kenntnis zu setzen, die ihr bisher vorenthalten worden waren.

»*Tatie?*« Suzettes inzwischen sehr kleinlaut gewordene Stimme riss Pauline aus ihren Überlegungen. »Was wird nun aus mir? Werfen Sie mich wirklich raus?«

Pauline zog die Augenbrauen zusammen und musterte das Mädchen eindringlich. War es nicht ungerecht, dass immer die Frauen und Mädchen die Folgen einer unüberlegten Liebelei auszubaden hatten, während der dabei beteiligte Mann völlig unbehelligt blieb? Selbst wenn dieser, wie es hier den Anschein hatte, die Unwissenheit eines jungen Mädchens sehr gezielt ausgenutzt hatte? Ein Mädchen, das nichts weiter getan hatte, als sich – zugegebenermaßen bar jeder Vernunft – von seinen Gefühlen mitreißen zu lassen?

War sie wirklich verpflichtet, wegen dieses Anflugs jugendlichen Leichtsinns das Mädchen von der Schule zu werfen? Nur um den Ruf ihres Instituts zu schützen, zu zeigen, dass ein derart unsittliches Verhalten unter ihrem Dach nicht geduldet wurde?

Noch wusste kaum jemand von den Ereignissen. Nicht, dass diese aus der Not heraus erfundene Geschichte um Suzettes nächtliches Schlafwandeln allzu glaubhaft gewesen wäre oder weitere Spekulationen im Keim erstickt hätte. Doch solange Suzette selbst daran festhielt und sich nicht verplapperte, würden ihre Schulkameradinnen bald neue, interessantere Themen finden, über die es zu klatschen galt, und den unseligen Vorfall rasch vergessen haben.

Und ansonsten ... Nun, außer Louise, die schweigen würde, wusste nur die Zimmerwirtin des Leutnants von der Angelegenheit. Schon aus Selbstschutz könnte diese es nicht wagen, darüber zu reden.

Blieb nur noch Hauptmann von Pliesnitz, der diese hochpeinliche Angelegenheit ebenfalls hautnah miterlebt hatte. Wenn man ihn jedoch davon überzeugen könnte, dass …

»Tante«, kam es wieder kläglich von Suzette, »bitte, schicken Sie mich nicht zurück. Das würde ich nicht überleben.« Tränen standen in den dunklen Augen, der ganze Körper bebte.

»Was mit dir geschieht, muss ich mir noch überlegen«, meinte Pauline knapp, während ihre Gedanken bereits beim nächsten Schritt waren, den es zu tun galt. »Bis es aber so weit ist, wirst du auf Ausgang verzichten und deine Freizeit dazu nutzen, Lisbeth in der Küche behilflich zu sein. Beim Schälen von Gemüse, Kleinschneiden von Zwiebeln, dem Schrubben von Töpfen. Oder was sonst so anfallen mag. Offiziell eine Anordnung des Arztes, um deine innere Unruhe und nächtliches Umherwandern auszukurieren. Sollte jemand danach fragen.«

Suzette öffnete den Mund, und einen kurzen Moment lang sah es so aus, als wollte sie protestieren. Dann jedoch senkte sie den Kopf und sagte: »*Oui, Mademoiselle.*«

Pauline nickte. »Gut, das wird dir Gelegenheit geben, darüber nachzudenken, was du dir und deiner Familie eingebrockt hast.« *Und mir.*

»Du kannst jetzt gehen und ein Bad nehmen.«

Den kurzen Knicks, mit dem das Mädchen sich verabschiedete, bevor sie sich umwandte und aus der Tür stürzte, bekam Pauline nur noch am Rand mit.

Schon eilte sie zu ihrem Schreibtisch, zog einen Briefbogen hervor, tauchte den Federhalter in das Tintenfass und begann, einen Brief aufzusetzen.

\*

Das Mädchen war wohlbehalten ins Pensionat zurückgekehrt. So viel konnte Vincent der aufgeregten, in einer eigenwilligen Mischung aus Elsässisch und Französisch hervorgebrachten Unterhaltung entnehmen, derer er in der Küche Zeuge wurde, wo Camille gerade Lisbeth zur Hand ging, das Mittagessen vorzubereiten.

Die Erleichterung, die er dabei empfand, war so groß, dass seine Hand, die gerade einen Becher mit dampfendem Bohnenkaffee umschlossen hielt, unmerklich zu zittern begann.

*Gott sei es gedankt.*

Mit einem tiefen Schluck des heißen Getränkes spülte er die Reste der Anspannung weg, die ihn seit der vergangenen Nacht in ihren Klauen gehalten hatte. Nur das brennende Schuldgefühl ließ sich dadurch nicht vertreiben, das Wissen um das eigene Versagen.

Er hatte zu lange gezögert, hatte es versäumt, im rechten Moment einzugreifen und das Mädchen vor etwas zu warnen, das weitaus mehr als eine jugendliche Torheit war, eher ein verhängnisvoller Fehler.

Wusste Vincent doch, wozu Hermann Krüger in der Lage war.

Wieder nahm er einen Schluck von dem Kaffee, der seine Lebensgeister weckte und die Erkenntnis mit gnadenloser Wucht über ihm zusammenschlagen ließ: *Krüger war hier.* Hier in Diedenhofen.

Welcher Teufel hatte dabei seine Hände im Spiel gehabt? Und wie sollte er jetzt mit diesem Wissen umgehen? Dem Bewusstsein, dass dieser Mann auch ihm selbst gefährlich werden konnte – nicht nur dem Mädchen.

Mit einem Mal spürte Vincent das alte Gefühl der Hilflosigkeit in sich aufsteigen, das umso heftiger loderte, als es niemanden gab, dem er sich anvertrauen konnte. Nicht, solange keiner im Haus, am allerwenigsten die Institutsleiterin selbst, wissen durfte, wer er, Vincent, war, und weshalb er sich hier befand, in dieser Stadt, in dieser Schule.

Kalter Schweiß brach ihm aus bei der Erinnerung daran, wie es beim letzten Mal ausgegangen war, welche unabänderlichen

Folgen es haben konnte, wenn man einen Pakt mit dem Teufel schloss.

»Vincent«, vernahm er weit entfernt die Stimme der Köchin. »Bring uns bitte noch etwas Brennholz herein.« Die Worte verhallten.

Hart kämpften zwei Seelen in seiner Brust: die eine, die ihn drängte, zu verhindern, dass ein Mädchen ein weiteres Mal ins offene Messer lief, und die andere, die ihm verbot, irgendetwas zu tun, das seine eigene Anonymität gefährden konnte.

Er musste sich etwas einfallen lassen. Etwas, das gleichermaßen die Sicherheit des Mädchens, des Pensionats und seine eigene gewähren würde. Ohne dass dabei seine eigene Verstrickung ans Tageslicht käme.

Falls das überhaupt möglich war.

»Vincent!« Die Stimme wurde lauter, so laut, dass er sie nicht mehr ignorieren konnte. »Das Brennholz!«

Er murmelte eine Erwiderung, stand auf und ging steifbeinig durch den Flur.

Mehr denn je fühlte er sich als Gefangener seiner eigenen Taten, seiner eigenen Vergangenheit. Spätestens seit letzter Nacht wusste er, dass seine Hoffnungen, all dies hinter sich gelassen zu haben, zerplatzt waren.

*Verflucht!*

Hart stieß er die Hintertür auf und trat nach draußen in den Garten.

## Kapitel 8

Das warme, wohlriechende Wasser der Badewanne, in die Tante Pauline sie beordert hatte, löste die Anspannung, welche Suzette die ganze Zeit über in den Knochen gesteckt hatte. Auch vertrieb es ein wenig den Schwindel und die Übelkeit, mit denen sie zu kämpfen hatte, seit sie am Morgen an diesem fremden Ort so unsanft aus dem Schlaf gerissen worden war.

*Bigre!* Bei der Erinnerung daran wollte erneut ein Gefühl unbestimmter Panik in ihr aufsteigen. Die *Salle d'Eau*, der gemeinschaftliche Waschraum, begann sich um sie herum zu drehen. Wie in aller Welt hatte das geschehen können? Dabei war alles ganz anders geplant gewesen. Wieso war sie überhaupt eingeschlafen? *Mince, alors!* Mit der flachen Hand schlug sie auf die von Schaumwölkchen gekrönte Wasseroberfläche. Sie hatte keinerlei Erinnerung mehr daran, wie sie in diese Wohnung gekommen war.

Wie stark war der Wein hier in diesem Lothringen? Scheußlich bitter hatte er geschmeckt. War sie doch von zu Hause, dem warmen Süden Frankreichs, eher die süßen, fruchtigen Weine gewöhnt, von denen ihr zu den Mahlzeiten ein kleines Gläschen erlaubt war.

Hatte sie tatsächlich so viel getrunken, dass sie davon sogar das Bewusstsein verloren hatte? Eine unangenehme Frage, die sie nicht mit Sicherheit beantworten konnte und daher lieber aus ihren Gedanken verbannte.

Das Bad weckte Suzettes Lebensgeister und zusammen mit diesen die brennende Sorge, welche die ganze Zeit von benommenem Nebel gedämpft gewesen war.

Würde Tante Pauline sie wirklich wieder nach Avignon zurückschicken? Zu ihren Eltern?

Diese Vorstellung durchfuhr sie zugleich heiß und kalt.

Nicht, dass sie Lothringen lieber gemocht hätte als die Provence. Ganz im Gegenteil, jederzeit hätte sie das warme Klima, die malerischen alten Städte des südlichen Frankreichs dem kalten, oft verregneten Wetter an der Mosel vorgezogen.

Doch hatte der Vater ihr damit gedroht, sie in eine Ordensschule zu stecken, wenn sie noch einmal von einer Lehranstalt verwiesen würde. Besser als ein düsteres Nonnenkloster, wo ihr außer Gebeten, kargem Essen und freudlosem Lernen nichts bleiben würde, war Thionville allemal. Die Mosellandschaft hatte ihren ganz eigenen Reiz, junge Männer gab es hier zuhauf. Aber das Allerwichtigste: Sie war weit weg von ihren Eltern, dem strengen Vater, der ihr Tag für Tag Vorschriften machte, der überkorrekten Mutter, die keinerlei Sinn für Suzettes eigene Wünsche und Träume hatte. Zu ihnen zurück? Unvorstellbar.

Schaudernd ließ sich Suzette tiefer ins Wasser gleiten, verspürte den Wunsch, unterzutauchen, sich vom Wasser treiben zu lassen, die ganze Welt um sich herum auszusperren.

Zur Strafe hatte sie nun also vorerst Ausgangsverbot und sollte schmutzige Hausarbeit verrichten. Als wäre es nicht schon schlimm genug gewesen, wie eine reuige Sünderin ins Pensionat zurückgeschleift zu werden. Auch wenn die wahren Hintergründe ihres Verschwindens vor den anderen Schülerinnen nicht offengelegt worden waren und Tante Pauline sich diese fadenscheinige Ausrede mit dem Schlafwandeln ausgedacht hatte.

Das Geräusch sich nähernder Schritte und durcheinanderwirbelnder Stimmen ließ Suzette aufhorchen. Offensichtlich war das Mittagessen gerade vorbei, und ihre Kameradinnen waren auf dem Weg in den Waschraum, um sich etwas frisch zu machen.

Sonntagnachmittag. Den Mädchen war es erlaubt, die Zeit nach dem Mittagessen frei zu gestalten, in Zweier- oder Dreiergrüppchen durch die Stadt zu bummeln, ein Café zu besuchen, eine Limonade im Park zu trinken. Und am Nachmittag würde Lisbeth im *Réfectoire*, dem Speisesaal, ihre wunderbaren Kuchen servieren.

Suzettes Schädel brummte. Diesen Sonntagnachmittag würde sie im Bett verbringen oder beim Geschirrspülen. Oder beidem. Sie spürte einen bitteren Geschmack auf der Zunge und fragte sich, ob dieser noch immer von letzter Nacht herrührte.

»Das war ja mal wieder eine Aufregung heute!« Ohne aufzusehen erkannte Suzette, dass es sich um die Stimme der arroganten Charlotte handelte.

Obgleich ihre Zimmer nebeneinanderlagen, hatten sie im bisherigen Schuljahr kaum ein Wort miteinander gewechselt. Suzette verabscheute es, wie Charlotte sich stets für etwas Besseres hielt, und auch ihren entsetzlichen Akzent, wenn sie in den Konversationsstunden Französisch miteinander redeten. Charlotte ihrerseits hatte Suzette von Anfang an zu verstehen gegeben, dass sie für die *Welschen* nicht viel übrig hatte. Für solche aus dem Süden der Republik sogar noch weniger als für französischsprachige Lothringer, die sie ebenfalls mit Häme bedachte.

»Dabei hatte ich mich auf einen ruhigen Sonntag gefreut.«

Unter halb geschlossenen Lidern lugte Suzette in die Richtung, aus der die Stimme kam, und erkannte, dass Charlotte neben Esther an einem der Waschbecken stand, ein zurückhaltendes, dunkelhaariges Mädchen, dessen Eltern einen kleinen Laden im lothringischen Saargemünd, nahe der preußischen Grenze, besaßen. Esther brummte eine unverständliche Antwort, die nicht nach Zustimmung klang.

»Schlafwandeln! Wenn ich das schon höre.« Vor dem Spiegel kniff sich Charlotte zweimal kräftig in die Wangen, um diesen mehr Farbe zu verleihen. Etwas so Ordinäres wie Rouge war für Schülerinnen selbstverständlich tabu. »Wusste ich doch die ganze Zeit, das Franzosenmädel ist etwas plemplem.« Mit der

Spitze des Zeigefingers tippte sich Charlotte vielsagend an die Stirn. Suzette spürte, wie Hass in ihr aufstieg. Das Rauschen in ihrem Kopf wurde stärker. *Boshaftes Biest*, dachte sie zähneknirschend. *Dabei sieht sie genau, dass ich ein Bad nehme und jedes ihrer Worte hören kann.*

»Es gibt schon seltsame Leiden, mit denen Gott der Herr manche Menschen straft.«

Suzette sah, dass sich Albertine zu dem Zweiergrüppchen gesellt hatte. Selbst jetzt, am Sonntag, an dem sie nicht verpflichtet waren, in einheitlicher Schultracht herumzulaufen, trug diese eines ihrer ewig dunklen Kleider. »Manche Menschen haben Visionen oder hören Stimmen.«

Suzette runzelte die Stirn. Offensichtlich hatte die gute Albertine ihre Nase mal wieder zu tief in irgendwelche fromme Erbauungsliteratur gesteckt. In der ganzen Schule war sie für ihre ein wenig verschrobenen Ansichten bekannt. Erzählte das einfältige Wesen doch, dass sie nach Abschluss der Schule den Schleier nehmen und in einen Orden eintreten würde.

Nun ja, zu ihr passen würde es.

»Manche Menschen«, fuhr Albertine fort, »leben sogar speiselos, sie nehmen niemals Nahrung zu sich und verhungern trotzdem nicht.«

Von ihrem Platz in der Badewanne aus sah Suzette, dass Esther bei dieser Beschreibung ungläubig die Augen aufriss.

»Andere«, fuhr Albertine mit seltsamem Glanz in den Augen fort, »sind mit den Wunden des Herrn bezeichnet, erleiden seine Schmerzen und …«

»Hör mit diesem katholischen Unsinn auf!«, unterbrach Charlotte sie rüde. »Suzette ist nicht von Gott gezeichnet, sondern einfach nicht ganz richtig im Kopf.«

Als wolle sie ihre Aussage beweisen, trat Charlotte direkt an Suzette heran, die in diesem Moment am liebsten tief im Badeschaum versunken wäre. Das Blau des adretten Matrosenkleides mit dem breiten Kragen ließ die Farbe von Charlottes Augen noch eine Spur kälter wirken, herausfordernder.

Das pelzige Gefühl in Suzettes Mund, das Dröhnen in ihrem Schädel hinderten sie an einer patzigen Antwort. Zumindest eine in verständlichem Deutsch, das für sie immer noch eine Fremdsprache war. Daher begnügte sie sich damit, Charlotte einfach böse anzuschauen.

»Nun lass das Mädchen doch endlich in Ruhe! Sie hat schon genug mitgemacht.« Mit einer unsanften Geste schob Marthe Gross Charlotte beiseite, der die verbale Munition ausgegangen war und die deshalb keinen Widerstand leistete.

»Du hast recht, Marthe. Warum uns mit dieser dummen Pute abgeben? Wir haben wahrhaft Besseres zu tun. Komm, Esther, wir gehen.« Hocherhobenen Hauptes marschierte Charlotte aus dem Raum, ihre schweigsame Zimmernachbarin im Schlepptau.

»War es sehr schlimm?« Aufrichtiges Mitleid lag in Marthes Stimme, als sie sich besorgt zu Suzette hinabbeugte, die sich bei dieser plötzlichen Fürsorge mit einem Mal sehr hilflos und verletzlich fühlte.

»Es geht«, sagte sie ausweichend, und war erschrocken darüber, wie rau und kraftlos ihre Stimme klang. Was in aller Welt hatte sie am Vorabend nur getrunken?

»Hast du das öfter?«, fragte Marthe, »das mit dem Schlafwandeln und so?« Keinerlei Sensationsgier stand in ihren Augen, sondern ernstes, aufrichtiges Interesse. Im Gegensatz zu den meisten anderen Mädchen, die oft aus wohlhabenden Häusern kamen, Töchter von Ärzten, hohen Offizieren oder Beamten waren, schien Marthe aus eher einfachen Verhältnissen zu stammen. Dennoch bestach sie durch ein unverblümtes, oft sehr direktes Auftreten und hegte den festen Plan, nach Abschluss der Schule Krankenschwester zu werden.

Das alles kümmerte Suzette in diesem Augenblick reichlich

wenig. Sie fühlte sich einfach elend und hätte am liebsten die ganze neugierige Meute aus dem Waschraum gescheucht.

»Ich hoffe, du hast dir beim Schlafwandeln nirgendwo den Kopf angestoßen. Wenn doch, habe ich in meinem Zimmer eine Salbe dafür. Die könnte ich holen.«

Suzette blinzelte in Marthes Richtung. Lag da ein Hauch von Neugierde im Gesicht der Kameradin? Wollte diese womöglich genauer hören, was sich in der Nacht zugetragen hatte?

Im Stillen verfluchte sie Tante Pauline dafür, dass der keine bessere Ausrede für ihr nächtliches Verschwinden eingefallen war als diese dämliche Idee mit dem Schlafwandeln.

»Es geht mir gut«, log Suzette. »Alles, was ich brauche, ist eine Tasse Kaffee, um wieder auf die Beine zu kommen. Und jetzt lass mich in Frieden!« Der letzte Satz war ihr entwischt, bevor sie ihn zurückhalten konnte.

Überrascht zuckte Marthe zurück und hob die Hände. »Schon gut, schon gut! Ich wollte dir nur helfen, aber wenn du nicht willst ...« Ohne den Satz zu Ende gesprochen zu haben, machte sie kehrt und verließ ebenfalls den Raum.

Endlich allein, dachte Suzette und wollte sich erleichtert in die Wanne zurücksinken lassen. Doch sie hatte sich getäuscht. Es befand sich noch jemand hier. Schritte näherten sich, und sie erkannte ihre Zimmernachbarin Louise.

In jedem anderen Moment, in dem sie sich nicht so nackt, schwach und hilflos gefühlt hätte, hätte Suzette deren vorwurfsvollen Blick mit einer spitzen Bemerkung gekontert. So aber erwiderte sie ihn nur mit unbehaglichem Schweigen. Einem Schweigen, das nicht enden wollte, während Louise sie wortlos anstarrte.

»Was ist? Hast du mir irgendetwas zu sagen?«, platzte es schließlich aus Suzette heraus.

»Ja, das habe ich.« Ein Hauch von Unsicherheit schwang in der Stimme der Zimmernachbarin mit – und schlechtem Gewissen. »Im Gegensatz zu den anderen weiß ich, wie es wirklich war.

Von wegen Schlafwandeln und Bürgerhospital.« Sie machte eine bedeutungsschwangere Pause. Ohne zu wissen, weshalb, wuchs Suzettes Unbehagen. »Diesmal habe ich das Theater mitgespielt und nichts verraten, weil mir der gute Ruf der Schule und der von Mademoiselle Martin am Herzen liegen. Lass dir aber gesagt sein, das war das erste und letzte Mal, dass ich für dich gelogen habe. Wenn du wieder auf eine so verrückte Idee kommst, nachts aus dem Fenster zu steigen, um einen preußischen Soldaten zu treffen, werde ich nicht schweigen. Dann kannst du selbst sehen, wie du den Karren wieder aus dem Dreck ziehst. Hast du gehört?«

Zu Suzettes Verwunderung schien mehr Unsicherheit als Ärger in den Augen der Zimmernachbarin zu liegen, und einen Moment fragte sie sich, warum.

Noch bevor sie darüber nachdenken konnte, stapfte Louise hinaus und schlug mit einem undamenhaft lauten Knall die Tür des Waschraums hinter sich zu.

# Kapitel 9

Am Abend jenes Sonntags, der so verdrießlich begonnen hatte, stand Erichs Stimmung im Begriff, sich noch weiter zu verdüstern. Was nicht zuletzt an der Zeitung lag, deren Lektüre am Morgen so rüde unterbrochen worden war und welche er nun, nach dem kaum genießbaren Abendessen seiner Zimmerwirtin, wieder zur Hand nahm. Selbst der dunkel schimmernde Burgunderwein vermochte es nicht, seine Gefühlslage auch nur um einen Zoll anzuheben.

Die Welt schien tatsächlich aus den Fugen zu geraten. *Revolutionen, Aufstände, Umstürze …* Obwohl das Deutsche Kaiserreich seit seinem Sieg über den französischen Nachbarn vor annähernd vierzig Jahren – von einigen wenigen Kämpfen auf Übersee oder in den Kolonien abgesehen – nicht mehr Teil kriegerischer Auseinandersetzungen gewesen war, nahmen seit einiger Zeit die Spannungen zwischen Berlin und anderen europäischen Hauptstädten zu, von allen Seiten zogen dunkle Wolken auf.

Gedankenverloren ließ er die Zeitung sinken.

Ein seltsames Gefühl machte sich in Erichs Magengegend breit. Er war Offizier, in seinen Händen lag die Verantwortung für etwa hundertfünfzig Soldaten. Sollte es wirklich zu einem Krieg kommen … Gott der Herr mochte ihm beistehen, dass er seine Soldaten nach besten Kräften darauf vorbereitet hatte, dann auch ihren Mann zu stehen. Zu überleben …

Er nahm einen großen Schluck aus dem Weinglas. Doch der bittere Beigeschmack blieb und verstärkte sich noch, als sein Blick auf einen anderen Artikel fiel, welcher ihn dazu nötigte, das Glas neben sich abzustellen.

Für den Spätsommer des Jahres war in Kopenhagen ein internationaler Sozialistenkongress geplant. Auch wenn Erich sich nicht unbedingt als Freund linken Gedankengutes bezeichnet hätte, war es nicht die politische Ausrichtung des Kongresses, die ihn die Stirn runzeln ließ. Dies lag vielmehr an einem kleinen Nebensatz, irgendwo im unteren Teil des Zeitungsberichtes, der ankündigte, dass in diesem Rahmen auch ein internationaler Frauenkongress stattfinden sollte, der die Interessen der weiblichen Bevölkerung, insbesondere deren Forderung nach dem Frauenwahlrecht, zum Thema haben würde.
*Frauen ... Wahlrecht.*
Es fiel Erich schwer, diese sich seiner Meinung nach vollkommen ausschließenden Begriffe in einem Atemzug zu nennen.
*Frauen, die wählen durften ... Frauen, die Entscheidungen im Staate trafen ...*
Nur seiner Selbstbeherrschung war es zu verdanken, dass er die Zeitung nicht zerknüllte.
Zwar schätzte er sich als einen durchaus korrekten und toleranten Menschen ein. Im östlichen Posen geboren, wo die deutschsprachige Bevölkerung teilweise sogar eine Minderheit darstellte, war er inmitten von Menschen aus polnischen und anderen slawischen Kulturkreisen aufgewachsen. Wahrscheinlich verspürte er deshalb so wenig Berührungsängste mit Personen unterschiedlicher Herkunft, Lebensentwürfe oder gesellschaftlicher Werte. Zumindest, wenn diese die grundlegende Ordnung des Staates, des Zusammenlebens und des Gemeinwohls nicht infrage stellten oder gar gefährdeten.
Genau das war bei *Frauen* aber keineswegs auszuschließen.
Irritiert faltete er die Zeitung zusammen und leerte das Glas.
Frauen schufen Unruhe, wohin sie auch kamen. Waren aufgrund ihrer persönlichen Eitelkeit, Oberflächlichkeit und Unfähigkeit, die weitreichenden Folgen ihrer Handlungen zu überschauen, wie ein Pulverfass, das jederzeit hochgehen konnte.

Mitglieder der Gesellschaft, die man vor sich selbst schützen musste – und auch davor, dass sie andernorts Schaden anrichteten.

Es schüttelte ihn innerlich, als er daran dachte, wie früh er bereits die Wahrheit über den Wankelmut des weiblichen Geschlechts hatte erfahren müssen: Auf dem elterlichen Gut in der Nähe von Bromberg, der sich zwar durch einen alten Namen, doch weder durch Geld noch einen gehobenen Lebensstil auszeichnete, hatte sein Vater zeitlebens versucht, Hof und Familie über Wasser zu halten.

Das Schicksal hatte ihm zwar drei kräftige Söhne geschenkt, die durchaus in der Lage gewesen wären, ihn in seinem Anliegen zu unterstützen. Und dies wahrscheinlich auch getan hätten, wenn sich sein älterer Bruder nicht von leichten Mädchen auf die schiefe Bahn hätte locken lassen, wenn er seine Zeit nicht lieber mit billigen Frauen in anrüchigen Schenken verbracht hätte, als auf dem Anwesen der Familie seinen Mann zu stehen.

Und sein jüngerer Bruder ... Erichs Hand ballte sich fest um das Glas. Der könnte sogar noch leben, hätte ihn nicht eine verführerische Sirene eingewickelt, die verheiratet gewesen war. Unverantwortliches Frauenzimmer, das nicht davor zurückgeschreckt war, gleich zwei Männer, ihren Angetrauten und ihren Geliebten, gegeneinander auszuspielen und ins Unglück zu stürzen.

Ein Duell im Morgengrauen, mit tödlichem Ausgang für seinen Bruder und Festungshaft für den gehörnten Ehemann, der wegen der Triebhaftigkeit des eigenen Weibes zum Mörder werden musste.

Ganz gegen seine Gewohnheit goss er sich ein zweites Glas Wein ein. Der Alkohol dämpfte die Wucht dieser Erinnerungen.

Zugegeben, es gehörten immer zwei dazu: eine Frau, die ihren üblen Einfluss und ihre Fangstricke über die Männerwelt warf. Und einen Mann, der darauf einging. Ein Grund mehr, weshalb Erich alles in seiner Macht Stehende versuchte, die Disziplin, auch die moralische, bei seinen untergebenen Soldaten zu festigen, sie vor dem verderblichen Einfluss falscher Frauenzimmer zu schützen.

Und einer der Gründe, weshalb ihm das Zusammentreffen mit besagter Schulleiterin und ihrer Horde Hüften schwingender und Wimpern klimpernder Schützlinge ein solches Unbehagen bereitete.

Man stelle sich vor, ein ganzes Institut, eigens zu dem Behufe, dass dort Mädchen angelernt wurden, wie sie sich zu kleiden, zu frisieren, zu sprechen, zu lächeln hatten. Nur damit ihnen irgendwann eine möglichst fette Beute, sprich: eine gute Partie, ins Netz ging.

Als wäre das schwache Geschlecht nicht ohnehin schon raffiniert genug und anfällig für Eitelkeiten und leeren Glanz …

Erichs Mund fühlte sich mit einem Mal trocken an. Trotz der sommerlichen Wärme und des Wollstoffs seines Uniformrocks war ihm kalt.

Wenn eine Frau diesen Schwächen nachgab, konnte sie völlig ohne Skrupel alles um sich herum vergessen, ihre Pflichten, ihre Familien, sogar ihre eigenen Kinder. Kinder, die …

»Herr Hauptmann?«

Unwillkürlich fuhr Erich zusammen, als die Stimme seines Burschen ihn aus seinen Erinnerungen riss. Erinnerungen, die er die meiste Zeit über sicher im hintersten Teil seiner Seele verwahrte.

»Herr Hauptmann …« Offensichtliche Neugierde stand im Gesicht des jungen Mannes, der zwar den unerwarteten Besuch am Morgen mitbekommen hatte, aber weder wusste, um was es dabei ging, noch, was sich daraus ergeben hatte. »Was wollte eigentlich diese Schulmeisterin von Ihnen? Die hat ja vor Wut regelrecht geschnaubt.«

*Schulmeisterin!* Erich verbiss sich ein Grinsen. Eine *wutschnaubende Schulmeisterin*, wie treffend.

Der Junge mochte mit seiner Schwäche für gutes Essen und dem ewigen Heimweh nicht gerade das Paradebeispiel eines Soldaten darstellen. Da er jedoch in einer Schankwirtschaft aufgewachsen war, verfügte er über ein gutes Stück Menschenkenntnis.

»Nun«, sagte Erich und zwang sich, wieder ins Hier und Jetzt zurückzukehren. »Zumindest hat sie kein Feuer gespien. Wo sie doch aus Metz stammen soll.«

Ratlos runzelte Franzl die Stirn. »Aus Metz, Herr Hauptmann, was hat das ...« Dann aber hellte sich seine Miene auf, als er begriff. »Ah, Sie meinen wegen des Drachens Graoully, der dort vor den Toren der Stadt gehaust haben soll.« Kurz lachte er auf, dann gewann seine Neugierde wieder die Oberhand. »Und was wollte sie nun von Ihnen?«

Einen Moment zögerte Erich, nickte aber schließlich. »Zwar weiß ich nicht, was dich das angehen sollte, Kerl. Aber Mademoiselle Martin war davon überzeugt, einer meiner Offiziere habe sich einer ihrer Schülerinnen«, er räusperte sich, »unsittlich genähert.«

Franzl schien beeindruckt. »Also ein gefährlicher Verführer, ein echter Don Juan?«

Verärgert presste Erich die Lippen zusammen. »Das war die Theorie dieser – wie nanntest du sie – dieser Schulmeisterin. Tatsächlich aber hat sich der Leutnant als Helfer in der Not erwiesen und das Mädchen vor einer höchst verfänglichen Situation bewahrt.«

Ein skeptischer Blick war die Antwort. »Wenn Sie es sagen, Herr Hauptmann.«

»Das sage ich, in der Tat, Franzl«, gab Erich schärfer als beabsichtigt zurück. Bisweilen vergaß er, dass der Junge nur unter Weibsbildern aufgewachsen war, einer Mutter, einer Großmutter und einer unverheirateten Tante. »Ich sage aber auch, dass alles, was du hier in diesen Räumen hörst oder siehst, auch genau dort zu bleiben hat.« Drohend hob er den Zeigefinger. »Wehe, es dringt auch nur ein Wort davon nach draußen.«

Sofort nahm Franzl Haltung an. »Ganz sicher nicht, Herr Hauptmann. Wo denken Sie hin, Herr Hauptmann? Ich werde schweigen wie ein Grab.«

»Na ja«, grummelte Erich missmutig. »Dein Wort in Gottes ...«

Ein Klopfen unterbrach seinen Satz. Überrascht blickten sich beide an. Ohne dass es einer Anweisung bedurfte, beeilte sich Franzl, zu öffnen.

Mit durchaus interessierter, wenn nicht gar begierig zu nennender Miene stand die Hauswirtin vor der Tür und drückte Franzl etwas in die Hand. »Das ist soeben für den Herrn Hauptmann abgegeben worden. Es sei dringlich!«

Dem Tonfall war anzumerken, dass diese Aussage die Neugierde der Vermieterin deutlich anstachelte.

»Vielen Dank, die Dame!«, beeilte sich Erich daher rasch zu sagen und schloss ihr eigenhändig die Tür vor der Nase.

Der Tag war aufreibend genug gewesen, auf das Getratsche aufdringlicher Wirtinnen verspürte er nicht die geringste Lust. Schweigend nahm er Franzl das Schreiben aus der Hand, öffnete den Umschlag und faltete es auseinander. Er spürte, wie seine Brauen sich bei jeder Zeile, die er las, mehr zusammenzogen. Als er geendet hatte, stieß er überrascht die Luft aus und erntete einen fragenden Blick seines Burschen, der neben ihm stand und ihn aufmerksam betrachtete.

Offensichtlich hatte der Junge gelegentlich auch etwas anderes als Kuchen und Pasteten im Sinn. Aus irgendeinem ihm selbst unerklärlichen Grund verspürte Erich die Verpflichtung, auf Franzls unausgesprochene Frage zu antworten.

»Mademoiselle Martin bittet mich um eine Unterredung. Privat. Alleine. An der Moselpromenade, unweit der Brücke.«

»Die Schulmeisterin?« Die Augen seines Burschen wurden kugelrund, und trotz seiner Schüchternheit entglitt ihm eine Frage. »Werden Sie hingehen, Herr Hauptmann?«

Statt einer Antwort faltete Erich das an ihn gerichtete Schreiben sorgfältig zusammen und legte es oben auf einen Bücherstapel, der auf der Kommode thronte.

Das Schreiben, so damenhaft es auch formuliert sein mochte, so klar, sauber und schnörkellos die Schrift, hatte einen sehr bestimmenden Tonfall, der mehr nach einer Order klang als nach einer höflichen Bitte. Für einen Augenblick bemerkte er Widerstand in sich aufsteigen, diesem entschieden hervorgebrachten Wunsch des forschen Weibsbildes, das bereits ohne Scham und Zurückhaltung seine morgendliche Sonntagsruhe gestört hatte, so einfach nachzukommen.

Auf der anderen Seite … Womöglich gab es tatsächlich einen triftigen Grund dafür, dass sie sich mit ihm treffen wollte. Noch dazu an der Moselpromenade und nicht offiziell in ihrer Schule.

Einen Grund, den er vielleicht besser kennen sollte, bevor sie ihm oder seinen Männern noch mehr Ärger bereitete.

»Nun, Herr Hauptmann?«, hakte Franzl nach, ganz die brennende Wissbegierde.

Erich legte ihm die Hand auf die Schulter. »Sind wir nicht hier, um für Recht und Ordnung im Reichsland Elsaß-Lothringen zu sorgen?« Franzl warf ihm einen verständnislosen Blick zu. Doch Erich hatte nicht vor, näher darauf einzugehen. Stattdessen machte er eine vage Geste in Richtung Abendbrottisch. »Du kannst alles abräumen, ich ziehe mich schon zurück«, wies er an und betrat nachdenklich seine Schlafkammer.

Abendlicht floss schräg durch die geöffneten Fenster herein, die Geräusche der Stadt, von Stimmen, Fußgängern, gelegentlich einer Droschke, stiegen zu ihm herauf.

Er ging zum Fenster und betrachtete für eine Weile das Treiben dort draußen. Drei bayerische Soldaten schlenderten die Straße entlang, womöglich auf dem Weg zum Münchner Kindl, einer urtümlichen Gaststube, die sich schräg gegenüber an der Straßenkreuzung befand und weitestgehend von Altdeutschen besucht wurde. Wohl, um dort ihren schmalen Sold auf den Putz zu hauen, war das Bier im Reichsland Elsaß-Lothringen doch billiger als anderswo im Kaiserreich, und der Wein durchaus süffig.

*Diedenhofen*, kam es Erich in den Sinn. *Thionville*. Eine seltsame Stadt mit zwei Namen, in einem Landstrich, der so oft Schauplatz von politischen Rangeleien und Kriegen gewesen war. Der häufig den Herrn gewechselt hatte, mal zu Luxemburg, mal zu Burgund, mal zu den Habsburgern gehört hatte, dann zu Frankreich, und nun dem deutschen Kaiser unterstellt war. Ein Landstrich, in dem die Mehrheit der einheimischen Bevölkerung weitestgehend ihren eigenwilligen moselfränkischen Dialekt sprach, der jenem der angrenzenden Saarregion und Luxemburgs ähnelte, von denen manche jedoch im Herzen noch immer loyal zu Frankreich standen.

Eine Festungsstadt schon seit Jahrhunderten, in der sich heute neben den einheimischen Lothringern und Einwanderern aus Italien vor allem preußisches und bayerisches Militär tummelte. Daneben zahlreiche Altdeutsche aus den übrigen deutschen Staaten, die sich als Händler, Gastwirte, aber auch als Beamte angesiedelt hatten.

Erneut musste er an das heimatliche Bromberg denken, das bunte Völkergemisch, das dort ebenfalls herrschte. Ohne zu wissen, weshalb, stieg plötzlich eine Woge von Heimweh in Erich auf. So unerwartet, dass er sich ruckartig vom Fenster abwandte und damit begann, die Uniform abzulegen und sich für die Nacht vorzubereiten.

In Hemd und Hose gekleidet, ging er schließlich zu seiner Kommode, wo er mit bebenden Fingern die oberste Schublade öffnete. Vorsichtig schob er ein weißes Taschentuch beiseite und zog einen darunterliegenden Bilderrahmen hervor, der eine schon etwas verblasste Fotografie einfasste. Das milde Abendlicht ließ die Züge, die darauf zu sehen waren, beinahe lebendig werden. Eine gut aussehende Frau mit pechschwarzen Haaren, hohen Wangenknochen und großen Augen, die sehnsüchtig und wehmütig zugleich in die Ferne zu blicken schien.

Erich betrachtete das ansprechende Gesicht schweigend. Wie von selbst berührten seine Fingerspitzen die feinen Konturen. Dann jedoch, als habe er sich daran verbrannt, durchfuhr ihn ein jäher Schmerz. Heftiger als beabsichtigt warf er das Bild zurück in die Schublade.

Was war nur in ihn gefahren, dass er plötzlich derart schwermütigen Gedanken nachhing? Was in aller Welt trieb ihn dazu, einer Frau nachzutrauern, die aufs Schändlichste ihre Pflicht vergessen, ja sogar Mann und Kinder verlassen hatte? Aus purer Bequemlichkeit. Nur weil ihr die Einfachheit und die Mühen des Landlebens nicht behagten. Und stattdessen das laute, schrille Leben der preußischen Hauptstadt Berlin vorgezogen hatte, wo teure Kaufhäuser, vornehme Cafés und Restaurants eine ganz andere Art der Zerstreuung versprachen als ein etwas heruntergekommenes Landgut im hinteren Posen.

Erich spürte, wie seine Handflächen feucht wurden. Beinahe beschämt wischte er sie an der Hose ab.

So hatte es sich tatsächlich verhalten. Das war die bittere Wahrheit. Diese Frau, *seine eigene Mutter*, hatte Haus, Hof und Familie ihrem Schicksal, den eigenen Mann der Trunksucht und Misswirtschaft überlassen. Seit damals – er war noch ein Kind gewesen – hatte er sie nicht mehr gesehen.

Es krachte laut, als er die Schublade zustieß und sich hastig abwandte.

## Kapitel 10

*»Sie stammelte einige flehentliche Worte, aber die Aufseherin bedeutete ihr, sie habe sofort die Werkstätte zu verlassen. Fantine war ja auch nur eine mittelmäßige Arbeiterin. Von Schmach und Verzweiflung niedergedrückt, verließ sie die Fabrik und ging nach Hause. Offenbar wussten jetzt alle von ihrer Schande!«*

Ein Raunen ging durch die Klasse, gefolgt von vereinzeltem Naserümpfen und empört aufgerissenen Augen.

*»Zunächst suchte Fantine in Dienst zu treten; sie ging von Haus zu Haus, aber niemand wollte sie nehmen.«*

Als Brunhilde weiterlas, war es so still, dass man eine Stecknadel hätte fallen hören können.

*»Fantine lernte, wie man im Winter ganz ohne Heizung fertig werden kann, wie man einen Vielfraß von Stubenvogel abschafft, dessen Unterhalt einem täglich auf einen Pfennig zu stehen kommt, wie man einen Unterrock als Bettdecke und eine Bettdecke als Unterrock benutzt, wie man Talglichte spart, indem man seine Mahlzeiten bei dem Licht der Fenster vis à vis einnimmt.«*

Nur mit halbem Ohr hörte Pauline hin, wie ihre Schülerin mit leicht melodramatischem Tremolo in der Stimme die Passagen aus Victor Hugos Meisterwerk *Les Misérables – Die Elenden* vorlas, in denen der große französische Autor in teils belehrenden, teils nüchternen Worten den Niedergang seiner Heldin Fantine schildert. Einer im Grunde ihres Herzens anständigen jungen Frau, die sich erst leichtgläubig an einen Schmeichler aus gutem Hause verschenkt und daraufhin, um ihre uneheliche Tochter versorgt zu wissen, zunächst Haar und Zähne verkauft, dann ihren Körper, und ihre Hingabe zuletzt mit dem Leben bezahlt.

*»Anfänglich hatte Fantine vor Scham kaum gewagt, einen Fuß aus dem Hause zu setzen. Wenn sie auf der Straße ging, fühlte sie, dass sich die Leute nach ihr umdrehten und mit Fingern auf sie wiesen. Jedermann starrte sie an, und keiner grüßte. Diese Verachtung aber empfand sie wie einen eisigen Windhauch, der sie bis ins Mark durchschauerte.*

*In den kleinen Städten ist ein gefallenes Mädchen wehrlos gegen den allgemeinen Hohn, gegen die unverschämte Neugierde.«*

Die Anspannung in der sich im Erdgeschoss befindlichen *Salle de Classe*, dem Unterrichtsraum, schien buchstäblich mit Händen greifbar. Mit ebenfalls aufgeschlagenem Buch saß Pauline an ihrem Pult, vor der großen Tafel, neben der rechts und links je eine Karte von Deutschland und eine von Frankreich hing.

Ursprünglich hatte Pauline vorgehabt, ihre heutige Literaturstunde auf völlig andere Themen des Romans abzustimmen. Das Streben nach Freiheit, Menschlichkeit, Anerkennung. Die Verstrickungen in Vergangenheit, Schuld und Hoffnung. Den ewigen Widerspruch zwischen Vergebung und Sühne, Recht und Gerechtigkeit.

Nun jedoch hatten die jüngsten Ereignisse sie dazu bewegt, jene Passagen um Fantine auszuwählen. Obschon sie ahnte, dass eine Lektüre, die derart offen über sexuelle Verführung und deren Folgen sprach, in den Kreisen, denen die meisten ihrer Schülerinnen entstammten, wahrscheinlich auf noch größere Ablehnung stoßen würde als die Darstellung von Armut, Elend und Entrechtung, die sich ebenfalls durch Hugos Werk zog.

Doch sie hatte sich noch nie vorschreiben lassen, wie sie ihren Unterricht zu gestalten hatte.

*»Hundert Franken!«, dachte Fantine. »Wie macht man's denn, wenn man hundert Sous täglich verdienen will? Nun, dann muss ich das Einzige verkaufen, was mir noch übrig bleibt. Und die Unglückliche warf sich der Prostitution in die Arme.«*

Wieder ein halb entsetztes, halb genussvolles Aufstöhnen der

Schülerinnen. Pauline befand, dass nun genug grausige Details bezüglich des Schicksals allzu leichtfertiger junger Mädchen vorgetragen worden waren. Rasch gab sie Brunhilde ein Zeichen, an dieser Stelle mit dem Vorlesen innezuhalten und wieder Platz zu nehmen. Dann wandte sie sich der Klasse zu.

»Was haben wir soeben gehört?«, fragte sie und ließ ihren Blick über die Schülerinnen streifen, die in ihren dunkelblauen Pensionatskleidern in den Bänken saßen und sie interessiert anschauten.

Zumindest hatte Pauline durch diese äußerst skandalösen Passagen die ungeteilte Aufmerksamkeit der Mädchen, was im Literaturunterricht nicht immer der Fall war.

Josefa aus Rosenheim, deren verwitweter Vater in Thionville bei den bayerischen Truppen stationiert war, Esther aus Saargemünd, Gelsa aus Potsdam, Sophie aus Luxemburg, Suzette aus Avignon, Brunhilde, Marthe, Charlotte, Louise, Albertine ... Ihre Schützlinge stammten nicht nur aus den unterschiedlichsten Regionen, sondern waren auch von höchst unterschiedlicher sozialer Prägung. Und alle waren sie Pauline ans Herz gewachsen, in gewisser Weise sogar etwas wie ihre Familie geworden.

»*Alors*, was haben wir gerade erfahren?«, wiederholte sie und sah Esther an, die mit nachdenklichem Gesichtsausdruck ins Leere blickte. Ihre Eltern besaßen im lothringischen *Sarreguemines*, in Saargemünd, einen florierenden Laden für Porzellan, Keramik und Haushaltswaren, in dem sie während der Ferien häufig aushalf. Was vielleicht einer der Gründe für ihren messerscharfen Verstand, ihren Sinn für Zahlen und ihre pragmatische Lebenseinstellung war.

Esther stand auf. »Es ging um dieses junge Mädchen, Fantine, die sich ein uneheliches Kind hat machen lassen.«

Ein allgemeines Kichern war die Antwort, was Pauline mit einem rügenden Stirnrunzeln quittierte.

»Und dann«, fuhr Esther ein wenig unsicherer fort, »dann ging es darum, was sie danach erlebt hat, als sie versuchte, das Kind zu verheimlichen, aber trotzdem für es zu sorgen.«

Wieder ein verlegenes Kichern, wenn auch verhaltener. Pauline fragte sich, ob es nicht doch zu gewagt gewesen war, ein derart delikates Thema in ihrem Unterricht zu behandeln.

Aber sie hielt nichts davon, Mädchen allzu behütet oder gar unaufgeklärt ins Erwachsenenleben, insbesondere in eine Ehe, schlittern zu lassen. Und nach ihrem jüngsten Gespräch mit Suzette hatte sie sich vorgenommen, für Abhilfe zu sorgen. So nickte sie nur bestätigend.

»*Merci*, Esther.«

Diese nahm wieder Platz, und erneut sah sich Pauline in der Klasse um. »Was meint ihr wohl, weshalb ich diese Textstellen ausgewählt habe? Was können wir aus ihnen lernen?«

Ein betretenes Schweigen entstand, vereinzelt ein leises Tuscheln. Schließlich hob Gelsa die Hand und erhob sich, als sie aufgerufen wurde.

»Die Geschichte zeigt uns, wie es früher so zugegangen ist.« In ihren Augen blitzte ein Funken Begeisterung auf. Gelsa war die älteste Tochter eines im elsässischen Zabern, Saverne, stationierten preußischen Offiziers und zeigte stets großes Interesse an historischen Themen. »Die Geschichte spielt ja vor fast einhundert Jahren, und der Autor beschreibt die damaligen Zustände.«

Pauline nickte bedächtig. »Ein historisches Dokument also. Ja, so kann man es natürlich auch lesen. Vielen Dank, Gelsa.«

Das herbe, fast ein wenig maskuline Gesicht der Schülerin leuchtete auf, als diese sich wieder setzte.

Paulines Blick glitt über die Köpfe der Mädchen. »Aber ist das alles, was wir aus dieser Geschichte herauslesen können? Das Wissen darum, wie es früher einmal war?« Sie machte eine bedeutungsvolle Pause. »Und heute? Sieht es heute so viel anders in unserer Gesellschaft aus als zur Zeit von Hugos Roman?«

Die plötzliche Röte, die der einen oder anderen Schülerin in die

Wangen stieg, zeigte Pauline, dass sie ernsthaft über dieses heikle Thema nachdachten. Dann schoss eine Hand in die Höhe. Sie gehörte Marthe, deren sorgfältig aufgestecktes, brünettes Haar einen deutlichen Kontrast zu ihren hellen, von Sommersprossen übersäten Wangen bildete.

Auffordernd nickte Pauline ihr zu. »Ja, Marthe?«

»Nein, Mademoiselle, es hat sich nichts geändert!«, brach es aus dem jungen Mädchen heraus. »Fantine hier zeigt uns sehr deutlich, wie die Armen, die Arbeiter und einfachen Menschen ausgebeutet werden. Aufs Grausamste.« Sie schluckte und musste einen Moment Atem schöpfen, so sehr schien sie das Thema zu erregen. »Das ist heute noch ganz genauso wie damals. Wie zu allen Zeiten.«

Es kostete Pauline Mühe, ein Lächeln zu unterdrücken, angesichts der Heftigkeit, mit der das Mädchen seine Meinung vorbrachte. Marthes Vater war bekennender Sozialist, weshalb es Pauline nicht verwunderte, dass Marthe ein besonderes Augenmerk auf diesen Aspekt der Erzählung legte.

»Das hast du gut erkannt, Marthe«, lobte sie daher. »Tatsächlich ist es ein bedeutendes Anliegen von Hugos Werk, auf die sozialen Missstände der Gesellschaft aufmerksam zu machen. Auf die Folgen, welche Armut, Ausbeutung, Unterdrückung und Rechtlosigkeit für die Menschen haben.«

Von einer der hinteren Reihen war ein Aufschnauben zu hören, und Pauline sah, wie Charlotte die Augen verdrehte. Als Tochter eines Grubendirektors aus dem Saarrevier kam sie aus einer sowohl einflussreichen als auch wohlhabenden Familie.

»Die sozialen Aspekte, das Plädoyer für gesellschaftliche Gerechtigkeit«, fuhr Pauline dessen ungeachtet fort, »spielen bei Hugo also stets eine wichtige Rolle.« Mit der Hand wischte sie sich eine Strähne aus der Stirn. »Im Fall von Fantine jedoch geht das Anliegen des Romans über die Darstellung gesellschaftlicher Ungerechtigkeiten hinaus. Hat jemand eine Idee, inwiefern?«

Sie hatte den Satz noch nicht zu Ende gesprochen, da war bereits eine Hand nach oben geschnellt. Sie gehörte Albertine, die aus dem nahe gelegenen Bouzonville stammte, aus Busendorf, wie es zu Deutsch hieß.

»Was meinst du, Albertine?«, rief sie diese auf.

Ein verklärter und zugleich etwas fanatischer Ausdruck trat auf ihr Gesicht, als sie aufstand, und eine ungute Ahnung beschlich Pauline, was sie nun zu hören bekämen.

»Die Geschichte von Fantine zeigt, was mit unsittlichen, ja ...«, ihr milchig weißes Gesicht rötete sich, »sündhaften Mädchen geschieht. Schon hier auf Erden ...«

Die Schülerinnen raunten, ob aus Zustimmung oder Empörung, konnte Pauline nicht ausmachen. Vermutlich beides.

Von der allgemeinen Reaktion weiter angestachelt, fuhr Albertine fort: »Nicht zu vergessen, was Sünderinnen am Jüngsten Tag erwartet, welch grässliche Strafen sie dann verbüßen müssen und wie schrecklich das Gericht des zornigen ...«

An dieser Stelle entschied sich Pauline, einzugreifen, und gab ein entsprechendes Handzeichen. So erfreulich es auch war, dass die Mädchen offen ihre Meinung kundtaten, so hielt sie ihren Literaturunterricht nicht unbedingt für den richtigen Rahmen, um apokalyptischen Schreckensszenarien zu frönen.

»Einige dieser Gedanken sind sicher von Bedeutung«, sagte sie daher schnell, ehe Albertine die Gelegenheit hatte, erneut das Wort zu ergreifen. »Zumal Hugo in diesen Roman tatsächlich zahlreiche religiöse Themen eingeflochten hat. Themen von zentraler Bedeutung für die Handlung der Geschichte. Das hast du gut erkannt, Albertine.«

Diese strahlte ob des Lobes ihrer Lehrerin und schien sich zu Paulines Erleichterung damit zufrieden zu geben, ohne einen weiteren Sermon anzustimmen.

»An dieser Stelle geht es jedoch noch um etwas ganz anderes«, fuhr sie rasch fort. »Wer hat eine Idee, was der Autor uns durch Fantines Schicksal noch zeigen möchte?«

Erneut ließ Pauline den Blick über ihre Schülerinnen gleiten. Ihren Gesichtern war Unsicherheit abzulesen.

»Du vielleicht, Josefa?«, fragte sie, als sich keine meldete.

Doch das Mädchen schüttelte den Kopf, und so entschloss sich Pauline, den Überlegungen etwas auf die Sprünge zu helfen. »Nun, wie denkt ihr über Fantine? Ist sie ein eher positiver oder eher negativer Charakter?« Noch immer kam keine Antwort, weshalb Pauline ihre Frage ein wenig deutlicher stellte. »Wie wird Fantine in dem Roman denn dargestellt? Als jemand, der zu seinem eigenen Vergnügen lebt und dafür die gerechte Strafe erhält? Oder als jemand, der vielleicht einige falsche Entscheidungen getroffen hat, dann aber versucht, alles in seiner Macht Stehende zu tun, um Verantwortung zu übernehmen?«

Wieder schoss eine Hand nach oben. Diesmal gehörte sie Sophie, der derzeit einzigen ihrer Schülerinnen, die aus dem benachbarten Großherzogtum Luxemburg stammte. Sie klang atemlos, beinahe ein wenig aufgebracht, ein kämpferischer Glanz lag in ihren Augen. »Fantine ist ein tragisches Opfer der Gesellschaft. Einer Gesellschaft, in der lediglich die Männer das Sagen haben und die alleinige Macht, darüber zu befinden, was gut oder böse, richtig oder falsch ist. Und auch, für wen diese von ihnen aufgestellten Regeln gelten und für wen nicht!«

Überrascht hob Pauline die Brauen. Bisher war ihr verborgen geblieben, dass sich die junge Luxemburgerin mit derart rebellischen Gedanken beschäftigte. *Interessant.*

Sie bedeutete ihr, fortzufahren.

»Nun«, nahm Sophie ihre Rede wieder auf – ihr mädchenhaftes Aussehen mit dem weichen, haselnussbraunen Haar, welches lockig das herzförmige Gesicht umrahmte, stand in starkem Kontrast zu der Entschlossenheit und Härte ihrer Stimme –, »das Schicksal von Fantine zeigt deutlich, dass mit zweierlei Maß gemessen wird. Die jungen Männer vergnügen sich hemmungslos mit den Mädchen, versprechen ihnen das Blaue vom Himmel...«

Ein allgemeines Kichern entstand. Mit einem strengen Zischen musste Pauline ihre Schützlinge wieder zur Ruhe bringen, damit Sophie ihre Idee weiter ausführen konnte.

»Aber für die Männer hat all das nicht die geringsten Folgen. Diese muss Fantine ganz alleine tragen.«

»Die Folgen ihrer eigenen Triebhaftigkeit!«, rief Albertine dazwischen. »Ihrer Sittenlosigkeit, die sie nicht bis zum geheiligten Ehebett warten ließ, bis …«

Wütend war Sophie aufgesprungen und wandte sich zu ihrer Mitschülerin um. »Was um Himmels willen redest du dumme Gans für einen Unsinn? Wieso soll Fantine denn als Einzige die Folgen dafür tragen? Zum Sündigen und Kinderbekommen gehören noch immer zwei!«

Der Tumult, der bei diesen offenherzigen Worten in der Klasse ausbrach, nötigte Pauline dazu, mit dem Lineal auf das Pult zu schlagen. Eine Maßnahme, die sie, auf eine freiheitliche Erziehung bedacht, höchst selten ergriff.

»*Silence, Mesdemoiselles!*«

An Sophie gewandt sagte sie: »Und was dich betrifft, so muss ich dich sehr bitten, bei zukünftigen Diskussionen hier im Klassenraum sowohl deine Wortwahl als auch dein Verhalten zu mäßigen. Weder Gebrüll noch obszöne Anspielungen und schon gar keine persönlichen Beleidigungen dulde ich in meinem Unterricht!«

Das Gesicht der so Gerügten wurde einen Ton dunkler, sie presste die Lippen zusammen, doch schließlich nickte sie.

»Gut, ich mäßige meine Zunge, Mademoiselle. Bitte entschuldigen Sie, sollte ich mich in Wortwahl und Tonfall vergriffen haben.« Das leicht trotzig vorgeschobene Kinn strafte Sophies Reue Lügen. »Dennoch bleibt es eine unumstößliche Wahrheit, dass gewisse Regeln und Beschränkungen der Gesellschaft nur für Mädchen und Frauen gelten, nicht jedoch für Männer. Und nur aus diesem Grund musste Fantine für ihren einzigen kleinen

Fehltritt derart hart büßen. Der Vater ihres Kindes, der sich ja wohl derselben Verfehlung schuldig gemacht hat wie sie, jedoch keineswegs.«

Wieder ein allgemeines Aufraunen, dem Pauline nur mit Mühe Einhalt gebieten konnte. Im Stillen stimmte sie Sophie zu. Das Mädchen hatte recht, mit allem, was sie sagte. Trotzdem wollte Pauline in der Diskussion um persönliche Verantwortung und die Folgen unüberlegter Handlungen die Rolle der Frau keineswegs auf die des Opfers beschränkt sehen.

Sich selbst lediglich als hilfloses Objekt zu betrachten, das dem Wohl und Weh anderer oder des Schicksals ohnmächtig ausgeliefert war, hatte noch niemandem geholfen.

»Deinem Argument, Sophie, auch wenn es ein wenig, hm, direkt vorgebracht worden ist, kann ich nicht widersprechen. Und so, wie Hugo die Situation beschreibt, ist ihm tatsächlich daran gelegen, dieses Ungleichgewicht zwischen Männern und Frauen den Lesern vor Augen zu führen.«

Ein triumphierender Blick Sophies flog in Richtung Albertine, die daraufhin so aussah, als wolle sie ihrer Mitschülerin die Zunge herausstrecken.

*Kinder noch, alle miteinander*, schoss es Pauline durch den Kopf, selbst wenn sie in den Augen der Gesellschaft in dem Alter waren, in dem ihnen bald die Last der Ehe, Familie und Mutterschaft aufgebürdet werden würde.

»Aber macht man es sich nicht ein wenig zu einfach, wenn man sagt: Die Gesellschaft ist ungerecht, ich bin ihr Opfer geworden, und daran ist nichts zu ändern?« Einen Moment ließ Pauline ihre Worte auf die Klasse wirken. »Hat man nicht auch eine gewisse Verpflichtung, eigene Entscheidungen zu treffen? Genau zu überlegen, was es in der einen oder anderen Situation zu tun gilt? Welche Konsequenzen man zu tragen bereit oder in der Lage ist?«

»Sich also einfach anzupassen, meinen Sie?«, rief Sophie empört dazwischen. »Sich zu unterwerfen?«

Pauline begnügte sich mit einer rügenden Geste und fuhr fort: »Sich den Begebenheiten anzupassen und das Beste daraus zu machen, ist sicher *eine* Möglichkeit. In manchen Fällen nicht einmal die schlechteste.«

Einen Moment dachte sie an den eigenen Disput, den sie seit jeher mit ihren Eltern führte, die allem Deutschen vollkommen unversöhnlich gegenüberstanden und sich auf eine Vergangenheit versteiften, die es nicht mehr gab. Während sie selbst nach Wegen suchte, ihre Werte und Traditionen auf andere Art zu bewahren.

»Das bedeutet aber nicht, einfach die Hände in den Schoß zu legen und nichts zu tun«, erklärte sie weiter, »sondern vielmehr … Ja, Marthe?«

Die Angesprochene ließ die Hand sinken und stand auf. »Man kann sich in Räten zusammenschließen, Versammlungen abhalten und Demonstrationen veranstalten.« Wieder schien sie in ihrem Element. »Wenn alle zusammenhalten, wird über kurz oder lang auch die größte Übermacht gebrochen werden.«

Diese forsche Behauptung wurde mit vereinzeltem Murmeln quittiert, welches Pauline jedoch geflissentlich ignorierte.

Dann meldete sich eine weitere Schülerin, und zu Paulines Verblüffung war es die sonst so stille Louise, auf deren Gesicht sich einige rote Flecken abzeichneten.

»Es gibt auch die Möglichkeit, Schriften zu verfassen«, sagte sie zögernd, nachdem Pauline sie aufgefordert hatte, zu sprechen. »Artikel für die Zeitung oder Flugblätter. Das geschriebene Wort kann eine Waffe …« Sie unterbrach sich, als hätte sie bereits zu viel gesagt, und senkte den Kopf.

»Ja, das ist es auch, eine *mächtige* Waffe«, bestätigte Pauline, erfreut darüber, dass ein solch schüchternes Ding wie Louise aus seinem Schneckenhaus gekrochen war. »So wie Victor Hugo es auch selbst gesehen hat, als er soziale Missstände in seinen Schriften anprangerte und flammende Artikel in Zeitungen veröffentlichte.«

Noch immer war Pauline überrascht, welch eigenständige Gedanken bei ihren Schülerinnen zutage traten, wenn man ihnen solche gestattete. »Nicht immer ist man also hoffnungslos dem Schicksal ausgeliefert. Bisweilen hat man – wenn auch in begrenztem Maße – Möglichkeiten, um etwas zu verändern.«

Mit einem Gesichtsausdruck, der ebenso Verblüffung wie Empörung ausdrückte, war Charlotte aufgesprungen. »Heißt das etwa, Sie rufen zu sozialen Unruhen auf, zu Demonstrationen und Streiks?« Etwas höchst Unangenehmes, ja Bedrohliches, lag in der Stimme der Schülerin, und Pauline fragte sich, wie lange es dauern würde, bis ein Beschwerdebrief von Charlottes Vater bei ihr eintrudelte, der ihr vorwarf, sie motiviere ihre Schülerinnen zu Rebellion und subversiven Gedanken.

»Das tue ich keineswegs, Charlotte«, sagte sie ruhig und hielt dem Blick des Mädchens stand. »Allerdings wollte ich zum Ausdruck bringen, dass jeder Mensch ein gewisses Maß an Verantwortung trägt, sowohl für das eigene Leben als auch für die Gesellschaft. Und dass es höchst unterschiedliche Mittel und Wege gibt, um sich positiv verändernd einzubringen. Selbst als Frau.«

»Ja, als alte Jungfer am Lehrerpult«, drang es leise an ihr Ohr. Zwar hatte sie nicht erkennen können, von wem dieser vorlaute Ausspruch kam, als sie jedoch kurz zu Suzette hinüberblickte, die bisher geschwiegen hatte, stand ein schuldbewusster Ausdruck in deren Miene.

»Beispielsweise am Lehrerpult«, bekräftigte Pauline. »Es gibt viele Arten, etwas in der Gesellschaft zu bewirken. Je nachdem, auf welchem Platz man gerade steht.«

»Pfff ...«, zischte Charlotte abfällig.

Pauline ging nicht darauf ein. »Zugegeben, es dauert häufig länger, bis die Gesellschaft zu nachhaltigen Änderungen bereit ist. Man kann versuchen, den Prozess zu beschleunigen. Doch bis es tatsächlich so weit ist, muss man sich irgendwie in und zu der Gesellschaft verhalten und sorgfältig überlegen, zu welchen persönlichen Opfern man bereit ist, um seinen Idealen zu folgen.«

Ihr Blick glitt zu Suzette, deren Miene plötzlich ein reges Interesse zeigte. Unaufgefordert platzte sie heraus: »Also ist es doch notwendig, sich Freiheiten herauszunehmen und sich den Regeln der Gesellschaft zu widersetzen.« Offenbar sah sich Suzette aufgrund der Diskussion über Rechte und Freiheiten des weiblichen Geschlechtes in ihrem leichtsinnigen Handeln bestätigt. Eine stark verkürzte Schlussfolgerung, die Pauline auf gar keinen Fall so stehen lassen wollte.

»Nun, wenn man bereit ist, die Folgen des eigenen Handelns zu tragen und im schlimmsten Fall so elend zu enden wie Fantine hier.« Sie hob das Buch hoch und hielt es in Suzettes Richtung. »Es ist jedoch ein gewaltiger Unterschied, um einer gerechten Sache willen ein bewusstes Risiko einzugehen, mit dem Ziel, ein Zeichen zu setzen und die Gesellschaft zu verändern. Oder seine gesamte Zukunft aufs Spiel zu setzen, um lediglich einem spontanen Impuls nachzugeben, ohne an die Folgen zu denken.« Sie sah Suzette fest in die Augen, die daraufhin trotzig zur Seite blickte. »Unüberlegtes Handeln führt nur höchst selten zu positiven Ergebnissen. Bisweilen kann es daher klüger sein ...«

»Sich doch zu unterwerfen!«, fuhr Sophie ihr erneut ins Wort, nur mühsam die Empörung zügelnd. »Also sind Sie der Meinung, Mademoiselle, es ist notwendig, vor den Regeln der Gesellschaft zu kuschen, den eigenen Wünschen und Bedürfnissen zu entsagen, nur um nicht unterzugehen wie diese Fantine?«

Pauline lächelte innerlich, dankbar darüber, durch diese Frage zu dem Punkt gelangt zu sein, der ihr so wichtig war.

Sie hob einen Finger und gab die Frage an die gesamte Klasse weiter. »Es soll hier gar nicht darum gehen, was *ich* persönlich denke und glaube. Daher frage ich euch: Seid ihr der Meinung, Victor Hugo wollte durch die Darstellung von Fantines Schicksal an die Leser, besonders die Leserinnen, appellieren, sich zu unterwerfen? Hörige Untertanen zu werden?«

Ratlose Gesichter, unentschlossenes Getuschel.

Als auch nach einer Weile keine Antwort kam, gab Pauline einen weiteren Gedankenanstoß: »An späterer Stelle beschreibt der Autor blutige Barrikadenkämpfe, mit denen sich Teile der Bevölkerung, Republikaner, gegen die Regierung und den König auflehnen. Musste Hugo doch selbst das Land verlassen, da er sich öffentlich gegen den damaligen Präsidenten, den späteren Kaiser Napoleon III., stellte. Erst nach dessen Tod konnte Hugo nach Frankreich zurückkehren.« Erneut ließ Pauline die Worte auf die Schülerinnen wirken. »Für wie wahrscheinlich haltet ihr es, dass ein solcher Autor seine Leser dazu aufruft, sich willenlos dem Staat oder der Gesellschaft zu unterwerfen? Und das Schicksal seiner Heldin Fantine lediglich als Warnung ...«

Ein leises Klopfen an der Tür unterbrach Paulines Rede. Als sie hereinbat, wurde die Tür geöffnet, und Eleonore Schmitt betrat den Raum, Bücher unter dem Arm, bereit für den Geografieunterricht.

Offensichtlich hatte Pauline ihre Literaturstunde ein wenig überzogen, und so nickte sie der Kollegin entschuldigend zu. »Wir sind gleich fertig.« An die Schülerinnen gewandt, sagte sie: »Ich werde euch auf diese Fragen keine vorgefasste Antwort geben. Es liegt an euch, gründlich darüber nachzudenken und zu einer eigenen Einschätzung zu gelangen. Lest bis zur nächsten Stunde noch einmal die Passagen über Fantine, das ist eure Hausaufgabe. Vielen Dank.«

Ohne auf das aufkommende Gemurmel zu achten, packte sie ihre Sachen zusammen, entschuldigte sich noch einmal rasch bei ihrer Kollegin und überließ ihr dann das Pult, ehe sie aus der Tür schritt und diese hinter sich schloss.

## Kapitel 11

Thomas war hocherfreut, das Gesicht der elsässischen Haushälterin hinter der Tür auftauchen zu sehen. »Na, junger Mann, dann komm doch *mol mit rin!*«

Thomas hatte nicht vor, sich das zweimal sagen zu lassen. Flugs nahm er den Stapel frisch gewaschener, gestärkter und geplätteter Bettlaken und Tischtücher aus dem Leiterwagen und folgte der älteren Frau. Der köstliche Duft nach gebratenem Fleisch, Kartoffeln und Gemüse zog durch den Flur des Hauswirtschaftstraktes. Thomas lief das Wasser im Mund zusammen. Die ganze Zeit über hatte sein Magen bereits heftig geknurrt, und so war es kein Zufall gewesen, dass er die Wäscheladung für das Mädchenpensionat zur Mittagszeit auslieferte. Meist hatte die Haushälterin dann nämlich den Tisch für die Angestellten so üppig gedeckt, dass auch für ihn eine reichliche Portion abfiel.

So auch diesmal. Die Vorfreude auf frischen Cidre und Lisbeths kräftige Elsässer Küche ließ seine Stimmung beträchtlich steigen. Seit aller Frühe hatte er in der Stadt die Wäsche ausgefahren, die seine Mutter für viele der vornehmen Haushalte besorgte.

Ein sicheres Einkommen, besonders da Diedenhofen in den vergangenen Jahren gewachsen und zu einem wahren Schmuckstück mit zahlreichen prächtigen Häusern und neuen Wohnvierteln geworden war, an denen immer weiter gebaut wurde. Zugleich aber auch eine mühsame Beschäftigung, bei der es für die harte körperliche Arbeit nur einen geringen Lohn gab, der seiner Mutter und ihm gerade so das Überleben ermöglichte. An Annehmlichkeiten geschweige denn Luxus war nicht zu denken.

Umso glücklicher war er, hier im Institut nicht nur gelegentlich eine warme Mahlzeit zu erhalten, sondern auch immer mal wieder anfallende Arbeiten erledigen zu dürfen. Arbeiten, für die ein echter Mann, wie er es mit seinen siebzehn Jahren war, benötigt wurde.

Sein hungriger Magen gab laute Geräusche von sich, als er hinter der Haushälterin die geräumige Küche betrat, wo tatsächlich der Tisch bereits gedeckt war.

»Du kannst deine Wäsche da hinten ablegen«, ordnete die ältere Frau an und wies dabei auf eine freie Arbeitsfläche vor einem der Regale, welches Töpfe, Schüsseln und Becher enthielt. »Wenn du damit fertig bist, hol dir ein Gedeck und setz dich ein wenig zu uns.«

Auch diese Einladung ließ Thomas nicht ungenutzt verstreichen und tat gleich, wie ihm geheißen. Zwischenzeitlich kannte er sich recht gut in der Küche aus, schnappte sich rasch einen Teller, einen Becher sowie Besteck und stellte alles vor sich auf dem Tisch ab.

Seine Stimmung hob sich noch ein wenig mehr, als eine junge Frau durch die Tür hereintrat, in schwarzer Dienstbotenkleidung und mit weißer Schürze. Camille, das Stubenmädchen des Pensionats, das häufig der Köchin zuarbeitete und sich ansonsten um die Sauberkeit im Haus zu kümmern hatte.

Wie gewohnt hatte sie ihr blassblondes Haar unter einem weißen Häubchen hochgesteckt. Sie lächelte scheu, als sie Thomas sah, wusch sich rasch die Hände und ließ sich dann ebenfalls am Tisch nieder.

Sie war ein schüchternes Wesen, das kaum etwas redete, und wenn, dann meist auf Französisch, weshalb Thomas alles, was er über sie wusste, lediglich vom Hörensagen kannte. Beispielsweise, dass sie aus der Nähe von Château-Salins kam, einer Region im annektierten Lothringen, in der fast ausschließlich Französisch gesprochen wurde. Was wahrscheinlich, gepaart mit der Tatsache, dass sie wohl nur eine rudimentäre Schulbildung genossen hatte, der Grund dafür war, dass sie lediglich gebrochen des Deutschen mächtig war. Sie sollte, nach allem, was er gehört hatte, irgendwo bei Verwandten ein uneheliches Kind untergebracht haben, ihr kleiner Schandfleck, was jedoch Mademoiselle Martin nicht davon abgehalten hatte, sie vor einigen Jahren hier einzustellen, ihr Arbeit und Brot zu geben.

Natürlich war das kein Thema, über das man in der Küche reden konnte, und so musste sich Thomas, dem sonst höchst selten örtliche Gerüchte entgingen, mit einigen unausgesprochenen Vermutungen begnügen.

Aus einem großen Krug, der auf dem Tisch stand, schenkte Lisbeth jedem von ihnen etwas Apfelwein ein, dann öffnete sie den Topf einer großen, aus bunt bemalter Keramik gefertigten Terrine, der ein verführerischer Duft entströmte. Als sie damit begann, die Portionen auszuteilen, erkannte Thomas, dass es sich dabei um etwas handelte, was Lisbeth *Baeckeoffe* nannte, eine Spezialität aus ihrer elsässischen Heimat, eine Art Auflauf mit saftigem, durchwachsenem Fleisch, Kartoffeln und Gemüse, der in der Backröhre lange Zeit gegart wurde.

Heute musste sein Glückstag sein. Er war im vergangenen halben Jahr zwar von der Größe her aufgeschossen, dabei jedoch so mager, dass er überall noch als Junge angesehen wurde. Der ewig hungrige Sohn einer Wäscherin.

Daher nahm er sich vor, seine heutige Glückssträhne weiter auszunutzen. Seine letzte Fuhre für den Vormittag hatte er gerade abgeliefert, und bis zum Nachmittag, wenn seine Mutter ihn mit weiteren Lieferungen beauftragen würde, blieb reichlich Zeit, sich nicht nur den leeren Magen, sondern durch zusätzliche Arbeiten seine ebenso leere Geldbörse zu füllen.

Begehrlich starrte er auf die sich auf seinem Teller häufenden Köstlichkeiten, während er sich ungeduldig fragte, warum Lisbeth noch nicht damit begonnen hatte, das Tischgebet zu sprechen und damit die Mahlzeit zu eröffnen.

»Zufällig han ich nachher noch zwei Stündchen Zeit und könnt euch ein bisschen im Garten helfen. Bestimmt gibt et viel zu machen, Gras schneiden und so ...« Verstohlen schielte Thomas nach draußen und war überrascht, dass anders als sonst zu der Jahreszeit der Rasen nicht in die Höhe geschossen war.

»Ach, das ist lieb von dir, Junge.« Ein wenig keuchend ließ sich Lisbeth auf ihrem Platz nieder und schaufelte sich etwas von der Terrine auf ihren Teller. »Doch hat die Mademoiselle eingesehen, dass sie die ganze Arbeit nicht mehr alleine schafft. Daher hat sie einen Mann eingestellt, einen Gärtner, der sich auch um alles Grobe im Haus kümmert, Reparaturen und so. Ein wahrer Segen, sag ich dir, ein wahrer Segen.«

Thomas, der nach seinem Becher greifen wollte, um sich den Staub von der Straße aus der Kehle zu spülen, hielt in seiner Bewegung inne. Er hatte das Gefühl, einen harten Schlag in den Leib erhalten zu haben.

Ein neuer Hausangestellter? Ein Gärtner? Ein Mann fürs Grobe? Der nun das erledigte, worum Thomas sich sonst immer kümmerte? Alles in seinem Kopf raste, und sein Magen, der kurz zuvor noch vor Hunger gegrummelt hatte, schnürte sich mit einem Mal zu.

»Awer ...« Noch ehe Thomas Gelegenheit hatte, seiner Verblüffung Ausdruck zu verleihen, bemerkte er, dass ein weiteres Gedeck auf dem Tisch stand, was ihm zuvor entgangen war.

Als hätten seine düsteren Gedanken auf einmal Gestalt angenommen, spazierte in diesem Augenblick eine vierte Person in die Küche, die er noch nie zuvor gesehen hatte.

Ein junger Mann Anfang zwanzig, das helle Haar staubbedeckt, ungekämmt und schweißfeucht ins Gesicht hängend, das Hemd von der Arbeit verschmutzt und am Kragen geöffnet, die Ärmel bis zum Ellbogen hochgekrempelt. Beim Hereinkommen grüßte er alle Anwesenden. Sein Blick blieb kurz auf Thomas hängen, dann ging er weiter zum Spülstein, wo er sich die schmutzigen Hände wusch, bevor er sich dann ebenfalls an den Tisch setzte.

Thomas spürte Galle in sich aufsteigen. Ein fest angestellter Gärtner also, ein Kerl, der, wie es aussah, körperliche Arbeit gewohnt war und sicherlich mühelos alle anfallenden Aufgaben in Haus und Garten erledigen würde. Restlos.

Womit er selbst, Thomas, hier im Haus überflüssig geworden und damit auch diese zusätzliche Einnahmequelle versiegt war. Nur mit halbem Ohr hörte er, was Lisbeth sagte.

»Darf ich vorstellen, Thomas? Das ist der Neue im Haus, Vincent Lehmann aus der preußischen Rheinprovinz. Und das hier«, sagte sie an Letzteren gewandt, »ist Thomas Engel, der uns mit frischer Wäsche versorgt. Zudem ein Junge mit untrüglichem Gespür, wann das Essen fertig ist, und der uns daher häufiger bei Tisch beehrt.«

Die letzte Bemerkung war höchstwahrscheinlich scherzhaft gemeint, doch Thomas war das gleich. Schlimm genug, dass er gerade seine Arbeit verloren hatte, schlimm genug, dass sich ein anderer ins gemachte Nest gesetzt hatte und zukünftig all die Annehmlichkeiten genießen würde, die eine Anstellung in diesem vornehmen Institut so mit sich brachte. Da hatte er keine Lust, sich auch noch solch dumme Bemerkungen gefallen zu lassen.

*Auch wenn sie stimmten!*

Es schepperte, als Thomas das Besteck auf den Teller fallen ließ. »Ich geh dann besser. Et scheint mir, datt ich überflüssig sinn.« Mit einem lauten Quietschen schob er den Stuhl zurück.

»*Awer Biwele! Du hech noch gar nix gasse!*« Überraschung und Besorgnis zeichneten sich auf dem Gesicht der Köchin ab, die gerade dabei gewesen war, sich eine Portion Fleisch und Kartoffeln auf die Gabel zu schieben. »Bleib doch, wir haben genug da.«

Thomas, der bereits die Tür erreicht hatte, hielt noch einmal inne. »*Mir is lo grad den Appetit vergang.*«

Die Worte, die man ihm hinterherrief, beachtete er nicht mehr, sondern rannte weiter durch den Flur zum Seitenausgang des

Hauses, wo er nach draußen stürzte und mit einem lauten Krachen die Tür hinter sich ins Schloss warf.

*

Wurde er langsam paranoid? Hinter jeder Ecke und jedem Winkel sah er Verfolger! Auf jeden Fall hatte Vincent das auffällige Verhalten des jungen Burschen, Thomas, wie er genannt wurde, der so plötzlich und ohne ersichtlichen Grund bei seinem Auftauchen aus der Küche gestürzt war, äußerst beunruhigt.

Ob er etwas wusste oder zumindest ahnte?

Bei dieser Vorstellung begann Vincents Herz heftig zu klopfen. Er musste herausbekommen, was es damit auf sich hatte, musste verhindern, dass man im Haus allzu viele Fragen über ihn zu stellen begann. Fragen, die er lieber unbeantwortet ließ.

Die Mahlzeit hatte Vincent schweigend zu sich genommen, nichts von den elsässischen Köstlichkeiten, die Lisbeth auf den Tisch gebracht hatte, wirklich schmecken können.

Als die Köchin sich jetzt erhob, hatte er noch immer das ungute Gefühl, von misstrauischen Blicken beobachtet zu werden.

Oder kam es ihm nur so vor, dass Camille, das stets schweigsame Zimmermädchen, nach Thomas' Ausbruch ein Stück von ihm abgerückt war und seinen Blick mied? Gerade so, als befände sie sich lieber an jedem anderen Ort auf der Welt, als mit ihm zusammen in einem Raum.

»Jesses Gott! War das ein Drama!« Bedauernd blickte Lisbeth auf Thomas' Teller, den sie zusammen mit den anderen einsammelte. »Was der Junge nur hatte. Sonst ist er doch gar nicht zu bremsen, wenn es etwas Essbares gibt. Ts, ts, ts.« Sie schnalzte mit der Zunge.

Vincent verzichtete auf einen Kommentar, während er half, den Tisch abzuräumen, und einen irrationalen Fluchtinstinkt unterdrückte.

»Danke, dass du mir hilfst, Junge«, schnaubte Lisbeth und wischte sich die Hände an der Schürze ab. »Ich hab's heute eilig. Alphonse hat eine Lieferung neue Kirschen bekommen und versprochen, mir einen Teil davon für meinen Kuchen zurückzulegen. Ich muss nur rechtzeitig ...« Ihr Blick fiel erst auf Camille, dann auf ihn. »Würdet ihr beide vielleicht solange hier den Abwasch übernehmen? Dann geht's schneller. Ich werde schon mal im Speisesaal abräumen. Die müssten dort zwischenzeitlich auch mit dem Essen fertig sein.«

Ohne eine Antwort abzuwarten, richtete sie ihre Schürze und verließ die Küche.

Vincent und Camille blieben zurück.

»Na, dann wollen wir mal«, meinte er gewollt zuversichtlich. Die großen, blassen Augen des Stubenmädchens folgten ihm, doch machte es keine Anstalten, ebenfalls zu helfen.

Hatte er ihr etwas getan? Oder sollte die heftige Reaktion dieses Thomas Engel sie derart geängstigt haben? Wahrscheinlich würde er es bald herausfinden.

Noch immer ein wenig verunsichert, tat er, wie ihm geheißen, und räumte das restliche Geschirr zusammen. Allerdings kannte er sich in der Küche noch nicht aus.

Erneut sah er zu der jungen Frau hinüber, die mit hochgezogenen Schultern dasaß. Ein zierliches, unscheinbares Wesen in schwarzem Kleid und weißer Schürze.

»Würdest du mir helfen?«, fragte Vincent vorsichtig. »Ich weiß nicht so richtig, wohin alles kommt.« Als keine Reaktion erfolgte, sagte er: »*Aider?*«, und wies dabei auf die fraglichen Gegenstände.

Ein wenig steifbeinig erhob sich Camille und begann zu helfen. Es war nicht zu übersehen, dass sie einen deutlichen Abstand zu Vincent einhielt, geradezu einen Bogen um ihn machte.

Eine Tatsache, die ihn noch mehr verunsicherte. Üblicherweise reagierten Frauen völlig anders auf ihn, was ihn in der Vergangenheit sogar in ernsthafte Schwierigkeiten gebracht hatte. Diese jedoch ...

Mit einem Mal fühlte sich Vincent sehr fehl am Platz, in der schäbigen Kleidung, die er trug, mit dem Schmutz von Gartenarbeit unter den Fingernägeln. Es schepperte beträchtlich, als er die von Camille bereits grob vorgereinigten Teller ergriff und in den Bottich mit Seifenlauge gleiten ließ.

Bei dem lauten Geräusch zuckte diese zusammen und fuhr noch etwas weiter von ihm zurück. Er zwang sich zu einem Lächeln, das ihm aber nur halb gelang. »Bitte verzeih, ich wollte dich nicht erschrecken.« Zur Entschuldigung streckte er ihr seine Hand hin, um die schmutzigen Becher von ihr entgegenzunehmen.

Einen Augenblick zögerte sie, reichte sie ihm dann aber doch, sorgfältig darauf bedacht, dass sich ihre Finger nicht berührten.

Irritiert ließ er die Becher ebenfalls in die Lauge sinken. Lag es an ihm oder an ihr, dass sie derart verängstigt reagierte? Erneut fühlte er sich auf subtile Weise entblößt.

Mit gesenktem Kopf werkelte sie weiter in der Küche, jeden Blickkontakt vermeidend.

»Wer war das eben?«, fragte er schließlich, während er mit einer Bürste das schmutzige Geschirr bearbeitete. »Der Junge vorhin, dieser Thomas Engel?«

Bei der Erwähnung des Namens blickte sie auf, antwortete jedoch nicht. Ob sie ihn nicht verstand? Vincent wusste, dass in manchen Regionen des Reichslandes, vor allem im lothringischen Teil, die einfache Bevölkerung weiterhin Französisch sprach, nur gerade ein paar Brocken der deutschen Amtssprache beherrschte. »Der erschien mir sehr aufgebracht. Ist der immer so?«

Er erhielt keine Antwort, doch ihre Augen weiteten sich ein wenig mehr. Glaubte sie etwa, er wolle ihr zu nahe treten?

Natürlich hätte er diese Frage problemlos auch in der Muttersprache des Mädchens stellen können. Womöglich wäre jeder hier im Haus, allen voran die Institutsleiterin, erstaunt zu erfahren, wie gut er das Französische beherrschte – und auch, weshalb. Allerdings hatte er seine eigenen Gründe, diese Tatsache noch ein wenig bedeckt zu halten. Zumindest vorerst.

»Ach, vergiss es«, meinte er resigniert und winkte ab. Eine Geste, die Camille erschrocken zurückweichen ließ. Der Ausdruck von Furcht vertiefte sich, und Vincent konnte sehen, dass sie den Krug, den sie gerade ins Regal stellen wollte, so fest umklammerte, dass ihre Knöchel weiß hervortraten.

Ein gezielter Faustschlag in den Magen hätte Vincent nicht schmerzhafter treffen können. Er kannte diesen Ausdruck. Dieses unverhohlene Misstrauen, die offen gezeigte Angst. Wie oft war er ihnen begegnet, immer wieder seit jenem Tag …

»*Monsieur?*« Es war kaum mehr als ein Stammeln, hastig und heiser hervorgestoßen.

Einem Impuls folgend, streckte Vincent die Hände aus, drehte die Innenseiten nach oben, um die junge Frau zu beschwichtigen, und machte einen Schritt auf sie zu. »Keine Angst. Bitte. Ich will dir nichts tun, ich wollte nur …«

Doch er kam nicht weit. Ehe er den Satz beenden konnte, hatte Camille sich bereits abgewandt und stürzte aus der Küche, als sei der Teufel hinter ihr her.

*Der Teufel* … Angespannt starrte Vincent auf seine von der Seifenlauge klebrigen Hände. Wenn das verhuschte junge Ding wüsste, wie nah ihre Vermutung an der Realität lag.

*Verflucht!* Er schlug mit der Faust ins Spülwasser, dass es nach allen Seiten spritzte.

## Kapitel 12

Flammend gold und rot erhob sich der Morgen über Diedenhofen. Das erste Licht des Tages verschmolz mit dem Feuer des Abstichs der nahe gelegenen Carlshütte, des großen Eisenwerks der Gebrüder Röchling, das den Himmel in Brand zu setzen schien. Der Geruch von Ruß hing in der Luft, die um diese frühe Uhrzeit noch angenehm kühl war. Die Aura einer Industriestadt in einer von Kohle und Stahl geprägten Region, die zugleich so verträumt und malerisch wirkte.

Erichs Schritte hallten auf dem Kopfsteinpflaster, als er sich der Stadtkaserne näherte, die sein Infanterieregiment beherbergte und im Westen des alten Stadtkerns lag, unweit der vor einigen Jahren abgetragenen Festungsmauern. Hinter der ursprünglichen Begrenzung wuchsen neue Stadtviertel heran, Villen und Bürgerhäuser, Militär- und Industrieanlagen. Eine nicht enden wollende Baustelle, deren Schmutz und Lärm sich mit dem der Eisenhütte und der Kohlegruben mischte. Eine Stadt, die nie wirklich zur Ruhe kam.

Von jeher waren die frühen Morgenstunden Erichs liebste Tageszeit, besonders in den heißen Sommermonaten, wenn sie Frische und erträgliche Temperaturen versprachen. An einem Kiosk hatte er sich eine deutschsprachige Zeitung besorgt, die er unter dem Arm mit sich trug und lesen würde, wenn er die Zeit dazu fand. *Sollte er die Zeit dazu finden,* besser gesagt.

Stirnrunzelnd dachte er an den Stapel mit Papierkram, der sich auf seinem Schreibtisch in der Kaserne türmte. In der Woche war es gleich zu mehreren Schlägereien zwischen Angehörigen der in Diedenhofen stationierten bayerischen und preußischen Truppen gekommen, an denen auch Soldaten seines Regiments beteiligt gewesen waren.

Verfluchte Disziplinlosigkeit der unteren Ränge! Wie sollte man sich gegen einen möglichen Feind von außen verteidigen, wenn man sich schon untereinander in den Haaren lag? Tatsächlich war das Deutsche Kaiserreich, das seit fast vierzig Jahren auf der Landkarte existierte, noch immer nicht vollständig zusammengewachsen, die Animositäten, vor allem zwischen den norddeutschen und süddeutschen Staaten, noch nicht zur Gänze überwunden, gerade nicht zwischen Bayern und Preußen.

Am schlimmsten war es hier im Reichsland. Nicht genug damit, dass das Bier so billig war wie nirgendwo sonst, was hin und wieder Unmäßigkeiten in dessen Konsum verursachte. Zudem tummelte sich hier ein buntes Durcheinander von Menschen verschiedener Herkunft und Gesinnung, die gezwungen waren, sich irgendwie miteinander zu arrangieren: Elsässer und Lothringer, die sich schon untereinander nicht grün waren. Hinzu kamen Altdeutsche, Zivile und Militärs, aus allen möglichen Ecken des Deutschen Kaiserreiches, die ihrerseits meist nur wenig mit den Einheimischen zu tun haben wollten und häufig zu ihnen auf Distanz gingen. Daneben zahlreiche Einwanderer aus Italien, die in der Schwerindustrie Arbeit fanden und ihre eigene Sprache und Kultur in das Völkergemisch mit einbrachten.

Bisweilen fragte er sich, ob dieses uneinheitliche Gemenge einst der Humus sein würde, aus dem eine neue, eine friedlichere Weltordnung erwachsen könnte. Oder doch eher ein Pulverfass, in dessen Tiefe es gärte und das irgendwann zur Explosion käme und dabei die gesamte Welt erschütterte.

Erich lächelte bitter, als er um eine Straßenecke bog. Nicht dass er es je anders erlebt hatte. In seiner Kindheit im hintersten Posen, wo die Bevölkerung zu einem großen Teil aus Polen bestand, die ihre Sprache und Kultur aufrechterhielten und gegen alle Germanisierungsversuche erbittert verteidigten. Dennoch lebte und arbeitete man miteinander oder zumindest doch nebeneinander, Deutsche und Polen. Weitestgehend friedlich.

Auch auf dem Hof seines Vaters waren polnische Knechte beschäftigt gewesen. Und natürlich Jadwiga, die alte Köchin, die es schaffte, selbst aus einfachsten Zutaten köstliche Gerichte auf den Tisch zu zaubern, und die ihm hin und wieder ein Stück Kuchen oder Wurst zugesteckt hatte, obgleich sein Vater sich stets gegen unnötige Gefräßigkeit und Verschwendung ausgesprochen hatte.

Gerne erinnerte sich Erich an die Tage seiner Kindheit, in denen er sich im Sommer, unter wolkenlosem Himmel, zwischen den mannshohen goldenen Getreideähren versteckt hatte und einige Minuten Ruhe genoss, während sich die Geräusche der Sensen mit den Stimmen der polnischen und deutschen Arbeiter vermengten. *Der Klang der Heimat.*

Es war eine karge Kindheit gewesen, der Vater streng, die Arbeit auf Hof und Ländereien hart. Dennoch war er nicht unglücklich gewesen. Zumindest nicht bis zu jenem entsetzlichen Tag, als sich alles änderte.

Erich spürte, wie ihm bei der Erinnerung daran der Schweiß in feinen Rinnsalen seinen Rücken hinunterlief, seine Kehle eng wurde.

Sieben Jahre war er alt gewesen, als seine Mutter zu ihm in die Kammer kam und ihm mitteilte, dass sie nach Berlin gehen würde, um ein neues Leben zu beginnen. Alleine. Ohne ihren Mann, ohne ihre Kinder, die sie zurücklassen würde. Für immer.

In diesem Moment war die Welt für ihn zusammengebrochen. Verzweifelt hatte er sich an seine Mutter geklammert, sie gebeten zu bleiben. Doch hatte sie ihn nur stumm weggestoßen, sich von ihm abgewandt und das Haus verlassen.

Später hatte Erich erfahren, dass es in Berlin einen anderen Mann für sie gab. Einen, der ihr sicher mehr bieten konnte als sein

Vater mit dem halb heruntergewirtschafteten Hofgut, auf dem es zwar einen alten Namen, aber kaum bares Geld gab. Sie hatte den harten, eintönigen Alltag auf dem Land gegen das schillernde Leben in der Hauptstadt eingetauscht, ohne auch nur einmal nach ihm und seinen beiden Brüdern zu fragen.

Von dem Tag an war es bergab gegangen, mit dem Hof, dem Vater, der Familie.

War sein Vater auch schon vorher oft jähzornig gewesen, hatte er sich seitdem nicht mehr im Griff. Ständig stank er nach Schnaps, kam seiner Arbeit nur unzureichend nach, und immer wieder konnte Erich nicht einschlafen, da die Stellen, wo ihn der Gürtel seines Vaters getroffen hatte, höllisch brannten.

Schlimmer als die Striemen und blauen Flecken jedoch quälte ihn die Frage, warum seine Mutter ihnen so etwas angetan, warum sie die Familie sich selbst und den Vater der Verzweiflung überlassen hatte. Wie eine Frau derart gewissen- und verantwortungslos sein konnte.

Seitdem war das Elend in seiner Familie – oder dem, was davon übrig war – nicht mehr abgerissen. Schlechte Ernten und Misswirtschaft bestimmten das Leben auf dem Hof. Knechte mussten entlassen werden, Vieh verkauft. Jadwiga, die für ihn wie eine Großmutter gewesen war, ging ebenfalls fort. Und schließlich das Drama um seinen jüngeren Bruder Curt, das zu dem Duell mit tödlichem Ausgang führte.

Das Unglück einer ganzen Familie, verschuldet von unverantwortlichen, selbstsüchtigen Frauen.

Bereits wenige Tage nach der Beisetzung seines Bruders hatte Erich sich bei der Armee verpflichtet. War in eine Welt eingetreten, die aus Ordnung, Zucht und Disziplin bestand und zu der Frauen keinen Zutritt hatten.

Ein dunkel gewandetes Dienstmädchen mit weißem Häubchen, Schürze und einem Weidenkorb in der Armbeuge eilte an ihm vorüber und riss ihn aus seinen Gedanken. Aus Erinnerungen, die noch immer so schmerzhaft waren, dass er sie meist mit harter Arbeit und eiserner Selbstbeherrschung betäubte. Knapp erwiderte er den Gruß des Dienstmädchens und setzte seinen Weg in Richtung Kaserne fort.

Nicht, dass er weit gekommen wäre, denn ein gedämpftes Flüstern, gefolgt von einem Kichern, ließ ihn kurz darauf erneut innehalten. »Ah, du tust so gut!« Es klang wie ein Aufstöhnen, gepresst, aber doch deutlich hörbar.

Als Erich sich umblickte, entdeckte er hinter einer Häuserecke, zwischen zwei Gebäuden halb verborgen, einen Uniformierten, den Aufschlägen auf dessen Schulterklappen nach ein Mitglied seines Regimentes. Erst auf den zweiten Blick erkannte Erich, dass dieser nicht alleine war. Den Rücken an eine Häuserwand gelehnt, den Rock bis zu den Knien hochgezogen, stand dort eine weitere Person, halb mit diesem verschlungen. Erich konnte ihr Gesicht nicht erkennen, da es fest gegen das des Soldaten gedrückt und zum größten Teil von dessen Schirmmütze verdeckt war. Lediglich eine Flut schwarzer Haare war zu erkennen, die sich offen über ihren Rücken ergoss. Erichs Kiefer pressten sich zusammen, als er sah, wie das Weibsbild ihr Knie an der Uniformhose hinaufgleiten ließ, die Hüfte des Mannes mit ihrem Bein umschlang. Ein erneutes Stöhnen erklang, doch war nicht auszumachen, wer von den beiden es ausgestoßen hatte.

Zorn flammte in Erich auf. Welch unwürdiger Anblick! Dem musste er augenblicklich ein Ende bereiten.

Er räusperte sich. Keine Reaktion.

Er räusperte sich ein weiteres Mal. Erneut ohne Erfolg.

Schließlich packte er seine Zeitung fester und trat näher an die beiden heran. »Musketier!«, bellte er.

Wie vom Blitz getroffen fuhr der so Angesprochene zusammen, schob die junge Frau von sich und wandte sich um. Seine Wangen wurden dunkelrot, als er Haltung annahm und den Hauptmann erschrocken anstarrte.

Erst jetzt erkannte Erich den Kerl. Es war der Bursche des Majors, und was immer er auch hier zu schaffen hatte, geschah ganz sicher nicht in dessen Auftrag.

»Was tun Sie hier, Soldat?«, herrschte er den jungen Mann an, dessen Adamsapfel nervös auf und ab hüpfte, als er den Blick erwiderte. »Haben Sie mich nicht verstanden?«, schnauzte er, als er keine Antwort erhielt. »Ich habe gefragt, was Sie hier tun!«

»Herr Hauptmann, ich …«, begann er schließlich, geriet ins Stocken, salutierte und setzte erneut an. »War auf dem Weg in die Bäckerei. Habe die Order, dem Herrn Major ein paar frische Brötchen zu besorgen.« Wie zum Beweis hielt er einen geflochtenen Korb hoch, in dem sich besagtes Backwerk befand. »Fürs Frühstück, Herr …«

»Und das, was Sie hier treiben, Musketier«, fiel Erich ihm ins Wort, »nennen Sie das etwa auch Frühstück? Oder dachten Sie, dass es dem Major vielleicht doch nicht so eilig sei und Ihnen etwas Zeit bliebe, mit diesem Frauenzimmer hier …«

Ehe Erich Gelegenheit hatte, den Satz zu Ende zu sprechen, hatte die Schwarzhaarige, deren Lippen und Wangen grellrot bemalt waren, sich umgewandt und rannte davon.

Erich machte sich nicht die Mühe, sie aufzuhalten. Das Treiben liederlicher Weibsbilder in Diedenhofen ging ihn nichts an. Die Pflichtvergessenheit eines untergebenen Soldaten jedoch schon.

»Dann kommen Sie mal mit!«, befahl er barsch und sah, wie der andere bei seinen Worten bleich wurde. »Wir wollen sehen, was der Herr Major zu Ihren frühmorgendlichen Eskapaden zu sagen hat.«

Schicksalsergeben senkte der Junge den Kopf. »Jawohl, Herr Hauptmann.«

Widerstandslos trottete er hinter ihm her, während Erich der Gedanke kam, in Diedenhofen müsse mal wieder für Ordnung gesorgt werden. Eine Notwendigkeit, die er auch der lothringischen Schulmeisterin nahelegen würde, sollte diese tatsächlich das Gespräch mit ihm suchen.

\*

Louise war nicht ganz sicher, ob es das drückende, schwülheiße Sommerwetter war oder doch eher die Last der Hausaufgaben in französischer Literatur, was dazu führte, dass die Stimmung in der schuleigenen Bibliothek derart träge und lustlos war.

Der Raum, der sich im Erdgeschoss des Instituts direkt gegenüber dem Schulzimmer befand, diente auch als Studierzimmer für die Schülerinnen. Seine lindgrün gestrichenen Wände waren von Regalen bedeckt, in denen sich ebenso Werke der Weltliteratur in deutscher, französischer und englischer Sprache befanden wie Atlanten, Bildbände über die verschiedenen Kontinente oder zur Tierwelt, aber auch medizinische Abhandlungen sowie – was Louise besonders freute – Notenblätter und Partituren bedeutender Komponisten der vergangenen Jahrhunderte.

Die beiden weiß gerahmten Sprossenfenster gingen zum Garten hinaus und waren weit geöffnet, um für einen leichten Luftzug zu sorgen. Dennoch schwitzten die Mädchen, die sich in der Bibliothek aufhielten, um dort gemeinsam die von Mademoiselle Martin aufgetragenen Hausaufgaben zur aktuellen Lektüre anzufertigen, *Les Misérables* von Victor Hugo.

»Was für eine langatmige Geschichte«, stöhnte Charlotte mit unverhohlenem Naserümpfen, während sie mit dem Federhalter einige Sätzchen in ihr blaues Schulheft kritzelte. »Völlig verworren und einschläfernd. Ich weiß nicht, was diese französischen Romanautoren in ihren Köpfen haben.«

»Also ich finde es durchaus spannend!« Brunhilde, die so eifrig am Schreiben war, dass ihre Fingerspitzen von Tintenflecken übersät waren, sah von ihrer Arbeit auf, ein Hauch von Röte überzog ihr Gesicht. »Und auch so romantisch …«

Mit abschätziger Miene pustete sich Charlotte ein paar störrische Stirnfransen aus dem Gesicht und schüttelte den Kopf. »So was kann nur ein öder Bücherwurm wie du behaupten! Findest ja alles gut, was in schwarzen Buchstaben auf irgendwelches Papier gedruckt ist.«

Brunhilde fuhr herum. »Gar nicht wahr!«

»Ist es wohl!«, beharrte Charlotte, während sie missmutig ihren Federhalter wieder ins Tintenfass steckte. »Wie kann man nur etwas an dieser völlig unsinnigen Geschichte finden. Ein verurteilter Sträfling, der zum Direktor einer Firma und dann auch noch zum Bürgermeister aufsteigt. *Gott bewahre!* Wenn es so etwas in Wirklichkeit gäbe!«

»Warum denn nicht«, konterte Marthe, die nun ebenfalls aufsah. »Was denkst du, wie viele, die heutzutage hinter Gittern sitzen, das gar nicht verdient haben. Und wie viele von denen, die heute politische Macht haben, genau dort hingehören.«

»Sozialistin!«, fauchte Charlotte aufgebracht.

»Genau!«, gab Marthe zurück, »Besser als …«

»Könnt ihr nicht euren Mund halten!« Mit verzweifelter Geste presste sich Gelsa die Hände auf die Ohren. »Bei eurem Gezeter kann man sich überhaupt nicht konzentrieren!«

Charlotte war aufgesprungen. »Von dir lasse ich mir nicht den Mund verbieten, hörst du? Ich verstehe ohnehin nicht, wieso Mademoiselle Martin es zulässt, dass Leute mit solch anrüchigem Hintergrund ihre Schule besuchen dürfen. Wenn mein Vater wüsste, mit welchen Gestalten ich hier an einem Tisch sitzen muss, dann …«

Obgleich diese abfälligen Worte auf Marthe bezogen waren, zuckte Louise zusammen. *Welche Gestalten …* Ihr Gesicht brannte. In der Hoffnung, dass niemand im Raum dies bemerkte, beugte sie sich rasch wieder über ihre Arbeit.

»Ich würde sagen, dein Vater hat gerade andere Dinge im Kopf, statt sich um dich zu kümmern.« Gelsa, deren eigener Vater als preußischer Offizier im elsässischen Zabern diente, war nie um eine passende Antwort verlegen.

»Was meinst du damit?« Nun waren Charlottes Wangen flammend rot geworden.

»Seine Arbeit scheint ihm deutlich wichtiger zu sein als seine Tochter. Und seit er wieder geheiratet hat, fragt er gar nicht mehr nach dir. Oder warum musst du die Ferien hier im Institut verbringen, wo ihr gar nicht so weit von Diedenhofen entfernt lebt, gleich hinter der preußischen Grenze an der Saar?«

»Das ist nicht wahr!« Der hochmütige Ausdruck war aus Charlottes Gesicht gewichen. Plötzlich wirkte sie kindlich und sehr verletzlich. »Es ist nur, dass seine neue Frau guter Hoffnung ist und sich nicht wohlfühlt. Da braucht sie Ruhe und ...«

»Sag ich doch«, versetzte Gelsa ihr den Todesstoß. »Er hat etwas Besseres zu tun, als sich um dich zu ...«

»Das ist gemein!« Tränen standen in Charlottes Augen. Gegen ihren Willen verspürte Louise Mitleid mit ihr.

Einer Familie mit Geld und Einfluss zu entstammen war wohl nicht alles im Leben. Obwohl – ein feiner Stich machte sich in Louises Brust bemerkbar. Bisweilen mochte es doch von einem gewissen Vorteil sein.

»Ich brauche das alles nicht!« Charlotte stampfte auf, als wolle sie mit ihrem Zorn den Schmerz in ihrem Inneren vertreiben. »Wenn ich mit dieser scheußlichen Schule fertig bin, werde ich selbst heiraten. Jawohl!« Noch immer glitzerte es in ihren Augen. »Theodor ist eine hervorragende Partie, sagt mein Vater. Er hat zusammen mit meinem Bruder die Universität besucht, und ...«

*Theodor.* Charlotte hatte den Namen schon öfter erwähnt und schien dem Angebeteten hin und wieder auch eine Postkarte zu schreiben, mit malerischen Bildern von Diedenhofen und der Mosel.

Aber ob jemand wie Charlotte echte, aufrichtige Gefühle empfinden konnte? Aufgewachsen in einer Familie, in der sich alles nur um Geld und Ansehen drehte. Vom verwitweten Vater in ein Pensionat abgeschoben, weil dieser keine Lust hatte, sich um seine Tochter zu kümmern, und nun, da er neu geheiratet hatte, sein Kind noch nicht einmal in den Ferien zu sich holen wollte.

Nachdenklich ging Louise zum geöffneten Fenster, hinter dem sich der Garten erstreckte. Sommerlich mild rauschte der Wind durch die Blätter der beiden Mirabellenbäume, an denen bereits grüne Früchte hingen. Unwillkürlich flogen ihre Gedanken zurück in ihre eigene Kindheit, unbeschwerte Sommertage, als sie mit ihrem Vater lange Spaziergänge unternommen, angeregte Gespräche geführt hatte.

»Ist er nicht wunderbar?« Eine leise Stimme direkt an ihrem Ohr riss Louise so unvermittelt aus ihren Gedanken, dass sie leicht zusammenzuckte.

Als sie den Kopf wandte, sah sie, dass Brunhilde sich zu ihr gesellt hatte und mit schwärmerischer Miene in den sonnenüberfluteten Garten schaute.

*Wunderbar? Wer?*

Ratlos folgte sie dem Blick der Kameradin und sah, dass der neue Gärtner dabei war, Brennholz für die Küche auf einem Holzbock zu schichten, und sich anschickte, diese in gleichmäßige Scheite zu hacken. Das einfache helle Leinenhemd, das er trug, war bei der nachmittäglichen Hitze bereits schweißgetränkt und klebte ihm am Körper. Er hatte die Ärmel hochgekrempelt, und bei jeder seiner Bewegungen zeichneten sich die Muskeln unter dem dünnen Stoff ab.

»Wie Kara Ben Nemsi«, seufzte Brunhilde, und ihr rundliches Gesicht nahm eine deutliche rosa Färbung an. »Schade nur, dass er so alleine in diesem Gartenhäuschen wohnt und keiner von uns auch nur die Spur von Beachtung schenkt.«

Nach Louises Dafürhalten war dies eine recht vernünftige Lösung, doch offensichtlich hatte die schwärmerisch veranlagte

Brunhilde den schweigsamen Gärtner als Held einer ihrer Romane auserkoren.

»Na, ihr zwei Klatschbasen?« Die beiden fuhren zusammen, als jemand ihre Schultern umfasste. »Bewundert ihr die Schönheiten der Natur?« Marthe war ebenfalls ans Fenster getreten und sah hinaus. Ihr Blick veränderte sich, als sie merkte, wem die Aufmerksamkeit galt.

»Sieh an, sieh an.« Leise pfiff Marthe durch die Zähne. »Wirklich eine Naturschönheit. Hoffentlich bemerkt Mademoiselle nicht, dass ihr zwei dem Gärtner schöne Augen macht.«

»Niemandem mache ich schöne Augen!«, gab Louise heftig zurück. »Erzähl doch keinen solchen Unsinn!«

»Ach nein?« Marthes Blick ging zu Brunhilde, deren runde Wangen so rot leuchteten wie zwei Äpfel.

»Nun, unser Bücherwürmchen aber schon.«

Besagtes Würmchen verzog das Gesicht, unternahm aber keinen Versuch, die Behauptung abzustreiten. »Er ist irgendwie süß.«

Marthe verdrehte die Augen. »Du liest eindeutig zu viel in der *Gartenlaube*.«

Ein wenig pikiert schaute Brunhilde die Freundin an, deren Blick weiterhin auf den Mann da draußen gerichtet war. »Sag bloß, er gefällt dir nicht?«

Marthe schwieg eine ganze Weile, was bei jemandem wie ihr, die ihre Ansichten sonst so offen auf der Zunge trug, höchst selten vorkam.

Gerade als Louise glaubte, diese Tatsache als Geständnis zu deuten, sagte Marthe etwas Seltsames: »Ich glaube, der Bursche hat ein Geheimnis.«

Als hätte jener ihre Worte gehört, hob er den Kopf, sah in ihre Richtung und gefror in seiner Bewegung.

Einige unwirkliche Sekunden lang geschah nichts. Dann packte er den Griff der Axt fester und drehte sich um. Nach wenigen Schritten war er von der Bildfläche verschwunden.

»Schräger Vogel!«, kommentierte Marthe mit bissiger Offenheit und stützte die Ellbogen auf das Fensterbrett. »Ich sage es ja, der hat etwas zu verbergen. So etwas merke ich gleich.«

*Bemerkte sie das wirklich?* Louise fuhr zurück, das Gesicht brennend heiß, die Handflächen plötzlich feucht.

»Glaubt ihr mir nicht?« Marthe wandte sich um, und das Lächeln verschwand aus ihrem Gesicht. »Ist was mit dir? Habe ich etwas Falsches gesagt?«

Marthe schien tatsächlich nicht das Geringste zu entgehen, und mit einem Mal fühlte sich Louise schutzlos und nackt.

»Nein«, sagte sie lauter als beabsichtigt. »Was soll denn sein? Alles in bester Ordnung.«

Louise war noch nie eine gute Lügnerin gewesen, von ihrem Gesicht war immer gleich alles abzulesen. Weshalb sie rasch ihre Schulhefte zusammenpackte und die Bibliothek verließ. Beim Hinauseilen spürte sie Marthes Blick in ihrem Rücken.

## Kapitel 13

Erich mochte die Moselpromenade. Auch wenn sie insbesondere bei schönem Wetter ein wenig überlaufen war, gewährte sie eine malerische Aussicht über den Fluss und das gegenüberliegende Ufer.

An diesem Nachmittag jedoch hingen dunkle Wolken am Himmel, und ein kühler Wind pfiff um die Häuserecken. Es war kaum mehr als Dienstpersonal unterwegs, um die Hunde ihrer Herrschaften auszuführen, oder adrett gekleidete Kindermädchen, die hochrädrige Kinderwagen vor sich herschoben.

Vereinzelt verfing sich ein blasser Sonnenstrahl auf der Wasseroberfläche, ein Lastkahn zog vorbei. Von oben, von der Straße her, war das Knattern eines der Automobile zu vernehmen, die in Diedenhofen immer häufiger anzutreffen waren. Auch hier hing der Ruß der nahe gelegenen Carlshütte in der Luft.

In Erichs Augenwinkeln flammte etwas Helles auf. Er blickte hoch und erkannte, dass Mademoiselle Martin am oberen Ende der Treppe stand, welche die Straße mit der ein wenig tiefer gelegenen Uferpromenade verband. Sie schaute suchend umher. Schließlich hatte sie ihn entdeckt, denn sie hielt in ihrer Bewegung inne und nickte kurz in seine Richtung.

Die Institutsleiterin trug ein schlichtes Nachmittagskleid in einem hellen Apricot, das wie angegossen saß und ihre Figur auf subtile Art betonte. Das kastanienbraune Haar hatte sie zu einer strengen Frisur hochgesteckt, doch das farblich passende, ein wenig schräg sitzende Hütchen wirkte äußerst kokett. Golden schimmerte auf ihrem Dekolleté ein zierlicher Anhänger in Form eines Doppelkreuzes, wie Erich vage erkannte, ein sogenanntes Lothringer Kreuz, an einer filigranen Kette.

Missmutig runzelte er die Stirn. Jemand, dem die Erziehung junger Mädchen anvertraut war, hatte nicht derart putzsüchtig und auf Äußerlichkeiten bedacht zu sein.

Doch zwang er sich, die Erinnerungen, die in ihm aufstiegen, zu verdrängen, und sah stumm zu, wie Mademoiselle Martin sich anschickte, die Treppe herunterzusteigen. Kurz bevor sie ihn erreichte, entbot er ihr einen knappen militärischen Gruß, bei dem sich ihre Augen für einen kurzen Moment verengten.

»Ich danke Ihnen, dass Sie gekommen sind«, sagte sie leise. Ihr Tonfall verriet, wie schwer ihr diese Worte fielen.

*Interessant*, dachte Erich. Es schien ihren Stolz zu verletzen, jemanden wie ihn um einen Gefallen bitten zu müssen.

»Ihr Schreiben klang wichtig«, gab er ebenso leise zurück.

»Das ist es auch. Sehr sogar ...« Sie unterbrach sich, als müsse sie sich erneut sammeln, um das, weshalb sie hierhergekommen war, in die richtigen Worte zu kleiden.

»Lassen Sie uns ein Stück spazieren gehen«, schlug er daher vor und setzte sich langsam in Bewegung.

Nach kurzem Zögern folgte sie.

»Nun?«, nahm er den Faden auf, nachdem sie eine Weile schweigend nebeneinanderher gegangen waren. »Wie kann ich Ihnen helfen?« Er vermied es, sie anzuschauen, und ließ stattdessen den Blick über den Fluss gleiten, auf dem sich gerade eine Schar Enten niederließ und unter der Oberfläche nach Essbarem tauchte.

»Zunächst wollte ich mich bei Ihnen bedanken«, begann sie schließlich, »dafür, dass Sie mir geholfen haben, meine Schülerin aus dieser ... *disons* ... prekären Situation zu befreien.«

Erich nickte knapp. »Ein äußerst leichtsinniges Frauenzimmer, muss ich sagen. Ich hoffe, Sie haben ihr gehörig die Leviten gelesen.«

»So wie Sie Ihrem Leutnant?«

Erich hob die Brauen. »Es steht mir nicht zu, die amourösen

Abenteuer meiner Männer zu reglementieren. Zumindest nicht, solange diese sie nicht daran hindern, ihren Dienst vorschriftsgemäß zu verrichten. Zudem hat sich Leutnant Krüger in dieser Angelegenheit nichts zuschulden kommen lassen – sich vielmehr ritterlich verhalten und womöglich großen Schaden von Ihrer Schülerin abgewendet.«

»Zumindest behauptet er das.«

»Zweifeln Sie etwa an seinen Worten?«

Die Lehrerin schien ihm im ersten Moment tatsächlich widersprechen zu wollen. Doch dann wechselte sie, ohne auf seine Frage einzugehen, das Thema. »Wir wissen beide, Herr Hauptmann, dass dieser Vorfall von Samstagnacht für Ihren Leutnant nicht die gleichen Konsequenzen haben wird wie für meine Schülerin.« Sie holte tief Luft. »Auch ist es kein Geheimnis, dass es in Garnisonsstädten wie dieser immer wieder zu derartigen ... Begegnungen kommt. Ebenso, dass es alleine in der Verantwortung der jungen Frauen liegt, ihren guten Ruf und ihre Tugend zu schützen. Oder an denjenigen, die für sie verantwortlich sind. Also die Familie oder wie in diesem Fall die Schule.«

Erich glaubte zu ahnen, was sie von ihm wollte, unterbrach sie jedoch nicht.

»Sie können sich also vorstellen, welch gravierende Folgen die Handlungsweise meiner Schülerin haben kann. Für sie selbst und für ...«

»... Ihr Pensionat«, ergänzte Erich.

»Ja, auch für mein Pensionat. Und für alle Schülerinnen, die es beherbergt, vom Personal, das dort seinen Lebensunterhalt verdient, gar nicht erst zu reden.«

Wieder gingen sie eine Weile wortlos nebeneinanderher. Die Wolkendecke riss ein wenig auf, vereinzelte Sonnenstrahlen bahnten sich ihren Weg und brachen sich flackernd auf der gekräuselten Oberfläche der Mosel.

»Wie kann ich Ihnen nun weiterhelfen?«, fragte Erich ein weiteres Mal. »Deswegen sind Sie doch gekommen, oder? Um mich um Hilfe zu bitten.«

Sie blieb stehen. »Glücklicherweise gibt es bisher nur wenige Menschen, die von besagtem Vorfall wissen. Sie, ich, Ihr Leutnant und meine Schülerin.«

Er hielt ebenfalls inne und schaute sie an. »Sie vergessen die Wirtin«, korrigierte er.

Mademoiselle Martin hob die Schultern. »Das ist wahr, doch hat diese ihre eigenen Gründe, den Vorfall zu verschweigen. Zumindest, wenn sie sich nicht selbst öffentlich der Kuppelei bezichtigen will.«

Erich verkniff sich ein Schmunzeln. »Ein Vergehen, dessen Konsequenzen Sie besagter Dame ja nachdrücklich klargemacht haben.«

Die Schulmeisterin hielt seinem Blick stand. »Ich hoffe es. Suzette jedenfalls wird ihre Schande nicht breittreten, dessen bin ich mir sicher. Ich selbstredend ebenso wenig. Bleiben also nur noch …«

»Mein Leutnant und ich«, vollendete er den Satz und sah, wie die junge Frau nickte.

»Nun …« Erich wandte sich um. Sein Blick ging hoch zur Stadt, wo sich einige Halbwüchsige rauchend über die Brüstung beugten. »Für meinen Offizier kann ich natürlich nicht sprechen. Es liegt nicht an mir, ihm Vorschriften bezüglich seiner Damenbekanntschaften zu machen. Zumindest, solange die betroffene Dame freiwillig seine Gesellschaft sucht.«

Kaum merklich zuckte Mademoiselle Martin bei diesen Worten zusammen. »Und Sie?«, fragte sie im Flüsterton.

Langsam drehte er sich wieder ihr zu.

»Sie sind also hierhergekommen, um mich zu bitten, über dieses – sagen wir – unselige Ereignis zu schweigen.«

Ein Funken von Zorn flammte in ihren Augen auf, als sie das Kinn vorschob. »Ist das etwa ein unbescheidenes Ansinnen?«

»Das habe ich nicht gesagt.« Erich kniff die Augen zusammen. »Ich wollte lediglich sichergehen, dass wir uns richtig verstehen. Und das tun wir, ganz offensichtlich.«

Rasch trat er einen Schritt beiseite, als ein kleiner Junge im Matrosenanzug und passender Mütze in halsbrecherischem Tempo auf seinem Tretroller an ihnen vorbeischoss. Einen Moment sah er ihm versonnen nach, dann wandte er sich wieder der Lehrerin zu.

»Ich weiß, dass man mir vieles nachsagt, hier in dieser beengten Garnisonsstadt, wo man sich ständig über den Weg läuft. Und auch, wie man mich hinter vorgehaltener Hand tituliert.« Seine Mundwinkel verzogen sich zu einem ironischen Lächeln. »Doch ganz sicherlich erzählt man sich nicht, dass ich ein Klatschweib sei, oder sollte ich mich in diesem Punkt irren?«

»Sie irren sich nicht.«

War das ein Anflug von Erleichterung, der da in ihren Augen aufblitzte?

»Erlauben Sie mir im Gegenzug die Frage«, fuhr Erich fort, »wie es zu dieser unseligen Begegnung kam zwischen meinem Leutnant und Ihrer Schülerin. Ich gehe nicht davon aus, dass Sie den Kontakt auf irgendeine Weise, sagen wir, gefördert haben.«

»*Pas du tout!*«, brach es aus ihr heraus. »Ganz sicher nicht! Ich hatte ihr sogar ausdrücklich verboten, diesen Mann zu treffen.« Dann fuhr sie mit gesenkter Stimme fort: »Ebenso wenig gestatte ich es meinen Schülerinnen, sich des Nachts in Lokalen oder Gastwirtschaften herumzutreiben. Noch dazu in solchen, in denen das preußische Militär verkehrt.« Es klang wie ein Schimpfwort.

Nachdenklich blickte Erich auf. »So sehr verachten Sie die Preußen?«

Die Schulmeisterin straffte ihre Gestalt, und für einen kurzen Moment sah es so aus, als wolle sie ihn wieder einmal belehren. »Ich, Herr Hauptmann, verachte niemanden. Zumindest nicht aufgrund seiner oder ihrer Herkunft. Denn täte ich das, könnte ich wohl kaum *allen* meinen Schülerinnen das Vorbild und die Bezugsperson sein, die sie benötigen und auch verdienen. In meinem Pensionat unterrichte ich Mädchen unterschiedlichster Herkunft: aus Frankreich, aus Lothringen, dem Elsass, aus Luxemburg, aus Bayern und, *ja*, auch aus Preußen. Und ich versichere Ihnen, dass ich nicht den geringsten Unterschied zwischen ihnen mache, jede von ihnen gleichermaßen achte, respektiere und wertschätze. Und vor allem auch alle gleich behandele.«

»Gleich streng?«, fragte er herausfordernd.

Sie hob die Brauen. »Wenn es notwendig ist, auch das. Doch glaube ich mich einer gewissen Fortschrittlichkeit im Umgang mit meinen Schülerinnen rühmen zu dürfen. Statt auf Befehle setze ich auf Verständnis. Statt auf sturen Gehorsam auf eine breit gefächerte Bildung, die es den Mädchen erlaubt, ihren eigenen Verstand zu gebrauchen.«

»Also *nicht* wie in Preußen, wollen Sie sagen?«, bemerkte Erich trocken und fing Mademoiselles überraschten Blick auf.

Einen Moment lang schwieg sie, als wisse sie nicht, was sie auf diese Frage erwidern sollte, oder als wäre es ihr unangenehm, die Wahrheit offen auszusprechen.

»Nicht wie beim Militär«, korrigierte sie dann diplomatisch. »Wie gesagt, mein Ziel ist es, den Schülerinnen genügend Fähigkeiten, Wissen und auch Selbstvertrauen mitzugeben, damit sie einmal dazu in der Lage sein werden, ihre eigenen, gut fundierten Entscheidungen im Leben zu treffen, statt sich von anderen sagen lassen zu müssen, was für sie gut, was für sie richtig ist. Damit mag sich meine Schule durchaus von einem Kasernenhof unterscheiden, falls Sie darauf anspielen.«

Sie hatte ihre kleine Rede ein wenig atemlos beendet, und eine Weile sagte keiner von ihnen ein Wort. Das Bellen eines Hundes, die Schritte der Passanten, ihr leises Gemurmel und die Geräusche eines Bootes, das die Mosel passierte, wirkten mit einem Mal sehr laut und durchdringend.

»Ich verstehe«, sagte Erich schließlich. »Wir leben tatsächlich in zwei unterschiedlichen, zutiefst widersprüchlichen Welten. Und dennoch sind wir uns in manchen Punkten ähnlich, zumindest, was die Verantwortung für die uns Anvertrauten betrifft.«

»So sieht es aus.« Sie nickte. »Dann darf ich also auf Ihr Stillschweigen hoffen?«

Es lag eine solche Ernsthaftigkeit in ihren Worten, dass Erich die bissige Bemerkung über Verfehlungen und Strafe, welche ihm schon auf der Zunge gelegen hatte, hinunterschluckte und er sich stattdessen sagen hörte: »Sie können ganz auf meine Verschwiegenheit vertrauen. Von mir wird niemand etwas über den Vorfall erfahren.«

»Ich danke Ihnen, Monsieur.« Die Erleichterung in ihrer Stimme war aufrichtig. »Ich stehe in Ihrer Schuld.« Unvermittelt reichte sie ihm die Hand, sodass Erich keine Wahl hatte, als diese zu ergreifen.

Er räusperte sich. Ein durchaus fester Händedruck für ein Frauenzimmer. Was ihn allerdings wenig überraschte. War doch in der ganzen Stadt bekannt, mit welcher Entschlusskraft und Eigenwilligkeit sie ihre Schule führte. Und dennoch ...

Er entzog ihr seine Hand und salutierte knapp. »Nicht dafür, Mademoiselle«, sagte er leise. »Ich wünsche Ihnen noch einen schönen Tag.«

Mit diesen Worten drehte er sich um und eilte in langen Schritten zurück zur Stadtkaserne, bevor diese kokette Schulmeisterin noch auf den Gedanken kam, ihn mit ihrem Charme umgarnen zu können.

Trotzdem blieb zu hoffen, dass andere sich ähnlich verschwiegen zeigen würden und die einem Garnisonsstädtchen wie Diedenhofen eigene Gerüchteküche nicht allzu sehr zu brodeln begänne.

## Kapitel 14

Die Enge und die Dunkelheit waren erdrückend. Ein zentnerschweres Gewicht schien sich auf seine Brust zu legen, die Luft aus seinen Lungen zu pressen. Kalter Schweiß trat aus seinen Poren. Er keuchte.

*Kasemattenfieber*, schoss es ihm durch den Kopf.

Unzählige Male hatte er gesehen, wie andere davon befallen wurden, von innen heraus aufgefressen, in den schieren Wahnsinn getrieben.

*Grundgütiger!*

Die Wände schienen näher zu rücken, Zoll für Zoll. Schwarzgraue Schatten tanzten vor seinen Augen. Er glaubte, Thierrys Gestalt ausmachen zu können. Im schummrigen Licht, das durch die winzigen Schießscharten fiel, sah er das Gesicht seiner geliebten Großmutter Mathilde. Sie lächelte ihm milde zu. *Mamie.*

Schwerfällig richtete er sich auf. Sein Magen wollte sich umstülpen. Wahrscheinlich war das Essen erneut verdorben gewesen.

»He, Kerl. Wieder am Simulieren, was?« Schmerzhaft traf ihn ein Ellbogen in die Seite, eine Woge von Übelkeit überfiel ihn. »Hat dir das letzte Mal nicht gereicht? Manche lernen auch gar nichts dazu …«

Der Rest der Worte verhallte in dumpfem Dröhnen, dem Schwindelgefühl, das ihn in seinen Klauen hielt. Doch die Wut verlieh ihm Kraft. Kraft, die er dem anderen geradewegs ins Gesicht schmetterte.

Ein Triumph, der bitter schmeckte, da ihm die Arme brutal auf den Rücken gedreht wurden. Eine Faust rammte sich in seinen Magen.

»Elender Bastard!«

Hart krachte sein Kopf gegen die Steinwand. Sterne explodierten. Er fuhr hoch, er schrie ...

Als er die Augen aufschlug, blickte Vincent in das entsetzte Gesicht von Thomas, dessen Miene so aussah, als habe er ein Gespenst gesehen.

*

»Und dann is er aufgewacht und hat so ein Gesicht gemacht!« In gespielter Dramatik riss Thomas die Augen auf und starrte mit irrem Blick die alte Lisbeth an. Diese brach bei seiner theatralischen Darbietung in ein tiefes Lachen aus, das ihren üppigen Busen erbeben ließ.

»Possenreißer!«

»*Neen, éierlech!*« Thomas spürte, dass Ärger in ihm aufstieg, wie immer, wenn man ihn nicht ernst nahm. »Er hat mich angeglotzt, als wären mir plötzlich zwee Köpp gewachs. Und gebrüllt hat er. Ganz schlimm gebrüllt, als hätt ihn jemand verkloppt. Und schon vorher im Schlaf hatte er gestöhnt und um sich geschlagen.«

Wieder gab Thomas eine Kostprobe seines schauspielerischen Talentes, als er sich den Unterarm auf die Stirn presste, das Gesicht verzog und ein schauderhaftes Ächzen ausstieß.

Lisbeths Lächeln verblasste. »Und dann«, fragte sie schließlich, »was hat er dann gemacht?«

»Dann is er aufgesprungen und weggelaufen. Einfach so. Als wär der Teufel hinter ihm her.«

Noch immer gab Lisbeth keine Antwort. Das ungewohnte Schweigen beunruhigte Thomas.

»Ich glaub, der is ein bisschen plemplem!«, sagte er daher und tippte sich mit einem Finger an die Stirn. »Und überhaupt: Wat schläft der Kerl mitten am Tag, statt seine Arbeit zu machen?«

Lautstark zog Thomas die Nase hoch. Noch immer brannte der Zorn in ihm, sein gelegentliches Zubrot an diese seltsame Gestalt verloren zu haben. Er warf sich in die Brust. »Ich hätt et viel besser gemacht! *Op mech kann ee sech verloossen!*«

»Nachdem du die halbe Küche leer gefuttert hast, vielleicht«, gab Lisbeth in ihrer üblichen direkten Art zurück, schien jedoch nicht ganz bei der Sache. Machte sie sich etwa Sorgen um den Kerl? Um diesen Tagedieb?

»Der hat doch Dreck am Stecken!«, platzte es aus ihm heraus.

Die Köchin schaute ihn fragend an. »Wie meinst du das?«

Er warf sich in die Brust. »Dat is doch offensichtlich. *Dee Lompekreemer* hält doch wat geheim. Bestimmt hat er wat ausgefressen! Sonst würde er sich doch nicht so komisch benehmen. So ...« Er unterbrach sich und machte eine wegwerfende Handbewegung. »Na ja, eben so ...« Er suchte nach den richtigen Worten und war stolz, eines gefunden zu haben. »So verdächtig.«

Thomas' Augen wurden groß, als er sah, wie Lisbeth ein Messer nahm und ein dickes Stück Schinken absäbelte, das sie auf einen Teller neben zwei dick gebutterte Brotscheiben legte und ihm diesen hinschob. »Hier, was, um deinen Magen zu beruhigen. Dein Hunger scheint deine Fantasie schwer zu beflügeln.«

»Fantasie?« Bloß weil er etwas zu mager geraten und der Sohn einer einfachen Wäscherin war, brauchte ihn keiner für dumm zu halten. »Dat is keng Fantasie. Der Kerl is net dat, wat er zu sin scheint, hörst du?«

Lisbeth, die sich gerade abgewandt hatte, um zu ihrem Herd zurückzukehren, blieb stehen: »Nein? Und was ist er deiner Meinung nach? Der Kaiser von China?«

Thomas war aufgesprungen. Wut und Frustration ließen selbst sein sonst allgegenwärtiges Hungergefühl schwinden. »Du glaubst mir net!«, schrie er. »Aber du wirst schon sehen, wat ihr davon habt, so einen ins Haus zu lassen! Der Kerl is net ganz sauber! Ich glaub, der is ... der is ein ... ein preußischer Spion!«

Mit diesen Worten schnappte sich Thomas Brot und Schinken und rannte zur Tür hinaus, dann durch den Flur und den Seitenausgang nach draußen.

*Ein preußischer Spion.* Keuchend blieb er stehen. Zwar war ihm dieser Gedanke gerade erst gekommen, doch je länger er darüber nachdachte, desto plausibler erschien er ihm. Nun ja, vielleicht nicht direkt ein Spion, eher ein Spitzel. Ja, ein Spitzel der Behörden.

Angespannt wischte er sich mit einem karierten Tuch den Schweiß von der Stirn, bevor er den Griff des Leiterwagens packte und sich auf den Heimweg machte, die Gedanken noch immer mit dem neuen Gärtner beschäftigt.

Vincent Lehmann, ein Spitzel? Aber natürlich! Schon seit längerer Zeit versuchte man von offizieller Seite, Mademoiselle Pauline Steine in den Weg zu legen. Womöglich hatte man nun diesen Kerl zu ihr geschickt, um sich bei ihr einzuschleichen und ihr das Handwerk zu legen. Ihre Schule zu schließen oder sonst etwas.

Thomas spürte, wie die Wut über ihm zusammenschlug, als sein Gefährt klappernd über das Kopfsteinpflaster holperte und eine Idee in ihm heranreifte.

Er mochte Mademoiselle Martin und ihr Pensionat. Nicht nur, weil man dort schon seit Jahren die Wäsche bei seiner Mutter waschen ließ und es in der Küche immer etwas zu essen für ihn gab. Allein der Gedanke, jemand könne tatsächlich versuchen, dem Institut zu schaden, machte ihn rasend! Er würde herausfinden, wer dieser Kerl war und was er vorhatte. Und wenn ihm all das gelungen wäre, hätte er, Thomas, nicht nur seine Stellung zurück, sondern sicher auch noch die Dankbarkeit der adretten Leiterin.

Und niemand, niemand würde mehr über ihn lachen.

Herzhaft biss er in das Schinkenbrot und beschleunigte seine Schritte. Nun musste er sich nur noch überlegen, wie ihm das gelingen konnte.

\*

Als Pauline von ihrem Spaziergang an der Moselpromenade zurückkam, fühlte sie sich erhitzt und auf unbestimmte Art beschämt. Was nicht nur mit der Tatsache zusammenhing, dass der Himmel sich zwischenzeitlich wieder etwas aufgeklart hatte und die Sonne durch die Wolken brach. Um ihre Gedanken zu ordnen, war sie nicht auf direktem Weg zum Pensionat zurückgekehrt, sondern erst eine Weile durch die Stadt spaziert. Dennoch wusste sie noch immer nicht so recht, was sie von diesem Hauptmann halten sollte, dem in ganz Thionville ein Ruf wie Donnerhall vorausging. Ob er tatsächlich willens oder in der Lage sein würde, das ihr gegebene Versprechen nach absoluter Diskretion zu halten? Zudem zerrte es an Paulines Ehrgefühl, vom Wohlwollen eines preußischen Offiziers abhängig zu sein, um ihre eigene Reputation und zugleich die Zukunft ihres Pensionats zu wahren. Ausgerechnet ein derart schroffer Mann, der sich noch nicht einmal bemühte, etwas wie Höflichkeit an den Tag zu legen.

Ein wenig mehr Erziehung zu guten Manieren hätte diesem von Pliesnitz nicht geschadet, dachte sie stirnrunzelnd, während sie durch das schmiedeeiserne Tor schritt und den Institutsgarten betrat, wo sie gedankenverloren ihre Handschuhe abstreifte.

Sie liebte diesen Garten, ihr kleines Paradies, ihr Stückchen Freiheit vom alltäglichen Schulbetrieb. Hier fand sie selbst dann zur Ruhe, wenn es mal wieder etwas turbulenter zuging.

Er war nicht allzu groß. Recht schnell hatte man die Anlage durchquert, dennoch bot sie Platz für einen kleinen Geräteschuppen und das etwas größere Gartenhaus, welches sich in der Mitte befand und von zwei Mirabellenbäumen flankiert wurde, deren Äste, gerade jetzt im Sommer, wohligen Schatten spendeten. Mirabellen, auch *Reine de Lorraine*, die Königin Lothringens, genannt, hatte ihre Patentante Adèle, welche wie sie selbst aus Metz stammte, besonders geliebt. Zwei unterschiedliche Sorten dieser Frucht wuchsen dort, die goldgelbe *Mirabelle de Nancy* und an dem etwas kleineren Baum die furchigere, besonders in heißen Sommern rötlich getupfte *Mirabelle de Metz*.

War die Mirabelle ein Symbol ihrer lothringischen Heimat, so standen diese beiden Sorten für die Zerrissenheit des Landes, dem vom Deutschen Kaiserreich annektierten und dem bei Frankreich belassenen Teil. Vielleicht einer der Gründe, warum ihre Tante Adèle oft still und in sich gekehrt auf der Bank darunter gesessen hatte und den Tag ausklingen ließ.

Auch Pauline verharrte dort eine Weile und lauschte den gedämpften Akkorden des Klaviers, mit denen wohl eine der Schülerinnen ihre Etüden einstudierte, während ihr Blick weiter durch den Garten glitt.

An einem von dessen Rändern erhob sich auf einem gemauerten Sockel eine kleine, aus Naturstein errichtete Grotte, in der eine schlichte Madonnenfigur stand, das weiße Gewand von einem blauen Gürtel zusammengehalten, eine Lourdesgrotte, wie sie gerade in der Lothringer Gegend als Ausdruck der Volksfrömmigkeit häufiger anzutreffen war.

Rundherum waren Rosenbeete angelegt, die mit den verschiedensten Sorten, von niedrigen Buschrosen bis hin zu Edelrosen, bepflanzt waren. Verschwenderisch blühten sie in Paulines Lieblingsfarben, leuchtendem Gelb, warmem Apricot und sanftem Creme, und verströmten besonders abends ihren betörenden Duft.

Doch an diesem Tag vermochte nicht einmal die friedliche Atmosphäre des Gartens ihr Gemüt zu besänftigen. Sie hatte Durst von dem langen Spaziergang und verspürte das Bedürfnis, mit einer Limonade die Bitterkeit der Begegnung mit dem Hauptmann fortzuspülen.

Durch den Hintereingang betrat sie die Küche und wäre beinahe über ein Mädchen gestolpert, das dort auf dem gefliesten Boden kauerte und diesem mit Bürste und Lappen zu Leibe rückte.

Erst auf den zweiten Blick erkannte Pauline, dass es sich dabei um Suzette handelte, die von ihr höchstpersönlich zu diesem

Strafdienst abgeordnet worden war. Höchst selten hatte sie sich genötigt gefühlt, eine ihrer Schülerinnen zu Arbeiten zu degradieren, die in den Aufgabenbereich von Dienstmädchen und Küchenhilfen fielen. Zu genau wusste Pauline um die gesellschaftliche Stellung der ihr anvertrauten Mädchen und wie wichtig es deren Familien war, die Grenzen zwischen oben und unten, zwischen Herrschaft und Personal zu wahren.

Doch in diesem speziellen Fall …

Als sie stehen blieb, hob Suzette den Kopf und sah sie böse an. »Sind Sie gekommen, um sich an meiner Schmach zu weiden?« Ein Rußstreifen zog sich quer über ihr zorniges Gesicht.

»Wenn du mich besser kennen würdest, Suzette, dann wüsstest du, dass ich nicht die geringste Freude am Elend meiner Schülerinnen habe. Sondern ganz im Gegenteil es mir am Herzen liegt, sie davor zu bewahren.« Pauline strich ihren Rock glatt. »Dennoch empfinde ich es als erfreulich, dich bei der Arbeit zu sehen.«

»Erfreulich?« Suzette war so schnell von den Knien aufgesprungen, dass Pauline fast befürchtete, sie wolle ihr an die Gurgel. »Erfreulich?« Die Hände, von denen eine noch immer den Lappen umklammert hielt, ballten sich zu Fäusten. »Ist es Ihnen nicht genug, sich in mein Leben einzumischen? Mussten Sie mich auch noch derart entwürdigen, indem Sie mich diese Drecksarbeit machen lassen?«

Pauline zwang sich, den funkelnden Blick ungerührt zu erwidern. »Diese Drecksarbeit, wie du es nennst, ist anständige, ehrliche Arbeit, derer man sich nicht zu schämen braucht. Oder …« Sie hob die Stimme, als die andere zu einer Erwiderung ansetzte. »Oder hättest du es vorgezogen, mit Schimpf und Schande der Schule verwiesen zu werden?«

Noch einige Tage zuvor hatte diese Drohung bei ihrer Nichte das blanke Entsetzen hervorgerufen. Doch schien diese Wirkung zwischenzeitlich verpufft.

»Nichts lieber als das!«, antwortete sie schnippisch. »Am besten heute noch, damit ich endlich meine Ruhe habe und nicht mehr wie ein kleines Kind behandelt werde.«

Voller Zorn warf sie den Lappen in die Ecke und wollte davonlaufen. Aber Pauline bekam sie am Arm zu fassen und hielt sie zurück.

»*Reste ici et écoute-moi bien!*« Mit ernster Miene zwang sie Suzette, ihr zuzuhören. »Offensichtlich kennst du mich nicht im Geringsten. Denn nichts liegt mir ferner, als dich zur Unmündigkeit zu erziehen. Im Gegenteil, ich hoffe, dass du ganz *eigene* Pläne für dein Leben hast, Wünsche und Träume. Und dass du dich später einmal von nichts und niemandem aufhalten oder von deinen Zielen abbringen lassen wirst.« Pauline bemühte sich um einen ruhigen Tonfall, was nicht einfach war, da das Mädchen nach wie vor versuchte, sich windend aus ihrem Griff zu befreien. »Doch bis der Moment gekommen ist, dass du wirklich auf eigenen Füßen zu stehen vermagst und auch die Folgen deiner Handlungen begreifst, liegt es an mir, dich vor Entscheidungen zu bewahren, deren Konsequenzen du noch nicht absehen kannst und die du wahrscheinlich für den Rest deines Lebens bereuen würdest.«

»Aber wie ...«, fiel Suzette ihr zornig ins Wort, doch mit einer knappen Geste gebot sie dem Mädchen zu schweigen.

»Du magst mich für eine verstaubte alte Jungfer halten«, fuhr sie in gesenktem Tonfall fort. »Doch war auch ich einmal in deinem Alter, auch ich war bereits verliebt. Und es ist mir durchaus bewusst, dass bei diesen Dingen ...« Sie machte eine kurze Pause, um sicherzugehen, dass Suzette verstand, von welcher Art *Dingen* sie gerade sprach. »... die Gesellschaft und öffentliche Meinung den Männern wesentlich mehr Freiheiten zugestehen als den Frauen, und dass ...«

»Genau das sag ich doch!«, fauchte Suzette.

Pauline nickte. »All das ist himmelschreiend ungerecht. Ich selbst weiß das nur zu gut.«

Skeptisch kniff Suzette die Augen zusammen. »Sie?«

»In der Tat«, bestätigte Pauline. »Die Unabhängigkeit und finanzielle Freiheit, die ich mir erkämpft habe, musste ich teuer bezahlen. *Sehr teuer.*«

Ihre offenen Worte mussten die Neugierde ihrer Schülerin erweckt haben, zumindest hatte diese aufgehört, sie zu unterbrechen, und starrte sie überrascht an. »*Vraiment?*« Wirklich?

Pauline atmete tief ein. Es waren schmerzhafte Erinnerungen, in vielerlei Hinsicht, und mit Scham besetzt. Sie wollte nicht darüber sprechen. Aber wenn sie Suzette mit dieser Offenheit erreichen konnte …

»Wie gesagt, auch ich war einmal verliebt. Auch ich hatte Träume. Von einem eigenen Leben, einer eigenen Familie. Und ja, auch ein ganz bestimmter Mann spielte darin eine Rolle.«

»Ein Mann?« Suzettes Augen wurden groß.

»In der Tat. Ein reicher und gut aussehender Mann noch dazu.«

Pauline blinzelte, als das Gesicht von Roland Dulange in unerwarteter Klarheit vor ihrem inneren Auge auftauchte. Sein ebenmäßig geschnittenes Gesicht, der feine, sorgfältig gestutzte Schnurrbart, die dunklen Locken, die grauen Augen.

»Wir verstanden uns gut, kamen aus ähnlichen familiären Verhältnissen, sprachen dieselbe Sprache, und auch unsere Eltern hätten es gerne gesehen, wenn wir geheiratet und damit unsere beiden Familien enger miteinander verbunden hätten.«

Das verträumte Funkeln in Suzettes Augen zeigte Pauline, dass diese ganz bei der Sache war.

»Wir hatten uns kennengelernt, als ich eine Klosterschule bei Nancy besuchte, ein von Ordensschwestern geführtes Internat, das meine Eltern für mich ausgesucht hatten, damit ich, zumindest nach der im Kaiserreich verpflichtenden Elementarbildung, möglichst wenig mit der deutschen Kultur im Reichsland in Berührung kam.« Lag Nancy doch in dem Teil Lothringens, der weiterhin zu Frankreich gehörte. Zudem lebten dort zahlreiche Exil-Metzer, die sich weiterhin als Lothringer, nicht aber als

Deutsche fühlten. »Außerdem sollte ich dort auf meine Rolle als Hausfrau und Mutter vorbereitet werden.« Unwillkürlich runzelte Pauline bei diesen Worten die Stirn. Wie ganz anders sie ihre eigene Schule führte. Welch völlig andere Bildungsziele sie verfolgte.

»Roland war Bankierssohn, gerade dabei, in die Fußstapfen seines Vaters zu treten. Was der Grund war, weshalb meine Familie mit der seinen bekannt war«, nahm Pauline den Faden wieder auf. »Es war Ostern, und wir Schülerinnen hatten einige Tage frei. Da meine Eltern jedoch zeitlich verhindert waren, baten sie Roland, der gerade in der Gegend zu tun hatte, mich, selbstverständlich mit einem Dienstmädchen als Anstandsdame, nach Metz zu begleiten.«

Suzettes Wangen nahmen eine rosa Färbung an, dieser Teil der Geschichte schien ganz nach ihrem Geschmack zu sein.

»Danach trafen wir uns öfter. Roland stattete mir mit Erlaubnis der ehrwürdigen Schwestern hin und wieder Besuche im Internat ab, brachte mir kleine Aufmerksamkeiten mit. In den Schulferien besuchten wir in Metz öfter gemeinsam das Theater oder ein Konzert.«

»Wie romantisch«, seufzte Suzette. Schon befürchtete Pauline, ihre lehrreiche Lebensgeschichte könne womöglich genau den gegenteiligen Effekt haben als den von ihr beabsichtigten.

»Selbstverständlich ging alles sehr gesittet zu«, beeilte sie sich daher zu unterstreichen. »Wir sahen uns nur mit elterlicher Erlaubnis, immer in einem angemessenen Rahmen und zudem meist in Begleitung. Außerdem war die Geschichte mehr als eine jugendliche Spielerei. Meine Mutter hörte schon die Hochzeitsglocken läuten.«

»Wozu es dann aber nicht kam«, unterbrach Suzette altklug. »*Pourquoi?*« Wieso?

»Nun ...« Es fiel Pauline schwer, derart offen über persönliche Dinge zu sprechen. »Als ich meine Schulzeit beendet hatte und endgültig nach Metz zurückkehrte, gaben meine Eltern mir zu Ehren ein großes Fest, an dem Roland um meine Hand anhielt.«

Wieder leuchteten Suzettes Augen auf.

»Zu diesem Fest war auch meine Patin eingeladen, Tante Adèle, die diese Schule nach dem frühen Tod ihres Gatten gegründet hatte und seither leitete.« Dankbar erinnerte sich Pauline an die kleine, aber resolute Frau, die sie bis zu diesem Tag nur selten persönlich getroffen, mit der sie jedoch stets in regem Briefverkehr gestanden hatte. »Sie schien zu spüren, dass ich noch keine rechte Vorstellung über mein zukünftiges Leben hatte, und auch, dass ich mich im Grunde meines Herzens noch nicht bereit fühlte, eine eigene Familie zu gründen. Auch wenn meine Eltern sich das für mich und Roland wünschten – lieber heute als morgen. Daher lud sie mich ein, nach meiner behüteten Zeit unter Nonnen ein wenig mehr von der Welt zu sehen und sie eine Weile in Thionville zu besuchen.«

»Und Sie haben eingewilligt?«

Pauline nickte. »Du kannst dir vorstellen, dass meine Eltern wenig begeistert waren. Ihre einzige Tochter im deutschsprachigen Teil Lothringens, so nahe der preußischen Grenze. Noch dazu, da meine Familie über die Berufstätigkeit von Tante Adèle stets die Nase rümpfte. Bedeutend lieber hätten sie es gesehen, wenn ich Rolands Antrag gleich angenommen und einen Termin für die Hochzeit angesetzt hätte.«

»Ich hätte das getan.« Suzette verzog das Gesicht. »Er muss ein fabelhafter Mann gewesen sein.«

»Fabelhaft reich auf jeden Fall. Und jemand, der wusste, wann es sich lohnte, zu warten. Ein Geschäftsmann eben. So ließ ich mir an jenem festlichen Abend zwar von ihm einen Ring an den Finger stecken, erbat mir jedoch noch ein wenig Zeit und nahm Tante Adèles Einladung an.«

Suzettes Augenrollen war anzusehen, was sie von dieser Entscheidung hielt.

»So lernte ich nicht nur die Stadt hier kennen, Thionville, sondern auch die Schule. Ich assistierte meiner Tante und spürte recht bald, dass es genau das war, was ich in meinem Leben gerne machen würde.«

»Lehrerin sein?« Aus Suzettes Mund klang der Begriff wie eine Beleidigung.

»In der Tat, ja. Zwar musste ich einige Widerstände überwinden, doch schließlich setzte ich es durch, das Lehrerinnenseminar zu besuchen, das mich für diesen Beruf qualifizierte.«

»Und Roland?«, fragte Suzette mit empörter Miene. »Hatte der nicht auch etwas dagegen?«

»Sicher hatte er das. Wäre es nach ihm gegangen, hätten wir uns schon längst in der Kathedrale von Metz das Jawort gegeben.« Pauline lächelte dünn. »Doch wie gesagt, er war Geschäftsmann und wusste, wann eine Investition noch etwas Zeit benötigte, um zu reifen. Wahrscheinlich dachte er, wenn man mir nur lange genug meinen Willen ließ, würde ich früher oder später doch noch zur Vernunft kommen. Wie die meisten Frauen.«

»Das sind Sie dann aber nicht«, bemerkte Suzette spitz.

Pauline blickte das Mädchen an. »Oh, in der Tat halte ich meine Entscheidung für sehr vernünftig. Es war nur nicht die, die meine Familie oder die vornehme Gesellschaft, zu der sie gehörte, von mir erwartet hatten.«

»Warum haben Sie nicht trotzdem geheiratet?«

Pauline ließ ihren Blick durch die Küche gleiten. »Nun, von einer Lehrerin wird erwartet, dass sie ledig bleibt. Hier im Deutschen Kaiserreich gibt es sogar etwas, das sich Lehrerinnenzölibat nennt. Es besagt, dass eine Lehrerin sofort ihre Anstellung verliert, sobald sie eine Ehe eingeht.«

Suzettes Aufschnauben zeigte, was sie von dieser Regelung hielt. »Und auf so einen Unsinn haben Sie sich eingelassen, Tante?«

»Ich hatte keine Wahl. Oder besser gesagt, ich war gezwungen gewesen, meine Wahl zu treffen. Entweder ein gut situiertes Leben in den besseren Kreisen zu führen, mit einem wohlhabenden Ehemann an meiner Seite, oder ...«

»Oder als alte Jungfer zu vertrocknen und staubigen Schulunterricht zu erteilen?«, fiel ihr Suzette ins Wort.

»Oder das zu tun, was mich wirklich erfüllt«, korrigierte Pauline. »Zu unterrichten, für junge Menschen da zu sein, ihnen den Weg ins Leben zu öffnen.« *Und dabei die französische und lothringische Kultur an kommende Generationen weiterzugeben.*

»Und Ihre Eltern?«, fragte Suzette. »Was hielten die von Ihrer Entscheidung?«

Bei der Erinnerung daran verspürte Pauline einen Stich in der Brust. »Sie hätten es sich anders gewünscht«, antwortete sie knapp, um den Schmerz über das Zerwürfnis mit ihrer Familie nicht allzu nahe an sich heranzulassen. »Doch war ich zwischenzeitlich mündig und alt genug, meine eigenen Entscheidungen zu treffen. Aber ...«

»Sie haben also alles aufgegeben«, unterbrach sie Suzette. »Ihre Familie, diesen wunderbar reichen Mann, alles, was Sie hätten haben können, nur um an dieser Schule zu unterrichten?« Fassungslosigkeit stand dem Mädchen ins Gesicht geschrieben. »Selbst zu arbeiten, wo Sie ein bequemes Leben hätten haben können. Angesehen, wohlhabend. Statt als keusche Lehrerin, deren Leben nach allem, was Sie erzählen, ja noch nicht einmal wirklich ihr selbst gehört.«

Aus Suzettes Mund klang es so, als hätte ihre Tante freiwillig den Schleier genommen, um einem Orden beizutreten.

Wobei, so ganz unpassend war der Vergleich nicht. Das Leben einer Lehrerin war tatsächlich streng reglementiert, Kleidung, Auftreten und gesellschaftlicher Umgang unterlagen sehr engen Vorgaben. Jeder Schritt nach außen musste gut überlegt sein, um keinen ungebührlichen Eindruck zu erwecken.

»Nun, das war der Preis, den zu zahlen ich bereit war«, kam

Pauline wieder zum eigentlichen Ausgangspunkt des Gesprächs zurück. »Es ist genau das, was ich dir zu erklären versucht habe. Auch ich war willens, mich gegen all das zu stellen, was meine Familie und auch ein Großteil der Gesellschaft von mir erwartet hatten, gegen die Rolle, die eigentlich für mich vorgesehen war.« Sie sah Suzette, die bereits wieder trotzig die Unterlippe vorgeschoben hatte, fest in die Augen. »Du wirst irgendwann alt genug sein, Entscheidungen für *dein* Leben zu treffen. Vielleicht sogar ebenfalls solche, die sich den Regeln der guten Gesellschaft widersetzen. Aber bitte erst dann, wenn du dazu in der Lage bist, die sich daraus ergebenden Konsequenzen zu erkennen, und sicher weißt, dass du diese auch den Rest deines Lebens tragen kannst.«

*Und besser nicht, indem du aus einem spontanen Gefühl heraus einem windigen preußischen Soldaten, den du kaum kennst, das Bett wärmst,* fügte sie in Gedanken hinzu.

»Ich bin aber nicht eine wie Sie!«, stieß Suzette hervor. »Und egal, was Sie mir erzählen, Sie werden mich auch nie zu so jemandem machen. Einer staubigen alten Jungfer ohne jeden Sinn für Liebe und Romantik.«

Die Enttäuschung traf Pauline wie ein feiner Schmerz. Hatte sie doch gehofft, mit ihrer Offenheit bei Suzette etwas erreichen zu können. Vergeblich, wie es schien. Zumindest im Augenblick.

Sie richtete sich auf. »Du bist in der Tat anders als ich«, sagte sie ruhig. »Mit deinem unverantwortlichen Verhalten hast du mir gezeigt, dass du eben noch nicht fähig bist, die Folgen deines Handelns zu verstehen. Jedenfalls jetzt noch nicht. Allerdings gebe ich die Hoffnung nicht auf, dass ein oder zwei weitere Jahre auf meiner Schule dich zu einem gefestigten Charakter formen werden.«

Der Zorn in Suzettes Augen flammte wieder auf. Doch hatte sie sich diesmal in der Gewalt und presste die Lippen zusammen.

»Das Abendessen wird in zwei Stunden serviert«, beschied Pauline. »Bitte sieh zu, dass du bis dahin mit deiner Arbeit fertig und in einem annehmbaren Zustand bist.«

Ohne eine Antwort abzuwarten, ging sie weiter zur Anrichte, um sich die ersehnte Limonade einzuschenken.

Doch waren es ihre eigenen Worte, mehr noch als das erzwungene Gespräch mit dem preußischen Hauptmann oder das aufmüpfige Verhalten ihrer Schülerin und Nichte, die sie beschäftigten.

Die wieder neu aufgeflammte Frage, wie ihr Leben wohl verlaufen wäre, hätte sie sich damals anders entschieden. Ob sie als junges, begeisterungsfähiges Mädchen wirklich die volle Tragweite ihrer Wahl begriffen hatte. Und ob der Preis, den sie zeitlebens für ihre Freiheit würde zahlen müssen, nicht doch zu hoch war.

## Kapitel 15

Der Morgen erwachte mit den Geräuschen des Sommers, dem Zwitschern der ersten Vögel und dem lichten Grau am östlichen Horizont.

Regungslos saß Vincent im trockenen Gras, den Rücken an den Stamm eines der Mirabellenbäume gelehnt, die Beine leicht angewinkelt, die Augen halb geschlossen.

Müdigkeit hatte sich in seinem Körper ausgebreitet, und doch kam er nicht zur Ruhe. Wie so oft hatte er auch in der vergangenen Nacht wieder keinen Schlaf gefunden zwischen den engen Wänden der Hütte, die stündlich näher zu rücken schienen. Irgendwann hatte er es aufgegeben und war nach draußen gegangen, um den Rest der Nacht an frischer Luft und unter freiem Himmel zu verbringen.

Mit klammen Fingern suchte er in seiner Hosentasche nach einer Zigarette und einer Streichholzschachtel, fand beides und entzündete den Tabak. Tief atmete er den würzigen Rauch ein, der so verheißungsvoll nach Entspannung roch und nach Vergessen. Seine Hände hörten auf zu zittern, sein Herzschlag verlangsamte sich, und nur noch der feine Schweißfilm auf seiner Haut, über den die kühle Morgenbrise glitt, zeigte ihm, wie angespannt er war, wie wenig er es vermochte, die Vergangenheit hinter sich zu lassen.

Rötlich glomm die Spitze der Zigarette auf, als er erneut daran zog.

Sein Gewissen meldete sich. Noch immer hatte er nicht an Thierry geschrieben, an den Menschen, dem er vielleicht sein Leben verdankte, zumindest aber die Tatsache, einfach noch bei

Verstand zu sein. Doch wusste Vincent nicht so recht, was er ihm schreiben könnte, schreiben durfte …

Eine Wolke aus dünnem Rauch hüllte ihn ein, vernebelte ihm die Sinne und den Blick auf das Pensionatsgebäude, dessen Fenster noch dunkel waren. Schülerinnen und Lehrpersonal ruhten wohl in ihren Betten, träumten von einem unbeschwerten Leben und einer glänzenden gesellschaftlichen Zukunft.

Und Mademoiselle Pauline … Seine Gewissensbisse wurden stärker. Womöglich war es falsch von ihm gewesen, nicht von Anfang an aufrichtig zu ihr zu sein, ihr nichts gesagt zu haben.

In einem der unteren Räume des Hauses wurde Licht entzündet. Kurz darauf öffnete sich die Hintertür, und Vincent sah eine zierliche Gestalt in schwarzem Kleid und weißer Schürze herausschlüpfen. Das Stubenmädchen Camille, das ihm – wenn auch nicht mit Worten – deutlich zu verstehen gegeben hatte, dass ihr seine Anwesenheit nicht behagte. Zwischenzeitlich hatte Vincent auch den Grund dafür in Erfahrung gebracht: Einige Jahre zuvor war der jungen Frau Gewalt angetan worden. Eine traumatische Erfahrung, die ihr nicht nur die Ächtung ihrer Familie und ein uneheliches Kind eingebracht hatte, das irgendwo bei Pflegeeltern aufwuchs, sondern auch unendliches Misstrauen gegenüber dem männlichen Geschlecht.

Kein Wunder, dass Camille derart abweisend und panisch auf seine Nähe reagierte, hatte sie sich doch zuvor in einem Haus voller Frauen zweifelsohne sicher fühlen können.

Der Gedanke, dass eine weitere gequälte Seele unter diesem Dach weilte, schenkte Vincent das irrationale Gefühl von Trost. Hatte er doch zunächst geglaubt, ihre Ablehnung könne etwas mit seiner Person zu tun haben.

Unter halb gesenkten Wimpern schaute Vincent zu der jungen Frau, die sich zur Giebelfront begab, wo eine große Menge ordentlich aufgestapeltes Brennholz lagerte. Noch immer regungslos, wie mit dem Stamm des Baumes verwachsen, beobachtete er, wie sie neben dem Stapel in die Hocke ging, ihre Schürze aufhielt und ein Scheit nach dem anderen hineinlegte, so viel sie tragen konnte. Oder zu können glaubte, denn als sie aufstand, schwankte sie einen Moment unter der Last des Gewichtes und verlor einige Holzstücke.

Rasch drückte Vincent seine Zigarette aus und sprang auf. In wenigen Schritten hatte er Camille erreicht und berührte sie sacht am Arm. »Das ist zu schwer für dich. Bitte, lass mich dir helfen.«

Erschrocken fuhr die Angesprochene zusammen, stieß einen heiseren Schrei aus und wich zurück.

*Verflucht!* Was war nur aus seinem Gespür für Frauen geworden? Womöglich war es Teil seiner Strafe, dass nun alle vor ihm zurückschreckten.

»Bitte«, sagte er leise. »Ich will dir nichts Böses. Lass mich einfach mit anpacken. Du schaffst das doch nicht all…«

Ehe er den Satz zu Ende gesprochen hatte, war sie bereits weitergeeilt, das Holz rutschte aus ihrer Schürze und fiel polternd zu Boden. Wortlos bückte sich Vincent danach, hob es auf und ging an Camille vorbei durch den Hintereingang ins Haus, wo er die Scheite im Wirtschaftstrakt ablegte. Dann trat er wieder nach draußen, packte eine weitere Ladung, schleppte diese ebenfalls ins Haus und ging bis zur Küche durch.

Lisbeth musste dort bereits frischen Kaffee aufgebrüht haben. Der aromatische Duft hing im Raum und vermischte sich mit dem des Schinkens, den sie am Tisch stehend gerade aufschnitt. Sie schaute zu ihm hoch.

»Ah, guten Morgen, junger Mann! Welch große Hilfe schon so früh am Tag.« Dann sah sie hinüber zu Camille, die in der Türöffnung stand, jedoch zögerte, einzutreten. »Schön, dass dem Mädchen mal jemand unter die Arme greift. Ist ja nur eine halbe Portion. Komm, leg das Holz neben dem Ofen ab und setz dich an den Tisch. Das Frühstück ist gleich fertig, und du hast sicher Hunger.«

Zu seiner eigenen Überraschung spürte Vincent, dass das tatsächlich stimmte. Der Magen knurrte ihm beim Anblick der Butter, des frisch aufgeschnittenen Brotes und des Schinkens. Eine Tasse starker Kaffee würde die Müdigkeit vertreiben, die ihm nach dieser ruhelosen Nacht in den Knochen steckte. Dankbar nahm er die Einladung an und hockte sich an den blank gescheuerten Tisch, auf dem bereits zwei Gedecke standen. »Komm her, *Maidel!*«, rief Lisbeth Camille zu. »Stell noch einen Teller mehr dazu, und dann setz dich. In einer Stunde werden die Schülerinnen geweckt, und bis dahin hätte ich gerne meinen Kuchenteig fertig. Aber zuerst das Frühstück.«

Mit diesen Worten stellte sie zwei Marmeladenschalen auf dem Tisch ab und nahm ebenfalls Platz. »Camille, es gibt heute viel zu tun. Was ist denn los, Mädchen? Geht es dir nicht gut heute?«

Als Vincent zu ihr hinsah, bemerkte er, wie sie sich zögernd von der Tür löste und sich vorsichtig setzte, den Körper angespannt, den Blick gesenkt.

Zwar hatte es sich so eingespielt, dass Vincent die Mittag- und Abendmahlzeit gemeinsam mit den beiden Frauen in der Küche einnahm, doch war es zum ersten Mal, dass er auch zum Frühstück gebeten wurde.

Trotz seiner Müdigkeit, seiner nicht abklingenden Anspannung musste er sich eingestehen, dass er die anheimelnde Atmosphäre in der morgendlichen Küche sehr genoss. Den frischen Kaffee heiß aus der Blechkanne, das leise Knistern des Ofens, der frisch angefeuert worden war, die resolute Stimme Lisbeths, die während des Essens Anweisungen für den Tag gab.

Während dieser langsam hinter den Fensterscheiben hereinbrach, spürte Vincent nicht nur, dass er sich entspannte, sondern dass auch Camilles Angst etwas nachließ, sie bisweilen verstohlen zu ihm hinschaute.

\*

*»Die Unfehlbarkeit ist nicht unfehlbar, dem Dogma kann ein Irrtum unterlaufen, es ist nicht alles gesagt, wenn ein Gesetzbuch gesprochen hat.«*

Albertine runzelte die Stirn. Diese kategorisch hervorgebrachte Behauptung musste gegen alles verstoßen, woran sie tief im Inneren glaubte. Auch Charlotte machte ein zweifelndes Gesicht und schüttelte den Kopf, ehe ihr Blick sich wieder ihren Fingerspitzen zuwandte, deren Zustand und Aussehen sie wesentlich mehr beschäftigten als der Inhalt der Lektüre.

*»Die Gesellschaft ist nicht vollkommen, die Obrigkeit bleibt vom Wankelmut nicht verschont, ein Wandel im Unwandelbaren ist möglich, die Richter sind Menschen, das Gesetz kann sich täuschen, die Gerichte sich irren.«*

Für einen Moment schloss Pauline die Augen und ließ Passagen auf sich wirken, die ihre Schülerin Josefa mit hörbar bayerischem Akzent aus *Les Misérables* vortrug. Passagen, in denen die Hauptfigur, der ehemalige Sträfling Jean Valjean, seinen Verfolger und Widersacher, Inspektor Javert, mit seiner Selbstlosigkeit derart beschämte, dass dessen so sorgsam aufrechterhaltenes Weltbild zerbrach.

Besagte Textstellen, die sie für die heutige Stunde ausgewählt hatte, befassten sich mit Victor Hugos zentralem Thema des Werkes: der Diskrepanz zwischen Recht und Gerechtigkeit, blindem Gehorsam und Verstehen, menschlicher Güte auf der einen und Hörigkeit gegenüber dem Buchstaben des Gesetzes auf der anderen Seite. Ein ernsthaftes, aber deutlich weniger anrüchiges Thema als in der vorigen Literaturstunde. Daher hoffte Pauline, mit den heutigen Diskussionen mehr innere Einsicht und deutlich weniger Peinlichkeiten zu fördern.

Zwar waren bisher elterliche Beschwerdebriefe ausgeblieben, doch war es sicher klüger, derart heikle Themen wie gefallene Mädchen, verkaufte Körperteile und Prostitution in Zukunft zu vermeiden.

*»Gab es doch Fälle, in denen das Gesetz sich vor dem verklärten Verbrechen zurückziehen und Entschuldigungen stammeln musste?«*

An dieser Stelle hielt Josefa mit Lesen inne und legte das Buch ab. Bedeutungsschwer hingen die letzten Worte in der Luft. Pauline hob den Kopf, um ihre Schülerinnen eine nach der anderen in den Blick zu nehmen. Ratlosigkeit stand in den meisten Gesichtern, vereinzelt sah sie gerunzelte Stirnen.

»Vielen Dank, Josefa. Das hast du sehr schön vorgetragen.« Langsam stand Pauline auf. »*Das Gesetz muss sich vor dem Verbrechen zurückziehen, ja sogar Entschuldigungen stammeln*, so steht es hier. *Das Gesetz kann sich täuschen, die Gerichte sich irren.*« Sie machte eine kurze Pause und begann, zwischen den Bankreihen entlangzugehen. Gedankenverloren glitten ihre Augen über die Vitrine, in der sich neben einem großen Globus und Kartenmaterial sowie einigen ausgestopften Tieren für den Biologieunterricht auch Porzellanbüsten französischer Autoren befanden. »Auf was genau bezieht Victor Hugo sich dabei in seiner Geschichte?«

Pauline wartete, doch keine einzige Hand ging nach oben.

»Nun, Gelsa.« Sie blieb neben dem Platz der Schülerin stehen. »Was meinst du, welches Gesetz meint Hugo hier und welches Verbrechen?«

Die Angesprochene, die wenige Augenblicke zuvor mit dem stumpfen Ende ihres Bleistiftes kreisförmig Muster auf der Tischplatte gezeichnet hatte, erhob sich und sah ratlos zu Pauline. »Ich weiß nicht genau. Aber vermutlich ist mit dem Verbrecher Jean Valjean gemeint, der ja mehrfach verurteilt und auf die Galeeren geschickt worden war.« Verlegen räusperte sie sich. »Wegen Diebstahls und später wegen seiner Ausbruchsversuche.«

»Sehr gut, Gelsa!«, lobte Pauline. »Ganz genau, Jean Valjean ist ein mehrfach verurteilter Verbrecher, der eigentlich verpflichtet gewesen wäre, zeitlebens seinen gelben Pass mitzuführen und den Behörden vorzuzeigen, damit jeder weiß, was er ist.«

»Ach ja«, fuhr Gelsa fort, sichtbar erleichtert darüber, die richtige Antwort gegeben zu haben. »Diesen Pass hat er zerrissen und stattdessen eine neue Identität angenommen. Eine falsche Identität. Und unter der ist er aufgestiegen. Zu einem erfolgreichen Fabrikbesitzer und später auch zum Bürgermeister.« Sie runzelte die Stirn. »Ein Betrüger und Hochstapler also?« Ganz offensichtlich hatte sie sich über diesen Aspekt der Geschichte noch keine Gedanken gemacht.

Pauline nickte. »Tatsächlich. Nach dem Buchstaben des Gesetzes muss man Jean Valjean genau so betrachten.«

Gelsa lächelte, wenn auch ein wenig verlegen.

»Valjean gegenüber steht das Gesetz, das geltende Recht des Landes, das in dem Roman durch eine andere Figur verkörpert wird. Ja, Esther?«

Das Mädchen stand auf. »Inspektor Javert.«

Erneut nickte Pauline. »Ganz genau, Javert. Ein Mann, der sich völlig den Gesetzen des Landes und deren Durchsetzung verschrieben hat. Und der es sich aus diesem Grund zur Aufgabe gemacht hat, Jean Valjean, den er als einen uneinsichtigen Sträfling kennengelernt hat, zu entlarven, sprich, dem Buchstaben des Gesetzes Genüge zu tun. Nun, wer erinnert sich noch daran, wie Javerts Persönlichkeit beschrieben wurde? Albertine?«

Langsam stand diese auf. »Er wird als jemand beschrieben, der ein strenges, bisweilen sogar asketisches Leben führt. Der keinerlei Laster hat, außer gelegentlich einer Prise Schnupftabak.«

*Perfekt.* Pauline nickte, erfreut darüber, dass Albertine ihr die richtige Vorlage geliefert hatte.

»Ganz genau. Das hast du gut wiedergegeben.« Sie fuhr damit fort, durch die Bankreihen zu spazieren. »Also haben wir einen unbescholtenen Bürger und strengen Gesetzeshüter auf der einen Seite. Einen Mann fast ohne Fehl und Tadel, der den Dienst an der Gesellschaft der eigenen Bequemlichkeit vorzieht und dafür sorgt, dass alles seine Ordnung hat. Und auf der anderen Seite haben wir Jean Valjean, einen verurteilten Dieb, einen Unruhestifter und Hochstapler, der immer wieder versucht, sich durch Flucht oder Vorspiegelung falscher Tatsachen dem Gesetz und der Gerechtigkeit zu entziehen. Und es dabei immer wieder zu Ansehen bringt.« Pauline blieb stehen und schaute erneut über die Klasse. »Da ist es wohl nicht erstaunlich, dass wir als Leserinnen eine derart große Sympathie für Javert und eine derart große Abscheu für Valjean empfinden. *N'est-ce pas?*« Sie lächelte.

Ihr Lächeln wuchs in die Breite, als sie in die Mienen der Schülerinnen blickte, in denen erst Ratlosigkeit, dann Widerstand und zuletzt Empörung stand.

Schließlich platzte es aus Marthe heraus: »Aber das tun wir doch gar nicht! Javert ist ein Scheusal. Wer in aller Welt könnte so jemanden denn sympathisch finden?«

Es kostete Pauline Mühe, eine ernste Miene zu machen. Eigentlich wäre es angebracht gewesen, das Mädchen ob seines unaufgeforderten Hereinrufens zu tadeln. Doch war dies genau die Reaktion, welche sie bei den Schülerinnen hatte erreichen wollen. Und so kam sie lediglich ein paar Schritte näher.

»Ein Scheusal also, sagst du.« In gespielter Verwunderung zog sie die Augenbrauen hoch. »Du sprichst von einem Mann, der das Gesetz an die erste Stelle setzt, tut, was ihm aufgetragen wird, und der im Dienste der Gesellschaft steht.«

Marthe, die offensichtlich nicht wusste, ob dieser Einwand einen persönlichen Vorwurf oder eine sachliche Rückfrage darstellen sollte, wurde rot, zögerte einen Moment, nickte dann aber entschlossen. »Ja, Mademoiselle, ein Scheusal.«

»Ach ja.« Pauline nahm den Weg durch die Bankreihen wieder auf. »Das heißt, du stehst stattdessen auf der Seite dieses Jean Valjean, eines verurteilten Verbrechers, der sogar dem guten Bischof das Silber stiehlt und immer wieder unter erschwindelten Identitäten lebt?«

Diesmal benötigte Marthe nur einen kurzen Augenblick, um mit Nachdruck zu antworten: »*Oui, Mademoiselle.*«

»Kein Wunder, wenn der Vater berüchtigter Sozialist ist«, zischelte es von hinten. Pauline bemerkte, dass Charlotte sich mit vorgehaltener Hand zu Gelsa gebeugt hatte, die ihre Bemerkung jedoch ignorierte und offensichtlich gebannt der höchst heiklen Diskussion folgte.

Eine Tatsache, die Pauline durchaus gefiel.

Daher spann sie den Faden weiter: »Also hegst du Sympathie für unverbesserliche Taugenichtse und verurteilte Kriminelle? Wer hätte *so etwas* von dir gedacht, Marthe.« Der Hauch eines Tadels lag in Paulines Stimme. Zwar war dieser keineswegs ernst gemeint, doch überzeugend genug vorgebracht, um das Gesicht des Mädchens eine Spur dunkler werden, wenn auch nicht, um diese einlenken zu lassen.

Stattdessen meldete sich Sophie zu Wort und sprudelte los: »Aber Valjean hat nichts Schlimmes getan! Gut, die Sache mit dem Silber vielleicht, aber da war er auch in einer verzweifelten Situation. Aber danach? Wem wäre geholfen gewesen, wenn er weiterhin als gebrandmarkter Verbrecher dahinvegetiert hätte? Niemandem! Aber unter seiner neuen Identität, als Monsieur Madeleine, hat er so viel Gutes getan. Und auch später noch ...«

»Grund genug, um deswegen das Gesetz zu brechen?«, unterbrach Pauline. »Seit wann heiligt der Zweck denn die Mittel?«

Von einer derartigen Frage überrumpelt, schien Sophie für einen Moment die passende Antwort zu fehlen. Trotzdem starrte sie ihre Lehrerin aufgebracht an. »In diesem Fall, Mademoiselle, schon.« Als Pauline nicht antwortete, fügte sie prompt hinzu: »Weil dieser Javert blind ist für das, was wirklich gut und richtig ist. Valjean jedoch kann zwischen Richtig und Falsch, Gut und Böse unterscheiden. Er mag Unrecht getan, ja sogar gestohlen haben, doch tat er es nur aus Not und Verzweiflung heraus. In allen Fällen, von seinem ersten Diebstahl an, diesem Stück Brot, was ihn auf die Galeeren brachte, bis später, bei seiner Hochstapelei, ging es ihm immer darum, jemandem zu helfen. So sehr, dass er sogar dazu bereit war, sich selbst zu opfern, seine wahre Identität preiszugeben, um einem unschuldig Angeklagten zu helfen.« Hastig hatte Sophie die letzten Worte hervorgebracht und schien auch noch um Atem zu ringen, als sie sich wieder setzte.

Insgeheim lobte Pauline das Mädchen für seine Standhaftigkeit, eine unbequeme Meinung, selbst gegenüber ihrer Lehrerin, zu vertreten.

»Es ist genau, wie Hugo es schreibt!« Ohne zum Reden aufgefordert worden zu sein, war Marthe aufgesprungen. »Das Gesetz kann irren, Gerichte fehlgehen. Und dann ist es das Recht, ja die Pflicht jedes Menschen, sich dagegen zur Wehr zu setzen.«

Gegen ihren Willen wurden Paulines Gesichtszüge bei diesen Worten weich, und sie hatte Schwierigkeiten, ihre gespielte Strenge weiter aufrechtzuhalten.

Unwillkürlich flogen ihre Gedanken zur Geschichte ihrer Heimat, die vor fast vierzig Jahren entwurzelt, der eigenen Identität, ja sogar Teilen ihrer Bevölkerung beraubt worden war. Wo der Wunsch, wieder Frankreich anzugehören, als Landesverrat angesehen werden konnte. Wo der deutsche Kaiser das Land über einen von ihm eingesetzten Statthalter verwaltete, ohne die Bevölkerung nach ihrer Meinung zu fragen.

Als stünden Pauline diese Überlegungen sichtbar auf die Stirn geschrieben, ergriff Marthe erneut das Wort: »Wenn Gesetze nicht dem Wohl des Volkes dienen, sondern nur dem Wohl der Herrschenden, sind sie nichtig!« Tief sog sie die Luft ein, als wolle sie sichergehen, dass ihr Atem bis zum Ende ihrer Rede ausreiche. »Gesetzen und Vorschriften gegenüber, die Menschen knechten, ihnen jede Chance rauben, frei und selbstständig ihr Leben zu gestalten, sie in Armut und Abhängigkeit halten, ist man nicht verpflichtet!«

Geraune erhob sich im Schulzimmer, doch Pauline unterbrach Marthe nicht.

»Menschen, die sich gegenüber derartigen Gesetzen zur Wehr setzen, sind keine Verbrecher, sie sind Helden, Märtyrer gar, und wir schulden ihnen unsere Bewunderung.«

Erhitzt und atemlos ließ Marthe sich auf ihren Platz fallen.

Eine tiefe Stille hatte sich ausgebreitet. Waren die Mädchen erschüttert, dass im Unterricht solch aufrührerisches Gedankengut herausposaunt wurde? Oder darüber, dass die verantwortliche Lehrerin, deren Aufgabe es war, für Ruhe und Ordnung zu sorgen, dies gewähren ließ?

Plötzlich verspürte Pauline das Gefühl, sich auf sehr dünnem Eis zu bewegen. Angespannt glitt ihr Blick über die Mienen der Mädchen und blieb an der von Louise hängen, in der eine unbestimmte Verwandlung vor sich gegangen war. Wirkte sie üblicherweise bedrückt, geradezu verhuscht, so stand nun ein Ausdruck von Verwunderung in ihrem Gesicht. Dann glomm es in ihren Augen auf, und die Fassungslosigkeit verwandelte sich in etwas, das Pauline nicht deuten konnte.

Erleichterung? Oder Hoffnung?

Die Lippen des Mädchens, die so oft verkniffen waren, öffneten sich, als wolle sie etwas sagen. Stattdessen war es jedoch Albertine, die langsam ihre Hand hob.

Einen kurzen Moment zögerte Pauline, diese aufzurufen, verspürte sie doch keinerlei Interesse an weiteren Abhandlungen über Sünde, Hölle und Verdammnis.

Da sie jedoch jeder ihrer Schülerinnen das Recht auf eine eigene Meinung zugestehen wollte, selbst dann, wenn diese ihrer eigenen vehement widersprach, nickte sie Albertine auffordernd zu. »*Oui?*«

Das Mädchen stand auf, und zu Paulines nicht geringer Verblüffung warf es ein Lächeln in Marthes Richtung, bevor es sich räusperte. »In diesem Punkt muss ich Hugo recht geben, bezieht er sich in seiner Darstellung doch in zweierlei Hinsicht auf die Heilige Schrift.« Röte schoss Albertine in die Wangen. »Einerseits erinnert mich die Darstellung von Javert, der nie etwas Falsches tut und unerbittlich auf Valjean, den Verbrecher, herabblickt, an das Gleichnis des Pharisäers und des Zöllners, von dem der Erste durchaus ein rechtschaffenes Leben führt und doch vor Gott weniger Rechtfertigung findet als der Zöllner, der Sünder, der sich seiner Verfehlungen bewusst ist, aber sich Gnade und Vergebung erhofft.«

Fragend blickte Albertine zu Pauline, als erwartete sie eine Reaktion. Doch sie war von dieser Antwort derart verblüfft, dass sie lediglich nickte.

»Darüber hinaus«, fuhr Albertine ein wenig mutiger fort, »heißt es in der Schrift auch, dass das Sabbatgesetz für den Menschen da sei, nicht der Mensch für das Gesetz.«

Ein Lächeln breitete sich auf Paulines Gesicht aus, als sie ein weiteres Mal zustimmend nickte.

»Das Gesetz ist für den Menschen da, nicht der Mensch für das Gesetz. Das hast du gut auf den Punkt gebracht, Albertine.«

Deren Augen strahlten, und Pauline beschloss, mit diesem Gedanken die Literaturstunde zu beschließen.

»Für das nächste Mal schreibt ihr bitte eine Abhandlung darüber, inwiefern dieser biblische Gedanke sich in Hugos Werk wiederfindet und welche Schlussfolgerungen wir für unser eigenes Leben daraus ziehen können. Das wäre alles für heute. *Merci beaucoup.*«

Ein allgemeines Gemurmel wurde laut, als die Schülerinnen die Unterrichtsmaterialien zusammenpackten und Pauline den Raum verließ, mit dem befriedigenden Gefühl, ihrem Ziel, ihre Schützlinge zu eigenständigem und kritischem Denken zu bewegen, einen Schritt näher gekommen zu sein.

\*

Kalter Schweiß war Vincent ausgebrochen. Seine Hand, welche den Pinsel führte, mit der er der Haustür einen neuen Anstrich verlieh, zitterte so sehr, dass sie ihm nicht mehr gehorchen wollte. Trocken klebte seine Zunge am Gaumen. Das hatte nichts mit den sommerlichen Temperaturen zu tun, die über der Stadt lagen.

Oder vielleicht doch, denn aufgrund der Hitze waren die Fenster geöffnet, durch welche die Gespräche und Überlegungen der Schulstunde nach draußen drangen.

»Verbrecher – Betrüger – Hochstapler ...«

Vincent hasste sich für die plötzliche Schwäche, die ihn überkam, ihn zu Boden ziehen wollte wie schwere Eisenketten.

Er kannte die Geschichte um Jean Valjean und »Les Misérables«, hatte sie in der wohl dunkelsten Zeit seines Lebens gelesen, fand in ihr jedoch keinen Trost.

Manchen Menschen mochte es vielleicht gelingen, die Vergangenheit hinter sich zu lassen, auf rechtschaffene Art ein ganz neues Leben zu beginnen. Den meisten aber nicht. Bisweilen war es der eigene Charakter, der Mangel an Willen, sich wirklich zu ändern, der einem dabei im Wege stand.

Mit einem Mal glaubte Vincent, die Blicke der Passanten förmlich auf der Haut brennen zu spüren. Der Schweiß lief ihm nun in Rinnsalen den Rücken hinab, tränkte sein Hemd, als er sich ins Innere des Hauses flüchtete. Schwer ließ er sich gegen die Wand der Diele sinken und glitt langsam zu Boden.

Erinnerungen vermengten sich mit Scham. Einer Scham, die Vergangenheit, Gegenwart und Zukunft einzuhüllen schien. Die abzustreifen er sich nicht in der Lage fühlte. Zu tief war er darin verstrickt, zu sehr war sie Teil seiner Persönlichkeit geworden. So heftig er auch dagegen ankämpfen mochte.

Kraftlos ließ er den Kopf in die Hände fallen.

*Großer Gott!* Was hatte er nur getan?

Welche Folgen würde sein Schweigen für Mademoiselle Pauline, ihre Schule und ihre Mädchen haben?

## Kapitel 16

Jedes Jahr vor dem Ende des Schuljahres war es das Gleiche: zusätzlich zum Unterricht Prüfungen vorbereiten, abnehmen, korrigieren. Diesmal war es besonders schlimm, weil zwei Lehrerinnen sich die gesamte Arbeit teilen mussten.

Es pochte schmerzhaft hinter Paulines Schläfen. Ihre Augen, denen sie schon seit einer ganzen Weile das schwache Flackern von künstlichem Licht zugemutet hatte, brannten, die Müdigkeit wollte sie übermannen, und doch wusste sie, dass es noch nicht an der Zeit war, ihre Arbeit niederzulegen und sich den wohlverdienten Schlaf zu gönnen.

Ein Gähnen unterdrückend, tauchte sie ihren Federhalter in die rote Tinte und fuhr damit fort, die zoologischen Abhandlungen ihrer Schülerinnen zu korrigieren. Sie hatte sich dazu und wegen der späten Stunde in ihr Schlafzimmer zurückgezogen, eine Kanne Tee stand auf dem kleinen Schreibtisch unter dem Fenster, den sie für diese nächtlichen Arbeiten nutzte, daneben eine Bonbonniere mit den süßen, goldgelben *Bergamottes de Nancy*, einer lothringischen Bonbonspezialität, der sie seit ihrer Kindheit verfallen war und die ihr die Arbeit ein wenig versüßen sollte.

Seit dem überhasteten Weggang von Fräulein Hildebrandt vor wenigen Wochen hatten Eleonore Schmitt und sie sich deren Aufgaben geteilt. Fräulein Schmitt übernahm den Unterricht in Mathematik und Physik, sie selbst, die von jeher eine geringe Neigung für Zahlen verspürte, kümmerte sich zusätzlich um die Chemie- und Biologiestunden.

All dies hielt sie bis weit in die Nacht wach. Dazu der Trubel um Suzette, von dem Pauline nicht sagen konnte, ob er tatsächlich ausgestanden war. Erschöpft rieb sie sich die Schläfen und blickte zum geöffneten Fenster hinaus, unter dem sich der nächtliche Garten erstreckte. Der würzige Duft nach Sommer drang herein, der Wind ließ die Gardinen ein wenig flattern. Pauline sehnte sich nach dem Beginn der Sommerferien, der in greifbarer Nähe war.

Sechs Wochen dauerten diese im Reichsland Elsaß-Lothringen, bis in den September. Zudem markierten sie den Schuljahreswechsel, im Gegensatz zu Preußen, wo dieser stets zu Ostern stattfand.

Obgleich während der Ferien in ihrer Schule kein regulärer Unterricht stattfand, blieb das Pensionat in dieser Zeit geöffnet, hatten manche ihrer Schülerinnen doch keine Gelegenheit, die freien Wochen zu Hause bei ihren Familien zu verbringen.

In den ersten beiden Ferienwochen, welche alle Mädchen verpflichtend im Institut verbringen würden, gab es Musik- und Handarbeitsstunden, Lektionen in gehobenen Umgangsformen sowie die tägliche Konversation in deutscher, französischer und englischer Sprache, auf die Pauline in ihrem Institut besonders großen Wert legte.

Doch auch wenn sie in den Sommerwochen weiterhin für ihre Schülerinnen im Dienst sein würde, blieb ihr erfahrungsgemäß immer etwas Zeit, Ruhe und Entspannung zu finden, vielleicht sogar, um ein gutes Buch zu lesen. Bis zum Ferienbeginn musste sie allerdings noch durchhalten.

Aufseufzend nahm sie eine weitere Bergamotte und beugte sich wieder über ihre Korrekturen, als sie ein leises Klopfen an der Tür vernahm. Erstaunt hielt sie inne. Ein Blick auf die Uhr zeigte ihr, dass es bereits kurz vor Mitternacht war.

*Bonté divine!* Hoffentlich gab es nicht wieder irgendwelchen Ärger mit einer der Schülerinnen.

Doch als sie die Tür zu ihrem Zimmer öffnete, stand zu ihrer Überraschung ihre Kollegin Eleonore Schmitt davor, in Nachthemd und Morgenrock gewandet, die dunkelblonden Haare am

Hinterkopf zu einem Zopf geflochten. In der einen Hand hielt sie eine Petroleumlampe, in der anderen zwei Flaschen Limonade.

»Bitte entschuldigen Sie die späte Störung«, flüsterte sie. »Ich habe noch Licht unter der Tür gesehen. Sie können auch nicht schlafen, oder?«

Pauline hob die Schultern. »Nun, schlafen könnte ich sicherlich, wenn mir nur die Zeit dazu bliebe.«

Verständnisvoll nickte die junge Kollegin. »Geht mir ebenso. Ich bin gerade erst fertig geworden mit meinen Korrekturen. Da dachte ich, wir hätten uns beide eine kleine Erfrischung verdient. Ich hoffe, dass ich Ihnen damit nicht zu nahe trete.«

»Keineswegs.« Beinahe hätte Pauline über diese Mischung aus steifer Förmlichkeit und unkonventionellem Wagemut gelächelt. War es doch ein durchaus ungewöhnliches Ansinnen, sich mit der Arbeitgeberin und Institutsleiterin auf ein nächtliches Gläschen zu treffen, selbst wenn dieses aus harmloser Limonade bestand. »Kommen Sie doch bitte herein.«

Ein zaghaftes Lächeln trat auf das Gesicht der anderen, als sie der Einladung folgte und Pauline leise die Tür schloss.

»Ich hoffe, die Mädchen schlafen alle«, sagte sie, während sie zusah, wie Eleonore mit geschicktem Daumenschnipsen die Glaskugeln eindrückte, mit denen die Flaschen verschlossen waren, und eine davon Pauline hinhielt. »Mein kleiner privater Vorrat für arbeitsreiche Nächte«, gab sie ein wenig beschämt zu, was Paulines Blick zu der auf ihrem Schreibtisch stehenden Teekanne nebst Tasse gleiten ließ. »Ich habe nur Lindenblütentee zu bieten. Und der ist bereits kalt geworden.«

»Kein Problem.« Wieder der Hauch eines Lächelns. »Ich bin ja gut versorgt. Und um auf Ihre Frage zurückzukommen, ja, die Mädchen schlafen. Gerade habe ich noch einmal einen Rundgang oben durch die Zimmer gemacht.«

»Beruhigend«, meinte Pauline, und Eleonore nickte.

»In der Tat.«

Eleonore Schmitt stammte aus eher einfachen Verhältnissen. Sie war die Erste in ihrer Familie, die eine höhere Schulbildung angestrebt hatte, die Erste, die als Frau einen Beruf ergriff. Wenn auch aus völlig anderen Gründen, missbilligte ihr Vater diese Entscheidung ebenso wie Paulines Vater die ihre.

Ob das einer der Gründe war, dass sie trotz aller Unterschiede so gut zusammenarbeiteten?

Als ihre Patentante Adèle starb, hatten sich zwei ältliche Kolleginnen, zwei Schwestern, die bisher in der Schule ihrer Tante unterrichtet hatten, in den Ruhestand begeben. Sie seien zu alt für Neuerungen, hatten sie gemeint und ihr noch am Tag der Beerdigung die Kündigungsschreiben in die Hand gedrückt. Zurückgeblieben waren nur Fräulein Hildebrandt und Pauline selbst, sodass sie sich um eine neue Lehrkraft bemühen musste. Es war ihr wichtig gewesen, die Schule am Laufen zu halten, nicht nur, weil sie wusste, in diesem Institut ihre Lebensaufgabe gefunden zu haben, ihre Berufung, die sie vollständig erfüllte. Sondern auch, weil ihr die Zukunft junger Mädchen am Herzen lag und sie nicht vorhatte, deren Bildung und Erziehung hier in Lothringen vollständig den staatlichen Bildungseinrichtungen zu überlassen.

Es war kein Geheimnis, dass viele ähnliche Pensionate im ganzen Reichsland sich finanziell schwertaten, so manche von ihnen die Pforten schließen mussten. Doch solange ihr Institut gut beleumundet war und Töchter hochgestellter Offiziere und Beamte beherbergte, glaubte Pauline, um die Zukunft ihrer Schule nicht ernsthaft bangen zu müssen.

Sollten sich jedoch Vorfälle wie der von Suzette wiederholen … Rasch trank sie einen Schluck Limonade, um diesen unliebsamen Gedanken zu vertreiben.

»Wieso haben Sie eigentlich ausgerechnet eine Anstellung im Reichsland gesucht? Wo Lehrerinnen überall sonst im Land besser entlohnt werden und ich für die zusätzlichen Dienste als Erzieherin kaum etwas dazuzuzahlen vermag?«, stellte Pauline die Frage, die sie bisher vermieden hatte. »Zumal Ihre gesamte Familie im Hannoveranischen lebt.«

Im schwachen Schein der Petroleumlampe sah sie, wie Eleonore ebenfalls einen Schluck aus der Limonadenflasche nahm und einen Moment überlegte. Dann jedoch straffte sie ihre Gestalt unter dem Morgenrock und bedachte Pauline mit einem fast spitzbübischen Grinsen. »Ganz einfach. Ich wollte weg! Wollte etwas von der Welt sehen.« Kurz ging ihr Blick zu dem geöffneten Fenster. »Zu Hause, da bin ich lang genug versauert. Und große Reisen …« Sie hob die Schultern. »Na ja, die hätte ich mir von meinem mageren Gehalt nicht leisten können. Aber ich unterrichte unter anderem Geografie, die Welt ist groß, und da dachte ich …«

»Da dachten Sie, es sei für Ihren Bildungshorizont womöglich von Vorteil, sich an einen der entferntesten Winkel des Deutschen Kaiserreiches versetzen zu lassen«, vollendete Pauline den Satz, und Eleonore lächelte zustimmend.

»Ganz genau. Allerdings hätte ich nach den langweiligen Erfahrungen im Lehrerinnenseminar nicht erwartet, dass das Leben hier so aufregend sein würde. Verschwundene Mädchen und so …« Ihre grauen Augen blitzten amüsiert hinter den Brillengläsern auf.

Gegen ihren Willen musste Pauline auflachen. »Ja, wirklich scheußlich, das Seminar. Wie in einer Kaserne.«

»Oder einem Kloster«, ergänzte Eleonore. »Streng und düster. Keine Vergnügungen, keine Besuche, kein Privatleben. Ganz anders als hier.« Wieder lag ein Glanz in ihren Worten, der Pauline zeigte, dass hinter der steifen, strengen Fassade der Lehrerin wirklich das Herz einer Abenteurerin verborgen war.

»Ehrlich gesagt hätte ich so viel Aufregung nicht wirklich gebraucht«, gab Pauline zu. »Ein bisschen mehr Ruhe wäre schön gewesen. Nun haben wir eine Kollegin verloren, dafür eine Schülerin gewonnen, die des Nachts aus den Fenstern klettert.«

»Und einen Gärtner, der den Park in ein Prachtstück verwandelt«, setzte Eleonore nach einem weiteren Schluck Limonade hinzu, ein verräterisches Zucken im Mundwinkel.

»Das auch.« Warum erwähnte Eleonore diesen Mann gerade jetzt? Ein warnendes Ziehen machte sich in ihr breit. Natürlich war ihr nicht entgangen, dass Vincent Lehmann einen Hauch spitzbübischen Charme ausstrahlte, der sich, wenn auch nicht bei ihr selbst, doch womöglich bei den anderen weiblichen Wesen im Haus verfangen mochte.

Wieder kam ihr Lisbeths Warnung in den Sinn, die von Anfang an von der Anwesenheit dieses Mannes nicht begeistert gewesen war. Ob sie vielleicht doch vorschnell gehandelt hatte, als sie ihn einstellte?

»Hat sich auf Ihre Annonce hin schon jemand gemeldet?«, unterbrach Eleonore Paulines missmutige Überlegungen.

»Doch, doch.« Schnell schob diese sich eine Strähne aus der Stirn. »Da kamen durchaus ein paar Antworten. Nichts, was mich auf den ersten Blick überzeugt hätte, aber die eine oder andere werde ich wohl zu einem Bewerbungsgespräch einladen.« *Bisher bin ich einfach nicht dazu gekommen*, fügte sie in Gedanken ein wenig schuldbewusst hinzu und setzte diesen Punkt im Kopf auf die Liste der zu erledigenden Aufgaben.

So viel zu den erhofften ruhigeren Tagen.

»Nun dann ...« Rasch leerte Eleonore ihre Flasche und stand auf. »Ich werde Sie jetzt schlafen lassen, damit Sie wieder zu Kräften kommen.« Sie öffnete die Tür. »Noch ein klein wenig durchhalten«, setzte sie fast verschwörerisch hinzu, »dann können wir endlich durchatmen. Gute Nacht.«

»*Si Dieu le veut*.« So Gott will.

Ein unbestimmtes Gefühl sagte Pauline, dass diese Ferien womöglich weitere Aufregungen für sie bereithalten würden. Nachdenklich ging sie zum Fenster und sah hinaus in den nächtlichen Garten, wo zu ihrer Verwunderung aus dem Gartenhäuschen schwaches Licht fiel. Was hatte Monsieur Lehmann noch so spät zu schaffen?

Bald schon war wieder Zeit zum Aufstehen. Pauline machte das Fenster zu, streifte den Morgenrock ab und löschte das Licht. Nach einem kurzen Gebet schlüpfte sie unter die Decke und schloss die Augen. Dennoch dauerte es, bis sich der Schlaf einstellte.

## Kapitel 17

Thomas schwitzte erbärmlich, als er den Wäschewagen über das holprige Kopfsteinpflaster des Luxemburger Platzes, der *Place du Luxembourg*, zerrte. Seit dem Abriss der Festungswälle um den alten Stadtkern vor einigen Jahren war aus dem winzigen Fleckchen vor dem zur Befestigung zählenden Luxemburger Tor eine ansehnliche Freifläche unweit der Moselpromenade geworden, auf der sich zahlreiche Passanten tummelten.

Von dem strahlenden, wolkenlosen Himmel brannte ihm die Sonne auf den Kopf. Sehnsüchtig schielte er zum Wagen des Eisverkäufers, der am Rand des Platzes Station gemacht hatte und auf zahlungskräftige Kunden wartete, zu denen Thomas nicht zählte. Mussten seine Mutter und er doch jeden Groschen zusammenhalten, um über die Runden zu kommen. Neidisch sah er zu, wie zwei Kinder, ein vielleicht zehnjähriger Junge im Matrosenanzug und ein jüngeres Mädchen mit kurzem rosa Kleid und von hellen Schleifen gebändigten blonden Locken, von ihrer Kinderfrau zum Eisverkäufer geführt wurden, der ihnen kurz darauf die begehrte Erfrischung aushändigte. Zähneknirschend blieb Thomas stehen, nahm seine Mütze ab und wischte sich mit einem Tuch über Gesicht und Nacken, während er beobachtete, wie die kleine, dampfgetriebene Straßenbahn, im Volksmund *Jaengelchen* genannt, über die in den Boden eingelassenen Schienen rumpelte und schließlich mit lautem Quietschen zum Stehen kam.

Zwei vornehme Damen mittleren Alters stiegen aus, beide mit ausladendem Hut und Sonnenschirm ausgestattet. Die etwas ältere der beiden kannte Thomas, es war die Frau Stadtrat Gerber, eine Altdeutsche aus dem Rheinischen, deren Mann einen Posten im Rathaus innehatte und die zum Kundenkreis seiner Mutter zählte. Ihre Begleiterin, die so um die fünfzig sein mochte, war ihm allerdings unbekannt.

»Oh, ist das heiß heute!«, stöhnte die Stadträtin. »Und dann ständig der ganze Dreck. Ununterbrochen raucht es aus diesen unsäglichen Hochöfen. Unsere Minna weiß nie, wann sie die Wäsche raushängen kann, ohne dass sie gleich wieder rußig wird. Dazu der Gestank! Unvorstellbar, was meinen Mann in dieses Lothringen gezogen hat. Bei uns am Rhein ist es so viel schöner.« Mit herabgezogenen Mundwinkeln hob sie den Rocksaum an und setzte sich in Bewegung, dicht gefolgt von ihrer Begleitung, die von versöhnlicherem Naturell zu sein schien. »Ach, so schlimm ist es doch gar nicht, Frau Gerber. Die neuen Wohnviertel, die gerade gebaut werden, sind recht hübsch, schöne große Häuser. Dann die ganzen Parkanlagen, der Rosengarten, der Blick auf die Mosel.«

»Da sieht man es wieder! Müssen erst wir Deutschen kommen, damit Lothringen auf Vordermann gebracht wird.«

Da Thomas denselben Weg hatte wie die beiden Tratschtanten, blieb ihm keine Wahl, als diesen zu folgen und ihrem Gerede zuzuhören.

»Die Stadt soll ja in einem erbärmlichen Zustand gewesen sein, als wir sie vor vierzig Jahren übernommen haben«, fuhr die Stadträtin fort. »Richtiggehend verwahrlost. Im Vergleich dazu ist es schon sehr viel besser geworden. Da gebe ich Ihnen recht.«

*Verwahrlost!* Thomas spürte, wie seine Hände sich fester um den Griff des Leiterwagens schlossen. So konnte man es natürlich auch nennen. Obgleich er zu dieser Zeit noch nicht geboren war, wusste er, dass im November 1870 ganze Straßenzüge der ehemaligen französischen Festungsstadt Thionville von Artillerieangriffen und dem dadurch ausgelösten Brand zerstört worden waren. Deutsche Artillerieangriffe wohlgemerkt. So viel zu dem Thema, wer die Stadt verschönert hatte.

Thomas musste sich beherrschen, um seinen Weg stillschweigend fortzusetzen und den Impuls zu unterdrücken, die Ladung saubere Wäsche, die er für die feinen Herrschaften durch die halbe Stadt zog, nicht auf die staubigen Pflastersteine zu pfeffern. Das hätte nichts gebracht, außer den Verdienst eines Tages in die Gosse zu treten. Was er sich nicht leisten konnte und ihm zu Hause sicher eine gehörige Tracht Prügel eingebracht hätte.

Grollend stapfte er weiter und wäre beinahe über seine Füße gestolpert, als die Frau Stadtrat plötzlich einige Meter vor Mademoiselle Martins Pensionat innehielt und ihren Blick über dessen helle Fassade gleiten ließ.

Abschätzig runzelte sie die Stirn. »Eine Schande, diese Schule, wirklich eine Schande für die Stadt.« Kopfschüttelnd wandte sie sich ihrer Begleiterin zu. »Dass so etwas hier überhaupt geduldet wird.«

Überrascht erwiderte die andere den Blick. »Ach ja, finden Sie?« Als müsse sie sich vergewissern, dass an der Behauptung etwas dran war, setzte sie sich ihren Zwicker auf und studierte das Gebäude ebenfalls eingehend. »Sieht doch gediegen aus. Und nach allem, was man sich so erzählt, soll es nur die vornehmsten Schülerinnen aufnehmen. Allesamt Töchter der besseren Gesellschaftsschicht, von Offizieren und höheren Beamten.«

Die Mundwinkel der Stadträtin zogen sich verächtlich nach unten. »Aber doch nur, weil Sie's nicht besser wissen, Frau Müller. Deswegen glauben Sie, es handele sich um eine besonders vornehme Adresse. Dabei ist die Leiterin eine *Welsche*, die nach allem, was man hört, noch nicht einmal ein Bild des Kaisers im Klassenzimmer hängen hat. Dafür aber stolziert sie derart aufreizend durch die Gegend, dass man meinen könnte ...« Der Rest des Satzes ging in einem Hüsteln unter.

Thomas erstarrte. Was fiel dieser eingebildeten Person mit ihrem aufgeplusterten Federhut und voluminösen Rock ein, sich abschätzig über Mademoiselle Martin zu äußern? Nur weil die nicht wie eine graue Maus oder schwarze Krähe herumlief, war das kein Grund für solch zweideutige Bemerkungen.

»Meinen Sie tatsächlich?«, fragte die mit Frau Müller Bezeichnete und schaute mit großen Augen auf die Fenster, als erwarte sie, hinter diesen eine Horde zweifelhafter junger Damen bei unmoralischen Aktivitäten zu sehen. »Warum tut man denn nichts gegen ein derartiges … Ähm … Nun ja?«

Die andere warf sich in die Brust. »Dem Stadtrat ist dieses Institut schon lange ein Dorn im Auge, er würde es am liebsten schließen lassen. Aber solange die Väter der Schülerinnen aus derart einflussreichen Kreisen stammen, traut sich da keiner wirklich dran. Ein Jammer!« Mit dem Ausdruck heiliger Entrüstung auf dem faltigen Gesicht schüttelte sie den Kopf.

»Dabei heißt es, sie unterrichte ganz und gar nicht das, was eigentlich hierzulande vorgeschrieben ist, sondern nur solch … *welsches* Geschwafel.« Sie spuckte das Wort aus wie ein bitteres Kraut.

Frau Müller wirkte ungläubig. »Und trotzdem werden Töchter aus so gutem Hause, preußischem Hause sogar, von ihren Familien in diese Einrichtung geschickt?«

Verärgert zuckte Frau Gerber die Schultern. »Ich sag es ja, außen hui, innen pfui. Aber was ist von den *Wackese* schon anderes zu erwarten. Lassen Sie uns lieber gehen. Ich kenne eine gute Konditorei in der Brückenstraße, da …«

In diesem Moment öffnete sich die Tür des Pensionats, und der neue Gärtner trat heraus. Die Schiebermütze halb ins Gesicht gezogen, die Ärmel aufgekrempelt, hielt er in der einen Hand einen Korb mit Werkzeug, in der anderen eine Leiter, die er an die Hauswand lehnte. Ohne von seiner Umgebung Notiz zu nehmen, bestieg er diese und begann, die Schrauben in den Fensterläden festzuziehen.

Der Stadträtin schienen bei diesem Anblick vor Empörung fast die Augen aus dem Kopf zu fallen. Frau Müller schaute durchaus interessiert auf den jungen Mann, dessen Muskeln sich unter dem hellen Hemd abzeichneten.

»Also wirklich!«, entfuhr es Ersterer. »Dann stimmt es doch, was man sich erzählt.«

»Ja?« Ihrer Begleiterin fiel es offensichtlich schwer, den Blick abzuwenden. »Was erzählt man sich denn?«

Mit verschwörerischer Miene zog Frau Gerber sie ein Stück zu sich heran. »Ich habe gehört, hielt es aber für ein bloßes Gerücht, dass die Institutsleiterin tatsächlich einen Mann bei sich beherbergt.«

»In ihrer Schule?«

»Wo denn sonst.« Die Stadträtin schüttelte den Kopf. »Ich habe es nicht glauben wollen, dass dieses Weibsbild zu einem derart liederlichen Verhalten fähig ist. Aber jetzt, wo ich es mit eigenen Augen sehe ...«

»Vielleicht arbeitet er nur für sie. Ist so was wie der Hausmeister.« Deutliches Wohlwollen lag in Frau Müllers Stimme, die diesem Lehmann noch immer bei seiner Tätigkeit zusah. »Es gibt ja auch männliche Bedienstete und Angestellte an anderen Mädchenschulen, Lehrer und Kutsch...«

»Daran sieht man mal wieder, wie naiv Sie sind!«, unterbrach die Stadträtin sie mit strenger Miene und belehrendem Tonfall. »Da Sie noch nicht lange hier in Lothringen leben, wissen Sie es eben nicht besser.« Erneut schnaubte sie auf und senkte die Stimme noch ein wenig mehr. »Aber glauben Sie mir, hinter der anständigen Fassade lauert ein lasterhaftes *welsches* Frauenzimmer, das mit seinem schlechten Einfluss unsere anständigen deutschen Mädchen auf dumme Gedanken bringen möchte.«

Obwohl die beiden Damen leise sprachen, konnte Thomas, der nahe bei ihnen stand, jedes Wort verstehen. Erneut begann Zorn in ihm zu brodeln, der sich nicht nur auf die verlogene Selbstgerechtigkeit dieser preußischen Schandmäuler, sondern vor allem gegen den Mann auf der Leiter richtete, der so plötzlich in dieses

Pensionat und somit auch in Thomas' Leben eingedrungen war und alles in Unordnung brachte. Nicht genug damit, dass er ihm die Arbeit vor der Nase weggeschnappt hatte. Nun brachte dieser Kerl auch noch Mademoiselle Pauline in Verruf. Was, wenn diese Gerber recht hatte und der Stadtrat tatsächlich nach einem Vorwand suchte, die Schule zu schließen?

*Das konnte er nicht zulassen!*

Dieser Vincent Lehmann musste verschwinden. Lieber heute als morgen. Bevor er noch mehr Schaden anrichtete. Und er, Thomas Engel, würde höchstpersönlich dafür sorgen.

*Heute noch!*

Mit hocherhobenem Kopf lenkte er den Wagen an den beiden Lästermäulern vorbei und hielt auf den Seiteneingang des Instituts zu.

*

»Hier, nimm, für dich!« Mit wohlwollendem Lächeln schob die alte Lisbeth ihm einen Teller hin, darauf üppig mit Käse und Schinken belegte Brote, bei deren Anblick ihm üblicherweise das Wasser im Mund zusammenlaufen wollte.

Doch Thomas schüttelte den Kopf. »*Ech hu keen Honger!*«

Ein besorgter Blick traf ihn. »Bist du krank, Biwele? Hast du vielleicht Fieber oder …«

»*Alles an der Rei!*« Unwirsch schob er Lisbeths Hand beiseite, die sich tastend auf seine Stirn legen wollte. »Einfach viel zu tun heut!«

Noch immer lag Misstrauen im Blick der Köchin. »Was dich sonst nie hindert, einen Bissen zu …«

»Heut aber schon«, fiel er ihr ins Wort und leerte rasch das Glas mit Cidre, das sie ihm hingestellt hatte und sein Gemüt ein wenig abkühlte. »*Meng Mamm*, meine Mutter, wartet auf mich. Sie sagt, ich soll mich beeilen.« Eine glatte Lüge, was Lisbeth aber nicht wissen konnte. »Ich bring das Zeugs für diesen Gärtner selbst bei ihm vorbei. Mach dir keine Mühe. *Äddi!*«

Ehe die Köchin Gelegenheit hatte, etwas zu erwidern, war Thomas schon mit den besagten Wäschestücken durch die Hintertür verschwunden.

Missmutig glitt sein Blick durch den Garten. Er musste zugeben, dass dieser, seit der Neue hier arbeitete, wesentlich gepflegter aussah als je zuvor. Eine Erkenntnis, die seinen Zorn weiter anstachelte. Ein anheimelnder Duft nach Sommer lag über dem sorgfältig geschnittenen Rasen. In sauber gejäteten Beeten blühten alle Arten von Rosen in ihrer ganzen Pracht.

Vor der kleinen Mariengrotte am Rand des Gartens bekreuzigte sich Thomas halbherzig und eilte dann weiter zu den beiden Mirabellenbäumen, wo sich das kleine Gartenhäuschen befand, in dem dieser Lehmann logierte.

Da Thomas selbst gesehen hatte, dass dieser gerade mit Arbeiten vorne am Haus beschäftigt war, machte er sich nicht die Mühe, zu klopfen, sondern stieß gleich die Tür auf.

Staub tanzte in den Sonnenstrahlen, die durch das halb geöffnete Fenster hereinfielen und den Raum durchfluteten, der kaum mehr enthielt als ein Bett, einen Tisch, einen Stuhl sowie eine kleine Kommode zur Aufbewahrung der persönlichen Dinge. Eine kärgliche Einrichtung und doch durchfuhr ein Funken von Neid Thomas' Seele. Was für ein Luxus, ein eigenes Zimmer, ein eigenes kleines Häuschen gar, dazu die Versorgung durch die wohl beste Köchin der Stadt. Unwillkürlich knurrte Thomas' Magen, als er an die Köstlichkeiten dachte, welche Lisbeth Tag für Tag auf den Tisch zauberte. Jetzt ärgerte er sich doch, die belegten Brote abgelehnt zu haben.

Aber, pfff, belegte Brote? Das alles hier könnte ihm gehören, *ihm*, und nicht diesem undurchsichtigen Schlawiner, von dem niemand sagen konnte, woher er genau stammte und was er hier wollte.

Die Wut wogte so heftig in Thomas, dass seine Finger zitterten, als er schnell den Raum durchschritt und die Wäschestücke aufs Bett fallen ließ.

Ein eigenes Reich! Eigene vier Wände. Fast so groß wie das Zimmer, das seine Mutter und er bewohnten, seit sein Vater in der Carlshütte ums Leben gekommen war. Und dieser *Lompekreemer* hatte das alles für sich allein!

Thomas' Hände ballten sich zu Fäusten. Eine Weile stand er regungslos da, während ein Gedanke in ihm Gestalt annahm.

Beim Wäscheausfahren kam man viel herum, lernte die unterschiedlichsten Leute kennen, arm und reich, ehrlich oder auch weniger ehrlich. Daher war er überzeugt, einen Spitzbuben zu erkennen, wenn er ihn sah. Und dieser Lehmann war einer, da würde er drauf wetten. Irgendetwas hatte der zu verbergen. Oder weshalb sonst sollte er den ganzen weiten Weg hinter sich gebracht haben, vom preußischen Rhein bis hierher? Nur um eine einfache Arbeit anzunehmen, wie man sie überall fand?

Und wenn dem so war, bestand Thomas' Aufgabe darin, Mademoiselle Martin vor diesem Dahergelaufenen zu schützen. Dafür zu sorgen, dass alles ans Tageslicht kam und diese zwielichtige Gestalt nicht länger zwischen ihren Rosenbüschen werkelte.

Besondere Situationen erforderten besondere Maßnahmen. So schob er alle Gewissensbisse, welche ihm im Laufe des Lebens von seiner Mutter oder dem Pfarrer eingebläut worden waren, beiseite, schritt geradewegs auf die Kommode zu und zog die erste Schublade heraus. Er wusste nicht, ob er enttäuscht oder überrascht sein sollte, dass diese fast leer war. Drei Paar Socken lagen darin, ein Hemd und lange Unterhosen, nichts, was irgendwie von Bedeutung war. Schnell schob er sie wieder zurück und öffnete die nächste. Darin sah es ähnlich aus, eine Hose, Hosenträger sowie ein warmer Pullover. Etwas an der Hose erregte seine Aufmerksamkeit. Sorgfältig zusammengelegt, bestand sie aus festem blauem Wollstoff, der bei Thomas ein Glöckchen klingeln ließ.

Nachdenklich rieb er den kratzigen Stoff zwischen den Fingern, er war von guter Qualität. Plötzlich wusste er es.

*Militär!* Derartige Hosen trug das preußische Militär!

Stand der neue Gärtner etwa im Dienst der preußischen Armee? War er tatsächlich ein Spitzel, der Mademoiselle Martin überwachen und ausspionieren sollte? War das der Beweis, nach dem er gesucht hatte? Würde er womöglich noch mehr finden?

Mit klopfendem Herzen riss er eine weitere Schublade auf. Lediglich ein paar Zeitungsausschnitte befanden sich darin sowie mehrere Fotografien und eine Postkarte. Thomas' Hände waren feucht, als er danach griff, sie herauszog und betrachtete.

Ein großer Fluss zog sich an der Unterseite des Bildes entlang. Dahinter erhob sich groß, steil und mächtig ein Felsen. An dessen Gipfel zeigte sich eine Reihe von Mauern und Gebäuden, fest und trutzig wie eine Burg und dennoch schlicht und modern gehalten. Eine Feste? Auf jeden Fall etwas Militärisches, das seinen Verdacht zu bestätigen schien. Das Blut rauschte ihm in den Ohren, das Herz schlug hart gegen seine Brust, als er die Postkarte umdrehte, um festzustellen, wo sich dieser Ort befand und was es damit auf sich hatte.

Schritte wurden laut, das Knarren der Tür ließ Thomas zusammenfahren. Hastig warf er die Karte zurück in die Schublade und stieß diese zu, bevor er aufsprang und sich umwandte. Vincent Lehmann stand vor ihm, die Ärmel hochgekrempelt, die Hände schmutzig, die Stirn missmutig gerunzelt. Wahrscheinlich fragte er sich, was dieser Junge bei ihm zu suchen hatte.

Thomas schoss die Röte ins Gesicht. Fahrig strich er über seinen Haarschopf. »Die Wäsch«, stammelte er, »ich hunn die Wäsch gebracht. *Meng Mamm, sie huet* ...« Grundgütiger, es war kaum möglich, noch erbärmlicher zu klingen. Noch schuldbewusster. Er schwieg.

Lehmanns Augen verengten sich, als er einen Blick auf das Bett warf, auf welchem ein Satz Handtücher und sorgfältig geglättete

Laken aufgestapelt waren. Dann ging sein Blick wieder zurück zu Thomas, den er eindringlich musterte. »Und dann hast du ...«, setzte er an, doch Thomas hatte nicht vor, ihn ausreden zu lassen.

»So, ich muss nun wieder zurück. Meine Mutter wartet. Einen schönen Tag noch.« Ohne eine Reaktion abzuwarten, war er bereits an dem Mann vorbeigeeilt, rannte durch den Garten und verlangsamte seine Schritte erst, als er wieder auf der Straße stand. Dort packte er hastig den leeren Handkarren, mit dem er die Wäschestücke transportiert hatte. Sein Puls beruhigte sich etwas, als er fest am hölzernen Griff zog und sich auf den Weg zurück nach Hause machte. Laut holperten die Räder des Wagens über das Pflaster.

Zu ärgerlich, dass er bei seiner Suche unterbrochen worden war. Ob dieser Lehmann wohl ahnte, dass er ihm nachspionierte? Das konnte ihm herzlich egal sein. Viel wichtiger war, dass es ihm im letzten Augenblick gelungen war, den Aufdruck auf der Rückseite der Postkarte zu lesen: Coblenz am Rhein, *die Feste Ehrenbreitstein.*

Das Herz der preußischen Rheinprovinz und ihrer schlagkräftigen Armee.

## Kapitel 18

Der Tag war angefüllt mit Enttäuschungen und Frustrationen. Dabei hatte er zunächst recht gut begonnen. Von den Antworten, welche auf Paulines Anzeige hin eingetrudelt waren, hatte sie drei ausgewählt und die Frauen zu einem Gespräch eingeladen.

Schon nach den Sommerferien, so hatte Pauline gehofft, wären sie dann im Kollegium zu dritt. Dann hätte sie endlich wieder Zeit, sich ihren eigentlichen Aufgaben und der Leitung des Pensionats zu widmen, statt zusätzliche Fächer zu unterrichten, die ihr nicht sonderlich lagen.

Bereits am Morgen hatte Lisbeth Gebäck und Kuchen zubereitet, und, als die Termine näher rückten, Kaffee und Tee gekocht, um die Bewerberinnen willkommen zu heißen.

Allerdings erwies sich schon die erste davon als herbe Enttäuschung. Flatterte doch kurz vor dem vereinbarten Termin statt ihrer selbst ein Telegramm ins Haus, welches Pauline davon in Kenntnis setzte, dass die Frau zwischenzeitlich eine Stelle in einem privaten Haushalt angenommen hatte, die wesentlich besser entlohnt wurde und mit deutlich weniger Arbeit verbunden war.

Die zweite Bewerberin, die kennenzulernen Pauline am späten Vormittag das zweifelhafte Vergnügen hatte, war zwar im Besitz der notwendigen Examina, welche ihre erfolgreich abgeschlossene Lehrerinnenausbildung bescheinigten. Doch ließen ihre schwachen Abschlussnoten befürchten, die zu unterrichtenden Fächer könnten sie womöglich überfordern. Auf einige gezielte Fragen hin konnte Pauline dann auch rasch erkennen, dass die mathematischen und naturwissenschaftlichen Kenntnisse der

Dame derart schlecht waren, dass sie sich im Vergleich dazu wie eine Gelehrte vorkam.

Blieb noch die dritte Bewerberin, auf welche Pauline ihre größten Hoffnungen gesetzt hatte, da diese ebenfalls aus der Nähe von Metz stammte und dort ihre Ausbildung zur Lehrerin absolviert hatte.

Anders als erwartet kam Nummer drei jedoch keineswegs aus dem französischsprachigen Teil Lothringens, sondern war die Tochter eines württembergischen Postbeamten, der zwei Jahrzehnte zuvor in die Metzer Gegend umgesiedelt war. Der harte Akzent ihres Französisch, welches sie während ihrer Ausbildung im Lehrerinnenseminar gelernt hatte, klang in Paulines Ohren wie zwei rostige Nägel, die übereinandergerieben wurden. Als ähnlich schmerzhaft empfand sie auch die Kommentare der Frau, die mit ihrem pechschwarzen Kleid, den straff aufgesteckten Haaren, den stechenden Augen und dem verkniffenen Mund doppelt so alt wirkte, wie sie tatsächlich war.

»Und seien Sie versichert, ich halte viel von den deutschen Tugenden der Disziplin und des Gehorsams.« Die letzten Worte hatte sie nachdrücklich betont und dabei so entschieden mit dem Kopf genickt, als halte sie eine öffentliche Rede vor dem Parlament. »Widerworte und eigenmächtiges Verhalten der Schülerinnen verbitte ich mir ebenso wie schlechte Manieren und unzüchtiges Auftreten.« Abschätzig musterte sie Paulines zwar schlichte, aber durch ihr sommerliches Weiß und Gelb freundlich wirkende Garderobe. »Wie die Zucht, so die Frucht.«

»Ich verstehe«, antwortete Pauline knapp, während sich ihr plötzlich die Frage aufdrängte, ob Eleonore Schmitt und sie es nicht doch noch eine Weile länger schaffen würden, den Schulbetrieb und alles, was dazugehörte, zu zweit zu meistern.

»Sie können also sicher sein, Fräulein Martin«, führte die andere unverdrossen aus, »dass ich bei Ihren Schützlingen jede Aufsässigkeit bereits im Keim ersticken werde. Bei jeder Einzelnen von ihnen, damit alle schlechten Einflüsse sofort unterbunden werden. Wie heißt es so schön: Ein fauler Apfel steckt alle anderen an.«

Diese spindeldürre, schwarzgewandete Person musste eine Schwäche für Obst haben, so oft, wie sie dieses in ihrer Rede bemühte. Wahrscheinlich am meisten für Zitronen, weil sie so säuerlich dreinschaute.

»Ich halte nicht viel von diesen verworrenen Ideen der Reformpädagogik, wo Kinder dazu erzogen werden, ihren eigenen Neigungen zu frönen, und jede Disziplin auf der Strecke bleibt.« Sie schüttelte den Kopf. »Entsetzliche Vorstellung.«

Wortlos schenkte sich Pauline noch eine Tasse Tee ein und spülte die Antwort, die ihr auf der Zunge lag, mit einem großen Schluck hinunter.

Sollte diese Frau tatsächlich beabsichtigen, an ihrer Schule zu unterrichten, wäre es besser, ihr von Anfang an reinen Wein einzuschenken.

Nun denn. Pauline räusperte sich. »Tatsächlich halte *ich* wiederum nicht allzu viel davon, den Mädchen die Flügel zu stutzen.«

Sie sah, wie die andere den Mund öffnete, um etwas zu erwidern, doch Pauline gab ihr keine Gelegenheit dazu. »Im Gegenteil. Ich versuche, bei den Mädchen eigene Gedanken und Vorstellungen zu fördern. Ihnen dabei zu helfen, ihren ganz persönlichen Weg im Leben zu finden. Und dazu gebe ich ihnen so viele Freiheiten, wie ...«

»Das ist völliger Unsinn!«, fiel die Bewerberin ihr ins Wort. »Gerade junge Mädchen müssen lernen, sich unterzuordnen, um auf das spätere Leben als Ehefrau vorbereitet zu sein. Ich halte es für sinnlos, ihnen irgendwelche Flausen in den Kopf ...«

»Haben Sie vielen Dank«, sagte Pauline rasch und stand auf. »Es war wirklich sehr freundlich von Ihnen, dass Sie sich hierherbemüht haben. Seien Sie versichert, dass wir Ihre Bewerbung sorgfältig prüfen werden.« Ohne Umschweife ging sie zur Tür und öffnete diese. »Sobald wir uns für eine Kandidatin entschieden haben, werde ich mich bei Ihnen melden. Bis dahin …« Sie bemerkte, wie der Gesichtsausdruck von Verblüffung zu Verärgerung wechselte, doch hatte ihr Gegenüber offensichtlich den Wink verstanden, denn sie griff nach ihrer Tasche. »Es war …«, Pauline suchte nach einer diplomatischen Formulierung, »… interessant, Sie kennengelernt zu haben. Ich wünsche Ihnen noch einen guten Tag. *Au revoir, Mademoiselle.*«

\*

Die Luft im *Salon*, welcher auch als Musikraum diente und sich in der ersten Etage, direkt neben Mademoiselle Martins *Bureau* befand, war stickig. Nur durch die geöffneten Fenster drang ein Hauch von Abkühlung herein, kaum merklich bewegten sich die zarten Spitzengardinen.

Louises Finger glitten wie von selbst über die Tasten, die Klänge des Klaviers hüllten sie ein, machtvoll und traurig zugleich, dieses Lied, »La Strasbougeoise«, das so viele schmerzhafte Erinnerungen in ihr weckte und doch jedes Mal so tröstlich auf sie wirkte.

> *Non, mon enfant, je pars pour la patrie,*
> *C'est un devoir où tous les papas s'en vont …*
> Nein, mein Kind, ich gehe für das Vaterland,
> das ist eine Pflicht, der alle Väter folgen …

Stumm formten ihre Lippen die Worte. Sie wagte es nicht, diese laut auszusprechen, wusste sie doch um die Brisanz der Verse und auch, dass sie nicht gerne auf dieser Seite der Grenze gehört wurden. Schon gar nicht, wo …

Einen Moment hielt sie inne, als die Tür geöffnet wurde und Fräulein Schmitt, gefolgt von den anderen Schülerinnen, den Raum betrat, spielte dann aber in aller Ruhe die Strophe zu Ende.

Als sie damit fertig war, faltete sie die Hände auf dem Schoß und blickte zu der Lehrerin auf.

»Sehr gut, Louise«, lobte diese anerkennend. »Dein Klavierspiel wird zunehmend besser. Du hast ein außergewöhnliches Talent. Schön, dass du so fleißig übst.«

»Vielen Dank.« Errötend senkte Louise den Kopf. Musik war für sie mehr als eine Fleißarbeit, es war ihr Leben, ihre kleine persönliche Flucht aus der Wirklichkeit.

»Und das hier ist eine schöne Melodie«, fuhr Fräulein Schmitt fort. »Wie heißt sie? Ich meine, sie schon einmal gehört zu haben, doch fällt mir gerade nicht ein, woher ...«

»Nichts«, antwortete Louise rasch. »Es ist nichts Besonderes. Nur ein Lied, das mir mein Vater gelegentlich vorgesungen hatte, als ich ein Kind war.«

»Du solltest noch etwas für uns spielen.« Auffordernd wies Fräulein Schmitt auf das Klavier, doch Louise erhob sich, ehe man sie weiter bedrängen konnte.

»Danke, Fräulein«, sagte sie, ohne aufzublicken. »Aber ich hatte es lange genug für mich alleine. Nun ist Zeit für die Musikstunde.« Demonstrativ trat sie zur Seite.

Mit dem Ausdruck aufrichtigen Bedauerns nahm Fräulein Schmitt vor dem Instrument Platz.

»Gut, in der letzten Stunde hatten wir damit begonnen, das *Heideröslein* einzustudieren. Ich habe wieder die Noten dabei und werde euch auf dem Klavier dazu begleiten. Charlotte, wärst du bereit, als Erste vorzusingen?«

Hocherhobenen Hauptes trat die so Ausgezeichnete vor und stellte sich neben das Instrument. Die Lehrerin rückte den Stuhl zurecht, öffnete das Notenheft und ließ die ersten Akkorde erklingen.

Fräulein Schmitt spielte gut, das musste Louise anerkennen, und liebte die Musik aufrichtig, was auch ihre ansprechende Sammlung an Grammophonplatten zeigte. Doch war es offensichtlich, dass der jungen Lehrerin eine tiefere Begabung ebenso fehlte wie eine gründliche instrumentale Ausbildung, die ihre Fingerfertigkeit und ihr durchaus vorhandenes musikalisches Gespür verfeinert hätten. Dennoch war es eine Freude, ihrem Spiel zuzuhören. Anders verhielt es sich mit Charlottes Gesang, der die tragische Weise um den ungestümen Knaben, der in seiner Lust und seinem Übermut das schöne Röslein brach, in den schrägen Klängen eines Militärmarsches herausschmetterte. Weshalb Louises Gedanken lieber wieder zu ihrem eigenen Lied zurückkehrten, in dessen Spiel sie kurz zuvor unterbrochen worden war. Schon bald formten sich Bilder vor ihren Augen von der schneebedeckten Kathedrale ihrer Heimatstadt Straßburg, vor der ein schwarz gekleidetes Mädchen, *une fille de Strasbourg*, saß und bittend die Hand ausstreckte, bis ein Soldat ...

Ein Zupfen am Ärmel ihres Kleides zwang Louise in das Hier und Jetzt zurück. Unwirsch wandte sie sich um und blickte in Suzettes gerötetes Gesicht.

»Begleitest du mich am Sonntag in den Park?«, flüsterte diese atemlos, und die Röte in ihren Wangen vertiefte sich. »Zum Militärkonzert im Pavillon?«

Louise wusste, was die Kameradin meinte. An Sonntagen war es ihnen gestattet, in Zweier- oder Dreiergrüppchen durch die Stadt oder den Park zu flanieren, Cafés oder angemessene Kulturveranstaltungen zu besuchen, wenn auch nur am frühen Nachmittag. Nicht, dass Louise auch nur die geringste Lust dazu verspürte, ausgerechnet mit Suzette loszuziehen.

»Hast du nicht immer noch Hausarrest?«, gab sie ebenso leise zurück und sah mit Verdruss, dass die andere den Kopf schüttelte. »Der endet am Sonntag. Zum Glück. Ach, bitte, Louise«, flehte sie. »Ich muss ihn wiedersehen. Unbedingt.«

Erst jetzt begriff Louise und fuhr heftig herum. »*Tu es folle?*«, zischte sie tonlos und hoffte, dass Charlottes Gesang so laut war, dass er ihre Worte übertönte. »Du musst verrückt sein! Glaubst du etwa ernsthaft, ich würde mich dazu hergeben, dich mit diesem schmierigen Kerl zusammenzubringen?«

»Aber du musst! Ich werde sterben, wenn ich nicht ...«

»Psst!« Der strenge Blick Fräulein Schmitts ließ Suzette verstummen. Indes zeigte der kaum verhohlene Trotz in deren Miene, dass auf Einsicht bei ihr nicht zu hoffen war.

Erneut kamen Louise die Zeilen des französischen Liedes in den Sinn:

*Soldat prussien passez votre chemin.*
*Moi je ne suis qu'une enfant de la France ...*
Preußischer Soldat, gehen Sie Ihres Weges.
Ich bin nur ein Kind Frankreichs ...

Tief in ihrem Inneren bezweifelte Louise, dass ausgerechnet dies die Worte wären, die Suzette an Leutnant Krüger richten würde, sollten sie sich ein weiteres Mal begegnen. Und ein ungutes Gefühl ließ die Frage in ihr aufkommen, ob es Suzette dann womöglich ähnlich ergehen würde wie dem Heideröslein in der Hand des Knaben – oder Fantine.

\*

Noch immer benommen von den anstrengenden Gesprächen und ernüchtert von der herben Enttäuschung, schlug Pauline den Weg zum Garten ein. Es knarrte leise, als sie die Hintertür aufstieß und nach draußen trat. Der Duft nach Sommer, Gras und warmer Erde schlug ihr entgegen, die Sonnenstrahlen kitzelten auf der Haut. Kaum hörbar fuhr der Wind durch die beiden Mirabellenbäume, Sinnbild ihrer lothringischen Heimat. Metz, Nancy, geteiltes Land, deutsch und französisch. Wie würde es weitergehen mit alldem hier? Mit ihrer Schule, dem Pensionat? Ihrem tiefsten Lebensinhalt?

*Du calme*. Nur ruhig bleiben. Du wirst es schaffen, du hast bisher auch alles geschafft. Und noch ist nicht aller Tage Abend. Bald sind erst einmal Ferien. Und danach ... Man wird sehen.

Pauline legte den Kopf an die Hauswand, die Stirn fest gegen das verputzte Mauerwerk gepresst. Ein wenig ließ das Pochen dahinter nach. Du hast zu viel gearbeitet in letzter Zeit, sagte sie sich. Warte ab, wenn du dich erst ein wenig erholt hast, sieht die Welt ganz anders aus. Sie würde es nicht verkraften, das Pensionat aufgeben zu müssen, zu ihren Eltern zurückzukehren. Mit dem Eingeständnis, sie habe sich zu viel aufgebürdet. *Quelle horreur!* Welch grauenhafte Vorstellung!

»Mademoiselle?« Eine Stimme, tief, warm und weich. »Fühlen Sie sich nicht wohl?«

Als sie sich umdrehte, erblickte sie Vincent Lehmann, Hemd, Unterarme und Hände mit Erde verschmiert, die Harke in der Hand. Besorgt sah er sie an.

»Kann ich etwas für Sie tun?«

Verlegen darüber, bei diesem kleinen Moment der Schwäche ertappt worden zu sein, schüttelte sie den Kopf. »Nein, danke«, sagte sie rasch. »Es geht mir gut, es ist nur ...«

»Schlechte Nachrichten?«, fragte er leise. Plötzlich war da wieder dieser Hauch der Vertrautheit zwischen ihnen. Ein Gefühl, das sie jedes Mal aufs Neue verwirrte, welches sie jedoch nicht zu deuten wusste.

»Nein, alles in Ordnung.«

Sein Blick ruhte fragend auf ihr, doch sie fühlte sich befangen, mit diesem Fremden über ihre beruflichen Probleme zu sprechen. Einem Mann, von dem sie kaum etwas wusste. Nun, zumindest Letzteres konnte sie ändern. Am besten jetzt gleich.

Wortlos nahm sie auf der weiß gestrichenen Bank Platz, die direkt neben dem Hintereingang des Instituts stand, und erwiderte seinen Blick. »Wie gefällt es Ihnen bei uns, Monsieur Lehmann? Haben Sie sich schon eingelebt?« Sie war überrascht, wie schwer es ihr, die Tag für Tag halbwüchsige Schülerinnen in der Kunst der gehobenen Konversation unterrichtete, fiel, mit diesem Mann ein Gespräch zu beginnen.

Der schien zu begreifen, dass er ausgefragt werden sollte, denn er versteifte sich, und seine Miene wurde abweisend. »Danke, Mademoiselle. Ich kann mich nicht beklagen. Die Arbeit ist nicht schwer, meine Unterkunft geräumig, und das Essen ist wahrscheinlich das Beste, das mir je vorgesetzt wurde. Zumindest seit dem Tod meiner Großmutter.« Für einen kurzen Moment veränderte sich sein Gesichtsausdruck, wurde plötzlich weicher, fast ein wenig traurig.

Pauline nickte. »Was haben Sie vorher gemacht? Bevor Sie hierhergekommen sind.«

Lehmann versteifte sich noch mehr, seine Augen flackerten. »Habe ich das nicht erzählt?« Er stellte die Harke an der Hauswand ab und klaubte eine Zigarette aus der Hosentasche, die er mit einem Streichholz entzündete. »Ich tat Dienst in der Armee. Der preußischen.«

*Hatte er das zuvor bereits erwähnt?* Wieso hatte er ihr dann bei seiner Einstellung nicht seinen Militärpass vorgelegt, sondern nur zivile Unterlagen? Nun ja, sie hatte nicht danach gefragt, aber dennoch ...

Schweigend beobachtete sie, dass seine Fingerspitzen ein wenig zuckten, als er den Rauch einsog.

»Und was verschlägt Sie nach Lothringen?«, wiederholte Pauline die Frage, die sie wenige Nächte zuvor auch Eleonore Schmitt gestellt hatte.

Langsam ließ Lehmann den Rauch aus seinen Lungen entweichen und hob dann die Schultern. »Ich hatte genug vom Militärleben, genug von ...« Er unterbrach, um einen weiteren Zug zu nehmen. »Es heißt, hier im Reichsland gäbe es Chancen für jemanden, der es richtig anzustellen weiß.«

Pauline zog die Nase kraus. Da mochte etwas dran sein, besonders da seit dem Krieg unzählige Lothringer und Elsässer ihre Heimat Richtung Frankreich verlassen hatten. Industrie und Handel florierten, weshalb noch immer Altdeutsche hierherkamen, als Militär und Beamte, Kaufleute und Industrielle. Aber auch Glücksritter.

Ob Lehmann ein solcher Glücksritter war?

»Zudem hat man mir stets von den Schönheiten des Landes vorgeschwärmt, seiner reichen Geschichte.« Er lächelte versonnen, als hinge er einer Erinnerung nach, und für einen kurzen Moment fragte sich Pauline, ob er mit diesem Lächeln wohl schon einigen Mädchen den Kopf verdreht hatte.

Nicht, dass sie selbst für dergleichen anfällig gewesen wäre, zumal Vincent Lehmann einige Jahre jünger war als sie, die bereits zweiunddreißig Lenze zählte.

»Und was haben Sie gemacht, bevor Sie der Armee beitraten?«, fragte Pauline weiter.

Die Hand mit der Zigarette, die Lehmann gerade zum Mund führen wollte, verharrte regungslos in der Luft. »Mal dieses, mal jenes«, antwortete er schließlich. »Nachdem ich die Schule beendet hatte, habe ich mich auf dem elterlichen Hof nützlich gemacht. Mein Onkel betrieb im Ort eine kleine Schreinerei, dort begann ich eine Lehre.«

Was womöglich seine Geschicklichkeit in praktischen Dingen erklärte. Pauline nickte.

»Dann war schon die Zeit für den Militärdienst gekommen.« Er nahm einen tiefen Zug.

»Haben Sie sich freiwillig gemeldet?« Pauline legte den Kopf schief. Ihr Gärtner wirkte auf sie nicht wie jemand, der für den Drill und die Disziplin des preußischen Kommiss viel übrig hatte.

Wieder schien er einen Moment zu zögern, bevor er antwortete. »Ich entstamme einer Familie, die sehr stolz darauf ist, in jeder Generation mindestens einen Unteroffizier zu stellen. Oder gar einen Feldwebel.« Er sprach die Begriffe aus, als handele es sich um Schimpfwörter. »Mein Vater, mein Großvater, dessen Bruder ...«

Lehmann wich ihrem Blick aus, und doch hatte sie nicht den Eindruck, dass er in diesem Punkt log. Nur, dass es wohl etwas gab, das er lieber unerwähnt ließ.

Das Gefühl der Unsicherheit verstärkte sich. Wieso hatte sie diesen Mann eingestellt, ohne ihm zuvor gründlich auf den Zahn zu fühlen? War sie doch sonst in allem, was sie tat, gewissenhaft und akribisch.

»Was genau haben Sie bei der Armee gemacht?«

Pauline entging nicht, dass er bei diesen Worten kaum merklich zusammenfuhr.

»Wie bitte?«, gab er statt einer Antwort zurück.

»Nun, bei welcher Einheit waren Sie? Worin bestanden Ihre Aufgaben?« Bildete Pauline sich das nur ein, oder war das Gesicht ihres Gärtners tatsächlich blass geworden?

Ihr Magen verkrampfte sich, als sie aufstand, näher an ihn herantrat und ihm die Hand auf die Schulter legte. »Geht es Ihnen nicht gut?«

Ein leises Kichern ließ sie innehalten. Als sie hochsah, bemerkte sie, dass Gelsa mit ihrer Nachbarin Josefa an ihrem Zimmerfenster stand und zu ihnen herabschaute. Obgleich Gelsa versuchte, die Freundin am Ärmel wegzuziehen, harrte diese dort standhaft aus, die Hand vor den Mund gepresst. Offensichtlich deutete sie das harmlose Gespräch ihrer Lehrerin mit dem Gärtner als Beginn eines amourösen Abenteuers.

Verärgert zog Pauline die Stirn in Falten.

»Ich glaube, ich sollte weitermachen.« Fahrig trat Lehmann die glimmende Zigarette aus, hob sie aber gleich vom Boden auf und griff nach der Harke. »Bitte entschuldigen Sie die Störung.« Sein Gesicht war noch immer blass, seine Stimme heiser.

Wieder ein Kichern von oben. Langsam wandte Pauline den Blick zu den Schülerinnen. »Ist die Musikstunde bereits beendet? Dann werde ich gleich mal vorbeischauen, wie weit ihr mit euren Hausaufgaben gekommen seid.« Schon waren die beiden Köpfe verschwunden, und das Fenster wurde mit lautem Knall geschlossen.

Vielleicht hielt sie die Zügel wirklich zu locker, kam es Pauline in den Sinn. Bei den Schülerinnen ebenso wie beim Personal.

Als sie sich wieder Vincent Lehmann zuwenden wollte, war dieser fort.

## Kapitel 19

Zwischen Erleichterung und schlechtem Gewissen schwankend, beschleunigte Louise ihre Schritte. Erleichterung deswegen, weil es ihr fast mühelos gelungen war, Mademoiselle Martin zu überreden, sie ziehen zu lassen. Schlechtes Gewissen, da sie dies nicht ohne die Zuhilfenahme einer kleinen Halbwahrheit zustande gebracht hatte.

Es war den Schülerinnen nicht erlaubt, das Institut alleine zu verlassen. Lediglich eine einzige Ausnahme sah das durchaus fortschrittliche Reglement des Pensionats vor: Ein kurzer Besuch der Kirche, um dort die Beichte abzulegen oder ein seelsorgerisches Gespräch mit dem Pastor zu führen, war den Schülerinnen auch ohne Begleitung erlaubt. Befanden sich doch sowohl das protestantische als auch das katholische Gotteshaus in unmittelbarer Nähe des Pensionats, sodass Mademoiselle Pauline ihren Schülerinnen diese kleine Freiheit zugestand.

Natürlich hatte Louise nicht gelogen. Dafür war sie nicht gemacht, zu sehr hätte das Gewissen an ihr genagt. Sie kam tatsächlich gerade aus der Kirche Saint Maximin, mit der Absolution des Priesters. Dass ihre Seele trotz der Gnade des Sakramentes nicht ganz rein war, lag vielmehr daran, dass sie keineswegs vorhatte, direkt zum Pensionat zurückzukehren, wie es die Vorschriften des Hauses forderten. Denn der eigentliche Grund ihres kleinen Spaziergangs lag leicht und knisternd in ihrer Hand.

Ein Brief, ein sehr persönliches Schreiben, welches sie kurz vor dem Morgengrauen verfasst hatte, während Suzette, ihre Zimmergenossin, schlief. So persönlich, dass Louise es vorgezogen hatte, das Schriftstück nicht in den Korb zu legen, in dem die Post der Schülerinnen gesammelt und bei Gelegenheit zu dem repräsentativen Amt am Karolingerring gebracht wurde, das erst vor wenigen Jahren fertiggestellt worden war. Zu jenem Postamt war sie nun selbst unterwegs.

Bei der Vorstellung, was Mademoiselle Martin sagen würde, wenn sie wüsste, dass sie sie hinterging – und mehr noch, an welchen Ort Louises Schreiben adressiert war –, wurde ihr speiübel. Was würde sie wohl denken?

Ihr Herz hämmerte im Rhythmus ihrer Schuhsohlen auf dem Pflaster, als sie ihre Schritte beschleunigte, um es hinter sich zu bringen. Sie wollte schnellstmöglich wieder in die schützenden Mauern des Instituts zurück. Am besten, bevor sich dort jemand fragte, was sie so lange zu beichten hatte und man nach ihr suchen ließ.

»Boschur, Mademoiselle!«

Ein Gruß in schlecht ausgesprochenem Französisch ließ Louise zusammenfahren. Ihr Kopf flog nach oben, hastig glitt ihr Blick in alle Richtungen.

Den Rücken locker an eine mit bunten Plakaten beklebte Litfasssäule gelehnt, die linke Hand in die Hosentasche gesteckt, die rechte eine Zigarette haltend, stand ein Soldat. Das Blau seiner Uniform brannte in ihren Augen. Erst auf den zweiten Blick erkannte sie, um wen es sich handelte. Leutnant Krüger, jener Preuße, wegen dem sich Suzette den ganzen Ärger eingehandelt hatte.

Seinem amüsierten Blick nach zu urteilen, hatte er sie gleich wiedererkannt. Kein Wunder, war sie doch dabei gewesen an jenem Tag, als Suzette ihm erstmals begegnet war. »Die kleine Freundin«, hatte er sie genannt, wenn er mit Suzette über sie gesprochen hatte. In ihrer Anwesenheit.

Abrupt blieb sie stehen, als wäre sie gegen eine unsichtbare Mauer gerannt. Krüger bemerkte ihre Verlegenheit, und ein Lächeln durchzuckte sein Gesicht. Schwungvoll stieß er sich von der Säule ab und machte einige Schritte auf sie zu.

»Die kleine Freundin, sieh an, sieh an!« Sein Lächeln hatte etwas Anzügliches, Lauerndes, das Louise Angst machte. »Wie es mich freut, dich zu sehen.«

Eine Freude, die Louise keineswegs teilen konnte. Furchtsam sah sie nach allen Seiten, um sicherzugehen, dass niemand, den sie womöglich kannte, sie in einer derart kompromittierenden Situation mit einem preußischen Soldaten sah.

»So unruhig?« Sein Lächeln wurde breiter. Als sie weiterhin regungslos dastand wie das Kaninchen vor der Schlange, begann er sie zu umrunden.

»Was ... Was wollen Sie von mir?«, brachte sie schließlich hervor und hasste sich dafür, dass ihre Stimme zitterte.

»Nun, ich muss zugeben, ich vermisse ein klein wenig die Gesellschaft der lieben Suzette. Und da ihr beide das Zimmer miteinander teilt, dachte ich, du könntest mir womöglich dabei helfen, mit ihr, sagen wir, irgendwie in Kontakt zu treten.«

Alles in Louise versteifte sich. Weder Mademoiselle Martin noch Suzette hatten Einzelheiten über das verlautbaren lassen, was sich in jener Nacht ereignet hatte. Es musste etwas Schwerwiegendes gewesen sein, sodass Mademoiselle sich dazu gezwungen gesehen hatte, Suzette zur Arbeit in die Küche zu verbannen. Ein Vorgehen, von dem Louise noch nie zuvor in diesem Institut gehört hatte, auch wenn diese Arbeit angeblich gesundheitlichen Zwecken diente.

Und nun stand der Mann vor ihr, der Suzette in eine derartige Situation manövriert hatte, und wollte sie einspannen, um dort mit Suzette weitermachen zu können, wo er aufgehört hatte. Wo und wie auch immer das gewesen sein mochte ...

Louise schoss Hitze ins Gesicht.

»Du wirst ja rot, kleine Freundin. Sag bloß, ich habe dich in Verlegenheit gebracht?« Langsam blies er ihr den Rauch seiner Zigarette ins Gesicht.

Sie blinzelte und musste unwillkürlich husten. So heftig, dass ihr dabei der Brief, den sie in Händen hielt, aus den Fingern glitt. Schnell bückte sie sich, um ihn aufzuheben und wieder in Sicherheit zu bringen.

»Hoppla!« Spott schwang in seiner Stimme mit. »Was haben wir denn da?«

Louise presste den Brief fest an ihre Brust, was die Aufmerksamkeit des Leutnants unweigerlich darauf lenkte.

»Ein kleines Briefchen?« Tadelnd schnalzte er mit der Zunge. »Ein *geheimes* Briefchen, wie es mir scheint. Nun denn, hat ein graues Mäuschen wie du etwa auch einen Liebhaber?«

Das Blut rauschte in Louises Ohren, jede einzelne Faser ihres Körpers war zum Zerreißen gespannt. Sie ignorierte die Beleidigung, die in seinen Worten lag, und verbot sich, ihre Angst allzu offen zu zeigen. »Ich muss weiter. Mademoiselle wird nach mir suchen, sich fragen, wo ich so lange bleibe.«

Rasch wollte sie das Schreiben hinter ihrem Rücken verschwinden lassen. Doch bevor sie dazu kam, hatte Krüger ihr den Brief aus der Hand gerissen und den Umschlag so herumgedreht, dass er die Anschrift lesen konnte.

Seine Pupillen weiteten sich, seine Mundwinkel hoben sich.

»So, so.« Er ließ den Brief sinken und suchte mit seinen stechenden grauen Augen ihren Blick. »So verhält sich das also. Wer hätte das gedacht, dass die brave kleine Freundin derartige Kontakte pflegt.«

Vor Angst und Entsetzen wie erstarrt, rührte sie sich nicht, als er mit dem Umschlag langsam ihre Wange entlangfuhr. »Da werden deine Klassenkameradinnen sicher Augen machen, wenn sie erfahren, in welch erlesenen Kreisen du verkehrst.« Jedes einzelne Wort enthielt eine unausgesprochene Drohung.

*Ihre Klassenkameradinnen? Erfahren?*

Louises Herz setzte einen Schlag lang aus, doch nur, um danach umso heftiger gegen ihre Brust zu hämmern. Panik tobte durch ihren Körper.

»Ich sehe, du verstehst, was ich meine.« Etwas Kaltes, Berechnendes lag in der Stimme. Unwillkürlich wich Louise einen Schritt zurück.

Ein herausforderndes Lächeln stahl sich auf das Gesicht des Mannes. »Glücklicherweise kenne ich ein äußerst probates Mittel, um zu verhindern, dass genau das geschieht. Keiner von uns möchte doch, dass das liebe Fräulein Martin wegen so einer Sache Ärger bekommt, oder?«

Hilfesuchend glitt Louises Blick über die breite, von Bäumen gesäumte Straße, an deren Ecke sich ein gut besuchter Kiosk befand. Aufmerksamkeit war das Letzte, das sie derzeit benötigte.

»Ein Mittel?«, fragte sie mit dem bangen Gefühl, dass er nichts Gutes im Sinn hatte.

»Genau. Schließlich ist man kein Unmensch, oder?« Der Mann lachte. »Wie man so schön sagt, eine Hand wäscht die andere. Und du könntest mir im Gegenzug für mein Schweigen einen kleinen Gefallen erweisen.«

Louises Herz pochte zum Zerspringen. Kalter Schweiß tränkte den Stoff ihrer Kleidung. Sie ahnte, auf was er hinauswollte.

»Seit unserem letzten Zusammentreffen verzehre ich mich nach Suzette«, hob er im Plauderton an. »Jedoch war mir die Gunst eines Wiedersehens verwehrt. Daher dachte ich, du könntest mir in dieser Angelegenheit vielleicht ein wenig helfen.«

Um seinen Worten Nachdruck zu verleihen, knisterte er deutlich hörbar mit dem Umschlag in seinen Händen. In diesen Händen lag nun Louises Zukunft. Eine Zukunft, die sehr düster werden könnte, wenn jemand außer ihm einen Blick auf diesen Brief erhaschte – oder auf dessen Anschrift.

»Was verlangen Sie von mir?« Louises Stimme klang gepresst, und diese Tatsache schien Krüger eine besondere Freude zu bereiten.

»Ich wusste, dass wir uns verstehen. Also schlage ich dir eine kleine geschäftliche Abmachung vor. Ich verspreche, nein, ich gebe mein Ehrenwort als Offizier seiner Majestät, des Königs, dass keine Menschenseele von diesem kompromittierenden Schreiben hier erfahren wird, wenn du im Gegenzug eine kurze Nachricht an deine Freundin Suzette übermittelst. Und außerdem dabei behilflich bist, dass wir uns trotz der widrigen Umstände sehr bald sehen können. Allein. Verstehst du, was ich meine?«

Louise verstand sehr gut. Was er verlangte, war eine Ungeheuerlichkeit.

Sollte sie auf diesen Handel eingehen, Suzette aber dabei auffliegen, wäre nicht nur deren Zukunft in Gefahr, sondern auch der Ruf von Mademoiselle Martin und der ihres Instituts. Würde sie sich jedoch weigern … Krügers Drohung war nicht misszuverstehen. Und diese Vorstellung war mehr, als sie ertragen konnte.

»Nun, wie sieht's aus?« Provozierend wedelte er mit dem Schreiben vor ihrer Nase herum. Doch als sie versuchte, danach zu greifen, zog er den Brief blitzschnell aus ihrer Reichweite.

»Es nützt dir nichts, nach diesem kleinen Corpus delicti zu schnappen. So oder so weiß ich Bescheid und kann darüber Bericht erstatten, mit wem unsere kleine Freundin korrespondiert.«

Tränen schossen Louise in die Augen. »Sie elender Schuft!«

Wieder schnalzte er vorwurfsvoll mit der Zunge. »Aber, aber, was sollen derartige Beleidigungen? Offensichtlich hat Mademoiselle Martin es versäumt, ihren Schülerinnen gutes Benehmen beizubringen. Da bietet man seine Hilfe an und was ist der Dank? *Verruchte Welt!*«

Spielerisch tippte er mit der flachen Hand gegen Louises Hinterkopf.

»Na, wie sieht es aus, Mädel? Sind wir miteinander im Geschäft?«

## Kapitel 20

Vincent stöhnte leise, als er den schweren Sack schulterte, der die Einkäufe enthielt, die zur Neugestaltung des Gartens benötigt wurden: Blumenerde, Dünger, Saatgut sowie einige Setzlinge. Der raue Jutestoff riss seine Handflächen auf, und das Gewicht wollte ihn zu Boden drücken. Dennoch verzog er nur kurz das Gesicht, als er sich mit seiner Last auf den Weg zurück zum Pensionat machte.

Seine Verpflichtungen dort gingen ihm leicht von der Hand, obgleich die Arbeit im Garten, das Ausbessern des Daches und alles, was so anstand, durchaus nicht einfach waren. Dies zeigten auch die Schwielen an seinen Händen, die schmerzenden Muskeln und die sonnenverbrannte Haut. Doch nach allem, was hinter ihm lag, erschien ihm der Aufenthalt in Diedenhofen wie Erholung.

Der Gedanke an das bevorstehende Abendbrot ließ ihn seine Schritte beschleunigen, als etwas seine Aufmerksamkeit erregte. Er keuchte auf, als er den Kopf wandte und am anderen Ende der breiten Straße zwischen einer Litfasssäule und einem Kiosk eine ihm nur allzu bekannte Person stehen sah.

Hermann Krüger.

Sein Herz setzte einen Schlag lang aus, seine Muskeln spannten sich, bereit zur Flucht, gerade noch konnte er sich an eine Hausmauer drücken.

Direkt neben dem Kerl stand ein Mädchen in einem schlichten dunkelblauen Kleid. Wenn er sich nicht täuschte, handelte es sich dabei um eine der Pensionatsschülerinnen.

Vincents Gedanken rasten, als der Mann das Mädchen mit der

Hand am Hinterkopf berührte und diesem die Panik deutlich anzumerken war.

*Schon wieder!*

Alles in Vincents Innerem schrie danach, den Sack von sich zu werfen und möglichst schnell aus dem Blickfeld des Leutnants zu kommen, bevor dieser ihn entdeckte.

Aber dann ... Vincent richtete sich auf. Einmal bereits hatte er zu spät reagiert und damit ein Mädchen in große Gefahr gebracht.

Er durfte nicht tatenlos zusehen, dass dies ein weiteres Mal geschah. Ganz gleich, welche Folgen das für ihn haben mochte, diesmal würde er das Richtige tun.

Doch bevor er die Gelegenheit hatte, seine Last abzustellen, hörte er, wie das junge Mädchen aufschrie, sich von dem Leutnant losriss und mit wehendem Kleid in die gegenüberliegende Richtung davonrannte.

Einen Augenblick sah der Offizier ihr nach, dann zündete er sich eine Zigarette an und schlenderte gemächlich die Straße hinunter. Vincent bemerkte er nicht.

Diesem rauschte das Blut in den Ohren, die Erinnerungen, die über ihm zusammenbrachen, wollten ihn schier lähmen. Doch nur für einen Moment. Dann raffte er sich auf, schulterte sein Bündel fester und wandte sich in Richtung des Metzer Platzes. Wenn er eine Abkürzung nahm, konnte es ihm gelingen, noch vor dem Mädchen das Pensionat zu erreichen.

\*

Louises Lungen brannten, als sie das Pensionatsgebäude erblickte, ihr Herz schlug so fest gegen ihre Brust, dass sie glaubte zu ersticken. Und doch wagte sie nicht, ihre Schritte zu verlangsamen.

In der Hoffnung, den wachsamen Augen Mademoiselle Martins zu entgehen, die sicherlich zu ihrem etwas derangierten, auf jeden Fall sehr aufgebrachten Zustand Fragen stellen würde, schlüpfte sie rasch durch den Hintereingang des Anwesens, das schmiedeeiserne Tor, das tagsüber meist unverschlossen war. Es quietschte und scheppterte ein wenig, als das Schloss wieder einrastete, doch für Louise klang es wie ein »*geschafft*«.

Zumindest fürs Erste, denn noch war nicht absehbar, welche langfristigen Folgen die Entdeckung Leutnant Krügers haben würde. Für sie selbst und für ...

»Was hatten Sie mit diesem Mann zu besprechen?«

Eine heisere Stimme hinter ihrem Rücken ließ sie zusammenfahren. Als sie sich umdrehte, stand der Gärtner vor ihr. Die Schiebermütze etwas schräg auf dem Kopf, die Kleidung zerknittert und mit Erde beschmutzt, schaute er sie zornig an.

»Welcher Mann?«, fragte sie zögernd, während sich ihre Gedanken überschlugen. Hatte man sie beobachtet? War jemand Zeuge dieses verhängnisvollen Gesprächs geworden?

Sie zwang sich zu einem Auflachen, was ihr jedoch nicht überzeugend gelang. »Seit wann gibt es denn Männer im Pensionat? Außer Ihnen und ...«

»Sie sollten mich nicht für dumm verkaufen, mein Fräulein. Sie wissen sehr gut, wen ich meine. Leutnant Krüger. Was haben Sie mit ihm zu schaffen?«

Bei der Erwähnung dieses Namens spürte Louise, wie ihr Gesicht schamesrot wurde. Also doch ... Man hatte sie beobachtet. *Grundgütiger!*

Mit mehr Mut, als sie tatsächlich empfand, reckte sie das Kinn nach vorne. »Ich wüsste nicht, was Sie das angehen sollte.« Sie konnte nicht verhindern, dass ihre Stimme zitterte, der Geschmack von Tränen lag auf ihrer Zunge.

Leutnant Krüger! Wenn der Gärtner diesen Offizier kannte, womöglich mit ihm befreundet war ... Plötzlich war es Louise so übel, dass sie glaubte, sich an Ort und Stelle übergeben zu müssen.

Sie schwankte. Doch bevor sie stürzen konnte, hatte Monsieur

Lehmann sie gepackt und daran gehindert, wie ein gefällter Baum im Gras zu landen.

Sein Blick wurde weicher, etwas wie Bedauern lag darin. »Es mag mich nichts angehen, mein Fräulein. Dennoch möchte ich Ihnen einen gut gemeinten Rat geben.«

Vorsichtig bewegte Louise den Kopf, um sicherzugehen, dass die Welt aufgehört hatte, sich wie ein Kreisel um sie zu drehen.

»Ich weiß ja nicht, was Sie da miteinander zu bereden hatten. Doch um was auch immer es ging, halten Sie sich von diesem Kerl fern! Zu Ihrem eigenen Wohl.«

Eisiges Entsetzen durchzog Louise. Wollte der Gärtner ihr etwa auch drohen? Sie erpressen? Alles in ihr versteifte sich.

Als hätte er ihre Gedanken gelesen, sagte er: »Sie können beruhigt sein. Ich habe nicht vor, Mademoiselle Martin etwas von diesem Gespräch zu verraten. Allerdings nur, wenn Sie mir versprechen, diesen Mann künftig zu meiden.«

Die Stäbe des Mieders drückten gegen Louises Brust, es war ihr so eng, dass sie kaum Luft bekam. Sie wollte nur noch schreien.

»Verschwinden Sie!«, sagte sie mit all der Heftigkeit, die sie aufzubringen in der Lage war. »Lassen Sie mich in Frieden!«

\*

Als Pauline die Hintertür öffnete und in den Garten hinaustrat, hatte sie das Gefühl, von einer zentnerschweren Last befreit worden zu sein. Gerade hatte sie den letzten Satz Klassenarbeiten korrigiert und die Noten in ihre Liste eingetragen. Der größte Teil der Arbeit dieses Schuljahres lag damit hinter ihr. Nun musste sie nur noch das eine oder andere Mädchen mündlich prüfen, dann hatte sie alle notwendigen Zensuren in ihren Fächern zusammen und konnte bald damit beginnen, die Zeugnisse zu schreiben.

Verstohlen reckte sie die Schultern, die vom langen Sitzen in gebeugter Haltung steif geworden waren. Mit den Fingerspitzen strich sie vorsichtig über die Klinge des Messers, das sie mit nach draußen genommen hatte, um zu fühlen, ob sie scharf genug wäre.

Der Duft ihrer Rosen umfing sie, als sie sich den an den Rändern des Gartens gelegenen Beeten näherte. Das Gebrumm der sich darin tummelnden Hummeln und Bienen erschien ihr für einen Moment fast ohrenbetäubend. Die warmen Gelb-, Apricot- und Cremetöne der vollen Blüten erinnerten sie an die Farben ihrer Heimatstadt: den goldenen Jaumont-Stein der Prachtbauten und den damit harmonierenden hellen Verputz der Privathäuser. Dazu die im Spätsommer reifen Mirabellen, die süßen, safrangelben Madeleines, die sie so liebte, und die Farbe der Wolken an einem milden Herbstabend.

Drei bunte Schmetterlinge umflatterten die Blütenpracht und ließen sich darin nieder. Pauline freute sich darauf, einen üppigen Strauß zu schneiden und in der Diele aufzustellen. Zur Feier des Tages.

Gerade setzte sie das Messer an, als ein Geräusch sie innehalten ließ, der Klang von hastig geflüsterten Worten.

Pauline senkte das Messer und schaute sich um. Auf der anderen Seite des Gartens, unweit des Tores, sah sie Louise, den Ausdruck von Verzweiflung auf dem Gesicht. Strähnen ihrer aschblonden Haare hatten sich aus ihrer Frisur gelöst, sie wirkte aufgewühlt.

Direkt ihr gegenüber stand Vincent Lehmann. Die Kleidung zerknittert, die Hände schmutzig. Er redete so heftig auf das Mädchen ein, dass diesem die Tränen übers Gesicht liefen.

Was war da los? Was führte dieser Kerl im Schilde?

Fest entschlossen, genau dies herauszufinden, legte sie das Messer beiseite und eilte auf die beiden zu.

»Louise? Monsieur Lehmann?« Frage und Rüge zugleich schwangen in ihrer Stimme mit. Sofort flogen beide Köpfe in ihre Richtung.

»Mademoiselle!«, brachte Louise hervor.

Paulines Blick ging zu dem Gärtner, dem ihr plötzliches Erscheinen offenbar nicht weniger unangenehm war als ihrer Schülerin.

»Nun, ich denke, ich habe alles gesagt, was vonnöten war. Wenn Sie mich nun entschuldigen würden.« Eilig tippte er an seine Schiebermütze und wandte sich ab.

»Louise?« Vorsichtig kam Pauline einen Schritt näher. »Was um alles in der Welt ist geschehen? Du siehst entsetzlich aus!«

Das Mädchen rang deutlich um Fassung. Ihr Gesicht war kreideweiß, die Augen gerötet. Noch nie hatte Pauline die ruhige Schülerin in einem derart desolaten Zustand gesehen. Was hatte der Gärtner ihr angetan?

Dieser wollte gerade einen schweren Sack zu seinem Gartenhäuschen schleppen. »Monsieur Lehmann«, sagte sie scharf. »Auf ein Wort.«

Unwillig folgte er ihrer Anweisung, stellte den Sack wieder ab und blieb stehen.

Pauline wandte sich wieder ihrer Schülerin zu. »Du weißt, Louise, dass du mir immer sagen kannst, was dich bedrückt. Es gibt nichts, absolut nichts, was du vor mir verheimlichen müsstest.«

Die Angesprochene wich ihrem Blick aus: »*Oui, Mademoiselle.*« Es klang alles andere als überzeugend.

Dennoch nickte Pauline. »Es ist gut, Louise, du kannst gehen. In zwei Stunden gibt es Abendbrot.« Sie würde mit dem Mädchen später alleine reden, unter vier Augen.

»*Oui, Mademoiselle*«, hauchte Louise, knickste kurz und hastete dann durch den Garten ins Haus. Kurz schaute Pauline ihr nach, widmete sich dann aber dem zweiten Teil ihres Problems, dem Gärtner, der mit ausdrucksloser Miene neben ihr ausharrte.

Langsam trat sie einen Schritt auf ihn zu. »Monsieur Lehmann, ich denke, es ist Ihnen nicht entgangen, dass in diesem Haus Zucht und Ordnung herrschen.«

Die blauen Augen zogen sich zusammen, doch er nickte. »Selbstverständlich.«

»Und dazu gehört auch«, fuhr Pauline ungerührt fort, »dass meine Schülerinnen das Recht und auch die Freiheit haben, sich innerhalb und außerhalb des Hauses ungestört zu bewegen, ohne Furcht haben zu müssen, von jemandem belästigt oder gar angefasst zu werden.«

Sein Blick verschloss sich weiter.

»Ich weiß nicht, wodurch Sie meine Schülerin derart erschreckt haben, obgleich ich auch das noch herauszufinden gedenke. Allerdings gehe ich – zu Ihren Gunsten – davon aus, dass dies ein einmaliger Ausrutscher war, der sich niemals, hören Sie, niemals wiederholen wird.«

Langsam sog Lehmann Luft in die Lungen, als ob er etwas sagen wollte.

»Wahrscheinlich wäre es besser, wenn Sie die nächsten Tage Ihre Mahlzeiten alleine einnehmen. Das gibt Ihnen Zeit, über Ihr Verhalten nachzudenken.«

Ein unbestimmter Ausdruck trat in die Augen des Mannes. War es Aufsässigkeit? Trotz? Pauline war zu zornig, um darauf einzugehen.

»Und sollten Sie auch nur daran denken, einer meiner Schülerinnen zu nahe zu treten, werden Sie nicht nur Ihre Stelle verlieren, sondern ich werde Sie höchstpersönlich bei der Polizei melden. Ich hoffe, wir haben uns verstanden.«

Pauline war so wütend, dass sie die letzten Worte geradezu herausgeschleudert hatte.

»Haben wir uns verstanden?«, wiederholte sie, als keine Antwort erfolgte.

»Ja, Mademoiselle. Klar und deutlich.«

\*

Hass brannte in Vincent, ohnmächtiger, lodernder Hass, gepaart mit dem Gefühl einer tiefen Demütigung. Noch nicht einmal angehört hatte sie ihn, sondern einfach beschuldigt. Wie einen gemeinen Schuft, einen Sittenstrolch oder einen üblen Verbrecher.

Wütend spuckte Vincent aus, bevor er den schweren Sack vor dem Eingang seiner Hütte abstellte. Es krachte leise, als er die Tür aufstieß und eintrat. Sein Rückzugsort, seine persönliche Tarnung. Das Stück Freiheit, das er sich so lange sehnsüchtig erhofft hatte, ihm jetzt aber wie eine Falle erschien.

Er stapfte zum Waschtrog, riss sich das Hemd vom Leib und schrubbte sich Staub und Erde vom Körper. Einzig unter den Fingernägeln blieben die Spuren der schmutzigen Arbeit, die er seit seiner Ankunft verrichtete.

Als er schließlich auf dem Bett lag, die Arme hinter dem Kopf verschränkt, war ihm klar: Wenn es hart auf hart käme, würde ihm niemand Glauben schenken.

## Kapitel 21

Für einen kurzen Moment schloss Pauline die Augen und hob ihr Gesicht der Sonne entgegen, die, durch die Äste der beiden Mirabellenbäume gedämpft, die Erde ihres Gartens erwärmte. Einige Atemzüge lang genoss sie die friedliche Stimmung, den betörenden Duft der Rosenblüten und das leise Geräusch des Kratzens gespitzter Bleistiftminen auf Papier. Gedankenverloren zerrieb sie ein Rosenblatt zwischen ihren Fingerspitzen, was den Wohlgeruch verstärkte, und hob diese an die Nase. Als sie die Augen wieder öffnete, beobachtete sie zufrieden, wie zehn jugendliche Köpfe über geöffnete Schulhefte gebeugt waren und die Mädchen mehr oder weniger sorgfältige Zeichnungen der vor ihnen auf der Erde liegenden Rosenstängel, Blütenstände, Blüten- und Laubblätter in ihren Heften anfertigten, deren Bestandteile und Aufbau sie zuvor ausgiebig besprochen hatten.

Alle hatten ihre Stühle mitgenommen, um die heutige Biologiestunde draußen abzuhalten, in Gottes schöner Natur und auf Lothringer Erde. In diesem Moment glaubte Pauline, einen jener seltenen Augenblicke vollkommenen Glücks erleben zu dürfen. In ihrem geliebten Garten zu sitzen, von dessen Duft verwöhnt, von der Sonne beschienen, und dabei das zu tun, was ihr am meisten am Herzen lag: zu unterrichten, junge Mädchen auf ihrem Weg zu Bildung und Wissen zu begleiten.

»Wusstet ihr, dass die Mirabellen ebenfalls zu den Rosengewächsen gehören?«, fragte sie. »Auch ihre Blüten haben fünf Kelchblätter und fünf Kronblätter. Genau wie die Wildrose.«

Josefa hatte die Zunge zwischen die Zähne geklemmt und fertigte konzentriert ihre Zeichnungen an. Charlotte, die zu Weihnachten eine Schachtel mit Ölkreiden geschenkt bekommen hatte, schickte sich an, ihre Skizzen zu kolorieren.

Pauline lächelte, erfreut darüber, wie eifrig die Mädchen bei der Sache waren. Selbst diejenigen, die sich im Klassenzimmer üblicherweise leicht abgelenkt zeigten.

Alle, bis auf ... Stirnrunzelnd bemerkte sie, dass Louise, die stets durch besonderen Fleiß und Akribie auffiel, an diesem Morgen außerordentlich fahrig wirkte, ihre sonst stets gestochen scharfen Zeichnungen waren verwaschen, wie hingeschmiert. Unruhig huschte ihr Blick hin und her, sie schien sich sichtlich unwohl zu fühlen. Ob das noch mit dem seltsamen Zwischenfall des Vortages zusammenhing?

Besorgt erhob sich Pauline von ihrem Stuhl, ging zu der Schülerin und schaute ihr über die Schulter. Der Stift glitt unruhig zwischen ihren Fingern hin und her, als seien diese schweißfeucht. »Es sind fünf Kelchblätter, Louise«, erinnerte sie sanft. »Du hast aber sieben eingezeichnet.«

Die Angesprochene zuckte zusammen, die Spitze ihres Bleistiftes brach ab. Erschrocken sah sie zu Pauline auf. »Pardon, Mademoiselle. Ich war wohl ... Ich bin unaufmerksam.«

*Unaufmerksam*, den Eindruck hatte sie auch. Und noch etwas anderes: Eingeschüchtert? Verängstigt?

Pauline ließ ihren Blick über die Schülerinnen gleiten und klatschte dann in die Hände. »*Ça y'est!* Genug für heute! Räumt bitte eure Sachen zusammen. In einer Viertelstunde sehen wir uns zum Essen im *Réfectoire*.«

Ein allgemeines Raunen entstand. Mit deutlich weniger Enthusiasmus als sonst beim Ende des Schulmorgens kamen die Schülerinnen der Aufforderung nach, packten ihr Malzeug und ihre Stühle und gingen zusammen in Richtung Haus. Der Stoff ihrer dunkelblauen Pensionatskleider flatterte um ihre Knöchel.

»Louise«, sagte Pauline leise und hielt das Mädchen an der

Schulter zurück. »Würdest du bitte noch kurz bleiben? Ich habe mit dir zu reden.«

Der Ausdruck des Schreckens in Louises Gesicht vertiefte sich. »Habe ich etwas falsch gemacht, Mademoiselle? Wenn es wegen der Zeichnungen ist, die kann ich neu anfertigen, gleich am Nachmittag. Ich war nur …«

»Keine Sorge. Du hast überhaupt nichts falsch gemacht. Ich möchte mich nur mit dir unterhalten.«

Zu Paulines Überraschung wurde Louises Gesicht noch blasser, sie sah aus, als würde sie am liebsten davonlaufen.

»Es geht um gestern Nachmittag«, sagte Pauline daher rasch. »Als du mit unserem Gärtner, Monsieur Lehmann, gesprochen hast.«

Louises Blick wich dem ihren aus. »War das etwa ungehörig? Verzeihen Sie bitte, Mademoiselle.«

»Nein, nein, Louise. Darum geht es nicht … Es ist nur …« Angestrengt suchte Pauline nach den richtigen Worten. »Seither wirkst du irgendwie angespannt, nicht ganz bei der Sache. Was hat dieser Mann zu dir gesagt?«

Louises Augen weiteten sich vor Entsetzen. »Gesagt?«, stammelte sie. »Was soll er denn gesagt haben? Nichts, gar nichts.«

»*Tu es sûre?*«

Hastig nickte Louise. »Ja, ganz sicher, Mademoiselle. Ich muss mich nun fertig machen fürs Mittagessen.« Sie wollte sich abwenden, doch erneut hielt Pauline sie zurück.

»Ist *wirklich* alles in Ordnung mit dir?«

Louises Wimpern flatterten.

»Ist Monsieur Lehmann dir vielleicht irgendwie zu nahe getreten? Hat er dich bedrängt?«

Wieder erschien der Ausdruck von Panik in den Augen des Mädchens. Dann aber schüttelte sie den Kopf. »Nein, wir haben uns nur unterhalten. Alles ganz harmlos … Bitte glauben Sie mir. Aber es wird nicht mehr vorkommen. Versprochen.« Ihr Atem ging heftig, und Pauline erkannte, dass sie nicht mehr aus dem Mädchen herausbekommen würde.

»Darf ich nun gehen?« Etwas Bittendes lag in Louises Stimme. Pauline nickte.

»*D'accord*. Geh und wasch dir die Hände. Wir sehen uns beim Essen. Und, Louise«, hakte sie noch einmal nach. »Du weißt, dass du immer mit allem zu mir kommen kannst, was dich belastet. Du brauchst keine Angst zu haben.«

Einen Moment schien Louise zu zögern, sie öffnete den Mund, als ob sie etwas sagen wollte. Dann aber schüttelte sie erneut den Kopf und wandte sich ab.

Besorgt sah Pauline ihr hinterher, als sie ihre Materialien packte und damit zurück ins Haus eilte.

Sie seufzte. Hier stimmte etwas ganz und gar nicht.

## Kapitel 22

Die Arbeit in der Küche und im übrigen Haushalt verlangte Suzette einiges ab. Sie fühlte sich derart müde, dass sie, wenn sie sich abends an ihrer Waschschüssel wusch und in ihr weißes, entsetzlich biederes Nachthemd schlüpfte, fast nicht mehr die Kraft dazu hatte, sich darüber zu empören, welche scheußliche Wendung ihr Leben, insbesondere ihre Beziehung zu Hermann, in jüngster Zeit genommen hatte.

Aber nur fast.

Das Wenige an Elan, das ihr weder die langweiligen Schulstunden noch diese unsinnige Schufterei unter der Aufsicht der alten Lisbeth hatte austreiben können, genügte, um den Funken von Verwegenheit und Leidenschaft in ihr wachzuhalten, der ihr so zu eigen war.

Bisher schien Tante Pauline ihre Eltern noch nicht über die jüngsten Ereignisse in Kenntnis gesetzt zu haben. Zumindest hatte Suzette keinen jener vorwurfsvollen Briefe erhalten, die zweifelsohne die Folge davon gewesen wären, hätten die entsprechenden Informationen das heimische Avignon erreicht.

Diese Tatsache ließ Hoffnung in ihr aufkeimen. Wenn nicht ...

»Meine Hände sehen furchtbar aus!«, jammerte sie beim Anblick der vom Putzen und Schrubben geröteten, rissig gewordenen Finger. »Gut, dass Hermann mich nicht so sehen kann. Der würde glatt Reißaus nehmen.«

»Dann ist er es nicht wert.« Eine leise Stimme vom anderen Bett ließ Suzette innehalten. Sie wandte sich um.

»Was hast du gesagt?«, fragte sie Louise, die bereits bettfertig war und erstaunlicherweise das Gespräch mit ihr zu suchen schien. Etwas, das seit längerer Zeit nicht mehr der Fall gewesen war ...

»Wenn ein Mann sich an solchen Oberflächlichkeiten aufhält wie der Frage, ob die Hände perfekt maniküröt sind oder nicht, hat er es überhaupt nicht verdient, dass man auch nur einen weiteren Gedanken an ihn verschwendet.«

Suzette schnaubte. »*Nom de Dieu!* Daran sieht man wieder, welch altmodische Vorstellungen ihr alle habt! Wo stammst du noch mal her? Aus dem Elsass?«

Langsam schüttelte Suzette den Kopf. »Wie gut, dass dieser Landstrich an das Deutsche Kaiserreich gefallen ist. Offensichtlich passt man dort viel besser zu den *Boches* mit ihren ungehobelten Manieren als zu uns nach Frankreich, wo man auf gepflegtes Auftreten durchaus Wert legt.« Um ihre Worte zu unterstreichen, fuhr sie sich mit der Hand durch das zwischenzeitlich aus seiner Frisur gelöste, pechschwarz glänzende Haar, das ihr schwer und wellig über die Schultern fiel.

Ein verletzter Ausdruck trat auf Louises Gesicht. »Du musst es ja wissen.«

»Jetzt hör auf zu schmollen!«, herrschte Suzette sie an. »Ich hab nur die Wahrheit gesagt. *D'ailleurs*, ich behaupte keineswegs, dass es nicht auch unter den Preußen rühmliche Ausnahmen gibt. Hermann zum Beispiel ... Er legt großen Wert auf sein Äußeres. Und überhaupt ist er ...«

Bei der Erwähnung dieses Namens war Louise kurz zusammengezuckt, was Suzette mit einem Stirnrunzeln quittierte.

»Was hast du? Sag bloß, du nimmst mir die ganze Sache noch immer krumm? Dabei habe ich doch den ganzen Ärger dafür eingesteckt, nicht du. Warum also ...«

»Er will sich mit dir treffen!«, unterbrach sie Louise.

Suzette erstarrte in der Bewegung. »Treffen? Wer?«

Louises Gesicht verhärtete sich. »Wer schon? Leutnant Krüger.«

Ein Guss kaltes Wasser hätte Suzette nicht heftiger treffen können. Erstaunt riss sie die Augen auf. »Du hast ihn gesehen?« Empörung mischte sich in ihre Überraschung. Louise, die kleine graue Maus, hatte mit Hermann gesprochen? Dem Mann, dessen Aufmerksamkeit doch ihr galt? Ihr alleine, wie er stets versicherte.

»Es ließ sich nicht vermeiden«, gab Louise knapp zurück. Abneigung schwang in jedem ihrer Worte mit.

»Wo hast du dich mit ihm getroffen? Bei welcher Gelegenheit? Und vor allem: Warum?« Eifersucht stieg heiß in ihr auf.

Statt einer Antwort zog Louise einen zerknitterten Zettel unter dem Kopfkissen hervor. »Hier, das soll ich dir von ihm geben.« Ihre Hand zitterte, als sie ihn Suzette hinhielt.

»Her damit!« Hastig faltete diese das Papier auseinander und überflog die Zeilen. Noch immer hatte sie Schwierigkeiten damit, diese seltsam verzerrte deutsche Handschrift zu entziffern, aber sie verstand schnell, worum es ging.

»Das gibst du mir erst jetzt?«, fauchte sie. »Darin steht, dass er heute Nacht auf mich wartet. *Heute* Nacht! Und du besitzt die Frechheit, mir diesen Brief die ganze Zeit über vorzuenthalten?« Suzette war derart aufgebracht, dass sie Louises Antwort gar nicht hörte.

Es war ihr auch gleichgültig, was dieses dumme Gör ihr zu sagen hatte. Wichtig war nur, dass sie es rechtzeitig zu Hermann schaffte. Elf Uhr am Abend, hatte er geschrieben. Das passte noch. Ihr blieb sogar ein wenig Zeit, um sich entsprechend zurechtzumachen.

Zufrieden sah sie ihr Spiegelbild an: ein herzförmiges Gesicht, hohe Wangenknochen und schön geschwungene Lippen, umrahmt von einer Woge schwarzer Haare.

Sie lächelte. Kein Wunder, dass Hermann sie sehen wollte und stets neue Wege dazu fand. Allen Widerständen zum Trotz.

*Wie aufregend! Und zutiefst romantisch.*

»Du willst doch nicht wirklich gehen, oder?« Louise wirkte

erschüttert. »Hast du nicht vom letzten Mal noch genug? Wie kannst du nur?«

Ohne sich umzudrehen, zuckte Suzette mit den Schultern. Was wusste dieses naive Ding schon von der Liebe?

Noch immer ihr Spiegelbild betrachtend, kniff sie sich in die Wangen, um diesen zu mehr Farbe zu verhelfen.

*Très bien.*

Sie würde sich nicht aufhalten lassen. Nicht mehr. Von keinem hier in diesem verstaubten und stinklangweiligen Mädchenpensionat.

Kurz schoss ihr das Bild von Victor Hugos Fantine durch den Kopf, die für ihren amourösen Fehltritt derart übel hatte büßen müssen. Mit einem entschiedenen Kopfschütteln schob sie den Gedanken beiseite. *Papperlapapp!* Moralisches Gesülze aus dem vergangenen Jahrhundert.

Selbstzufrieden begutachtete sie sich ein letztes Mal. Außerdem würde *sie* niemals derart schäbig von einem Mann sitzen gelassen werden. *Sie* würde ihn schon an sich zu binden wissen.

Und in dieser Nacht damit beginnen.

\*

Die Schlaflosigkeit war sein verfluchtes Erbe, das er nicht abzuschütteln vermochte. Hatte ihn damals noch die schiere Erschöpfung irgendwann in den Schlaf getrieben, gab es heute nichts mehr, das ihm dabei half, den quälenden Erinnerungen und der brennenden Scham zumindest in der Nacht zu entfliehen.

Zwischenzeitlich hatte Vincent sich an die Schlaflosigkeit gewöhnt wie an eine pochende Narbe, auch wenn diese einen keinen Tag vergessen ließ, wie und bei welcher Gelegenheit man sie sich zugezogen hatte.

Und er hatte sich daran gewöhnt, die Geräusche der Nacht besonders intensiv wahrzunehmen: das entfernte Bellen eines Hundes, das Rascheln einer Maus im Gras, das Zirpen der Grillen.

So hatte er auch etwas vernommen, das sich von den anderen Lauten unterschied: ein gedämpftes Quietschen. Sogleich waren alle seine Sinne aufs Äußerste geschärft. Hastig streifte er sich sein Hemd über, schnürte die Schuhe und warf einen Blick durch das kleine Fenster nach draußen.

Ein Schatten löste sich vom Haus und lief zielstrebig zur anderen Seite des Gartens, wo sich die Außenmauer mit dem schmiedeeisernen Tor befand. Vincent hielt es des Nachts gut verschlossen und trug den Schlüssel immer bei sich.

Er lächelte grimmig. Wer hätte gedacht, dass eine solche Vorsichtsmaßnahme im vornehmen Pensionat von Mademoiselle Pauline überhaupt nötig wäre?

In der Dunkelheit konnte er nicht ausmachen, ob es sich bei der nächtlichen Ausreißerin um das schwarzhaarige oder das mausblonde Mädchen handelte, welches er vor einigen Tagen in jener zweifelhaften Gesellschaft beobachtet hatte.

Für einen kurzen Moment war er wie gelähmt. Wenn er nach draußen trat und das Mädchen von seinem Tun abhielt, würde er im schlimmsten Fall seine Tarnung gefährden, seine selbst gewählte Isolation. Die Folgen, die das haben würde, wären unabsehbar.

Wenn er es aber nicht tat ... Übelkeit schwappte in ihm hoch, als er sich bewusst machte, welch ungeahnter Gefahr das Mädchen leichtfertig in die Arme lief.

Vorsichtig öffnete er die Tür und stellte mit bitterer Genugtuung fest, dass diese kein Geräusch von sich gab. Es war von Vorteil, sich noch immer lautlos wie eine Katze in der Nacht bewegen zu können.

Er folgte dem zierlichen, dunklen Schatten, der wie erwartet in Richtung des Tores eilte. Erst kurz davor blieb das Mädchen stehen. Vincent erkannte das herzförmige, von schwarzen Haaren umrandete Gesicht. Suzette Manseaux. Dieselbe Schülerin, die sich bereits vor einiger Zeit nachts aus dem Pensionat geschlichen hatte.

Damals hatte er seine Entscheidung zu spät getroffen. Aber heute ...

»Mademoiselle Manseaux!« Vincents gedämpfte Stimme durchdrang die Nacht.

Ertappt fuhr die Angesprochene zusammen und sah zu ihm hinüber. »Was tun Sie da? Sie haben mich erschreckt!« Der Trotz in ihrer Stimme verbarg kaum ihre Furcht. Verstohlen flog ihr Blick hinüber zum Tor, von dem sie nur noch wenige Schritte trennten.

»Die wesentlich bessere Frage wäre: Was tun *Sie* hier draußen?« Langsam trat Vincent aus dem Schatten und auf die Schülerin zu.

»Mir war übel. Ich konnte nicht schlafen und daher dachte ich ...«

»Da dachten Sie, sich draußen ein wenig die Beine vertreten zu können?« Seine Frage klang beinahe sanft.

»Ja, so ähnlich«, antwortete sie rasch, und ihr südfranzösischer Akzent hallte weich im dunklen Garten nach.

»Ich hoffe, es geht Ihnen jetzt besser und Sie können in Ihr Zimmer zurückkehren. Es möchte doch niemand, dass Sie heute Nacht irgendwo verloren gehen.«

»Verloren?« Spöttisch lachte sie auf, doch es klang gekünstelt.

*Du magst ein raffiniertes kleines Luder sein, aber an deinen Schauspielkünsten musst du noch ein wenig feilen*, schoss es Vincent durch den Kopf. So einfach würde er sie nicht davonkommen lassen. Diesmal nicht!

»Heutzutage treibt sich allerhand Gesindel in den Straßen herum. Nicht der geeignete Ort für eine junge Dame wie Sie.«

Sie öffnete den Mund, um etwas zu antworten, schloss ihn aber gleich darauf wieder. Fahrig wandte sie den Kopf zum Tor.

»Und Sie?«, fragte sie in einem Tonfall, der wohl verführerisch wirken sollte, sich bei Vincent jedoch nicht verfing. »Darf ich fragen, was Sie hier tun?«

»Das dürfen Sie«, antwortete er trocken. »Ich bin der Gärtner. Meine Aufgabe ist es, im Garten und um das Haus nach dem Rechten zu sehen. Was ich hiermit tue.« Demonstrativ kreuzte er die Arme vor der Brust.

Wieder ging ihr Blick verstohlen zur Straße, doch Vincent widerstand der Versuchung, diesem zu folgen.

»Dann danke ich für Ihre Hilfe, Monsieur. Doch komme ich sehr gut alleine zurecht.« Trotz ihres Versuches, schnippisch zu klingen, war ihre Unsicherheit deutlich herauszuhören.

»Falsch!« Auffordernd streckte er ihr die Hand hin. »Ich werde Sie höchstpersönlich zurück ins Haus geleiten. Es ist dunkel, und womöglich finden Sie den Weg nicht.«

Trotzig schob das Mädchen das wohlgeformte Kinn nach vorne, rührte sich aber nicht vom Fleck.

»Kommen Sie!«, wiederholte er mit Nachdruck. »Wenn Sie jetzt schön brav sind, vergesse ich womöglich, dass ich Sie bei einem nächtlichen Spaziergang erwischt habe.«

Selbst im blassen Mondlicht war der Zorn des Mädchens unverkennbar. Ihre Augen verengten sich zu Schlitzen, während sie heftig den Kopf schüttelte. »Ich bin kein Kind mehr!«, zischte sie sichtbar erbost. »Ich lasse mich nicht so behandeln! Schon gar nicht von einem dahergelaufenen Gärtner!«

Die letzten Worte hallten wie eine Ohrfeige in Vincent nach, entlockten ihm jedoch nur ein schwaches Lächeln. In der Vergangenheit war er mit wesentlich derberen Begriffen tituliert und nicht nur mit Worten beleidigt worden.

»Ich fürchte, Ihnen bleibt keine andere Wahl. Entweder Sie gehen jetzt sofort da hinten ins Haus zurück, oder ich muss Sie höchstpersönlich bei Mademoiselle Martin abliefern und diese über Ihr kleines nächtliches Vorhaben informieren. Was ist Ihnen lieber?«

Der Zorn des Mädchens schlug in blanken Hass um. »*Je vous déteste!* Ich hasse euch, ich hasse euch alle!« Für einen Moment war ihr Blick von etwas jenseits des Tores gefangen, dann wandte sie sich mit einem Aufschrei ab und lief mit wehenden Röcken zum Haus. Ihr trotziges Schluchzen durchdrang den nächtlichen Garten.

Vincent sah ihr nach, bis er sicher war, dass sie es sich auf halber Strecke nicht noch einmal anders überlegte. Er hörte, wie die Hintertür ins Schloss fiel. Dann wandte er seinen Blick zur Straße. Und erstarrte.

Dort, im nächtlichen Schatten, stand Leutnant Hermann Krüger. Die linke Hand in der Hosentasche vergraben, in der rechten eine glimmende Zigarette. Trotz der Dunkelheit hätte Vincent diesen Mann immer und überall wiedererkannt. Ganz gleich, wie viel Zeit seit ihrer letzten Begegnung vergangen war.

Doch das, was jeden Muskel in Vincents Körper zu Stein werden, sein Herz einen Schlag lang aussetzen ließ, war der plötzlich veränderte Gesichtsausdruck des Offiziers, als Vincent sich umdrehte und ihre Blicke sich trafen.

Ein kaum merkliches Zusammenzucken, die spöttisch herabgezogenen Mundwinkel, in den Augen eine stumme Drohung.

Hermann Krüger hatte ihn ebenfalls erkannt.

## Kapitel 23

»Meinst du, ich war mit Monsieur Lehmann zu nachsichtig?« Der Duft der großen Küche, süß, warm und vertraut, hüllte Pauline ein und machte es ihr ein wenig leichter, über die Dinge zu sprechen, die sie seit einer Weile bedrückten.

Obgleich sie zugeben musste, dass der Anblick der köstlichen goldgelben Madeleines, die Lisbeth gebacken und frisch aus dem Ofen gezogen hatte, ihre Aufmerksamkeit auf höchst angenehme Art in Anspruch nahm.

»Wie kommen Sie darauf?«, fragte Lisbeth, ohne von ihrer Arbeit aufzusehen. Mit geschickten Händen füllte sie Puderzucker in eine mit frischem Rahm gefüllte Schüssel und schickte sich an, beides mit einem Schneebesen aufzuschlagen.

»Wegen der Sache mit Louise«, gab Pauline leise zurück. »Ich hatte geglaubt, Lehmann sei damals im Garten ihr gegenüber einfach ein wenig forsch gewesen. Ein Fehlverhalten, von dem ich meinte, es mit ein paar scharfen Worten und dem vorübergehenden Ausschluss von den gemeinsamen Mahlzeiten rasch korrigieren zu können.«

Ein Grummeln von der anderen Seite des Tisches, wo Lisbeth weiterhin der Sahne zu Leibe rückte, war die Antwort.

Verstohlen glitten Paulines Finger zur Tischplatte, auf die sich ein Krümel der frisch gebackenen Madeleines verirrt hatte.

»Aber vielleicht war das zu blauäugig von mir.« Sie hob die Schultern. »Aus Louise jedenfalls ist nicht herauszubekommen, was er wirklich gesagt oder getan hat. Seit jenem Nachmittag ist sie aber eingeschüchtert, verängstigt und nicht wirklich bei der Sache. Wann immer ich sie anspreche, zuckt sie zusammen und

scheint erst aus ihrer eigenen Welt wieder zurückkehren zu müssen. Sie war ja schon immer still, aber so habe sie noch nie erlebt.«
Rasch ließ Pauline den noch warmen Madeleinekrümel zwischen ihren Lippen verschwinden, doch konnte selbst dessen Süße nicht die Sorge vertreiben, die sie im Augenblick empfand.

»Genau wie Camille.«

»Camille?« Verstohlen leckte sich Pauline die Fingerspitzen. »Was ist mit ihr?«

»Sie wirkt angespannt, unruhig und sehr verhuscht. So wie damals, als sie neu hierherkam. Das geht schon seit Tagen so«, fügte Lisbeth in vielsagendem Tonfall hinzu und schaute kurz zu Pauline.

Diese nickte. Auch ihr war aufgefallen, dass das Dienstmädchen, welches sie mehr aus Mitleid denn aufgrund ihrer Fähigkeiten im Hause angestellt hatte, noch stiller war als gewöhnlich. Allerdings hatte sie diesem Umstand nicht viel Bedeutung beigemessen, wusste sie doch, dass Camille an einem schweren Schicksal trug. Es hatte lange gedauert, bis Camille selbst ihr gegenüber Vertrauen gefasst hatte. Und noch immer gab es Zeiten, in denen sie sich zurückzog. Insbesondere, wenn Besucher im Hause waren, Fremde.

»Hast du sie darauf angesprochen?«, fragte sie.

Lisbeth nickte. »Aber sie ist mir ausgewichen.«

Pauline seufzte. Was war in letzter Zeit nur in ihrer Schule los?

Lisbeth hielt in ihrer Arbeit inne und runzelte die Stirn. »Jetzt, wo Sie es sagen ... Wenn ich recht darüber nachdenke, kommt es mir vor, als ob Camille immer dann besonders unruhig wurde, wenn dieser Lehmann mit ihr in einem Raum war oder sie ihm das Essen bringen musste.« Sie nickte heftig. »Ja, ich bin ziemlich sicher.«

Ein Schauer rann Pauline über den Rücken. Das ungute Gefühl drohender Gefahr. Tatsächlich war ihr dieser Mann, der aus dem Nichts in ihrem Leben aufgetaucht war, von Anfang an ein wenig suspekt gewesen. Allerdings hatte er bisher stets zuverlässig und äußerst tatkräftig seine Arbeiten verrichtet, sich zwischenzeitlich im Hause und Garten fast unentbehrlich gemacht. Dennoch ... Erneut kam ihr Louises verängstigte Miene in den Sinn, und der Nachgeschmack des süßen Gebäcks in ihrem Mund verwandelte sich in bittere Galle.

Ein leises Anklopfen unterbrach ihre unangenehmen Überlegungen. Als hätten ihre Gedanken Gestalt angenommen, trat Camille ein, wie üblich in Schwarz gekleidet und mit weißer Schürze und Haube. Sie knickste leicht, als sie vor Pauline stehen blieb.

»Das hier ist für Sie abgegeben worden.« Sie hielt Pauline einen Briefumschlag hin, den diese sofort ergriff. »Es ist für Sie persönlich, Mademoiselle.« Sie knickste erneut und eilte aus der Küche.

»Ach, Camille, was ich noch ...«, begann Pauline, doch das Mädchen war bereits verschwunden. Nun gut, wahrscheinlich war zwischen Tür und Angel auch nicht der richtige Moment, das Thema zu erörtern.

Rasch riss Pauline den Umschlag auf, überflog die Zeilen und spürte, wie ihr die Farbe aus dem Gesicht wich.

*Ich möchte Sie warnen, Mademoiselle. Eine Person, die Sie unter Ihrem Dach beherbergen, ist nicht diejenige, die zu sein sie vorgibt. Gegen diese sollten Sie unbedingt etwas unternehmen. Es wäre doch höchst bedauerlich, wenn Ihnen etwas Schreckliches zustieße.*

Obgleich Pauline das Schreiben in alle Richtungen drehte, war nirgendwo eine Unterschrift zu erkennen, ebenso wenig ein Absender. Wer also ...

Sie rang nach Atem. Ein anonymer Brief, eine eindeutig an sie gerichtete Drohung.

»Lisbeth!«, brachte sie schließlich keuchend hervor. »Ruf die Polizei.«

## Kapitel 24

Als Pauline die Tür öffnete, bereute sie bereits ihre Entscheidung, die Polizei ins Spiel gebracht zu haben. Denn auf der Schwelle ihres Hauses stand ein Uniformierter, der sie mit einer derart abweisenden Miene musterte, als hätte sie selbst etwas auf dem Kerbholz.

Instinktiv wich sie einen Schritt zurück.

»Fräulein Martin?«

Pauline konnte sich nicht erklären, wie es dem Mann gelang, diese beiden schlichten Worte gleichzeitig als Frage und als Vorwurf klingen zu lassen.

Dennoch versuchte sie, sich ihre Unsicherheit nicht anmerken zu lassen. »*Oui, Monsieur*«, antwortete sie daher so gefasst wie möglich. »Die bin ich.«

Der Mann blickte mit einer Mischung aus Selbstgerechtigkeit und Misstrauen über ihre Schulter ins Haus, als vermutete er, dass sich dort eine ganze Horde anrüchiger junger Frauen befände. Ein Gedanke, bei dem Pauline unwillkürlich Röte ins Gesicht stieg. *Wenn der Mann wüsste …*

»Ich bin Wachtmeister Schrotherr. Sie haben nach mir geschickt?« Wieder ein Satz, der als Frage formuliert war und sich wie ein Vorwurf anhörte.

Pauline nickte. »Ja, das habe ich.«

*Was definitiv einer meiner weniger klugen Einfälle war*, fügte sie stumm hinzu.

»Weil Sie jemand bedroht hat?«

»In gewisser Weise. Man hat mir ein anonymes Schreiben zukommen lassen.«

»Kann ich das vielleicht einmal sehen?« Diese Frage klang nun ganz eindeutig nach einem Befehl.

»Einen Moment, bitte.« Nicht im Traum dachte Pauline daran, diesen unsympathischen Kerl auch nur einen Fußbreit über ihre Schwelle treten zu lassen.

Mit spitzen Fingern beförderte sie die Nachricht, die sie derart in Unruhe gestürzt hatte, aus einer Rocktasche zutage und faltete sie auseinander.

Der Polizist grummelte ein wenig, als er den Text las. »In Ihrem Hausstand gibt es also jemanden, der Grund hat, etwas zu verbergen? Irgendeine Schandtat womöglich oder seine wahre Herkunft?«

»So lautet die Unterstellung.« Verärgert kniff sie die Lippen zusammen. *Nom de Dieu!* Sie war es doch, die um Hilfe gebeten hatte, sie war das Opfer dieser Bedrohung. Wieso also konnte sie sich des Eindrucks nicht erwehren, dass sie sich plötzlich selbst in der Position befand, sich verteidigen zu müssen?

Die buschigen Augenbrauen des Mannes stießen über der Nasenwurzel beinahe zusammen, so sehr runzelte er die Stirn. »Womöglich gar ein französischer Spion? Oder eine *Spionin?*«

»Herr Wachtmeister!« Die Empörung in ihrer Stimme war nicht einmal gespielt. »Wie können Sie es wagen, eine solche Behauptung ...«

»Ich wage nicht, mein Fräulein, ich schlussfolgere lediglich. Denn ganz offensichtlich hat derjenige, der das hier verfasst hat ...« Mit den hageren Fingern seiner Rechten tippte er nachdrücklich auf das Schreiben, das er in seiner Linken hielt. »Also diese Person hat Kenntnisse davon, dass etwas an Ihrer Schule nicht mit rechten Dingen zugeht.«

»Welch eine dreiste Unterstellung!« Pauline hatte nicht vor, sich von diesem unsäglichen Kerl einschüchtern zu lassen. »Immerhin habe ich selbst nach der Polizei geschickt, damit diese mir in der Angelegenheit behilflich ist. Offensichtlich gibt es jemanden, der mir drohen und mich mit einem anonymen Schreiben in die Enge treiben möchte. Stattdessen bezichtigen Sie mich oder mein Pensionat irgendeiner unehrenhaften ...«

»Sie und Ihr Pensionat«, sagte er gedehnt, »sind den Behörden dieser Stadt schon lange ein Dorn im Auge. Nicht zuletzt auch Ihr frivoles Auftreten, das sich keineswegs für eine Lehrerin schickt, die den Mädchen ein Vorbild in Tugend und Moral zu sein hat.«

Scharf sog Pauline die Luft ein, enthielt sich jedoch klugerweise eines Kommentars.

»Es ist kein Geheimnis«, fuhr der Mann ungerührt fort, »dass Sie in Ihrer Schule *welsches* Gedankengut verbreiten und Ihre Schützlinge mit sowohl sittenlosen als auch unpatriotischen Ideen verderben. Um es einmal höflich auszudrücken.«

*Höflich ausdrücken?*

Hilfloser Zorn stieg in ihr auf. Sie bezweifelte, dass diese aufgeblasene und selbstgerechte preußische Version eines Inspektors Javert überhaupt wusste, was Höflichkeit bedeutete. »Was wollen Sie damit andeuten?«

Ungerührt zuckte der Polizist mit den Schultern. »Ich spreche nur offen aus, was so mancher in der Stadt ohnehin denkt.«

Es war ein Fehler gewesen, die Polizei zu rufen. Ein Frösteln ging durch Paulines Körper. Sie wusste nicht, wen sie mehr zu fürchten hatte, den unbekannten Schreiber der bedrohlichen Zeilen oder den Vertreter der Staatsmacht auf ihrer Schwelle.

Wahrscheinlich Letzteren.

»Ich muss Sie nun bitten zu gehen«, sagte sie daher.

»Sie waren es doch, die nach mir hat schicken lassen.« Dieses Brummen in der Stimme – Schrotherr stand kurz davor, die Geduld zu verlieren.

»Ich habe meine Meinung geändert, Monsieur. Wahrscheinlich handelt es sich nur um einen üblen Streich.«

»Das glaube ich nicht. Was in diesem Schreiben steht, ist ein ernst zu nehmender Anhaltspunkt, dem ich unbedingt nachgehen muss.« Einschüchternd fuchtelte er mit dem Brief vor ihrem Gesicht herum. »Am besten werde ich reihum mit jeder Ihrer Schülerinnen sprechen. Und mit dem Personal. Irgendjemand muss ja etwas wissen, und dann ...« Er machte Anstalten, an ihr vorbei ins Haus zu treten.

Sie stellte sich ihm in den Weg. »Das verbitte ich mir!«

Langsam, als wäre er überrascht, dass irgendjemand, ein Weibsbild noch dazu, den Mut aufbrachte, sich ihm zu widersetzen, schürzte er die Lippen. »Ich muss darauf bestehen. Es geht um die allgemeine Sicherheit!«

»Nicht ohne meine Erlaubnis!«

»Heißt das etwa, Sie wollen diese krummen Geschäfte auch noch decken?«

»*Ungeheuerlich!* Wieder so eine Unterstellung.« Noch immer rührte sich Pauline nicht vom Fleck.

»Lassen Sie mich meines Amtes walten!« Erneut versuchte er, sich an ihr vorbeizuschieben.

»Ich werde das mit Ihrem Vorgesetzten besprechen! Sie können nicht einfach ...«

»Ich kann alles, was dazu dient, die Sicherheit dieser Stadt aufrechtzuerhalten! Und nun lassen Sie mich durch!« Barsch schob er sie beiseite. »Ich warne Sie, ich werde ...«

»Was ist hier los?« Eine kräftige Stimme fuhr dem Wachtmeister in die Parade.

Pauline wandte den Kopf und erblickte Hauptmann von Pliesnitz, der mit grimmiger Miene dem Treiben zusah.

\*

»Was zum Kuckuck!« Erich wollte seinen Augen nicht trauen. Da stand tatsächlich die Polizei vor dem Haus. Er blieb stehen und schaute genauer hin, um ganz sicherzugehen, dass er sich nicht täuschte.

Aber nein, kein Irrtum möglich. Vor der Tür des Pensionats für höhere Töchter hatte sich in drohender Pose ein blau uniformierter Wachtmeister aufgebaut. Und bei der jungen Frau in blassgelbem, knöchellangem Kostüm, die dieser offensichtlich in der Mangel hatte, handelte es sich zweifellos um Mademoiselle Martin.

*Grundgütiger!* Was war das für eine Schule, in der kaum eine Woche verging, ohne dass sich dort irgendein Ärger anbahnte? Erst ein verschwundenes Gör und jetzt auch noch Polizei.

Nicht, dass ihn all dies auch nur im Geringsten kümmern sollte. Er hatte nur rasch einige Angelegenheiten in dem im Nordosten der Stadt gelegenen Hauptzollamt zu erledigen gehabt und war gerade auf dem Weg zurück zur Stadtkaserne, wo eine Menge Arbeit auf ihn wartete. Er sollte also jetzt wirklich besser …

»Irgendjemand muss ja etwas wissen!« Laut und aggressiv hallte die Stimme des Wachtmeisters zu Erich herüber und hinderte ihn am Weitergehen.

Befand sich womöglich wieder eines der Mädchen auf irgendwelchen Abwegen? *Frauenzimmer!*

»Das verbitte ich mir!« Mademoiselles Tonfall klang entschlossen, aber er hörte auch etwas Furcht heraus.

Erichs Verantwortungsgefühl erwachte. Was in aller Welt spielte sich dort ab?

Energisch versuchte sich der Polizist an der jungen Frau vorbei ins Haus zu drängeln. Doch diese blieb in der Tür stehen, offensichtlich nicht bereit, ihn passieren zu lassen.

Mannhaft unterdrückte Erich ein Stöhnen. Konnte man nicht einmal in Ruhe seine Arbeit erledigen, ohne dass man sich um andere Dinge kümmern musste? Er entschloss sich, einfach kehrtzumachen und seiner Wege zu gehen.

»… diese krummen Geschäfte auch noch decken?« Der Wachtmeister brüllte, und es sah so aus, als wolle er Gewalt anwenden, denn er packte ihren Oberarm.

Jetzt war ein Eingreifen nötig! Und vielleicht würde Erich dann ja auch erfahren, was dort vor sich ging. Immerhin war er als Offizier für Recht und Ordnung verantwortlich.

Mit durchaus gemischten Gefühlen marschierte Erich eilig auf das Haus und den Uniformierten zu.

*

Louise wusste, dass Lauschen ungehörig war. Vielleicht sogar noch ungehöriger als ihre Eigenmächtigkeit, den Sonderausgang zur Beichte auf eigene Faust zu verlängern. Dennoch konnte sie nicht anders.

Als es läutete, hatte sie sich gerade auf den Weg zur Bibliothek gemacht, die sich im Erdgeschoss befand, und dabei zufällig einen Blick auf den Polizisten erhascht, der vor der Haustür stand und es sogar wagte, Mademoiselle anzuherrschen, als sei diese ein Schulmädchen. In diesem Moment wusste Louise, dass etwas Schreckliches geschehen war.

*Polizei! Vor der Schule!*

Ihr Herz begann zu rasen. Der Wachtmeister war wegen *ihr* da! Daran bestand kein Zweifel. Wegen ihr und wegen ... wegen ihres Geheimnisses. Regungslos stand sie im Flur, das Buch fest an die Brust gedrückt. Ihre Gedanken überschlugen sich. Leutnant Krüger hatte seine Drohung wahrgemacht.

Nachdem das verbotene Treffen mit Suzette schiefgelaufen war, musste er ihr die Schuld dafür gegeben haben und glauben, sie habe ihren Teil der Abmachung gebrochen. Und nun ...

Louise spürte, wie Übelkeit sie überkam, die Beine unter ihr nachzugeben drohten und die Luft um sie herum schwer, heiß und stickig wurde.

Einzelne Satzfetzen drangen an ihr Ohr. »... Gibt es jemanden ... Etwas zu verbergen ... Schandtat ... Wahre Herkunft ...«

Den Rest hörte sie nicht mehr, so sehr rauschte es in ihrem

Kopf. Sie musste sich an der Wand festhalten und zwang sich, regelmäßig zu atmen, um weiter dem Gespräch folgen zu können.

»Ein Spion ... Eine Spionin ... Krumme Geschäfte.«

Kurz schien die Erde um Louise herum stillzustehen, dann begann der Boden zu schwanken, als wolle er sich öffnen, um sie zu verschlucken.

Man würde sie der Schule verweisen. In Schimpf und Schande zu ihrer Familie zurückschicken. Und dann ...

Ihr Atem ging heftig und stoßweise, und nur unter Aufbieten ihrer letzten Willenskraft gelang es ihr, ungesehen und ungehört zurück in das zweite Stockwerk zu flüchten, wo sich die Schlafräume der Schülerinnen befanden.

Sie brauchte einen Plan. Unbedingt. Bevor es zu spät war.

\*

Pauline wusste nicht, was sie von dem unerwarteten Erscheinen des Hauptmanns zu halten hatte. Sein Auftreten hatte etwas Einschüchterndes, und obgleich er kaum die Stimme erhob, wirkte er in diesem Moment wie ein Racheengel, unnachgiebig, von harter, preußischer Strenge.

*Doux Seigneur!* Wieso musste ausgerechnet er Zeuge ihrer Schande sein? Die Polizei vor dem Haus. Natürlich würde das gleich all seine Vorurteile ihr und ihrer Schule gegenüber bestärken.

»Ich habe gefragt, was los ist«, wiederholte er schließlich und trat näher an den Polizisten heran, der noch immer Paulines Arm gepackt hielt. Von Pliesnitz' Augen verengten sich. »Lassen Sie die Frau los. Sofort! Und dann beantworten Sie meine Frage!«

Der Wachtmeister, dessen Autorität auf so rüde Art untergraben wurde, richtete sich ein wenig auf und starrte den Hauptmann böse an, kam dem Befehl jedoch nach. Unwillkürlich rieb sich Pauline mit der Hand den Oberarm, der dort, wo dieser Kerl zugedrückt hatte, schmerzhaft pochte.

»Man hat mich rufen lassen«, lautete die knappe Antwort des Wachtmeisters. »Dieses Frauenzimmer hier hat mich höchstpersönlich um Hilfe ersucht.«

Pauline bemerkte, wie sich die Augenbrauen des Hauptmanns skeptisch hoben. »Um Hilfe ersucht? Weshalb?«

Ehe Pauline die Gelegenheit hatte, selbst auf diese Frage zu antworten, war ihr Schrotherr bereits zuvorgekommen. »Wegen eines höchst verdächtigen Schreibens!« Er hielt dem Hauptmann den Brief hin. Pauline spürte, wie ihr die Schamesröte ins Gesicht stieg.

»Mit großer Sicherheit beherbergt diese Frau in ihrem *Haus*...«, Schrotherr sprach das Wort aus, als handele es sich um eines jener anrüchigen Etablissements, »... einige recht zweifelhafte Subjekte.«

Die Stirn des Hauptmanns schob sich in Falten, als sein Blick erst auf das Schreiben ging und dann zu Pauline, in der eine Mischung aus Verlegenheit, Unsicherheit und Zorn tobte. Gefühle, die sie normalerweise unter Kontrolle halten konnte.

»Vielleicht erlauben Sie mir, die Angelegenheit richtigzustellen«, sagte sie schließlich heiser. »Tatsächlich habe ich mich an die Polizei gewandt, da jemand versucht, mich mit einem anonymen Schreiben einzuschüchtern.«

»Leider hat das Fräulein vergessen zu erwähnen, dass es bei der Angelegenheit gar nicht so sehr um eine Bedrohung ihrer Person geht, sondern um die Frage, wem sie hier Unterschlupf gewährt, welche zwielichtigen Gestalten sie vor dem Arm des Gesetzes deckt ...«

»Schon wieder eine unhaltbare Unterstellung«, fiel Pauline ihm ins Wort. »Ich habe Sie herbestellt, damit Sie mir weiterhelfen.«

»Und dann weigerte sie sich, mit mir zu kooperieren«, vollendete Schrotherr den Satz.

Der unbewegten Miene des Hauptmanns war nicht abzulesen, was er von den sich widersprechenden Aussagen der beiden hielt.

»Daher muss ich mit den Schülerinnen sprechen, um herauszufinden, was an dieser Sache dran ist«, beharrte der Wachtmeister. »Und vielleicht erfahren wir bei dieser Gelegenheit auch etwas über die Hintergründe des Schreibens.«

Pauline glaubte, im Boden versinken zu müssen. Welche Schande. Eine polizeiliche Untersuchung in ihrem Haus! Alleine das könnte ihrem Institut einen unsäglichen Schaden zufügen. Insbesondere, wenn bei der Gelegenheit auch ans Licht käme, was sich Suzette geleistet hatte. Von der zwielichtigen Gestalt Vincent Lehmanns, den sie beherbergte, einmal ganz abgesehen.

»Ich werde das übernehmen!«

Pauline blinzelte, als erneut die Stimme des Hauptmanns erklang.

»Was sagen Sie da?« Schrotherrs Frage war kaum mehr als ein Knurren.

»Ganz einfach, ich werde mich um diese Sache kümmern.« Von Pliesnitz' Blick ging zu Pauline hinüber und dann zurück zu dem Wachtmeister. »Wenn es stimmt, dass in diesem Pensionat etwas vor sich geht, das eine grundlegende Bedrohung darstellt, wie Sie es ausgedrückt haben, womöglich gar Spionage, ist es eine Angelegenheit des Militärs, nicht der Polizei.«

Schrotherr ließ ein verärgertes Schnauben vernehmen. »Das sehe ich anders.«

»Das steht Ihnen zu. Dennoch übernehme ich jetzt, Herr Wachtmeister. Sie können in Ihre Amtsstube zurückkehren und sich dort um andere Dinge kümmern. Ganz sicher haben Sie genug zu tun.« Obgleich er ruhig gesprochen hatte, war deutlich zu hören, dass von Pliesnitz keinen Widerspruch duldete. Pauline erschauerte.

Schließlich presste Schrotherr die Lippen zusammen und nickte widerwillig. »Nun denn, wenn Sie glauben, dieser Sache gewachsen zu sein.« Unterdrückter Zorn lag in seiner Stimme.

»Ich werde darüber Meldung machen. Immerhin hat man ganz offiziell nach der Polizei geschickt.«

»Das können Sie gerne tun«, antwortete von Pliesnitz kurz angebunden. »Zumindest, wenn Ihnen der Sinn nach der Menge an Papierkram steht, der dann auf Sie zukommen wird. Und wenn Sie mich nun entschuldigen würden, ich habe zu tun.«

Wie von einer Ohrfeige getroffen fuhr der Wachtmeister zusammen. »Das letzte Wort in dieser Angelegenheit ist noch nicht gesprochen, Mademoiselle«, zischte er Pauline zu, bevor er sich abwandte und wütend davonstapfte.

Pauline spürte, wie sich die Anspannung, die sie die ganze Zeit über in den Krallen gehabt hatte, etwas löste. »Offensichtlich bin ich Ihnen erneut zu Dank verpflichtet, Herr Hauptmann«, sagte sie mit einem schiefen Lächeln. »Wenn Sie nicht gewesen wären ...«

»Nun ...« Von Pliesnitz räusperte sich, und unverhohlene Missbilligung trat in seine Miene. »Anscheinend kann man Sie keine drei Tage alleine lassen, ohne dass Sie sich wieder in neuen Ärger verstricken.«

Pauline schnappte nach Luft.

»Ich denke, Sie haben mir einiges zu berichten. Doch dazu gehen wir besser ins Haus.« Es klang wie die Vorladung zu einem Verhör. Einzig die Tatsache, dass der Hauptmann sie und ihre Schule gerade davor bewahrt hatte, von einem übellaunigen Wachtmeister auseinandergenommen zu werden, ließ sie die saftige Replik herunterschlucken, die ihr bereits auf der Zunge lag.

»Kommen Sie, Mademoiselle?« Von Pliesnitz stand bereits in der Tür.

Pauline seufzte unhörbar. Augenscheinlich war es ihm ernst, und sie hatte keine Möglichkeit, ihm zu entwischen.

*Mince alors!* Erst dieser Leutnant Krüger, dann Wachtmeister Schrotherr und nun auch noch Hauptmann von Pliesnitz.

Nichts als Scherereien hatte man mit diesen preußischen Kerlen. Nichts als Scherereien.

*

*Polizei!* Vincent erstarrte in seiner Bewegung.

Vor der Tür des Instituts stand ein Wachtmeister!

Gerade war er mit einer Kiste voller Schrauben, Nägel und einem Hammer aus dem Seiteneingang gekommen, um einen quietschenden Fensterladen zu reparieren, als er den Ankömmling bemerkte. Der Anblick der Polizeiuniform war ein solch unerwarteter Schock, dass der Fluchtinstinkt sogleich wie ein Blitz durch seinen Körper fuhr.

Mühsam kämpfte er den Impuls nieder und beobachtete den Wachtmeister. Dieser war in ein heftiges Wortgefecht mit Mademoiselle Pauline vertieft. Keiner von beiden schenkte ihm Beachtung. Zumindest für den Moment. Ein günstiger Umstand.

Dennoch ... War die Polizei wegen ihm hier? War es möglich, dass ...?

Vincents Finger krallten sich fester um den Griff der Werkzeugkiste. Kalter Schweiß brach ihm aus. Einige Herzschläge lang fühlte er sich wie gelähmt, unfähig, sich zu rühren. War das etwa der Moment, vor dem er sich die ganze Zeit gefürchtet hatte, der Moment, in dem die Vergangenheit ihn einholte?

*Niemals!* Niemals durfte das geschehen. Nicht, solange ...

Er verbot sich, die Überlegung zu Ende zu führen, und entschloss sich zu einem taktischen Rückzug. Weder der Wachtmeister noch Mademoiselle Pauline hatten bisher seine Anwesenheit bemerkt. Stattdessen war ein weiterer Mann zu den beiden hinzugetreten. Ein preußischer Hauptmann, wie es aussah. Ein Umstand, der nicht dazu angetan war, Vincents Puls zu beruhigen.

Vorsichtig packte er seine Werkzeuge fester und verschwand im Garten. Lautlos wie eine Katze.

## Kapitel 25

Noch immer verspürte Erich Zorn, während er Mademoiselle Martin durch die kühle Diele und die Treppe hinauf in den ersten Stock folgte. Ein Gefühl, von dem er nicht so recht wusste, ob es sich auf die eigenwillige Schulmeisterin bezog, die hocherhobenen Hauptes vor ihm herschritt und Ungemach aller Art förmlich anzuziehen schien. Oder auf diesen Wachtmeister, der sich vor seinen Augen aufgeplustert und die junge Frau derart grob behandelt hatte.

So oder so war ihm daran gelegen, weitere Einzelheiten über die möglichen Abgründe zu erfahren, die sich hinter der gepflegten Fassade dieses Mädchenpensionats verbargen. Stumm betrat er hinter Mademoiselle einen kleinen Raum. Das Knirschen seiner Stiefelsohlen auf den hölzernen Dielen erschien ihm sehr laut. Ohne zu wissen, weshalb, fühlte er sich mit einem Mal unbehaglich und fehl am Platz. Der Raum war zwar schlicht, aber sehr geschmackvoll eingerichtet, soweit Erich das beurteilen konnte, mit hellen Möbeln, einem Schreibtisch in der Mitte und einer Erkerausbuchtung, vor der sich eine runde Tischgruppe befand.

Unwillkürlich musste er an den väterlichen Gutshof denken, der immer am Rand des wirtschaftlichen Ruins gestanden hatte. Verfeinerte Lebensweise und Eleganz hatte es dort nie gegeben, besonders nicht, seit seine Mutter die Familie im Stich gelassen hatte.

»Bitte nehmen Sie doch Platz.« Mademoiselles angenehm weiche Stimme riss ihn aus Erinnerungen, die er nur allzu gerne verdrängte. Sie wies auf den runden Tisch.

Etwas steifbeinig kam er der Aufforderung nach und fühlte

sich seltsam unbehaglich auf dem leichten, elegant gedrechselten Stuhl, auf dem ein besticktes Kissen lag.

Während er den Blick durch das Zimmer schweifen ließ, ging Mademoiselle zu einer der Vitrinen und begann, mit dem darin befindlichen Porzellan den Tisch zu decken. Hauchdünne, mit winzigen Distelblüten verzierte Tellerchen, schön geschwungene Tassen, deren Henkel so fein waren, dass Erich befürchtete, er könne sie beim Anheben zerbrechen.

Erst beim zweiten Hinsehen bemerkte er noch ein weiteres Ornament, das sich sowohl auf den Tassen als auch auf den oberen Rändern der Teller befand: ein zierliches Lothringer Kreuz, ähnlich wie jenes, das Mademoiselle an einem Goldkettchen um den Hals trug.

Beides, sowohl das Doppelkreuz als auch die aus dem Wappen von Nancy stammende Distel, waren Symbole, mit denen man in Lothringen nicht nur die Loyalität zur eigenen Heimat bekundete, sondern auf subtile Art auch die Ablehnung der deutschen Herrschaft im nördlichen Landesteil.

Anders als die französische Trikolore waren diese Symbole im Reichsland jedoch nicht verboten und erfreuten sich daher, zumindest in gewissen Kreisen, besonderer Beliebtheit.

»Ein außergewöhnliches Dekor für ein Teeservice«, bemerkte Erich daher trocken und sah, wie Mademoiselle Martins Blick dem seinen folgte.

»Tatsächlich«, bestätigte diese, als sie zwei Gedecke zu ihrer offensichtlichen Zufriedenheit arrangiert und mit kleinen Servietten ergänzt hatte. »Ein Geschenk meiner Eltern zu meiner Erstkommunion. Damit ich nicht vergesse, wo ich herkomme, wie mein Vater damals sagte.«

Erich wusste nicht, warum diese schlichten Worte sein Unbehagen verstärkten.

Wehmut trat in Paulines Augen, während sie die Gedecke betrachtete. Sehnte sie sich zurück nach Metz, wo sie aufgewachsen war? Nach ihrer Familie? Oder zurück in eine Zeit, in der die Geschicke ihrer Heimatregion von Paris und nicht von Berlin aus bestimmt wurden?

»Allerdings benutze ich es nur für private Anlässe«, fuhr sie schließlich fort. »Die gemeinsamen Mahlzeiten mit meinen Schülerinnen werden auf *Faïence* aus dem benachbarten Saargemünd serviert. Eine der ältesten und renommiertesten *Faïencerien* im ganzen Land.« Etwas Kämpferisches lag in ihrer Stimme. »Es scheint mir wichtig, die Wirtschaft hier in diesem Landstrich zu fördern, selbst wenn ...« Sie unterbrach sich, ein Hauch von Röte überzog ihre Wangen.

»Selbst wenn der dem deutschen Kaiser untersteht?«, ergänzte Erich leise.

Statt einer Antwort kniff Pauline lediglich die Lippen zusammen. Sie machte wahrlich keinen Hehl daraus, dass auch sie zu der nicht kleinen Gruppe von Lothringern zählte, die sich nach wie vor Frankreich zugehörig fühlten.

Ein angespanntes Schweigen breitete sich zwischen ihnen aus. Erich verspürte eine fast dankbare Erleichterung, als es schließlich an der Tür klopfte und auf ein Zurufen eine grauhaarige, füllige Frau den Raum betrat, ein Tablett in Händen, das mit einer dampfenden Kaffeekanne sowie einem Teller mit goldgelbem, muschelförmigem Gebäck bestückt war. Sogleich zog ein Duft nach Vanille, Butter und Backstube durch das Zimmer.

Bildete er sich das nur ein, oder lag tatsächlich Missbilligung im Blick der Bediensteten? Missbilligung darüber, dass die Institutsleiterin einen männlichen Gast in ihren Räumlichkeiten empfing? Oder eher Missbilligung gegenüber ihm persönlich, dem preußischen Offizier?

Unwillkürlich wandte Erich den Blick ab und schaute zum geöffneten Fenster, hinter dem sich ein strahlend blauer Himmel abzeichnete. Würden sich die Gräben zwischen Lothringern, Elsässern und Altdeutschen jemals schließen?

In einer Sprache, die er nicht verstand, murmelte die ältere Frau ihrer Dienstherrin einige Worte zu, bevor sie das Tablett auf dem Tisch abstellte und verschwand.

Er wartete, bis Mademoiselle Martin jedem von ihnen Kaffee eingeschenkt und mit einer silbernen Zange ein Stück von dem köstlich duftenden Gebäck auf den Teller gelegt hatte.

War die Luft in Diedenhofen um diese Jahreszeit immer derart schwül? Oder lag es an der seltsamen Spannung, die plötzlich im Raum herrschte?

»Danke, dass Sie sich für mich eingesetzt haben«, durchbrach Mademoiselle Martin schließlich die Stille, sah ihn dabei jedoch nicht an. »Das war sehr freundlich von Ihnen.«

Es klang aufrichtig, was Erich überraschte. Hatte er doch eher den Eindruck gehabt, sein unerwartetes Eingreifen in dieser Sache hätte ihr nicht gefallen.

»Selbstverständlich.« Er nahm einen Schluck Kaffee. »Es war meine Pflicht.«

»*Bien sûr.*« Selbstverständlich.

Wieder breitete sich Schweigen aus. Erich betrachtete weiterhin verstohlen die ansprechende Einrichtung. Alles wirkte einladend, harmonisch und auf unbestimmte Art irgendwie ... französisch.

Rasch schüttelte er den Gedanken ab und kam zum eigentlichen Anliegen zurück. »Wann haben Sie das Schreiben erhalten?«

Ein Schatten legte sich auf Mademoiselles Züge. »Heute Nachmittag. Ich war sehr erschrocken und machte mir Sorgen um die Sicherheit meiner Schülerinnen. Daher habe ich gleich nach der Polizei geschickt.«

*Was ein großer Fehler war*, schwang unausgesprochen in ihren Worten mit.

Er nickte, während er den besagten Brief, den er auf dem Tisch abgelegt hatte, auseinanderfaltete.

»Es wäre doch bedauerlich, wenn Ihnen etwas Schreckliches zustieße.« Er räusperte sich. »Das ist in der Tat eine besorgniserregende Formulierung. Ich kann verstehen, dass Sie um Hilfe nachsuchen.«

Paulines schlanke Finger umklammerten fest den Henkel ihrer Tasse.

»Und das andere ... Haben Sie einen Verdacht, wer in Ihrem Hause damit gemeint sein könnte?«

Sie hob die Schultern. »Um ehrlich zu sein, nein.« Die Ratlosigkeit stand ihr ins Gesicht geschrieben.

Sein Blick fixierte sie. »Würden Sie es mir sagen, wenn Sie einen hätten?«

Ein kaum merkliches Stirnrunzeln zeigte, was sie von dieser Frage hielt. »Ich habe nichts zu verheimlichen, falls Sie das meinen.«

Er glaubte ihr. Zwar verbarg sie nicht, dass ihre persönliche Loyalität nicht dem deutschen Kaiser galt, doch als eine Lügnerin schätzte er sie nicht ein, dafür war sie zu unverblümt. Vorsichtig probierte er ein Stück von dem Gebäck. Süß und warm, zerging es förmlich in seinem Mund. Zumindest was die Küche betraf, mochte die französische Kultur der deutschen manchmal durchaus überlegen sein. Nicht dass er diese Einschätzung jemals laut äußern würde.

»Irgendein Neuankömmling, irgendetwas, das Ihnen in letzter Zeit aufgefallen ist? Vielleicht diese Schülerin von Ihnen, wie hieß sie noch gleich, Suzette Manseaux?«

Sie schüttelte den Kopf. »Suzettes Handlungsweise mag leichtsinnig gewesen sein und vielleicht sogar als unmoralisch bezeichnet werden. Aber davon abgesehen verbürge ich mich für sie.«

»Wie können Sie sich dessen so sicher sein?«

Einen Moment starrte sie auf den vor ihr stehenden, noch unberührten Teller. Dann blickte sie wieder auf.

»Suzette ist meine Verwandte, die Tochter einer Cousine aus

Avignon. Seit der Annexion Lothringens vor fast vierzig Jahren ist meine Familie … *gespalten*. Ein Teil davon ist in der lothringischen Heimat geblieben, ein anderer Teil hat sich in verschiedenen Regionen Frankreichs niedergelassen.«

»Ich verstehe«, sagte er knapp. Etwas Bedrücktes hatte in ihrem Tonfall gelegen, sodass er es nicht über sich brachte, in dieser sehr persönlichen Angelegenheit weiter nachzuhaken.

Auch wenn in der Öffentlichkeit ungern darüber gesprochen wurde, so war es die Tragödie dieses Landstriches, sein schmerzliches Erbe: die vielen Brüche in seiner Geschichte, seine Zerrissenheit zwischen Deutschland und Frankreich.

Erich musste sich erneut dazu zwingen, seine Gedanken auf das naheliegende Problem zu richten. »Ist Ihnen irgendetwas aufgefallen in letzter Zeit, vielleicht jemand vom Personal, der sich seltsam verhielt?«

Mademoiselle Martin nickte. »Darüber habe ich mir auch schon Gedanken gemacht. Nun, eine unserer Lehrerinnen hat die Schule kürzlich verlassen, Fräulein Hildebrandt. Daher blieb die gesamte Verantwortung an mir und meiner Kollegin Eleonore Schmitt hängen.« Erich merkte, dass da noch mehr war, doch ging er nicht darauf ein. Stattdessen nickte er.

»Dann ist …« Sie zögerte. »Nun ja, seit einiger Zeit haben wir einen neuen Gärtner, der zudem weitere Tätigkeiten und Reparaturen verrichtet. Er wohnt hinten im Gartenhäuschen.« Sie betrachtete ihre Fingerspitzen, die fahrig über die sorgfältig gestärkte Serviette glitten.

»Und was beunruhigt Sie an diesem Mann?«

»Beunruhigen?« Sie blickte auf. »Nichts Konkretes, er leistet hervorragende Arbeit. Seit er hier ist, sind Garten und Haus in besserem Zustand als je zuvor. Es ist nur …« Erneut unterbrach sie sich und schien einen inneren Kampf mit sich auszufechten, den Erich nicht zu unterbrechen gedachte.

»Kürzlich habe ich ihn bei einem Gespräch mit einer der Schülerinnen beobachtet. Er hielt sie am Arm fest und schien sehr heftig auf sie einzureden.« Röte stieg in ihre Wangen, noch immer vermied sie es, ihn direkt anzusehen.

»Eine Schülerin, die ich kenne? Diese Suzette?« Erich nahm noch einen Schluck Kaffee.

»*Non*, nicht Suzette.« Sie schüttelte den Kopf, schien aber nicht bereit, einen Namen zu nennen. Ein Schweigen, das Erich akzeptierte. Vorerst.

»Wie haben Sie darauf reagiert?«, fragte er.

Sie hob die Schultern. »Um ehrlich zu sein, habe ich dem Vorfall keine große Bedeutung beigemessen. Natürlich habe ich den Mann zur Rede gestellt und ihn eine Weile von den gemeinsamen Mahlzeiten mit dem übrigen Dienstpersonal ausgeschlossen. Das schien mir ausreichend, denn seither gab es keine unangenehmen Vorfälle mehr. Zumindest nicht mit ihm.«

»Wenn Sie es sagen«, gab Erich skeptisch zurück. »Könnte *er* vielleicht etwas mit dem seltsamen Schreiben zu tun haben?«

Die junge Frau wirkte unsicher. »Ich weiß es nicht. Welchen Grund sollte er dazu haben?«

»Was wissen Sie über diesen Mann?«

Wieder zögerte Mademoiselle Martin, bevor sie antwortete. »Nicht sonderlich viel, nur dass er aus dem Rheinland stammt, zuvor bei der preußischen Armee gedient hat und dass sein Name Vincent Lehmann lautet. Ein schweigsamer Zeitgenosse, der recht wenig über sich selbst erzählt.«

Erich stutzte. *Vincent Lehmann*. Wo hatte er diesen Namen schon gehört? Und weshalb läuteten in diesem Moment alle Alarmglocken in ihm?

»Kennen Sie ihn?« Offensichtlich war der Frau seine Reaktion nicht entgangen.

Erich schüttelte den Kopf, nicht bereit, sie unnötig zu beunruhigen. Zumindest, solange er selbst nicht wusste, was er mit diesem Namen in Verbindung brachte.

»Ich frage mich gerade«, sagte er daher rasch, »ob es Ihnen und Ihren Schülerinnen vielleicht guttäte, ein wenig zu verreisen.«

Überrascht riss sie die Augen auf. »Verreisen?«, wiederholte sie verblüfft. »Wozu sollte das gut sein?«

Erich zuckte die Achseln. Tatsächlich war ihm der Gedanke gerade erst gekommen. Doch je länger er darüber nachdachte, desto sinnvoller erschien er ihm. »Nun, ganz offensichtlich gibt es jemanden in dieser Stadt, der Ihnen nicht wohlgesonnen ist, der nicht davor zurückscheut, Sie mit anonymen Schreiben zu bedrohen. Zudem hat sich eine Ihrer Schülerinnen in der Vergangenheit mehr Ärger eingehandelt, als Ihnen und Ihrem Pensionat lieb sein kann.« Rasch leerte er seine Tasse. »Bisweilen können Ortswechsel wahre Wunder vollbringen. Zumindest, bis wieder Ruhe eingekehrt ist.«

*Auf jeden Fall wären Sie dann in Sicherheit*, fügte er in Gedanken hinzu.

»Eine Reise? Mit meinen Schülerinnen? In den ersten beiden Ferienwochen, wo noch alle hier sind?« Ihrer Miene war anzusehen, dass sie das Für und Wider seines Vorschlags tatsächlich gegeneinander abwog. Schließlich schüttelte sie den Kopf. »Das halte ich für keine gute Idee. Wenn ich jetzt, nach all dem, was geschehen ist, meine Koffer packe und mit den Mädchen verschwinde, was meinen Sie wohl, was man über mich erzählen wird? Die Gerüchteküche wird brodeln, insbesondere, nachdem heute die Polizei vor meiner Tür gestanden hat. Von der Frage, ob nicht doch irgendetwas von Suzettes eigenmächtigem Handeln nach draußen dringt, einmal ganz abgesehen.« Ein weiteres Mal schüttelte sie den Kopf, als müsse sie sich selbst von der Richtigkeit ihrer Argumente überzeugen. »Nein, ganz ausgeschlossen. Gleichwohl weiß ich es natürlich zu schätzen, dass Sie sich derart um mich und mein Institut sorgen.«

Obschon diese Worte der Form nach eine Dankesbekundung darstellten, sollten sie ihn, den preußischen Offizier, der unerwartet in diese ganze Angelegenheit verwickelt worden war, unmissverständlich an seinen Platz verweisen. Und weitere inquisitorische Fragen im Keim ersticken.

Dennoch war Erich sicher, dass sie ihm alles gesagt hatte, was sie zu dieser Angelegenheit wusste. Plötzlich empfand er eine ungewohnte Scheu bei der Vorstellung, weiter in sie zu dringen. Langsam erhob er sich. Mademoiselle Martin folgte seinem Beispiel. Gemeinsam verließen sie den Raum und gingen durch den schmalen Flur die Treppe hinab zur Diele.

»Ich danke Ihnen, Herr Hauptmann. Für alles, für Ihre Mühe, die Sie sich gemacht haben.« Sie öffnete die Haustür. »Bleibt nur zu hoffen, dass es von nun an keinen weiteren Anlass geben wird, Ihre Zeit in Anspruch zu nehmen.«

Erich salutierte knapp, wandte sich um und trat auf die Straße. Irritiert über die Tatsache, dass er den Wunsch der Institutsleiterin keineswegs teilte.

*Nicht im Geringsten.*

## Kapitel 26

Wie gelähmt blieb Pauline einen Moment an der Tür stehen. Das besorgniserregende Schreiben, die unangenehme Begegnung mit dem Polizisten und nicht zuletzt die Frage, wo und weshalb sie einen Feind hatte, der es als notwendig erachtete, sie aus der Anonymität heraus zu bedrohen, wühlten sie mehr auf, als sie sagen konnte. Ebenso die Vorstellung, dass sie unter ihrem Dach vielleicht wirklich jemanden beherbergte, der etwas zu verbergen hatte, vielleicht sogar eine Gefahr für sie und die anderen Bewohner des Hauses darstellte.

Kurz blickte sie Hauptmann von Pliesnitz hinterher, der eiligen Schrittes die Straße entlanglief. Ein Mann, der stets zu wissen schien, was zu tun war. Zumindest aber davon überzeugt war.

Wie schaffte es dieser Preuße nur immer wieder, dass sie kurz davorstand, ihre Contenance zu verlieren? Wie kam es, dass er, selbst wenn er sich für ihre schulischen Belange einsetzte, derart herablassend und arrogant wirkte?

Hastig schloss sie die Tür und rieb sich mit der Hand über die Stirn. Im Augenblick hatte sie andere Probleme zu lösen: ihr Gärtner, Vincent Lehmann. Tatsächlich hatten mit seiner Ankunft alle Probleme begonnen. Ein bloßer Zufall?

So recht vermochte sie das nicht zu glauben, verspürte jedoch das Bedürfnis, ihren Verdacht mit Lisbeth zu besprechen. Hatte sie Lehmann nicht von Anfang an misstraut?

Das ungute Ziehen im Magen verstärkte sich, als Pauline sich umwandte und den Hauswirtschaftsbereich betrat, der sich ebenfalls im Erdgeschoss befand.

Der Duft von frisch aufgebrühtem Kaffee und die Stimmen einer lebhaften Unterhaltung schlugen ihr entgegen.

Lisbeth bewirtete gerade einen Gast an ihrem Tisch, bemerkte Pauline, als sie die Küche betrat. Thomas Engel, der wohl wieder frische Wäsche im Auftrag seiner Mutter ausgeliefert hatte, denn auf der Anrichte stapelten sich allerlei blütenweiße, sorgfältig gestärkte Bettlaken und Tafeltücher.

Thomas saß vor einem üppig mit Brot, Käse und Schinken gefüllten Teller und einer dampfenden Tasse Bohnenkaffee. Wie so oft ließ er sich in der Küche des Instituts verköstigen, nachdem er die Ware gebracht hatte. Ein Umstand, der Pauline gerade sehr gelegen kam und den sie weidlich auszunutzen gedachte, wusste sie doch, dass der Junge seine neugierigen Ohren überall hatte.

»Sie sehen blass aus, Kindchen!« Besorgt schaute Lisbeth sie an, während sie sich die Hände an ihrer Schürze abwischte und sich anschickte, Pauline etwas von dem Kaffee aus einer dampfenden Blechkanne in eine Tasse aus blauweißer *Faïence* einzuschenken.

»Hat das Gespräch mit diesem Hauptmann etwas gebracht?«

Der weiche elsässische Akzent der älteren Frau wirkte beruhigend. Dankbar nahm Pauline die Tasse entgegen und setzte sich Thomas direkt gegenüber.

Dessen prall gefüllter Mund hielt mit Kauen inne. »Hat heute ja mächtig Ärger gegeben bei euch«, nuschelte er. »Hab gehört, sogar die Polizei war hier. Wer von den Mädchen hat denn wat ausgefressen?« Die Neugierde stand dem Jungen ins Gesicht geschrieben.

»Ich sehe, dass du ein aufgeweckter junger Mann bist, dem so schnell nichts entgeht.« Vorsichtig pustete Pauline über ihren Kaffee und nahm dann einen kleinen Schluck.

»So sieht's aus, *Joffer*.«

»*Bien*«, bestätigte Pauline wohlwollend. »Dann hast du sicherlich auch schon unseren neuen Gärtner kennengelernt, Vincent Lehmann. Er ist ja ...«

»*Dee Lompekreemer!*«, fiel ihr Thomas ins Wort, was bei der Menge von Brot und Schinken, die er im Mund jonglierte, durchaus eine beachtliche Leistung zu nennen war. »Der hat doch Dreck am Stecken, so wat sieht doch ein Blinder mit Krückstock.«

Langsam ließ Pauline die Tasse sinken. »Wie kommst du darauf?«

Der Junge reckte sich, stolz über die Aufmerksamkeit, die ihm gerade zuteil wurde. »Schwer zu beschreiben. Aber da is wat in seinem Blick, so wie er sich bewegt, wie er reagiert ... Wie jemand, der sich verfolgt fühlt.« Er schluckte und spülte mit Kaffee nach. Großspurig tippte er sich mit den Fingerspitzen an die Stirn. »Glauben Se mir, *Joffer*, mir kann keener so schnell wat vorspielen.«

Da mochte etwas dran sein. Pauline nickte ernsthaft.

»Wenn Se mich fragen, der hat wat richtig Übles ausgefressen ...« Wieder biss er ein kräftiges Stück Schinken ab. »Bestimmt is der ein preußischer Spion.«

Pauline schluckte. »Wie meinst du das?«

Verschwörerisch beugte Thomas sich nach vorne. »In seiner Kammer hat er ein Paar Hosen wie die vom preußischen Kommiss.«

Pauline winkte ab. »Er hat seinen Wehrdienst abgeleistet, wie so manch anderer auch.«

»*Jo awer* ...« Thomas' Selbstsicherheit schien ins Wanken zu geraten. »Er versteckt Bilder in seiner Schublad, Bilder von der Feste Ehrenbreitstein in Coblenz. Hann da net die Preußen ihr Hauptquartier oder so wat in der Art?«

»Hast du etwa herumgeschnüffelt, Bengel?« Mit der flachen Hand versetzte Lisbeth ihm einen Klaps auf den Hinterkopf.

Thomas' Wangen wurden flammend rot. »Ich hann ihm die Wäsch gebracht. Is dat etwa verboten?« Trotzig schob er das Kinn vor.

Ein weiterer Klaps folgte. »Und in seiner Kommode herumgewühlt, gib's zu.«

Auch Lisbeth konnte man nichts vormachen.

Ertappt und zornig sprang Thomas auf, am Kinn einen Krümel, das Gesicht verzerrt. »Ich sag's euch, der hat wat ausgefressen!« Heftig fuchtelte er mit den Armen und wies Richtung Garten. »Ihr könnt mir glauben oder net, aber der Kerl is ein Spitzbub!«

»Keiner hier will dein Wort anzweifeln.« Beschwichtigend zog Pauline ihn wieder zurück auf den Stuhl.

»Bestimmt is er auf der Flucht vor der Polizei oder hat sogar schon mal im Zuchthaus gesessen!« Thomas war nicht zu beruhigen.

Pauline spürte, wie sich alles in ihr versteifte.

Konnte da etwas dran sein? Sollte ihre Menschenkenntnis sie diesmal so herb im Stich gelassen haben?

Aber warum um alles in der Welt war Vincent Lehmann ihr trotz aller Vorbehalte immer noch derart sympathisch? Woher rührte dieses vertraute Gefühl, welches sie ihm gegenüber von Anfang an verspürt hatte? Gehörte sie seit Neuestem zu den Frauen, die sich so leicht von dem windigen Charme eines Mannes umgarnen ließen?

Ruckartig stand sie auf und ging mit ihrer Tasse Kaffee ans Fenster. Thomas' weitere Worte rauschten ungehört an ihr vorbei. Stattdessen ließ ein dumpfes, wiederkehrendes Geräusch sie aufsehen. Lehmann stand im Garten, in der Nähe des Küchenfensters, und hackte Feuerholz. Die Hemdsärmel waren bis weit über die Ellbogen aufgerollt, der Stoff schweißgetränkt. Feucht hingen ihm die Haare ins Gesicht, während er verbissen auf die Holzscheite einhieb.

Ein seltsames Ziehen breitete sich in Paulines Magen aus. War es wirklich denkbar, dass dieser Mann ein gesuchter Verbrecher war, der ihre Gutgläubigkeit ausnutzte, um der Justiz zu entgehen? Und vor allem: Hatte er etwas mit dem anonymen Drohbrief zu tun? Versuchte er sie zu erpressen? Und wenn, wozu?

Entschieden schüttelte sie den Kopf. Vincent Lehmann hatte sich bisher nichts Ernsthaftes zuschulden kommen lassen. Sie hatte nichts gegen ihn in der Hand außer die aus der Luft gegriffenen Beschuldigungen eines knapp siebzehnjährigen Bengels. Und jeder Mensch verdiente eine faire Chance.

Dennoch schmeckte der Kaffee plötzlich bitter. Rasch ging sie zum Spülstein und kippte den Rest dort hinein. Dann verließ sie wortlos die Küche.

Doch der Stachel des Verdachts hatte sich in ihr festgesetzt.

\*

Jeder Schlag vibrierte in seinem Körper, als Vincent ausholte und mit aller Kraft die Klinge der Axt durch das Holz fahren ließ. Mit grimmiger Genugtuung beobachtete er, wie es widerstandslos in zwei Hälften zersprang, ehe er sich nach einem weiteren bückte und dies ebenfalls auf dem Holzpflock aufrichtete.

Seine Lippen waren rissig, die Handflächen von der Arbeit schwielig und an zwei Stellen aufgeplatzt. Sein Rücken schmerzte, die Sonne hatte Gesicht, Nacken und Unterarme verbrannt. Es störte ihn nicht. Er hatte Schlimmeres hinter sich, weitaus Schlimmeres. Aber seit er die beiden Uniformierten vor dem Haus gesehen hatte, war die Unruhe in ihm wieder stärker geworden.

Schwer atmend legte er die Axt nieder und wischte sich mit dem Unterarm den Schweiß von der Stirn. Gerade als er erneut ausholen wollte, hatte er das Gefühl, beobachtet zu werden. Er hob den Kopf. Mademoiselle Pauline stand in der Küche am Fenster. Ihre zierliche, makellose Figur, ihr helles, ovales Gesicht zeichneten sich hinter der Fensterscheibe ab. Beobachtete sie ihn? Begann sie, ihm ebenfalls zu misstrauen? Vielleicht wegen der Sache mit der Schülerin, für die er von den Mahlzeiten ausgeschlossen worden war? Aber bei Gott! Er hatte das Mädchen doch warnen *müssen*. Er keuchte auf. Und vor allem: Was hatte sie nur mit dem Polizisten zu besprechen gehabt? Waren seine Tage hier womöglich gezählt?

Hilfloser Zorn loderte in ihm auf. Wieder packte er die Axt, wollte zuschlagen, alle Verzweiflung, Angst und Sorge an einem weiteren Holzstück auslassen. Aber dann ...

Eine heftige Müdigkeit, eine Kraftlosigkeit überkamen ihn so plötzlich, dass er die Axt sinken ließ.

Was, fragte er sich, würde die Institutsleiterin sagen, wenn sie wüsste, dass er wegen ihr hier war? Wenn sie ahnte, welche Gefahr auf sie und ihre Schülerinnen lauerte?

## Kapitel 27

Eine feierliche Atmosphäre lag über dem *Salon*, als Eleonore Schmitt den Deckel des Klaviers öffnete und eine stimmungsvolle Melodie anstimmte, Beethovens »Ode an die Freude«. Zehn Schülerinnen standen in einer Reihe, bereit, ihre Zeugnisse in Empfang zu nehmen. Für die festliche Gelegenheit hatten sich alle besonders herausgeputzt. Adrette Matrosenkleider, rüschenbesetzte Blusen über wadenlangen Röcken sowie vereinzelt dezente Schmuckstücke, Goldkettchen mit Anhänger, schmückten das Grüppchen junger Dämchen, die, mehr oder minder aufgeregt, ihre Contenance zu wahren versuchten.

Wohlwollend ruhte Paulines Blick auf ihrer kleinen Schar. Sie war stolz darauf, ein weiteres Schuljahr erfolgreich hinter sich gebracht zu haben, wenn auch unter erschwerten Bedingungen.

In diesem Jahr gab es nur eine kleine interne Feier, da keines der Mädchen zum Sommer das Institut verließ. Dennoch war Pauline daran gelegen, auch diese gebührend zu begehen.

»*Mes filles*«, begann Pauline und spürte, wie sich trotz ihrer Freude auch ein Hauch von Wehmut über sie senkte. »Ich freue mich, euch heute eure Zeugnisse überreichen zu dürfen. Sie belegen, dass ihr wieder ein Jahr reifer und hoffentlich auch um einiges klüger geworden seid.«

Ein Lächeln erschien auf den Gesichtern der meisten Mädchen. Offensichtlich freuten sie sich genauso wie sie selbst über das Geleistete und natürlich darüber, dass endlich die Ferien begannen. »Jede von euch hat ihre besonderen Fähigkeiten, Stärken und Schwächen, eine individuelle Biografie, die sie mit niemandem auf dieser Welt teilt. Deshalb gibt es auch niemanden, der dazu in der Lage sein wird, einmal die Aufgaben zu übernehmen, die für euch vorgesehen sind. In der Familie, der Gesellschaft, der Welt ...« Pauline hielt inne und ließ den Satz eine Weile wirken.

»Ich bin stolz auf euch, stolz darauf, eure Lehrerin sein zu dürfen und euch ein Stück des Weges zu begleiten. Jede Einzelne von euch ist mir ans Herz gewachsen. Auch diejenigen, die mir in diesem Schuljahr die eine oder andere Enttäuschung bereitet haben.«

Unwillkürlich sah sie zu Suzette, doch diese wich ihrem Blick aus.

Eine andächtige Stille hatte sich im Raum ausgebreitet, Anspannung gepaart mit Vorfreude. Langsam trat Pauline auf die erste Schülerin zu und reichte ihr das Zeugnis. »Brunhilde, sehr schön, besonders deine Leistungen in Literatur. Das viele Lesen zahlt sich aus. Du kannst stolz auf dich sein.«

Das Mädchen strahlte und nahm mit einem Knicks das Zeugnis entgegen, was Pauline mit einem Lächeln quittierte.

»Charlotte«, sprach sie dann die nächste Schülerin an. »In französischer Konversation musst du dich ein bisschen mehr anstrengen, genau wie im Englischen. Doch dafür sind deine Leistungen in Musik ein wenig besser geworden.« Ein kurzer Knicks und Charlotte nahm wortlos das Zeugnis entgegen. Pauline hatte den Eindruck, dass bei dieser ihre Worte weitestgehend ungehört verhallten.

»Esther, in Mathematik bist du wie immer hervorragend. Du hast allen Grund, stolz auf dich zu sein. Und deine Sprachkompetenzen im Deutschen wie auch im Französischen sind weiterhin auf hohem Niveau.«

*»Merci, Mademoiselle!«*

Pauline liebte diese Momente, in denen ihre Schützlinge, mit denen sie so viel Zeit verbrachte und in die sie all ihre Mühen und Engagement investierte, schwarz auf weiß die Erfolge ihrer Anstrengungen sehen konnten. Die Fortschritte, die sie in den einzelnen Fächern gemacht hatten, aber auch in ihrer persönlichen Entwicklung und Reife. Und sie freute sich, dass die kommende Zeit ein wenig entspannter sein würde, auch wenn alle zehn Schülerinnen die nächsten beiden Wochen noch im Pensionat bleiben würden. Es standen Wanderungen, ausgedehnte Stunden in Konversation, Etikette und Tanz auf dem Programm, bis dann die eigentlichen Ferien begannen.

»Josefa, an deinen Fähigkeiten im Französischen solltest du noch ein wenig arbeiten. Aber deine Handarbeiten werden dafür immer ausgefeilter.«

»Danke, Mademoiselle!« Zufriedenheit zeichnete sich auf dem Gesicht des Mädchens ab.

Nachdem das letzte Zeugnis verteilt, das letzte Lob ausgesprochen worden war, setzte sich Fräulein Schmitt noch einmal ans Klavier, um eine sommerlich heitere Melodie zu spielen.

*Geschafft!*

Pauline gab Lisbeth und Camille, die in der Tür warteten, das Zeichen, den Servierwagen hereinzufahren, auf dem zahlreiche Gläser und einige Erfrischungen standen.

Redlich verdient.

Schon bald mischte sich in Fräulein Schmitts Klavierstücke helles Mädchenlachen und das Klirren von Gläsern. Alle verteilten sich zwanglos im Salon und ließen die Anspannungen des vergangenen Schuljahres von sich abfallen.

Als Pauline zu einem Getränk greifen wollte, bemerkte sie, dass Louise Suzette zu sich heranzog und ihr etwas ins Ohr flüsterte. Mit unwirschem Gesicht schob diese die Kameradin von sich und erteilte ihr eine knappe, für Pauline unverständliche Antwort. Dann sah sie, wie ein zusammengefalteter Zettel von Louises Hand in die von Suzette glitt, den diese rasch in ihrer Rocktasche verschwinden ließ.

»Mademoiselle Martin! Mademoiselle Martin!« Mit vor Aufregung hochrotem Gesicht stand Brunhilde neben ihr und verlangte ihre Aufmerksamkeit. »Esther und ich würden Ihnen zur

Feier des Tages gerne das Musikstück vorspielen, das wir gemeinsam geübt haben. Erlauben Sie es uns?«

»*Mais, bien sûr.*« Wohlwollend nickte sie Brunhilde zu, gerührt von ihrer Begeisterung. »Das höre ich mir sehr gerne an.« Suzettes und Louises Heimlichkeiten mussten warten.

Gemeinsam gingen sie zum Klavier, wo gerade Fräulein Schmitts letzte Akkorde verhallten und sie den Platz für die beiden Schülerinnen räumte.

Während die ersten, nicht ganz sicheren Töne erklangen, flogen Paulines Gedanken wieder zu Suzette. Sie fragte sich, ob die Ferien wirklich so geruhsam werden würden wie erhofft.

\*

Erschrocken fuhr Pauline aus dem Schlaf. Aus wirren Traumgebilden, in denen sich die jüngsten Ereignisse mit Passagen des Romans *Les Misérables* gemischt hatten. Szenen, in denen ihr Gärtner Vincent vor ihren Augen von Inspektor Javert festgenommen und in Ketten in ein Straflager verschleppt wurde. Während Erich von Pliesnitz ... Nun ja, gerade als sie herauszufinden versuchte, welche Rolle Hauptmann Gnadenlos in der irrwitzigen Szenerie spielte, war sie aufgewacht.

Schlaftrunken setzte sie sich auf und spürte, wie schnell ihr Herz pochte. Wie spät war es?

Es dauerte einige Zeit, bis Pauline sich zu orientieren vermochte, begriff, dass es mitten in der Nacht war.

Tags zuvor hatten ihre Schützlinge und sie das Ende des Schuljahres gefeiert. Einer der örtlichen Fotografen war eigens ins Pensionat gekommen, um Aufnahmen von den Schülerinnen, den beiden Lehrerinnen und auch dem Personal zu machen. Den Abend hatten sie dann mit Musik, launigen Gesellschaftsspielen und einem Glas Punsch ausklingen lassen.

Pauline fasste sich an den Kopf. War das der Grund, dass sie so unruhig geschlafen und wirr geträumt hatte? Schritte aus dem Erdgeschoss, das Knarren einer Tür ließen sie aufhorchen. Mit einem Mal war sie hellwach.

Wer konnte das sein? Sie blickte zum Fenster, hinter dem sich die Schatten der Nacht abzeichneten. Sollte womöglich wieder eines der Mädchen auf unerlaubte nächtliche Streifzüge gehen? Suzette? Oder etwa Louise?

Ihr fiel die seltsame Szene des Vortages ein, der Zettel, den Louise Suzette zugesteckt hatte …

So oder so, sie musste nach dem Rechten sehen!

Schnell zog sie sich den Morgenmantel über und eilte auf Zehenspitzen an die Tür, die sie leise öffnete.

Tatsächlich. Sie hatte sich nicht getäuscht. Irgendjemand war dort unten zugange. War es nur Lisbeth, die bisweilen sogar des Nachts noch in ihrer Küche werkelte? Oder doch unerwünschter nächtlicher Besuch? Womöglich ein Einbrecher?

Kurz entschlossen packte sie eine Vase aus schwerem Kristallglas, die auf der Kommode im Flur stand, und schlich so bewaffnet fast lautlos die Treppe hinunter.

Ein dünner Lichtstrahl drang aus dem Schulzimmer in den dunklen Flur. Erschrocken blieb Pauline stehen. Dann vernahm sie ein vertrautes und deutlich missmutiges Brummen.

»*Jessesmaria.* Was für ein Schlamassel!«

Lisbeth!

Erleichterung und Schrecken breiteten sich bei dieser Erkenntnis gleichzeitig in Pauline aus. Erleichterung darüber, dass sie keinem nächtlichen Eindringling gegenübertreten musste. Und Schrecken darüber, was die alte Köchin in eine solche Aufregung versetzt haben mochte.

Rasch stellte sie die Vase auf der Treppe ab und betrat das Schulzimmer. »Lisbeth, was ist …« Sie unterbrach sich, als sie die Ursache der Erregung erkannte.

Eine Scheibe des Sprossenfensters war zerbrochen, überall lagen die Scherben verstreut. Als Pauline sich umschaute, bemerkte sie, dass die Vitrine mit dem Globus, den zoologischen Exponaten und Autorenbüsten ebenfalls in Mitleidenschaft gezogen war. Eine Glasscheibe war zu Bruch gegangen, dazu zwei der Büsten. Ihre Einzelteile bedeckten sowohl die Regalböden als auch den davorliegenden Teppich und schimmerten matt im Licht der Gaslampen.

Eisige Angst durchfuhr Pauline.

Eindringlinge? Befanden sie sich noch hier? Im Haus? Hastig kontrollierte sie den gesamten Raum, als erwartete sie, hinter den Schulbänken, Regalen oder Vorhängen die Gestalt des geheimnisvollen Randalierers zu entdecken.

»Hast du jemanden gehört? Ist dir irgendjemand ...« Die Frage war an Lisbeth gerichtet, die, ebenfalls im Morgenrock, das dichte, graue Haar zu einem schweren Zopf geflochten, mit fassungslosem Gesicht und in die Hüften gestemmten Armen das Desaster begutachtete.

Statt einer Antwort zeigte die Köchin stumm auf einen etwa faustdicken Gegenstand auf dem Boden, der auf den ersten Blick wie ein Ball aussah und unter eine der Schulbänke gerollt war.

Was war das? Von einer schlimmen Ahnung erfasst, eilte Pauline darauf zu, bückte sich und zog den Gegenstand hervor. Knisternd und schwer lag er in ihrer Hand. Erst auf den zweiten Blick erkannte sie, um was es sich handelte: ein Stein, eingewickelt in ein Stück Papier. Eine Nachricht?

Mit klammen Fingern riss sie den Bindfaden herunter, mit dem das Papier am Stein befestigt war, legte diesen gedankenverloren auf die Bank und strich den Zettel glatt.

Ein Schreiben! Ein in stechend klarer Handschrift verfasstes Schreiben, das an sie gerichtet war.

Die Buchstaben verschwammen vor ihren Augen. Erst als Lisbeth, welche die ganze Zeit schweigend neben ihr gestanden hatte, mit einer Lampe näher trat, war sie in der Lage, die Worte zu entziffern.

*Hatte ich Sie nicht gewarnt? Sie sind so unvorsichtig! Dabei gibt es Menschen in Ihrer Umgebung, denen nicht zu trauen ist. Sie sollten in Zukunft vorsichtiger sein, wenn Sie nicht möchten, dass ein Unglück passiert.*

Das war alles. Keine Unterschrift. Nichts.

Pauline spürte, wie Panik einer Stichflamme gleich in ihrem Inneren aufloderte. Das Papier fühlte sich mit einem Mal unfassbar schwer an.

Widerstandslos ließ sie sich den Brief von Lisbeth aus den Fingern nehmen, die dessen Inhalt ebenfalls überflog und mit einem Aufschrei quittierte. »Jesses Gott!«

Das Entsetzen der sonst so unerschrockenen Haushälterin steigerte Paulines Furcht. Eine schwere Hand schien sich um ihre Kehle zu legen.

Sie hatte einen Feind. Irgendwo da draußen gab es jemanden, der ihr schaden wollte. Ihr oder ihren Schülerinnen. Und der Zerstörung nach, die er hier angerichtet hatte, schien er bereit, ernst zu machen, vor nichts zurückzuschrecken.

Wer in aller Welt ...

Sie stockte. Da draußen? Wieso glaubte sie eigentlich, dass diese nachhaltige Warnung von jemandem da draußen gekommen sein musste, von jemandem außerhalb ihres Pensionats?

Schon flogen ihre Gedanken zu dem kleinen Gartenhaus unter den Mirabellenbäumen und den Worten, die Thomas ihr an den Kopf geworfen hatte: »*Dee Lompekreemer!* Der hat doch Dreck am Stecken!«

Und plötzlich fröstelte es Pauline trotz der warmen Sommernacht.

## Kapitel 28

Der Juliabend war schwül, die Sonne hatte den Himmel bereits rötlich verfärbt und tauchte die gegenüberliegende, weitgehend unverbaute Moselseite in sanftes Licht. So nah am Ufer vermengte sich der Geruch des Flusses mit den Düften des Sommers und dem ständig in der Luft hängenden Ruß aus den nahe gelegenen Hochöfen.

Ein Lastkahn, der Steinkohle zur Eisenverhüttung geladen hatte, schipperte träge dahin. Ein paar Frösche sprangen ins Wasser, eine braungefiederte Ente flatterte auf.

Das Offizierscasino des 3. Lothringischen Infanterieregiments Nummer 135 war ein mehrstöckiges, direkt ans Moselufer grenzendes Gebäude in der Metzer Straße, einer breiten Allee, die sich außerhalb der ursprünglichen Stadtbefestigung befand und an der allenthalben neue Gebäude und Villen entstanden.

Es hatte Erich einiges an Überwindung gekostet, sich nach längerer Zeit wieder einmal hier einzufinden, um mit seinen Offizierskollegen ein kühles Glas Bier auf der zum Fluss hinausgehenden, überdachten Terrasse zu trinken und später ein leichtes Diner einzunehmen. Er war kein geselliger Mensch und verbrachte die Abende lieber alleine in seiner Wohnung oder, wenn es denn sein musste, mit Arbeit in seinem Büro in der Stadtkaserne, statt seine Zeit mit Kartenspielen oder weinseligen Gesprächen zu vergeuden.

Dennoch gab es hin und wieder soziale Verpflichtungen, denen er sich aufgrund seiner Stellung nicht entziehen konnte. Stand er doch ohnehin in dem Ruf, streng, spröde und ohne jeden Sinn für Vergnügungen zu sein. Zumindest war das Essen im Casino bedeutend schmackhafter als alles, was seine stets mürrische Vermieterin servierte. Der einzige Vorteil.

Es klirrte, als die weißberockte Ordonnanz einen Schwung Krüge vor ihm und seinen Kameraden abstellte, die bis zum Rand mit schäumendem Bier gefüllt waren.

»Schön, dass du dich mal wieder zu uns gesellt hast, Pliesnitz.« Eine Hand schlug Erich auf die Schulter. »Welch seltene Ehre, dich hier bei den einfachen Vergnügungen zu sehen.«

*Nicht, dass ich es vermisst hätte*, lag es Erich auf der Zunge, doch er bemühte sich um eine unverbindliche Antwort und nahm dankend den Bierkrug entgegen, den der andere ihm reichte.

»Hast dich in letzter Zeit ja sehr rar gemacht.« Hauptmann Reinhold Welter, dessen rotblondes Haar bereits etwas schütter wirkte, griff ebenfalls nach einem Krug. »Bist doch hoffentlich nicht zu vornehm geworden für den Umgang mit uns?«

»War einfach eine Menge zu tun in letzter Zeit«, gab Erich ausweichend zurück und probierte einen Schluck von dem herben Bier. Vier Offiziere, ihn selbst mit einberechnet, saßen auf der Terrasse um einen runden Tisch und ließen bei einem Kartenspiel gemeinsam den Tag ausklingen.

»Ah, immer die Pflicht fürs Vaterland, was?« Wieder schlug der andere ihm auf die Schulter, doch enthielt sich Erich eines Kommentars. Reinhold war ihm keineswegs unsympathisch. Im Gegenteil, ein grundsolider Mann, der vorbildlich seine Arbeit tat. Jedenfalls, bis er wenige Wochen zuvor eine junge Dame kennengelernt hatte, eine Beamtentochter aus dem jenseits der preußischen Grenze liegenden Saarlouis, wo er für einige Tage dienstlich zu tun hatte. Seither erschien Erich der sonst so bodenständige Hauptmann öfter mal mit den Gedanken nicht bei der Sache zu sein. Zweimal hatte er ihn dabei ertappt, eine Aufstellung nicht rechtzeitig fertig gemacht zu haben, einmal war er tatsächlich zu spät zum Dienst erschienen. Etwas, was er bei dem stets zuverlässigen Offizier zuvor nie erlebt hatte – und was

Erichs Meinung über die schlechten Einflüsse des weiblichen Geschlechts auf einen Mann wieder einmal bestätigte.

Auch jetzt schaute Reinhold ihn mit einem etwas glasigen Blick über den Rand seines Bierkruges an, was Erich befürchten ließ, gleich mit just dem Gesprächsthema konfrontiert zu werden, das ihm am wenigsten lag: *Frauen*.

Beinahe hilfesuchend flog sein Blick umher, bis er schließlich auf eine der Schlagzeilen der Zeitung fiel, die neben ihnen auf dem Tisch lag.

*Blutige Kämpfe in Marokko. Eingeborene Stämme greifen französische Kolonialtruppen an.*

Erich kniff die Augen zusammen, griff nach dem Blatt und überflog den Bericht. In Marokko schien keine Ruhe einzukehren. Hatten diese Kolonie und die Frage um die dortige Vorherrschaft ja bereits vor einigen Jahren zu gefährlichen Spannungen zwischen der französischen Republik und dem deutschen Kaiserreich geführt, deren Folgen noch immer schwelten.

»Unruhige Zeiten heutzutage!« Mit einem schweren Aufseufzen setzte Leutnant von Gerther seinen Krug ab. »Ich prophezeie Ihnen, noch ein paar Jahre, dann wird es richtig krachen. Nicht nur in den Kolonien.«

Dem Tonfall nach zu urteilen, mit dem der noch recht junge Leutnant diese Ansicht äußerte, gefiel diesem die Vorstellung durchaus. Eine Einstellung, mit der von Gerther nicht alleine stand. Viele Offiziere der preußischen wie auch der anderen deutschen Armeen waren der Untätigkeit und des ereignislosen Garnisonsdienstes überdrüssig und hätten nichts dagegen, das eine oder andere Scharmützel auszufechten. Von einigen Aufständen in den Kolonien einmal abgesehen, schoben nämlich die meisten Soldaten unter der Flagge des Deutschen Kaiserreiches und der verschiedenen Bundesstaaten mehr oder minder Friedensdienst, der sich auf Truppeninspektionen, Exerzieren und theoretische Fortbildung beschränkte. Für den einen oder anderen mochten gelegentlich auch abendliche Besäufnisse oder Besuche anrüchiger Häuser dazugehören.

Erich missfiel es durchaus, dass aufgrund der lang anhaltenden Friedenszeiten so mancher den Militärdienst nicht mehr als das betrachtete, was er eigentlich bedeutete: den Dienst zur Verteidigung des Vaterlandes. Eine Aufgabe, die ein hohes Maß an persönlicher Opferbereitschaft, Verzicht und Disziplin erforderte. Dennoch war er dankbar, nicht dazu gezwungen zu sein, seine Männer tatsächlich in die Schlacht zu führen, vielleicht sogar in den Tod.

Mit einem Schluck Bier spülte Erich diese blutige Vorstellung fort.

»Die werden uns noch Ärger machen, hören Sie auf meine Worte!«, hob der andere erneut zum Gespräch an, während er mit einem knappen Wink ein weiteres Bier orderte. »Die *Wackese* hier.«

Unwillkürlich zuckte Erich bei dem gängigen Schmähwort für Elsässer und Lothringer zusammen, erwiderte jedoch nichts.

»Vierzig Jahre, vierzig Jahre fast sind sie nun wieder heimgekehrt, in den Schoß des deutschen Vaterlandes, wo sie auch hingehören. Und manche von ihnen sind immer noch zu stur, die deutsche Sprache zu verwenden, die Sprache der Gelehrten, Schiller, Lessing, Goethe und …« Ein weiterer Schluck Bier unterbrach seine Rede.

Im Stillen fragte sich Erich, ob der Leutnant jemals etwas von diesen Dichtern gelesen oder auf der Bühne gesehen hatte.

»Und dann jammern sie herum, dass man sie nicht ernst genug nimmt!«, mischte sich nun Oberst von Tirzheim ein, der bisher mit dem Mischen der Karten beschäftigt gewesen war. »Selbst schuld, sage ich, das haben sie sich allesamt selbst zuzuschreiben.« Stirnrunzelnd begann er mit dem Austeilen. »Diese verkappten Franzmänner sind noch mal unser Untergang.«

Erich war verblüfft, welch heftiger Widerwille bei diesen herablassenden Worten in ihm aufstieg, waren ihm derartige Parolen doch keineswegs unbekannt. Schon gar nicht in Offizierskreisen zwischen Bier, Wein, Schnaps und hitzigen Temperamenten.

Nachdenklich blickte er zur Mosel, die geheimnisvoll in der herabfallenden Dämmerung schimmerte. Die Geräusche der Wellen, die gegen das Ufer schlugen, und das leise Zirpen der Grillen wurden fast vollständig von den lauten Stimmen der Männer übertönt.

»Apropos, habt ihr von der Sache in dieser französischen Schule gehört?« Von Tirzheim war mit dem Austeilen fertig und nahm seine Karten auf. »In diesem Mädchenpensionat in der Nähe des Luxemburger Platzes.«

Kaum merklich zuckte Erich zusammen. »Welche Sache denn?«, fragte er heftiger als beabsichtigt. Etwas in seinem Magen verklumpte sich zu einem Eisbrocken.

»Ach, ich weiß es auch nur von meinem Burschen. Und der hat es auf dem Markt gehört. Es heißt, letzte oder vorletzte Nacht wurde dort eingebrochen, oder so etwas in der Art. Auf jeden Fall hat man ganz kräftig die Fensterscheiben demoliert.« Kritisch beäugte er sein Blatt. »Aber schon einige Tage zuvor soll die Polizei dort im Haus gewesen sein. Kein Wunder, wenn es stimmt, was man sich über die Institutsleiterin so erzählt.«

Auch wenn Erich noch wenige Tage zuvor ähnlich gedacht hatte, empfand er das allgemeine Auflachen, das dieser anzüglichen Bemerkung folgte, wie eine Ohrfeige.

»Wurde jemand verletzt?«, fragte er. »Ist jemand zu Schaden gekommen?«

»Nanu, nanu, altes Haus.« Von Tirzheims Stimme war schwer vom Alkohol. »Was kümmern dich seit Neuestem die Franzosenweiber? Sag bloß, du hast ...«

»Den Teufel habe ich! Hör auf, so daherzureden.« Es kostete Erich alle Mühe, sich zu beherrschen. »Ich habe dir nur eine Frage gestellt. Ist irgendjemand in dem Pensionat etwas passiert?«

Der Blick, mit dem der andere ihn maß, sprach Bände. »Woher soll ich das wissen?«, blaffte er. »Ich habe nun wirklich keinen Umgang mit solchen Kreisen.« Er nahm einen kräftigen Schluck, bevor er Erich in die Seite knuffte. »Und dich sollte es auch nicht kümmern. Pass lieber auf dein Blatt hier auf, damit ich dich nicht schon wieder ausnehme.«

Erich verzog keine Miene, obgleich ihn kaum etwas mehr langweilte als ein Kartenspiel. Vergeudete Zeit, die man wahrlich sinnvoller verbringen könnte.

Vor allem, wenn es stimmte, dass es in Mademoiselle Martins Schule erneut zu einem Zwischenfall gekommen war. Dieses störrische Frauenzimmer schien Ungemach wirklich anzuziehen. Zu seiner eigenen Verblüffung war es weniger Ärger, den Erich bei diesem Gedanken empfand, vielmehr ... *Sorge?*

Schon als dieser ungehobelte Wachtmeister sie in der Mangel gehabt hatte, hatte Erich den Impuls verspürt, die eigenwillige Schulmeisterin zu verteidigen. Und dann dieses kurze Gespräch in ihrem Arbeitszimmer, ihrem privaten Empfangsraum. Diese natürliche Selbstsicherheit und Autorität, mit der sie die Dinge in die Hand nahm ...

Alles in Erich drängte danach, diese zunehmend betrunkener werdende Männerrunde zu verlassen und im Pensionat nach dem Rechten zu sehen. Doch eine solche Blöße durfte er sich selbstverständlich nicht geben. Zudem war es um diese Zeit definitiv zu spät, bei Mademoiselle Martin vorzusprechen. Aber morgen, sobald er seinen Dienst beendet hatte, würde er ...

Gedankenverloren nahm Erich seine erste Karte auf. Sie zeigte die Herzdame.

## Kapitel 29

»Wie schaffen Sie das nur immer wieder? Keine einzige Woche vergeht, ohne dass hier …«, setzte Erich an, unterbrach sich jedoch, als sein Blick über das von dem besagten Angriff in Mitleidenschaft gezogene Schulzimmer glitt. Zwischenzeitlich waren die gröbsten Schäden beseitigt, die Scherben zusammengekehrt worden. Trotzdem strahlten die nunmehr leeren Vitrinenböden, die herausgebrochene Scheibe und das notdürftig mit einer Stoffbahn abgedeckte Sprossenfenster in dem in abendliches mildes Licht getauchten Raum eine stumme Bedrohung aus. »Grundgütiger!«

Es war schlimmer, als er es sich vorgestellt hatte. Sogleich bereute er seine harschen Worte. Und noch mehr, als er in das blasse Gesicht der Institutsleiterin blickte, die sich zwar hervorragend im Griff hatte, die Spuren schlafloser Nächte jedoch nicht völlig zu überspielen vermochte.

Eigentlich hatte Erich vorgehabt, gleich am Morgen nach dem Casinobesuch im Pensionat vorbeizuschauen. Da sich aber den ganzen Tag über zahllose Verpflichtungen vor ihm aufgetürmt hatten, war es ihm nicht möglich gewesen, seinen Posten zu verlassen. Daher hatte er erst jetzt, am frühen Abend, Zeit gefunden, Mademoiselle Martin einen Besuch abzustatten.

»Warum haben Sie mir keine Nachricht geschickt?«

Seine Worte klangen strenger als beabsichtigt und verbargen seine Bestürzung.

»Ich wusste nicht, dass dazu eine Veranlassung bestand. Oder sind Sie seit Neuestem dazu abkommandiert, Witwen und Waisen zu schützen?« Ein Hauch feiner Ironie lag in ihrer Stimme.

»Nein, aber dann wäre doch …«, setzte Erich an, unterbrach sich aber gleich wieder. *Verflucht!* Warum zeigte sich dieses Frauenzimmer nur derart störrisch? Zugleich kam er nicht umhin, sie für ihre Stärke zu bewundern.

Er begann, alles genau in Augenschein zu nehmen. Vor der zerbrochenen Vitrine blieb er stehen. »Haben Sie irgendeinen Verdacht, wer dahintersteckt?«

Einen Moment sah es so aus, als wolle sie etwas erwidern. Dann aber schüttelte sie den Kopf und reichte ihm einen zerknitterten Zettel, den er stumm überflog.

»Das hier war um einen Stein gewickelt, der durchs Fenster geworfen wurde«, erklärte sie gefasst. Etwas an der stillen, würdevollen Art, mit der sie sich bemühte, sich ihre Angst nicht anmerken zu lassen, machte Erich zornig. Zornig auf die Person, die ihr das angetan hatte. Und er spürte den drängenden Wunsch, ihr zu helfen.

»Haben Sie die Polizei gerufen?«

Statt einer Antwort zog sie nur die Augenbrauen hoch.

Erich verstand. »Eine kluge Entscheidung.« Ein erneuter Zusammenstoß mit Wachtmeister Schrotherr hätte die Situation sicher nicht verbessert. »Dennoch brauchen Sie dringend Hilfe.«

Trotz trat in ihre Miene, zugleich schlang sie wie schutzsuchend die Arme um sich.

»Das war lediglich eine Warnung. Und ich bin sicher, wer auch immer das getan hat, hat sich in dieser Nacht nicht zum letzten Mal bei Ihnen gemeldet.«

Erich sah, wie die Farbe aus dem Gesicht der Lehrerin wich.

»Also doch zur Polizei?« Ihre Stimme klang heiser. Die Furcht verdunkelte ihre bernsteinfarbenen Augen, die Erich mit einem Mal sehr groß erschienen. Gerade so, als könne man darin versinken.

Irritiert wandte er sich ab und schritt auf eines der Regale zu, welche die Rückseite des Raums bedeckten. Bücher, Literatur in gleich drei verschiedenen Sprachen, Deutsch, Französisch und Englisch. Von den meisten Autoren hatte er noch nie etwas gehört, geschweige denn gelesen.

»Haben Sie zwischenzeitlich über meinen Vorschlag nachgedacht?« Erichs Blick glitt über das nächste Regal, in dem sich neben unterschiedlichen Atlanten auch sorgfältig zusammengerolltes Kartenmaterial befand, wahrscheinlich für den Geografieunterricht. »Den mit der Reise?«

Langsam blickte er wieder auf und sah, dass sich das Gesicht der Lehrerin verschloss. »Also doch eine Flucht?«

»Keine Flucht, Mademoiselle, nur ein taktischer Rückzug. Eine weise Vorsichtsmaßnahme. Nach allem, was in den letzten Tagen hier geschehen ist ...« Mit dem Kopf wies er auf die zertrümmerte Vitrine und das zerbrochene Fenster. »Es erscheint mir sehr vernünftig, sich und die Schülerinnen ein wenig aus der Schusslinie zu ziehen.«

Bei diesem Wort zuckte Mademoiselle Martin zusammen, und er bedauerte, sie ängstigen zu müssen. Doch die Vorstellung, ihr könnte etwas zustoßen, erschreckte ihn mit einer Heftigkeit, die ihn verblüffte.

»Und Sie glauben, wenn ich mir erst einmal die Blöße gegeben habe, vor Schwierigkeiten gleich davonzulaufen, würden sich meine Probleme lösen oder die Reputation meines Hauses verbessern?« Der Anflug einer Kapitulation lag in ihrer Stimme, und Erich verspürte einen feinen Stich in seiner Brust.

»Sie laufen nicht davon, Mademoiselle.« Er musste sich räuspern, da seine Stimme belegt klang. »Sie unternehmen mit Ihrer Klasse lediglich eine kleine historische Exkursion. Wie so viele andere Schulen in dieser Zeit auch.«

Fragend blickte die junge Frau ihn an, und der Gedanke, der ihm mit einem Mal gekommen war, formte sich wie von selbst zu Worten: »Wie Sie sicher wissen, jähren sich in diesem August die Ereignisse um den deutsch-französischen Krieg zum 40. Mal.«

Ein Schatten fiel über Mademoiselle Martins Gesicht, doch dessen ungeachtet fuhr Erich fort: »Ein Jubiläum, das an verschiedenen Orten in deutschen Landen mit großen Feierlichkeiten begangen wird.«

Die junge Frau versteifte sich. »In deutschen Landen womöglich, doch nicht in ...«

»Saarbrücken, Spichern«, sagte er rasch, ehe sie Gelegenheit hatte, seinen Gedankengang zu unterbrechen. »Durch meine Kontakte zur Saarbrücker Garnison weiß ich, dass zum 40. Jahrestag der Schlacht von Spichern ganze Scharen von Schaulustigen erwartet werden. Gäste von nah und fern, darunter auch Schulklassen. Es wäre ein Leichtes für Sie, ohne Aufsehen zu erregen mit Ihren Schülerinnen ebenfalls dorthin zu reisen, um mit diesen auf historischen Spuren zu wandeln, historische Orte zu besuchen. Orte, die auch für die Geschichte Ihres Landes, Ihrer Region, von großer Bedeutung waren.«

Die Röte, die auf dem hellen Teint der Institutsleiterin erschien, zeigte, wie sehr sie um Fassung rang. Ob aufgrund der Sorge um ihre Schülerinnen oder des heiklen historischen Themas, auf das er sie ansprach und das im Reichsland Elsaß-Lothringen immer noch wie eine nicht heilende Wunde schwärte, vermochte er nicht zu sagen. Ihr Tonfall klang dann auch ein wenig verletzt, als sie ihm entgegnete: »Warum ausgerechnet Saarbrücken? Warum Preußen? Wenn Sie es schon als notwendig erachten, meinen Schülerinnen die Ereignisse dieses fatalen Krieges vor Augen zu führen, warum soll ich mit ihnen dann nicht an Orte reisen, die unseren Teil der Geschichte widerspiegeln? Straßburg oder Metz, zwei Städte hier in unserer Heimat, die in diesem Krieg wochenlang belagert wurden, ausgehungert oder gar bombar...«

»Ganz einfach, weil ...« Erich machte eine kurze Pause, um sicherzugehen, dass sie ihm auch wirklich zuhörte. »Weil wir in Preußen, noch dazu in einer Stadt wie Saarbrücken, die Möglichkeit haben, unauffällig Erkundigungen über diese neue Hilfskraft von Ihnen einzuholen, diesen Vincent Lehmann, mit dessen Erscheinen der ganze Ärger begann.«

*

*Wir?*

Was redete dieser Kerl da? Was fiel ihm ein? Wie in aller Welt kam er dazu, sich derart in ihr Leben, in ihre Arbeit mit den Schülerinnen einzumischen? Und nun verlangte er auch noch von ihr, mit dem gesamten Institut nach Preußen aufzubrechen. *Dégoûtant.*

Gerade hatte Pauline den Mund geöffnet, um diesem arroganten Hauptmann eine herbe Abfuhr zu erteilen, als sie innehielt und ihn wieder schloss.

Was hatte er gesagt? Vincent Lehmann, ihr Gärtner? Sollte wirklich die Möglichkeit bestehen, auf dieser Reise einige Informationen über diesen Mann zu erhalten, dann ...

»Ich hatte eigentlich nicht vor, Sie in dieser Angelegenheit zu beunruhigen«, fuhr der Hauptmann fort. »Doch als Sie bei unserem letzten Gespräch den Namen Vincent Lehmann nannten, hatte ich den Eindruck, dass dieser mir etwas sagte. Haben Sie eine Fotografie von ihm?«

Pauline nickte. »Zu unserer Abschlussfeier war der Fotograf hier und hat Aufnahmen von allen gemacht.«

Kam es ihr im Rückblick bloß so vor, oder hatte sich Lehmann tatsächlich zunächst gesträubt, abgelichtet zu werden? Sie ging zum Pult, nahm eines der frisch gerahmten Bilder in die Hand und reichte es dem Hauptmann. »Das hier ist er.«

Von Pliesnitz kniff die Augen zusammen und schüttelte den Kopf. »Wenn ich mich nur entsinnen könnte. Ich meine, es ging um eine äußerst ungute Angelegenheit, irgendeinen ... einen Skandal, meine ich, oder ein Verbrechen.«

*Ein Verbrechen?*

Pauline schluckte hart. »Wollen Sie mir damit sagen, ich sollte ihn besser entlassen?«

Nachdenklich blickte von Pliesnitz an ihr vorbei durch das zerbrochene Fenster hinaus auf die abendliche Straße, wo einige Passanten wohl ihre letzten Einkäufe nach Hause brachten, und ein Drehorgelspieler, umringt von zahlreichen Kindern, einen Gassenhauer anstimmte. Die Leichtigkeit der Melodie stand in einem herben Gegensatz zur angespannten Stimmung im fast leeren Schulzimmer. »Sollte ich mit meiner Vermutung recht haben, wäre es nicht klug, ihn zu früh zu warnen. Eine Kündigung würde nur dazu führen, dass er von unserem Verdacht etwas ahnt. Und wer weiß, was er daraufhin tun wird.« Er schüttelte den Kopf. »Außerdem ... Sollte ich mich täuschen und dem Mann unrecht tun, dann ...«

»Dann hätte ein Unschuldiger aufgrund einer bloßen Vermutung seine Stellung und seinen guten Ruf eingebüßt«, vollendete Pauline den Satz. Ein feines Lächeln umspielte ihre Lippen. »Ein preußischer Offizier mit Sinn für Anstand und Gerechtigkeit. Wer hätte das gedacht?«

Die Brauen ihres Gegenübers zogen sich zusammen. »Ich weiß nicht, ob ich das als ein Kompliment oder eine Beleidigung auffassen darf, Mademoiselle.«

»Fassen Sie es als Dank auf, *mon capitaine*.« Beschwichtigend legte sie ihm die Hand auf den Unterarm. »Ich weiß Ihre Sorge durchaus zu schätzen. Und auch Ihre daraus resultierenden Überlegungen.«

Von Pliesnitz' Stirn glättete sich wieder, und er nickte. »Damit ist also alles geklärt. Wir werden uns um eine geeignete Pension kümmern und Ende der Woche mit Ihren Schülerinnen nach Saarbrücken aufbrechen.«

Paulines Kopf schnellte nach oben. Schon wieder dieses Wort. »Wir?«

Nun war es der Hauptmann, der lächelte. »Habe ich das nicht gesagt, Mademoiselle? Natürlich begleite ich Sie dorthin. Wäre es doch im höchsten Maße nachlässig, Sie eine derartige Reise alleine antreten zu lassen, ohne männlichen Schutz.«

Überrumpelt und über diese Bevormundung verärgert, schnappte Pauline nach Luft. »Ein zuvorkommendes Angebot, für das ich mich bedanke. Doch es genügt, wenn Eleonore Schmitt mit uns ...«

»Ein weiteres weltfremdes Frauenzimmer«, unterbrach der Hauptmann sie kategorisch. »Wie sollte diese Ihnen in einer ernsthaften Notsituation zur Seite stehen?«

Der aufkeimende Ärger über die offensichtliche Geringschätzung, welche der Hauptmann dem weiblichen Geschlecht entgegenbrachte, erstickte an der indirekt ausgesprochenen Warnung. »Sie meinen also, den Mädchen könnte auch auf der Reise Gefahr drohen? Wäre es dann nicht besser, hierzubleiben und die Sache trotz allem der Polizei zu übergeben?«

»Wachtmeister Schrotherr?«

»Aber ...«, hob sie erneut an, schwieg dann jedoch. Vielleicht hatte von Pliesnitz mit seinem Vorschlag recht. Zumindest, wenn sie diesen unvoreingenommen betrachtete. Aber ein preußischer Hauptmann als Begleiter einer Mädchenschulklasse? Noch dazu *ihrer* Schulklasse? *Bonté divine!*

»Sie stimmen mir also zu«, deutete er ihr Schweigen.

Erneut empfand sie Verärgerung aufgrund der Zufriedenheit, die sich auf dem Gesicht des Mannes abzeichnete. »Sehr vernünftig, muss ich sagen.«

Pauline verkniff sich eine Antwort und nickte nur.

»Schön«, sagte von Pliesnitz und setzte die Mütze auf. »Dann werde ich gleich morgen meinen Burschen mit einer Liste der Reiseverbindungen zu Ihnen schicken. Ich nehme an, um alles Weitere kümmern Sie sich selbst?«

»Worauf Sie sich verlassen können, Herr Hauptmann.« Die

letzten beiden Worte hatte sie mit einer besonderen Betonung ausgesprochen, was von Pliesnitz offensichtlich nicht entgangen war, denn er salutierte rasch.

»Ich finde alleine hinaus. Sie müssen sich nicht bemühen.«

Bevor Pauline Gelegenheit hatte, etwas zu erwidern, hatte er bereits das Schulzimmer verlassen und die Tür hinter sich geschlossen.

Irritiert blieb Pauline alleine zurück und fragte sich, weshalb sie so etwas wie Dankbarkeit darüber empfand, dass dieser selbstgerechte Preuße sich entschlossen hatte, ihren persönlichen Wachhund zu spielen.

*

Die Sonne über der Mosel wechselte allmählich ins abendliche Rot, als Erich in seine kleine Wohnung in der Bannofenstraße zurückkehrte. Der vertraute Geruch nach Bohnerwachs und Seifenlauge, mit denen seine Hauswirtin scheinbar ununterbrochen hantierte, schlug ihm entgegen. Seine Gedanken waren noch bei Mademoiselle Martin und den jüngsten Ereignissen. Wer auch immer hinter der ganzen Geschichte steckte, langsam wurde die Angelegenheit brenzlig. Auch wenn er es der jungen Frau gegenüber nur ungern zum Ausdruck gebracht hatte, so wusste er, dass dieser Anschlag eine unverhohlene Warnung war und sie es mit jemandem zu tun hatten, der vielleicht vor nichts zurückschreckte und zu Schlimmerem fähig war.

Daher war er erleichtert, dass Mademoiselle letztendlich zugestimmt hatte, sich und ihre Schülerinnen eine Weile aus der Gefahrenzone zu bringen. Zumindest, bis sie Gelegenheit hatten, in Preußen Erkundigungen über diesen Vincent Lehmann einzuziehen.

Als erfahrener Offizier wusste Erich, dass er damit lediglich einen Etappensieg errungen hatte und die nächste Hürde, die es zu überwinden galt, direkt vor seiner Nase lag.

Die Stubentür knarrte, als er sie öffnete. Der Duft von frisch aufgebrühtem Kaffee stieg ihm in die Nase, gemischt mit etwas anderem, einem Aroma aus Zucker, Butter und Rum, das darauf hindeutete, dass sein Bursche eine neue Lieferung von seiner Mutter erhalten hatte. Wie nicht anders zu erwarten, saß dieser auch schon in Hemd und mit Hosenträgern am bereits fertig gedeckten Tisch, auf dem Brot, Schinken, Käse, einige saure Gurken sowie eine Kanne Kaffee und ein Krug Bier bereitstanden.

Obgleich es sich Franzl niemals getraut hätte, vor der Anwesenheit seines Offiziers die gemeinsame Mahlzeit zu beginnen, war er dennoch gerade dabei, über beide Backen zu kauen, während neben ihm die geöffnete Kiste mit Leckereien aus dem elterlichen Colmar stand. Dessen ungeachtet erhob er sich sofort von seinem Platz und grüßte, als Erich den Raum betrat.

Gedankenverloren erwiderte dieser den Gruß, legte Rock und Kopfbedeckung ab und nahm ebenfalls Platz.

Die Aufgabe, die vor ihm lag, mochte sich als ebenso heikel erweisen wie die, eine eigenwillige Schulmeisterin zu einer kleinen Auszeit zu überreden. Doch wäre er hier zumindest in der Lage, seine Autorität auszuspielen und ein Machtwort zu sprechen.

Kurz überflog Erich seine Abendzeitung, die Franzl ihm pflichtbewusst auf den Tisch gelegt hatte. Dann schob er sie beiseite und sah den Burschen an. »Du wirst für uns beide packen müssen, Junge. Wir werden gemeinsam auf eine kleine Reise gehen.«

Der Angesprochene hielt mit Kauen inne. Seine Gesichtsfarbe wurde ein wenig blasser, als ihm die Bedeutung dieser Worte dämmerte. »*A Reis? A Reis, fer wò ànna?*«, nuschelte er, besann sich dann aber seiner Manieren und schluckte. »Wohin, Herr Hauptmann?«

»Über die Grenze nach Preußen«, antworte Erich. »Genauer gesagt nach Saarbrücken.«

Den Rest des Satzes hatte der Bursche sicher nicht mehr verstanden, denn ein heftiger Hustenreiz schüttelte ihn. Offensichtlich hatte er sich an seinem Stück Gugelhupf verschluckt. Er würgte, rang heftig um Atem, während sein Gesicht eine dunkelrote Farbe annahm. Ungerührt klopfte Erich dem Jungen auf den Rücken, damit sich der Krümel aus dessen Hals löste, und reichte ihm einen Becher Wasser, den er, noch immer um Atem ringend, bis auf den letzten Schluck leerte.

»Nach Preußen?«, keuchte er, als er wieder der Sprache mächtig war. »Warum?«

Erich unterdrückte ein Grinsen. »Weil, junger Mann, uns die Pflicht ruft, und wir dort eine Aufgabe zu erledigen haben.«

»Wir?«, fragte Franzl kläglich. Fast verspürte Erich so etwas wie Mitleid mit dem jungen Elsässer, der ein Gesicht machte, als sei ihm soeben das Hereinbrechen des Jüngsten Gerichts verkündet worden. »Wir beide? Zu welchem Zweck?«

Bedächtig griff Erich zu einer Scheibe Brot und begann, diese mit Butter zu bestreichen. »Weil wir einer jungen Dame in Nöten beistehen und etwas über einen vielleicht sehr gefährlichen Mann in Erfahrung bringen müssen.«

Der Bursche zeigte sich von der Eröffnung dieser ritterlichen Verpflichtungen unbeeindruckt. »Und das geht nur in Preußen, nicht auch hier?«

»Absolut.« Erich nickte und schichtete eine dicke Scheibe Wurst auf sein Brot, darüber ein saures Gürkchen. Als er wieder aufblickte, schien der Junge sich beinahe in sein Schicksal gefügt zu haben.

Aber nur beinahe.

»Das Essen in Preußen soll so schlecht sein.« Es klang elend, doch auf einen strengen Blick seines Offiziers hin beeilte er sich hinzuzufügen: »Hat man mir gesagt.«

Bei der Vorstellung der auf ihn zukommenden Entbehrungen wirkte Franzl so erbärmlich, dass er regelrecht zu schrumpfen schien. Nicht gerade die beste Haltung für den Burschen eines preußischen Offiziers. »Du wirst es überleben, Junge«, bemerkte Erich daher mit gespielter Strenge. »Oder willst du etwa behaupten, dass die preußische Armee dich schlecht ernähre?«

Der Angesprochene blickte verstohlen erst über das Paket mit den heimischen Leckereien, dann über seine eigene, ein wenig füllige Körpermitte, um die sich fest der Hosenbund spannte. »Nein, Herr Hauptmann.« Er senkte den Kopf.

»Es gibt also nichts, woran du hier Mangel leidest?«, hakte Erich nach.

»Nein, Herr Hauptmann.«

»Oder Kameraden von dir?«

»Nein, Herr Hauptmann.«

»Aha.« Erich schnitt sich ein großes Stück Käse ab und legte es demonstrativ neben sein Schinkenbrot auf den Teller. »Hast du vielleicht den Eindruck gewonnen, ich selbst sei in irgendeiner Weise asketisch veranlagt, nur weil ich aus Preußen stamme?«

Misstrauisch schielte Franzl auf Erichs reich gefüllten Teller und zögerte einen Moment, bevor er wiederum den Kopf schüttelte. »Nein, Herr Hauptmann.«

»Na also.« Erich nickte zufrieden und begann, sich seiner Mahlzeit zu widmen. »Wenn dem also so ist, dann kannst du mir jetzt etwas von dem Wein einschenken und dich stärken, bevor du mit Packen beginnst.« Er hielt seinem Burschen das Glas hin. »Und zuversichtlich sein, dass du deinen Aufenthalt im Königreich Preußen unbeschadet überstehst. Es bleibt dir ohnehin keine andere Wahl.«

## Kapitel 30

Die Ankunft in Saarbrücken berührte Pauline auf eigentümliche Weise. Da war etwas an dieser Stadt, ihrer Geschichte oder auch an den vielen Menschen, die zum Kriegsgedenken hierhergekommen waren, das sie aufwühlte.

Bereits als sie aus dem Zug ausstiegen, beim Anblick des von Menschen überlaufenen Bahnhofs, hatte dieses Gefühl sie übermannt und sich auf dem Fußmarsch bis zu ihrer Unterkunft noch weiter verstärkt.

Saarbrücken badete geradezu in Schwarz, Weiß und Rot. Riesige Banner in den Reichsfarben begrüßten die Gäste am Bahnhofsvorplatz. Quer über die davorliegende Straße war, einem Baldachin gleich, eine überdimensionierte Reichsflagge gespannt. Wenige Schritte weiter war vor einem spitz zulaufenden, aus gelbem und rotem Sandstein errichteten Prachtbau an einer Straßenecke, den die stets bestens informierte Eleonore Schmitt als die Bergwerksdirektion erkannte, das Standbild eines der siegreichen preußischen Generäle aufgestellt worden. Als Pauline mit ihren Schülerinnen daran vorbeischritt und den Kopf nach links wandte, tummelten sich unzählige Schaulustige vor einer Art künstlichem Triumphbogen, der so wirkte, als warte er nur darauf, von siegreichen Truppen durchschritten zu werden. Von ferne war eine Militärkapelle zu hören, welche inbrünstig die »Wacht am Rhein« intonierte.

»*Allez, les filles! Vite!* Nicht trödeln, Mädchen«, trieb sie die Schülerinnen an, die staunend, interessiert oder einfach nur gaffend in ihren hübschen Reisekleidern dastanden. Der Wunsch, dem siegestrunkenen Getümmel zu entfliehen, vermischte sich mit dem Bedürfnis, sich den Reisestaub abzuwaschen und ein wenig frisch zu machen.

Es war ein Glück gewesen, dass sie in diesen Tagen noch freie Zimmer in einer kleinen Pension auf dem gegenüberliegenden Saarufer unweit des Schlosses hatten ergattern können. Kurzfristig war dort etwas frei geworden, nachdem eine andere Reisegruppe wegen Erkrankung hatte absagen müssen. Fast ein Wunder bei dem, was gerade in Saarbrücken los war.

Auch die Brücke über die Saar, die Luisenbrücke, wie Fräulein Schmitt sie belehrte, war über und über mit preußischen und reichsdeutschen Flaggen geschmückt und von Passanten überlaufen. Knapp konnten sie einer klingelnden Straßenbahn ausweichen, zweimal einem Fuhrwerk. Pferdeäpfel lagen auf dem Kopfsteinpflaster. Naserümpfend hob Pauline den Rock an und ließ ihren Blick über die im Sonnenlicht glitzernde Saar streifen, an deren Ufer Frachtkähne vertäut waren.

Kurz darauf passierten sie ein paar malerisch angelegte Grünanlagen, dann erreichten sie das linke Saarufer. Pauline beschleunigte ihre Schritte, und so dauerte es nicht lange, bis das Grüppchen unter Weisung von Eleonore Schmitt die Pension erreichte, die sich in einer engen Seitengasse befand.

Auch dort flatterten an vielen Fenstern die in Schwarz, Weiß und Rot gehaltenen Flaggen des Kaiserreiches.

Pauline atmete tief durch und betätigte die Türklingel.

\*

Man hatte *seinetwegen* die Schlafzimmertüren der Mädchen abgeschlossen!

Diese Erkenntnis traf Vincent wie ein Blitz.

Also hatte man hier im Haus bereits damit begonnen, ihm zu misstrauen. Wütend versuchte er noch einmal, die Klinke herunterzudrücken. Ohne Erfolg.

So etwas hatte er befürchtet. Selbst Mademoiselle Pauline hatte ihr Verhalten ihm gegenüber geändert. Deshalb war er vorbereitet.

Rasch zog er ein Stück Draht aus der Hosentasche, das er in die richtige Form bog. Dann ließ er die Spitze des Dietrichs behutsam in das Türschloss gleiten und tastete sich vor, bis er einen Widerstand spürte. Es war nicht das erste Schloss, das er auf diese Weise öffnete. Hatte er doch Erfahrung damit gesammelt. Damals, in einem anderen Leben. Bei dem Gedanken daran wurden seine Fingerspitzen feucht, der Draht rutschte ab.

*Verflucht!*

Unter Aufbietung all seiner Willenskraft gelang es ihm, die Erinnerung in den hintersten Teil seines Bewusstseins zu verbannen. Noch ein kleines Stück nach rechts, dann etwas vor ... Angespannt presste er die Kiefer zusammen.

Seit er erfahren hatte, dass Mademoiselle Pauline mit ihren Mädchen abreisen würde, *auf Exkursion gehen*, wie es offiziell hieß, wusste er, dass sich die Schlinge zuzog. Wer am Ende dann die Zeche zahlen würde, das musste sich noch herausstellen ...

Zunächst hatte er versucht, sich selbst zu überzeugen, dass das alles nicht das Geringste mit seiner Person zu tun hatte. Dass man ihn im Institut schätzte und ihm vertraute. Aber er konnte sich nichts vormachen. Er wusste zu viel.

Und nun, da Mademoiselle Pauline tatsächlich mit ihren Schülerinnen und der jüngeren Kollegin abgereist war, sich im Haus und im sommerlichen Garten Ruhe ausbreitete, war Vincents Beklemmung derart gewachsen, dass er es nicht länger aushielt. Er musste etwas tun. Irgendetwas!

Das Knarren einer Treppenstufe ließ ihn erstarren. Ein leises Aufkeuchen direkt hinter ihm!

Er fuhr herum und blickte in das Gesicht von Camille, die ihn mit weit aufgerissenen Augen anstarrte.

*

Es kostete Vincent einige Sekunden, um sich von dem Schrecken zu erholen. Hatte er doch so kurz nach dem Abendbrot niemanden in der zweiten Etage erwartet, in der sich lediglich die Zimmer der Schülerinnen, ein leer stehendes Gästezimmer und der Waschraum befanden. Dem Stubenmädchen schien es ähnlich zu gehen, denn noch immer stand sie wie festgefroren auf der Stelle und sah ihn an, als habe sie gerade ein Gespenst erblickt. Dann begann sie zu begreifen, was da vor sich ging. Hastig drehte sie sich auf dem Absatz herum und wollte nach unten eilen.

»Camille!« Er hatte sie in wenigen Schritten erreicht. »Camille!« Rasch ergriff er ihre Handgelenke und hielt sie fest. Heftig versuchte sie sich loszureißen. »*Non! Non! Laissez-moi!*«

Vincent hielt sie fest. »*Du calme!* Ganz ruhig! *Je ne te ferai pas de mal. Fais-moi confiance!* Alles ist in Ordnung!«

Sie hörte auf, sich zu wehren, und erstarrte in seinem Griff. Hatte sie aufgegeben, oder war sie überrumpelt, ihn, den Deutschen, plötzlich in ihrer Muttersprache reden zu hören?

Ihre Augen waren immer noch voller Panik, als er sich ein wenig zu ihr hinabbeugte. »*Je dois voir cette chambre.* Ich muss dieses Zimmer sehen. Es ist wichtig. *Im-por-tant.*«

Noch immer schwieg sie, doch das Flackern ihrer Pupillen zeigte, wie verängstigt sie war. Würde sie mit ihrem Wissen zu Lisbeth laufen? Ihr erzählen, dass er versucht hatte, in die Schlafräume der Schülerinnen einzubrechen? *Allmächtiger!*

Schlimmer hätte es nicht kommen können. Aber für ihn gab es kein Zurück, die Sache war zu wichtig. Er musste es hinter sich bringen.

Schweiß stand ihm auf der Stirn. Vorsichtig ließ er Camille los, darum betend, dass sie nicht gleich davonstürzen würde. Wie zur Kapitulation hob er die Hände. »*Écoute*«, sagte er so vorsichtig, als ob er mit einem kranken Tier sprechen würde. »Hör zu, du kannst gerne mit mir kommen und dich selbst vergewissern, dass ich hier nichts stehlen möchte.«

Seine Stimme klang vertrauenerweckend. Sanft und weich kam sie von seinen Lippen, ohne dass er sich rührte. Kaum merklich veränderte sich etwas in ihrem Blick. Ihr Körper schien sich zu entspannen. Ihr Kinn hörte auf zu zittern.

Vincent getraute sich nicht, Erleichterung zu empfinden, nur eine vage Hoffnung.

»Ich werde nichts wegnehmen, versprochen«, sagte er auf Französisch. »Aber ich muss etwas finden, etwas sehr, sehr Wichtiges. Bleib dabei und überzeuge dich selbst.«

Der innere Kampf war der Miene des Mädchens anzusehen. Ihre hellen, fast farblosen Wimpern bebten. Sie antwortete nicht. Ob das ein gutes Zeichen war? Vincent entschloss sich, es als solches zu deuten.

»*D'accord?*«, fragte er leise. Wieder war er überrascht, wie viel Sanftheit er in diese Worte legen konnte. »Bist du damit einverstanden? *Oui?*«

Er spürte, wie ein Lächeln auf sein Gesicht trat. Da senkte sie den Kopf. Die Andeutung einer Zustimmung?

»Vertrau mir«, flüsterte er.

Noch immer fürchtend, sie könne es sich anders überlegen, wollte er ihr die Hand reichen. Doch sie zog ihre fort.

Ohne sich seine Anspannung anmerken zu lassen, wandte er sich um und ging zu dem Zimmer, dessen Tür einen kleinen Spalt offen stand. Das Geräusch leiser Schritte hinter ihm zeigte an, dass Camille ihm folgte.

\*

Vertrauen sah anders aus, das wusste Vincent. Aber er hatte mehr erreicht, als er vor wenigen Minuten zu hoffen gewagt hatte. Zwar hatte Camille sein Angebot, ihn zu begleiten, nicht angenommen. Dafür stand sie im Flur, an der geöffneten Tür, und ließ ihn nicht aus den Augen.

Mehr durfte er wohl nicht erwarten.

Sanftes Abendlicht fiel durch das Fenster und tauchte die Einrichtung aus schlichten weißen Möbeln in ein rosiges Licht. Die geblümten Gardinen waren vorgezogen und sperrten etwas von der hochsommerlichen Hitze aus. Auf jedem der beiden Betten lag eine filigran bestickte Tagesdecke. Vincent kam nicht umhin, ein weiteres Mal die Stilsicherheit zu bewundern, mit der Mademoiselle Pauline jeden einzelnen der Räume ihres Hauses ausgestattet hatte.

Wo sollte er mit der Suche beginnen? Tatsächlich wusste er nicht einmal, welches Bett welchem der beiden Mädchen gehörte.

Ratlos schaute er sich um, dann schritt er entschlossen auf die rechte Seite zu, öffnete den schmalen Schrank und warf einen Blick hinein. Sorgfältig hingen einige schlichte Kleider, Röcke, Blusen und Schürzen auf den Bügeln. Alles andere befand sich sicher im Koffer in Saarbrücken. Auf den Gefächern daneben befanden sich ordentlich zusammengefaltete und gestapelte Handtücher, Leintücher und Bettbezüge. Im unteren Teil standen ein Paar Schuhe.

Es mussten Louises Sachen sein, denn diese einfachen und zugleich sorgfältig aufbewahrten Kleidungsstücke passten nicht zu Suzette. Vorsichtig schloss er wieder den Schrank und zog die Schublade des Nachttisches auf, deren Inhalt er rasch durchsuchte. Ein Gesangbuch für den Gottesdienst, daneben einige mit Briefmarken beklebte Umschläge, die bestätigten, dass es sich tatsächlich um die Habseligkeiten von Louise handelte.

Als er einen der Umschläge umdrehte, um den Absender zu lesen, hielt er einen Moment verblüfft inne. Irgendwo in seinem Hinterkopf pochte es, als er am Namen des Ortes hängenblieb, wie eine Warnung, dass er sich erinnern müsste.

Ein Hüsteln vom Flur her forderte ihn auf, sich zu beeilen. Schnell schob er die Schublade wieder zu und ging zur anderen Seite des Raumes.

Dem Inhalt dieses Kleiderschranks widmete er deutlich mehr Aufmerksamkeit. Der Unterschied zu dem aufgeräumten Pendant ihrer Zimmernachbarin konnte nicht offensichtlicher sein.

Alles war wesentlich auffälliger in Schnitt und Farbe, zudem von besserer Qualität, soweit er das beurteilen konnte. Allerdings bei Weitem nicht so ordentlich aufgereiht, die Wäsche in den Gefächern nur flüchtig gefaltet. Ein Duft von Rosen hing zwischen den Kleidungsstücken, als habe Suzette alles mit Duftwasser beträufelt.

Doch so intensiv er jedes einzelne Wäschestück, jedes Teil der Garderobe anhob und betrachtete, er konnte nichts finden, was ihn bei seiner Suche weiterbrachte. Blieb also nur noch der Nachttisch.

Vorsichtig zog er die Schublade auf und spähte hinein. Einige Schmuckstücke, achtlos hineingeworfen, eine Flasche Parfum, von der Mademoiselle Pauline sicher nichts wusste, daneben ein Puderdöschen. In der hintersten Ecke lag ein schweres, in schwarzes Leder gebundenes Buch. Enttäuscht darüber, auch hier nichts Brauchbares gefunden zu haben, wollte Vincent die Suche aufgeben, als er bemerkte, dass ein Stück Papier, der Rand eines Kuverts, wie es aussah, einige Millimeter aus den Buchseiten hervorlugte.

Ohne allzu große Hoffnung griff er nach dem Buch, nahm es aus der Schublade und schlug es auf. Er hatte sich nicht getäuscht, es war tatsächlich ein Briefumschlag. Allerdings stand lediglich der Name der Adressatin, Suzette Manseaux, darauf, jedoch kein Hinweis auf den Absender.

Er zog den Brief heraus, faltete ihn auseinander und überflog rasch die unruhige, in blauer Tinte gehaltene deutsche Schrift. Sein Herz begann, schneller zu schlagen. Zwar enthielt das Schreiben keinerlei Hinweis auf den Namen des Absenders, doch gab dessen Inhalt dafür umso mehr preis. Ein paar knappe Sätze voller Belanglosigkeiten, über die Stärke der Gefühle und die Sehnsucht nach einem Wiedersehen.

Und, was für Vincent von besonderer Bedeutung war, ein vereinbarter Treffpunkt. Einer, der sich zwischen den Denkmälern der Schlachtfelder von Spichern befand.

Spichern ... Dieses lothringische Dorf unweit von Saarbrücken, welches sich, wie er wusste, Mademoiselle Pauline als eines ihrer Reiseziele ausgesucht hatte.

Allem Anschein nach hatte jemand dies in Erfahrung gebracht und war entschlossen, die schulische Exkursion für seine eigenen Zwecke zu nutzen. Zwecke, über die Vincent in diesem Moment nicht spekulieren konnte, ohne dass Übelkeit in ihm aufstieg. Zumal er sicher zu wissen glaubte, um wen es sich bei dieser Person handelte und wozu diese imstande war.

Was sollte er jetzt tun?

Lisbeth davon in Kenntnis setzen? Gerade sie schien ihm am meisten zu misstrauen. Außerdem konnte sie von Diedenhofen aus genauso viel oder wenig in der Sache erreichen wie er selbst.

Ein Telegramm aufgeben, um Mademoiselle Pauline zu warnen?

Resigniert schüttelte er den Kopf. Nach allem, was geschehen war, würde sie ihm auf ein bloßes Schreiben hin wohl kaum Vertrauen schenken.

*Es blieb also nur noch ...*

Gedankenverloren faltete er das Schreiben zusammen und ließ es in der Tasche seines verschlissenen Rocks verschwinden. Er sah eine letzte Möglichkeit, dem anderen bei seinen Plänen zuvorzukommen. Er musste sich auf den Weg nach Saarbrücken machen. Zurück in die preußische Rheinprovinz. In die Höhle des Löwen.

*

Tief atmete Suzette die herbe Nachtluft ein, die in dem kleinen Garten ihrer Saarbrücker Pension hing, der Duft nach Gras, Sommerblüten und trockener Erde, vermengt mit dem leicht dumpfen

Geruch der Großstadt. Dazu Geräusche, die hier nie ganz verstummten.

Ein mondloser, sternenklarer Himmel spannte sich über dem Tal der Saar. Suzette verspürte den Drang, ein Lied zu pfeifen, während sie aus dem Hinterausgang des Hauses schlüpfte.

*Les nuits d'été*, Sommernächte.

Träumerisch lehnte sie sich mit dem Rücken an die Holzwand des Toilettenhäuschens und schloss die Augen. Wie gut sich alles gefügt hatte. Wie wunderbar – wenngleich auch überraschend –, dass Louise endlich zur Vernunft gekommen war und ihr kurz vor der Abreise diesen kleinen Brief zugesteckt hatte. Sie hatte sich nicht getraut, ihn in ihrem Reisegepäck zu verstauen und mitzunehmen. Weshalb sie dessen Inhalt Zeile für Zeile auswendig gelernt hatte. Jedes einzelne köstliche Wort.

Nun war sie endlich hier, und es würde nicht mehr lange dauern. Noch ein klein wenig Geduld. Wie aufregend das alles war!

Dabei hieß es doch immer, Preußen sei langweilig und öde. *Pas du tout!* Mitnichten!

Wenn sie das ihren Freundinnen in Avignon schreiben würde, die würden Augen machen. Ach, diese romantischen Sommernächte … Vergnügt kicherte Suzette in sich hinein, während sie die Tür des Toilettenhäuschens hinter sich zuzog.

## Kapitel 31

Am nächsten Morgen scheuchte Pauline die Mädchen schon früh aus den Betten, da eine ausgedehnte Stadtbesichtigung anstand. Trotz ihres inneren Aufruhrs hatte sie gut geschlafen und fühlte sich erfrischt und voller Tatendrang. So sehr sie diesen Teil der Historie auch verabscheute, es half nichts, vor der Vergangenheit die Augen zu verschließen.

Irgendwann am späten Vormittag wollte Hauptmann von Pliesnitz zu ihnen stoßen. Bis dahin würde Eleonore Schmitt, die an ihrer Schule auch für den Geografieunterricht zuständig war, den Schülerinnen etwas über die Besonderheiten von Saarbrücken und der Saarregion erzählen.

So begnügten sich alle mit einem raschen Frühstück, das aus knusprigen frischen Brötchen, Butter, Marmelade sowie einem von der Hauswirtin selbst gebackenen Hefekranz bestand. Dann war es auch schon an der Zeit, die Stadt zu erkunden.

»Ob es in Saarbrücken gute Geschäfte gibt?«

»Ich brauche dringend neue Bänder.«

»Und ich Stickgarn für meine Taschentücher.«

»Was meint ihr, findet man hier auch bedrucktes Porzellan als Souvenir?«

»Mein Bruder hat bald Geburtstag. Ob es hier schöne Krawatten zu kaufen gibt?«

Ganz offensichtlich lagen die Interessen der Mädchen auf anderen Dingen als der Stadtgeschichte oder den lokalen Sehenswürdigkeiten. Doch ließ sich Eleonore Schmitt von dem allgemeinen Geplapper nicht aus dem Konzept bringen. Mit der ihr eigenen Ruhe und Beharrlichkeit las sie aus einem Reiseführer vor sowie aus ihren eigenen Notizen, die sie mit viel Fleiß vorab zusammengestellt hatte.

So erfuhr die Gruppe, während sie die Straßen und Gassen durchschritt, dass das heutige Saarbrücken erst im vergangenen Jahr aus verschiedenen, ehemals eigenständigen Städten und Gemeinden zusammengefügt worden war. Eine Entwicklung, die langwierig und nicht ohne Konkurrenzkämpfe und Reibereien vonstattengegangen war. Gerüchte sprachen sogar von einem Duell, das sechzehn Jahre zuvor zwischen den Bürgermeistern der beiden Städte, die sich an den Ufern gegenüberlagen, Sankt Johann und Saarbrücken, ausgefochten worden war, da man sich nicht darüber einigen konnte, wo die Kommandantur angesiedelt werden sollte. Eine Anekdote, die bei den Schülerinnen allgemeines Gekicher hervorrief und wesentlich zur Belebung der Stadtgeschichte beitrug.

Pauline schmunzelte. Wie bedauerlich, dass nicht alle Geografiestunden mit derlei Räuberpistolen angereichert werden konnten, steigerten diese die Aufmerksamkeit jugendlicher Backfische doch beträchtlich.

Auch die optischen Eindrücke, welche die Stadt mit ihren Straßenzügen, Uferpromenaden, alten Kirchen und Brücken bot, waren durchaus angenehm zu nennen. Bunter Sandstein war das vorherrschende Material der Gebäude, die sich malerisch in die bewaldeten Hänge des Umlandes einfügten.

Kurz besuchten sie einige Kirchen, zunächst die sogenannte Ludwigskirche, die sich gerade im Zustand umfassender Renovierungsarbeiten befand und deren barocke Pracht an die Zeit gemahnte, in der Nassauer Fürsten Stadt und Umland beherrschten. Das katholische Pendant, die gleichfalls aus der Barockzeit stammende Basilika St. Johann, in der Pauline eine Kerze entzündete, strahlte eine ebenso erhabene, wenn auch wesentlich bescheidenere Würde aus.

»Natürlich kenne ich das alles schon. Mein Vater hat ja ständig in Saarbrücken zu tun«, brüstete sich Charlotte, die in der Saarregion aufgewachsen und zudem die Tochter eines dort einflussreichen Grubendirektors war. »Klar, dass euch Landpomeranzen das alles beeindruckt. Ihr seid ja nichts Besseres gewohnt. Aber ihr solltet erst einmal Berlin sehen.«

Gelsa, die aus Potsdam stammte und Berlin daher wahrscheinlich häufiger besucht hatte als ihre Klassenkameradin, schnaubte abfällig und rollte die Augen. Ehe sie aber zu einer entsprechenden Antwort ansetzen konnte, hatte Pauline mit einem strengen Blick dem allgemeinen Geschwätz ein Ende bereitet. Gesittet machten sich alle auf den Weg zurück über die Alte Brücke in Richtung Schloss, das erhaben über dem linken Saarufer thronte. Von dort aus sollte es weiter zum alten Saarbrücker Rathaus gehen, das seit dem vergangenen Jahr nicht mehr als solches genutzt wurde.

Trotz des siegestrunkenen militärischen Pomps, der anlässlich des Kriegsjubiläums in der Stadt herrschte, empfand Pauline bereits jetzt ihre Exkursion als durchaus lohnend, erweiterte diese doch das Wissen und den Horizont nicht nur der Mädchen. Rasch verdrängte sie den Gedanken daran, dass sie diese Reise eigentlich nur unternahm, um ihre Schülerinnen von den Unwägbarkeiten in Thionville fernzuhalten. Eine Sache, von der sie noch immer nicht wusste, wie die Zusammenhänge lagen oder wer dahintersteckte.

Umso lieber ließ Pauline sich von den zahlreichen neuen Eindrücken ablenken: Vor Jahrzehnten noch ein unbedeutendes Provinzstädtchen an der südlichsten Grenze des Königreiches Preußen, genauer gesagt, der preußischen Rheinprovinz, war Saarbrücken durch den wirtschaftlichen Aufschwung der Schwerindustrie in der Saarregion beträchtlich angewachsen. Zudem hatten Stadt und Region vom allgegenwärtigen Schlachtfeldtourismus im benachbarten Lothringen, insbesondere im direkt an Saarbrücken angrenzenden Dörfchen Spichern, profitiert. Nicht nur zum diesjährigen 40. Jahrestag der dortigen – für Preußen –

bedeutenden Schlacht wurde ein mächtiges Gehabe um diesen Sieg veranstaltet, welches sich in Monumenten, Ausstellungen und einem Gemäldezyklus entlud. Nach allem, was Pauline verstanden hatte, kamen das ganze Jahr über Schaulustige und Touristen, um sich an den Erinnerungen an den glorreichen Sieg und ihrer nationalen Größe zu ergötzen.

Und nun stand Pauline Martin aus Metz, die zwischenzeitlich ihr nächstes Ziel erreicht hatte, umringt von der kleinen Schar ihrer Schülerinnen, mitten im prächtigen Saal des nahe am Schloss gelegenen ehemaligen Rathauses, wo die Ereignisse jener Tage im Bild festgehalten wurden. Trotz der verhängnisvollen Szenen, die teils überlebensgroß an den mit Eichenholz vertäfelten Wänden des Saales dargestellt waren, konnte sich Pauline auf den ersten Blick einer gewissen morbiden Faszination nicht entziehen. Sie waren beeindruckend und pompös und dabei so lebensecht, dass man beinahe glaubte, die Gestalten könnten jeden Moment von ihrer Leinwand herabsteigen. Auf umrahmten Bildtafeln waren die Größen jenes verhängnisvollen Krieges zu sehen, Generalstabschef Moltke, der damalige Kronprinz Friedrich Wilhelm, Prinz Friedrich Karl und Otto von Bismarck. Das größte Gemälde zeigte den damaligen König und späteren Kaiser Wilhelm I., wie er auf der Durchreise zu den Schlachtfeldern nach Lothringen Saarbrücken besuchte, wo Menschenmassen herbeiströmt kamen, um ihm zu huldigen.

Ein Geschmack von Galle legte sich auf Paulines Zunge.

Auf einem weiteren Gemälde an der Stirnseite des Raumes erhob sich eine barbusige Siegesgöttin mit Siegespalme und Kaiserkrone über zwei germanischen Kriegern. Die Linke des einen zum Schwur erhoben, reichten sich die Recken in bedeutungsschwerer Geste die Hand. Nord- und Südgermanen sollten die beiden darstellen, wie der dunkel gelockte Gästeführer in wichtigem Tonfall erklärt hatte, deren Händedruck die Vereinigung der norddeutschen mit den süddeutschen Staaten symbolisierte.

Eine machtvolle Geste kriegerischer Geschichte, die Pauline Übelkeit verursachte, wusste sie doch nur zu gut Bescheid über die dunkle Seite der damaligen Ereignisse. Niemand hatte die Lothringer gefragt, ob sie bei jener mythisch überhöhten Vereinigung von Nord und Süd, Ost und West unter dem preußischen Adler überhaupt dabei sein wollten.

Lediglich die Tatsachen, dass sie als Lehrerin das Vorbild ihrer Schülerinnen sein sollte und sie selbst die Exkursion an diesen unseligen Ort angeordnet hatte, hinderten sie daran, auf dem Absatz kehrtzumachen und den Saal zu verlassen.

Aber, kam es Pauline in den Sinn, war es in Frankreich denn so viel anders? Gab man sich dort wirklich weniger pompös, weniger symbolträchtig, weniger einschüchternd?

War der aufkeimende, nicht erst seit den Tagen des verlorenen Krieges von 1871 aufgeflammte Revanchismus nicht mit ähnlich starken Aggressionen aufgeladen? Oder die Art, mit der sich die französische Republik als Kolonialmacht präsentierte, als Herrin über Länder und Völker jenseits der Kontinente und Ozeane?

Und hatten nicht in den vergangenen Jahren politische Skandale wie die Dreyfus-Affäre gezeigt, dass auch die Republik Frankreich weit davon entfernt war, stets ihre großen Ideale der Freiheit, Gleichheit und Brüderlichkeit zu verkörpern?

Würden sie jemals hier, im Herzen Europas, in dieser über die Jahrhunderte hinweg von zahllosen Kriegen gebeutelten Regionen an Saar, Mosel und Rhein, aufhören, sich gegenseitig zu bedrohen, einzuschüchtern und zu bekämpfen? Auf jedwede Art die eigene Stärke zu demonstrieren und mit den Säbeln zu rasseln?

Unverdrossen erzählte der Gästeführer weiter. Dieses ganze Gerede von Krieg, Kämpfen und Gewalt bedrückte Pauline so sehr, dass es ihr wie eine Erlösung erschien, als sie eine bekannte Gestalt kommen sah.

*Hauptmann von Pliesnitz.*

Pauline wandte sich um und nickte dem Neuankömmling kurz

mit dem Kopf zu. Dieser blieb in angemessenem Abstand stehen und salutierte formvollendet.

Die Schülerinnen kicherten. Nicht laut und wahrscheinlich sogar hinter vorgehaltener Hand. Doch es genügte, um Pauline die Röte in die Wangen zu treiben. Wie außerordentlich peinlich. Und so blickte sie den Hauptmann kaum an, als sie ihm die Hand reichte.

»Entzückende Schülerinnen haben Sie da«, raunte er ihr leise zu. Zu ihrer Überraschung lag etwas wie Amüsement in seinen Augen. Die Reaktion der Mädchen war ihm also nicht entgangen, und ganz offensichtlich weidete er sich an Paulines Verlegenheit.

»Ich kann mich nicht daran erinnern, je das Gegenteil behauptet zu haben«, antworte sie würdevoll und entzog ihm ihre Hand. »Immerhin unterhalte ich eine Schule für *höhere* Töchter.«

»Ganz zweifellos.« Er lächelte kurz, bevor er wieder ernst wurde. »Ich freue mich, dass Sie Ihr Reiseziel so gut und sicher erreicht haben.«

»Was für die Qualität und Zuverlässigkeit des modernen Eisenbahnsystems spricht.« Ohne zu wissen, weshalb, fühlte sich Pauline befangen. Irgendetwas am Verhalten des Hauptmanns hatte sich geändert.

»Höre ich aus diesen Worten etwa ein verdecktes Lob der deutschen Gründlichkeit heraus?« Es war offensichtlich, dass er versuchte, sie zu necken. Die düsteren Wolken, die noch vor wenigen Augenblicken über ihrer Stirn gehangen hatten, verflüchtigten sich. »So etwas würden Sie nie von mir zu hören bekommen, *mon capitaine*. Zudem scheinen Sie vergessen zu haben, dass auch die französische Republik, ja bereits das Zweite Französische Kaiserreich, durchaus führend im Bau von Eisenbahnen waren.«

»Man hat mich schon vielerlei beschuldigt, doch höchst selten der Vergesslichkeit. Fragen Sie meine Männer.«

Ein Auflachen wollte in Pauline aufsteigen, und rasch wandte sie sich wieder ihren Schülerinnen zu, um eine ernste Miene bemüht. »Mädchen«, sagte sie laut, musste sich jedoch räuspern, bevor sie weitersprechen konnte. »Darf ich euch Hauptmann von Pliesnitz vorstellen, vom 3. Lothringischen Infanterieregiment Nummer 135.« Ihr Blick ging zu Suzette, und sie bemerkte, dass diese verlegen den Kopf senkte. Offensichtlich erinnerte sie sich sehr gut, wer dieser Mann war und wie sie sich kennengelernt hatten.

»Der Hauptmann war so freundlich, sich auf unserer kleinen Exkursion hier als Reiseführer zur Verfügung zu stellen und uns die Schönheiten der preußischen Rheinprovinz zu zeigen.«

Sie lächelte, als sie sich wieder von Pliesnitz zuwandte.

»Ganz so war es nicht ausgemacht, Mademoiselle«, protestierte er kaum hörbar. »Ich hatte versprochen, meine Kontakte spielen zu lassen und ein wenig auf Sie aufzupassen, nicht jedoch die Mutter der Compagnie zu mimen.«

Paulines Lächeln ging in die Breite, als sie an ihren Schülerinnen vorbeischritt, um zum nächsten Bild zu gelangen, von Pliesnitz im Schlepptau. »Zu spät«, gab sie genauso leise zurück. »Oder wie sagt man bei Ihnen: Mitgefangen, mitgehangen?«

## Kapitel 32

Tatsächlich hatte sich etwas zwischen ihnen geändert, dem grimmigen Hauptmann Gnadenlos und ihr selbst. Nur, dass Pauline, die es sonst gewohnt war, mit der ihr eigenen Mischung aus messerscharfem Verstand und feinem Gespür, die Dinge gleich zu durchschauen, nicht so recht den Finger darauf legen konnte, worin genau diese Änderung bestand, geschweige denn, was diese ausgelöst haben mochte.

In Thionville hatte von Pliesnitz nie einen Hehl daraus gemacht, dass er sie für unfähig hielt, ihre Schützlinge im Griff zu haben oder mit heiklen Situationen alleine fertig zu werden. Nun war er plötzlich ... Pauline zog die Nase kraus bei dem Versuch, es in Worte zu fassen. Irgendwie war er zugänglicher geworden. Geradezu angenehm.

Sie fragte sich, ob diese Tatsache womöglich damit zu tun haben könnte, dass er sich ausnahmsweise einmal nicht im Dienst, sondern fernab von seiner Garnison befand und ihm für einige Tage die Bürde seiner Pflichten abgenommen worden war.

*Wobei* ... Pauline schüttelte den Kopf. War ein Mann wie Erich von Pliesnitz tatsächlich zu irgendeiner Zeit und an irgendeinem Ort einmal nicht im Dienst? Einmal nicht formell? Nicht für alles verantwortlich, was um ihn herum geschah?

Sie lächelte. So recht konnte sie sich das bei ihm nicht vorstellen.

Und doch war er an diesem Nachmittag anders gewesen. Anders zu ihr. Gelöster. Er hatte sogar beinahe etwas wie Humor gezeigt. Wenn auch einen recht trockenen Humor. Nun ja, ein Preuße eben. Wieder lächelte sie.

Die Dämmerung war über die Stadt an der Saar hereingebrochen, die ersten Sterne zeigten sich am Himmel. Mittlerweile befanden sich die Schülerinnen in ihren Betten und schliefen hoffentlich. Ein langer Tag lag hinter ihnen.

Noch immer erhitzt von den sommerlichen Temperaturen, die zwischen den Mauern Saarbrückens standen, und aufgewühlt von den Eindrücken des Tages, hatte sich Pauline von der Hauswirtin einen kleinen Krug Rotwein aufs Zimmer schicken lassen. Bereits im Nachthemd, schenkte sie sich nun davon ein und trat mit dem Glas ans Fenster.

*Alleine.*

Ein kurzer Augenblick der Ruhe und Ungestörtheit. Eine seltene Gnade für eine Institutsleiterin, die tagein, tagaus mit den großen und kleinen Nöten ihrer Schützlinge, der Sorge um deren seelisches und geistiges – bisweilen auch körperliches – Wohl beschäftigt war.

Und wie beflügelt von diesem kostbaren Moment der Freiheit flogen ihre Gedanken zurück zu den Ereignissen des Tages, den Bauwerken und Monumenten, dem gemeinsamen Lachen und Erleben. Aus Erfahrung wusste Pauline, dass solche Exkursionen nicht nur die Allgemeinbildung der Mädchen, sondern auch das Gefühl der Zusammengehörigkeit und der gegenseitigen Verantwortung förderten.

Hauptmann von Pliesnitz hatte sein Versprechen wahr gemacht und das Grüppchen den Rest des Tages über begleitet. Zwar hatte Pauline gespürt, dass er sich in der Anwesenheit ihrer lebhaften und oft sehr unverblümten Schülerinnen nicht wirklich wohlfühlte. Dennoch hatte er sich wacker geschlagen, war keiner Frage ausgewichen und hatte auch nicht das Weite gesucht.

Dann jedoch ... Pauline konnte nicht verhindern, dass bei dieser Erinnerung ein Hauch von Wärme in ihr aufstieg. Der Abend war hereingebrochen und die Zeit gekommen, mit Eleonore Schmitt und den Schülerinnen zur Pension zurückzukehren, wo die Wirtin mit dem Abendbrot auf sie wartete. Während die Kollegin mit den Mädchen nach oben ging und dafür sorgte, dass diese sich wuschen und wieder ordentlich herrichteten, hatte Pauline sich die Zeit genommen, an der Eingangstür den Hauptmann in aller Form zu verabschieden.

Einen Moment hatten sie sich auf der Straße gegenübergestanden. Der westliche Himmel war von einem sanften Rotton überzogen gewesen. Gedämpft wehten die Klänge der letzten Militärkapellen von der gegenüberliegenden Saarseite zu ihnen herüber.

Pauline, die wusste, was sich gehörte, hatte ein wenig höfliche Konversation betrieben, sich beim Hauptmann für seine Unterstützung und Hilfe bedankt. Alles sehr ruhig, sehr sachlich, wie es sich schickte.

Mit einem Mal aber war von Pliesnitz völlig unerwartet zu ihr getreten und hatte ihren Blick gesucht. Schweigend ruhten seine Augen auf ihr. Etwas Weiches lag darin, das Pauline ebenso berührte wie irritierte.

»Ich muss mich bei Ihnen entschuldigen.« Sanft hallten seine Worte in der abendlichen Gasse wider.

Fragend hob Pauline den Kopf. »Entschuldigen Sie, für was?«

»Nun ...« Er räusperte sich. »Offensichtlich hatte ich ein falsches Bild von Ihnen. Entgegen meiner früheren Aussage haben Sie Ihre Schülerinnen nicht nur bestens im Griff, sondern zudem noch ...« Erneut zögerte er und sah an ihr vorbei. »Na ja, durchaus gut erzogen.« Aufrichtigkeit lag in seinen Worten, und Pauline spürte, wie Röte in ihr aufstieg.

Schweigen entstand. Ein leichter Wind wirbelte den Staub der Straße auf, wehte eine Haarsträhne aus Paulines Gesicht und kühlte ihre erhitzten Wangen. Plötzlich waren sie sich ganz nah, dieser preußische Hauptmann und sie. So nah, dass sie den Geruch nach Wolle, Wäschelauge und Leder wahrnahm, der von seiner Uniform ausging. So nah, dass sie nur die Hand ausstrecken müsste, um ihn zu berühren. Und zu ihrer eigenen Verwunderung empfand sie diese Nähe keineswegs als unangenehm.

»Ich danke Ihnen«, sagte sie und senkte den Blick.

*Ihre Worte bedeuten mir sehr viel*, wollte sie hinzufügen, schwieg aber. Zu intim, zu vertraut erschien ihr dieses Geständnis. Völlig unpassend für eine Frau in ihrer Position. Stattdessen hob sie ihm die Hand entgegen. Ein leichter Schauer durchfuhr sie, als er diese ergriff und einen Moment festhielt. Warm und stark.

»Morgen früh werde ich die Zeitungen aufsuchen, in der Hoffnung, etwas über Ihren Gärtner in Erfahrung zu bringen, das uns weiterhilft. Ich nehme an, Sie besuchen mit Ihren Mädchen den Spicherer Berg?«

Pauline konnte nur nicken. Das Gefühl von ihrer Hand in der seinen verdrängte für einen Moment alles andere aus ihrem Bewusstsein.

»Ich werde erst später zu Ihnen stoßen können, wenn meine Angelegenheiten erledigt sind.« Erneut ruhte sein Blick auf ihr. »Ich wünsche Ihnen eine erholsame Nacht.«

Ehe Pauline etwas erwidern konnte, hatte er ihre Hand zum Mund geführt. Kaum merklich berührten seine Lippen ihre Haut. Dann hatte er sich umgewandt und war die Straße hinabgegangen, in Richtung Saar.

Rasch nahm Pauline einen weiteren Schluck Wein, doch vermochte selbst dieser nicht die Erinnerung zu vertreiben, ebenso wenig das Gefühl der Hitze, das sie dabei überkam. Ihre Fingerspitzen kribbelten, und sie glaubte, wieder seine Lippen auf ihrem Handrücken zu spüren.

*O là là!*, tadelte sie sich selbst, während sie das Weinglas abstellte und hastig das Fenster schloss, als könne sie dadurch zugleich alle Erinnerungen aussperren, den Geruch des Flusses, die Geräusche der Sommernacht. *Ich benehme mich schon genauso kindisch wie meine Mädchen.*

Lautlos schlüpfte sie ins Bett, rollte sich zusammen und zog die

Decke bis zu ihren Schultern. Bedächtiger als sonst sprach sie ihr Abendgebet und schloss die Augen. Trotz der Anstrengungen des Tages dauerte es eine Weile, bis sie zur Ruhe fand. Obgleich sie Eleonore Schmitt und die Schülerinnen in den Räumen nebenan wusste, obgleich sie die Ungestörtheit wenige Augenblicke zuvor noch genossen hatte, empfand Pauline unvermittelt ein Gefühl, das ihr bisher fremd gewesen war: eine tiefe Einsamkeit.

Dieser süße Schmerz begleitete sie in einen traumlosen Schlaf.

\*

Es klackte leise, als Erich, tief über die Bande gebeugt, die Augen zusammenkniff, den Queue vorschnellen ließ und die weiße Kugel auf zwei rote traf, welche im perfekten Winkel auseinanderstoben. In einer makellosen Diagonale rollte eine davon über den mit grünem Tuch bezogenen Tisch und versank in der Ecktasche.

Ein allgemeines »Ah« und »Oh« kam von dem ein wenig angeheiterten Grüppchen, allesamt hochrangige Offiziere aus der preußischen Garnison zu Saarbrücken, die sich im Billardsaal der hiesigen Casinogesellschaft eingefunden hatten. Durchaus zufrieden richtete Erich sich wieder auf, ohne jedoch den Spieltisch aus den Augen zu lassen und sich gedanklich auf den nächsten Stoß vorzubereiten.

Die Luft im Raum war stickig, nur aufgefrischt durch die leichte Brise, die durch die geöffneten Fenster hereinwehte und den herben Geruch nach Sommer und Fluss mit sich trug, gemischt mit dem des Tabaks, dem kräftig zugesprochen wurde. Sanfte Klänge einer Tanzkapelle drangen aus dem großen Ballsaal, wo sich die vornehmen Damen der Saarbrücker Oberschicht in rauschenden Gewändern mit ihrer männlichen Begleitung im Dreivierteltakt drehten.

Die Vorstellung, selbst zu einem Tänzchen genötigt zu werden, ließ Erich erschaudern. Auch wenn er kein großer Freund von Zusammenkünften weinseliger Männerbünde war, erschienen sie ihm im Vergleich dazu als die erträglichere Alternative. Zumal sich ihm gerade die Möglichkeit bot, wieder beim Billard zu brillieren, einem Spiel, welches ihm – anders als das fade Kartenschlagen – ob seiner Schlichtheit, Zielgerichtetheit und strategischen Herausforderung stets als sehr reizvoll erschien und das er meisterlich beherrschte.

Er nahm einen tiefen Atemzug, ehe er sich erneut vorbeugte, über die Spitze des Queues hinweg sein Ziel ins Auge fasste und zustieß. Mit schnellem Drall wirbelte die letzte der roten Kugeln um die eigene Achse, während sie genau auf die schräg gegenüberliegende Seitentasche zuhielt und gleich darin verschwand.

Anerkennendes Raunen war zu hören, eine Hand klopfte ihm wohlwollend auf die Schulter. Doch ließ sich Erich nicht durch diesen Moment des Stolzes vom Fortgang des Spiels ablenken. Ebenso wenig von den schrägen Tönen des Militärorchesters, das auf der Terrasse seine Instrumente zu stimmen begann.

Auch hier, in den Räumlichkeiten der noblen Casinogesellschaft zu Saarbrücken, einem klassizistisch anmutenden, unweit des Schlosses und des Saarufers gelegenen Prachtbau, dessen Eingangsfront Erich an einen antiken Tempel erinnerte, beging man das Gedächtnis an den großen Sieg gegen die Franzosen auf den Spicherer Höhen, der sich am folgenden Tag zum 40. Mal jährte. Und als sein Offizierskollege, Hauptmann von Berndorff vom *8. Rheinischen Infanterieregiment Nummer 70* zu Saarbrücken, ihm eine Einladung zu diesem feierlichen Abend hatte zukommen lassen, hatte Erich keine Möglichkeit gesehen, diese auszuschlagen, ohne grob unhöflich zu wirken. Genoss er doch auf dessen Initiative hin während seines Aufenthaltes hier Kost und Logis in der Infanteriekaserne.

Konzentriert nahm Erich das Spiel in Augenschein, in dem sich nur noch drei gegnerische gelbe Kugeln und die schwarze befanden. Zudem war er ja unter anderem deswegen an die Saar gekommen, um etwas herauszufinden, das Mademoiselle Martin bei ihren Angelegenheiten weiterhelfen konnte. Und welcher Ort eignete sich besser dazu als ein exklusiver Club, in dessen Räumlichkeiten die gehobene Gesellschaft der Stadt ein und aus ging – die weitestgehend protestantische Oberschicht der ansonsten vorwiegend katholisch geprägten Region –, von gut situierten Kaufleuten und Industriebaronen über Lokalpolitiker bis hin zu preußischen Offizieren der verschiedenen hier stationierten Regimenter.

Einige Stunden zuvor hatte man gemeinsam das Diner eingenommen, in einem Raum, der Jagdzimmer genannt wurde und von dessen hohen, teilweise holzvertäfelten Wänden ihn eine Unzahl von mit ansehnlichen Geweihen ausgestatteten Hirschköpfen aus gläsernen Augen angestarrt hatte, während die Anwesenden auf das Wohl des Kaisers anstießen. Das Essen war vorzüglich gewesen, das musste Erich eingestehen, und die Weine aus dem überregional bekannten hauseigenen Keller ein wahrer Genuss.

Nicht ohne Stolz hatte von Berndorff ihn anschließend durch die beiden Etagen des Gebäudes geführt, zu denen auch ein Gesellschaftssaal, mehrere Speisesäle und eine Musikgalerie gehörten. In den Ballsaal des Obergeschosses hatte Erich nur einen flüchtigen Blick geworfen. Der Anblick der aufgeputzten Damen und Dämchen, mit eng geschnürten Taillen und tief ausgeschnittenen Dekolletés, der schwüle Dunst der verschiedenen Duftwässerchen und Parfums, die sich gegenseitig zu übertönen schienen, hatte einen heftigen Widerwillen in ihm ausgelöst. Noch immer fühlte er sich in weiblicher Gesellschaft unwohl. Besonders, wenn deren Reize derart offen zur Schau gestellt wurden.

Umso mehr hatte Erich die Ruhe des Lesesaales behagt, in dem verschiedene regionale und überregionale Tageszeitungen auslagen, alle ausschließlich in deutscher Sprache, wie er beim Vorbeischlendern bemerkte. Etwas, das ihm nach den Jahren in Lothringen fast ein wenig befremdlich erschien, waren manche der dortigen Presseerzeugnisse doch ganz oder teilweise in französischer Sprache gehalten, selbstverständlich mit Duldung der deutschen Verwaltung.

Ähnlich faszinierend empfand er die bis zur Decke mit gut gefüllten Regalen ausgestattete Bibliothek des Hauses, in der drei Einzelgänger während der rauschenden Festlichkeiten etwas Ruhe zu suchen schienen, ein Bedürfnis, das Erich nachvollziehen konnte. Der Anblick der zahlreichen Bücher hatte Erich unwillkürlich an Mademoiselle Martin denken lassen, und er fragte sich, was sie in ihrer Belesenheit zu den einzelnen Titeln gesagt, ob sie die Auswahl an literarischen Werken hier geschätzt hätte.

Tatsächlich spukte die junge Lothringerin seit seiner Ankunft in Saarbrücken auf recht eigenwillige Art in seinem Kopf herum. Obwohl er sich erst einige Stunden zuvor von ihr verabschiedet hatte, flogen seine Gedanken immer wieder zu ihr hin. Ihr distanziertes, selbstbewusstes Auftreten, die überraschende Wärme ihrer Hand in der seinen ...

Unbehaglich runzelte er die Stirn. Frauenzimmer. Immer gut dazu, einen Mann abzulenken.

Auch hier im Casino waren Damen durchaus zugelassen, nicht als eigenständige Mitglieder der noblen Gesellschaft, aber als deren Gäste. Sah man es doch gerne, wenn die Ehefrauen, Schwestern oder auch unverheiratete Töchter die Räumlichkeiten mit ihrer Anwesenheit schmückten. Nicht zuletzt, da die Casinogesellschaft, wie ihm von Berndorff hinter vorgehaltener Hand erläutert hatte, als einer der exquisitesten Heiratsmärkte der gehobenen Gesellschaft galt. Ein Ort, an dem sich die Crème de la Crème aus ziviler und militärischer Elite die Klinke in die Hand gab, sowohl geschäftliche als auch familiäre Pläne schmiedete.

Eine Vorstellung, die erneut Unbehagen in Erich hervorrief. Er verspürte nicht das geringste Interesse, eine eheliche Bindung einzugehen. Im Gegensatz zu seinem Vater, der ...

Mit dem Schmerz, der bei dieser Erinnerung in ihm explodierte, stieß Erich die weiße Kugel an. Sie traf mit voller Wucht auf die schwarze, ließ diese nach vorne schießen und ebenfalls in der Versenkung verschwinden.

*Sieg!*

Schwer atmend richtete Erich sich wieder auf, zog seinen Uniformrock zurecht und zwang sich, die Bilder seiner Kindheit aus seinem Inneren zu verdrängen, sich ganz aufs Hier und Jetzt zu konzentrieren.

»Sie sind ein Teufelskerl, Pliesnitz!« Bewunderung und Neid lagen in der Stimme von Berndorffs, dessen Augen ungläubig über den Spieltisch blickten. Erich kannte den Hauptmann aus früheren Zeiten, als sie gemeinsam im Osten des Reiches Dienst getan hatten, bevor sich ihre Wege getrennt hatten, es zunächst Erich nach Lothringen, von Berndorff schließlich an die Saar verschlug.

»Verdammtes Glück, würde ich sagen!« Verärgerung stand Erichs Gegner, einem Major von Kliepke, im Gesicht, als dieser seine Misere betrachtete und ihm nur widerwillig den verdienten Respekt zollte. »Na, aber wenn alle Offiziere der lothringischen Infanterie so zielsicher sind wie Sie, Pliesnitz, müssen wir uns um einen Angriff der Franzmänner keine Sorgen machen.« Um seinen Ärger hinunterzuspülen, nahm der Major einen tiefen Zug aus seinem Bierkrug.

Erichs Gedanken flogen zu Mademoiselle Martin, und er fragte sich, ob ihn die Worte des anderen ihretwegen so ärgerten.

»Spielen wir noch eine Runde?« Ohne eine Antwort abzuwarten, hatte der Major bereits ein Zeichen gegeben, die Kugeln erneut anzuordnen, und kreidete mit wichtiger Miene die Spitze seines Queues.

Mit einem kurzen Kopfnicken gab Erich der Bitte nach. Nicht ungern, wie er zugeben musste. Liebte er doch Herausforderungen und in diesem Fall die Möglichkeit, sich zu beweisen.

»Ganz schön überlaufen das Städtchen hier, nicht wahr?«,

setzte der Major wieder an, zündete sich eine Zigarre an und paffte einige Male daran. »Kaum noch ein freies Plätzchen zu kriegen. Überall aus dem gesamten Reich strömen die Menschen herbei, um unseren großen Sieg zu feiern!«

Die Großspurigkeit in den Worten ließ Erich missbilligend die Stirn runzeln, doch ging er nicht darauf ein.

»Sie können von Glück reden, bei uns untergekommen zu sein!« Die roten und gelben Kugeln waren wieder in einem perfekten Dreieck um die schwarze herum angeordnet. Erich überließ dem Major großzügig den Anstoß. »Da war kürzlich ein anderer Offizier aus Diedenhofen, ein Leutnant, der die Feierlichkeiten des Jahrestages in Saarbrücken verbringen wollte, aber keine Lust darauf hatte, hier in der Kaserne zu logieren. Wollte sich lieber eine Unterkunft mieten. Alles, was er kriegen konnte, war eine lausige Scheune oder Lagerhalle, in irgendeinem Industrievorort, Burbach oder so ...« Wieder lachte von Kliepke. Es war ihm anzumerken, dass er dem Alkohol bereits kräftig zugesprochen hatte, aber auch, wie sehr ihn die Vorstellung eines preußischen Offiziers amüsierte, der bereit war, an einem solch primitiven Ort zu übernachten.

Mit einem lauten Knall traf die weiße Kugel des Majors auf die anderen und ließ diese auseinanderschießen, ohne dass eine davon ihr Ziel erreichte. Er verzog das Gesicht.

»Eine Frage«, begann Erich beiläufig, während er seinerseits den Queue ergriff und das Spiel übernahm. »Sagt einem von Ihnen der Name Vincent Lehmann etwas?«

»Lehmann?« Oberst von Berndorff runzelte die Stirn. »Lehmann, Lehmann ... Wer soll das sein, jemand von uns?«

»Wenn ich das nur wüsste. Bin kürzlich auf den Namen gestoßen und glaube, mich vage an ihn erinnern zu können. Irgendetwas ...« Erich schüttelte den Kopf. »Ich weiß es nicht ...«

Mit leisem Klicken stieß seine weiße Kugel gegen eine rote, die daraufhin an die gegenüberliegende Bande traf und von dort in gerader Linie in einer der Seitentaschen verschwand. Ein Hauch von Genugtuung erfüllte ihn, während er sich aufrichtete und seinen nächsten Stoß andachte.

»Vincent Lehmann? Hm.« Der Major tat einen tiefen Schluck aus seinem Bierkrug und sah verkniffen zu, wie Erich auch die nächste rote Kugel zielsicher einlochte. »Irgendwas klingelt im Hinterstübchen. *Lehmann … Da war doch was.*«

Es summte leise, als eine weitere von Erichs Kugeln über die grünbetuchte Oberfläche des Billardtisches rollte, diesmal ihr Ziel jedoch knapp verfehlte.

»Hach! Sag ich's doch!« Zufrieden rieb sich der Major die Hände, ehe er wieder nach dem Queue griff, der ihm ob seines Alkoholpegels unruhig in der Hand lag. »Auch die beste Glückssträhne endet irgendwann!«

*Glückssträhne?* Kaum merklich schüttelte Erich den Kopf, enthielt sich aber eines Kommentars. Anders als bei diesen nervtötenden Kartenspielen hatte Billard recht wenig mit Glück zu tun. Aber nun gut, er war ja nicht hier, um den Herrn Major zu belehren.

Stattdessen sah er schweigend zu, wie dieser sich leicht schwankend über den Tisch beugte, ausholte und die weiße Kugel hektisch über die halbe Diagonale hüpfen ließ, ohne eine der gelben auch nur zu berühren.

»Verflucht und …«, zischte er in dem hoffnungslosen Versuch, etwas wie Contenance zu wahren. »Das muss an diesem krummen Stecken liegen, der ist doch … Ordonnanz!«, rief er durch den Saal. »Man bringe mir einen anderen Queue, mit dem hier ist etwas nicht in Ordnung. Und dazu eine Runde Champagner für unseren Tisch! Auf meine Rechnung.« Offensichtlich war ihm die Lust aufs Billardspielen vergangen. »Aber Entschuldigung, was fragten Sie noch gleich?«, wandte er sich wieder an Erich. »Vincent Lehmann? Kein allzu häufiger Vorname, würde ich meinen.« Er schien ernsthaft nachzudenken.

»Trier«, sagte er schließlich. »Ich bin mir nicht sicher, meine mich aber zu erinnern, dass tatsächlich etwas mit einem Vincent Lehmann war. Irgendetwas mit Trier und einer recht anrüchigen Geschichte um ein junges Mädchen ...« Ratlos schüttelte er den Kopf. »Muss vor zwei oder drei Jahren gewesen sein. Aha! Da kommt ja schon der Champagner! Meine Herren, ich hoffe, Sie erlauben mir, Sie zu diesem besonderen Anlass einladen zu dürfen.«

Während der Vorschlag mit zustimmendem Gemurmel beantwortet wurde und jeder nach einem Glas griff, spürte Erich, wie sich etwas in seinem Inneren verkrampfte.

Welche versteckten Leichen hatte dieser Lehmann im Keller?

Angespannt nippte Erich an seinem Glas. Der Champagner schmeckte bitter.

## Kapitel 33

»*So, do hanse Ihr Kram!*« Verärgert schlurfte der ältere Mann, vielleicht etwas wie der Sekretär des Zeitungsarchivs, über den engen, nach Staub und altem Papier riechenden Flur, wo Erich gewartet hatte. »Dann komme Se mol mit und gucke sich alles an.«

Grummelnd öffnete er eine der Türen und führte Erich in einen Raum mit einem von Zeitungsstapeln übersäten Tisch und einigen Stühlen. »Muss jo en arg wichtisch Sach sin, wenn's unbedingt heit noch gemacht werde soll. Wo doch die ganz Stadt so am feiere is.« Er legte einen weiteren Stapel Zeitungen auf dem Tisch ab. »Do hann Se jetzt awer gutt zu tun!«

Die Stimme des Mannes klang ein wenig heiser, als hätte er die Erinnerung an den großen Sieg ebenfalls kräftig begossen. Tatsächlich war es Major von Kliepke und dessen guten Beziehungen zu Garnison und Stadtverwaltung zu verdanken gewesen, dass Erich die Tür zum Archiv der *Saarbrücker Zeitung* geöffnet und ihm sogar einer der Bediensteten zur persönlichen Unterstützung abgestellt worden war. Sollte er hier nicht fündig werden, so hatte der Major versprochen, dürfe er seine Nachforschungen bei den anderen regionalen Blättern fortsetzen, die teils auch kirchlich konfessionell, teils von einer Partei herausgebracht wurden, der *Saar-Post*, dem *Saarbrücker Lokalanzeiger*, dem *Bergmannsfreund*, dem *Evangelischen Wochenblatt* und was die hiesige Presse sonst noch zu bieten hatte.

»Ich danke Ihnen, guter Mann!« Erich bemühte sich, dienstlich zu klingen, konnte jedoch nicht verhindern, dass sein Körper sich beim Anblick der Zeitungsberge ein wenig verkrampfte. Würde er darin das Gesuchte finden? Und wenn er auf das gestoßen war, wonach er forschte, wie würde er damit umgehen?

Gedankenverloren kramte er eine Münze aus seiner Tasche und reichte sie dem miesepetrig dreinblickenden Angestellten.

»Ei dangescheen«, murmelte der, als er sie einsteckte. »Nemme Se sich so viel Zeit, wie Se brauche.« Mit diesen Worten schlurfte er von dannen.

Erich machte sich daran, die alten Zeitungen durchzusehen und die Berichte zu überfliegen. Januar 1907, bei den Wahlen zum 12. Deutschen Reichstag verliert die SPD fast die Hälfte ihrer Mandate. März 1907, Großbritannien lehnt den Bau eines Tunnels unter dem Ärmelkanal aus Sorge vor einer französischen Invasion ab. Ebenfalls im März: Der Kriegszustand in Deutsch-Südwestafrika wird offiziell als beendet erklärt. Juli 1907: Das Deutsche Reich, Österreich-Ungarn und Italien verlängern ihren Dreibund um weitere sechs Jahre. August: In Sankt Petersburg verbündet sich Russland mit Großbritannien und Frankreich zur Triple Entente. Oktober: Karl Liebknecht wird zur Festungshaft verurteilt.

Gedankenverloren blätterte sich Erich durch die verschiedenen Monate.

Schließlich fiel sein Blick auf eine Schlagzeile, die seine Aufmerksamkeit fesselte. Offiziersbursche verhaftet wegen Einbruchs und Diebstahls in mehreren Fällen sowie der Notzucht an einer unbescholtenen Lehrertochter.

Hastig flogen seine Augen über den Rest des Artikels, dessen Schrift im Laufe der Zeit etwas verblasst war. Was er da las, ließ sein Herz heftiger schlagen. Unwillkürlich packte er die Zeitung fester.

Der Name jenes Soldaten, den man wegen all dieser Verbrechen in der altehrwürdigen Römerstadt Trier arretiert hatte, lautete *Vincent Lehmann*.

\*

Ruß und Staub, Staub und Ruß. Das schien der Stoff zu sein, aus dem dieses Land an Saar und Mosel bestand, einst das Grenzland zwischen zwei verfeindeten Nationen, Deutschland und Frankreich. Eine Region, die sich wie das angrenzende Lothringen der Schwerindustrie verschrieben hatte. Zumindest kam es Vincent so vor, als er, steifbeinig und von der langen Fahrt durchgeschüttelt, das Abteil der dritten Klasse verließ und sich auf dem Bahnsteig umsah.

Der Lärm der vielen Menschen, das Pfeifen und Schnauben der Lokomotiven waren ohrenbetäubend. Beißender Rauch brannte ihm in Nase und Mund, verfing sich im Stoff seiner Kleidung und erweckte in ihm den Drang, den überfüllten Bahnsteig schnellstens zu verlassen. Doch durfte er nichts überstürzen und musste von nun an jeden seiner Schritte genauestens durchdenken. Und am besten mehr als einmal über die Schulter blicken.

Einem Impuls folgend, schob er seine Mütze tiefer in die Stirn, obgleich er sicher war, dass ihn hier niemand erkennen würde. Die Ereignisse lagen bereits so lange zurück, dass er in der Anonymität einer großen Stadt weitgehend unbehelligt agieren zu können glaubte.

Eilig durchschritt er die Bahnhofshalle, in der sich noch mehr Menschen tummelten: vornehme Damen in langen Sommerkleidern, wohlhabende Herren in maßgeschneiderten Anzügen mit Hut, aber auch zahlreiche einfache Bürger in schlichter Kleidung, die ebenfalls, sei es beruflich oder privat, den Segen dieses modernen Transportmittels zu schätzen und zu nutzen wussten. Überall hingen die schwarz-weiß-roten Flaggen des Kaiserreiches, nebst denen mit preußischem Adler.

Erleichtert atmete Vincent auf, als er durch ein großes Tor ins Freie trat und ein warmer Tag ihn umfing. Er blieb stehen, blinzelte in die Sonne und versuchte, sich zu orientieren. Herrschaftliche Gebäude säumten die Straße, die in eine Brücke über die Saar mündete.

Saarbrücken. Preußische Rheinprovinz.

Einen Moment lang fühlte er sich wie jener Jean Valjean aus Hugos Roman, der bereit war, sich seinem Schicksal und seiner Vergangenheit zu stellen, gleichgültig, welche Folgen das für ihn persönlich haben mochte. Einzig und allein, weil ihn sein Gewissen dazu nötigte.

*Preußen* ... Wie sehr hatte er gehofft, nicht so bald in dieses verhasste Land zurückkehren zu müssen.

\*

Aufatmend nahm Pauline Platz, als sie zusammen mit Eleonore Schmitt und ihren Schülerinnen den für sie reservierten Tisch auf der festlich mit Girlanden und Fahnen geschmückten Terrasse der Restauration Woll erreicht hatten. Die Hitze, der lange Fußmarsch und das nicht enden wollende Dröhnen der Militärmärsche, die überall gespielt wurden, die verschiedenen preußischen, bayerischen, sächsischen und württembergischen Uniformen, deren Farben ihr in den Augen brannten, und das Wissen um die Bedeutung dieses Tages, der mit derart großem Prunk begangen wurde, waren nicht ohne Folgen geblieben.

Pauline fühlte sich gleichermaßen erschöpft wie innerlich aufgewühlt und hoffte, bei einer kräftigenden Mahlzeit und kühlen Getränken ein wenig zur Ruhe und ihrer üblichen Gelassenheit zurückzufinden.

Gut, dass sie auf von Pliesnitz' Rat gehört und einen Tisch vorbestellt hatte. Bei dem Menschenauflauf hätten sie sonst keinen einzigen freien Stuhl mehr gefunden.

Schon früh am Morgen hatten sie zunächst dem sogenannten Ehrenthal, einem unweit des Saarbrücker Deutschmühlenweihers gelegenen Friedhof, einen Besuch abgestattet. Dort waren neben namhaften Saarbrücker Bürgern und Honoratioren auch Gefallene der Schlacht von vor vierzig Jahren beerdigt. Darunter befand sich sogar das Grab eines hiesigen Dienstmädchens namens Katharine Weißgerber, von dem erzählt wurde, es habe während der Kämpfe zahlreiche Verwundete mit Wasser versorgt oder aus der Schusslinie gerettet, weshalb der deutsche Kaiser sie höchstpersönlich mit einem Orden ausgezeichnet hatte.

Anschließend hatten Pauline und ihr Grüppchen den langen Weg hinauf zu den Spicherer Höhen angetreten und die zahlreichen, oft sehr prunkvollen Denkmäler besichtigt, welche die verschiedenen Regimenter zu Ehren ihrer gefallenen Offiziere und Kameraden errichtet hatten. Festlich geschmückt und an diesem besonderen Tag von Besuchern und Militärkapellen überlaufen, war nichts von stillem Gedenken oder Trauer zu spüren. Pauline fragte sich, wie man über eine Schlacht, die auf beiden Seiten Hunderte von Menschen das Leben gekostet hatte, derart in Freudentaumel ausbrechen konnte.

Dienstbeflissen eilte ein Kellner herbei und reichte ihnen die Speisekarte, welche alle hungrig studierten. Vorab bestellte Pauline für die ganze Runde zwei Krüge eisgekühlte Limonade. Dann versenkte sie sich in die Auswahl der Speisen und versuchte, die Vielzahl der unterschiedlichen deutschen Dialekte, die Sprachen all jener Menschen, die hergekommen waren, um den Sieg über Frankreich zu feiern, auszublenden.

Als alle gewählt hatten und Pauline die Bestellung aufgegeben hatte, sah sie eine hochgewachsene Gestalt herantreten, die in respektvollem Abstand die Hacken zusammenschlug und ihr einen Gruß entbot.

Pauline wandte sich um und erkannte die vertrauten Züge Hauptmann von Pliesnitz', der sein Versprechen wahr gemacht hatte und zu ihnen gestoßen war. Ihr Lächeln, mit dem sie den Gruß erwidern wollte, erstarb, als sie die betroffene Miene des Offiziers bemerkte. Ein kalter Klumpen bildete sich in ihrem Magen. Beklommen stand sie auf.

»Auf ein Wort, Mademoiselle«, sagte er leise, und Pauline erlaubte ihm mit einer Handbewegung, sie an das gegenüberliegende Ende der Terrasse zu geleiten, wo sie ungestört und nicht den neugierigen Ohren ihrer Schülerinnen ausgesetzt waren.

»Schlechte Nachrichten?«, fragte sie angespannt, obgleich sie sicher war, die Antwort bereits zu kennen.

»Das kann man so sagen«, erwiderte der Hauptmann, der nach den richtigen Worten zu suchen schien. »So wie es aussieht, haben Sie einem Verbrecher Tür und Tor geöffnet.«

Pauline erstarrte zu Eis.

»Vincent Lehmann?«, brachte sie schließlich hervor.

Der Hauptmann nickte und schien nun, da das Wichtigste gesagt war, wieder zu seiner üblichen Ruhe zurückzukehren. »Wie versprochen habe ich den Morgen genutzt, um das Zeitungsarchiv aufzusuchen. Die ganze Zeit über hatte ich das Gefühl, dass mir der Name Vincent Lehmann irgendetwas sagt.«

Paulines Puls begann zu rasen.

»Als ich mich dann durch die letzten Jahrgänge der Zeitung zurückblätterte, erkannte ich auch, woher: ein spektakulärer Prozess in Trier, bei dem ein junger Soldat, ein Offiziersbursche noch dazu, wegen Aufsässigkeit, mehrfachen Diebstahls und der unsittlichen Annäherung an eine Lehrerstochter verurteilt worden war. Zum Dienst in der Arbeitereinheit auf der Feste Ehrenbreitstein.«

*Ehrenbreitstein* ... Bei diesem Wort setzte ihr Herz einen Schlag lang aus. War es nicht genau das gewesen, was Thomas versucht hatte, ihr mitzuteilen?

»Besagte Arbeitereinheit wurde im vergangenen Jahr aufgelöst. Die meisten Verurteilten hat man daraufhin verlegt, andere entlassen ...« Der Blick des Hauptmanns ging geradewegs durch sie hindurch. »Darunter auch Vincent Lehmann.«

Pauline benötigte einen Moment, um sich wieder zu fassen. Ein verurteilter Verbrecher, ein Sittenstrolch gar. In ihrem Haus. Mit all den Mädchen.

»Und Sie sind«, fragte Pauline heiser, sich an jeden Strohhalm klammernd, »ganz sicher, dass es sich bei meinem Gärtner um diesen Mann handelt?«

Von Pliesnitz' Miene verfinsterte sich, als er ein weiteres Mal nickte. »Ich habe alle Beschreibungen und Daten überprüft, ebenso die Fotografie, die in der Zeitung abgedruckt war. Zudem habe ich an Lehmanns ehemalige Garnison in Trier telegrafiert und mir die Geschichte bestätigen lassen. Ich fürchte, es besteht kein Zweifel. Es ist derselbe Mann.«

Die Stimmen der sie umgebenden Menschen, das Geklapper von Geschirr, das Klirren von Gläsern und die durchdringende Marschmusik traten für einen Moment in den Hintergrund, als Pauline die ganze Bedeutung dieser Worte bewusst wurde.

Ein Fuchs im Hühnerstall!

Wie hatte sie nur so unbedarft sein können? War es Lehmanns Aussehen, das sie derart geblendet hatte? Dieses leicht verwegene Auftreten, der Blick voller Trotz und Einsamkeit, die sie vom ersten Moment an für ihn eingenommen hatten? Etwas an seinem Wesen, das ihr so vertraut erschien, dass sie sich auf unbewusste Weise von ihm angezogen fühlte?

»Ich muss zurück! Zurück nach Thionville ... Zuerst aber nach Saarbrücken, um Lisbeth zu telegrafieren und ihr zu sagen, dass sie vorsichtig sein soll. *Doux Seigneur!*«

Pauline spürte, wie sich eine Hand auf ihre Schulter legte, es war die des Hauptmanns. Die Berührung hatte so etwas Tröstendes, dass sie sich nicht dagegen wehrte.

»Sie brauchen nichts zu überstürzen, Mademoiselle. Es wäre nicht gut, Ihre Schülerinnen unnötig zu beunruhigen. Daher würde ich vorschlagen, Sie kehren zu Ihrer Gruppe zurück und führen die heutige Exkursion wie geplant weiter. Am Abend ist dann immer noch genügend Zeit, um ein Telegramm aufzugeben. Wenn Sie möchten, kann ich das für Sie erledigen.«

Pauline nickte, überzeugt von der ruhigen, souveränen Art des

Hauptmanns und der Plausibilität seiner Argumente. Es tat gut, in einer solchen Situation jemanden an der Seite zu haben, auf dessen Unterstützung sie zählen konnte. Besonders hier, wo ihr alles fremd war.

»Ich hoffe«, hörte sie sich sagen, »dass Sie mit uns zusammen das Essen einnehmen werden.«

Von Pliesnitz' Blick ging zu dem Tisch mit den plaudernden Mädchen und wieder zu Pauline. Einen Moment schien er zu zögern, ehe er antwortete: »Wenn Sie gestatten, Mademoiselle.«

Pauline neigte den Kopf. »Es wäre mir eine Ehre.«

\*

Wie nicht anders zu erwarten, gab es einige neugierige Blicke und eine Runde Gekicher hinter vorgehaltenen Händen, als Erich hinter Mademoiselle Martin an den Tisch kam, wo sich die Gruppe zum Essen niedergelassen hatte. Mit gefasster Stimme gab die Institutsleiterin dem Kellner Anweisung, einen zusätzlichen Stuhl für ihren Gast beizubringen. Dann nahm sie neben ihm Platz und erklärte in knappen Worten, dass der Herr Hauptmann freundlicherweise auch am heutigen Tag bereit sei, die private Reiseleitung zu übernehmen.

Obgleich ihr Gesicht noch immer blass von dem Schrecken über seine unfassbare Enthüllung war, klang ihre Stimme beherrscht. Kein Außenstehender hätte vermutet, wie erschüttert sie über das gerade Gehörte war.

Erich kam nicht umhin, diese Selbstdisziplin zu bewundern. Ein Lächeln umspielte seine Mundwinkel. Sie hätte eine gute Preußin abgegeben, auch wenn sie dies sicherlich nicht als Kompliment auffassen würde, sollte er ihr gegenüber eine derartige Überlegung aussprechen.

»Sagen Sie, Herr Hauptmann«, ergriff unvermittelt eines der Mädchen das Wort. Sie hatte weizenblondes Haar, kornblumenfarbene Augen und trug ein gut geschnittenes Matrosenkleid, dessen Stoff man die gehobene Qualität auf den ersten Blick ansehen konnte. Lediglich die herablassende Miene und die leicht heruntergezogenen Mundwinkel minderten das ansonsten sehr gefällige Äußere.

»Empfinden Sie es nicht auch als unerträglich langweilig da unten in Lothringen, in *Die-den-hofen*? Ein verschlafenes Nest, in dem nichts, absolut gar nichts passiert.«

Verblüfft von dieser Frage ging Erichs Blick zu Mademoiselle Martin, die ihm kaum merklich zunickte. Offensichtlich wollte sie ihn dazu ermuntern, ihrer Schülerin zu antworten.

Wie so häufig in zu viel weiblicher Gesellschaft fühlte Erich sich unwohl, noch dazu, da alle Augen auf ihn gerichtet waren. Doch hatte er nicht vor, an dieser Front zu kapitulieren. Daher räusperte er sich und erwiderte den Blick des Mädchens gelassen. »Jemand wie ich, der für die Sicherheit so vieler Männer verantwortlich ist, empfindet es durchaus nicht als langweilig, wenn es vorübergehend ein wenig ruhiger zugeht. Im Gegenteil.« Bewusst ließ er unerwähnt, dass aus militärischer Sicht die Garnisonen in Elsaß-Lothringen keineswegs als eintönig zu bezeichnen waren, denn diese waren nicht nur das Bollwerk zwischen den verfeindeten Mächten Deutschland und Frankreich, sondern im übertragenen Sinne auch vermintes Gebiet. Das Zusammenleben unterschiedlicher Volksgruppen und die Tatsache, dass sich auch das Militär verschiedener deutscher Staaten auf engem Raum miteinander arrangieren musste, führten immer wieder zu Spannungen, die sich nicht nur in gelegentlichen Prügeleien der unteren Ränge entluden. Dankbar nahm er sein Bier entgegen, das der Kellner vor ihm abstellte, und kostete einen Schluck. »Doch nehme ich an, dass jemand, der derart lebensunerfahren und jung ist wie Sie, mein Fräulein, die Abwesenheit großer Warenhäuser und oberflächlicher Vergnügungen durchaus als verdrießlich empfinden mag.«

Diese Replik hatte gesessen, wie er an der verärgerten Miene des Mädchens und der plötzlichen Röte auf ihren Wangen erkennen konnte. Zugleich zeigte sich Schadenfreude in einigen Gesichtern. Was Erich zu der Vermutung brachte, dass das junge Ding bereits öfter mit derart geringschätzigen Bemerkungen angeeckt war.

*Recht geschehen ...* Wieder nahm er einen Schluck von seinem Bier.

»Und ist es wahr«, ergriff nun eine andere Schülerin das Wort, eine kleine Dunkelhaarige mit glatten Haaren und ernster Miene, »dass es geplant ist, in Diedenhofen eine neue Kaserne für Ihr Regiment, das 3. Lothringische Infanterieregiment Nummer 135, zu bauen? Eine Anlage, so riesig, dass sie sich über große Teile der westlichen Neubaugebiete erstrecken wird?«

Verblüfft und ein wenig überrumpelt über eine solch sachliche, ja militärische Frage, dazu aus dem Mund eines in Rüschenkleider gehüllten Backfischs, wusste Erich zunächst nicht, was er darauf erwidern sollte. Zumal Angelegenheiten der militärischen Bauvorhaben in den Bereich der nationalen Sicherheit und somit der Geheimhaltung fielen.

»Gelsa ist die Tochter eines preußischen Obersts, dessen Regiment im elsässischen *Savergne* liegt, in Zabern«, erklärte Mademoiselle Martin. Seine Verwunderung war ihr offensichtlich nicht entgangen.

»Ach so. Natürlich«, antwortete er rasch, während er darüber nachdachte, wie er diese delikate Frage möglichst unverfänglich beantworten konnte.

Er entschied sich für die Wahrheit. »Sicher haben Sie Verständnis dafür, junge Dame, dass ich nicht befugt bin, über die Einzelheiten militärischer Baupläne mit Ihnen zu diskutieren. Aber natürlich gehen Sie recht in der Annahme, dass die preußische Armee durchaus bestrebt ist, ihre Präsenz in der Region weiter auszubauen.«

»Ich verstehe, Herr Hauptmann.« Ein knappes Nicken, gefolgt von einem beinahe kokett zu nennenden Schulterzucken.

Ein leises Kichern erhob sich, und Erich war überzeugt, etwas wie Genugtuung auf dem Gesicht der Institutsleiterin zu sehen, als sei sie stolz darauf, wie gewandt sich ihre Schützlinge in der gesellschaftlichen Konversation schlugen.

Und bevor sich Erich ein weiteres Mal an seinem Bier stärken konnte, richtete auch schon die nächste Schülerin das Wort an ihn: »Sagen Sie, ist es einem Offizier wie Ihnen eigentlich gestattet, Fußball zu spielen?« Irgendetwas an dem melodischen Singsang in ihrer Stimme ließ Erich vermuten, dass die Schülerin aus dem Großherzogtum Luxemburg stammte, obgleich sich die dort übliche Sprache tatsächlich nur wenig von dem im Raum Diedenhofen von der einheimischen Bevölkerung gesprochenen Dialekt unterschied.

Dann jedoch wurde sie rot. »Oder fällt dieses Thema auch unter die nationale Geheimhaltung?«

Gegen seinen Willen musste Erich lachen und merkte, wie das Unbehagen, das er kurz zuvor noch verspürt hatte, ein wenig von ihm abfiel.

»Keineswegs. Der preußischen Armee mag so manches nachgesagt werden, doch selbst dort wird das Bälletreten noch nicht als eine Angelegenheit der nationalen Verteidigung betrachtet.«

Ein allgemeines Auflachen war die Antwort, und Erich nutzte die Gelegenheit, einen Zug aus seinem Krug zu nehmen. Das Bier schmeckte kräftig und herb, genau das Richtige bei sommerlichen Temperaturen, und spülte den Rest von Erichs Anspannung hinweg. »Tatsächlich hat diese seltsame Sportart auch in Militärkreisen Einzug gehalten. In den einzelnen Regimentern bilden sich sogar eigene Mannschaften heraus, zumindest in den unteren Rängen. Dass ein Offizier jedoch an einem derart derben Sport sein Vergnügen finden könnte ...«

Er zuckte die Achseln.

»Treiben Sie denn überhaupt irgendeinen Sport?«, kam die nächste forsche Frage. Erich überlegte, ob das Ganze so etwas wie eine erweiterte Unterrichtsstunde war, lernen am lebendigen Objekt, bei dem die Schülerinnen sich gegenseitig übertreffen sollten, möglichst viele Informationen herauszukitzeln. Selbst wenn dem so war, hatte er nicht vor, hier zu versagen. »Selbstverständlich, junge Dame, liegt es doch in meiner Verantwortung, mich körperlich zu ertüchtigen und die Wehrhaftigkeit aufrechtzuerhalten.«

»Ich fürchte, nicht alle sehen das so.«

Überrascht blickte Erich zu einer hochgewachsenen Dunkelhaarigen mit leicht schräg stehenden Augen und hohen Wangenknochen hinüber. »Heißt es nicht, die Soldaten seiner Majestät seien ob der langen Friedenszeiten verweichlicht und keinen Vergnügungen abgeneigt?«

»Marthe! Ich muss doch sehr bitten!« Ein rügender Ton lag in Mademoiselle Martins Worten. Doch hatte Erich noch nie Schützenhilfe von einer Frau gebraucht und war daher entschlossen, auch dieses Wortgefecht alleine zu bestreiten.

»In missgünstigen, politisch anrüchigen Journalen oder Illustrierten mag man diese Einschätzung verbreiten. Doch versichere ich Ihnen, mein Fräulein, sollte es heute oder morgen zum Krieg kommen, wären unsere Männer durchaus in der Lage, unser Land standhaft zu verteidigen.«

*Möge Gott verhüten, dass es tatsächlich dazu kommt*, fügte er in Gedanken hinzu.

»Haben Sie schon mal ...« Der Ausruf kam von einem kleinen, ein wenig pummeligen Mädchen, dessen Augen begeistert leuchteten. »Haben Sie schon mal etwas richtig Spannendes erlebt? Eine Schlacht? Einen Aufstand? Vielleicht unten in den Kolonien?«

»Brunhilde, unsere kleine Abenteurerin. Kein Buch ist vor ihr sicher. Schon gar nicht, wenn es darin um ferne Länder und gefährliche Expeditionen geht.« Mit wohlwollendem Lächeln sah Mademoiselle Martin zu der Schülerin, die mit geröteten Wangen auf eine Antwort wartete.

Für einen Moment erwiderte er den Blick der Schulmeisterin, und ein Gefühl von Wärme stieg in ihm auf. Saß er tatsächlich gerade inmitten eines Haufens junger Gänse, die ihn nach Strich und Faden ausfragten, und fühlte sich sogar wohl dabei?

In gespieltem Bedauern schüttelte er den Kopf. »Auch hier muss ich leider passen, Fräulein Brunhilde. Mit Abenteuern in fernen Ländern kann ich nicht dienen. Noch nicht einmal mit dem Kampf gegen einen brüllenden Löwen ...«

Ein Hauch von Enttäuschung glomm in den Augen des Mädchens auf. Und zu seiner eigenen Verwunderung überkam ihn das Gefühl, Abbitte leisten zu müssen. »Nur ein einziges Mal hatte ich eine gefährliche Begebenheit, mit einem wild gewordenen Pferd. Zu Hause, in Posen.«

Neugierige Augenpaare richteten sich auf ihn, versessen darauf, seine Geschichte zu hören.

*Mitgefangen, mitgehangen*, kam ihm Mademoiselle Martins Ausspruch vom Vortag in den Sinn. Und so erzählte er, wie er einmal als Dreizehnjähriger den Ackergaul seines Vaters, den eine Magenkolik schier zum Irrsinn getrieben hatte, mit eigenen Händen einfangen musste, um zu verhindern, dass das Tier die alte Köchin und den Stallknecht niedertrampelte.

Brunhilde klatschte in die Hände, fasziniert von seinen Ausführungen. »Da hatten Sie aber sicher große Angst gehabt. Wo Sie damals auch noch so jung waren. Jünger als wir heute.«

Erich leerte den Bierkrug. Ja, Angst hatte er damals tatsächlich gehabt. Doch er verschwieg, dass die eigentliche Angst, die ihn in jener Zeit beherrschte, eine ganz andere war. Die vor einem unberechenbaren Vater, dem der Gürtel stets locker saß, die Angst, aufgrund der Misswirtschaft das Gut zu verlieren, und somit das Dach über dem Kopf und das Brot im Schrank. Vor allem aber die quälende Frage, ob es an ihm gelegen hatte, dass seine Mutter eines Tages mit Sack und Pack die Familie im Stich gelassen hatte.

»Es ist ja alles gut ausgegangen«, sagte er stattdessen. »Und wie Sie alle sehen können, lebe ich noch.«

Wieder ein allgemeines Auflachen, und die Erinnerung an seine Kindheit verblasste.

»Haben Sie eigentlich eine Frau?«

Erich, der sich gerade zurücklehnen wollte, hielt in seiner Bewegung inne.

»Albertine! Ich muss doch sehr bitten«, kam es scharf von Mademoiselle Martin. »Gerade von dir hätte ich eine solche Taktlosigkeit nicht erwartet.«

Die Lippen des Mädchens begannen zu beben, und Erich, der ob dieser Rüge bereits einen tränenreichen weiblichen Gefühlsausbruch befürchtete, erwiderte rasch: »Nein, ich bin nicht verheiratet, wenn das Ihre Frage beantwortet.«

*Nur mit der preußischen Armee*, fügte er in Gedanken hinzu.

»Was nicht ist, kann ja noch werden«, kam es gedämpft hinter vorgehaltener Hand, was erneut ein Kichern hervorrief.

»*Alors, les filles! Quel mauvais comportement!* Was für ein Benehmen gegenüber unserem Gast! *Vous devriez avoir honte!*«

»Wo sind Suzette und Louise?« Fräulein Schmitts Stimme riss Erich aus seinen Gedanken. Er erstarrte, als er bemerkte, wie erschrocken die jüngere Lehrerin mit einem Mal wirkte. »Hat jemand die beiden gesehen? Sie sind noch immer nicht zurück.«

## Kapitel 34

*Was war geschehen?*

Noch wenige Augenblicke zuvor war alles in Ordnung gewesen. Weitaus mehr als das. Ein wunderschöner, fast perfekter Moment, den Pauline außerordentlich genoss. Die Leichtigkeit, mit der sich die Gespräche entwickelt hatten, die gelöste Stimmung unter ihren Schülerinnen. Das feine Lächeln Eleonore Schmitts, die der Unterhaltung gebannt gelauscht hatte. Und sogar die Anwesenheit des sonst so grimmigen Hauptmanns hatte sie als durchaus angenehm empfunden. Bisher war ihr nicht aufgefallen, welch unterhaltsamer Gesprächspartner er sein konnte, beinahe charmant, wenn man ihn in Verlegenheit brachte. Dazu das leichte, schmackhafte Essen, das Gefühl der Sonne auf ihrer Haut, auch wenn ein breiter Hut Gesicht und Schultern weitestgehend abschirmte …

Fast vergessen war die Tatsache gewesen, dass sie sich an einem Ort befanden, an dem in volksfestartiger Stimmung ein blutiger Sieg gegen Frankreich gefeiert wurde. Ebenso ausgeblendet hatte Pauline die verstörenden Enthüllungen über ihren Gärtner, die der Hauptmann aus Saarbrücken mitgebracht hatte.

Dessen Erzählungen, ja seine bloße Anwesenheit hatten eine solch beruhigende Wirkung auf Pauline, dass sie sich und ihre Schülerinnen in Sicherheit glaubte. Weit weg von Thionville. Frei. Unbeschwert.

Bis Fräulein Schmitt jene Frage gestellt hatte, die diesen Moment der Sorglosigkeit jäh zerschnitt.

*Wo sind die beiden Mädchen?*

Pauline zwang sich, ruhig zu bleiben und an das Naheliegende zu denken, während ihr Blick die Umgebung, die zahlreichen Schaulustigen in Militär und Zivil sondierte, ohne jedoch die vertrauten Gesichter ihrer beiden Schülerinnen zu entdecken.

Das ist noch kein Grund für Panik, beschwor sie sich. Es war übertrieben, gleich das Schlimmste zu befürchten.

»Wer hat die beiden zuletzt gesehen?«

»Suzette musste austreten«, antwortete Marthe mit halb vollem Mund. Pauline war zu angespannt, um sie wegen dieses Missverhaltens zu rügen. »Und danach wollte sie noch von den bunten Postkarten kaufen, die hier angeboten werden. Louise hat sie begleitet.«

»Wann?«, unterbrach Pauline. »Seit wann ist sie fort?«

Allgemeines Achselzucken. »Vielleicht seit so zwanzig, dreißig Minuten. Als Sie dort hinten mit dem Herrn Hauptmann gesprochen haben.«

*Dreißig Minuten?* Paulines Gedanken überschlugen sich.

Sie fing von Pliesnitz' Blick auf. Besorgnis war darin zu lesen. Paulines Mut sank. War sie zu unaufmerksam gewesen?

Stimmte es womöglich, was dieser Wachtmeister Schrotherr ihr vorgeworfen hatte? Dass sie ihren Schülerinnen zu viele Freiheiten gestattete?

»Ich gehe nach den beiden schauen.« Es klirrte leise, als sie ihr Besteck ablegte und sich erhob.

»Ich begleite Sie.« Mit einem Tonfall, der keinerlei Widerspruch duldete, war der Hauptmann ebenfalls aufgestanden.

Sie nickte zustimmend und eilte los. Darum betend, alles möge sich als harmloses Zwischenspiel entpuppen.

\*

Eine Woge der Erleichterung überkam Pauline, als sie auf der gegenüberliegenden Seite des Fußpfades, etwas abseits vom allgemeinen Menschengewirr, die vertrauten Züge Louises erkannte.

Die Beine angezogen, die Knie mit den Armen umschlungen, kauerte sie auf der staubigen Erde, unmittelbar vor dem Zaun des Denkmals des 1. Hannoverschen Infanterieregimentes Nummer 74. Dessen obeliskähnlicher Pfeiler ragte weit in den Himmel und gemahnte an die Sterblichkeit jedes Menschen ebenso wie an den deutschen Triumph jenes verhängnisvollen Augusttages.

»Louise!« Pauline konnte nicht verhindern, dass ihre Stimme ihr kaum gehorchte. Unwillkürlich schritt sie schneller aus. »Louise!«, wiederholte sie und drängte sich an zwei Blauuniformierten vorbei, die gerade den Weg passierten.

»Louise!« Endlich hatte sie das Mädchen erreicht, packte sie an den Schultern und schüttelte sie. »Louise! *Nom de Dieu!* Sag mir, wo steckt Suzette?«

Langsam hob das Mädchen den Kopf und sah sie an, die Lippen blutleer, die Wangen blass. Ihre hellen Augen schimmerten feucht von Tränen.

Stand sie unter Schock?

*Bonté divine!* Es musste etwas Schreckliches passiert sein!

»Was ist geschehen? Geht es dir nicht gut? Und wo in aller Welt ist Suzette?« Wieder schüttelte sie das Mädchen.

»Hast du nicht gehört? *Où est Suzette?*«

Als hätte Paulines Ausbruch die unnatürliche Starre gelöst, begann Louise zu weinen. Tränen liefen ihr über das Gesicht, ihr Körper zuckte.

Pauline spürte, wie ihr Mund schlagartig trocken wurde. Trotz ihres unbequemen langen Rocks ging sie in die Hocke, um mit Louise auf Augenhöhe zu sein. Vorsichtig griff sie mit der Hand unter das Kinn des Mädchens und hob es an.

»Du musst mir sagen, was vorgefallen ist«, mahnte sie eindringlich. »Sonst kann ich nicht helfen. Suzette, ist ihr etwas zugestoßen?«

Louise nickte, dann schüttelte sie den Kopf, nur um gleich wieder zu nicken. »Ich weiß auch nicht«, brach es schließlich aus ihr hervor. »Suzette ist ... Sie ist einfach weggegangen.«

»Weggegangen?« Eine eisige Hand schien Paulines Herz zu umklammern, doch sie zwang sich, ruhig zu bleiben. Zumindest nach außen. »Hat sie gesagt, wohin?«

Einen Moment zögerte Louise, um kurz darauf den Kopf zu schütteln. »*Non!*«

»Aber sie muss doch irgendetwas gesagt haben.« Pauline bemühte sich um einen festen Tonfall. »Du bist ihre Freundin, sicher weißt du, was ...«

»Nein, ich weiß gar nichts!« Louises Stimme war laut geworden. Einige Passanten und Flaneure drehten sich zu ihnen um, was Pauline jedoch ignorierte. Im Augenblick gab es wichtigere Dinge, als den äußeren Schein zu wahren.

Etwas an Louises Ton, an der Art, wie sie nicht nur dem eigentlichen Thema, sondern auch ihrem Blick auswich, sagte Pauline, dass das Mädchen log, etwas vor ihr verbarg. Aber was? Und warum?

Tief atmete sie durch, versuchte, ihren Herzschlag zu beruhigen, und packte Louise fest von beiden Seiten an den Schultern. »Wenn Suzette etwas zugestoßen ist oder sie im Begriff steht, eine Dummheit zu begehen, dann musst du es mir sagen, hörst du?«

Keine Reaktion. Die Tränen liefen Louise weiterhin über das Gesicht, doch hatte sie die Lippen fest zusammengepresst.

Sanft strich Pauline ihr eine Haarsträhne aus der Stirn, die sich aus der Frisur gelöst hatte. »Hör zu, Louise. Wir wissen beide, dass dies nicht das erste Mal ist, dass sich Suzette in Schwierigkeiten bringt, vielleicht sogar in große Gefahr.«

Bei diesen Worten fuhr das Mädchen zusammen, erwiderte jedoch nichts.

»Wenn wir ihr helfen wollen, muss ich wissen, wo sie ist. Zumindest aber, was sie vorhat.« Ein anderer Gedanke kam Pauline. »Ist sie vielleicht mit jemandem mitgegangen? Jemand, den sie kennt?«

Louise hielt mit dem Weinen inne. Aus großen, feuchten Augen starrte sie ihre Lehrerin an. Also war sie auf der richtigen Spur.

»Mit einem Mann?«

Wieder keine Antwort, nur dieses regungslose Starren, das für Pauline wie eine Bestätigung wirkte.

»Wer war es?«, fragte sie daher eindringlich. »Mit wem ist sie mitgegangen?«

Schwere Schritte waren hinter ihr zu hören. Als Pauline sich umdrehte, sah sie, dass Hauptmann von Pliesnitz sich ihnen näherte.

Da tauchte eine Idee auf, sehr gewagt, aber nicht einmal weit hergeholt. »Louise«, sagte sie sanft. »Der Mann, mit dem Suzette gegangen ist, ist das jemand, den wir beide kennen?« Ein kaum merkliches Zusammenzucken, die Pupillen weiteten sich, wie vor Schreck. »War es vielleicht …« Pauline schmerzte es, diesen absonderlichen und doch so realen Gedanken in Worte zu fassen. »War es vielleicht Monsieur Lehmann, unser Gärtner?«

Der Hauptmann hatte sie zwischenzeitlich erreicht. Wie durch Watte hindurch spürte Pauline, dass er ihr die Hand auf die Schulter legte, schwer, sanft und unendlich beruhigend. Doch im Augenblick war nicht die Zeit für Trost. Sie benötigte Antworten.

»Sag mir, Louise, der Mann, der Suzette mitgenommen hat, war das Vincent Lehmann?«

Ein panisches Aufflackern lag in Louises Augen, als ihr Blick zu dem Hauptmann flog, dann wieder zu ihrer Lehrerin.

Schließlich nickte sie.

Ein Stich fuhr durch Paulines Brust.

»Bist du sicher?«, hakte sie nach. »Hast du mit eigenen Augen gesehen, dass Suzette mit Monsieur Lehmann gegangen ist?«

Wieder ein Blick, der zum Hauptmann ging.

»Ja, ja, ich bin sicher. Warum fragen Sie das immer wieder?«

Hastig riss sich Louise von ihr los, sprang auf und wollte davonlaufen. Doch schon hatte von Pliesnitz sie am Arm gepackt und hielt sie fest.

»Lassen Sie mich los!«, schrie sie. »Lassen Sie mich sofort los!«

Als Pauline sie vorsichtig aus dem Griff des Hauptmanns befreite, klammerte sich das Mädchen fast panisch an sie. »Ja, es war Monsieur Lehmann«, brachte sie unter Schluchzen hervor. »Es war wirklich Monsieur Lehmann …«

## Kapitel 35

Furchtsamkeit war keine von Paulines prägenden Charaktereigenschaften. Ganz im Gegenteil. War sie von einer Angelegenheit überzeugt, führte sie diese stets ohne Zögern zu Ende. So hatte sie nicht nur beherzt die Verlobung mit einem Mann gelöst, an dem ihr durchaus gelegen war, um ihrer Berufung nachzugehen. Auch hatte sie den Blick nicht gesenkt, als sie diese Entscheidung ihren Eltern mitteilte, obwohl sie ahnte, dass deren Reaktion heftig ausfallen würde. Ohne Furcht hatte sie das Pensionat ihrer Tante übernommen und trotzte seitdem den Behörden mit ihren schulischen Eigenmächtigkeiten. Selbst an jenem Morgen, als ihr das erste Verschwinden von Suzette mitgeteilt wurde, war sie zwar erschrocken gewesen, zugleich aber zielgerichtet und entschlossen, die notwendigen Schritte einzuleiten, um das Mädchen unversehrt zurückzuerhalten. Auch wenn dies bedeutet hatte, sich in den Dunstkreis eines berüchtigten Hauptmanns zu begeben.

Nun jedoch, als sie atemlos und mit klopfendem Herzen den halb im Wald gelegenen Pfad hinabeilte, welcher die zu Lothringen gehörenden Spicherer Höhen mit der bereits wieder in Preußen gelegenen Stadt Saarbrücken verband, ihre Schülerinnen im Schlepptau, glaubte sie zum ersten Mal in ihrem Leben, dass das wilde Kreisen ihrer Gedanken sie um den Verstand bringen würde. Dankbar nahm sie die Anwesenheit Hauptmann von Pliesnitz' wahr, welcher die Rückhut ihres kleinen Grüppchens bildete, in eine Wolke des Schweigens gehüllt.

Nach Louises Enthüllung hatten sie beide ihr noch weitere Fragen gestellt, ohne wesentlich mehr aus ihr herauszubekommen, als dass Suzette und ihr Begleiter Richtung Saarbrücken gegangen waren. Und dass, wenn Pauline das widersprüchliche Stammeln ihrer Schülerin richtig deutete, Suzette Vincent Lehmann nicht freiwillig begleitet hatte, was Paulines Sorge ins Unermessliche wachsen ließ.

Sicherheitshalber hatten sie noch eine Weile damit zugebracht, im Getümmel auf den Spicherer Höhen nach Suzette zu suchen. Dann jedoch hatte Pauline die Sinnlosigkeit dieses Unterfangens eingesehen, das nur wertvolle Zeit kostete, die sie nicht besaßen.

Daher waren sie rasch zu Eleonore Schmitt und den übrigen Mädchen zurückgekehrt, um ihnen mitzuteilen, dass der Ausflug für heute beendet sei.

Aufgrund der Situation und Louises Aussage würde man die Schülerinnen zunächst unter der Obhut der Hauswirtin in der Saarbrücker Pension unterbringen. Anschließend würden sich Pauline und der Hauptmann zur Polizeiwache aufmachen.

Für den unwahrscheinlichen Fall, dass Suzette doch noch auf dem Festplatz der Spicherer Höhen oder der Restauration Woll auftauchen würde, war Eleonore Schmitt dort geblieben. Ein Arrangement, mit dem Pauline alles andere als glücklich war, zu dem sie aber keine Alternative gefunden hatte.

Paulines kleines Grüppchen hatte einige Mühe, sich den Weg nach unten zu bahnen, strömten ihnen doch größere Menschenmengen entgegen, die den Festivitäten oben auf den Höhen beiwohnen wollten.

*Wie hatte ich nur so leichtsinnig sein können?*, schoss es Pauline durch den Kopf. *Wie konnte ich nur glauben, die Mädchen seien hier in Sicherheit?* Wie in aller Welt war es möglich, dass ihr sonst so gutes Gespür für Menschen sich in Bezug auf Vincent Lehmann derart bitter getäuscht hatte?

Nun, es war zu spät, sich Vorwürfe zu machen. Jetzt galt es, zu retten, was zu retten war, und das hieß in erster Linie, Suzette ausfindig zu machen. Bevor etwas Unaussprechliches geschah ...

Dieser Gedanke entsetzte Pauline so sehr, dass sie ruckartig stehen blieb, sich umwandte und ihre Augen über die verbliebenen Mädchen gleiten ließ, welche mit teils betroffenen, teils unwilligen Gesichtern wegen der abrupten Unterbrechung der Feierlichkeiten hinter ihr hertrotteten. Dabei fing sie auch den Blick Hauptmann von Pliesnitz' auf. Für einen kurzen Moment legte sich das Gefühl von Wärme und Dankbarkeit über die minütlich größer werdende Angst in ihrem Inneren.

Als sie den Kopf wieder drehte, glaubte sie, inmitten des Gewimmels von Schaulustigen und Touristen ein Gesicht auszumachen, welches geradewegs aus der Tiefe ihrer Albträume zu kommen schien.

*

Keuchend blieb Vincent stehen, als er die Straße erreicht hatte, an der eine Abzweigung die Hügel hinauf zum lothringischen Spichern führte.

*Grenzland.* Hier irgendwo endete das Königreich Preußen, die preußische Rheinprovinz. Das Land dahinter war wieder Elsaß-Lothringen.

Vincents Lungen brannten ebenso wie seine Muskeln, da er sich den ganzen Weg über, vom Bahnhof in St. Johann bis zu der kleinen Pension, in die sich Mademoiselle Pauline mit ihren Schülerinnen eingemietet hatte, und weiter hierher keine Pause gegönnt hatte. Stets getrieben von der Angst, zu spät zu kommen. Seiner Schuld neue hinzuzufügen.

Trotz all der Jahre des erbarmungslosen Drills und der Schufterei, die ihn hätten abhärten sollen, fühlte er sich ausgelaugt, erschöpft und zutiefst verunsichert.

Würde er Pauline in all dem Trubel finden? In den Menschenmassen, die sich hier überall in den Straßen und Gassen drängten? Einer der Passanten fluchte unwirsch, als er ihn beiseitestieß, um schneller voranzukommen.

*Auf den Schlachtfeldern von Spichern,* so hatte ihm die Wirtin gesagt, als er die Pension aufgesucht und nach Mademoiselle Pauline gefragt hatte. Das junge Fräulein und die andere Lehrerin seien schon früh mit den Mädchen aufgebrochen, um die Schlachtfelder von Spichern zu besuchen.

Vincents Blick fiel auf einen alten, halb verwitterten Grenzstein, der aus den Zeiten vor 1870 stammen musste, als hier das französische Kaiserreich begann, und dann hinauf zu den Spicherer Höhen.

*Heilige Jungfrau!* So viele Menschen, die an diesem Tag auf den Beinen waren. Wie also sollte er ...

Er stutzte, als er plötzlich einige vertraute Gestalten entdeckte. Und Vincent, der in den vergangenen Jahren seines Lebens zu dem Schluss gekommen war, unter einem missgünstigen Stern geboren zu sein, wollte seinen Sinnen nicht trauen. War es möglich? Konnte er tatsächlich so viel Glück haben?

Misstrauisch kniff er die Augen zusammen. Da vorne, auf dem Weg in Richtung Tal, das war wirklich Mademoiselle Pauline. Und wenn ihn nicht alles täuschte, war sie in Begleitung ihrer Schülerinnen.

Hoffnung stieg in ihm auf. Sollte er rechtzeitig gekommen sein? Konnte das Schlimmste noch verhindert werden?

Rasch ging sein Blick über die Gruppe der Mädchen, überflog ihre Gesichter, um sich zu vergewissern, dass keine fehlte. *Suzette?* Wo in aller Welt war nur Suzette? Er konnte sie nicht ausmachen, aber ...

Er hielt den Atem an, als sich ein anderes Gesicht aus der Menschenmenge herausschälte. Eines, das zu sehen ihm weitaus weniger gefiel: dieser preußische Hauptmann!

*Verflucht!* Er musste mit Mademoiselle Pauline alleine reden.

Und dann ging alles blitzschnell. Ehe Vincent begriff, wie ihm geschah, sah er, dass Pauline die Hand ausstreckte und mit dem Finger auf ihn zeigte. Sie schien dem Hauptmann einige Worte zuzurufen, die Vincent nicht verstand.

Irritiert erwiderte der den Blick und winkte der Institutsleiterin zu, deren Miene sich jedoch verschloss.

Hastig lief er ihr entgegen. Doch schon hatte sich der Hauptmann aus der Gruppe gelöst und eilte direkt auf Vincent zu.

Dieser versteinerte in seiner Bewegung, ein ungutes Gefühl breitete sich in ihm aus. Irgendetwas lief hier schief. Etwas musste geschehen sein, etwas, das er nicht hatte voraussehen, womit er nicht hatte rechnen können.

Doch ehe er in der Lage war, sich einen Reim auf all das zu machen, hatte der Hauptmann ihn erreicht, mit festem Griff gepackt und ihm die Arme auf den Rücken gedreht.

»Dass Sie es wagen, zurückzukommen!« Es klang wie ein Knurren. »So viel Kaltblütigkeit hätte ich selbst von jemandem wie Ihnen nicht erwartet. Aber gut. Sie werden mich nun zur Polizeiwache begleiten, und dann werden Sie mir erzählen, was Sie mit Suzette Manseaux getan haben.«

*Suzette?* Alles in Vincent gefror, während ein Gewitter unzusammenhängender Gedankenfetzen in seinem Kopf tobte. Was wollte dieser Mann von ihm?

Hilfe suchend sah er zu Pauline, die mit ihren Mädchen ebenfalls das Ende der Steigung erreicht hatte. Sein Blick suchte den ihren, doch darin las er nur Enttäuschung und Verachtung. Und es war dieser Blick, der seinen Widerstand brach.

Was auch immer geschehen sein mochte, die Falle war zugeschnappt.

## Kapitel 36

Ein Albtraum! Das alles musste ein Albtraum sein!

Schlimmer als seine Befürchtungen. Die verhängnisvollen Verstrickungen der letzten Jahre hatten ihn wieder eingeholt und schlugen mit aller Macht über ihm zusammen wie beim Jüngsten Gericht. Nur dass bei jenem, wenn man der Überlieferung glauben durfte, der himmlische Richter tatsächlich für Gerechtigkeit sorgen würde. Eine Hoffnung, die sich Vincent in seinem Fall nicht machen konnte.

Man hatte ihn auf die Saarbrücker Polizeiwache gebracht, die sich auf der gegenüberliegenden Saarseite unweit der Johanniskirche befand. Dort wurde er in einen kleinen Raum mit einem Tisch und drei Stühlen gesteckt.

Vincents Augen brannten vor Müdigkeit, seine Kehle von Durst und dem verzweifelten Versuch, nicht zu brüllen, während ein übel gelaunter preußischer Wachtmeister ihm seit einer gefühlten Ewigkeit immer wieder dieselben Fragen stellte. Deren Antworten jedoch ebenso ungehört verhallten wie Vincents wiederholt geäußerter Wunsch, Pauline Martin sprechen zu dürfen, die Institutsleiterin, seine Arbeitgeberin.

»Damit Sie dieser auch noch etwas antun? An einer weiteren unschuldigen Frau Ihre krankhaften Triebe auslassen?« Der Hohn und die Voreingenommenheit des Polizisten wirkten auf Vincent wie ein Schlag in den Magen.

»Und wie sollte ich das bewerkstelligen?«, platzte es lauter als beabsichtigt aus Vincent heraus. »Mit diesen Händen hier vielleicht?« Zornig streckte er dem Mann seine gefesselten Handgelenke entgegen, die langsam taub wurden.

Von der Plausibilität dieses Arguments unbeeindruckt, zog der andere herablassend die Augenbrauen empor. »Kerle wie du finden immer einen Weg«, lautete die knappe Antwort, bevor er wieder mit seiner Fragerei begann. »Wo hast du das Mädchen versteckt? Was hast du mit ihr vor? Wo hast du sie ...«

»Ich habe Suzette überhaupt nicht zu Gesicht bekommen!« Zorn und Hilflosigkeit explodierten in Vincent und ließen seine Stimme aggressiver klingen, als er es beabsichtigt hatte. »Ich bin unschuldig! Das habe ich schon einmal gesagt. Hermann Krüger ist es, der ...«

»Leutnant Krüger ist ein unbescholtener preußischer Offizier. Was in aller Welt lässt dich also zu der Annahme versteigen, er könne zu einer derartigen Untat fähig sein? Ist es nicht ...«

»Er *hat* es aber getan! Schon einmal hat er versucht, dem Mädchen Gewalt anzutun. Und nun ...«

»Zur Hölle noch mal!« Es krachte wie Donner, als der Wachtmeister mit der Hand auf die Tischplatte schlug. »Ich habe genug von deinen Ausflüchten und Lügereien! Die Zimmernachbarin des Mädchens hat ausgesagt, sie habe dich mit Suzette davongehen sehen! Auch dieser hast du dich in der Vergangenheit unsittlich genähert, woraufhin die Leiterin des Instituts dumm genug gewesen war, dir diese Verfehlung nachzusehen. Aber nun ...« Das Gesicht des Mannes hatte eine krebsrote Farbe angenommen, und es war deutlich, dass er mit seiner Geduld am Ende war. »Die ganze Zeit über habe ich geglaubt, vernünftig mit dir reden zu können. Wenn du dich aber weiter stur stellst, wirst du in eine Zelle gesperrt und kommst da nicht wieder raus, bis man dich vor Gericht stellt. Und dort weiß man, wie man mit Kerlen wie dir umzugehen hat! Besonders mit solchen, die kein unbeschriebenes Blatt mehr sind.«

Noch immer wusste Vincent nicht, wie es gelungen war, so schnell die Dinge aus seiner Vergangenheit herauszufinden. Doch das war jetzt gleichgültig.

Er saß in der Falle, und es sah so aus, als würde sich die gesamte Geschichte wiederholen. Wobei es diesmal um ein wesentlich schlimmeres Verbrechen ging. Ein Verbrechen, das er womöglich, wäre er nicht so feige gewesen, hätte verhindern können. Hätte verhindern müssen.

*Verflucht!*

»Ich bestehe darauf, mit Mademoiselle Martin zu sprechen«, wiederholte er, sich mühsam beherrschend. »Sie ist es doch, die mich dieser Untaten beschuldigt. Sie und dieses Mädchen, Louise. Geben Sie mir die Möglichkeit, mit ihr zu sprechen, und ich schwöre, ich bin in der Lage, die Sache richtigzustellen!«

Die Augen des Polizisten wurden kalt. Einen Moment lang glaubte Vincent, in das Gesicht seines Vaters zu blicken, die Verachtung zu sehen, die er ihm, seinem einzigen Sohn, entgegenbrachte, bevor er den Rohrstock von der Wand nahm. »Jemand wie du hat keine Forderungen zu stellen, Kerl. Du bist nichts, bist der Abschaum der Gesellschaft.« Die Hände des Polizisten ballten sich zu Fäusten. Kurz sah es so aus, als wolle er handgreiflich werden. »Scheust dich nicht, ein junges Mädchen zu verschleppen! Du wirst noch lernen, was wir mit Kerlen wie dir anstellen!«

Panik, Zorn und Verzweiflung drohten Vincent zu übermannen. Es krachte, als er aufsprang und der Stuhl hinter ihm mit der Lehne gegen die Wand prallte. »Ich weiß nicht, wo Suzette steckt! Ich habe nichts verbrochen! *Verflucht!* Diesmal werde ich nicht für eine Sache büßen, die ich überhaupt nicht getan habe!«

Er brüllte immer noch, als zwei weitere Wachleute kamen und ihn zurück auf den Stuhl zwangen.

\*

»Fräulein Martin?«

Pauline hob den Kopf und richtete sich in dem unbequemen Holzstuhl auf, den man ihr angeboten hatte, in einem kleinen

Vorraum der Polizeiwache, wo man Vincent Lehmann in einem anderen Raum verhörte.

Schweigend und blass wie ein Bettlaken saß Louise auf dem Stuhl neben ihr und knetete den Saum ihres geblümten Sonntagskleides, dem noch der Staub der Spicherer Höhen anhaftete. Hauptmann von Pliesnitz gab derweil die Sachlage zu Protokoll.

»Fräulein Martin?« Der Aufruf klang ein wenig ungeduldig. Pauline beeilte sich, aufzustehen und rasch über ihr Kleid zu streichen.

»Gibt es Neuigkeiten? Hat man Suzette gefunden? Was ist …«

Mit einer herrischen Geste schnitt der Polizist ihr das Wort ab. »Stur wie ein Maulesel, der Kerl. Beteuert pausenlos seine Unschuld.« Er zog ein Tuch hervor und wischte sich damit über das von Schweißperlen bedeckte Gesicht. Noch immer war der Augusttag stickig heiß. »Er weiß aber etwas, so viel ist sicher. Doch weigert er sich, damit herauszurücken.« Sein lautes Schnauben brachte unmissverständlich zum Ausdruck, was der Wachmann davon hielt.

»Er hat abgestritten, Suzette in seiner Gewalt zu haben?«, fragte Pauline leise.

»Die ganze Zeit über. Mehr war nicht aus ihm herauszubringen. Er will nur mit Ihnen reden, sagt er. Allein.« Unwillig schüttelte der Polizist den Kopf. »Als hätte jemand wie er hier überhaupt etwas zu melden.«

Furcht und Hoffnung breiteten sich in Pauline aus. Ob Lehmann *ihr* etwas über Suzettes Verbleib sagen würde? Oder spielte er ein übles Spiel mit ihnen allen?

Nun denn, sie würde es nur herausfinden, wenn sie sich darauf einließ. Entschlossen sah sie den Polizisten an. »Bringen Sie mich zu ihm!«

»Wollen Sie das wirklich, Fräulein? Kerlen wie dem ist nicht zu trauen. Hat ja schon mal eingesessen, und jetzt …« Missmutig kratzte er sich am Nacken.

»Ich habe gesagt, bringen Sie mich zu ihm!« Ihre Stimme klang nun schärfer. »Wenn es uns hilft, Suzette zu finden ...« Sie wandte sich zu Louise um, die noch immer in sich zusammengesunken dasaß. »Warte hier auf mich, ich bin gleich wieder zurück.«

Um zu zeigen, dass sie keinen weiteren Widerspruch duldete, schritt Pauline zur Tür, durch die der Wachtmeister gekommen war. Dieser folgte ihr kopfschüttelnd. »Sie müssen es wissen, Fräulein. Aber sagen Sie später nicht, ich hätte Sie nicht gewarnt.«

## Kapitel 37

Irgendetwas an dieser Sache war faul. Dessen war sich Erich sicher. Auch wenn er im Augenblick nicht genau sagen konnte, was es sein mochte. Doch je länger er die Fragen des diensthabenden Beamten beantwortete und dieser seine Antworten umständlich mit Federhalter auf einem Bogen Papier festhielt, desto überzeugter war er, dass manches sich nicht so verhielt, wie es auf den ersten Blick den Anschein hatte.

Die aufmüpfige Suzette war verschwunden. Wieder einmal. Und der einzige Anhaltspunkt stammte von ihrer Zimmernachbarin Louise, welche behauptete, der Gärtner des Pensionats, Vincent Lehmann, hätte ihr aufgelauert und sie mitgenommen, womöglich sogar gegen ihren Willen.

Nur dass besagter Lehmann, als er ihnen da unten an der Grenze zwischen Saarbrücken und Spichern buchstäblich in die Arme gelaufen war, aufrichtig besorgt gewirkt hatte, als er von dem Verschwinden des Mädchens erfuhr. Und überrumpelt, als man ihn der Tat bezichtigte.

Was Erich jedoch in keiner Weise aus seiner Miene hatte herauslesen können, war das Bewusstsein von Schuld. Natürlich mochte das daran liegen, dass Lehmann nicht nur ein Blender, sondern auch ein begnadeter Schauspieler war oder derart skrupellos, dass ihm etwas wie Gewissensbisse völlig fremd waren. Das wäre herauszufinden.

Erich runzelte die Stirn, während er das Formular, das der Beamte ihm hinschob, durchlas und dann mit seinem Namen unterzeichnete.

Das junge Mädchen hingegen, diese Louise, aufgrund deren

Aussage die Verhaftung vorgenommen worden war, hatte zwar ebenfalls aufrichtig verängstigt gewirkt, geradezu panisch. Doch war in ihrem ganzen Wesen, ihrem Auftreten und besonders den Blicken, die sie zu vermeiden suchte, noch etwas anderes zu lesen gewesen, etwas, das ...

*Verdammt!*

Hastig schob er dem Beamten das unterschriebene Formular wieder hin, während eine plötzliche Erkenntnis ihm die gesamte Angelegenheit in einem anderen Licht erscheinen ließ.

Wenn er recht hatte, dann war diese Suzette womöglich in noch größerer Gefahr, als sie alle dachten.

*Und in diesem Fall würde jede Minute zählen.*

\*

Louise fuhr zusammen, als sich die Tür erneut öffnete und eine hochgewachsene Gestalt in den Vorraum trat.

Hauptmann von Pliesnitz.

Schwaches Abendlicht fiel durch das Fenster auf sein Gesicht. Louise erschrak, als sie bemerkte, wie sich sein ganzes Auftreten verändert hatte. Der preußische Offizier, der sich am Nachmittag als durchaus zugänglich und – zumindest in Anwesenheit von Mademoiselle Martin – von feinem Humor erwiesen hatte, wirkte jetzt düster wie eine Gewitterwolke.

Alles in Louise verkrampfte sich. Das Schuldgefühl lastete auf ihr wie ein schwerer Felsbrocken, vermengte sich in ihrer Brust mit der stetig wachsenden Angst.

Zwei Schritte vor ihr blieb von Pliesnitz stehen und schaute zu ihr herunter. Er sagte kein Wort, sondern begnügte sich damit, sie stumm zu betrachten. Sein Blick schien sich tief in ihre Seele zu bohren.

Eine unausgesprochene Frage lag darin, die so laut in Louises Kopf widerhallte, dass sie glaubte, es seien die Posaunen des Jüngsten Gerichts, von denen der Pfarrer so oft gesprochen hatte.

»Herr Hauptmann?«, begann sie unsicher.

Der Angesprochene rührte sich nicht, hob nur die Augenbrauen ein wenig an. »Gibt es vielleicht etwas, das du mir zu sagen hättest?«

Louise durchfuhr es wie ein Blitzschlag. *Er wusste es!* Er wusste, dass sie gelogen hatte, und womöglich sogar, aus welchem Grund.

Wie in aller Welt hatte sie nur glauben können, einem Mann wie ihm, einem hochrangigen preußischen Offizier, etwas vormachen zu können? War er nun gekommen, um sie zur Rechenschaft zu ziehen? Sie einsperren zu lassen?

»Zu sagen, Herr Hauptmann?« Ihre Stimme war kaum mehr als ein gepresstes Flüstern.

»Denk noch einmal ganz genau nach, Louise. War es wirklich Vincent Lehmann, den du Arm in Arm mit Suzette weggehen gesehen hast?« Die folgende Pause dehnte sich wie eine Luftblase und nahm Louise den Atem.

»Ist es nicht möglich, dass du dich vielleicht – sagen wir – geirrt hast?«

Die Hitze, die in Louise aufflammte, drohte sie zu versengen. Ihr Mund war wie ausgetrocknet, und ihre Hände, die fahrig über ihr Kleid glitten, wollten ihr nicht mehr gehorchen.

Von Plicsnitz beugte sich vor. »Denn wenn du möglicherweise nicht genau hingeschaut hast, dann wäre jetzt der richtige Zeitpunkt, mir das zu sagen.«

\*

Vincent fuhr zusammen, als sich die Tür öffnete und Mademoiselle Pauline von einem uniformierten Polizisten hereingeführt wurde.

Es kostete ihn Mühe, den Kopf zu heben. Sein Hals war trocken und schmerzte, hinter seinen Schläfen pochte es wie von Hammerschlägen. Der Ausdruck auf dem Gesicht der Institutsleiterin traf ihn hart. Ablehnung lag darin, Abscheu und abgrundtiefe Enttäuschung. Wie hatte er nur glauben können ... Er versuchte zu schlucken, doch seine Zunge klebte am Gaumen.

»Lassen Sie mich mit dem Mann alleine!«, sagte sie zu dem Beamten, der sie begleitet hatte.

»Das ist aber ...«, setzte dieser an, kam jedoch nicht weit.

»Ich weiß Ihre Sorge zu schätzen, doch es genügt, wenn Sie vor der Tür warten.«

Ein zweifelndes Kopfschütteln. »Ungern, äußerst ungern, gnädige Frau, aber nun gut.« Mit einem Blick auf Vincent: »Rufen Sie einfach, wenn Sie Hilfe benötigen.«

Dann verließ er den Raum, lehnte die Tür aber nur an.

»Wo ist Suzette? Wo haben Sie sie hingebracht?« Ungewohnte Schärfe lag in Mademoiselle Paulines Worten, obgleich sie kaum die Stimme erhob. »Wieso sind Sie uns nach Saarbrücken gefolgt und wieso ...«

»Ich habe Suzette nichts getan!« Seine Stimme klang heiser. Ein Blick in die Augen der jungen Frau zeigte ihm, dass sie ihm nicht glaubte.

»Suzettes Zimmernachbarin, Louise, hat Sie zusammen gesehen. Was also ...«

»Das ist eine Lüge!« Zornig fuhr er auf, die gefesselten Hände zu Fäusten geballt, sein Atem ging keuchend.

*Verflucht!* Wieso hatte er sich nicht besser im Griff?

Wenn er sich derart gebärdete, würde man ihm seine Geschichte erst recht nicht abnehmen, ihn vielmehr für einen wahnwitzigen Sittenstrolch halten, der nicht mehr wusste, was er tat.

»Sie müssen mir glauben, Mademoiselle«, sagte er fast flehend. Doch diese runzelte die Stirn.

»Warum sollte Louise lügen?«, fragte sie ruhig, aber hinter ihrer beherrschten Fassade lauerte die Angst.

»Ich habe mit Suzette nichts zu schaffen. Weder mit ihr noch mit einem anderen Ihrer Mädchen. Ich wollte doch nur ...«

»Aber es stimmt«, fuhr Pauline fort, »dass Sie wegen Diebstahl und Notzucht verurteilt wurden? Ihre Zeit in der Arbeitereinheit der Feste Ehrenbreitstein verbüßt haben?«

Jedes ihrer Worte traf ihn wie ein Faustschlag. Wie hatte er glauben können, all das hinter sich zu lassen, ein neues, unbescholtenes Leben beginnen zu können? Jenseits der preußischen Grenze.

»Ist das wahr oder nicht?« Etwas in ihren Worten klang beinahe hoffend, als wünschte sie sich, dass dies alles nur ein Missverständnis wäre. Dass der Mann, dem sie die Sicherheit ihres Pensionats und somit auch ihrer Schülerinnen anvertraut hatte, kein verurteilter Verbrecher war.

Seine Schultern sackten zusammen, sein Blick ging zu Boden. Er wusste, wann er verloren hatte.

Die Tür öffnete sich erneut. Vincent versteifte sich, als er Hauptmann von Pliesnitz erkannte, dessen Miene so finster war wie die tiefste Nacht.

»Ich muss mit dem Mann reden!«, erklärte er barsch, doch Pauline wich nicht zur Seite.

»Das versuche ich auch gerade«, gab sie zurück.

Der Hauptmann schüttelte den Kopf. »Ich fürchte, es gibt neue Informationen, welche die gesamte Angelegenheit in einem anderen Licht erscheinen lassen.«

Sein Blick ging zu Vincent und schien ihn zu durchbohren. »Und vielleicht weiß dieser Mann hier etwas.«

Einen Moment zögerte Mademoiselle Pauline, wie eine Akrobatin, die gerade im Begriff stand, ein dünnes Seil zu betreten, aber nicht wusste, ob es halten würde.

Schließlich trat sie einen Schritt zur Seite und ließ von Pliesnitz vorbei.

»Reden Sie mit ihm, Herr Hauptmann. Aber ich werde dabeibleiben. Wenn Sie also etwas zu sagen haben, müssen Sie es in meiner Gegenwart tun.«

»Das ist Ihr gutes Recht.« Entschlossen zog der Offizier sich einen Stuhl heran und setzte sich Vincent direkt gegenüber. Seine Autorität schien den gesamten Raum einzunehmen, und es kostete Vincent Mühe, nicht zurückzuweichen.

Schweigend betrachtete der Hauptmann ihn eine Weile, bis Vincent sich fragte, welches Spiel hier gespielt wurde. Dann beugte sich von Pliesnitz langsam zu ihm vor, spreizte die Hände und presste die Fingerspitzen gegeneinander, wie jemand, der sich seiner Sache äußerst sicher war.

»Ich gebe Ihnen genau fünf Minuten, um mir Ihre Version der Geschichte zu erzählen. Überzeugen Sie mich, verspreche ich Ihnen, alles daranzusetzen, Sie hier herauszuholen. Wenn aber nicht ...« Er ließ den Rest des Satzes in der Luft hängen.

Dann lehnte er sich auf seinem Stuhl zurück, verschränkte die Arme vor der Brust und hob das Kinn. »Überlegen Sie sich also gut, was Sie sagen. Womöglich ist es die letzte Chance, dass Ihnen jemand zuhört.«

\*

Das Gespräch hatte länger als fünf Minuten gedauert. Wesentlich länger. Erich war keineswegs überrascht gewesen, dass sich sein anfänglicher Verdacht bestätigte. Doch war er erschüttert über die Einzelheiten, die nach und nach zutage traten und ihm die Dringlichkeit der Situation deutlich vor Augen führten. Ihnen lief die Zeit davon.

Seine Stimmung war angespannt, als er mit Mademoiselle Martin das Verhörzimmer verließ, in dem sie Vincent Lehmann zurückließen. Fürs Erste zumindest.

»Ist das nicht zu gefährlich?«, wurden seine Gedanken von Mademoiselles Stimme unterbrochen, die in Anbetracht der Situation zwar besorgt, aber noch immer gefasst wirkte.

»In der Tat«, antwortete er knapp und sah sie an. »Brandgefährlich. Aber wie es aussieht, unsere einzige Möglichkeit in dieser Sache.«

Die junge Frau schlang die Arme um ihren Körper, als würde sie trotz des heißen Sommerabends frösteln. In Erich stieg der Wunsch auf, sie an sich zu ziehen. Dabei war jetzt wirklich nicht der geeignete Moment zum Trösten, sondern zum Handeln. Und zwar sofort.

»Ich begleite Sie und Louise zurück zur Pension. Sie bleiben dort und sorgen für die Sicherheit der Mädchen, ich kümmere mich um alles andere.«

Sie nickte und beeilte sich, die Schülerin zu sich zu rufen, die noch immer mit verstörter Miene und leichenblassem Gesicht dasaß, wie Erich sie verlassen hatte.

Rasch wechselte dieser noch einige Worte mit dem diensthabenden Beamten, der sich zu seiner Überraschung bereit erklärte, seinen Anweisungen zu folgen und trotz des Trubels der Siegesfeierlichkeiten weitere Männer anzufordern. Dann verließen sie zu dritt die Polizeiwache.

Der Tag neigte sich bereits dem Ende zu. Während Erich die zwei Frauen zu ihrer Unterkunft begleitete, überlegte er, wie er am schnellsten diesen Major von Kliepke ausfindig machen konnte. Obgleich er keineswegs den Wunsch verspürte, die Begegnung des Vorabends zu wiederholen.

## Kapitel 38

Wie ein gehetztes Wild rannte Vincent durch die Dunkelheit. Viel zu laut hallten die Sohlen unter seinen Füßen, sein Atem ging keuchend. Der allgegenwärtige Schmutz der Hochöfen legte sich auf seine Lunge. Nur vage konnte er am Horizont die Umrisse der lang gestreckten Gebäude erkennen, die zum Eisenwerk von Burbach gehörten. Diesem westlichen Stadtteil von Saarbrücken, der sich der Schwerindustrie verschrieben hatte, der Verhüttung lothringischer Minette durch Saarkohle. Wie mahnende Zeigefinger reckten sich unzählige Schornsteine in die Nacht. Rund um die Uhr wurde hier gearbeitet. Die meisten Fenster der Fabrikhallen waren beleuchtet, selbst auf die Entfernung war das orange-rote Glühen der abgegossenen Schlacke zu erkennen. Leuchtfeuern gleich loderten helle Fackeln am mondlosen Himmel. Eine Hölle von Hitze, Licht und Lärm. Das dumpfe Dröhnen der Industrieanlage vermischte sich mit dem Klopfen seines Herzens.

Gehetzt, verfolgt ... Nur, dass Vincent nicht wusste, wer der Jäger und wer der Gejagte war. Er glaubte zu spüren, dass jede seiner Bewegungen beobachtet wurde, alles, was er tat, alles, was er sagte, und womöglich alles, was er dachte.

War er endgültig dabei, den Verstand zu verlieren? Hatte die Zeit der Gefangenschaft und der Demütigung ihn so sehr zermürbt und ausgehöhlt, dass nur noch dieser kleine Funke gefehlt hatte, um ihn dem Wahn anheimfallen zu lassen?

Ruckartig blieb er stehen, als er eine kleine Lagerhalle vor sich ausmachte, kaum größer als ein Schuppen. War es tatsächlich der Ort, den er suchte?

Er kniff die Augen zusammen.

Das musste es sein, die Beschreibung passte genau. Und die Gewissheit, hier und jetzt seinem Schicksal entgegenzutreten, seiner persönlichen Nemesis, hatte zugleich etwas Anregendes und Verstörendes. Wie oft im Leben durfte man das Schicksal wohl herausfordern, ohne von diesem zermalmt zu werden?

Unruhig blickte er über die Schulter, um seine Verfolger auszumachen. Plötzlich schien jeder seiner Muskeln gelähmt.

Für einen entsetzlich endlosen Moment war ihm, als würden seine helle und seine dunkle Seite einen erbitterten Kampf ausfechten. Letztere drängte ihn dazu, den Schutz der Dunkelheit zu nutzen, um einfach zu verschwinden. Wer würde ihn finden in den dichten Wäldern der Grenzregion zwischen Preußen und Elsaß-Lothringen? Niemand! Nur sein Gewissen. Und das würde ihn dafür zeitlebens jagen mit der Heftigkeit griechischer Erinnyen.

Langsam ließ er die Luft aus seinen Lungen entweichen, dann riss er sich aus seiner Starre und eilte auf das Gebäude zu. Lautlos wie eine Katze.

*

Die Tür der Lagerhalle war unverschlossen. Offensichtlich wähnte man sich dort in Sicherheit. Doch selbst wenn dem nicht so gewesen wäre, hätte es Vincent kaum Schwierigkeiten bereitet, die Tür zu öffnen, besaß er doch Erfahrung in solchen Dingen. Vorsichtig hob er die Tür auf eine Weise an, dass sie beim Öffnen kaum ein Geräusch verursachte.

Der Raum wurde von einer kleinen Laterne beleuchtet, einem Windlicht, das auf dem Boden stand. Auf einem Holzstapel auf der linken Seite lag eine zierliche, halb in eine Decke eingewickelte Gestalt.

Vincents Herz setzte einen Schlag lang aus.

*Suzette?* Das musste Suzette sein. Offenes, schwarzes Haar floss über ein Gesicht, dessen Züge er nicht erkennen konnte.

Hektisch glitt Vincents Blick weiter durch den Raum. Er fuhr zusammen, als er auf einem Stuhl eine weitere Person sitzen sah. Ein Mann, der ihm den Rücken zuwandte. Lässig zurückgelehnt, die Beine ausgestreckt und leicht überschlagen. Im Halbdunkel glomm die Spitze seiner brennenden Zigarette. Der Geruch nach Tabak vermischte sich mit abgestandener Luft, Ruß und Staub.

Der andere musste sein Eintreten bemerkt haben. Langsam blies er den Rauch aus den Lungen, dann erhob er sich in provozierender Trägheit aus dem Stuhl und wandte sich zu Vincent um.

Für einen Moment trat der Ausdruck von Überraschung auf sein Gesicht, dann umspielte ein süffisantes Lächeln seine Mundwinkel. »Also habe ich mich nicht getäuscht in der Nacht am Gartentor. Du warst es tatsächlich.« Mit den Fingerspitzen tippte Hermann Krüger auf die Zigarette, um etwas von der Asche abzuklopfen. »Wenn das keine Ironie des Schicksals ist. Allerdings hätte ich nicht erwartet, dich hier zu begrüßen. In meiner kleinen Residenz.« Wieder nahm er einen tiefen Zug. »Bei Gelegenheit musst du mir erzählen, wie du an meine derzeitige Anschrift gelangen konntest. Vor allem aber, was ich deinen unerwarteten Besuch verdanke. Hast du mich etwa vermisst?«

Die Selbstsicherheit und Ruhe, die Krüger zur Schau stellte, ließen maßlosen Zorn in Vincent aufflammen. Seine Hände ballten sich zu Fäusten, und er verspürte den Drang, sich auf den anderen zu stürzen. Jetzt! Auf der Stelle!

*Reiß dich zusammen*, flüsterte eine Stimme in seinem Inneren. *Du hast schon einmal zu spüren bekommen, was dein unüberlegtes Handeln anrichten kann.*

»Was hast du dem Mädchen angetan?«, brachte er mühsam hervor.

In einer Geste gespielter Verblüffung drehte sich Hermann Krüger zu der Pritsche, auf der Suzette immer noch regungslos lag, als wollte er sagen: *Mädchen? Welches Mädchen? Ich habe keine Ahnung, wie sie hergekommen ist.*

Schließlich wandte er sich wieder Vincent zu, zog an der Zigarette und blies den Rauch aus. »Nichts. Ich habe ihr nichts getan. Es liegt mir nicht, meine Zuwendungen an eine Schlafende zu vergeuden. Ich bevorzuge es, wenn sie sich unter meinen Berührungen winden.« Ein Lächeln umspielte seine Lippen. »Und schreien.«

Abscheu und Ekel stiegen bitter wie Galle in Vincent auf. Mühsam kämpfte er um Beherrschung. Nur das Wissen, dass jetzt alles von ihm abhing, davon, wie er sich in dieser Situation verhielt, zwang ihn, tief durchzuatmen und so gelassen, wie es ihm möglich war, dem Blick des anderen standzuhalten.

Dessen Lächeln wuchs in die Breite, als er anerkennend nickte. »Respekt. Ich muss schon sagen, du hast dich verändert. Hast dich weitaus mehr in der Gewalt als früher.« Wieder nahm er einen Zug von der Zigarette. »Hat man das aufbrausende Wesen etwa aus dir herausgeprügelt? In dieser Arbeitereinheit, in die man dich gesteckt hat?«

Rohe Wut explodierte in Vincent. »Dreckskerl!«, zischte er.

»Oh, oh, wohl eher doch nicht. Dabei dachte ich, die Schinderei dort auf dem Ehrenbreitstein wäre dazu angetan, selbst einen Sturkopf wie dich zu läutern.« Herausfordernd grinste er Vincent an.

»Eine Schinderei, die *du* verdient hättest!«, brach es aus ihm heraus. Sogleich hasste er sich dafür, nach dem Köder geschnappt zu haben. »Strafen, die ich für dich, für deine Vergehen erdulden musste. Für deine Gier, deine Wollust.«

Selbst im trüben Licht der Lampe war das Aufblitzen in Krügers Augen deutlich zu erkennen. Offensichtlich gefiel ihm der Verlauf, den dieses Gespräch nahm.

»So einfach kannst du dich nicht herausreden, Lehmann. Immerhin bist du es gewesen, der in die Wohnung eingebrochen ist. Du hast der armen alten Witwe ihr Weniges an Schmuck, das sie besaß, geraubt. Nicht zu vergessen der Küster.«

»Auf deinen Befehl hin! Auf deinen dreckigen Befehl!« Es kostete Vincent Mühe, nicht zu schreien. »Ich unterstand deiner Order, war dein Bursche, und du, du hattest mich in der Hand, was also ...«

»Tatsächlich?« Ein gelangweilter Ausdruck erschien auf dem Gesicht des Leutnants, als er die Zigarette zu Boden warf und so gewissenhaft mit dem Absatz austrat, als beanspruchte dies all seine Konzentration. »Immer diese billigen Ausreden der unteren Ränge, sobald man ihnen auf die Schliche kommt. Stets sind andere daran schuld, nie man selbst. Schämst du dich denn gar nicht?«

»Ich war dein Bursche! Ich hatte Schulden. Ich war in Not! Meine Großmutter war krank, du hattest mir Urlaub versprochen für den Fall, dass ich dir helfe!« Tränen des Zorns und der Hilflosigkeit stiegen in ihm auf.

»Und das junge Mädchen! Die Tochter des Schullehrers, die du entehrt hast! War das etwa auch mein Vergehen?«

Vincent wurde übel bei der Erinnerung an all diese Ereignisse, die ihn seither stets verfolgt hatten und nun mit aller Wucht erneut über ihm zusammenschlugen.

Ein dünnes Lächeln, flüchtig wie Quecksilber, glitt über Krügers Gesicht. »Ach, das dumme Gänschen hatte es nicht anders verdient. Außerdem wurde die ganze Angelegenheit aus Mangel an Beweisen beigelegt. Andernfalls hätte es dich weit schlimmer getroffen als ein bisschen Arbeitsdienst auf der Feste. Dessen bist du dir sicher bewusst.«

»Wie kannst du es wagen?«, setzte Vincent an. Ein Stöhnen von der anderen Seite des Raumes ließ ihn verstummen. Er wandte den Kopf und sah, dass Suzette die Augen aufgeschlagen hatte. Orientierungslos schaute sie sich um, eine Frage stand in ihrem Gesicht.

Dann fiel ihr Blick auf den Leutnant, und ihre Miene hellte sich auf. »Hermann? Was ist mit mir geschehen?« Ihre Stimme war schwach. Sie versuchte sich aufzusetzen, doch sie schwankte und fiel zurück auf ihr provisorisches Lager. Was hatte der Dreckskerl ihr eingeflößt?

Dieser lächelte nur und trat ohne Eile auf das Mädchen zu. »Tja, ich muss schon sagen. Für ein junges Ding hast du eine recht schlechte Konstitution.« Unverhohlener Spott klang in seiner Stimme mit. »Kaum gibt man dir etwas zu trinken, kippst du weg. Dabei dachte ich, ihr Französinnen wärt so trinkfest. Wein, Likör, Absinth.« Seine Fingerspitzen glitten über Suzettes Gesicht, die unwillkürlich zurückwich. Ob sie bemerkt hatte, dass sich die Stimmung zwischen ihnen verändert hatte? Dass etwas nicht so war, wie es sein sollte?

Alles in Vincent drängte dazu, vorzupreschen und den Kerl von dem Mädchen wegzureißen. Aber das Wissen, dass er sie in seiner Gewalt hatte, sie womöglich als Schutzschild, als Geisel nutzen würde, hielt ihn zurück. Ebenso das kleine Gespräch, das er vor Kurzem mit Hauptmann von Pliesnitz geführt hatte.

Zornig biss er die Zähne zusammen.

»Du solltest etwas trinken, Suzette, du siehst noch immer ein wenig blass aus. Sicherlich fragst du dich, was hier geschehen ist.« Krügers Stimme war sanft und tief, doch wirkte der Mann wie eine Schlange kurz vor dem Angriff. Von irgendwo hatte er eine Flasche und zwei Gläser hergenommen und schenkte ein. Dann setzte er sich auf den Rand der provisorischen Bettstatt. »Hier! Trink das!« Er drückte dem Mädchen ein Glas in die Hand und half ihr beim Aufsetzen.

Ratlosigkeit und Verwirrung standen in ihren Augen. »Hermann, was ist …?« Fahrig glitt ihr Blick von dem Leutnant zu Vincent und wieder zurück.

»Du wurdest überfallen. Ein Glück, dass ich in deiner Nähe war. Dieser schäbige Kerl hier, dieser Lehmann, hat dich …«

»Nein!« Der Zorn zerbarst in Vincents Kopf, die Fassungslosigkeit darüber, dass sich die Geschichte wiederholen sollte! Dass dieser skrupellose Mensch darauf abzielte, ihn ein weiteres

Mal für seine Verbrechen büßen zu lassen. »So war es nicht! Der Leutnant hier, er hat ...«

Ehe er den Satz beenden konnte, hatte der andere einen Revolver gezogen und zielte damit direkt auf Vincents Gesicht. »Tollwütige Hunde sollte man am besten gleich abknallen. Bevor sie einen noch größeren Schaden anrichten!«

Ein schriller Schrei durchdrang den Raum, als er den Hahn spannte. Er kam von Suzette.

»Glaub ihm nicht! Dieser Mann lügt«, keuchte Vincent. »Er hat dich hierhergebracht, er hat dich betäubt.«

»Schweig!« Wie ein Schuss hallte das Wort durch den stickigen Raum. »Jemandem wie ihm kannst du nicht vertrauen! Soll ich dir erzählen, wo der Gärtner eures ehrenwerten Mädchenpensionats die letzten Jahre verbracht hat? In der Arbeitereinheit der Feste Ehrenbreitstein, einer Strafeinheit. Wo man Soldaten hinsteckt, die Schwerwiegendes auf dem Kerbholz haben. Revolutionäre, Unruhestifter, Aufmüpfige. Das ganze unbelehrbare Pack. Das soll dort zur Räson gebracht werden, durch harte körperliche Arbeit, eiserne Disziplin, Drill ...« Ein spöttisches Lächeln erschien auf Krügers Gesicht. »Doch wenn ich mir den Kerl so ansehe, hat das alles nichts gebracht.«

Er wandte sich wieder Suzette zu, die ihn entsetzt anstarrte. »Nun, Mädchen. Wie sieht es mit einer kleinen Belohnung für den Retter aus? Ein kleines Zeichen der Zuneigung?« Er beugte sich vor, um sie zu küssen, doch sie wich rasch zurück.

Verärgerung zeichnete sich auf Krügers Gesicht ab und eine mühsam unterdrückte Wut. Ein Muskel seiner Wange begann zu zucken.

»Der Leutnant lügt«, beharrte Vincent leise, aber eindringlich. »Ich habe nichts getan, ich ...«

Ein Schuss knallte, die Kugel verfehlte Vincent nur um wenige Zentimeter. Er rang nach Luft und begriff, dass er nicht getroffen war. Dann ging alles blitzschnell. Ehe er sich versah, hatte der

Leutnant die Waffe auf den Kopf des Mädchens gerichtet. Wieder durchdrang ein Aufschrei die dämmrige Kammer.

Krügers Lächeln war erloschen. »Keinen Schritt weiter! Versuch es erst gar nicht.«

»Hermann, *qu'est-ce que tu fais?*« Suzettes Worte waren kaum mehr als ein Flüstern, ihre Augen weit aufgerissen.

»Was er tut?« Schrecken und Zorn ließen das Blut in Vincents Adern pulsieren, gaben ihm neue Kraft. »Leutnant Krüger zeigt sein wahres Gesicht. Ein Gesicht, das er lange genug vor der Öffentlichkeit verborgen hat. Vor allen.« Vorsichtig trat er einen Schritt näher.

Diesmal würde der Dreckskerl nicht so einfach davonkommen.

»Verschwinde, Bursche!« Krüger hob seine Waffe ein wenig höher. »Ich habe keine Verwendung mehr für dich.«

Erneut flammte die Wut in Vincent auf. *Verwendung?*

Das traf es genau. Ohne Skrupel, ohne Gewissensbisse hatte Krüger ihn missbraucht. Als billige Schachfigur in einem perversen Spiel. Hatte ihn geopfert, um seine eigene Schuld zu vertuschen. Und nun war Vincent erneut ein Verbrechen vorgeworfen worden, das nicht er, sondern Krüger zu verantworten hatte.

»Das könnte dir so passen, mich einfach fortzuschicken. Aber diesmal nicht, diesmal werde ich …«

»*Non!*«

Bevor Vincent begriff, was geschah, hatte der andere die Waffe erneut an Suzettes Schläfe gedrückt. Panisch heulte sie auf.

Wie durch Nebel vernahm Vincent das Geräusch sich nähernder Schritte. Auch Krüger lauschte. »Wen hast du mitgebracht?«

Statt einer Antwort lächelte Vincent nur. Er sah, wie sich der Gesichtsausdruck des anderen veränderte. »Verräter«, zischte Krüger, in seinen Augen stand Schrecken. Kurz ließ er die Waffe sinken.

In der Klarheit des Augenblicks registrierte Vincent, dass der Leutnant gerade nicht bei der Sache war. Gelähmt von der Erkenntnis, in die Falle gegangen zu sein.

Vincent preschte vor. Ein scharfer Schmerz durchzuckte sein Handgelenk, als er mit einem gezielten Schlag dem Leutnant die Waffe aus der Hand schlug. Mit einem dumpfen Aufprall fiel sie zu Boden.

Wieder schrie Suzette auf.

Sogleich versuchte Krüger, sich nach dem Revolver zu bücken, doch Vincent kam ihm zuvor, packte ihn fest mit beiden Armen und versperrte ihm den Weg.

Die ganze Welt zerbarst, als ein gezielter Faustschlag Vincents Schläfe traf, dicht gefolgt von einem zweiten. Der Geschmack von Blut breitete sich in seinem Mund aus, die Umgebung um ihn herum verschwamm. Fest umklammerte er seinen Gegner und ging gemeinsam mit ihm zu Boden. Ein dumpfer Schmerz jagte durch seine Schulter, das Gewicht des Leutnants presste die Luft aus seinen Lungen.

Mit einem Ruck rollte er sich herum und kam auf Krüger zu liegen. Doch nur kurz. Ein Schlag in die Seite, Vincent stöhnte. Schon war der andere wieder oben. Mit der einen Hand hielt er Vincent fest, mit der anderen tastete er nach etwas.

*Der Revolver!*, durchfuhr es Vincent. Er musste sich ganz in der Nähe befinden.

Einen Moment lang leistete Vincent keinen Widerstand, bündelte alle seine Kräfte. Dann streckte er den Arm aus und bekam die Waffe kurz vor Krüger zu fassen. Dieser lockerte seinen Griff. Darauf hatte Vincent gewartet. Noch bevor der andere wieder festen Halt auf ihm gefunden hatte, holte Vincent aus und schlug ihm mit voller Wucht den Knauf des Revolvers an die Schläfe.

Mit einem Stöhnen sackte Krüger auf ihm zusammen. Kaum eine Sekunde später wurde die Tür aufgerissen. Vincent wurde schwarz vor Augen.

## Kapitel 39

»Du hast es die ganze Zeit gewusst, nicht wahr?« Mademoiselle Martins Stimme klang ruhig und verständnisvoll. Dennoch konnte Louise die Anspannung hören, die in diesen Worten lag. Eine mit eiserner Disziplin bekämpfte Sorge, welche in erster Linie Suzette galt, deren Schicksal noch immer im Ungewissen lag, und wohl auch allen Ereignissen, die in der letzten Zeit über die Schule hereingebrochen waren.

Und ganz sicher war sie bitter enttäuscht, von einer ihrer Schülerinnen belogen worden zu sein, von ihr. Scham erdrückte Louise wie ein schwerer Mantel. »*Oui, Mademoiselle.*« Noch immer traute sie sich nicht, zu ihrer Lehrerin hochzuschauen.

»Es war dir von Anfang an klar, dass nicht Monsieur Lehmann dahintersteckte, sondern Leutnant Krüger?« Keinerlei Anklage schwang in Mademoiselles Frage mit, kein Vorwurf oder Tadel, nur Traurigkeit und eine stumme, unausgesprochene Frage.

*Pourquoi?* Warum?

Louise nickte. Das ruhige, bestimmte Auftreten Mademoiselle Martins gab ihr schließlich die Kraft, ihre Worte zu sammeln und zu antworten.

»Ich konnte nicht anders«, flüsterte sie. »Mir blieb keine Wahl.« Noch immer wich sie dem Blick der Lehrerin aus.

»Wieso nicht?«, lautete die schlichte Antwort.

Wieder kämpfte Louise um Worte. Unsicherheit, Angst und ein brennendes Schuldgefühl fochten einen erbarmungslosen Kampf in ihrem Inneren aus.

»Er … Leutnant Krüger … Er hat mich erpresst.«

»Erpresst?« Ungläubigkeit lag in der Stimme der Lehrerin, als frage sie sich, womit eine unscheinbare graue Maus wie Louise wohl erpressbar sein mochte.

Tränen schossen dieser in die Augen, ihr Blick verschwamm, und fahrig glitten ihre Finger über ihre Brust.

»Du brauchst keine Angst zu haben. Du kannst ganz offen mit mir sprechen.«

Eine Hand, kühl und sanft, umfasste die ihre, hielt sie fest und spendete ihr Trost. Langsam blickte Louise auf, die Augen noch immer voll Tränen.

»*Mon père!*«, schluchzte sie. »Mein Vater …«

Mademoiselle Martin strich ihr über den Kopf. »Was ist mit deinem Vater, Louise?«

»Er, er ist im Gefängnis.«

\*

*Gefängnis?* Pauline musste schlucken. Mit allem Möglichen hätte sie gerechnet, damit jedoch nicht.

*Doux Seigneur*, was für ein Tag!

Erst musste sie erfahren, dass sie einem straffällig gewordenen preußischen Soldaten in ihrem Haus Unterschlupf und Arbeit gewährt hatte. Nun stellte sich heraus, dass ihre bisher unauffälligste Schülerin Louise die Tochter eines ebenfalls verurteilten Verbrechers war.

So wie es aussah, hatte Pauline die von ihrer Patentante übernommene Schule für höhere Töchter binnen kürzester Zeit in einen Tummelplatz für Zuchthäusler oder deren Sprösslinge verwandelt.

*Schlimmer als Mamans düsterste Prophezeiungen*, schoss es Pauline durch den Kopf. Doch sogleich überkam sie eine Woge von Mitleid.

»Ich würde gerne mehr erfahren«, sagte sie leise, ohne sich ihre widerstreitenden Gefühle anmerken zu lassen. »Ganz sicher gibt es eine Geschichte dazu, nicht wahr?«

Louise, die schon etwas weniger beunruhigt wirkte, nickte. »In der Tat, Mademoiselle.« Dann brach es aus ihr heraus. »Mein Vater ist kein Verbrecher! Das müssen Sie mir glauben!« Bedrückt fügte sie hinzu: »Auch wenn ich in letzter Zeit nicht immer ehrlich zu Ihnen war.«

Pauline wartete ab, unsicher, wie sie reagieren sollte und was noch auf sie zukommen würde.

»Womöglich haben Sie sich schon einmal gefragt, wieso ich hier auf Ihrer Schule bin, in Lothringen. Wo ich doch aus dem Elsass stamme«, begann Louise zögernd. »Noch dazu aus Straßburg, wo es mehr als genug Bildungseinrichtungen gibt.«

Pauline neigte den Kopf. Tatsächlich hatte sie sich darüber nur wenig Gedanken gemacht. Beherbergte sie doch Schülerinnen von überallher, ohne die Beweggründe zu hinterfragen.

»Nun, Sie wissen, meine Mutter ist bereits vor einigen Jahren verstorben. Mein Vater steht ganz alleine da, mit mir und meinen zwei jüngeren Geschwistern. Daher hat sich meine Tante viel um uns gekümmert.« Schon etwas sicherer fuhr Louise fort: »Oft habe ich gehört, wie die beiden miteinander stritten. Meine Tante warf meinem Vater vor, mit seinem Verhalten die ganze Familie in Verruf zu bringen. Besonders mich, die Älteste, wollte sie aus dem Einflussbereich ziehen. Unter dem Vorwand, sich nicht um drei Kinder gleichzeitig kümmern zu können, nötigte sie meinen Vater, mich in ein Pensionat zu geben. Am besten noch weit weg von zu Hause. Um den Horizont zu erweitern, wie sie es nannte. Tatsächlich aber ...«

Louise sprach nicht weiter, doch Pauline hatte verstanden. Das Mädchen sollte auf Wunsch der Tante so wenig Kontakt mit ihrem Vater haben wie möglich. Und es war offensichtlich, wie sehr Louise unter dieser Trennung litt.

Blieb noch die wichtigste Frage: »Was hat dein Vater getan, dass deine Tante seinen Einfluss auf euch Kinder derart ablehnte?«

»Auf uns?«, gab das Mädchen leise, aber heftig zurück. »An

uns hat sie dabei wohl am wenigsten gedacht, mehr an sich selbst. Meine Tante ist eine alte Jungfer, pflegt seit einiger Zeit jedoch, hm, rege Kontakte zu einem Postbeamten, einem Altdeutschen. Und wahrscheinlich dachte sie, dass der Kerl sie nie heiratet, wenn er herausfindet, was Papa so tut.«

Eine leise Vorahnung regte sich in Pauline. »Und was tut dein Vater so?«

Der Ausdruck von Trotz trat in Louises Gesicht. »Sie meinte seine politischen Aktivitäten. Über die ich aber in der Öffentlichkeit nicht so laut reden soll, wie sie mich stets gewarnt hat. Mein Vater, er ist Republikaner und Autonomist.«

Langsam legte Pauline ihrer Schülerin die Hand auf die Schulter, als sie endlich alles verstand.

Ein Autonomist, natürlich. Seit jener Zeit vor vierzig Jahren, als das Elsass und Teile Lothringens an das Deutsche Kaiserreich fielen, hatte es nicht aufgehört, in diesem Land zu brodeln. Damals hatten Tausende sogenannter Optanten, die nicht bereit waren, auf ihre französische Identität, Kultur und Sprache zu verzichten, ihre Heimat Richtung Frankreich verlassen. Selbst unter manchen von denen, die geblieben waren, regte sich gelegentlich Widerstand gegen die erzwungene Germanisierungspolitik, Widerstand gegen den Verlust der eigenen Sprache und Kultur, die zwar toleriert, aber immer mehr ins Abseits gedrängt wurden. Nicht zuletzt auch Widerstand gegen die Hilflosigkeit und Schmach, von Berlin und Straßburg aus verwaltet zu werden, statt eine eigene Verfassung, ein eigenes Parlament zu besitzen und so die eigenen Geschicke in einem gewissen Maße selbst zu bestimmen.

In den ersten Jahrzehnten war es daher immer mal wieder zu Verhaftungen und Anklagen gekommen. Doch seit der Änderung der Presse- und Vereinsgesetze vor über zehn Jahren war selbst in Elsaß-Lothringen der Umgang mit unliebsamen Meinungen wesentlich liberaler geworden, sogar autonomistische Parteien wurden toleriert. Louises Vater musste sich in den Augen der deutschen Verwaltung also einiges zuschulden kommen gelassen haben.

»Er hat politische Reden gehalten, abends, in Wirtshäusern und auch mal in Festsälen«, beantwortete Louise Paulines unausgesprochene Frage. »Aber vor allem hat er Traktate geschrieben, flammende Plädoyers für ein freies, unabhängiges Elsass, das nicht unter der Knute Berlins steht. Und dabei weder das Militär noch den Kaiser verschont.«

*Majestätsbeleidigung?* Pauline sprach den Gedanken nicht aus.

Stattdessen erinnerte sie sich an Louises ungläubiges Strahlen, als sie in der Unterrichtsstunde zu *Les Misérables* darüber sprachen, welche Möglichkeiten es für den Einzelnen gäbe, etwas in der Gesellschaft zu verändern. Damit es nicht so bliebe, wie es war.

»Zusammen mit einigen Gesinnungsgenossen wurde er eines Tages bei einer seiner Reden verhaftet. Die anderen hat man einige Tage später wieder auf freien Fuß gesetzt, zu einer Geldstrafe verurteilt, wegen Störung der öffentlichen Ordnung. Er als Wortführer jedoch …«

Louise sprach nicht weiter, und Pauline vermutete, dass das noch nicht alles war, was man ihrem Vater vorwarf. Denn selbst in Elsaß-Lothringen wurde man für unliebsames politisches Engagement normalerweise nicht gleich verhaftet, geschweige denn zu einer Gefängnisstrafe verurteilt.

Doch Pauline wollte nicht weiter in ihre Schülerin dringen. Sie begriff, in welcher Scham, Demütigung und vor allem Angst vor Entdeckung Louise die ganze Zeit verbracht haben musste. Kein Wunder, dass sie sich stets derart scheu und angepasst gegeben hatte. Dass sie so leicht zu lenken und zu manipulieren gewesen war, wenn jemand skrupellos damit drohte, sie öffentlich bloßzustellen.

»Ich verstehe.« Pauline nickte. »Natürlich wolltest du diese Tatsache nicht an die große Glocke hängen. Leutnant Krüger hat es aber dennoch herausgefunden?«

»Der Leutnant hat mich abgefangen, auf dem Rückweg von der Beichte. Ich hatte einen Brief dabei, an meinen Vater im Gefängnis. Da ist alles herausgekommen, und der Leutnant hat ... Er hat ...« Tränen strömten ihr über die Wangen.

»Und er hat dich mit seinem Wissen erpresst, dich gezwungen, dafür zu sorgen, dass er und Suzette sich weiterhin ungestört treffen können. Habe ich recht?«

Ohne aufzublicken stimmte Louise zu, ein zusammengesunkenes Häufchen Elend.

Zorn kochte in Pauline hoch über die Skrupellosigkeit dieses Mannes, nicht nur ein unbescholtenes Mädchen zu missbrauchen, sondern auch die Hilflosigkeit ihrer Zimmergenossin zu nutzen, um sein Ziel zu erreichen.

»Und als dann die Polizei ins Haus kam«, fuhr Louise stockend fort, »da dachte ich, ich dachte ...«

»Da dachtest du, Leutnant Krüger hätte dich verraten, und man wolle dich nun zur Rede stellen.«

Wieder nickte Louise. »Werden Sie mich jetzt hinauswerfen, Mademoiselle?« Ihre Stimme war kaum mehr als ein Flüstern.

»Hinauswerfen?« Verblüfft blickte Pauline sie an. »Welchen Anlass sollte ich denn haben, das zu tun?«

Auf dem Gesicht der Schülerin mischte sich Ratlosigkeit mit Furcht. »Ich habe doch gegen die Regeln verstoßen und ohne Begleitung das Anwesen verlassen. Nicht nur zur Beichte.« Sie senkte den Kopf. »Ich war daran beteiligt, Suzette zu einem verbotenen Treffen mit einem fremden Mann zu verhelfen. Ich habe eine falsche Aussage gegen Herrn Lehmann getätigt. Und weil ...« Die letzten Worte waren kaum noch verständlich. »Und weil ich die Tochter eines verurteilten Unruhestifters bin.«

Pauline kam sich vor wie eine Löwenmutter, die sich schützend vor ihre Jungen stellt. Eine Welle gerechter Empörung ließ ihre Hand Louises Schulter fester umfassen. »Um das einmal deutlich zu sagen, Louise. Ich glaube nicht, dass die Kinder für die Taten ihrer Eltern verantwortlich sind. Zum anderen halte ich es keineswegs für ein Verbrechen, für seine politische Meinung öffentlich einzustehen.«

*Auch wenn ich wohl noch nicht alles gehört habe und sicher mehr dahintersteckt*, fügte Pauline in Gedanken hinzu und stellte erleichtert fest, dass Louise sich bei diesen Worten ein wenig entspannte. »Was das andere angeht, so muss ich sagen, dass du dadurch tatsächlich einige Regeln gebrochen hast. Da ich nun jedoch weiß, wie die Dinge zusammenhängen, ist es mir möglich, in dieser Angelegenheit Nachsicht zu üben.«

Pauline konnte fast hören, wie ein zentnerschwerer Stein von Louises Seele fiel.

»Bis auf eine einzige Sache«, fühlte sich Pauline gezwungen hinzuzufügen. »Die Falschaussage gegen Monsieur Lehmann hätte diesen um ein Haar in ernste Schwierigkeiten gebracht. Allerdings hast du sie nicht aus freien Stücken getätigt, sondern weil du erpresst wurdest. Und vor allem hast du im rechten Moment den Mut gehabt, dich doch noch für die Wahrheit zu entscheiden. Ungeachtet der Folgen für dich und deine weitere schulische Laufbahn. Alleine das zeigt mir, welch starker, aufrichtiger Charakter du bist.«

Ungläubig hob Louise den Kopf. »Das heißt, ich darf weiter bei Ihnen in der Schule bleiben? Trotz allem, was passiert ... Trotz allem, was ich getan habe?« Hoffnung schwang in ihren Worten mit. Pauline freute sich, dass sie zumindest diese Sorge des Mädchens so einfach zu vertreiben vermochte. »Natürlich darfst du bleiben. Du hast dich als sehr mutig erwiesen, und solche Menschen brauchen wir ganz besonders an unserer Schule.« Sie lächelte. »Allerdings wirst du dich bei Monsieur Lehmann entschuldigen müssen, weil du ihn in Verdacht gebracht hast. Doch ich bin sicher, nach allem, was vorgefallen ist, wird er es vielleicht sogar verstehen. Ich jedenfalls würde es.«

Schweigen entstand, das Pauline nicht unterbrach, um Louise die Gelegenheit zu geben, das eben Gehörte wirklich zu erfassen.

»Danke«, sagte sie schließlich. Hastig ergriff sie die Hand ihrer Lehrerin und drückte sie so fest, dass Pauline ein Schmerzensschrei entfuhr. »*Merci, Mademoiselle! Merci!*«

»Nun, für Dank ist es noch zu früh. Ich fürchte nämlich, die Sache ist noch nicht ausgestanden. Wir können nur hoffen, dass Suzette gefunden wird.« Bei diesem Gedanken verflüchtigte sich schlagartig das Gefühl der Erleichterung, welches Pauline gerade noch empfunden hatte. Mit Macht kehrte die Sorge zurück. Ob Hauptmann von Pliesnitz und die Polizei rechtzeitig kommen würden?

\*

Vincents Kopf dröhnte wie nach einem schweren Besäufnis. Jeder Muskel seines Körpers schmerzte von der Prügel, die er bezogen hatte, und dem Sturz auf den harten Lehmboden. Schritte waren zu hören, laute Worte flogen hin und her.

Stöhnend versuchte er sich aufzurichten, sank jedoch gleich wieder zurück, weil sich alles um ihn herum drehte. Nach Luft japsend blieb er auf dem Rücken liegen und fragte sich, ob es so nicht bereits sein ganzes Leben gewesen war. Geschlagen, getreten, auf der Erde liegend. Der Schandfleck der Familie, der Unangepasste, der Aufsässige.

Dann spürte er, wie eine Hand seinen Unterarm umschlang, ein fester Griff ihn stützte. »Warten Sie, ich helfe Ihnen auf.« Eine Stimme, sonor und tief. Schon wurde er nach oben gezogen.

Der Raum schwankte. Erst als sich eine weitere Hand stützend zwischen seine Schulterblätter schob, verspürte er festen Halt. Sein Blick klärte sich, und er sah in das Gesicht Hauptmann von Pliesnitz', der ihn ernst anblickte.

»Gerade noch mal gutgegangen, nicht wahr?« Es klang wie eine Belobigung. Obgleich Vincent kaum etwas so sehr verachtete wie den Anblick eines Uniformierten, eines Offiziers noch dazu, bemühte er sich um ein schwaches Nicken.

»Gut, dass wir Ihnen geglaubt haben, Lehmann. Ich muss mich bei Ihnen entschuldigen – und bedanken. Wären Sie nicht gewesen, und Ihr Mut, diese ganze Charade mitzuspielen, wer weiß …«

Vincent hatte verstanden. Wer konnte schon sagen, wie viel Übles Leutnant Krüger noch begangen hätte. Womöglich wäre es von Pliesnitz auch alleine gelungen, das Mädchen zu retten, doch hätte sich der Verantwortliche höchstwahrscheinlich ein weiteres Mal elegant aus der Affäre gezogen. Raffiniert, gekonnt und absolut skrupellos.

»Geht es wieder?« Noch immer hing Vincent im Griff des Hauptmanns, aus dem er sich vorsichtig löste, jedoch nur, um sogleich erneut wie ein gefällter Baum nach vorne umzuknicken. Keuchend würgte er.

»Gemach, gemach! Wird eine Weile dauern, bis Sie wieder ganz auf den Beinen sind. Sie haben ja mächtig Prügel bezogen.« Die Stimme schien aus weiter Ferne zu kommen, klang jedoch wohlwollend. »Wir werden nach einem Arzt schicken, der nach dem Mädchen schaut. Er kann sich auch um Ihre Blessuren kümmern. So wie es aussieht, wird eine weitere Befragung auf Sie zukommen. Mir scheint nämlich, Sie haben gerade Ihren Namen reingewaschen und uns den wahren Täter präsentiert.«

Anerkennend klopfte der Hauptmann ihm auf die Schulter. Beinahe wäre Vincent ein weiteres Mal zu Boden gegangen.

Ein vages Glücksgefühl stieg in ihm auf, als er langsam begriff: Suzette Manseaux war in Sicherheit, Hermann Krüger das Handwerk gelegt worden und er selbst würde diese kleine Lagerhalle als rehabilitierter Mann verlassen.

Seine Flucht war zu Ende, sein monatelanges Versteckspiel ebenso. Und als er am Arm des Hauptmanns nach draußen schritt, die kühle Nachtluft in die Lungen sog, war er überzeugt, dass er, trotz des beißenden Rußes der Burbacher Hütte, der in den Straßen hing, noch nie etwas so Köstliches gerochen hatte wie die Freiheit.

## Kapitel 40

Der Geruch nach Karbolwasser, medizinischem Alkohol und Ausdünstungen unbekannter Medikamente lag in der Luft. Pauline rieb sich erschöpft mit den Fingerkuppen über die Schläfen. Was für ein entsetzlicher Tag!

Als hätte er ihre Gedanken gelesen, schob Hauptmann von Pliesnitz ihr einen schweren Holzstuhl hin, in den er sie behutsam, aber bestimmt drückte. »Das Schlimmste ist vorbei«, sagte er leise. Sie war überrascht über die Sanftheit, die in der Stimme dieses strengen Hauptmanns lag.

Obgleich sie ihm das alles eingebrockt hatte. Obgleich der Tag für ihn ebenso lang und aufreibend gewesen war wie für sie. Tief atmete sie aus.

*Vorbei?*

»Ist es das wirklich?« Beunruhigt ging ihr Blick zu der Tür, hinter der Suzette vor einigen Minuten verschwunden war, zusammen mit einem Regimentsarzt. Diesen hatte der Hauptmann zu nachtschlafender Zeit aus dem Bett holen lassen, damit er sich in der Krankenstation der in der Moltkestraße gelegenen Infanteriekaserne der beiden medizinischen Notfälle annahm. Pauline schüttelte den Kopf. »Nicht, bevor ich weiß, ob es Suzette gut geht.«

»Machen Sie sich keine Sorgen, Mademoiselle. Ihre Schülerin scheint mir wohlauf zu sein. Den Umständen entsprechend.« Bevor sie die Gelegenheit hatte, etwas zu erwidern, fügte er hinzu: »Sie ist hier in den besten Händen.«

In denen des preußischen Militärs? Noch wenige Wochen zuvor hätte Pauline es für völlig absurd gehalten, eines Tages so zu empfinden. Doch im Augenblick war sie nur dankbar für die

Entschlossenheit und Ruhe, die der Hauptmann ausstrahlte, die Selbstverständlichkeit, mit der er die Dinge in die Hand genommen hatte. Dankbar, dass alles so glimpflich verlaufen war und sie so rasch und unkompliziert Hilfe bekamen.

*Wenn sich nur nichts Schlimmes herausstellte. Wenn Suzette nur unversehrt war.*

Es musste an der Müdigkeit, den Stunden der Ungewissheit und Angst, dem überstandenen Schrecken liegen, dass ihre Gedanken zu kreisen begannen wie ein Mühlrad, das schneller und immer schneller wurde und sich nicht anhalten ließ.

»Sagen Sie, Herr Hauptmann«, nahm sie das Gespräch wieder auf, in dem Versuch, ihre Gefühle unter Kontrolle zu bekommen und ihre Gedanken in geordnetere Bahnen zu lenken. »Woher wussten Sie, wo dieser Krüger zu finden war? Hatten Sie einen Hinweis? Von Vincent Lehmann? Sie beide haben ja noch eine ganze Weile alleine gesprochen, nachdem ich das Verhörzimmer verlassen hatte.«

Regungslos stand von Pliesnitz vor ihr, leicht zu ihr heruntergebeugt. Im schwachen Licht der Gaslampen wirkten seine sonst so grimmigen Züge beinahe weich.

»Tatsächlich wusste ich es nicht mit Sicherheit. Es war zunächst nicht mehr als eine vage Vermutung.« Beinahe entschuldigend hob er die Schultern. »Gestern Abend im Casino hatte ich durch Zufall im Gespräch erfahren, ein Offizier aus Diedenhofen habe sich in einer Lagerhalle in Burbach eingemietet, da alle Unterkünfte in der Stadt überlaufen waren. Dies erschien mir äußerst seltsam. Welcher Mann zog es vor, in einer heruntergekommenen Lagerhalle zu logieren, wenn die Möglichkeit bestand, in der Kaserne unterzukommen? Doch erst als mir klar war, was geschehen sein musste und wer aller Wahrscheinlichkeit nach dahintersteckte, zog ich die richtigen Schlüsse. Also schickte ich rasch eine Nachricht zu dem Major, von dem ich besagte Information hatte, um mehr darüber zu erfahren. Offensichtlich hatte dieser die Unterkunft vermittelt. Natürlich ohne die geringste Ahnung, was der Leutnant dort zu tun gedachte.«

*Dieu merci.* Stumm dankte sie Gott für die rasche Auffassungsgabe des preußischen Hauptmanns.

»Aber Lehmann«, fragte sie weiter, »welche Rolle spielt er in der ganzen Angelegenheit? Was haben Sie mit ihm besprochen?«

Ein schuldbewusster Ausdruck trat auf das Gesicht des Hauptmanns. »Nun, ebenso wie Sie war ich anfangs fest davon überzeugt, dass *er* hinter der ganzen Angelegenheit steckte. Und er daher wissen müsste, wo Suzette eingesperrt war, falls sie überhaupt noch lebte.«

Ein Schauder überlief Pauline bei der Vorstellung, was dem Mädchen hätte geschehen können.

»Nachdem ich ihn jedoch festgesetzt hatte ...« Er unterbrach sich, als sei ihm die Erinnerung daran unangenehm. »Nun, aus irgendeinem Grund war ich spätestens nach der Unterhaltung mit Lehmann sicher, dass dieser die Wahrheit sprach, dass er in dieser Sache tatsächlich unschuldig war. Mehr noch. Ich begriff, dass er der Einzige war, der uns in der Situation helfen konnte, Suzette zu retten. Hatte er doch in deren Zimmer dieses Schreiben gefunden, das belegte, dass Krüger bereits in Diedenhofen geplant hatte, sich erneut mit dem Mädchen zu treffen.«

Der Gedanke, was sich hinter ihrem Rücken in ihrer Schule abgespielt hatte, ließ Pauline frösteln.

»Doch vor allem benötigten wir ein Geständnis von Krüger, um ihm ein für alle Mal das Handwerk zu legen. Und dazu war Vincent Lehmann, nun, er war ...«

»... *le leurre parfait*, der perfekte Lockvogel«, ergänzte Pauline, noch immer erschüttert darüber, welchem Risiko Lehmann sich ausgeliefert und in welcher Gefahr Suzette geschwebt hatte.

Von Pliesnitz nickte. »Ich denke, so könnte man es bezeichnen. Ich schloss mit ihm eine Vereinbarung, versprach ihm, mich persönlich für ihn zu verwenden, dass, sollte es stimmen, was er sagte, er nicht nur als freier Mann Saarbrücken würde verlassen können, sondern dass auch alle Vorstrafen und Einträge aus seiner Militärzeit getilgt würden, sein Ruf also wieder hergestellt wäre.« Nachdenklich schaute er einen Moment durch das Fenster in die Schwärze der Nacht.

Eine weitere Frage drängte sich Pauline auf. »Warum konnten die Polizisten denn nicht früher eingreifen? War es notwendig, meinen Gärtner erst derart zurichten zu lassen?«

Der Blick des Hauptmanns verdunkelte sich. »Hätte ich selbst die Männer befehligt, wäre die Lagerhalle früher gestürmt worden, seien Sie dessen versichert.« Verärgert schüttelte er den Kopf. »Deren Befehlshaber fürchtete jedoch, durch ein allzu frühes Einschreiten könnte ihnen ein letztes Geständnis, womöglich gar ein wichtiger Beweis entgehen.«

Pauline runzelte die Stirn. »Dieser Kerl hätte Lehmann beinahe getötet, wie konnte man da einfach abwarten!«

»Ich stimme Ihnen zu, Mademoiselle«, bestätigte von Pliesnitz knapp. »Weshalb ich der ganzen Chose schließlich ein Ende bereitete und selbst den Befehl zum Eingreifen gab. Auf eigene Faust. Gerade noch rechtzeitig, wie mir scheint.«

Es musste an der Erschöpfung liegen oder dem überstandenen Schrecken, dass Pauline plötzlich ein Gefühl von Wärme verspürte, die sich im ganzen Körper ausbreitete.

Wieder einmal hatte die besonnene und zugleich entschlossene Art des Hauptmanns dafür gesorgt, dass Schlimmeres verhindert werden konnte. Suzette war in Sicherheit.

Pauline merkte, wie die Anspannung von ihr wich, ein leichter Schwindel von ihr Besitz ergriff. Die Umgebung begann sich um sie zu drehen, sie schwankte. Schon hatte von Pliesnitz den Arm um sie geschlungen und verhinderte, dass sie vom Stuhl glitt.

»Das war wohl alles ein wenig viel für Sie«, meinte er. »Ich werde dafür sorgen, dass der Arzt auch einmal nach Ihnen schaut.«

»*Non, merci!*«, sagte sie schnell. »Das ist sehr freundlich, aber es wird nicht nötig sein. Es geht schon.« Sanft, aber entschieden schob sie seinen Arm beiseite. »Es geht mir wieder besser. Nur ein kleiner Moment der Müdigkeit. Alles in Ordnung.«

»Sind Sie sicher?« Aufrichtige Sorge stand in seinen dunklen Augen. Erneut verspürte sie jene seltsame, irrationale Nähe zu diesem Mann, von dem sie alles trennte, was sie ausmachte, alles, woran sie glaubte.

*Und dennoch ...*

»Was wird nun aus diesem Krüger?«, lenkte sie ab, um ihre Gefühle zu verbergen und den Moment vorüberziehen zu lassen.

»Immerhin hat er – zweimal, wie es aussieht – meine Schülerin mit süßen Worten, Alkohol und Laudanum gefügig gemacht. Und wenn man ihm nicht in die Quere gekommen wäre, wer weiß, was noch geschehen wäre.«

»Krüger ist ein gewissenloser Verbrecher, der sich vor Gericht verantworten wird! Ein Schandfleck für seinen Stand!« Die letzten Worte hatte er mit einer besonderen Heftigkeit hervorgestoßen.

Trotz des Ernstes der Situation musste Pauline lächeln, was ihr etwas von der Beklemmung nahm, die sie kurz zuvor noch empfunden hatte. »Soll das etwa heißen, Herr Hauptmann, dass diesmal kein weibliches Wesen die Ursache allen Übels war? Sondern ein preußischer Offizier?«

Von Pliesnitz verzog das Gesicht. »Es gibt auch faule Äpfel in den eigenen Reihen.«

Ein Hauch von Ironie lag in Paulines Stimme, als sie zu ihrer gewohnten Selbstsicherheit zurückfand. »Welch erschütternde Einsicht. Ein Leutnant des Königs auf derartigen Abwegen. Sicher aber ein bedauerlicher Einzelfall, habe ich recht?«

Resignierend hob der Hauptmann die Schultern. »Leider nein, Mademoiselle, keineswegs. Tatsächlich benötigt es ein gewisses Maß an Strenge und Disziplin, einen Haufen Männer zu führen. Zu viel Müßiggang tut ihnen nicht gut, lässt sie auf abwegige

Gedanken kommen. Selbst Offiziere. Wobei«, fügte er mit einem Blick auf Pauline hinzu, »diese trotz allem natürlich wesentlich einfacher zu handhaben sind als ein Grüppchen Backfische.«

Pauline sah ihn streng an. »Sagen Sie, Herr Hauptmann, ist das eine Art preußische Marotte, in allen Äußerungen eine subtile Beleidigung mitschwingen zu lassen?«

Von Pliesnitz räusperte sich. »Mademoiselle, ich …«

Das Öffnen der Tür enthob ihn einer Antwort. Als sie sich umwandte, erblickte Pauline den Arzt, der Suzette vor sich in den Flur führte. Noch immer war sie blass, schien aber wieder auf eigenen Beinen stehen zu können.

*Welche Erleichterung.*

»Ich kann Sie beruhigen, Mademoiselle«, sagte der Arzt, während er das Mädchen zu dem zweiten freien Stuhl führte. »Ihrer Schülerin ist nichts Ernsthaftes zugestoßen. Von dem überstandenen Schrecken und den Nachwirkungen des Laudanums, das dieser Leutnant ihr eingeflößt haben muss, einmal abgesehen, ist ihr kein größerer Schaden entstanden. Sie wird nur ein paar Tage Ruhe brauchen. Dann ist sie wieder auf dem Damm.«

Eine warme Woge tief empfundener Dankbarkeit überflutete Pauline bei diesen Worten.

*Quelle grâce!* Was für eine Gnade!

»*Merci, Monsieur le docteur*«, sagte sie. »Wie kann ich …«

Der Arzt winkte ab. »Sehen Sie zu, dass Ihre Schülerinnen zukünftig keine derartigen Eskapaden mehr treiben. Alles andere … Ich verabschiede mich, Mademoiselle. So wie es aussieht, wartet in dieser Nacht noch ein weiterer Patient auf mich.« Er wandte sich an von Pliesnitz. »Herr Hauptmann, bei dieser Untersuchung wollten Sie doch zugegen sein.«

»Das wollte ich. Aber noch einen Moment bitte.« Der Angesprochene wies auf Pauline. »Ich habe kurz ein paar Dinge mit Mademoiselle Martin zu klären, komme aber gleich nach.«

»Selbstverständlich.« Der Arzt nickte, betrat einen der angrenzenden Räume und schloss die Tür hinter sich. Wieder sah von Pliesnitz zu Pauline, die ihren Arm schützend um Suzette gelegt hatte.

»Sicher war es auch dieser Krüger, der hinter den beiden anonymen Nachrichten steckte. Die eine, die Ihnen durch einen Boten zugestellt worden war, und die andere mit diesem Stein.«

Pauline schauderte bei der Erinnerung.

»Noch hat er dies nicht gestanden. Aber nachdem ich ihn mir vorgeknöpft habe, werden wir es genauer wissen.«

In diesem Moment hegte Pauline nicht den geringsten Zweifel daran, dass der Hauptmann dies zuwege bringen würde.

»Zudem haben die vor der Lagerhalle postierten Polizisten die Worte gehört, die Krüger zu Lehmann gesagt hat. Auch diese werden gegen ihn aussagen. Länger leugnen hat also keinen Zweck. Das würde seine Situation nur noch verschlimmern. Und ein Mann wie Krüger ist gewieft genug, dies zu wissen.«

Dann ging sein Blick zu Suzette, Mitleid trat auf sein Gesicht. »Sicher wird man Sie beide ebenfalls als Zeugen befragen. Aber nicht mehr heute Nacht. Gehen Sie nun. Das Mädchen braucht Ruhe. Ich werde nach meinem Burschen schicken, dass er Sie beide sicher zurück zu Ihrer Unterkunft begleitet. Ich selbst bin leider noch nicht fertig hier.«

Plötzlich spürte Pauline, wie müde sie war. Sie glaubte, keinen einzigen Fuß mehr vor den anderen setzen zu können, geschweige denn bis zur Pension zu laufen. Doch sie nickte.

»Ich denke, das ist wirklich das Beste. Vielen Dank, Herr Hauptmann.«

Sie spürte, dass sich in das Gefühl von Dankbarkeit noch etwas anderes mischte, als sie Hauptmann von Pliesnitz hinterherblickte. Eine warme, angenehme Regung. *Freundschaft?*

Sie runzelte die Stirn und wandte sich rasch Suzette zu. »Du hast es überstanden, *ma fille*.« Fest nahm sie das Mädchen in die Arme und drückte sie an sich. »Nun gehen wir erst einmal schlafen.«

## Kapitel 41

Vincent unterdrückte ein Aufstöhnen, als der Arzt mit einem alkoholgetränkten Baumwolllappen seine Wunden und Verletzungen reinigte. Er hatte im Leben schon Schlimmeres weggesteckt. Noch dazu wäre er lieber auf der Stelle tot umgefallen, als vor den Augen des grimmig dreinblickenden Hauptmanns von Pliesnitz, der während dieser Prozedur schweigend auf und ab schritt, eine Schwäche zu zeigen. Man hatte schließlich seinen Stolz.

Dem Hauptmann war es auch zu verdanken gewesen, dass Vincent zu dieser nächtlichen Stunde in den Genuss einer medizinischen Behandlung kam. Durch einen grauhaarigen, zu einer Halbglatze und einem beträchtlichen Bauchansatz neigenden Militärarzt, dem die Verärgerung, zu derart unchristlicher Zeit aus dem Schlaf gerissen worden zu sein, deutlich anzumerken war.

»Zwei der oberen Rippen scheinen gebrochen zu sein«, kommentierte er missmutig, während er, wie um seiner Aussage Nachdruck zu verleihen, in eine davon mit seinen Fingern drückte, was augenblicklich einen sengenden Schmerz durch Vincents Körper schießen ließ. Das Aufstöhnen entglitt ihm, ehe er es zurückhalten konnte, schwarze Schatten waberten vor seinem Blickfeld. Als er sich wieder dazu in der Lage fühlte, regelmäßig zu atmen, begann der Arzt damit, seinen Brustkorb mit festen Leinenbinden zu umwickeln, wohl um die beiden gebrochenen Rippen ruhigzustellen.

*Grundgütiger!* Man würde ihn doch nicht etwa zu zwei oder drei Wochen Krankenstation in dieser Kaserne verdonnern? Hier, in Saarbrücken, im *Königreich Preußen*. Vincent war überrascht, mit welcher Heftigkeit es ihn zurück nach Diedenhofen zog.

»Da haben Sie also die vergangenen Jahre unschuldig in der Arbeitereinheit auf der Feste Ehrenbreitstein geschuftet?«, nahm der Hauptmann das Gespräch auf.

*Unschuldig?* Nun ja, wenn man von der einen oder anderen Eskapade absah, die Vincent sich zuschulden hatte kommen lassen. Falschspielerei, hier und da eine unstatthafte Tändelei. Alles Kleinigkeiten, die aus Übermut oder Trunkenheit geschehen waren und sicher nicht für eine derart drastische Maßnahme ausgereicht hätten.

Er nickte.

»Und das alles nur, weil dieser Leutnant Krüger, dessen Bursche Sie zu jener Zeit waren, Sie zu kleineren Diebstählen zwang, mit denen er seine Spielschulden tilgen wollte. Zudem machte er vor dem Militärgericht absichtlich falsche Aussagen und legte Ihnen seine eigenen sittlichen Verfehlungen zur Last, für die Sie dann verurteilt wurden. Verstehe ich das richtig?«

Es war eine deutliche Verkürzung der Gegebenheiten, doch entsprach sie im Kern der Wahrheit. Erneut nickte Vincent und versuchte, seine Aufmerksamkeit weder auf den Schmerz in seinem Körper noch auf die Erinnerungen zu richten, welche bei den Worten des Hauptmanns in ihm aufstiegen.

Die Verzweiflung, als sich die Fesseln um seine Handgelenke schlossen, er in den Gerichtssaal gezerrt wurde, das Gefühl abgrundtiefer Hilflosigkeit, als er gezwungen gewesen war, die falschen Zeugenaussagen über sich anzuhören, und zuletzt das vernichtende Urteil, das ihn zur Arbeitereinheit verurteilte, eine der härtesten Strafen, welche das preußische Militär kannte. Er war nicht darauf vorbereitet gewesen, was ihn dort erwartet hatte, die tägliche Schufterei, die unmenschliche Behandlung, das Wissen, von nun an zum Bodensatz der Gesellschaft zu zählen, den alle bespuckten, den man erniedrigen durfte.

»Krüger ist ein Mann, der keine Skrupel kennt«, brachte er schließlich mit belegter Stimme hervor. »Er muss meinen Namen verwendet haben, als er sich dem Mädchen vorstellte, dem er später Gewalt antat. Es kam nie zu einer Gegenüberstellung zwischen dem Opfer und mir. Stattdessen stand das Wort eines Offiziers gegen das seines Burschen, der bereits zuvor die eine oder andere Verfehlung in der Arrestzelle hatte absitzen müssen.«

Von Pliesnitz erwiderte nichts, nickte nur zum Zeichen, dass er verstanden hatte.

»Krüger war drauf und dran gewesen, mit Suzette sein schmutziges Spiel zu wiederholen«, schloss Vincent. »Erst in Diedenhofen und jetzt in Saarbrücken.«

Der Blick des Hauptmanns verfinsterte sich. »Was ihm wohl auch gelungen wäre, wären Sie nicht ins Spiel gekommen.«

Schwang da etwa Wertschätzung in den Worten des Hauptmanns mit? Vincent war sich nicht sicher, ob er sich das nur eingebildet hatte.

»Möglich. Aber ohne Ihre Hilfe und die von Mademoiselle Martin hätte ich alleine kaum etwas ausrichten können. Es war ja niemand gewillt, mir zu glauben.« Verbitterung lag in Vincents Worten.

»Ich muss zugeben …« Von Pliesnitz räusperte sich. »Nach allem, was Mademoiselle Martin über Sie erzählt hatte, hegte auch ich den Verdacht, dass Sie mit den unliebsamen Vorfällen in der Schule etwas zu tun hatten. Doch bin ich dankbar, dass es mir gelungen ist, einen Teil meiner Schuld wiedergutmachen zu können.«

Vincent zog die Augenbrauen hoch. Diese Aussage kam sehr nah an eine Entschuldigung heran. Sicher nicht einfach für einen Mann seiner Position. Bisweilen geschahen also doch noch Zeichen und Wunder. Es sagte einiges über von Pliesnitz' Charakter aus, dass er genug Anstand besaß, sich dazu herabzulassen. Diese Erkenntnis war dazu angetan, Vincents Meinung über preußische Offiziere ein klein wenig zu revidieren.

»So, fertig«, verkündete der Arzt. »Sie können sich wieder anziehen.« Er betrachtete Vincent durch seine Brille. »Ich würde vorschlagen, dass Sie mindestens eine Woche hier auf der Krankenstation verbringen, um ganz sicherzugehen, dass Sie keine inneren Verletzungen …«

Entschieden schüttelte Vincent den Kopf. »Ein großzügiges Angebot, aber ich denke, es geht schon.« Mit einem Blick auf von Pliesnitz fügte er hinzu: »Für diese eine Nacht, sicherlich. Doch wenn der Hauptmann nach Diedenhofen zurückkehrt, möchte ich ihn gerne begleiten.«

Die Stirn des Arztes zog sich in Falten. Fragend tauschte er einen Blick mit von Pliesnitz, der beinahe entschuldigend die Hand hob. »Wenn Herr Lehmann es so wünscht. Immerhin ist er ein freier Mann und kann kommen und gehen, wie es ihm beliebt.«

Die Worte des Hauptmanns klangen wie Musik in Vincents Ohren, und trotz der Schmerzen stahl sich ein Grinsen auf sein Gesicht.

»Allerdings werden Sie noch eine Aussage machen müssen«, warf von Pliesnitz ein. »Sicher wird es zu einer Verhandlung gegen Leutnant Krüger kommen, bei der Sie als Zeuge vorgeladen werden. Auch Ihre eigene Akte muss nach diesen Enthüllungen neu geschrieben werden. Doch natürlich spricht nichts dagegen, dass Sie die Zeit bis dahin in Diedenhofen verbringen, wenn Sie das möchten.«

»Und wie ich das mö…!« Vincent stöhnte auf, als bei dem Versuch, sich ein Hemd überzuziehen, eine ganze Salve von Schmerz durch seinen Körper schoss. Aber dieser Schmerz würde bald ein Ende haben, was ihn wesentlich leichter erträglich machte.

»Damit wäre ja alles geklärt«, beschied von Pliesnitz und wandte sich an den Mediziner, der sein Material zusammenräumte. »Ich danke Ihnen für Ihre Hilfe, Herr Stabsarzt. Kann ich mich irgendwie erkenntlich zeigen?«

Der Angesprochene winkte ab. »Schon gut, schon gut. Wenn Sie mir garantieren, dass ich den Rest der Nacht in ungestörtem Schlaf verbringen kann, wäre mir das bereits Anerkennung genug.« Es klackte leise, als er seine schwarze Tasche schloss.

Dann rief er nach einem Sanitäter, der den Verletzten zu einem Bett bringen sollte, und verließ mit dem Hauptmann den Raum.

\*

»Suzette? Suzette, bist du wach?«

»Erzähl doch mal!«

»Wie ist das passiert?«

Noch immer dröhnte es in ihrem Kopf. Am liebsten hätte sie sich die Bettdecke über den Kopf gezogen, um sich vor dem Gemurmel und Geschnatter abzuschirmen, das von allen Seiten auf sie einströmte, seit sie wenige Minuten zuvor in die Pension zurückgekehrt war.

»Du musst uns unbedingt verraten, wie es war.«

»Wie fühlt es sich denn an, wenn man entführt wird?«

»... und gerettet?«

Brunhilde seufzte laut. »Das war sicher ungeheuer spannend.«

Spannend? Suzette hätte am liebsten aufgelacht, wäre ihr nicht so entsetzlich schlecht gewesen. Wobei sie nicht mit Sicherheit sagen konnte, ob dieser Zustand auf den Schock zurückzuführen war oder auf das Laudanum, das Hermann ihr verabreicht hatte.

Dessen ungeachtet war an Schlaf nicht zu denken. Denn obgleich es mitten in der Nacht war, wahrscheinlich bereits kurz vor der Morgendämmerung, tummelten sich mehr als ein halbes Dutzend Mädchen barfuß um ihr Bett, in lange, weiße Baumwollnachthemden gehüllt, die Haare zu Zöpfen geflochten.

Die stets spitzzüngige Marthe hielt eine Kerze in der Hand und leuchtete Suzette damit geradewegs in die Augen.

»Lasst mich in Ruhe!«, knurrte diese unwirsch und schlug danach. Die einzige Reaktion war ein unwilliges Grummeln und ein heftiges Schütteln an der Schulter.

»Ach, komm schon, Susi! Nun erzähl schon!«

»Was bist du für eine Freundin, die ihre Abenteuer nicht mit uns teilen will!«

Abenteuer? Am liebsten hätte Suzette gefragt, was das für ein Abenteuer sein sollte. Wenn man entführt, betäubt und beinahe geschändet wurde. Gar nicht davon zu sprechen, wie es sich anfühlte, wenn sich die große Liebe als ruchloser Verbrecher herausstellte.

Aber so, wie es aussah, würde sie in dieser Nacht erst zur Ruhe kommen, wenn sie zumindest einen Teil der Neugierde befriedigt hatte.

Also schickte sie sich an, ihre Decke beiseitezuschieben und sich aufzusetzen. Doch eine zierliche Hand hielt sie zurück.

»Schluss jetzt! Es reicht!«, drang eine Stimme durch die Kammer. »Verschwindet alle miteinander! Suzette hat genug hinter sich. Sie braucht jetzt Ruhe. Also los! Fort mit euch! Husch!«

Als Suzette sich umsah, erkannte sie zu ihrer Überraschung, dass Louise neben ihrem Bett stand. Die aschblonden Haare mit blauen Bändern zu Zöpfen geflochten, die Arme in die Hüfte gestemmt, schaute sie eine nach der anderen herausfordernd an.

»Morgen ist immer noch Zeit, über alles zu reden. Aber jetzt geht schlafen!«

Allgemeines Murren erklang, doch schließlich beugten sich die Mädchen dem Befehl und verschwanden nacheinander durch die Tür.

Suzette blieb alleine mit Louise zurück, die regungslos dastand, den Blick fest auf sie gerichtet. Lag eine Frage darin? Eine stumme Anklage? Würde sie nun die wohlverdiente Standpauke erhalten? Dafür, dass sie durch ihr unüberlegtes Verhalten nicht nur sich selbst, sondern die gesamte Schule in Gefahr gebracht hatte? Und zudem Louise für ihren Leichtsinn benutzt hatte.

Noch nie zuvor hatte Suzette sich so schlecht und schäbig gefühlt wie in diesem Moment, da sie gezwungen war, ihrer Zimmernachbarin in die Augen zu blicken.

Doch Suzette war nicht feige. Alles andere als das. Sie hatte einen Fehler begangen, einen schrecklichen Fehler, wie sie nun wusste. Aber sie war bereit, sich den Konsequenzen zu stellen. Ganz gleich, wie diese auch aussehen mochten ...

Sie schwankte ein wenig, als sie sich aufsetzte und Louises Blick erwiderte. »Danke, dass du mich nicht verpetzt hast, damals in Thionville.« Ihre Stimme klang leicht brüchig.

Louise reagierte nicht, sah weiterhin stumm zu ihr herab, als wartete sie darauf, dass sie fortfuhr.

»Das war sehr anständig von dir. Auch wenn mein Verhalten dir gegenüber keineswegs so zu nennen war. Ich hoffe, du vergibst mir.«

Wie zur Antwort zogen sich Louises Augenbrauen nach oben.

Suzette kniff die Lippen zusammen. Die richtigen Worte zu finden und ihre Schuld einzugestehen, war viel schwerer als gedacht.

»Danke, dass du mich damals nicht verraten hast«, wiederholte sie und fügte ein wenig leiser hinzu: »Und danke, dass du es letztendlich doch getan hast. Dieser Entscheidung verdanke ich womöglich mein Leben.«

Endlich brach Louise ihr Schweigen. »Du hast mich in die Enge getrieben. Und ich hatte keine Möglichkeit, mich dagegen zur Wehr zu setzen. Jetzt aber ...« Sie stockte. Schweigen breitete sich zwischen ihnen aus, in dem zahllose unausgesprochene Fragen und Beschuldigungen lagen, die nur schwer in Worte zu fassen und noch schwerer auszuräumen waren. »Ich nehme deine Entschuldigung an«, sagte Louise schließlich und wandte sich ab. »Aber jetzt bin ich todmüde. Deine Eskapaden haben mich schon genug Nerven und schlaflose Nächte gekostet.«

Ohne eine Antwort abzuwarten, war Louise zu ihrem Bett hinübergestapft. Rasch zog sie die Decke über sich und löschte das Licht. Dunkelheit umfing sie, hinter den Fensterscheiben war das erste Grau des herannahenden Morgens zu erahnen.

Ein Stöhnen unterdrückend, ließ sich Suzette ebenfalls zurück in die Kissen gleiten. Als sie die Augen schloss, stiegen Bilder von Victor Hugos Fantine in ihr auf, der jungen Frau, deren Unglück damit begonnen hatte, dass sie allzu leichtfertig ihr Vertrauen – und ihren Körper – an einen Mann verschenkt hatte, der zwar süße Worte und schöne Augen, jedoch keinerlei Respekt vor ihr hatte.

Ihr wurde heiß vor Angst, als ihr bewusst wurde, was ihr alles hätte geschehen können und wie glimpflich sie davongekommen war. Trotz ihres bodenlosen Leichtsinns.

Und dann übermannte sie ein anderes Gefühl: der Schmerz ihrer verratenen Liebe. Und die Erkenntnis, dass der Mann, dem sie so vorbehaltlos ihr Herz und ihr Vertrauen geschenkt hatte, sich nicht nur als ruchloser Schuft, sondern als Verbrecher entpuppt hatte.

Sie unterdrückte ein Aufschluchzen.

Sie würde sich für einiges verantworten müssen, das sie mit ihrem Verhalten ausgelöst hatte. Nicht zuletzt bei Tante Pauline und womöglich bei ihren Eltern. Es war nicht ausgeschlossen, dass man sie deswegen von der Schule verweisen würde. Und was ihre Eltern dazu sagen würden, daran mochte sie in diesem Moment gar nicht denken.

Dennoch war Suzette erstaunt, dass all das sie nicht annähernd so sehr beschäftigte wie die Frage, ob sie die Schuld an ihrer Zimmernachbarin jemals wieder gutmachen könnte. Die Bedrängnis, in die sie diese gebracht hatte. Im Augenblick gab es jedoch nichts, was sie für Louise tun konnte, außer ihr die gewünschte Nachtruhe zu gönnen.

Erschöpft drehte sich Suzette auf die Seite und rollte sich zusammen.

»Danke«, flüsterte sie noch einmal, bevor sie die Augen schloss.

Sie erhielt keine Antwort.

## Kapitel 42

Der Nachmittag war bereits weit fortgeschritten, als der Zug in den Bahnhof von Thionville einfuhr, Diedenhofen, wie das Bahnhofsschild sagte. Das repräsentative Gebäude aus Jaumont-Stein lag auf dem rechten Moselufer, welches in den vergangenen Jahrzehnten einen besonderen Aufschwung, verbunden mit umfangreichen Bautätigkeiten, erfahren hatte.

Der Rauch der Lokomotive hüllte das gesamte Bahnhofsgelände ein. Das Schnauben, Stampfen und Zischen war ohrenbetäubend, als die Heimkehrer den Waggon verließen und sich erleichtert die Beine vertraten.

Die ganze Reise über hatte der Fahrtwind, der durch die geöffneten Abteilfenster hereinströmte, für angenehme Temperaturen gesorgt. Daher war Pauline überrascht, wie warm es noch immer war, obgleich der herannahende Abend dem sonnigen Augusttag etwas Abkühlung verschaffte.

*In wenigen Tagen ist l'Assomption, Mariä Himmelfahrt*, kam es ihr in den Sinn, ein Feiertag, der als Höhepunkt des Sommers angesehen wurde. Dann würden auch in ihrem Pensionat die Ferien beginnen und ein Großteil der Schülerinnen zu ihren Familien reisen.

»Zugreisen sind einfach furchtbar!«, jammerte Charlotte, deren hellblaues Reisekleid vom Rauch und Schmutz der Bahnhöfe ein paar unansehnliche Flecken davongetragen hatte. »Und wie ich aussehe.«

»Ich bin ganz eingerostet vom langen Sitzen«, stöhnte Gelsa, als ein Bahnbediensteter ihre Reisetasche neben ihr abstellte.

»Mir tut auch alles weh«, fügte Josefa mit Leidesmiene hinzu und führte einige recht undamenhafte Verrenkungen aus, um besagtem Zustand abzuhelfen. »Ich bin froh, wenn ich wieder zu Hause bin.«

»Und ich erst«, bestätigte Marthe.

»Dann nehme ich direkt ein heißes Bad.«

»Zuerst etwas zu essen. Ich verhungere. Und dann ...«

»*Allez, les filles!*«, unterbrach Pauline den allgemeinen Redeschwall. »Schön, dass wir allesamt gut angekommen sind. Ich glaube, ein kleiner Fußmarsch zum Institut wird uns allen guttun und die steifen Muskeln lockern. Herr Hauptmann, begleiten Sie und Ihr Bursche uns noch ein Stück? Monsieur Lehmann, dürfte Suzette sich bei Ihnen einhängen? Sie scheint mir noch etwas schwach auf den Beinen. *Eh bien, allons-y!*«

Ohne die Antworten abzuwarten, schritt Pauline voran, und auch die anderen machten sich hinter ihr mit Koffern und Reisetaschen auf den Weg, um die Moselbrücke zu überqueren.

*Wir sind schon ein seltsames Grüppchen*, überlegte Pauline, die von Pliesnitz' Angebot, ihr Gepäck für sie zu tragen, höflich abgelehnt hatte, und nun mit Reisetasche und leicht angehobenem Rocksaum die Brücke betrat. Eine lothringische Institutsleiterin mit schweigsamer Junglehrerin aus Hannover, dazu zehn höhere Töchter mannigfaltiger Herkunft, deren Temperament durch die Ereignisse der vergangenen Tage einen beträchtlichen Dämpfer erhalten hatte und die daher gerade ungewöhnlich folgsam hinter ihr hergingen. Den Abschluss des Zuges bildete der hauseigene Gärtner, die noch immer blasse Suzette untergehakt – ein verurteilter Spitzbube, wenn auch auf dem Weg zur Rehabilitierung, dem es mit am meisten zu verdanken war, dass sich alle wohlbehalten auf dem Heimweg befanden. Und schließlich Erich von Pliesnitz, ein preußischer Hauptmann, mit dem Umgang zu pflegen sich Pauline bis vor Kurzem nicht einmal im Traum hätte vorstellen können, sowie dessen Bursche Franzl.

Noch von Saarbrücken aus hatte man Lisbeth ihre Ankunft und

eine knappe Zusammenfassung der Ereignisse per Telegramm zukommen lassen. Paulines Magen knurrte in Vorfreude auf die kleine Kaffeetafel, welche die Haushälterin sicher für alle vorbereitet hatte, mit Elsässer Gugelhupf und sommerlicher Beerentarte. Vielleicht waren zwischenzeitlich auch schon die ersten Mirabellen reif. Welch ein Genuss.

Tiefblau und glitzernd lag die Mosel unter ihnen. Kleinen Flämmchen gleich brach sich das Licht auf den Wellen. Der vertraute Anblick des Flusses, welcher auch ihre Heimatstadt Metz mit seinen vielen Armen durchzog, hatte eine beruhigende, tröstliche Wirkung auf Pauline. Die weiße und goldgelbe Fassade der Kirche Saint Maximin, der Belfried, der mittelalterliche Flohturm und all die anderen teils altehrwürdigen, teils erst in jüngster Zeit errichteten Häuser leuchteten in der Augustsonne und schienen Pauline zu begrüßen. Unwillkürlich beschleunigte sie ihre Schritte.

Kaum hatten sie das gegenüberliegende Ufer erreicht, gab von Pliesnitz seinem Burschen die Anordnung, in ihre gemeinsame Wohnung vorauszugehen und alles für seine Rückkunft vorzubereiten. Eine Order, welcher Franzl mit offensichtlichem Unwillen nachkam. Sicher hatte er gehofft, dass von der Bewirtung im Institut auch für ihn ein wenig abfallen würde. Pauline nahm sich vor, bei Gelegenheit eine von Lisbeths Mirabellentartes in die Wohnung schicken zu lassen.

Wie ein kleines Schmuckstück lag das Institut endlich vor ihnen. Der helle Putz leuchtete in der Abendsonne, die Fenster- und Türumrandungen aus Jaumont-Stein strahlten wie warmes Gold.

»Angekommen.« Pauline seufzte.

Kaum dass sie das Haus erreicht hatten, wurde die Vordertür aufgerissen, und Lisbeth lief ihnen mit hochrotem Kopf und vor Aufregung emporgereckten Händen entgegen. »Da seid ihr ja! *Willkomme! Harzlich willkomme.* Was für Geschichten muss ich von euch hören. *Komme rin!* Komme doch alle rin!« Nach einer kurzen Begrüßung der Haushälterin gab Pauline den Mädchen die Anweisung, das Gepäck in die Zimmer zu bringen, sich Hände und Gesicht zu waschen und sich dann gemeinsam zum Speisezimmer zu begeben. Eine Order, der ungewöhnlich rasch und willig Folge geleistet wurde.

Ohne dass sie Gelegenheit gehabt hätte, ihm noch etwas zu sagen, war Vincent Lehmann verschwunden. Pauline vermutete, dass er den Hintereingang zum Garten genommen hatte, um sein eigenes kleines Reich, das Gartenhäuschen, aufzusuchen.

Unvermittelt stieg in Pauline die Frage auf, ob nun, da sein Name reingewaschen war, er sie womöglich bald verlassen würde.

Die letzten Mädchenstimmen verhallten im Inneren des Hauses, Pauline und von Pliesnitz blieben alleine zurück. Langsam wandte sie sich zu ihm um und blinzelte in die Sonne. »Darf ich Sie auf eine Tasse Tee einladen, Herr Hauptmann?«

Der Angesprochene schwieg einen Moment, als fechte er einen stummen Kampf mit sich aus. Ein Anflug von Traurigkeit lag in seiner Stimme, als er schließlich den Kopf schüttelte. »Das halte ich nicht für klug. Sie haben in letzter Zeit genug unliebsame Aufmerksamkeit auf sich gezogen. Da ist es nicht nötig, auch noch ...«

Er sprach nicht weiter. Doch Pauline wusste, was er sagen wollte. Es war nicht nötig, dass die zu Anstand und Moral verpflichtete Institutsleiterin dabei beobachtet wurde, wie sie Herrenbesuche empfing. Noch dazu von einem preußischen Offizier.

Obgleich Pauline wusste, dass er recht hatte, spürte sie einen Stich der Enttäuschung in ihrer Brust.

Dennoch nickte sie. »Ich verstehe.«

Ein älteres Ehepaar, das einen gut genährten Pudel an der Leine führte, ging an ihnen vorüber. Pauline fühlte sich verpflichtet, die Passanten zu grüßen, ehe sie sich wieder von Pliesnitz zuwandte.

»Ich verabschiede mich dann besser. Ihre Schülerinnen erwarten Sie sicher bereits.« Er wandte sich zum Gehen.

»*Attendez!*«, sagte Pauline ein wenig hastiger, als sie beabsichtigt hatte. »Einen Moment noch!«

Sie spürte Erleichterung, als er sich wieder zu ihr umdrehte und fragend die Augenbrauen hochzog. »Ja?«

Pauline bemerkte, wie die Verlegenheit ihre Wangen rötete. »Ich muss mich bei Ihnen bedanken, Herr Hauptmann. Ohne Ihr beherztes Eingreifen … Wer weiß, was aus Suzette oder den anderen Mädchen geworden wäre.«

*Oder aus meinem Pensionat.*

Die ernsten Züge des Hauptmanns wurden weicher. Pauline glaubte, die Spur eines Lächelns in seinen Mundwinkeln zu entdecken. »Ich freue mich, wenn ich Ihnen helfen konnte, Mademoiselle.« Er deutete eine Verbeugung an, die diesmal etwas weniger dienstlich ausfiel. »Doch haben auch Sie sich in dieser Situation äußerst geistesgegenwärtig und tapfer geschlagen.«

»Für ein Frauenzimmer, meinen Sie?«

Er sah sie nur an.

»Oder für eine Französin?«

»Das haben Sie gesagt.«

»*En effet.*« Sie lächelte. »Dem kann ich nicht widersprech…«

»Fräulein Martin!«, wurde Pauline mitten im Satz unterbrochen. Als sie sich umblickte, sah sie direkt in die vor Dienstfertigkeit verengten Augen von Wachtmeister Schrotherr.

\*

Erich hatte sich wirklich gefreut, nach Diedenhofen zurückzukehren. Der Gedanke, die Aufregungen der vergangenen Wochen hinter sich zu lassen und sich in nächster Zeit wieder den wesentlich ruhigeren alltäglichen Problemen zuwenden zu können, hatte etwas Verlockendes. Ebenso die Aussicht, in seiner kleinen

Wohnung in der Bannofenstraße in Ruhe ein Glas Wein zu genießen. Und – wenn er ganz ehrlich zu sich selbst war – vielleicht auch die Tatsache, Mademoiselle Martin zukünftig gelegentlich beim Spazieren auf der Straße zu begegnen, auf der Moselpromenade oder im Park. Womöglich sogar bei einem der zahlreichen Konzerte oder einer der anderen Kulturveranstaltungen, welche Diedenhofen das ganze Jahr über bot.

Womit er allerdings nicht gerechnet hatte, war, dass er gleich nach ihrer Ankunft wieder die Kastanien aus dem Feuer holen und sich mit einer Gestalt wie diesem Wachtmeister Schrotherr herumärgern musste.

Dieser erbot ihm einen knappen, pflichtschuldigen Gruß, bevor er sich vor der Institutsleiterin aufbaute und ihr dabei so nahe kam, dass Erich glaubte, ihre Nasenspitzen würden sich gleich berühren.

»Fräulein Martin!«, wiederholte Schrotherr schnaubend. »Ich muss Sie bitten, mich umgehend auf die Polizeiwache zu begleiten.«

»Auf die Polizeiwache?«, wiederholte sie verblüfft. »Wieso denn das?«

Der Wachtmeister reckte sich noch ein klein wenig mehr. »Das sollten Sie am besten wissen, Fräulein«, gab er zurück, als wäre damit alles gesagt. »Gerade bekam ich eine Drahtnachricht aus Saarbrücken. Aus Preußen.« Das letzte Wort hatte er mit einer derartigen Ehrfurcht ausgesprochen, dass man glauben konnte, es handele sich um das Gelobte Land. »Eine Nachricht über, wie soll ich sagen, wirklich erschreckende Ereignisse!«

»Ereignisse welcher Art?«, mischte sich nun Erich ein, obgleich er natürlich wusste, wovon die Rede war.

Der Polizist würdigte ihn jedoch keines Blickes und hielt seine Aufmerksamkeit weiterhin starr auf die Institutsleiterin gerichtet. »Da diese unsäglichen Geschehnisse sowohl eine schulische Institution als auch Bewohner dieser Stadt betreffen, muss ich

Sie dazu auffordern, mich auf die Polizeiwache zu begleiten und die Angaben aus Saarbrücken zu bestätigen.« Der strenge Tonfall schien keinen Widerspruch zu dulden.

Mademoiselle Martins Miene nahm einen unbestimmten Ausdruck an. »Sicher haben Sie Verständnis dafür, Herr Wachtmeister, dass ich Ihrer Bitte in diesem Moment nicht entsprechen kann. Meine Schülerinnen und ich haben eine lange Reise hinter uns. Wir sind gerade erst angekommen und würden uns gerne frisch machen. Bestimmt hat Ihr Anliegen Zeit bis morgen.« Sie ergriff ihre Reisetasche und wandte sich zur Tür, doch der Polizist stellte sich ihr in den Weg.

»Keineswegs, mein Fräulein«, entgegnete er mit lauter Stimme. »Dienstliche Belange gehen vor. Ich bestehe darauf, dass Sie mir persönlich Bericht erstatten. Danach können Sie sich dann um die Angelegenheiten Ihrer Schule kümmern, die, wenn ich das sagen darf, im höchsten Maße verlottert zu sein scheint. Jedenfalls, wenn ich nach unserem Gespräch der Meinung sein sollte, Sie hätten es verdient, wieder auf freien Fuß gesetzt zu werden.«

Erich sog scharf die Luft ein. Das ging eindeutig zu weit. Auch Mademoiselle Martins Gesicht verfinsterte sich. Schon überlegte sich Erich eine scharfe Replik, mit der er den Wachtmeister in seine Schranken weisen konnte.

»Hören Sie mal her!«, begann er heftig, kam jedoch nicht weiter, denn bereits im nächsten Augenblick hatte Mademoiselle ihre Reisetasche wieder abgesetzt und die Arme in die Hüfte gestemmt. Ihr Blick fixierte den Polizisten.

»Nun möchte ich Ihnen mal etwas sagen, Herr Wachtmeister!« Ihre Stimme war fest und durchdringend. Erneut bekam Erich eine Vorstellung davon, wie es dieser zierlichen Person gelingen konnte, ein ganzes Institut zu leiten, samt seines Hauspersonals. »Da Sie ja so gut über die Vorkommnisse im Königreich Preußen im Allgemeinen und der Stadt Saarbrücken im Speziellen informiert sind, sind Sie bestimmt auch darüber im Bilde, welche entsetzlichen Tage hinter meinen Schülerinnen und mir liegen. Aus diesem Grund können Sie sicher verstehen, dass es, als Lehrerin und Institutsleiterin, meine oberste Aufgabe ist, mich um die noch immer verstörten Mädchen zu kümmern, sie zu beruhigen und dafür zu sorgen, dass in meiner Schule wieder so etwas wie Ruhe und Ordnung einkehren können.«

»Ruhe und Ordnung? Dass ich nicht lache!«, fiel Schrotherr ihr ins Wort. Doch sie brachte ihn mit einer einzigen Geste zum Schweigen.

»Ich war noch nicht fertig, Monsieur. Sie werden es mir zugestehen, mich jetzt erst einmal meinen Schützlingen zu widmen. Und sollten Sie morgen früh immer noch das Bedürfnis verspüren, mich zu einem Gespräch einzuladen, dann können Sie das gerne tun. Ich pflege zeitig aufzustehen und halte mich gerne zu Ihrer Verfügung.«

Ein weiteres Mal versuchte sie, an dem Polizisten vorbei ins Haus zu gelangen, doch dieser hielt sie am Arm fest.

Empörung schlug über Erich zusammen. »Wachtmeister Schrotherr!«, bellte er. »Ihr Verhalten ist über alle Maßen ...«

Erneut kam er nicht weiter, da Mademoiselle nicht vorzuhaben schien, dem Polizisten diesen Triumph zu gönnen. »Ich muss Sie bitten, meinen Arm loszulassen, Herr Wachtmeister.« Ihr Tonfall war schneidend, ihr Blick eiskalt. Zu Erichs großer Überraschung tat der Wachtmeister wie geheißen. »Wagen Sie es nicht noch einmal, mich zu berühren. Ich bin eine ehrenhafte und unbescholtene Bürgerin und habe mich keines Vergehens schuldig gemacht. Da die Kommunikation zwischen dem Königreich Preußen und der Polizei hier in Diedenhofen tadellos funktioniert, sehe ich keinerlei Notwendigkeit, Sie über weitere Details in Kenntnis setzen zu müssen. Außerdem ...«

»Was notwendig ist oder nicht, bestimme immer noch ich«, versuchte es Schrotherr noch einmal, wurde aber gleich wieder unterbrochen.

»Und außerdem«, Pauline hob ihren Zeigefinger, »haben sich bereits in Saarbrücken Polizei und Justiz um alles Wichtige gekümmert. Sie, werter Herr Wachtmeister, können also Ihren Feierabend genießen oder sich den Angelegenheiten widmen, die Sie etwas angehen.«

Der Wachtmeister ließ ein lautes Schnauben hören, kam jedoch nicht zu Wort.

»Sollten Sie glauben, mich weiter in dieser Sache behelligen zu müssen, muss ich leider davon ausgehen, dass Sie Ihre Dienstkollegen der preußischen Polizei nicht für fähig halten, ihre Angelegenheiten ordnungsgemäß zu regeln. Sehr gerne wäre ich in diesem Falle dazu bereit, Ihre vorgesetzte Behörde in Straßburg sowohl über Ihr mangelndes Vertrauen als auch über Ihr höchst grobes Verhalten in Kenntnis zu setzen.«

Das Gesicht des Polizisten nahm eine leicht grünliche Färbung an.

»Sollten Sie aber zwischenzeitlich zu der Einsicht gekommen sein, dass man in Saarbrücken Ihre Hilfe keineswegs benötigt, würde ich Sie bitten, sich fortan Ihren eigenen Aufgaben zuzuwenden. So wie ich es mit den meinen tun werde. Ich wünsche einen schönen Abend.«

Ohne eine Antwort abzuwarten, packte sie endgültig den Griff ihrer Reisetasche, schob den überrumpelten Polizisten zur Seite und schritt ins Haus.

Belustigung breitete sich in Erich aus. Diese Frau wäre in der Lage gewesen, es mit Otto von Bismarck persönlich aufzunehmen.

Beinahe kameradschaftlich klopfte er Schrotherr auf die Schulter. »Sie sollten sich nichts daraus machen, Herr Wachtmeister. Irgendwann findet jeder seinen Meister. Bisweilen in der Gestalt der Jungfrau von Lothringen.«

Ganz offensichtlich hatte der Mann jedoch nicht den geringsten Sinn für Historie und noch weniger für Humor. Denn statt einer Antwort warf er Erich lediglich einen finsteren Blick zu, salutierte knapp und stapfte davon.

Kopfschüttelnd und mit einem belustigten Grinsen in den Mundwinkeln sah Erich ihm nach.

\*

Pauline hatte in der Eingangshalle auf ihn gewartet, aus der sie nun doch wieder die eine oder andere neugierige Schülerin verscheuchen musste. Sie wusste, dass dieser erneute Herrenbesuch an der Grenze der Schicklichkeit lag, die zu überschreiten sie als Lehrerin und Frau in ihrer gesellschaftlichen Position sich nicht erlauben durfte. Doch nachdem der Wachtmeister seiner Wege gegangen war, hatte sie es für klüger befunden, das Gespräch mit von Pliesnitz im Inneren des Hauses fortzusetzen.

Und so standen sie sich einige Augenblicke wortlos gegenüber. Bewegt und erschöpft von den Ereignissen der letzten Tage, die sie gemeinsam durchgestanden hatten. Sie, die lothringische Lehrerin aus Metz, und er, der preußische Offizier, irgendwo aus dem fernen Osten des Reiches.

»Womöglich lagen Sie mit Ihrer Einschätzung richtig, Monsieur.« Sie senkte den Kopf und lauschte einen Moment, dass wirklich keine trippelnden Schritte oder unterdrücktes Gekicher darauf hindeuteten, dass sich ein paar allzu neugierige Ohren in der Nähe herumdrückten. »Ungemach aller Art scheint sich in jüngster Zeit wirklich von mir angezogen zu fühlen.«

»Sagen wir, wahrscheinlich gibt es nur wenige Schulen im Reichsland, die eigens einen preußischen Hauptmann beschäftigen müssen, um sich Ärger vom Leib zu halten«, gab von Pliesnitz trocken zurück.

Ein helles Auflachen stieg in Pauline auf. Sie hielt es nicht zurück und war überrascht, wie gut es sich anfühlte. »Ärger, der zumindest teilweise von einem übereifrigen Wachtmeister verursacht wurde, vor allem aber von einem preußischen Leutnant mit verbrecherischen Neigungen. So viel müssen Sie eingestehen.«

»Ich gestehe es«, sagte er leise, und plötzlich war da wieder dieser Anflug von Traurigkeit in seiner Stimme. »Ich hoffe jedoch, Sie wissen, dass nicht alle so sind wie Hermann Krüger. Nicht alle Preußen und auch nicht alle Offiziere.« Das darauffolgende Schweigen bat um eine Antwort.

Eine Antwort, die Pauline nicht geben konnte. »Ich danke Ihnen sehr«, wiederholte sie, ohne ihn anzusehen, und wandte sich dem Strauß aufgeblühter Rosen zu, welcher sicher von Lisbeth auf die kleine Kommode in der Diele gestellt worden war. Gedankenverloren betrachtete sie den Blütentraum aus Gelb, Apricot und Creme, sog den süßen Geruch ein, der sie umschmeichelte.

»Leider werde ich Sie und Ihre Schule für längere Zeit nicht mehr vor Ungemach beschützen können«, sagte von Pliesnitz unvermittelt.

Pauline wandte sich um. »Haben Sie vor zu verreisen?«

Der Hauptmann schüttelte den Kopf. »Ich muss zu einem Manöver, mit meinem gesamten Regiment. Es findet jedes Jahr im Spätsommer statt und dauert bis in den Herbst hinein. Dazu gilt es noch einiges vorzubereiten, und dann ...«

»Ich verstehe.« Pauline nickte, verwirrt über das plötzliche Gefühl von Bedauern, das sich in ihr ausbreitete bei dem Gedanken, dass dieser Mann, den sie vor einigen Wochen noch nicht einmal gekannt hatte, nun für einige Zeit abwesend sein würde. Da hörte sie sich sagen: »Wenn Sie dann wieder zurück sind, würde ich mich sehr über Ihren Besuch freuen.«

Der Gesichtsausdruck ihres Gegenübers veränderte sich, die darin liegende Strenge verschwand und machte Verwunderung Platz. Das hereinfallende Abendlicht brach sich in seinen dunklen Augen, in denen ein Hauch von Wärme aufflackerte. Einen Moment lang ließ ihn das überraschend jung und unbeschwert erscheinen – und höchst anziehend.

Dann lächelte er sacht und deutete eine knappe Verbeugung an. »Wahrscheinlich wäre es wirklich gut, wenn ich nach meiner Rückkehr in Ihrer Schule einmal nach dem Rechten sehe. Wer weiß, was sich bis dahin hier wieder zusammengebraut hat.«

Pauline vermutete, dass dies die preußische Manier war, eine Einladung anzunehmen.

Verblüfft darüber, überhaupt eine solche ausgesprochen, und noch mehr darüber, eine Zusage erhalten zu haben, reichte sie von Pliesnitz die Hand.

»Noch einmal danke, *mon capitaine*. Für alles, was Sie für mein Institut und meine Schülerinnen getan haben.« Leise fügte sie hinzu: »Und für mich.«

Schweigend ergriff er ihre Fingerspitzen und hob sie an seine Lippen. Wärme floss sanft durch ihre Hand, ihren ganzen Körper. Und dann war er verschwunden.

Sachte schloss Pauline die Tür.

## Kapitel 43

Der Abend war über Thionville hereingebrochen, die gemeinsame Mahlzeit beendet, die Neugier des Hauspersonals gestillt. Auch waren zwischenzeitlich alle größeren und kleineren Blasen und Blessuren versorgt, die erhitzten Gemüter abgekühlt und das Geschnatter unter den Mädchen verstummt. Sie lagen bereits in ihren Betten. Alle bis auf eine, die Pauline zu sich bestellt hatte.

Trotz der fortgeschrittenen Stunde saß Pauline in ihrem *Bureau*, vor sich zwei Tassen und eine Kanne mit dampfendem Lindenblütentee, in dem sich das letzte Licht der Abendsonne brach und dessen herb-süßlicher Duft sie an ihre Kindheit erinnerte.

An ihre Kindheit in Metz, an eine Familie, in deren Schoß sie stets behütet, stets gesellschaftlich privilegiert gewesen war, die aber auch unmissverständlich Ansprüche an sie gestellt hatte. Wie ihre Zukunft als höhere Tochter auszusehen hätte. Wie sie als Ehefrau und Mutter die Werte der Familie weitergeben sollte.

Ein schüchternes Klopfen war zu hören.

»*Entrez!*«, rief sie, und die Tür öffnete sich. Noch immer ein wenig wackelig auf den Beinen, trat Suzette ein. Dunkle Schatten lagen um ihre Augen, sie wirkte erschöpft und noch etwas benommen, ansonsten aber wohlauf.

Eine ungeheure Erleichterung für Pauline, obgleich sie am nächsten Tag einen langen Brief an ihre Cousine aufsetzen musste, um sie von den Ereignissen in Kenntnis zu setzen.

Ursprünglich hatte sie vorgehabt, dem Mädchen keinen Platz anzubieten, doch wie sie da vor ihr stand, zerknirscht und blass, verspürte sie Mitleid und wies sie an, sich einen Stuhl heranzuziehen.

Dann wartete Pauline eine Weile still ab. Sie sagte nichts, sie schalt nicht und überhäufte das Mädchen auch nicht mit Vorwürfen. Ernsthaft und fragend ruhte der Blick auf Suzette, die, anders als es sonst ihre Art war, die Augen auf ihre sittsam gefalteten Hände auf dem Schoß gerichtet hatte. Schließlich schaute sie auf, und mit einem kurzen Kopfnicken gab Pauline ihr die Erlaubnis zu sprechen.

»Ich wollte mich bei Ihnen bedanken, Mademoiselle«, begann sie. »Ohne Sie, ohne das, was Sie für mich getan haben, wer weiß ...« Sie machte eine fahrige Geste, ihre Hände zitterten.

Statt einer Antwort erhob sich Pauline aus ihrem Sessel, schenkte eine weitere Tasse Tee ein und reichte diese Suzette, die unsicher daran nippte.

»Wären Sie nicht gewesen, Mademoiselle«, fuhr die Schülerin ein wenig gefasster fort, »dieser Leutnant, Hermann, vielleicht wäre ich ...«

»Du wärst nicht nur deiner Ehre beraubt worden«, bestätigte Pauline ruhig, »sondern hättest womöglich weitaus Schlimmeres erlebt. Jemandem, der junge Mädchen betäubt und verschleppt, ist alles zuzutrauen. Und nach allem, was wir durch Monsieur Lehmann über ihn erfahren haben ...«

Der Rest des Satzes hing unausgesprochen in der Luft.

»Offensichtlich hat er dich bereits damals betäubt, als du dich zum ersten Mal des Nachts mit ihm getroffen hast. Anders ist nicht zu erklären, dass du nach ein oder zwei Gläsern Wein vollständig die Besinnung verloren hast und dich an nichts mehr erinnern konntest.«

Suzette wurde kalkweiß, als sie begriff.

Schweigend ließ Pauline den heilsamen Schock eine Weile wirken, bevor sie etwas freundlicher fragte: »Verstehst du nun, dass es mir wirklich nie darum ging, dich zu bevormunden oder dich deiner Freiheit zu berauben? Geschweige denn der Möglichkeit, eigene Entscheidungen zu treffen? Dass es vielmehr mein Ziel war, dich vor Schaden zu bewahren, vor Verletzungen und vor Konsequenzen, die du womöglich dein ganzes Leben lang tragen müsstest?«

Suzette sah nur stumm zu Boden.

»Hier in meinem Institut stelle ich große Ansprüche an meine Schülerinnen, Ansprüche und auch Forderungen. Manche davon betreffen die Schulbildung, denn nur Bildung und Wissen erlauben es, sich später einmal selbstständig im Leben zurechtzufinden, sich nichts von anderen vormachen zu lassen. Fast noch wichtiger ist es mir jedoch, eure Persönlichkeiten zu fördern, eure Reife, und somit die Fähigkeit, Verantwortung für sich und das eigene Handeln zu übernehmen. Richtig von Falsch zu unterscheiden, Wahrheit von Lüge. Und das, genau das ist der entscheidende Schritt auf dem Weg zur persönlichen Freiheit. Eine Freiheit, die dir niemand nehmen kann.«

Langsam hob Suzette den Kopf. In ihrem Blick war nichts mehr von dem unversöhnlichen Trotz zu erkennen, mit dem sie sich die ganze Zeit ihr und ihren Anordnungen widersetzt hatte.

Pauline lächelte. »Der Arzt sagt, dir sei nichts Ernsthaftes geschehen. Das Ereignis wird keine Folgen haben, und du wirst auch sonst nichts zurückbehalten. Aber nun musst du dich ausruhen, viel schlafen, um wieder zu Kräften zu kommen.«

Es klang wie eine Aufforderung zum Gehen. Suzette erhob sich. Pauline stand ebenfalls auf und trat an sie heran. »Du bist so jung, deine ganze Zukunft liegt noch vor dir. Daher solltest du die Zeit nutzen zum Lernen und Studieren. Damit du einen wachen Geist entwickelst und die Fähigkeit, dich auch gegen die Regeln der Gesellschaft zu stellen, wenn es dir angebracht und notwendig erscheint. Und vor allem …« Sie machte eine bedeutungsvolle Pause. »Wenn du dazu bereit bist, auch die Konsequenzen zu tragen, die damit einhergehen. Damit du eines Tages eben nicht das ausgebeutete Opfer einer patriarchalischen Gesellschaft sein wirst wie Fantine.« Sie lächelte. »Aber bis dahin ist noch viel Zeit. Nun wünsche ich dir eine gute Nacht.«

Das Mädchen sah sie an. In ihrem Blick standen tausend unausgesprochene Fragen. Doch diese würden sich zu einem späteren Zeitpunkt klären lassen, wenn sie dazu bereit war.

»*Bonne nuit, Mademoiselle*«, hauchte sie und verschwand.

Nachdenklich kehrte Pauline an ihren Platz zurück, umfasste die Teetasse mit beiden Händen und ließ die Wärme auf sich wirken, während ihre Gedanken zu ihrer eigenen Jugend zurückgingen, den Wünschen und Träumen, die sie damals gehegt hatte.

Und zu dem Preis, den sie hatte zahlen müssen und immer noch dafür zahlte, dass sie damals einen anderen Weg gewählt hatte als den, der für sie vorgesehen gewesen war. Ein Weg, der ihr zwar zu finanzieller Unabhängigkeit verhalf, sie zugleich aber auch zu einem Leben ohne eigene Familie verurteilte. Ohne eigene Kinder, ohne einen liebenden Mann an ihrer Seite, der sie unterstützte.

Rasch nahm sie einen weiteren Schluck Tee, als sie unwillkürlich an Hauptmann von Pliesnitz denken musste, dessen ruhige und doch zupackende Art sie ebenso zu schätzen gelernt hatte wie seinen trockenen, bisweilen ein wenig spöttischen Humor, hinter dem sich ein wacher Verstand verbarg.

Heftig schüttelte sie den Kopf, um dieses Bild zu vertreiben. *Impossible!* Es war völlig unmöglich, dass sie auch nur einen Gedanken an irgendeinen Mann verschwendete. Am wenigsten an einen preußischen Offizier.

Sie stellte die Tasse ab und stand auf.

Ein anderes Gesicht trat ihr vor Augen, das ihres Gärtners, Vincent Lehmann, dem auch sie Unrecht getan hatte und daher Abbitte schuldete. Wahrscheinlich sollte sie das schnellstens hinter sich bringen, bevor sie der Mut verließ oder es zu spät war, gewisse Dinge auszusprechen.

*Die Fähigkeit, eigene Entscheidungen zu treffen …*

Der Widerhall ihrer Worte klang in ihrem Inneren nach, als sie das Zimmer verließ.

\*

Es knisterte leise, als Louise die Decke zur Seite schob, aus dem Bett kroch und auf bloßen Füßen zum offenen Fenster eilte.

Die regelmäßigen Atemzüge aus dem Nachbarbett zeigten ihr, dass Suzette, die erst eine Viertelstunde zuvor von ihrem Gespräch mit Mademoiselle Martin zurückgekommen war, schlief und sich von den Schrecken und Enttäuschungen der letzten Tage erholte. Eine milde Brise strich über Louises Gesicht und bewegte leicht die geklöppelten Spitzengardinen neben ihr.

Auf die Ellbogen gestützt, beugte sie sich weit nach draußen und atmete tief den würzigen Geruch nach Sommer ein, während der Blick zum Himmel ging, wo sich die schmale Sichel eines zunehmenden Mondes abzeichnete, das erste Licht nach Neumond, der Zeit der Finsternis. Louise konnte nicht verhindern, dass bei dieser Vorstellung ihr Herz schneller zu schlagen begann. Licht und Hoffnung nach einer Zeit der Angst, Bedrückung und Verzweiflung.

Plötzlich wusste sie, welch schwindelerregendes Gefühl von Erleichterung und Freiheit Jean Valjean empfunden haben musste, nachdem er die Maskerade, unter der er so lange hatte leben müssen, fallen gelassen hatte und wieder der sein durfte, der er tatsächlich war. Gleichgültig, was hinter ihm lag, gleichgültig, was andere darüber dachten.

Trunken vor Glück breitete Louise die Arme aus und reckte sie in den nächtlichen Himmel, als wollte sie das schwache Licht des Mondes einfangen und dabei die ganze Welt umarmen.

Die entsetzliche Zeit, in der sie geglaubt hatte, das drückende Geheimnis für sich behalten, die Last dieser Schmach alleine schultern zu müssen, war vorbei. Und niemand, auch kein Scheusal wie dieser Leutnant Krüger, wäre zukünftig in der Lage, sie wegen ihres Vaters zu erpressen.

Alle wussten nun davon, ihre Klassenkameradinnen, das Hauspersonal und vor allen Dingen Mademoiselle Martin, die mit ihr zusammen die anderen über diesen Tatbestand informiert hatte.

Anders als von ihr befürchtet, hatte sich deswegen niemand von ihr abgewandt. Lediglich Charlotte hatte bei dieser Eröffnung ihre überhebliche Miene aufgesetzt, den Kopf geschüttelt und mit der Zunge geschnalzt, war jedoch sogleich von Mademoiselle Martin mit einem strengen Blick zur Ordnung gerufen worden. Und wenn Louise ehrlich war, dann musste sie sich eingestehen, dass sie weder auf Charlottes Meinung noch auf deren Freundschaft sonderlich großen Wert legte.

Brunhilde hingegen schien von der Geschichte um einen Vater, der für seine politischen Ideale ins Gefängnis ging, durchaus angetan gewesen zu sein. Mit Tränen der Rührung hatte sie Louise umarmt und fest an sich gedrückt. Esther hatte sie nur mit einem wissenden Blick angeschaut. Und selbst Marthe, deren spitze Zunge nur selten jemanden verschone, war auf sie zugegangen und hatte ihr stumm die Hand auf die Schulter gelegt.

In diesem Moment hatte Louise sich nicht länger beherrschen können. Tränen der Erleichterung waren ihr übers Gesicht gelaufen, was schließlich dazu führte, dass auch Albertine sich ihr an den Hals warf, aufrichtig gerührt.

Diese Solidarität war mehr, als Louise je zu hoffen gewagt hatte.

Nachdenklich ließ sie die Hände sinken und stützte sich wieder auf dem Fensterrahmen ab. Natürlich, ihr Vater war noch immer in Haft, und genauso weit wie der Himmel von der Erde schien er von der Erfüllung seines Anliegens entfernt zu sein: ein unabhängiges, selbst verwaltetes Elsass.

Aber irgendetwas hatte sich verändert. Sie musste die Last dieses Verlustes und dieser vermeintlichen Schande nicht mehr alleine tragen, sie hatte Freunde und Vertraute. Und in ihrer Lehrerin, Mademoiselle Martin, so wie es aussah, sogar eine verwandte Seele gefunden. Dieses Wissen gab ihr genügend Kraft, nach vorne zu blicken und an eine verheißungsvolle Zukunft zu glauben. Auch für sich selbst ...

Ein Lichtschein entzündete sich am Himmel, dann zog ein leuchtender Punkt seine Bahn über den Horizont, ehe er über dem Garten des Instituts verglomm.

Eine Sternschnuppe! Es war Anfang August und somit die Zeit der Perseiden, der Sterngewitter, welche sie bereits als Kind auf dem Schoß ihres Vaters so gerne betrachtet hatte, während dieser ihr Geschichten über die Vergangenheit, Gegenwart und Zukunft ihrer Heimat erzählte.

Auch wenn sie wusste, dass die Vorstellung von glücksbringenden Meteoriten nicht mehr als ein alter Aberglaube war, konnte sie sich nicht dem Aufflammen der Hoffnung verschließen.

Ein Geräusch aus dem Garten ließ Louise aufhorchen und nach unten schauen, wo sie eine zierliche Gestalt erkannte. *Mademoiselle Martin.* Ein Gefühl von Wärme und Dankbarkeit durchzog Louise. Was diese wohl um diese Uhrzeit da draußen zu tun hatte?

Einen Moment blieb Mademoiselle stehen, als zögere sie. Dann hob sie den Kopf und sah zum Himmel hinauf.

Louise folgte ihrem Blick. In diesem Moment entluden sich zwei weitere Sternschnuppen über dem Firmament, wie ein flammender, hoffnungsvoller Regen.

Ihr persönliches kleines Feuerwerk …

## Kapitel 44

Das Gespräch mit Suzette hatte Pauline tief bewegt, aufgewühlt und erschöpft. Hinzu kam, dass sie nach den entsetzlichen Ereignissen in Saarbrücken und ihrer Rückkehr nach Thionville noch gar nicht zur Ruhe gekommen war. Allerdings gab es noch diese eine Angelegenheit, die sie zu regeln hatte, bevor an Schlaf zu denken war. Und zwar sofort, ehe sie der Mut verließ.

Der Himmel hatte sich bereits verdunkelt, eine Sternschnuppe durchzog ihn, als sie mit zwei Gläsern und einem Krug Wein in Händen vor der Tür des Gartenhauses stand und leise anklopfte. Um bei den neugierigen Augenpaaren, die sie womöglich vom Haus aus beobachteten, keinen missverständlichen Eindruck zu erwecken, trat sie einen Schritt zurück und wartete, bis sich die Tür einen Spalt öffnete.

Wie üblich war Vincent Lehmann schlicht in Hemd und Hose gekleidet, die Haare hingen ihm ungekämmt in die Stirn, ein leichter Bartansatz bedeckte sein Gesicht. Einem stummen Vorwurf gleich schimmerte der Bluterguss auf seiner Wange. Der Ausdruck von Schmerz stand in seinen Augen, der sich in Erstaunen verwandelte, als er sie erkannte. Was er wohl von ihr denken musste?

Für einen kurzen Moment verspürte Pauline einen Stich bei dem Gedanken, was dieser junge Mann in den vergangenen Jahren durchlitten hatte. Erst gegen seinen Willen beim preußischen Militär, dann für Verbrechen verurteilt, die er nicht begangen hatte. Die furchtbare Zeit auf der Feste Ehrenbreitstein, die den stärksten Mann brechen konnte. Und zuletzt ...

»Guten Abend.« Lehmanns Stimme war tief und rau. »Kann

ich Ihnen helfen, Mademoiselle?« Sein Blick fiel auf den Wein und die beiden Gläser.

Er zögerte, öffnete aber schließlich die Tür. »Darf ich Sie einen Moment hereinbitten?« Pauline schüttelte den Kopf. »Das wäre nicht empfehlenswert.« Nachdrücklich ging ihr Blick hinüber zum Pensionatsgebäude, wo hinter manchen Fenstern noch Licht brannte.

Lehmann nickte. »Ich verstehe.«

»Vielleicht dürfte ich Sie einen Moment hier draußen sprechen.« Pauline wies auf die schmiedeeiserne, schön geschwungene Bank, die vor dem Gartenhäuschen stand.

Gemeinsam nahmen sie Platz. Während Pauline ihre Gedanken ordnete, hatte Vincent ihr den Weinkrug und die beiden Gläser abgenommen, füllte sie und reichte ihr eines davon. Zuletzt stellte er den Krug zwischen ihnen beiden auf der Bank ab. Pauline fragte sich, ob er damit bewusst für etwas Abstand zwischen ihnen sorgen wollte. Verdient hätte sie es ja …

Zunächst herrschte Stille zwischen ihnen. Jeder schien in düstere Gedanken versunken zu sein. Schließlich fasste Pauline sich ein Herz. »Ich muss mich bei Ihnen entschuldigen. Es war nicht recht von mir, Sie …«

Mit einem Kopfschütteln schnitt er ihr das Wort ab. »Sie konnten es nicht wissen. Niemand konnte das. Ich hatte ja alles darangesetzt, die Wahrheit zu verbergen, und gerade dadurch einen falschen Eindruck erweckt.«

»Dennoch, ich hätte Ihnen die Gelegenheit geben müssen, sich zu erklären, zumindest die Möglichkeit …«

Erneut wurde sie unterbrochen, sanft, aber bestimmt. »Ihre oberste Verpflichtung ist es, Ihre Schülerinnen zu schützen, und das haben Sie getan. Zudem wäre ich ohnehin nicht bereit gewesen, Ihnen die ganze Wahrheit zu sagen. Nicht zu diesem Zeitpunkt.« Versonnen blickte er zum Himmel, wo im Westen ein letzter Hauch von Rosa aufflammte. »Von daher ist es gut so, wie es gekommen ist. Auf diese Art bekam ich die Möglichkeit, meinen Namen reinzuwaschen. Eine Gelegenheit, auf die ich lange gewartet, an die ich jedoch nicht mehr geglaubt habe.«

Pauline nickte. »Dennoch habe ich falsch gehandelt«, bekannte sie. »Ich hoffe, Sie sehen es mir nach.« Bedächtig drehte sie ihr Glas, in dem der rote Wein schimmerte. »Was hat Sie nach Ihrer Entlassung eigentlich hierhergezogen? Ausgerechnet nach Lothringen.«

Pauline bemerkte, dass er zögerte. Rührte sie gerade an Dingen, die er lieber für sich behalten wollte?

»In dieser Arbeitereinheit«, antwortete er heiser, »da war dieser andere Soldat, Thierry. Ein Lothringer, der auf den Ehrenbreitstein strafversetzt worden war, da er im betrunkenen Zustand in preußischer Uniform die Marseillaise gesungen hatte.«

Eine Gänsehaut überlief Pauline.

»Er wurde so etwas wie mein Freund, falls es das an einem derartigen Ort überhaupt gibt. Jedenfalls waren es die Erzählungen von seiner Heimat, seiner Familie, die mich in manchen Stunden daran gehindert haben, den Verstand zu verlieren. Wie es so vielen anderen dort passiert ist.« Die letzten Worte hatte er leise gesprochen, während sein Blick an Pauline vorbei ins Leere ging.

Tief atmete er ein, als wolle er noch etwas anderes sagen, schüttelte dann aber kaum merklich den Kopf und presste die Lippen zusammen.

Pauline respektierte sein Schweigen und versuchte, das Gespräch wieder in unverfänglichere Bahnen zu bringen. »Was werden Sie tun, nun, da Ihr guter Ruf wiederhergestellt ist, Sie sich überall frei bewegen können? Ohne die Angst, Ihre Vergangenheit könnte in die Öffentlichkeit geraten?« Mit einem Mal verspürte sie eine irrationale Furcht vor seiner Antwort, der Vorstellung, er wolle womöglich seine Sachen packen und ihre Schule verlassen.

*Bonté divine ...* Pauline schüttelte über sich selbst den Kopf, empfand jedoch Erleichterung, als ein Lächeln über sein unrasiertes Gesicht glitt.

»Eigentlich hatte ich gehofft, dass Sie mir erlauben, hierzubleiben, an Ihrem Institut. Wenn Sie jedoch stattdessen lieber ...«

»Nein! Keineswegs, Monsieur!«, beeilte sie sich zu sagen. »Es wäre mir eine Freude, wenn Sie blieben. *Un honneur*, eine Ehre.« Sie lächelte ebenfalls und war verwundert, wie leicht es ihr fiel. »Und eine große Hilfe.«

Wieder entstand Schweigen, und das Unausgesprochene, das zwischen ihnen hing, schien ein Band zu knüpfen, das sie näher zueinander zog.

»Danke.« In diesem einen Wort schien die gesamte Last zu liegen, die er all die Zeit mit sich herumgetragen hatte.

Auch Pauline spürte, wie die Anspannung der letzten Wochen sich löste, sie endlich wieder frei atmen konnte.

Die kühle Brise vertrieb etwas von der Hitze, welche den ganzen Tag über im Garten gestanden hatte, strich mild über Paulines Gesicht, Hals und Arme. Das Wissen, die Herausforderungen der jüngsten Zeit gemeistert zu haben, ließ ein Glücksgefühl in ihr aufsteigen, welches ihr neue Kraft gab.

»Wenn das so ist«, sie erhob das Glas, »dann sollten wir darauf anstoßen. Auf das Pensionat, die wohlverdienten Ferien und auf unsere weitere Zusammenarbeit.«

Vincent erwiderte ihr Lächeln, sein angenehm herber Duft nach Tabak, gestärktem Leinen und warmer Erde umfing sie. Der Gedanke, mit diesem Mann, der ihr vom ersten Moment an so vertraut erschienen war, eine wirkliche Hilfe gefunden zu haben, erfreute sie mehr, als sie erwartet hätte.

Ein sanfter Ton erklang, als sich die beiden Gläser trafen. Süffig und anregend legte sich die Süße des Weins auf Paulines Gaumen, bahnte sich den Weg in den Magen und löste den letzten Rest ihrer Anspannung.

Ein Vogel flog über sie hinweg, sein Flügelschlag erinnerte sie an das Dahinfließen der Zeit. Während sie ihre Gläser leerten, breiteten sich Wärme und Dankbarkeit in ihr aus. Zugleich verspürte sie den Anflug von Bedauern darüber, dass sie noch keine Gelegenheit gehabt hatte, Hauptmann von Pliesnitz auf angemessene Art ihren Dank auszudrücken, und dass sie diesen nun eine Weile nicht sehen würde.

»Ich sollte besser zurückgehen«, meinte sie schließlich, als sie bemerkte, dass ihr der Wein in den Kopf stieg und ihr die Kontrolle über ihre Gefühle, die sie die meiste Zeit meisterlich zu beherrschen wusste, zu entgleiten drohte. Sie stand auf. Vincent wollte es ihr gleichtun. »Bitte bemühen Sie sich nicht, Monsieur Lehmann, ich finde alleine zurück. Und noch einmal ... Danke.«

Ohne sich ein weiteres Mal umzudrehen, ließ sie ihm den Krug auf der Bank zurück und schritt rasch durch den nächtlichen Garten zurück zum Haus.

Eine seltsame Melancholie hatte sie gepackt, eine Wehmut, die sie gerne dem Alkohol zugeschrieben hätte, wenn sie es tief in ihrem Inneren nicht besser gewusst hätte.

Die Ereignisse der letzten Wochen, die Gespräche mit Suzette über Liebe und Verzicht, vor allem aber die Begegnungen mit Erich von Pliesnitz und Vincent Lehmann hatten etwas in ihr ausgelöst. Ein Gefühl, das sie trotz ihrer ausgezeichneten sprachlichen Bildung nicht in Worte zu kleiden vermochte, das sich dennoch beharrlich Raum zu verschaffen suchte. Eine heftige, unausgesprochene Sehnsucht ...

Vor der Tür blieb sie stehen und atmete noch einmal tief die kühle, würzige Nachtluft ein, welche den Geruch von Sommer, trockener Erde und Blüten mit sich trug. Ihr persönliches kleines Reich an der lothringischen Mosel, ihre Schule, ihr Pensionat ...

Was auch immer im Leben geschehen, was auch immer sie anfechten würde, stets wären dieses Haus und seine Bewohner ihre feste Konstante im Leben, die eine Sache, der ihre größte Loyalität, ihre größte Hingabe und Liebe galt.

Ihr Zuhause.

Mit diesem Gedanken betrat sie den Flur und zog die Tür hinter sich zu.

*

Versonnen blickte Vincent ihr hinterher. Sie hatte die Schultern zurückgezogen, den Kopf hoch aufgerichtet und verschwand schließlich durch die Hintertür. Eine zierliche, aber unerschrockene Gestalt, die sich dem Kampf gegen Unwissenheit, Unfreiheit und Ungerechtigkeit verschworen hatte.

Ein wehmütiges Lächeln überzog sein Gesicht. Er kramte eine Zigarette aus der Hosentasche und steckte sie sich zwischen die Lippen. Es zischte leise, als er ein Streichholz entzündete und es an die Spitze der Zigarette hielt, während er daran zog. Sogleich durchdrang der Duft des Tabakrauchs die milde Sommernacht.

Die Zigarette in der einen Hand, das Glas Rotwein in der anderen, lehnte er sich auf der Bank zurück und lauschte eine Weile den nächtlichen Geräuschen, dem Zirpen der Grillen, dem Rascheln einer Maus im Gebüsch und dem liebestrunkenen Heulen einer Katze.

*Frei.*

Endlich hatte er das erreicht, wonach er sich all die Zeit über gesehnt hatte. Er war frei, wirklich frei, hatte seinen Namen wiederherstellen können und – vielleicht noch wichtiger – auch die Fesseln der Vergangenheit abgestreift. Nachdenklich nippte er an seinem Wein. Das herbe Aroma stieg ihm in die Nase. Würden auch die Erinnerungen eines Tages verblassen, die Albträume aufhören? Er wirklich Frieden finden?

Von der anderen Seite des Gartens schrie ein Käuzchen und erinnerte ihn an die Vergänglichkeit des Daseins und daran, wie höchst selten es im Leben geschah, dass einem die Sünden der Vergangenheit vergeben und neue Chancen geschenkt wurden.

Sollte ausgerechnet er, ein Mann mit dunklen Geheimnissen, in diesem lothringischen Städtchen Diedenhofen, *Thionville*, das zugleich eine preußische und bayerische Garnison war, eine neue Heimat gefunden haben, eine neue Hoffnung auf Zukunft? Womöglich sogar – und dies war das wertvollste Geschenk von allen – auch neue Freunde?

Für einen kurzen Moment verkrampfte sich sein Inneres bei diesem Gedanken. *Freunde*. Allen voran Pauline Martin, der er so vieles verdankte, die sogar die Größe gehabt hatte, sich bei ihm, einem einfachen Gärtner und ehemals verurteilten Verbrecher, zu entschuldigen.

Wieder zog er an seiner Zigarette, und die Wirkung des Tabaks betäubte den alten Schmerz.

Was in aller Welt würde sie sagen, wenn sie wüsste, wer er wirklich war und warum er ausgerechnet an *ihrer* Tür geklopft hatte, ihrer vornehmen Schule für höhere Töchter?

Würde sich, sollte sie es je erfahren, etwas zwischen ihnen ändern? Zum Guten oder zum Schlechten? Würde sie ihn womöglich vor die Tür setzen? Ihm verbieten, ihr jemals wieder unter die Augen zu treten?

Tief in seine Gedanken versunken, starrte er in die Nacht. Schließlich leerte er sein Glas und zog ein letztes Mal an seiner Zigarette. Dann warf er sie zu Boden. Es knirschte leise, als er sie mit dem Absatz sorgfältig austrat.

# Epilog

Diedenhofen/Thionville, Dezember 1910

Der Duft von Tannennadeln, Zimt, Kakao und frisch gebackenen Plätzchen zog durch den Saal. Lächelnd schnippte sich Pauline die Reste des Silberpapiers von ihrem cremefarbenen Kleid, die sich bei den Vorbereitungen dort festgesetzt hatten, und ließ den Blick durch den großen Raum schweifen. Der *Salon* im ersten Stock, welcher ja nicht nur als Musikraum, sondern zu besonderen Anlässen auch als Festsaal diente, war vom Boden bis zur Decke weihnachtlich geschmückt. Girlanden aus mit allerlei Flitterkram dekorierten Tannenzweigen umrahmten die Türen und Fenster, sogar auf dem Klavier lag ein wenig Tannengrün. Eine Unzahl von Tassen stand auf den symmetrisch angeordneten Tischen, die mit weihnachtlich bestickten Decken belegt waren. In Schalen, Tellern und Schüsseln häuften sich Weihnachtsgebäck, elsässische *Butterbredle*, *Zimtbredle* und die hierzulande üblichen *pains d'épices glacés*, mit Zucker glasierte Lebkuchen, auf denen zur Feier des Tages jeweils ein buntes Glanzbild von *Saint Nicolas*, dem heiligen Nikolaus, prangte.

Der ganze Raum strahlte eine gediegene und zugleich festliche Atmosphäre aus, perfekt, um der kleinen Schulfeier mit künstlerischen und musischen Darbietungen ihrer Schülerinnen den richtigen Rahmen zu bieten.

An einer Seite des Saales hatten die Mädchen ihre Handarbeiten ausgestellt, welche später zum Verkauf angeboten würden. Andächtig strich Pauline mit den Fingerspitzen über die sorgfältig umrandeten Taschentücher, bestickten Servietten, gestrickten Schals, Topflappen und gehäkelten Pompadours. Diese kunstfertigen Ergebnisse des bisherigen Schuljahres waren vor allem Eleonore Schmitt zu verdanken. Diese hatte die Mädchen Woche für Woche mit großer Geduld dazu angeleitet, ihre handarbeitlichen Fähigkeiten zu verbessern.

Mit einem leichten Kopfschütteln vertrieb Pauline den Anflug von Anspannung, die sich ihrer bemächtigen wollte. Nicht nur, dass an diesem Abend die Schülerinnen ihr Können präsentieren würden. Auch einige der Eltern und Familienangehörigen, zumindest jene, denen die Anreise nicht zu weit oder beschwerlich war, würden der Festivität beiwohnen. Ein gesellschaftliches Ereignis also, das für das Prestige ihrer Schule durchaus von Bedeutung war.

Gerade war Camille dabei, jeden der Tische mit Gläsern zu bestücken. Auf einer enormen Kuchenplatte balancierte Lisbeth einen riesigen, mit Puderzucker bestäubten Gugelhupf herein. Vincent und Thomas kehrten rasch die Reste von Tannenzweigen und Nadeln auf dem Boden zusammen. Erleichtert hatte Pauline in den vergangenen Wochen beobachtet, dass die Abneigung, welche der Junge gegen den Gärtner gehegt hatte, einem freundschaftlichen Verhältnis gewichen war. Thomas, der den eigenen Vater früh verloren hatte, schien in Vincent einen Vaterersatz zu sehen oder doch zumindest einen älteren Bruder. Und Pauline, deren erklärtes Ziel es von Anfang an gewesen war, in ihrem Institut nicht nur Bildung zu fördern, sondern auch Unterschiede und Diskrepanzen zu überbrücken, lächelte still in sich hinein.

Tatsächlich hatte sie allen Grund, dankbar zu sein. Das neue Schuljahr hatte im September gut begonnen und war bisher ohne größere Zwischenfälle verlaufen. Auch waren ihre anfänglichen Befürchtungen nicht eingetreten: Niemand von den Eltern hatte aufgrund der unseligen Ereignisse ihr Kind von der Schule genommen. Lediglich Suzettes Mutter, Paulines Cousine, hatte es vorgezogen, ihre Tochter nach Hause zu holen, nachdem Pauline ihr in schonenden Worten von den Vorfällen berichtet hatte, die sich in Saarbrücken und Spichern zugetragen hatten. Eine Entscheidung, welche Pauline zwar sehr bedauerte, jedoch akzeptieren musste. Dabei war sie sicher, dass das Mädchen aus den Erfahrungen gelernt hatte und sich nun auf einem guten Weg befand.

Gedankenverloren ließ Pauline den Blick zu einem der festlich geschmückten Fenster gleiten, hinter denen bereits der Abend anbrach. Ein weiterer Wermutstropfen trübte ihre Freude ein wenig: Hauptmann von Pliesnitz hatte sein Versprechen nicht wahr gemacht, ihr nach dem Herbstmanöver einen Besuch abzustatten. Ein Tatbestand, den sie sehr bedauerte, hatte sie doch vorgehabt, ihm für seinen unermesslichen Einsatz noch einmal formell ihren Dank abzustatten.

Sie hob die Schultern. Nun denn, der Hauptmann würde seine Gründe für diese Entscheidung haben, und womöglich war es sogar besser so. Besser für ihre Schule, besser für ihren guten Ruf. Und dennoch ...

»Jessesmaria!« Lisbeths erschrockener Ausruf ließ Pauline zusammenzucken. Die Köchin reckte aufgeregt die Arme in die Höhe. »Nur noch eine halbe Stunde, bis Sie die Tür für die Gäste öffnen müssen, und noch immer sind nicht alle Kannen mit Tee, Kaffee und Kakao gefüllt. Noch nicht alle Servietten liegen an ihrem Platz, und die Mädchen ...«

Mit einem Lächeln unterbrach Pauline die ältere Frau. »Die Mädchen wissen genau, was zu tun ist, sie sind gut vorbereitet. Du wirst schon sehen, sie werden den Abend fabelhaft meistern.«

»Sie haben recht, Kindchen!« Paulines Ruhe schien sich auf die Köchin zu übertragen. Mit einer bestimmenden Geste winkte sie das Zimmermädchen zu sich heran. »Camille! *Vite!* Komm mit mir! Und du auch, Thomas. Ihr müsst mir helfen, die Getränke hierherzubringen!« Eilig lief sie zur Tür. »Los! Es bleibt nicht mehr viel Zeit!«

Mit einigem Murren ließ Thomas den Besen fallen und folgte den beiden Frauen hinaus.

»Ein summender Bienenstock, diese Schule.«

Pauline wandte sich um. Lächelnd hatte sich Vincent auf seinen Besen gestützt und sah zu ihr herüber. In den vergangenen Wochen, seit den verhängnisvollen Ereignissen des Sommers, war er ein treuer Begleiter, eine unverzichtbare Hilfe für das Pensionat und all seine Belange geworden. Unter seinen geschickten Händen, seinem Blick für Notwendigkeiten und Kleinigkeiten, waren Haus und Garten in neuem Glanz erstrahlt. Zudem schätzte sie seine Anwesenheit sehr, die kleinen Gespräche, die kurzen Momente zu zweit. Noch immer wusste Pauline nicht, woher dieses Gefühl der Nähe und Vertrautheit rührte, welches sie stets bei diesem um einige Jahre jüngeren Mann empfand. Aber es war nicht zu leugnen und tat ihr so gut, dass sie sich entschlossen hatte, es nicht zu hinterfragen.

Pauline lächelte bejahend. »Ein Bienenstock, *en effet*. Und das, obwohl die Gäste noch gar nicht eingetroffen sind. Warten wir ab, wie turbulent es dann erst werden wird.«

Nur selten gab es Feierlichkeiten in ihrem Institut. Ein bunter Kostümball zu Karneval, ein kleines Abschlussfest, wenn Schülerinnen ihre Schule verließen. Die restliche Zeit über verbrachten sie und ihre Schützlinge eher abgeschieden.

Umso mehr freuten sich alle, selbst Pauline, an der der Großteil der Arbeit und Vorbereitung hängen geblieben war, auf diese Nikolausfeier, das Fest zu Ehren eines Heiligen, dem in ihrer lothringischen Heimat traditionell eine große Verehrung zuteil wurde.

Ein letztes Mal prüfte sie den Saal, um sicherzugehen, dass alles am richtigen Platz war, und bemerkte stirnrunzelnd, dass sich die Tannengirlande über der Tür des Salons an einer Stelle gelöst hatte und schief herabhing.

»*Zut alors*«, murmelte sie und wies Vincent auf den Schaden hin. »Das muss schnell wieder in Ordnung gebracht werden.«

»Soll ich mich darum kümmern?« Bereitwillig stellte er den Besen in die Ecke.

Pauline winkte ab. »Schon gut, ich mache das rasch. Schieben Sie mir nur die Leiter hin.«

»Sie lassen sich nicht gerne von anderen ins Handwerk pfuschen.« Wohlwollender Spott lag in seiner Stimme, als er ihrer Bitte nachkam und die kleine Holzleiter unter der Türöffnung in eine sichere Position brachte. »Habe ich recht?«

»Lass dir nie Aufgaben von anderen abnehmen, die du genauso gut oder gar besser selbst erledigen könntest«, erwiderte sie und schickte sich an, die Leiter hinaufzuklettern. »Das predige ich meinen Schülerinnen, und genauso halte ich es selbst. Was für ein Vorbild wäre ich sonst?« Sie lächelte verschmitzt, und ein helles Auflachen zu ihren Füßen war die Antwort.

»Ich hoffe, es untergräbt nicht die Selbstständigkeit von Mademoiselle, wenn ich die Leiter halte.«

»Keineswegs«, nuschelte Pauline, die sich den Nagel, der sich gelöst hatte, zwischen die Zähne geklemmt hatte, während sie mit beiden Händen erst die Tannengirlande in die richtige Position und diesen dann wieder fest in das Loch schob. »Man kann nie vorsichtig genug sein.«

»Da bin ich ja beruhigt.« Vincents Antwort klang belustigt. Wieder freute sich Pauline über die unkomplizierte Art, mit der das Zusammenspiel zwischen ihnen funktionierte.

Noch einmal überprüfte sie, ob die Girlande nun auch wirklich halten würde, dann wandte sie sich um. Zu ihren Füßen funkelte der festlich geschmückte *Salon*, das Schmuckstück ihres kleinen Reiches, in das sie Tag für Tag so viel Herzblut investierte. Ein Ort, an dem Schülerinnen, gleich welcher Herkunft, Bildung, Erziehung und Reife erlangen würden. Ein Ort, an dem die alten lothringischen Traditionen ebenso gepflegt wurden wie die französische Sprache, Literatur und Kultur. Nach allem, was hinter ihr lag, nach allem, was sie sich mit großen Mühen und gegen viele Widerstände erkämpft hatte, verspürte sie in diesem Augenblick erneut das Gefühl unermesslichen Glücks, einer tiefen Dankbarkeit und des Bewusstseins, auf einem guten Weg zu sein.

»Sie wirken zufrieden, Mademoiselle«, stellte Vincent fest, während er ihr die Hand reichte, um ihr beim Hinabsteigen behilflich zu sein.

Paulines Lächeln wuchs in die Breite. »Völlig unbescheiden würde ich sagen, dazu habe ich auch allen Grund.«

Mit einem anerkennenden Nicken sondierten Lehmanns Augen den Saal. »Dem kann ich nicht widersprechen.«

»Auch Sie haben einen nicht unbedeutenden Beitrag dazu geleistet. Ich danke Ihnen.« Wie zur Bekräftigung ergriff sie die ihr dargebotene Hand, er umfasste sogleich die ihre.

Einen kurzen Moment verharrte Pauline in dieser Position. Es fühlte sich gut an, gut und richtig. Dann beeilte sie sich, die Leiter wieder hinabzusteigen. »Merci, Monsieur Lehmann«, wiederholte sie, »Sie waren mir eine große Hilfe.«

Grinsend tippte sich dieser an eine imaginäre Mütze. »Immer zu Diensten.«

Ein helles Auflachen wollte sich in Pauline lösen, doch dann besann sie sich rechtzeitig ihrer respektablen Position, begnügte sich mit einem bestätigenden Nicken und wandte sich ab, um sich zu vergewissern, dass auch draußen alles in perfekter Ordnung war.

*

Es war wirklich höchste Zeit, in diesem Mädchenpensionat mal wieder nach dem Rechten zu sehen. Eigentlich hatte er sich das schon viel früher vorgenommen, bereits im Herbst, als die Blätter sich zu verfärben begannen, der kälter werdende Wind den Wechsel der Jahreszeiten angekündigt hatte.

Nur dass die Pflicht einem Mann wie Erich von Pliesnitz sehr häufig nicht die Wahl ließ, den eigenen Wünschen zu folgen. So war es also Winter geworden, bis er die Gelegenheit gehabt hatte, nach Lothringen zurückzukehren – und zu seinen dortigen Anliegen.

Erich klappte den Kragen seines Wollmantels hoch, als er die Stadtkaserne verließ und den Weg in Richtung des Luxemburger Platzes einschlug. Um ein Versprechen einzulösen, das er im August gegeben hatte.

Ein leichter Schneefall hatte eingesetzt und überzog die Dächer, Mauern und Straßen der Stadt mit einem puderzuckerartigen Flaum. Zahllose Lichter fielen aus den beleuchteten Fenstern der Wohnstuben, Häuser und Läden, verliehen den winterlichen Straßenzügen einen Hauch von Heimeligkeit.

Erst seit dem Vortag war Erich wieder in Diedenhofen, um überrascht festzustellen, wie sehr er die Stadt vermisst hatte. Er runzelte die Stirn. Sehnsucht nach der Stadt? Oder eher nach einer ganz bestimmten Person, welche hier lebte und deren Wege sich im Sommer einige Male mit den seinen gekreuzt hatten?

Grundgütiger! War das wirklich schon fast vier Monate her?

Erich schüttelte den Kopf, während er weiter über den vom Schnee glitschigen Bürgersteig schritt. Wahrscheinlich war es bereits zu spät, seine Aufwartung zu machen. Das Glockenspiel des Belfrieds hatte vor Kurzem die sechste Abendstunde verkündet, die Kirchenglocken läuteten zum Angelusgebet, die Dunkelheit war längst hereingebrochen. Und doch wollte Erich keinen weiteren Tag abwarten, den versprochenen Besuch nachzuholen. Er musste wissen, ob seit seiner Abwesenheit die Dinge ihren geordneten Verlauf genommen hatten. Ohne eingeschlagene Scheiben oder verschwundene Schülerinnen.

Und vielleicht ja auch ...

Vorfreude erfüllte ihn, als er um die Ecke bog und das Pensionat erspähte, dessen Fenster allesamt hell erleuchtet waren.

\*

Weiß formierten sich die Atemwölkchen in der kalten Winterluft, die durch den Stoff ihres Kleides und des eng geschnittenen, an den Rändern mit Pelz besetzten Jäckchens drang, das sie rasch übergestreift hatte. Pauline fröstelte, als sie die Girlande aus Tannenzweigen, die über der Eingangstür hing, noch einmal ordentlich zurechtrückte. Vorsichtig ging sie die beiden Treppenstufen hinab, um die Symmetrie des Arrangements mit einigem Abstand zu betrachten. Zufrieden nickte sie. So sah es gut aus.

»Guten Abend, Mademoiselle.«

Sie fuhr zusammen, als sie hinter sich eine dunkle Stimme vernahm. Ein Kribbeln zwischen ihren Schulterblättern verriet ihr den Namen dazu.

Sie drehte sich um und sah im Halbdunkel eine hochgewachsene Gestalt. Militärmantel und Schirmmütze waren von glitzernden Schneeflocken bedeckt. Als er näher herantrat, fiel das Licht aus Haustür und Fenstern auf ihn.

Ihr Puls beschleunigte sich.

*Erich von Pliesnitz.*

Also war er doch zurück. Zurück in Thionville. Wieso hatte er sich dann nicht bei ihr gemeldet? Wieso …

Ihre Gedanken überschlugen sich, zugleich war ihr Kopf wie leer gefegt. Es kostete sie einen Augenblick, bis sie sich wieder der Etikette und der guten Manieren besann. Mit einem Kopfnicken ging sie auf ihn zu.

»Guten Abend, Herr Hauptmann. Welchem Umstand verdanke ich die Ehre Ihres Besuches?«

Im schwachen Licht, an das sich ihre Augen zwischenzeitlich gewöhnt hatten, erkannte sie, dass sein Blick auf dem Pensionat ruhte, ein Hauch von Enttäuschung darin.

»Es scheint mir, ich komme gerade ungelegen. Eine private Feier, nehme ich an. Da möchte ich nicht stören und werde mich lieber empfehlen, Mademoiselle.« Er deutete einen Gruß an und wollte sich zum Gehen wenden.

»*Mais, non!*«, brach es mit ungewohnter Heftigkeit aus Pauline heraus. »Aber nein, Monsieur. Sie stören keineswegs.«

Er blieb stehen, während der Schnee weiter auf sie herabrieselte.

Um ihre Verlegenheit zu überspielen, fuhr sie eilig fort: »Sie haben Glück. Im Institut begehen wir heute Abend ein kleines Fest zu Ehren von *Saint Nicolas*, dem heiligen Nikolaus, der, wie Sie vielleicht wissen, in Lothringen sehr verehrt wird. Dazu werden auch die Eltern einiger Schülerinnen erwartet.«

Skeptisch runzelte von Pliesnitz die Stirn, und plötzlich musste Pauline schmunzeln. »Wie Sie vielleicht ebenfalls wissen, gehört zum Gefolge von *Saint Nicolas* auch stets der *Père Fouettard*. Und Ihrer Miene nach zu urteilen, könnten Sie diese Rolle hervorragend verkörpern.«

Besagte Miene verfinsterte sich noch ein wenig mehr.

»*Père Fouettard*?« Sein Französisch klang hart und ein wenig unbeholfen.

»Bei Ihnen nennt man ihn wohl Knecht Ruprecht. Ein strenger, finsterer Geselle, der ungehorsame Kinder in Angst und Schrecken versetzt und ...«

»Mademoiselle! Ich muss schon sehr bitten.« Empörung schwang in seiner Stimme mit. Dann jedoch gruben sich feine Fältchen in die Augenwinkel, als er den Scherz hinter den Worten erkannte.

Er deutete eine Verbeugung an. »Es liegt mir fern, Angst und Schrecken zu verbreiten. Ich wollte lediglich ...« Er unterbrach sich.

»Ja?«

»Ich bin erst seit gestern wieder in der Stadt. Da wollte ich eigentlich nur kurz nach dem Rechten sehen und mich vergewissern, dass keine der Bewohnerinnen dieses Hauses wieder unbotmäßigen Ärger anzieht.«

Die kleine Spitze in der Bemerkung verhallte ungehört, als eine andere Erkenntnis in Paulines Gedanken auftauchte. Also hatte er doch nicht sein Wort gebrochen. Das ihr gegebene Versprechen, ihr einen Besuch abzustatten, sobald er wieder zurück war. Das Gefühl von Wärme erfüllte ihre Brust. Wie hatte sie auch nur eine Sekunde lang annehmen können, dass ein Mann mit einem solchen Pflichtbewusstsein wie Erich von Pliesnitz wortbrüchig werden würde?

»Zu meinem großen Bedauern war ich nach der Beendigung des Herbstmanövers dazu abkommandiert worden, in der Infanterie-Schießschule in Spandau für einige Wochen den Unterricht eines erkrankten Offizierskollegen zu übernehmen. Erst vor einigen Tagen war es mir erlaubt, meine dortigen Tätigkeiten zu beenden und zu meinem Regiment nach Diedenhofen zurückzukehren.«

»Welches sich nach den Wochen ohne Ihr strenges Auge sicherlich in einem desolaten Zustand befindet.« Erleichterung und Freude trieben Pauline ein Lachen in die Kehle, das sie jedoch gekonnt unterdrückte.

Von Pliesnitz verzog das Gesicht. »Ihre Meinung über das preußische Militär lässt deutlich zu wünschen …«

»Ich fürchte«, unterbrach sie ihn schnell, »ich hatte noch keine Gelegenheit, mich in aller Form bei Ihnen zu bedanken. Für das, was Sie für meine Schule getan haben. Und für mich.«

Die Worte hatten von Pliesnitz offensichtlich den Wind aus den Segeln genommen. Für einen Moment breitete sich Schweigen zwischen ihnen aus.

»Das haben Sie durchaus, Mademoiselle.« Seine Stimme klang heiser, während er regungslos in der Winternacht verharrte.

Pauline schüttelte den Kopf. »Nicht so, wie ich es gerne getan hätte. Nicht so, wie es sich gehört.« Der rieselnde Schnee verschluckte ihre Worte, und sie fragte sich, ob er sie überhaupt verstanden hatte.

»Aber vielleicht …« Sie trat näher, während sie sich mit den

Armen umschlang und vor Kälte die Oberarme rieb. »Vielleicht habe ich jetzt die Gelegenheit, das nachzuholen. Möchten Sie sich heute Abend ein wenig zu uns gesellen? Gleich werden die ersten Gäste erwartet. Lisbeth hat sich mit dem Essen selbst übertroffen, ihr elsässisches Menü wird wundervoll sein.«

»Das bezweifele ich keinesfalls, Mademoiselle.« Ein schiefes Lächeln trat auf sein Gesicht. »Es ist nur ...« Er unterbrach sich. Pflicht und Neigung fochten einen ungleichen Kampf auf seinen Zügen aus.

Pauline wusste, was er sagen wollte: Es wäre unpassend, wenn er auf ihrer Feier erschiene, inmitten der Mädchen und deren Eltern. Womöglich würde seine Anwesenheit Anlass zu Fragen geben, auf die sie keine Antwort wusste.

Mit einer Handbewegung versuchte Pauline diese Bedenken zu zerstreuen. »Ach was. Heute Abend werden so viele Blauröcke anwesend sein, da fällt einer mehr oder weniger überhaupt nicht auf.«

War das tatsächlich ein Lachen auf dem Gesicht des gnadenlosen Hauptmanns?

»Sicher, Mademoiselle. Doch würde ich es mir nie verzeihen, wenn Sie oder Ihr Pensionat meinetwegen ins Gerede kämen.«

Trotz des eisigen Windes breitete sich erneut ein Gefühl von Wärme in ihrer Brust aus. So lange war sie es gewohnt gewesen, selbst für sich und die eigenen Belange einzutreten, dass sie fast vergessen hatte, wie es sich anfühlte, wenn ein anderer das für sie tat.

Auch wenn er es nicht ausgesprochen hatte, wusste sie, was er sagen wollte. Keiner von ihnen gehörte sich selbst, nicht den eigenen Neigungen und Wünschen. Beide waren sie jeweils einer anderen Sache, einem höheren Ideal verpflichtet, hinter dem die persönlichen Interessen zurückstehen mussten.

Was Pauline betraf, war sie in erster Linie an ihre Schule gebunden, an ihre Mädchen und an das, was man als angemessenes

Verhalten von einer Lehrerin erwartete. Und er? Seine unfreiwillige Abkommandierung hatte gezeigt, wie wenig auch er Herr über das eigene Geschick war.

Er hatte recht. Und dennoch, oder gerade deswegen, tat es weh, dies einzugestehen.

»*Bien sûr*«, erwiderte sie schließlich. »Natürlich sollte es besser nicht noch mehr Gerede geben.«

Ehe sie die Gelegenheit hatte, ihre Einladung zu wiederholen, war er an sie herangetreten, hatte ihre Hand ergriffen und zog sie kurz zu sich heran.

»Ich verabschiede mich von Ihnen, Mademoiselle. Doch glauben Sie mir, ich wäre gerne geblieben.« Die letzten Worte hatte er so leise gesprochen, dass Pauline sie kaum hörte. Die Wärme seiner Hand, die durch den Lederhandschuh drang, fühlte sich gut an, und es kostete sie einiges an Überwindung, die Berührung zu lösen.

Von Pliesnitz nahm Haltung an und salutierte formvollendet. »Ich wünsche Ihnen und Ihren Schülerinnen einen gelungenen Abend. Bestellen Sie Herrn Lehmann meinen besten Gruß.«

Einen kurzen Moment ruhte sein Blick auf ihr, das Licht der erleuchteten Fenster spiegelte sich in seinen Augen. Dann machte er kehrt und ging die Straße entlang davon. Bei jedem Schritt knirschte der Schnee unter seinen Sohlen.

»*Merci, mon capitaine*«, sagte Pauline leise. »Auch Ihnen einen schönen Nikolausabend.«

Sie wandte sich ebenfalls um und schritt ins Haus zurück, in ihr Pensionat, ihre eigene Welt.

# Nachwort

Die Geschichte Lothringens sowie der umliegenden Regionen Saarland, Luxemburg und Elsass ist ebenso bunt und schillernd wie von Blut und Tränen getränkt. Unzählige Kriege, wechselnde Herrschaften und Loyalitäten, ja eine tiefe Zerrissenheit, die oft quer durch ganze Familien ging, prägten diese Grenzregion seit Jahrhunderten, streng genommen seit der Antike. Das Ergebnis ist ein Landstrich, der einerseits reich an Kunst, Kultur und Kulinarik ist, dessen gesellschaftliche und persönliche Traumata aber bis heute nachwirken.

Im Saarland geboren, in einer Familie mit Wurzeln und Verzweigungen auf beiden Seiten der Grenze, bin ich selbst in diesem Spannungsfeld zwischen Deutschland, Frankreich und Luxemburg aufgewachsen und sozialisiert worden. Geschichten um Maréchal Ney, Schultze Kathrin, Johannes Hoffmann und Gilbert Grandval haben mich von jeher ebenso begleitet wie Erzählungen und Legenden aus mehreren Kriegen und von verschiedenen Landesherren. Dabei beherrschte immer wieder die Frage nach sprachlicher, kultureller und nationaler Identität die Tischgespräche unserer Familie. Waren meine Vorfahren und Verwandten doch gezwungen gewesen, unzählige Male die Nationalität zu wechseln. Alleine meine Urgroßeltern hatten im Laufe ihres Lebens fünf verschiedene Staatsangehörigkeiten. Meine Familie und deren Zweige leben weit verstreut, nicht nur an Saar und Mosel, in Luxemburg und Lothringen, sondern auch in Paris, Nîmes und Marseille. Bis heute fühle ich mich am wohlsten, wenn wir im Sommer mit mehreren Generationen an einem Tisch sitzen und in einer wilden Sprachmischung miteinander palavern, in diesem anheimelnden Durcheinander aus Deutsch, Französisch und vor allem dem regionalen fränkischen Platt.

Als ich während meines Studiums mit Sack und Pack nach Metz übersiedelte, hatte ich das Gefühl, nach Hause und zu meinen eigenen Wurzeln zurückgekehrt zu sein. Binnen kürzester Zeit hatte ich mich nicht nur in die zauberhafte Hauptstadt Lothringens verliebt, sondern auch in die Geschichte der Region, die so eng mit der meiner Familie verknüpft war.

Seither hat mich diese Faszination nicht mehr losgelassen, und ich habe verschiedene Romane und Theaterstücke zur lothringischen und deutsch-französischen Geschichte verfasst. Mit der vorliegenden Romanreihe habe ich mich erstmals an die sehr schmerzhafte Geschichte des 20. Jahrhunderts in der Grenzregion herangewagt. Eine Zeit, in der besonders heftig – und teilweise auch sehr blutig – um die kulturelle und nationale Identität gerungen wurde.

Dies hatte historische Gründe, denn nach dem Deutsch-Französischen Krieg 1870/71 fielen das zu Frankreich gehörende Elsass sowie Teile Lothringens (das Gebiet des heutigen Départements Moselle) durch den Sieg der Preußen an das neu gegründete Deutsche Kaiserreich. Bewohner dieser Region, also Lothringer und Elsässer, die sich größtenteils weiterhin als Franzosen fühlten, hatten zunächst die Möglichkeit, die französische Staatsbürgerschaft per Option zu behalten, mussten dafür jedoch ihre Heimat verlassen und sich im französischen Mutterland oder in den französischen Kolonien ansiedeln. Die Abwanderung von rund 8,5 % der Bevölkerung hatte zur Folge, dass viele lothringische oder elsässische Familien zerrissen und zwischen der französischen Republik und dem Deutschen Reich verstreut lebten. Die zurückgebliebenen Elsässer und Lothringer wurden bald mit großen Veränderungen konfrontiert.

Zum einen wurden mit dem Elsass und Lothringen zwei Regionen vereint, die sich historisch, kulturell, sprachlich, religiös und auch von der Mentalität her stark unterschieden, was immer wieder zu Spannungen führte. Zum anderen wurde das annektierte Gebiet zu einem sogenannten Reichsland zusammengefügt, welches direkt dem deutschen Kaiser in Berlin unterstand und zunächst durch einen Oberpräsidenten, ab 1879 von einem vom Kaiser eingesetzten Statthalter verwaltet wurde, der in Straßburg residierte. Regionale Selbstverwaltung existierte lediglich auf kommunaler Ebene. Anders als die übrigen Staaten des Deutschen Kaiserreiches verfügte das Reichsland Elsaß-Lothringen bis 1911 weder über eine Verfassung noch über einen eigenen Landtag. Ein Umstand, der viele Lothringer und Elsässer die Situation der Annexion als noch bevormundender und schmerzhafter erfahren ließ.

Hinzu kam, dass eine von Berlin aus verordnete Germanisierungspolitik dazu führen sollte, im annektierten Gebiet die französische Sprache zugunsten der deutschen Sprache mehr und mehr zurückzudrängen. So wurde nach 1871 die Verwaltungs-, Unterrichts- und Geschäftssprache im Reichsland Elsaß-Lothringen offiziell das Deutsche, obgleich der alltägliche Gebrauch des Französischen weiter erlaubt blieb, ebenso wie französischsprachige Zeitungen, Theater, Kulturveranstaltungen und Gottesdienste. Eine linguistische Sonderregelung existierte generell für jene Städte und Gemeinden, die eine mehrheitlich französischsprachige Bevölkerung aufwiesen. Dort herrschte auch auf offizieller Ebene die Zweisprachigkeit.

Dennoch änderte sich die sprachliche und kulturelle Situation zuungunsten des Französischen. Im gesamten Reichsland Elsaß-Lothringen wurden zahlreiche Regionalpolitiker und Verwaltungsbeamte durch sogenannte Altdeutsche ersetzt, also Menschen, die aus den übrigen Staaten des deutschen Kaiserreichs, vor allem aus Preußen, hinzugezogen waren. Aber auch deutsche Militärs, Beamte sowie Handwerker und Kaufleute kamen in das Reichsland und drückten der Region ihren Stempel auf.

Besonders Paulines Heimatstadt Metz war von den Veränderungen stark betroffen. Anders als das elsässische Straßburg, das bis in die Mitte des 20. Jahrhunderts hinein weitgehend deutschsprachig war, sprach die einheimische lothringische Bevölkerung von Metz von jeher Französisch, weshalb die Germanisierungspolitik für sie sehr einschneidend war. Hinzu kam, dass nach 1871 etwa ein Drittel der Metzer Bevölkerung, mehr als sonst irgendwo im annektierten Lothringen, die angestammte Heimat Richtung Frankreich verließ. Gleichzeitig kamen Altdeutsche nach Metz, die Stadt wurde »Bezirksstadt« des Bezirks Lothringen. Zunächst hielt der Stadtrat von Metz seine Ratssitzungen noch zweisprachig ab, auf Deutsch und Französisch. Da aber binnen weniger Jahre immer mehr französischsprachige Stadträte durch altdeutsche ersetzt wurden, debattierte man in den Sitzungen bald nur noch auf Deutsch. Lediglich die Beschlüsse und Verordnungen wurden anschließend zweisprachig, auf Deutsch und Französisch, öffentlich angeschlagen. Im Laufe der Zeit erhielt Metz mehrere deutschsprachige Schulen und Lehrerseminare, deutschsprachige Zeitungen und Theater. 1877 wurde ein Altdeutscher Bürgermeister von Metz, 1901 ebenfalls ein Altdeutscher Bischof des Metzer Bistums. Mehrere preußische und bayerische Regimenter wurden in der Metzer Region stationiert und ersetzten die bis 1871 dort liegenden französischen Truppen. Neue Stadtviertel kamen hinzu, die bewusst eine historisierende deutsche Formensprache hatten und die französischen Bautraditionen durchbrachen. Die einst französische Festungs- und Bischofsstadt Metz bekam immer mehr die Aura einer deutschen Stadt, nur noch etwa ein Viertel der Bevölkerung waren französische Muttersprachler, einheimische Lothringer, zu denen auch Paulines Familie gehörte.

Manche von diesen passten sich den neuen Begebenheiten an, schlossen Geschäfte, Freundschaften und sogar Ehen mit den altdeutschen Nachbarn. Andere hingegen widersetzten sich dieser Entwicklung teils heftig. Vor diesem Hintergrund ist es nicht überraschend, dass die deutsche Annexionszeit von 1871 bis 1918, mehr aber noch die deutsche Okkupationszeit von 1940 bis 1944, tiefe Spuren in der Region und der kollektiven Erinnerung der lothringischen Bevölkerung, insbesondere im Département Moselle und der Stadt Metz, hinterlassen hat.

Auch die Stadt *Thionville*, zu Deutsch Diedenhofen, war bis zum Ende des Deutsch-Französischen Krieges eine französische Festung, in der von alters her Militär stationiert war. Ähnlich wie in Metz wurde auch in Thionville nach der Niederlage 1871 das französische Militär abgezogen, während immer mehr preußische und bayerische Truppen dort ihren Standort fanden. Anders als das ursprünglich französischsprachige Metz jedoch, das sich im französischsprachigen Teil Lothringens befand, lag Thionville/Diedenhofen ziemlich genau auf der Grenze zwischen dem deutschsprachigen und dem französischsprachigen Landesteil. Ein großer Teil der einheimischen Bevölkerung Thionvilles/Diedenhofens sprach auch vor der deutschen Annexion einen moselfränkischen Dialekt, der dem Luxemburgischen sehr ähnlich ist – und den ich im Roman an manchen Stellen der Figur des jungen Thomas Engel in den Mund gelegt habe. Daneben gab es aber Dörfer im Gebiet des *Landkreises Diedenhofen*, wie es unter deutscher Verwaltung offiziell hieß, die weiterhin mehrheitlich Französisch sprachen. Obgleich Thionville/Diedenhofen damals als Kreisstadt bedeutende Verwaltungsaufgaben innehatte, wies sie zunächst sehr überschaubare Ausmaße auf, da sie sich bis Ende des 19. Jahrhunderts kaum über den noch aus dem Mittelalter stammenden Stadtkern hinaus ausbreitete. Ähnlich wie in Metz kamen auch in Thionville/Diedenhofen während der Annexionszeit, insbesondere nach dem Abriss der Festungswälle kurz nach der Jahrhundertwende, neue Stadtviertel hinzu.

Wesentlich geprägt waren Thionville/Diedenhofen und ihr Umland nicht nur von dem dort stationierten deutschen Militär, sondern auch von der Schwerindustrie, welche für das östliche Lothringen, ähnlich wie für die angrenzende Saarregion, über Jahrzehnte hinweg bedeutsam war.

Neben mehreren Steinkohlegruben war vor allem die Carlshütte, die Eisenhütte der Gebrüder Röchling, ein bedeutender Wirtschaftsfaktor. Einerseits sicherte sie vielfältige Arbeitsplätze, andererseits verschmutzte sie mit dem Ausstoß ihrer Hochöfen die Luft, die Häuserfassaden, ja sogar die zum Trocknen aufgehängte Wäsche. Bereits sehr früh zog die florierende Schwerindustrie Gastarbeiter an, besonders aus dem italienischen Raum, weshalb die lothringische Grenzregion schon im späten 19. Jahrhundert fast multikulturell zu nennen war.

Während viele der einheimischen Lothringer und Elsässer die deutsche Verwaltung bis zu ihrem Ende nach dem Ersten Weltkrieg als Fremdherrschaft und Bevormundung ansahen, profitierte das Land zugleich von einem wirtschaftlichen Aufschwung, welcher verschiedenen Faktoren zuzuschreiben war, darunter der Industrialisierung, den neuen Zollgrenzen und einer effektiven deutschen Wirtschaftspolitik.

Als Autorin erschien es mir äußerst interessant und verlockend, in diese von gesellschaftlichen und politischen Spannungen einerseits und von Militär und Schwerindustrie andererseits geprägte Welt ein vornehmes Mädchenpensionat zu setzen, dessen lothringische Leiterin zudem sehr entschieden der französischen Sprache und Kultur verbunden ist. Übrigens gab es zu dieser Zeit tatsächlich ein solches Pensionat in Thionville/Diedenhofen. Mein fiktives, privat geführtes Institut hat jedoch nichts mit der historischen Einrichtung zu tun, alle Ähnlichkeiten wären rein zufällig. Durch die vielfältigen Personen, die Paulines Pensionat bevölkern, Schülerinnen verschiedener Herkunft, aber auch Lehrpersonen und Hauspersonal sowie Charaktere aus der umliegenden Stadt und Garnison, war es mir möglich, die bunten, höchst unterschiedlichen gesellschaftlichen Schichten und politischen Strömungen des Kaiserreiches im Allgemeinen und des Reichslandes Elsaß-Lothringen im Besonderen darzustellen und somit ein authentisches Stück Geschichte der Grenzregion zu zeichnen.

Das Schulwesen in dieser Zeit war starken Veränderungen unterworfen. Immer mehr drängten Mädchen und Frauen darauf, Bildung und höhere Abschlüsse zu erwerben. Obgleich in Preußen erst um 1908 Frauen offiziell an den Universitäten zugelassen waren, gab es bereits zuvor die Möglichkeit, in sogenannten Lehrerinnenseminaren die Berechtigung zu erlangen, als Lehrerin zu arbeiten, was eine der wenigen Erwerbsmöglichkeiten für bürgerliche Frauen darstellte. Allerdings waren weibliche Lehrkräfte in dieser Zeit gegenüber ihren männlichen Kollegen deutlich benachteiligt. Nicht nur, dass sie weitaus weniger verdienten, sie waren auch an sehr enge gesellschaftliche Konventionen gebunden. So musste ihr Auftreten ebenso makellos sein wie ihr Lebenswandel. Besuche von Wirtshäusern oder bestimmten Veranstaltungen galten meist als nicht angemessen. Auch ihr Umgang mit Männern war strengen Regeln unterworfen, durfte doch keineswegs der Eindruck von Sittenlosigkeit entstehen. Zudem waren die an öffentlichen Schulen angestellten Lehrerinnen dem sogenannten Lehrerinnenzölibat verpflichtet, das ihnen Ehe und Familiengründung untersagte, wollten sie nicht ihren Arbeitsplatz verlieren.

Auch das Pensionatswesen dieser Zeit war im Wandel. Traditionellerweise waren solche Pensionate, teilweise aber auch die höheren Töchterschulen, Einrichtungen, wo junge Mädchen nicht zuletzt auch auf ihre Rolle als Ehefrau vorbereitet werden sollten. Daher waren dort Fächer wie Handarbeiten, Haushaltsführung, in höheren Kreisen aber auch Musik, Zeichnen und gehobene, auch fremdsprachige Kommunikation von großer Bedeutung. Spätestens um die Wende zum 20. Jahrhundert wurde der höheren schulischen Bildung junger Mädchen aber immer mehr Bedeutung beigemessen und somit eine Entwicklung vorangetrieben, deren Wurzeln bis ins Vorfeld der 1848er-Revolution zurückreichen. Besonders der Politikerin und Frauenrechtlerin Helene Lange und dem von ihr mitgegründeten »Allgemeinen Deutschen Lehrerinnenverein« ist es zu verdanken, dass ab 1908 die Mädchenschulen reformiert und umgestaltet wurden, anfangs sogar mit Unterstützung der Kronprinzessin und späteren deutschen Kaiserin Auguste Viktoria. Dies ermöglichte Mädchen den Zugang zu höherer Bildung und letztendlich auch zur Universität.

Im Reichsland Elsaß-Lothringen war es zudem die heiß umkämpfte Sprachenfrage, die das Schul- und Bildungssystem beeinflusste: Inwiefern durfte das Französische eine Unterrichtssprache sein oder als Fremdsprache gelehrt werden? Die daraus resultierenden Regelungen waren sehr komplex, wurden im Laufe der über 40-jährigen Annexionszeit immer wieder geändert und unterschieden sich von Region zu Region, von Ort zu Ort innerhalb des Reichslandes. Außerdem klaffte bisweilen eine große Diskrepanz zwischen dem, was auf dem Papier stand, und dem, was in der Realität durchgesetzt wurde. Vereinfacht kann jedoch festgehalten werden, dass die offizielle Unterrichtssprache im Reichsland Elsaß-Lothringen das Deutsche war. In Gegenden, in denen die Mehrheit der Bevölkerung französischsprachig war, durfte die Unterrichtssprache jedoch weiterhin Französisch sein. Dafür haben sich nicht zuletzt die Pfarrer eingesetzt, um sicherzustellen, dass die Kinder in der Lage waren, den Katechismus bzw. die religiöse Unterweisung zu verstehen. Zumindest der Religionsunterricht in der Schule sollte aus diesem Grunde in der jeweiligen Muttersprache stattfinden. Zeitweise wurde von offizieller Seite versucht, das Französische in Elsaß-Lothringen so weit zurückzudrängen, dass selbst das Lehren von Französisch als Fremdsprache an den Schulen reduziert werden sollte. In den Volksschulen der überwiegend deutschsprachigen Gebiete des Reichslandes kam Französisch auch weder als Unterrichtssprache noch als Fremdsprache zum Tragen. Auf den höheren Schulen wurde das Französische als Unterrichtsfach jedoch beibehalten, neben anderen Fremdsprachen wie Latein, Griechisch oder auch Englisch.

Manche der zukünftigen Lehrerinnen und Lehrer mussten während ihrer Ausbildung an den ansonsten rein deutschsprachigen Lehrer- bzw. Lehrerinnenseminaren französische Sprachkenntnisse erwerben. Vor allem in den Seminaren im Bezirk Lothringen war das Pflicht. Interessanterweise scheint es jedoch einen gewissen Widerstand der einheimischen lothringischen – und besonders der französischsprachigen – Bevölkerung gegeben zu haben, das Seminar zu besuchen und den Beruf des Lehrers oder der Lehrerin zu ergreifen. Ein Konflikt, den ich im Roman auch Pauline und ihre Familie habe durchleben lassen.

Nicht nur Lothringen, auch die angrenzende Saarregion hat, wie bereits erwähnt, als Grenzland recht häufig die staatliche Zugehörigkeit wechseln müssen und stand dabei öfter im Spannungsfeld zwischen Deutschland und Frankreich. Nicht zuletzt deswegen fand ich es interessant, einen Teil des Romans auch an der Saar, genauer gesagt in Saarbrücken und Umgebung, spielen zu lassen. Wie im Roman erwähnt, waren einerseits die Schwerindustrie und andererseits der Schlachtfeldtourismus Faktoren, welche die Stadt prägten und ihr zu einer gewissen Bedeutung verhalfen. Der Gemäldezyklus des alten Rathauses von

Alt-Saarbrücken, den ich Paulines Schulklasse besichtigen lasse, war damals ein touristischer Anziehungspunkt und ein Ort nationaler deutscher Mythenbildung, da der Deutsch-Französische Krieg von 1870/71 die Einigung der deutschen Staaten und die Gründung des Kaiserreiches zur Folge hatte. Auch die Denkmäler auf den in Lothringen gelegenen Spicherer Höhen, direkt an der Grenze zu Saarbrücken, waren in der Kaiserzeit ein beliebtes Ausflugsziel, nicht zuletzt für Schulklassen. Um die zahlreichen Ausflugsgäste zu bewirten, wurde die ebenfalls im Roman dargestellte »Restauration zur Spicherer Höh« von Johann Woll mit seiner großen Außenterrasse errichtet. Bei den Gästen besonders beliebt waren die in Johann Wolls eigener Druckerei hergestellten farbigen Postkarten, die in solch großen Mengen gekauft und verschickt wurden, dass der am Restaurant angebrachte Briefkasten der Reichspost mehrfach täglich von Postbeamten in Spichern geleert werden musste. Bis heute ist der »Woll« ein beliebtes Ausflugslokal, das nunmehr deutsche und französische Gäste, Kultur und Kulinarik auf friedliche und genussvolle Weise zusammenbringt.

Die Eisenhütte des Saarbrücker Stadtteils Burbach, mit Kokerei, später auch mit Drahtwalzwerk, war seit den 1850er-Jahren in Betrieb und ein bedeutender Wirtschaftsstandort, den ich unbedingt in meiner Geschichte würdigen wollte. Ebenso habe ich an die Anwesenheit preußischer Regimenter in Saarbrücken erinnert, einer Stadt, die 1910, anders als heute, nicht direkt an der Grenze zu Frankreich lag. In den Räumlichkeiten der Saarbrücker Casinogesellschaft, in denen Hauptmann Erich von Pliesnitz seinem Billardspiel nachgeht, befindet sich heute der Saarländische Landtag. Durch die Umgestaltung Saarbrückens nach dem Zweiten Weltkrieg und den Bau der Stadtautobahn in den 1960er-Jahren hat sich die Umgebung des Gebäudes deutlich geändert, vor allem die umliegenden Parkanlagen existieren weitestgehend nicht mehr. Dennoch kann man bis heute den einstigen Glanz erahnen.

Um ein authentisches Bild von Zeit und Region zu zeichnen, habe ich mich bemüht, die unterschiedlichsten gesellschaftlichen Schichten, Strömungen und Ideen abzubilden, ihnen anhand meiner Romanfiguren ein Gesicht zu geben und sie zu Wort kommen zu lassen – selbst solche, die meiner persönlichen Meinung widersprechen. Auch habe ich versucht, sprachlich nah an den uns bekannten Fakten zu bleiben. Daher habe ich meinen Romancharakteren nicht nur unterschiedliche Sprachen und Dialekte in den Mund gelegt, sondern auch Aussagen und Begrifflichkeiten, die wir heute gegebenenfalls als anstößig oder beleidigend empfinden würden, die damals aber genau so zu hören waren.

Es hat mich sehr bewegt, aber auch fasziniert, in diesem Roman die Geschichte Lothringens und der saar-moselanischen Grenzregion aufzeigen zu dürfen, die Zeit der Belle Époque, der versunkenen Jahre vor dem Ersten Weltkrieg, der eine neue Ära einläuten sollte. Und damit zugleich die Geschichte der unterschiedlichen Menschen, die dort lebten, mit ihrer Herkunft, ihren Prägungen, ihren Wünschen, Hoffnungen, Träumen, aber auch Enttäuschungen und ihrem Schmerz. Trotz der sehr aufwendigen Recherche, die bisweilen einer archäologischen Schatzsuche glich, hat es mir großen Spaß gemacht, Pauline und ihre lebhaften Schülerinnen, aber auch Erich, Vincent, Lisbeth, Thomas und die anderen auf ihrem Weg durch Thionville, Spicheren und Saarbrücken zu begleiten.

Ich hoffe, Ihnen hat die Lektüre ebenfalls Vergnügen bereitet. Für Rückmeldungen, Fragen und Anregungen bin ich jederzeit unter mwp-history@web.de zu erreichen, aber auch unter meinen Autorenseiten www.mariawpeter.de oder www.facebook.com/mariapeter.

Marie Pierre/Maria W. Peter
Sankt Augustin und Schiffweiler
im Oktober 2023

# Glossar (Fachbegriffe)

**Abstich** (hier: Begriff aus der Eisenverhüttung): Dabei wird der Verschluss eines Hochofens in bestimmten zeitlichen Abständen geöffnet, damit das flüssige Roheisen ablaufen kann, das glühende Leuchten kann am Himmel über dem Hüttenwerk oft noch in kilometerweiter Entfernung gesehen werden.
**Altdeutsche** (hier): Deutsche, die aus anderen deutschen Bundesstaaten des Kaiserreiches ins Reichsland Elsaß-Lothringen zugezogen sind (im Vergleich zu einheimischen Lothringern bzw. Elsässern)
**Angelus(gebet):** »Der Engel des Herrn«, ein traditionelles katholisches Gebet, zu dessen Einladung morgens, mittags und abends die Kirchenglocken läuten
**Autonomist:** jemand, der sich für die politische Unabhängigkeit oder zumindest Selbstverwaltung eines Landes oder einer Region einsetzt
**Backfisch:** veralteter Begriff für einen weiblichen Teenager
**Baeckeoeffe:** ein typisches elsässisches Gericht mit Fleisch, Kartoffeln und Gemüse, das in einem speziellen Keramiktopf lange im Backofen gegart wird
**Belfried** (franz. *beffroi*): ein hoher Glockenturm, der jedoch nicht zu einer Kirche, sondern meist der zivilen Verwaltung gehört
**Bergamotte de Nancy:** eine traditionelle Bonbonspezialität aus Nancy, die mit Bergamotteöl aromatisiert ist
**Bezirksstadt** (hier): Hauptstadt der Bezirke des Reichslandes Elsaß-Lothringen. Metz war die Bezirksstadt des Bezirkes Lothringen.
**Bursche** (gemeint ist hier der Offiziersbursche): einfacher Soldat, der sich als Bediensteter um die Belange eines Offiziers kümmert und meist auch bei diesem wohnt

**Butterbredle:** elsässische Plätzchen, die meist zur Weihnachtszeit gebacken werden

**Carlshütte:** Eisenhütte der Gebrüder Röchling bei Diedenhofen/Thionville, damals wichtiger Arbeitgeber der Region

**Curriculum:** Lehrplan einer Schule

**Distel von Nancy:** Blume aus dem Wappen der lothringischen Stadt Nancy. Obgleich die Distel ursprünglich als Symbol auf Nancy begrenzt ist, wurde sie in der Annexionszeit teilweise auch als Symbol für Gesamtlothringen und den Widerstand gegen die deutsche Verwaltung verwendet. Dabei wurde sie auch auf Gläsern und Geschirrstücken verewigt.

**Dreyfus-Affäre:** Skandal um die Falschverurteilung eines französischen Offiziers jüdisch-elsässischer Herkunft wegen Landesverrats

**Erinnyen:** antike Rachegöttinnen

**Franzmann:** abwertende Bezeichnung gegenüber Franzosen

**Gartenlaube** (hier): eine illustrierte Familienzeitschrift, in der teils reißerische Fortsetzungsromane abgedruckt wurden

**(le) Graoully:** legendärer Drache, populäre Sagengestalt aus Metz

**Jaengelchen** (hier): die kleine, mit Dampf betriebene Straßenbahn durch Thionville/Diedenhofen

**Jaumont-Stein** (auch Sonnenstein genannt): der hellgelbe, in der Nähe von Metz gebrochene Sandstein, der in der umliegenden Region oft für öffentliche Gebäude und vornehme Privathäuser verwendet wurde

**Kommiss** (hier): umgangssprachlich für Militär oder Militärdienst

**Lothringer Kreuz:** ein Kreuz mit zwei Querbalken, ein sogenanntes Doppelkreuz, das sich aus dem Croix d'Anjou ableitet und als Symbol Lothringens verstanden wurde. Gelegentlich wurde es auch als Symbol gegen die deutsche Annexion verwendet (später auch durch die Résistance).

**Madeleine** (hier): kleines, aus Lothringen stammendes Sandküchlein in Muschelform, das in ganz Frankreich verbreitet ist

**Minette:** Eisenerz aus der Region Lothringen und Luxemburg, vor allem aus dem Gebiet zwischen Thionville und Metz

**Musketier** (hier): niedrigster Dienstrang eines einfachen Infanteristen

**Mutter der Compagnie:** scherzhafte Bezeichnung für einen Spieß, einen Feldwebel, der sich um alle Belange zu kümmern hat
**Nemesis:** altgriechische Rachegöttin
**Obolus** (hier): Trinkgeld bzw. Spende
**Optanten** (hier): Lothringer oder Elsässer, die nach dem Deutsch-Französischen Krieg für Frankreich optierten, sprich: ins französische Mutterland übersiedelten, um weiterhin französische Staatsbürger sein zu können
**Pains d'épices glacés:** mit Zucker glasierte Lebkuchen, die zum Nikolausfest oft noch mit einem bunten Glanzbild des Heiligen Nikolaus beklebt werden
**Reichsland Elsaß-Lothringen:** Verwaltungsgebiet des neu gegründeten Deutschen Kaiserreiches, das aus einem Teil des zuvor zu Frankreich gehörenden Lothringen (Lorraine) und annähernd der Gesamtheit des ebenfalls zuvor zu Frankreich gehörenden Elsass (l'Alsace), mit Ausnahme des Gebietes von Belfort, bestand. Anders als die übrigen Bundesstaaten des Deutschen Reiches, die sich weitestgehend selbst verwalteten, unterstand es unmittelbar dem Deutschen Kaiser und wurde von dessen Statthalter in Straßburg verwaltet.
**Toile-de-Jouy:** einfarbig bedruckter Kattunstoff, oft mit romantisierenden Motiven
**Tourelle:** hervorgewölbtes Fassadenteil, das wie der Teil eines Turmes aussieht, im hier beschriebenen Fall beherbergt es ein Treppenhaus mit einer Wendeltreppe
**Trikolore:** die französische Flagge, Farben: Blau, Weiß, Rot
**Wackese** (hier): abwertende Bezeichnung für Elsässer und (seltener) Lothringer
**Welsch, Welsche** (hier): bisweilen abwertende Bezeichnung für Franzosen oder alles Französische oder Französischsprachige
**Zimtbredle:** elsässisches Weihnachtsgebäck mit Zimt

# Glossar (Fremdsprachlich)

A Reis? (Elsässisch): Eine Reise?
äddi (Thionviller Platt): adieu, tschüss
Alles an der Rei! (Thionviller Platt): Alles in Ordnung
Allez les filles! (Französisch): Los, ihr Mädchen!
Allons-y! (Französisch): Gehen wir!
alors (Französisch): also
Alors, les filles! (Französisch): Also, ihr Mädchen!
Attendez! (Französisch): Warten Sie!
au revoir (Französisch): auf Wiedersehen
awer (Thionviller Platt und Saarländisch): aber
bien (Französisch): gut (Adverb)
Bigre! (Französisch): (Zum) Donnerwetter!
Biwele (Elsässisch): Jungchen
boches (Französisch): Schimpfwort für Deutsche
Bonne nuit! (Französisch): Gute Nacht!
Bonté divine! (Französisch): Guter Gott!
Ça y'est (Französisch): Das ist es! Das war's!
d'accord (Französisch): einverstanden
d'ailleurs (Französisch): übrigens
dee Lompekreemer (Thionviller Platt): dieser Lump
dégoûtant (Französisch): ekelhaft
Dieu merci (Französisch): Gott sei Dank
disons (Französisch): sagen wir
Doux Seigneur! (Französisch): etwa: Herr im Himmel!
Du calme! (Französisch): Ganz ruhig! Nur die Ruhe!
Du hech noch gar nix gasse (Elsässisch): Du hast noch gar nichts gegessen
Ech hu keen Honger! (Thionviller Platt): Ich habe keinen Hunger!
en effet (Französisch): in der Tat, tatsächlich
Entrez! (Französisch): Herein!

fais-moi confiance (Französisch): vertrau mir
fer wò ànna? (Elsässisch): wohin?
impossible (Französisch): unmöglich
Je ne te ferai pas de mal (Französisch): Ich werde dir nicht weh tun
je voulais dire (Französisch): ich wollte sagen
Joffer (Thionviller Platt): Fräulein, Mademoiselle
keng (Thionviller Platt): kein, keine
lâche (Französisch): Feigling
Laisse-moi! (Französisch): Lass mich!
Laissez-moi! (Französisch): Lassen Sie mich!
le leurre parfait (Französisch): der perfekte Lockvogel
ma chère (Französisch): meine Liebe
Mademoiselle (Französisch): (mein) Fräulein
ma fille (Französisch): mein Mädchen, meine Tochter
mais (Französisch): aber
mais bien sûr (Französisch): aber natürlich
mais oui (Französisch): aber ja
mamie (Französisch): Oma
Mamsell (hier Elsässisch): Fräulein, Mademoiselle
Meng Mamm, sie huet ... (Thionviller Platt): Meine Mutter, sie hat ...
merci (Französisch): danke
merci beaucoup (Französisch): vielen Dank
Mesdemoiselles (Französisch): junge Damen, Fräulein (Plural)
mes filles (Französisch): meine Mädchen, meine Töchter, (hier): meine Schülerinnen
Mince, alors! (Französisch): Verflixt noch mal!
Mir is lo grad den Appetit vergang (Thionviller Platt): Mir ist gerade der Appetit vergangen
mon capitaine (Französisch): Herr Hauptmann
mon garçon (Französisch): mein Junge
Monsieur le docteur (Französisch): Herr Doktor
Neen, éierlech! (Thionviller Platt): Nein, ehrlich!
n'est-ce pas? (Französisch): nicht wahr?
Nom de Dieu! (Französisch): Gott im Himmel! Um Himmels willen!
non (Französisch): nein

Op mech kann ee sech verloossen! (Thionviller Platt): Auf mich kann man sich verlassen!

oui (Französisch): ja

pas du tout (Französisch): überhaupt nicht, mitnichten

Quel culot! (Französisch): Was für eine Frechheit!

Quelle horreur! (Französisch): Wie schrecklich!

Quel mauvais comportement (Französisch): Was für ein schlechtes Benehmen

Qu'est-ce que tu fais? (Französisch): Was tust du?

(le) réfectoire (Französisch): Speisezimmer in einer Gemeinschaftseinrichtung

Reste ici et écoute-moi bien! (Französisch): Bleib hier und hör mir gut zu!

Sainte Vierge Marie! (Französisch): Heilige Muttergottes! (wörtlich: Heilige Jungfrau Maria!)

(la) salle d'eau (Französisch): Waschraum, Badezimmer

(la) salle de classe (Französisch): Klassenraum, Schulraum

si Dieu le veut (Französisch): wenn Gott will

Silence, Mesdemoiselles! (Französisch): Ruhe, die jungen Damen! (eigentlich: die Fräuleins)

tatie (Französisch): Tantchen

très bien (Französisch): sehr gut

très intéressant (Französisch): sehr interessant

Tu es sûr(e)? (Französisch): Bist du sicher?

vite (Französisch): schnell (Adverb)

Vous devriez avoir honte! (Französisch): Ihr solltet euch schämen!

vraiment (Französisch): wirklich

Wàs hàn Sie gsajt? (Elsässisch): Was haben Sie gesagt?

Zut alors! (Französisch): Ach verflixt!

## Wissenschaftliche Beratung

In einem Roman eine längst verflossene Epoche, noch dazu ganz konkrete Orte wieder zu neuem Leben erwachen zu lassen und dabei alles bis ins kleinste Detail authentisch wiederzugeben, ist immer eine große Herausforderung. Dabei gestaltete sich die Recherche zu der vorliegenden Romanreihe über die Geschichte Lothringens und der Grenzregion im frühen 20. Jahrhundert wesentlich herausfordernder als die zu meinen bisherigen Büchern. Neben meinen langjährigen eigenen Studien anhand von Primärquellen und Sekundärliteratur, Reisen, Besuchen von Archiven, Museen und Schauplätzen benötigte ich mehr denn je die Hilfe und Beratung von Historikern und anderen Fachleuten aus mehreren Ländern. Experten, welche einerseits das notwenige Wissen besitzen und andererseits auch die Bereitschaft, dieses zu teilen und immer wieder aufs Neue meine Autorenfragen zu beantworten, was mitunter sehr zeitaufwendig war. All diesen wundervollen Menschen schulde ich meinen großen Dank, denn ohne deren Hilfe wäre die vorliegende Romanreihe nicht annähernd so farbenprächtig, historisch korrekt und detailgetreu geworden.

Im besonderen Maße sind dabei zu nennen:

**Pascal Bertrand** (Thionville), Fotokünstler und wohl einer der besten Kenner der Vergangenheit von Thionville, dessen umfangreiche Sammlung historischer Fotografien für meine Arbeit ebenso wertvoll war wie sein beeindruckendes Detailwissen über seine Heimatstadt. Vor allem aber waren es seine Hilfsbereitschaft und Geduld, mit denen er mir einen Großteil der Entstehungszeit des Romans über immer wieder Fragen beantwortete, die mir ein authentisches Bild von Thionville um die Jahrhundertwende ermöglichten.

**Manfred Böckling** (Koblenz), der mit unermüdlicher Geduld all meine Fragen zur Preußenzeit, zu Coblenz und der Geschichte des Rheinlandes, der Kunstgeschichte und Architektur, aber insbesondere zum preußischen Militär, dem Alltag von einfachen Soldaten und Offizieren ebenso beantwortete wie solche über die Gegebenheiten von Festungshaft, der Arbeitereinheit und ähnlichen Disziplinarmaßnahmen. Wenn es mir gelungen ist, sowohl den Garnisonsalltag in der Kaiserzeit als auch meine beiden männlichen Hauptfiguren Erich und Vincent als authentische Persönlichkeiten ihrer Zeit korrekt darzustellen, dann ist dies nicht zuletzt auch sein Verdienst.

**Dr. Eric Ettwiller** (Sélestat/Ebersheim), dessen umfangreiche Forschungen zum Schulwesen im Reichsland Elsaß-Lothringen eine schier unerschöpfliche Quelle an Informationen für mich waren und der mir zudem über Monate hinweg, immer wieder aufs Neue, knifflige Rückfragen beantwortet hat. Dass ich mit Paulines Pensionat ein Stück Schulgeschichte wieder aufleben lassen konnte, verdanke ich in großen Teilen seinem Engagement. Zudem war er so freundlich, mir dabei zu helfen, dem Offiziersburschen Franzl einen Colmarer Zungenschlag zu verleihen.

**Pierre-Édouard Wagner** (Metz), der große Kenner der ehemals lothringischen Hauptstadt und Paulines Heimatstadt Metz. Nicht nur bei diesem Roman erhielt ich auf meine nicht enden wollenden Fragen stets ausführliche Antworten zur Geschichte und Topografie des historischen Metz, aber auch zu Leben, Kultur und Alltag in der Stadt selbst und dem umliegenden Lothringen. Er ist mein Ansprechpartner, der mir stets weiterhilft, wenn es darum geht, meine alte Studienstadt und Wahlheimat Metz besser zu verstehen und mir ihr Aussehen in verschiedenen Epochen der Vergangenheit detailgetreu vorstellen zu können.

*Darüber hinaus erhielt ich unschätzbare Hilfe zu verschiedenen historischen, sprachlichen und kulturellen Fragestellungen, ohne die diese Buchreihe nie so geworden wäre, wie sie ist. Dabei wären unter anderem zu nennen:*

**Professor Dr. Tobias Arand** (PH Ludwigsburg), mein steter Ansprechpartner zu Fragen der deutschen und deutsch-französischen Geschichte, der mein Bild der letzten 150 Jahre entscheidend mitgeprägt hat.

**Professor Dr. Stefan Fisch** (Deutsche Universität für Verwaltungswissenschaften Speyer), der mich mit wichtigen Informationen zur Verwaltung sowie zur politischen Situation im Reichsland Elsaß-Lothringen versorgt hat.

**Professor Dr. Gert Geißler** (DIPF Leibniz-Institut für Bildungsforschung und Bildungsinformation), dessen umfassende Forschungen zur Geschichte des Schulwesens maßgeblich in diese Romanreihe eingeflossen sind und der mir auch persönliche Rückfragen beantwortete.

**Professor Dr. Jean-Noël Grandhomme** (Université de Lorraine, Nancy), der mir ausführlich die politische und kulturelle Situation im annektierten Lothringen verständlich machte.

**Professor Dr. Michel Grunewald** (Université de Lorraine, Metz), der es mir erlaubt hat, Fragen zum Lothringen der Jahrhundertwende zu stellen, und mir umfangreiches Material zu den komplexen Zusammenhängen der lothringischen Geschichte hat zukommen lassen.

**Professor Dr. Jens Jäger** (Universität zu Köln), der mich über die zur Kaiserzeit neuen Methoden der Fotografie und Strafverfolgung informierte.

**Professor Dr. Elke Kleinau** (Universität zu Köln), die mich an ihren Forschungen zur Geschichte der Pädagogik und zur Mädchenbildung hat teilhaben lassen und daher meine Darstellung von Paulines Pensionat und Unterrichtsstunden entscheidend mitgeprägt hat.

**Professor Dr. Reiner Marcowitz** (Université de Lorraine, Metz), der es mir erlaubte, ihm meine kniffeligen Fragen zur lothringischen Geschichte zu stellen, und mir zahlreiche wertvolle Kontakte vermittelte.

**Professor Dr. Christian Waldhoff** (Humboldt-Universität zu Berlin), der so freundlich war, mir Informationen über die Verfassungsgeschichte und Sprachenpolitik des Reichslands Elsaß-Lothringen zukommen zu lassen und in umfangreichen Gesprächen zahlreiche Verständnisfragen zu beantworten.

**PD Dr. Sven Oliver Müller** (Humboldt-Universität zu Berlin), der sich mit mir ausführlich über Gewalt und nationale Entwicklungen in der Kaiserzeit unterhalten und mir dadurch zu einem besseren Verständnis der Epoche und ihres Zeitgeistes verholfen hat.

**Dr. Andrej Bartuschka** (Bundesarchiv-Erinnerungsstätte) für seine Hilfe bei weiteren Rückfragen zur politischen Situation im Reichsland Elsaß-Lothringen.

**Dr. Paul Burgard** (Saarländisches Landesarchiv), dessen Forschungen zur Regionalgeschichte und vor allem der 40-Jahr-Feier der Schlacht von Spichern zur Erhellung einer verflossenen Zeit beitrugen.

**Dr. Christopher Fischer** (Indiana State University), der mir mit seinen Forschungen und seiner Bereitschaft, all meine noch verbliebenen Fragen zu beantworten, die letzten Puzzlestückchen hat zukommen lassen, die ich benötigte, um ein authentisches Bild über das Reichsland Elsaß-Lothringen, aber auch über den Widerstand gegen die deutsche Verwaltung zu zeichnen.

**Dr. Sarah Frenking** (Universität Erfurt), die mir eine unschätzbare Hilfe dabei war, die politischen und polizeilichen Verhältnisse im Reichsland Elsaß-Lothringen zu begreifen.

**Dr. Maren-Sophie Fünderich** (Bielefeld), deren Forschungen und Bereitschaft, meine Fragen zu beantworten, ich einen Großteil meines Wissens über die Wohnkultur der Kaiserzeit verdanke.

**Dr. Lukas Grawe** (Stadtarchiv Warstein), dem ich viele Informationen und Materialien über Militär und Gesellschaft des Kaiserreichs verdanke, nicht zuletzt auch über Verfassungsgeschichte.

**Dr. Jürgen Herres** (Berlin), der mich über unterschiedliche politische Strömungen der Kaiserzeit sowie die Geschichte des Sozialismus ins Bild setzte.

**Dr. Hans-Christian Herrmann** (Leiter des Stadtarchivs Saarbrücken), der mir viele Fragen zu den Begebenheiten, zur Architektur und zu Institutionen in Saarbrücken um 1900 beantwortete und mich mit weiterführendem Material versorgte.

**Dr. Angela Kaiser-Lahme** (Direktorin Burgen, Schlösser, Altertümer Rheinland-Pfalz, GDKE), die stets eine wichtige Ansprechpartnerin für meine historischen Projekte ist und auch bei dieser Romanreihe immer ein offenes Ohr für meine Fragen hatte.

**Dr. Mareike König** (Stellvertretende Direktorin Deutsches Historisches Institut Paris), deren Forschungen und Publikationen zur deutsch-französischen Geschichte eine große Bereicherung waren und die darüber hinaus über Monate hinweg meine Rückfragen zur Situation in Elsaß-Lothringen beantwortet hat.

**Dr. Nina Lorkowski** (Berlin University Alliance), der ich so manches Wissen über die Bäder- und Waschkultur des frühen 20. Jahrhunderts verdanke.

**Dr. Daniel Mollenhauer** (Ludwig-Maximilians-Universität München), der mir half, die komplexe politische und gesellschaftliche Situation im Reichsland Elsaß-Lothringen besser zu verstehen.

**Dr. Hans-Christian Pust** (Württembergische Landesbibliothek), der mir zusätzliches Material zum besseren Verständnis des politischen und juristischen Systems in Elsaß-Lothringen zur Verfügung gestellt hat.

**Dr. Jens Thiel** (Berlin), der sich unermüdlich dafür einsetzte, mich über Gewalt, Widerstand, Politik und Strafvollzug im Reichsland Elsaß-Lothringen zu informieren.

**Dr. Fabian Trinkaus** (Universität des Saarlandes), dessen Forschungen zur Industriegeschichte, zum Alltag der Hüttenarbeiter sowie zur damaligen 40-Jahr-Feier der Schlacht von Spichern im Jahre 1910, vor allem aber auch seine Bereitschaft, mir zusätzliche Fragen zu beantworten, viel zur Authentizität meiner Romanreihe beigetragen haben.

**Dr. Rolf Wittenbrock**, dessen Forschungen zur Geschichte der saarländisch-lothringischen Grenzregion eine unschätzbare Hilfe waren.

**Frank Becker** (Landeshauptstadt Saarbrücken), der mir half, mich im historischen Saarbrücken und auf der Burbacher Hütte zu orientieren.

**Klaus Erich Becker** (Verein für Landeskunde im Saarland e. V.), der mich zu manchen regionalhistorischen Fragestellungen in Bezug auf Saarbrücken und Lothringen beriet.

**Friedrich Denne** (Vorsitzender des Vereins für Landeskunde im Saarland), der dieses Romanprojekt von Beginn an begleitete und mich mit vielen wichtigen Ansprechpartnern und Experten in Kontakt brachte.

**Léon Dietsch** (Président de CBL, Culture et Bilinguisme de Moselle), durch den ich Sprecher des Lothringer und Elsässer Dialektes kennenlernen durfte.

**Elisabeth Dietz** (Woerth), die maßgeblich an der Gestaltung der Figur meiner elsässischen Köchin und guten Seele des Pensionats beteiligt war, weshalb diese auch ihren Namen trägt; zudem hat sie mir einen tieferen Einblick in die elsässische Küche kredenzt und war so freundlich, zahlreiche Dialogpassagen in den Elsässer Dialekt aus Woerth zu übersetzen.

**Michael Dybowski** (Polizeipräsident a. D., Vorsitzender des Polizeigeschichtsvereins »Geschichte am Jürgensplatz e. V.«,

Düsseldorf), der sich sehr viel Zeit genommen hat, mich über das Polizeiwesen der Kaiserzeit, dessen Aufgabenbereiche und Arbeitsweise zu informieren.

**Nathalie Faivre** (Manosque), die mir half, in meine französischsprachigen Dialoge für die Belle Époque passende Redewendungen und Begriffe einzubauen.

**Klaus Friedrich** (Barockstraße Saarpfalz), der mich nicht nur über die Geschichte Saarbrückens und der Saarregion beraten hat, sondern mich auch zu manchen wichtigen Schauplätzen geführt hat.

**Franz-Josef Fries** (Zollmuseum Habkirchen), der mich über Fragen der Grenzmarkierung und des Grenzübertrittes zwischen dem Königreich Preußen und dem Reichsland Elsaß-Lothringen informierte.

**Michael Haunschild** (Vorsitzender der Deutschen Gesellschaft für Polizeigeschichte e. V.), der mir Hinweise zum besseren Verständnis des Polizeiwesens in Elsaß-Lothringen gegeben hat.

**Marco Hillinger** (Blieskastel), der mir durch seine historische Darstellung, aber auch sein großes Wissen über Militärgeschichte ein authentisches Bild über den militärischen Alltag in Preußen vermittelte.

**Jörg Höfer** (Sankt Sebastian), ein ganz besonderer Geschichtsexperte und historischer Darsteller, der mich schon seit langer Zeit und auch bei diesem Buch über das preußische Militär berät; mein Bild über diese Epoche ist nicht zuletzt auch von ihm geprägt.

**Iris Ketterer-Senger M. A.** (GDKE), die mir Einblicke in historische Küchen und deren Ausstattung gegeben hat.

**Jean-Louis Kieffer** (Gau un Griis), Lothringischer Mundartdichter und Experte für das Lothringer Platt, der mir wertvolle Kontakte zu Muttersprachlern vermittelt hat.

**Dorothée und Thomas Kirsch** (Spicheren), die mit ihrer historischen Darstellung und interessanten Gesprächen mein Lothringen-Bild inspirierten.

**Michael Koelges** (Leiter des Stadtarchivs Koblenz), der mir von jeher bei vielen historischen Fragen in Bezug auf das alte Koblenz behilflich ist.

**Klaus Kramer** (Aichhalden), der mich an seinem Wissen über die Ausstattung und Einrichtung historischer Bäder und sanitärer Anlagen hat teilhaben lassen.

**Max Krumbach** (Zweibrücken), mit dem ich bereichernde Gespräche zur Geschichte der elsässisch-pfälzischen Grenzregion führen durfte, die meinen Horizont noch mal erweitert haben.

**Heike Lismann-Gräß** (Saarland, Gästeführerin), die mir durch ihre historische Darstellung und ihr Fachwissen Leben und Alltag in einer Hüttenstadt nahegebracht hat.

**Christian Müller** (Bous), der mir bei der genauen Verortung historischer Gebäude behilflich war.

**Susanne Opfermann** (Strafvollzugsmuseum Ludwigsburg), die so freundlich war, mir Auskünfte über den Strafvollzug im deutschen Kaiserreich zu geben.

**Ralf Parino** (Regionalverband Saarbrücken), der mich mit der Topografie, Architektur und Geschichte der Stadt Saarbrücken und deren Umland vertraut machte, mir zahlreiche Fragen beantwortete und einige der Saarbrücken-Passagen auf Korrektheit hin überprüfte.

**Gertraud und Christian Peter** (Reenactmentbedarf Peter), die mich immer wieder über Mode, Uniformierung und Alltagskultur der Kaiserzeit informiert haben.

**Serge Rieger** (Surbourg), Liedermacher und Mundartkünstler aus dem Elsass, der mir bei der elsässischen Namensgebung behilflich war.

**Thomas Schünemann** (Verein für Landeskunde Saarland e. V.), der mir bei meinen historischen Recherchen immer ein offenes Ohr lieh und mich mit Informationen versorgte.

**Jessica Siebeneich** (Historisches Museum Saar), die mir Informationen über das damalige Saarbrücker Casino, das Gebäude des heutigen Saarländischen Landtags, zukommen ließ.

**Delf Slotta** (Saarbrücken), der mich ausgiebig über die Industriekultur in der Großregion Saar-Lor-Lux informiert hat.

**Jörg Walter** (Restaurant Woll, Spichern), der mir wertvolle Informationen über die Geschichte des Traditionsgasthauses »Woll« auf den Spicherer Höhen zukommen ließ.

**Jans Weege**, der mir einen Einblick über die Entstehung des Gendarmerie- und Polizeiwesens und die Schwierigkeiten grenzüberschreitender Polizeiarbeit gewährte.

Last but *not* least danke ich den Mitarbeiterinnen und Mitarbeitern des Tourismusbüros **Pays Thionvillois Tourisme**, die stets freundliche und hilfreiche Ansprechpartner für meine Anliegen waren, insbesondere auch dem Gästeführer **Pierre**, der mich an spannende Orte und verborgene Winkel der Stadtgeschichte führte und mit seinen Worten vor meinen Augen das alte Diedenhofen wieder zum Leben erweckte.

Ich bin sicher, dass ich es aufgrund der Fülle an Informationen, die ich über mehrere Jahre zusammengetragen habe, versäumt habe, die eine oder andere Person, die mir dabei behilflich war, an dieser Stelle zu erwähnen. Doch gilt mein Dank ausdrücklich allen, die mich bei der Realisierung dieses für mich so wichtigen Projektes unterstützt haben.

Sollten sich trotz intensiver Recherche und Beratung wider Erwarten doch noch historische oder sachliche Fehler in den Romantext geschlichen haben, sind diese alleine mir anzulasten.

# Reise- und Stöbertipps zu den Schauplätzen und Hintergründen

Ich persönlich liebe es, zwischen zwei Buchdeckeln zu verreisen und in längst vergangene Zeiten abzutauchen. Und nach der Lektüre eines spannenden Buches ist es für mich immer ein besonderes Highlight, mir die Schauplätze selbst anzuschauen oder zumindest online etwas weiterzustöbern. Aus diesem Grund habe ich hier einige Tipps für Sie zusammengestellt, um Sie auf den Spuren von Pauline, Erich, Vincent, Louise, Lisbeth und den anderen wandeln zu lassen.

**Lothringen (Frankreich):**

**Thionville (Diedenhofen)**
*Pays Thionvillois Tourisme*
31 Place Anne Grommerch
57100 Thionville
Frankreich
Tel.: 0033 / 3 82 53 33 18
tourisme@thionville.net
www.thionvilletourisme.fr/

*Musée de la Tour aux Puces*
Cour du Château
57100 Thionville
Frankreich
Tel.: 0033 / 3 82 82 25

**Forbach und Spicheren (Spichern)**
*Spicherer Höhe – Hauteurs de Spicheren*
Rue des Hauteurs
57350 Spicheren
Frankreich
Tel.: 0033 / 3 87 85 31 01

*Office de Tourisme du pays de Forbach*
Château Barrabino – Avenue Saint Rémy
57600 Forbach
Frankreich
Tel.: 0033 / 3 87 85 02 43
contact@paysdeforbach.com
www.paysdeforbach.com/

*Restaurant Woll*
Rue des Hauteurs
57350 Spicheren
Frankreich
Tel.: 0033 / 3 87 85 31 02
www.restaurant-woll.com

**Metz** (Paulines Heimatstadt)
*Agence Inspire Metz – Office de Tourisme*
2 Place d'Armes – CS 80367
57007 Metz Cedex 1
Frankreich
Tel.: 0033 / 3 87 39 00 00
tourisme@inspire-metz.com
www.tourisme-metz.com.de

*Musées de Metz Metropole, La Cour d'Or*
2 Rue du Haut Poirier

57000 Metz
Frankreich
Tel.: 0033 / 3 87 20 13 20
musee@metzmetropole.fr
http://musees.metzmetropole.fr

**Elsass (Frankreich)**

**Strasbourg (Straßburg)**
*Elsässisches Museum*
23–25 Quai Saint-Nicolas
67000 Strasbourg
Frankreich
Tel.: 0033 / 3 68 98 51 60
www.musees.strasbourg.eu

*Office de Tourisme*
17 Place de la Cathédrale
67082 Strasbourg
Frankreich
Tel.: 0033 / 3 88 52 28 28
www.otstrasbourg.fr

**Deutschland**

**Koblenz** (dort hat Vincent einige Zeit verbracht)
*Festung Ehrenbreitstein und Landesmuseum Koblenz*
56077 Koblenz
(Ins Navi bitte Greiffenklaustraße, Koblenz eingeben)
Tel.: 0261 / 6 67 54 000
Fax: 0261 / 6 67 52 699
https://tor-zum-welterbe.de/

*Koblenz Touristik GmbH*
Bahnhofplatz 7
56068 Koblenz
Tel.: 0261 / 3 03 880
www.koblenz-touristik.de

*Tourist-Information im Forum Confluentes*
Zentralplatz 1
56068 Koblenz
Tel.: 0261 / 129 1610
touristinformation@koblenz-touristik.de,
www.visit-koblenz.de

**Saarbrücken**
Historisches Museum Saar
Schlossplatz 15
66119 Saarbrücken
Tel.: 0681 / 5 06 45 06
www.historisches-museum.org

*Tourist Information Saarbrücken*
Rathaus (Haupteingang)
Rathausplatz 1
66111 Saarbrücken
Tel.: 0681 / 9 59 09 200
https://tourismus.saarbruecken.de

*Tourist Information*
Saarbrücker Schloss
Schlossplatz 1–15
66119 Saarbrücken
Tel.: 0681 / 5 06 60 06
www.regionalverband-saarbruecken.de/touristinfo

**Schulmuseen, um den Alltag von Paulines Schülerinnen besser nachvollziehen zu können**

*Musée de l'école d'autrefois*
15 Grande Rue
57940 Metzervisse
Frankreich
Tel.: 0033 / 6 84 76 25

*Saarländisches Schulmuseum*
Goethestraße 13
66564 Ottweiler
Tel.: 06824 / 46 49
info@schulmuseum-ottweiler.de
https://schulmuseum-ottweiler.net

**Spezielle Museen zum Deutsch-Französischen Krieg und der Annexionszeit**

*Musée de la Guerre 1870 et de l'Annexion*
11 Rue de Metz
57130 Gravelotte
Frankreich
Tel.: 0033 / 3 87 33 69 40
contact.musee-guerre-70@moselle.fr
www.mosellepassion.fr

*Musée de la bataille du 6 août 1870*
2 Rue du Moulin
67360 Wœrth
Frankreich
Tel.: 0033 / 3 88 09 40 96

https://www.ville-woerth.eu/decouvrir-la-ville-de-woerth/le-musee-de-la-bataille-du-6-aout-1870/

Trotz sorgfältiger Prüfung kann ich keinerlei Verantwortung für die hier gemachten Angaben oder Links übernehmen. Für Fragen und Anregungen stehe ich unter mwp-history@web.de jederzeit gern zur Verfügung. Zusätzliche historische und aktuelle Informationen finden Sie auch auf meiner Homepage und meiner Autorenseite auf Facebook: www.mariawpeter.de bzw. www.facebook.com/mariawpeter.

Und nun wünsche ich viele spannende Erlebnisse auf den Spuren meiner Romanfiguren in der Grenzregion.